風雨談

（一）

復刻本說明

＊本期刊依《風雨談》合訂本全套復刻，為使閱讀方便，復刻本每三期為一冊，惟原書十七期以後頁數變少，復刻本第六冊為原書第十六期至第二十一期；復刻本的尺寸亦由原書的15×21公分，擴大至19×26公分。

＊本期刊因尺寸放大，但每期封面無法符合放大尺寸，故每期封面皆對齊開口，使裝訂邊的留白較多。

＊本期刊第一集書前加入導讀。

＊本期刊為復刻本，內文頁面或有少數污損、模糊、畫線，為原書原始狀況，不另註；唯範圍較大者，則另加「原書原樣」【原書原樣】，以作說明。

【導讀】柳雨生（存仁）與《風雨談》

蔡登山

二〇〇九年八月十三日上午十一時十五分，國際著名的道藏學者——柳存仁教授，在坎培拉Calvary醫院病逝，享壽九十二歲。柳存仁是一位傑出的學者，但瞭解上世紀四十年代上海淪陷時期文學的人都知道，柳存仁曾以柳雨生之名，活躍於當時的文化界，是一附逆文人。柳存仁後來，對他早年經歷是諱莫如深的。有訪談者問起他抗戰期間在上海的歷史，他總是不著一語。他的友人對此段經歷也是避而不談。二〇〇七年四月十一日上午筆者在台北南港中央研究院文哲研究所參考書室見到已九十高齡的柳教授，身體還算硬朗，慈祥溫和，聊了一會他對小說史及道教史的研究，我邀其把近年發表的論文結集出書，他表示需要有時間整理，對於學術研究，他總是一絲不苟的。我當然也不敢觸及他的忌諱，談他早年的經歷。但歷史是不容回避的，尤其對於一個人，我們總不能稱頌其英雄光輝的歲月，而掩飾其怯懦不光彩的時刻，否則都是失真而不全面的。對於柳存仁教授，我也是做如是觀。他在淪陷時期上海文壇的失足，歷史自有其是非功過的評定；而他遷居海外，多年來一直在異域堅持研究和張揚中國文學與中國文化，成績斐然，這也是事實。從柳雨生到柳存仁，正反映出中國知識份子在二十世紀的時代巨變中的一種出處選擇。而「一生兩世」也正是他生命歷程的概括。

柳存仁（一九一七至二〇〇九），字雨生，後遂以字行。他說，存仁，是舅公左子興（秉隆）為他取的名字，至於雨生則是上海友人星卜家袁樹珊為他取的，袁樹珊說他五行缺水，遂取名雨生。先祖原籍山東臨清，十世祖自康熙年間即舉家移居廣州，遂常自稱「南海人」。父親為光緒二十四年（一八九八）廣東秀才，於一九一四年北京海關學校畢業後即在稅務處任職，並定居北京。柳存仁一九一七年八月十二日生於北京，幼讀《三字經》、《百家姓》、《千字文》，又續誦四書五經，至十三歲始畢，皆能背。《十三經》也看完數遍。柳存仁初讀於上海東吳二中，後學校停辦，乃轉學光華中學。柳存仁說：「東吳二中的王冥鴻先生，光華附中的潘子端（案：潘序祖）先生對我的知識都有過很大的啟發。」在中學時期，他喜偷看小說，決不擇選，遂常投稿於《禮拜六》及鴛鴦蝴蝶派雜誌，寫偵探小說，頗有聲名。其時，與舊文壇作家趙苕狂、范煙橋、尤半狂、程小青等人為文字交，而尤敬佩程小青。後多讀西洋文學書及國內新文學作家著作，尤喜魯迅、周作人、葉聖陶、老舍、沈從文、茅盾等作品，遂絕筆不再作舊小說。又改寫散文，投稿《論語》、《人間世》等刊物，於是得識陶亢德、林語堂、周黎庵、林憾廬諸人。

一九三五年柳存仁以上海錄取生末名考入北京大學中文學系，受知於鄭奠、羅常培、鄭天挺、孫楷第諸先生。他在〈漢園夢〉文中特別推崇鄭奠（石君），他說：「鄭先生在北京大學中國文學系教授了十餘年，家鄉本是浙江諸暨楓橋阮家埠，在北平就住在北大附近的五老胡同。他這一位頂和藹的恂恂儒者，面孔胖胖的，戴著玳瑁邊的眼鏡，身上穿著一件深藍布的長衫，滿身粉筆灰塵。他的著作極多，從來不允許在坊間的任何大書局出版，然而卻有自己的編纂計畫，每月案頭堆積的稿本積紙總可盈寸。據鄭毅生（天挺）先生告訴我，石君先生已經完成的著述——大部分都是研究中國文學的新的創業者的工作——的稿本已經超出五百種的數目，每種的卷數決不止薄薄的兩三本。他的未出版的論文集要的一部分的稿子，我曾經參加過標點分段，（約一百多篇），聽說另外一部分也有人拿去在清華大學採用。可是商務印書館的大學叢書委員的名單裡面，卻看不到鄭石君先生的名字。正好像民國初年在梁任公先生的口頭義務宣傳以前，即使在學人薈萃的北平，也沒有人注意到快閣師石山房叢書的著者姚振宗一樣。鄭石君先生假使不是比姚振宗的學問來得更見淵博功深，那麼，我想我應該替北京大學謙遜一點的說，鄭先生就是現代的姚振宗。」

除此而外，他在回憶北大的文章中，還談到胡適、錢穆等人。他一九九八年接受中研院文哲所楊晉龍的訪問時說：「其他也有對我有影響的，譬如像孫楷第，是中國小說史的關係；周作人，因為散文的關係；余嘉錫先生，因為目錄學的關係；還有鄭天挺，因為他教我校勘，諸如此類。胡先生跟我有一點私人關係，因為他勸我寫小說史的文字，而且第一篇就登在他編的報紙的週刊，就是我寫的關於陸西星（一五二〇至約一六〇一）的文章。那是寫得很粗糙的。那時我才大學一年級，我以為我也有一點小發現，寫了胡先生一定會刊出來，一定會說兩句好話；他沒有說，他說問題並沒有解決，還可以研究。我想了想覺得這也很公平，所以後來有相當長的時候我就繼續研究這個問題。本來那篇文章只有幾千字，後來我把它寫成一本書，而且是用英文寫的，所以這也可以說是受胡先生的一點影響。」

一九三六年十二月二十二日柳存仁給胡適的信云：

適之先生：

暑假前聽先生「中國文學史綱要」課，言及封神傳著者問題，曾說大概是揚州陸長庚作，後讀《獨立評論》，見先生與張政烺先生通訊，頗證此說。今年秋間，學生對封神傳與陸氏之關係的問題，甚感興趣；曾加詳考，頗有所獲。近日寫有一篇東西（約萬字）題為〈封神傳與陸西星〉。曾請孫子書先生（案：孫楷第）審正，孫先生並加意見及修改。大概這個問題，很近具體化，頗可成立了。因此說前曾由先生及子書先生提出，故生那一篇小文，並擬呈正，不知您有空暇可以抽出賜正否？便中敬懇　示知為禱。專此，敬請

鈞安

學生柳存仁敬上十二月二十二日

後來他這篇文章在北大《文史週刊》刊出，從此他踏上小說史研究的慢長征程。

他在接受楊晉龍的訪問時說：「我研究《封神演義》的作者，文學史上說的作者一直是許仲琳，沒有人認為是陸西星。可是我念大一時，有些學者，如孫楷第先生、胡適先生、張政烺先生也都發現了新材料，即《傳奇彙考》裡有一條講《封神傳》的作者是元朝的一個道士陸長庚。陸長庚實際上是明朝陸西星的號，他的名字的來源就是《詩經》上的『東有啟明，西有長庚』，所以他叫西星。後來我們又從方志，譬如江蘇《興化縣志》、《揚州府志》知道陸西星是明嘉靖萬曆間一個科舉考試失敗的讀書人，後來去做道士，但詳細情形還不了解。但是如果你跟道教人物或道教的書多有接觸，關於陸西星的事知道的就會更多了。後來慢慢我就知道陸西星有一部書叫《方壺外史》，專門講男女雙修這一類的語言，因為是文言文，讀起來很麻煩。還有一部書即《南華真經副墨》，倫敦大學圖書館現藏的那一套還是我送的。他還寫些別的書，佛教的《續藏經》有兩、三種他的書，專門研究《首楞嚴經》，所以這個道士是傳統的讀書人，對佛教有興趣，因此要研究這個人，不得不有一點佛教及道教的知識。尤其是道教的東西對我有一點吸引力。」由於對《封神演義》作者的考證，使得柳存仁更進一步展開道教史的系統整理，後來他更成為道藏研究的著名學者，實肇因於此。

柳存仁在他的〈略傳〉中說他在北大期間，「嗜讀書，家中舊藏線裝舊書數十箱，在北大又日鈔書於圖書寮，嘗嚴冬中午斷食逾兩周，鈔畢海寧王忠愨公遺書。在校開始圈點正續資治通鑑及四史，凡二遍。二十四史迄未能讀完，好在富於春秋，一定不會不能讀。又讀皇清經解，作筆記，皆蠅頭小字。」

一九三七年蘆溝橋事變後，北京大學、清華大學和南開大學南遷長沙，後轉至昆明，組成「西南聯大」。但柳存仁並沒有隨校南遷，他轉至上海光華大學借讀，那時的光華大學校址本是在大西路，可在八・一三事變中被日軍炸毀，所以遷入租界，在漢口路證券大樓復課，柳存仁在此借讀兩年後取得北京大學文憑。他在接受楊晉龍的訪問時說：「我很佩服呂誠之（思勉）先生，他是我後來在光華大學借讀時比較接近的老師，……呂先生對同事和學生都很親切，私人間常有來往。星期天早上或中午，常有年輕的講師，如楊寬、童書業及少數四年級生來一起喝茶，喝茶大概自己要出錢的，目的就是見見面，談一談，所以呂先生我比較熟。還有一個老先生我很熟，即蔣竹莊（維喬）先生，他寫過不少佛教方面的書。他是佛教徒，他最有名的書，到現在還有人提的，叫做《因是子靜坐法》，就是一天到晚講導引，這書蔣先生學的是早年日本人岡田的程序。這個老師清末曾和莊俞先生替商務印書館編過國文課本，民國成立時他是南京政府教育部的秘書長，總長就是蔡元培。他提倡印《大藏經》、《磧砂藏》，如果說要印《道藏》，他也會贊成的。他教我的時候，好像接近六十歲，大概九十歲時才去世。」

柳存仁從三〇年代中期開始，就在報刊上發表文學作品，主要是散文；抗戰前主要在《東方雜誌》、《宇宙風》等刊物上發表有〈蘆溝曉月〉等散文。他說他早在北京大學時，就讀《宇宙風》，從第一期開始，很佩服「語堂、憾廬、知堂、豐子愷、周黎庵、何容、海戈、老向、郁達夫、沈有乾、廢名、渾介諸人的文字。」他說：「在八一三戰爭發生之後，我偶然的向宇宙風社的幾個刊物投起稿來，像《宇宙風・逸經・西風非常時期聯合旬刊》、《宇宙風》、《宇宙風乙刊》，都有過一兩篇我的塗鴉之作。」柳存仁在大學期間，一直想當大學教授，畢業後，果然在上海光華大學史學系、太炎文學院教書。上海「孤島」時期柳存仁主要在《文藝新潮》、《宇宙風乙刊》與《大美晚報》副刊等報刊雜誌上發表〈教書術〉、〈介紹《老殘遊記》的新文獻〉、〈《封神演義》的作者陸西星〉、〈北大與北大人〉、〈漢花園的冷靜〉、〈自由之神〉、〈理想中的北京大學〉等文章，一九四〇年八月由上海宇宙風社結集出版散文集《西星集》。

一九四〇年夏，柳存仁在上海與姜小姐結婚，兩人愛情彌篤，同年八月二十八日赴香港，任前香港政府文化檢察官。在港期間，柳存仁說：「居恆寫文章，刊於《宇宙風》甲乙刊、香港《大公報》、《星島日報》、《天下事》、《大風》等，曾與鄒韜奮、茅盾、范長江筆戰，後自悔，即止。」期間，柳存仁得識許地山於香港。他說：「那時我對道教的研究還沒有粗淺的知識，雖然曾聽陳寅恪先生說及道教對中國文化的影響。」柳存仁認識許地山的時間很短，因為許地山在一九四一年八月四日就去世了。一九四二年三月十七日，柳存仁赴廣州小住，同年五月回上海從事寫作和文化活動，並以柳雨生之名活躍於當時的文化界。蘇青在《續結婚十年》書中就說潘子美（柳雨生）「他很年輕，聰明而有能力，從香港逃到上海來，給老父留住了，只得在此地做事，起先心裡本也不願意，但後來見上司都倚重他，他便不肯得過且過，以為有辦法的人隨時隨地總會有辦法的，故而大膽活躍起來。」

我們知道從一九四二年到一九四四年間，日本軍國主義的文化機構「日本文學報國會」策劃召開了三次所謂「大東亞文學者大會」，其用意是想對中國淪陷區文學實施干預和滲透，企圖將中國文學拖入「大東亞戰爭」裡。那是日本軍國主義對中國淪陷區實施思想控制和文化殖民化的主要措施。

據學者張泉《淪陷時期北京文學八年》一書指出，第一次大東亞文學者大會召開的時間是一九四二年十一月三日至十日，在日本東京舉行。參加的代表來自蒙古（三名）、滿洲（七名）、中國淪陷區和日本（包括台灣、朝鮮等日本占領區）。日本方面原本期望周作人、俞平伯、張資平、陶晶孫、葉靈鳳、高明等名人能夠參加，但實際與會的都是一些不太知名的人物：如華東的丁丁（丁雨林）、周毓英、龔持平、柳雨生（柳存仁）、周化人、潘序祖（予且）、許錫慶，以及日本顧問草野心平，華北的錢稻孫、沈啟无、尤炳圻、張我軍和日本華北駐屯軍宣傳顧問片岡鐵兵，滿洲國的古丁、爵青、小松、吳瑛，台灣的龔瑛宗、張文環等。而第二次大東亞文學者大會則是在一九四三年八月二十五日到二十七日，也是在日本東京舉行。中國淪陷區、滿洲、蒙古的代表共二十六人，除參加過第一次大會的古丁、柳雨生、沈啟无、張我軍外，還有田兵、吳郎、周越然、邱韻鐸、陶亢德、魯風、關露、陳寥士、陳學稼、章克標、謝希平、陳綿、徐白林、柳龍光、王承琰、包崇新、方紀生、蔣崇義及台灣代表楊雲萍、周金波等人，而日本的代表則有百餘名。

第三次大東亞文學者大會在一九四四年十一月十二日於南京召開。據學者王向遠《日本侵華史研究》的資料指出，日本派出的代表有：長與善郎、土屋久泰、高田真治、豐島與志雄、北條秀司、火野葦平、芳賀檀、戶川貞雄、阿部知二、高見順、奧野信太郎、百田宗治、土屋文明等十四名。中方參加人數則高達四十六名，其中「滿洲國」代表有古丁、爵青、田魯、疑遲、石軍、小松，還有加入了「滿洲國」的日本人山田清三郎、竹內政一，共八名；華北代表有錢稻孫、柳龍光、趙蔭棠、楊丙辰、山丁、王介人、辛嘉、梅娘、雷妍、蕭艾、林榕、侯少君等，共二十一名，周作人因「高血壓」而不能出席。華中代表有陶晶孫、柳雨生、張若谷等二十五名，其中有不少並非「文學者」，而是汪偽政權中的官僚政客。列席會議的還有當時在南京的日本美術史家土方定一、詩人池田克己、作家武田泰純和佐藤俊子，以及在中國開設書店的內山完造等人。

三次的大東亞文學者大會，柳雨生是為數不多的三次都參加者之一。根據一九四二年十二月一日《日本學藝新聞》發表的簡歷，柳雨生當時是擔任汪偽政府宣傳部編審和新國民運動促進委員會秘書。學者陳青生說，據當時傳媒報導，柳雨生與會期間多次發言，不僅就如何「樹立東亞精神」發表過諸如「吾等應由文學作品上使大家相親相愛」等具體「意見」，還提出「為設立東亞新文化體系，提倡東亞文化精神思想」而應當設立「東亞文藝獎金」、「每年頒發」的「提案」。在日本法西斯文人建議將「大東亞文學者大會」的決議對重慶廣播，「以促渝方文學家之反省」之後，柳雨生又建議，還要「以各地語言對華僑廣播，以示慰勉」。這些都是柳雨生對「大東亞文學」積極追隨的初步表示。首次赴日出席「大東亞文學者大會」之後，柳雨生又在日本周遊了一段時間，回國後，他便發表了〈異國心影錄〉等訪日隨筆。在第二次赴日出席「大東亞文學者大會」歸國後，柳雨生又接連發表〈告日本文學界〉、〈大東亞戰爭與中國文學的動向〉等文字。

柳雨生在〈異國心影錄〉中說：「我想，做人的道理，最高尚的是應該超乎以德報德的恩仇的觀念之外的，一個人是如此，一個民族國家其實也是如此。……懂得真正的大勇猛大精進的精神的人，一定能夠責己深切，對人寬恕的人。這種理想的人生，大約是人類所歷久追尋而決不致於被認為落伍的一種真理。」文中特別提到時任「文學報國會」會長的菊池寬的一篇小說舊作〈超乎恩仇之外〉，並大加讚賞。從一九三七年開始，菊池寬作為文人代表三次來到中國。一次是帶領二十二名作家到前線從軍；二次是到南京、徐州一帶視察戰況，採寫《西住戰車長傳》；三次是參加汪偽政權的成立大典。此外，菊池寬還多次以領導身分積極參加軍部策劃的「大後方文藝運動」、「日本文學報國會」、「大東亞文學者大會」、「大日本言論報國會」等為侵略戰爭歌功頌德搖旗吶喊的活動。柳雨生推崇這篇小說，另有用意。他說：「這篇故事的情節，是可以讓一個陌生的中國人去瞭解日本國民的生活和他們的人生哲學的。這篇故事的題旨，雖然是講的人與人之間的恩仇關係，可是我覺得國與國之間的關係，不論是理智的看法還是感情的衝動，也未嘗不可從這篇小說裏，悟出一番大徹大悟的道理」。柳雨生的言外之意是：當時日本的「進入」中國，談是為了幫助中國擺脫英美的奴役，為了中國振興強盛，因而，中國人民尤其是中國作家，在理智和感情上都應為感謝日本，放棄抗日，效法故事中的主人翁的「超乎恩仇之外」，與日本攜手實現「大東亞共榮圈」「美好理想」。在〈海客談瀛錄〉文中，柳雨生也公然鼓吹「大東亞共榮共存」思想。他說：「東亞之地域至廣，百年以來，被侵略被歧視而有待於解放之民族，亦極眾多。在此東亞地域內，必先安定民生，使各民族各國家之庶眾，均能得適宜圓滿之生活，有無相通，截長補短，而致力於經濟之提攜，文化之溝通，則一切主張，一切理論，始有確切之寄託，不致成為空洞，形同畫餅。」至於〈告日本文學界〉和〈大東亞戰爭與中國文學的動向〉等文章，對「大東亞戰爭」、「大東亞共榮圈」之類，更是直截了當，不厭其煩的進行讚揚和鼓吹。在淪陷時期聒噪一時的漢奸文學醜劇中，柳雨生的〈異國心影錄〉、〈海客談瀛錄〉及〈告日本文學界〉等，可以說是當時為數不多的漢奸文學作品的典型代表。

柳雨生更廣為人知的是創辦了《風雨談》。《風雨談》月刊於一九四三年四月在上海創刊，一九四五年八月終刊，共二十一期。前十六期為三十二開本，每期一百一十頁至兩百頁不等。十七期以後改為十六開本，由於日本戰況惡化，物價高漲，紙張奇缺，因此每期僅三十二頁。

學者陳青生在《抗戰時期的上海文學》一書中稱《風雨談》是「當時上海乃至整個淪陷區最引人注目的大型文學期刊之一」；學者封世輝在二〇〇〇年版的《中國淪陷區文學大系‧史料卷》中稱其為「華中淪陷區最重要的文學刊物之一」。確實《風雨談》雖立足於上海，但輻射華北和華中淪陷區，吸引極多的南北名家，包括包天笑、秦瘦鷗、蘇青、予且、譚惟翰、文載道、周越然、錢公俠、譚正璧、陶亢德、路易士等上海文壇的知名人士，又有北方的文壇名家，如周作人、沈啟无、林榕、南星、莊損衣、朱肇洛、張我軍、聞青、李道靜、瞿兌之、徐凌霄、徐一士等。南京有紀果庵、龍沐勛等人。從作者的陣容而言，《風雨談》無疑是空前巨大的，據柳雨生說，共約一百十人，且「每人只書一名，若計筆名則不止此數，翻譯及轉載者俱未計在內」。

《風雨談》在〈創刊之辭〉中說：「譬如風雨之夕，好友三五，大家一塊兒，共話桑麻，聚談往日，究竟還可以算得是一件有意義有趣味的事。……我們願意多見瀟灑輕鬆的文字，少見沉重大文。」在第七期〈編後小記〉寫道：「可見純文藝的要求，在目前已不僅是作家編者單方面的要求，而是廣大而普遍的讀者們的主張了。」在第九期〈編後小記〉又說：「本刊的理想是一個純文藝的刊物，並非是一個綜合雜誌。」確實《風雨談》始終都是追求純文藝傾向的，柳雨生喜愛的作品是「在典麗之中見真實，於平淡之懷寄熱情」。《風雨談》的主要欄目有專著、評論、小說、散文、詩歌、戲劇等。主要作品有周作人、柳雨生等的散文，陶亢德、包天笑等的自傳或日記，予且、丁諦、柳雨生等的短篇小說，路易士、南星等的新詩，譚正璧、羅明等的劇本，譚惟翰、蘇青的長篇小說，以及應寸照的詩論等。學者唐倩特別指出柳雨生對於翻譯和介紹日本文學是積極的，《風雨談》的創刊號就刊載了谷崎潤一郎的〈昨日今朝〉和橫光利一的〈秋〉，並在〈編後小記〉中說：「谷崎潤一郎和橫光利一先生，在中國已是盡人皆知，簽名都是特為本刊作的，彌足珍貴。」第八期的「文壇消息」中，又說道：「日本著名批評家山本健吉近專為本刊撰寫文學批評兩篇」。隨後的第九期就刊登了山本健吉的〈論《超克於近代》〉。《風雨談》的「文壇消息」經常報導日本文學的動向和一些作家的行蹤，柳雨生在譯介日本文學方面是比較賣力的。

上海淪陷後，柳雨生在上海的《雜誌》、《風雨談》、《古今》、《天地》、《太平洋周報》與北京的《藝文雜誌》等刊物上發表有〈入懷記〉、〈排雲殿〉、〈老鼓抄〉等小說和〈漢園夢〉、〈再遊漢園〉、〈海客談瀛錄〉等散文，後來結集出版有散文集《懷鄉記》（上海太平書局一九四四年五月出版）和小說集《撻妻記》（上海雜誌社一九四四年十一月出版）。柳雨生的散文，又被稱為「學者的言志的散文」，且以「詞句沖淡而熱情，文體整齊而不草率」見長。譚正璧當時曾說過，柳雨生的散文很受周作人的影響，但「也有不相似的地方」，周柳兩人的散文，「筆調同樣富於情致，但是周文沖淡而柳文溫厚，周文蘊藏而柳文顯露」。譚正璧認為，柳雨生當時的文學創作，是「散文比小說好」；而在兩部散文集中，「《西星集》比《懷鄉集》好」。他說：「這自然是為了他那〈《封神演義》的作者〉一文，對於我這個愛好研究通俗文學的人，感著別人所感不到的親切有味的緣故。」但《西星集》的作品均作於柳雨生參與漢奸文學活動之前。譚正璧的評論，固然有藝術技巧的優劣比較，恐怕也包含對於柳雨生在落水前後創作具有不同思想內涵的褒貶。

另外一九四四年柳雨生以敵偽資金接收「太平書局」，他說：「為出版界盡了一點微力，為讀者們擺上一個精神糧攤。太平書局這個名稱，在兩年前就已有了，原址在香港路，曾發刊過書籍畫報等讀物，後來主持的人，無意繼續經營，把它停辦了。」接收後一改以前疲軟的面目，與上海雜誌社成為淪陷區出版量及水準較高的出版單位。著名的有秦瘦鷗的《二舅》、潘序祖的《予且短篇小說集》和丁諦的《人生背喜劇》及譚正璧主編的《當代女作家小說選》，散文有蘇青《浣錦集》、紀果庵《兩都集》、文載道《風土小記》、周作人《苦口甘口》、《立春以前》等，還有楊之華的論著《文藝論叢》、路易士的新詩集《出發》等等。

凡此等等，使柳雨生成為淪陷時期上海漢奸文學活動的「台柱」之一。正是由於當時的這些具體表現，他戰後受到中國政府的法律追究，是被以「漢奸文人」罪名緝捕治罪的為數不多的作家之一。根據一九四六年六月一日的上海《申報》報導說：「昨日下午高院又宣判一文化漢奸柳雨生，通牒敵國、圖謀反抗本國，處有期徒刑三年，剝奪公權三年，全部財產除留家屬之必須生活費外沒收。」

抗戰結束後，一些附逆文人都被判刑，開始時極嚴厲，大都在五至十年之間，周作人初判十四年，紀果庵判了五年，但後來發現這麼嚴厲的判決引起淪陷區民眾的不滿，因此，二審時都判得相當輕，只要有學生、關係人等聯名證明沒有危害國家的行為，就改成相當輕的判決，如紀果庵，在獄中待了半年，就釋放了。與柳雨生情況類似的陶亢德，再經上訴後，改判一年三個月，緩刑兩年。於一九四七年九月十六日釋放。因此柳雨生不會晚過於此時間，甚至有可能半年一年時間就釋放了。

被釋放後的柳雨生來到香港，先後任教於香港皇仁書院和羅富國師範學院，從此轉入學術研究，並以柳存仁之名聞於世。董橋說柳存仁在香港任教時，寫古裝話劇《紅拂》、《涅槃》，和姚克合寫《西施》、《秦始皇帝》，和黎覺奔合寫《趙氏孤兒》。一九五二年柳存仁還在香港大公書局出版《人物譚》一書，他在〈序〉中說：「曩歲有一個時期，承一家日報之邀按週替它寫一篇短文，其中有讀史隨想，也偶然談到現代的人物；雖然是以人為主，卻還不十分拘束，有時候也談談制度、風俗，旁及零星的考證都說不定。所以，這裡所收集的幾十篇東西，由已經逝世的賢哲如魯迅先生，到並世的學者文士；由宰相、太監、國王到木牛流馬；由藝術家、戲劇家、畫家到世界羽毛球冠軍黃炳順，或是星卜家鎮江袁樹珊；偉大如釋迦、耶穌，渺小如廣州光孝寺的樹，也都在他閒談之列，它的範圍，真地不可說不雜矣。」該書的大部分內容後來加上新寫的「歐遊」文章合為《外國的月亮》於二〇〇二年由上海古籍出版社重新出版。

柳存仁在談到香港那段日子時說，由於香港政府並不承認北大學歷，況且那時的香港都是英國文憑掛帥，於是他常常都被人輕視，甚致遭人白眼。他在皇仁書院任教時，連他的座位也有意無意的被安排靠近厠所。且在學生行畢業時，所有教師都穿上博、碩、學士服，但因他的學歷不被承認，故連學士服都不敢穿，只好穿上一套整齊的西裝觀禮，可是這一來，更成了強大的對比，充滿自尊的柳存仁不免更感難堪。於是他心裡更明白，既然這是一個英國學歷掛帥的環境，所以他決定在香港報考英國倫敦大學，幸好皇天不負苦心人，他考上了。從此他就一邊教書，一邊不斷的努力上進，且怕自己的英文不夠好，於是每天都努力的背英文字典。最後他在一九五七年，寫成了他的博士論文，雖是研究中國小說，可內容主要的還是考證《封神演義》的作者，然因當中涉及到佛教與道教，故最後中文定名為《佛道教影響中國小說考》（《*Buddhist and Taoist Influences on Chinese Novels*》）。也因這論文，柳存仁獲得了英國倫敦大學哲學博士學位。柳存仁說，住在倫敦總是要做點事，所以他就寫了那本《倫敦所見中國小說書錄》（*Chinese Popular Fiction in Two London Libraries*）「其實是一本英文書，那本英文書就把我所見的英國博物院、英國亞洲學會所藏的明清小說，大概都看過了，每一本都做了提要，提要只表示看見什麼而已，並不是我要拿它跟什麼比較。」

一九六二年柳存仁被澳洲國立大學聘為中文系教授，從此他就定居澳洲，更與澳大所藏的一批許地山中文藏書結下不解之緣。許地山是研究「道藏」專家中的專家，陳寅恪在〈論許地山先生宗教史之學〉對許的宗教史研究非常推崇：「寅恪昔年略治佛道兩家之學，然於道教僅取以供史事之補證，於佛教亦只比較原文與諸譯本字句之異同，至其微言大義之所在，則未能言之也。後讀許地山先生所著佛道兩教史論文，關於教義本體具有精深之評述，心服之餘，彌用自愧，遂捐故技，不敢復談此事矣。」以陳寅恪在學術界之聲望，自是一言九鼎，由此也可見許地山佛、道研究的成果。許地山對道教之研究，據其弟子李鏡池言，是從大學念書起，已有二十五年之工夫了，他曾積二十五年之學歷，想要寫一部《道教史》，可惜只完成《道教前史》共七章，一九三四年六月由商務印書館出版。另外還有遺稿七章，為前史之續。一九四一年六月商務印書館出版他的另一道教論著《扶箕迷信底研究》。可惜天不假年，許地山在一九四一年八月去世了。他死後，他的家人打算返回中國大陸定居，所以將他的藏書暫時托存於香港大學圖書館。沒想到十年後，在一九五一年新建立不久的澳洲國立大學派人在亞洲購書，於是許地山的中文藏書被購往澳洲國立大學圖書館典藏。柳存仁到澳洲國立大學任教後，對此批沉睡在塵封中的書，更是愛惜，他花了兩年時間，把一千一百二十冊的《道藏》看完，寫了五十冊《閱道藏記》的筆記，從此他潛心研究——道藏，最終成了近代研究「道藏」專家。

柳存仁於一九六六年澳大亞洲學院的中文系主任和講座教授，曾兩次被選擔任亞洲學院的院長，直到一九八三年退休，又被選做全大學的研究員（University Fellow）。在二十年間的工作歷程中，他曾被邀到美國哥倫比亞大學、夏威夷大學、哈佛燕京社、巴黎大學、香港中文大學、日本早稻田大學、馬來亞大學和新加坡大學做訪問教授和訪問研究員。他在談到去美國的時候，說：「有一個朋友叫房兆楹，本來是我大學圖書館的副館長，也教目錄學的課程，是清史專家。他到美國要編明人傳記字典，他跟哥倫比亞的同事來信說請我去教書，同時要開一個明朝思想史的課，他們就請了日本的岡田武彥及香港的唐君毅等，就這麼四五個人，日本方面後來還請了一個酒井忠夫。……到了美國就在紐約住下來，所以我認識陳榮捷、夏志清、劉子健等人。當時我在班上講一些明代道教和思想史的題目，從校外來聽講的有杜維明、陳學霖等，都比我年輕，還有來問問題的。……我有時也到別處演講，就多一點錢，多認識一點朋友，附近的幾個大學都去講過。我自己用《道藏》的材料講書，就在這個時候。」「十幾年前我去過哈佛，請我去的就是楊聯陞，我們兩個人本來打算合寫一本書，後來因為楊聯陞先生生病要住院，我就一個人寫了那一本書，即唐玄宗、宋徽宗、明太祖注的《道德經》的研究。」

柳存仁曾獲韓國嶺南大學、香港大學、澳大利亞墨篤克大學及澳大利亞國立大學頒贈名譽文學博士學位。他還是英國及北愛爾蘭皇家亞洲學會會員，也是澳洲人文科學院首屆院士。一九九二年獲澳大利亞政府頒發的ＡＯ勳銜和勳章。也曾受邀訪問台灣中央研究院文哲研究所，並作講演多次，一九八四年又曾應北京中國社會科學院宗教研究所的邀請在該所講道教史及訪問，一九九八年五月他在北京大學湯用彤講座講演〈漢末的張天師是不是一個歷史人物？〉。

柳存仁有深厚的國學根基，讀大學時曾受教於錢穆、羅常培、孫楷第等著名學者；又精通多國語言，受到西方學術研究方法的影響，在學術研究方面取得了許多突破性的成果，著述甚富。一百二十餘萬字的《和風堂文集》三冊（上海古籍出版社，一九九一年）及其續編《和風堂新文集》二冊（台北新文豐出版社，一九九七年）及《道家與道術》（上海古籍出版社，一九九九年）等，集中反映了他主要的學術成就。錢鍾書稱柳存仁為：「高文博學，巍然為海外宗師。」余英時說：「柳先生在中國學術的博雅傳統方面具有深厚的修養；他同時也承受了清代以來經、史研究所發展出來的一切專技訓練，如訓詁、校勘、目錄、版本之類無一不擅其能事，但其治學方式則徹頭徹尾是現代的。這一點特別表現在他的專業精神上。他選定了小說史和道教史為專業之後，便全力開拓這兩個知識領域的疆土。」例如他對《西遊記》的研究，雖然他曾撰有《吳承恩傳》，但後來他面對《西遊記》書中的結構和文本的「全真味」，面對宋元明全真教史中的大量資料，多層次全方為地證明了《西遊記》從構思、演衍到撰稿，均與全真教有關連。作為對道教各派文獻都很熟悉的柳存仁知道元明以來的全真教特別講究「內丹」修練，全真教創始人王重陽及「七真」都有一批「丹詞」。於是柳存仁從《西遊記》書中的詩詞，找到它源自全真教的「丹詞」，這是非常強而有力的「內證」。柳存仁從而提出《西遊記》有一個全真教古本，確是近年《西遊記》研究中的一大創獲，它實際是對「吳承恩作」說的致命一擊。同時對當年柳存仁的業師胡適在《西遊記考證》所說的：「《西遊記》不是元朝的長春真人丘處機作的」，兩者「完全無關」，也是一大挑戰。但正如余英時說的：「他以專門學問為主體，『因人所已知，告其所未知』，故每一篇論文都有『新發現或新解釋』。他『在前人的業績上去蕪存精』，故往往能改正前人的錯誤，包括他以前業師的錯誤。因此中國小說史和宗教史這兩門學問都在他的手上獲得了長足的進展。」

作為華人漢學界「宗師」級的人物，柳存仁的治學之道，除了記憶力驚人之外，僅僅是「認真」兩字而已。余英時也歎美其治學精神說：「他的著作，無論是偏重分析還是綜合，都嚴密到了極點，也慎重到了極點。我在他的文字中從來沒有看見過一句武斷的話。胡適曾引宋人官箴『勤、謹、和、緩』四字來說明現代人做學問的態度，柳先生可以說是每一個字都做到了。」柳存仁雖已九十二高齡，但無時無刻不在做研究，據晚年與他有通信的林耀椿兄告知：「老先生一生為學術努力，歸道山前還在為他寫的《丘處機傳》拚命撰寫。」實在令人感佩！

風雨談

第一期

中華民國三十二年四月

創刊之辭

柳雨生

辦一個好的雜誌是難的，辦一個好的文藝雜誌尤難。而在今日的中國，此刻的上海，則文壇的荒蕪寂寞，莫此爲甚，尤其使人們對於文藝刊物，有望而生畏之感。

最近幾個月裏，新興的刊物慢慢的多起來了，似乎叫我們得到一點兒安慰，也得到有一點兒興奮。我們經過我們的著名文化街，無不看見五光十色的雜誌封面，我們任意停留在一條街的角落，每一個較大的報攤，無不堆積滿了近百種的書報。雖然，有些人已經在精神的食糧攤裏找到了他所要求的一點東西，有的出版家迎合着了讀者們的脾胃，有的刊物更是少有大志，懷着遠大的目標，然而，也有人在熱鬧裏彷徨起來，在彷徨中冷靜起來，他們的孤寂的心裏，依舊缺乏着安慰，更缺乏愉快和鼓勵。他們是在長期的對沉靜的出版界不住的有所期望。

有的人說，我們要在破瓦礫裏建設純粹的文化事業，我們要在艱困的出版環境提倡文化的復興。於是，在一羣從事於筆墨生涯的人們裏，有幾個耐不住寂寞者不慣冷靜的人，不免要出來拋頭露面，說幾句話，寫幾篇文字。然而，這些人多手雜，能夠務其大者遠者的，未必能見其淺者近者。而文化的目標太大，範圍太廣，在這個大動亂的時代裏，羣策羣力，殊途同歸，究非區區一兩個有心之士所能夠做得出來的事情。

譬如風雨之夕，好友三五，大家在一塊兒，共話桑麻，說說往事，究竟還可以算得是一件有意義有趣味的事。所說的結果，你是擅於長篇創作的，我打算編雜誌，何妨擬出來一兩個長篇，她是以寫家庭生活小品拿手的，也肯送上一篇飲食男女。他如喜歡托爾斯泰的作品的，何不翻譯幾個他的佳篇，懂得志賀直哉的好處的，無妨介紹數本他的傑構。你曾經主編過十四個雜誌，甚好敘述一下其中甘苦，權當好友對談，我能寫一點文言小說，偶有妙緒，也不怕獻醜出來，公諸同好。議論也行，娓談也行，小說長短篇並重，詩歌與戲劇齊登，總之，在我們這個盍各言爾志的本旨之下，古今中外，東西南北，那裏不能做我們寫文章的取材，什麼不足當我們編雜誌的對象。

固然，我們願意多見識淵經驗的文字，少看沉重大文。然而，祇要是和文藝有關的問題，題目重要，見解高超，敘事明暢，就是載道的作品，也想兼羅並蓄。在典雅之中見真實，於沖淡之極寄熱情，這原是一件事情的兩面，祇要言之有物，說老實話，讀者又何嘗少得了它。

如果我的話說得不錯，那麼，一座莊嚴玲瓏的寶塔，缺之不了堅實明徹的根基。願每一位作家和讀者，都來分一點兒匠石的艱辛和寂寞的安慰罷。

風雨談第一期目次

畫鍾進士像題記

藥堂

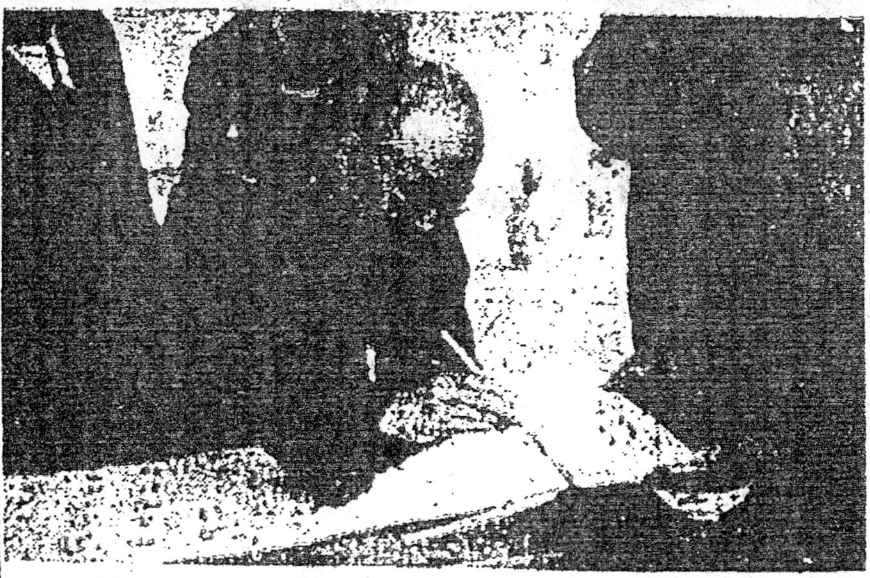

余冬心雜著六種，悉齋有巾箱小品本，稱榆仙館刻本，當歸草堂刻本，最後乃得桐西書屋刻本。當歸草堂本目錄後有魏稼孫題記，末云：

「余爲當歸草堂校刊此種，旋得湖州凌子與從邗上來書云，冬心畫記尚有吳門潘氏桐西書屋刻本，時剞劂垂成，道遠不及借校，附記於此。」

案潘氏刻題畫記五種時在同治壬申，比丁氏本才早六年，有王鴻朗跋，不言所據何本，略一比校，似反多脫誤刪改處，唯末附刻王篛甫先生畫鍾進士像題記一卷，却頗可喜。王篛甫即鴻朗，前有光緒丁丑潘介繁序，畫鍾馗題詞世多有之，但只散見各人集中，今彙爲一卷，一人之作而有二十二則，可謂難得矣。今年夏日乃又得一册，則上有紅藍二色批語及與篛題識，語多可取，且亦有足資考據處，因擇要摘錄之。卷首書竹題記自序後，吳谿題云：

「光緒三年丁丑之夏，余客楚北，椒坡舍弟以縣尉次在彼相見，各出行篋書互觀，貽我此卷，蓋購板武昌郡中者。是歲九月余歸吳郡，椒坡亦往湘楚，匆匆分手。今檢篋，此稱乃有兩本，因分一以貽棲伽先生，先生嗜畫工詩，古趣奇趣，與昔那居士殊不相謀，且與舍弟亦素交，想必展卷一笑也。香禪居士記於二魚盦，時光緒六年庚辰，端午後三日。」朱文印曰香禪，曰擬羊，前一印曰二魚盦。畫竹題記第一葉欄外朱文印曰惟儉堂，曰化生，白文印曰香禪居士，又白文曰顧芸盦印，朱文曰穉翁，曰駿若，白文曰顧竹游，曰顧蒙萊印。第一則題記首云，「微風非竹實不飽，余畫竹，竹之實歲無所收，未云，余之常饑又何怪乎。」書眉墨筆批曰：

「第一節卻是江湖口吻。」又朱筆批曰：

王漁洋朱竹垞批杜詩所謂乞相。黃山谷云，開口輒言窮，非意欲何為，又云，客來獻窮狀。張山來曰，其意但求布施耳。」卷末空白處朱筆題曰：

「先生胸襟故高，措辭而不廣，干霄堅而流上之意未見也。庚辰五月，棲伽山民。」又蠡翁題詩云：

「精玉兩景入各見，魚熊兼愛性難同，光芒太露緣何事，未免胸懷欠抱沖。民又書。」自寫真題記上亦有用批兩則，不具錄。畫馬題記卷末朱筆題曰：

「爲人學問，不宜憤激，不宜炫耀，冬心先生才氣雖優，器識終不足也，惜哉。棲伽山民。」又蠡翁題曰：

「蒼虬題跋諸詩皆不見佳。」案香禪是潘鍾瑞，棱伽則顧氏也，所評雖嚴切，然亦深中蒼虬之病。其鍾進士像題記序後亦有識語，黙筆云：

「姪余游鄧尉，值丁丑端午，付以素紙乞笈甫先生畫鍾進士象，未得也。去年閏春復往，笈甫見余即言負諾債未還，余因索之，遂出戊寅端午所畫髯帽搢踏，剛及端午，縣諸齋壁。今又逢端午，而笈甫下世已數月矣。重展畫幅，又誦斯辭，恍惚老髯醉舞筆時也。庚辰五月七日，香禪記。」又朱筆云：

「笈甫先生不得志，畫出終葵嚇小鬼，題詩無乃太疏豪，棱伽山民爲歔欷。先生游戲人，大才不售，在湖北幕，湊非主稿，寄於詩酒，年五十餘而卒矣。」據此可知王氏卒於光緒庚辰，唯云游戲人則不確，題記自署古鹽官，實爲海寧州也。卷中有用批五處，其一云：

「詩意極是，而詩之旨終不是，言盡意窮，失之於游，才大拉狹故也。」末齋筆總批云：

「此公才氣比蒼虬開闊，然器量亦狹。」所評大旨亦不差，唯此本純屬游戲，自然語多尖新，或涉排調，如欲以溫柔敦厚相期，未免失之太高。題記第一則爲張瓶野作，原本小註云：

「圖中古木槎枒，落葉半脫，老髯側戴紗帽，沈醉不能步，張天師昂冠象笏，挽之而行。一小鬼於路側屈半膝，持手板作通謁狀。下臨深潭，潭中月影與天際光相射。」第十二則爲何芝舫作，小註云：

「圖中石牀一，竹爐旁設茶具，一鬼汲水，一鬼持扇。老髯反袂側立，作凝睇狀，背有小鬼提酒壺，戟手揶揄之。山裡轉處，兩山夾一竹籃，紅綫擡題八分書四字云，六安茶尖。」又第十四則畫作年少餽館圖，第十八則作柳岸納涼圖，具楊柳風流之致，記云，「虯髯飄然，鞠躬夾侍，浩子於此，興復不淺矣。」觀此諸例，可以想見圖之一斑，題詞在上頭，那得不嬉笑怒罵耶。

王寰甫著作不知有幾種，寒齋所得此外只有游蜀紀程上下二卷，有時乃風序及自序，鮑瑞駿等六人題辭，時氏序署庚午，蓋同治九年刻也。書記同治八年七月隨幕過漢皋由湖北入四川，十月仍回武昌，棧伽山民所云關棧，蓋即指此。記文清脫可誦，如記七月初六日事云：

「初六日晴，好風送帆，百二十里。帥舟峨峨，艘於淺沙，百夫推挽，江湖上迎，天人交助，僅而得達。抵老鸛嘴，日暮遂泊。側有木筏，修廣盈畝，茅茨鱗比，儼如江村，試登其上，匠方鋸材，邪許之聲，與波相答。」我常覺得用八大家的古文寫景抒情，多苦不足，即不浮滑，亦缺細緻，或有雜用駢文句法者，不必對偶，而情趣自佳，近人日記遊記中常有之。其實這也是古已有之，六朝的散文多如此寫法，那時譯佛經的人用的亦是這種文體，其佳處爲有目所共見，唯自韓退之起衰之後，文章重聲調而輕色澤，乃漸變爲枯燥，如桐城派之遊山記其寫法幾乎如春秋之簡略了。遊蜀紀略本不是大著，不過因爲是王寰甫之作，所以收得，文章也只是帶便說及而已。

潘介繁字椒坡，偶得其所著曉夢春紅詞一卷，有吳鴻浛許庚颺二序，許序署同治己巳，或即是刻書之年，蓋在刻劣心題畫記之三年前也。民國壬午十月二十八日。

早安

沈啓无

清晨裏有晨曦的皓腕，
伸到我的夢中的臉上來。
牠疑心這個異鄉人或者落在病中，
遂用牠的光，
照上我的牀，
為我開了一面窗。

★　★　★

於是我感謝牠的難却的盛意，

我看見了隣家的小姑娘，
澆花澆草，並澆着了她夢中的
瘦小的花蝴蝶，翻飛過銀塘。

★　★　★

我看見了你的眼，
想着旅食的燕，
在不知何時雨又捲起了你的簾，
於是我開始和你道了早安。

迷離

予且

倚雲自從看見了又滄的攝影新作，心裏就起了一寘波瀾。又滄還在學生時代，攝影也不過是他的課餘消遣，即使有好的作品，為數當然也不多。不過他的興趣却十分濃厚，他集合了幾個攝影同志，組織了一個小小的攝影會，又做了一個玻璃框子，懸掛在校中走廊的牆上，有了好的作品，總把它放在框中。

五月，天上常有許多變幻的浮雲，尤其在陣頭雨的前後，就是一個最好的攝影資料。又滄攝的就是雲，放在框中的作品，也就是這幾幅雲。倚雲看見了，心中就不禁起了波瀾。

「為什麼要攝雲？為什麼攝了還要放在框內？」

兩個問題就像電光火花一般的在她腦中閃爍着，她答不出來。她以為雲根本就不是攝影的資料，攝影資料，應該是花卉，鳥獸，人物，蟲魚。

「成千成萬的事事物物，他都不攝，却偏要攝這幾幅雲！偏要把它放在框中。表示着：雲，是他所愛的，是他所注意的。」

「自己的名字，不是叫做雲嗎！」

她想着臉便紅起來。她覺得又滄如此做，實在是有意思的。他不會無端的攝雲，更無端的放在框中。

又滄是個很英俊的少年，而且也是個富有資財的少年。這與是可以從他的服裝帽履上看出來。他有烏黑光的髮，迎人的笑靨，紅的嘴唇，大的眼睛。許多人都喜歡看他。尤其是女同學，不用說，倚雲自然也是當中的一個了。

又滄的為人，是非常和藹可親的。他還有一個優點，便是拘謹自持，和他在一起的時候，只覺得有快樂沒有危險，有益與沒有恐懼。他沒有最熟悉的朋友，也沒有最生疏的朋友。他好像是天上的月，清光普照着。他照着詩人去抒寫他的情懷，也能照着乞丐去走他的窮路。

當倚雲上課而又無心聽講的時候，總是抬起頭來望一望窗外的白雲，一望得雲，就會想到又滄，也就會想到自己。究竟是不是對我有了愛，自己也不知道。只覺得以前有一次和他見面的印象，很明白的現於腦內。

那是一個晴明的下午，在校園茅亭的旁邊。王小玉正在找他攝影，自己也站在那裏，這印象實是太鮮明了。

「被攝的人那裏有攝影的姿態好！」

當時自己是這樣想着的，如今還能記得。最好的一個機會還是被自己無心的把它失去。又滄在攝過王小玉之後，還含笑的問着自己：

「倚雲小姐也要攝一張嗎？」

當時自己竟無心的回絕了他。這種態度未免太不好了。為什麼要拂了人家的好意？人家現在仍沒有忘記我，他攝了一幅幅美麗的雲，一幅幅放在框中。雲不是就象徵着自己嗎？

她的心怦怦的跳着，臉就登發紅起來了。

這種思想對她是危險的。因為她心中的愛火，可因此而燃燒。她只是一位十七歲的少女，愛火的燃燒，無論如何，是有損於她的學業的。她沒有心緒，仍呆望着那窗外的白雲。

上課的先生卻開始講授了。他說：

「法律行為生效，要有三個要件，一是當事人的適格，二是適當之標的，三是健全之意思表示。」

「意思表示」四個字卻可以引起她注意的。那些在玻璃框中的雲，不就是又滄的意思表示嗎？上面的先生又說了。

「意思表示和情感表示是不同的。」

「什麼不同？」一個問題盤踞在她的腦內，使她不得不去想了。

「情感表示，就是表現一定感情的行為。這是「情」的表示，與「意」的表示是不相同的。」

她猛然覺悟那玻璃框中的雲不是意思表示，乃是情感表示。對於他這情感表示，自己應該也用情感表示報答他。

她想她不能寫信，寫信是意思表示。也不能向他說話，說話也是意思表示。她佩服又滄這一着做得好，不露痕跡，情感是以傳達而有餘。

這一堂課下了之後，「情感表示」四個字在倚雲心內不得消滅。她想來想去的結果是「情感表示最好是送一件東西。」

「究竟送一件什麼東西？怎樣會引起又滄的注意？」

這兩個問題又在倚雲心內盤算了好半天。

在理，這實不算一回事。又滄的攝影，不一定是望着倚雲。倚雲又何必去表示些什麼？然而倚雲始終要向他表示，可以說倚雲的自尋煩惱。

第二天，又滄便從校中收發處得着了一個紙包。他將紙包打開來一看，裏面疊着的是一本空白的日記簿，簿子的第一面上寫着一行字：

「一個禮物，願你紀念着。」

又沧不能明白這是什麽意思，更不知道究竟是誰送來的。他毫不經意的放在桌上，就被同房的一位同學方盛奪去了。

方盛奪了這一册日記，便隨手翻開來。

「一個禮物，願你紀念着。」

「哎，是誰送你的？」方盛笑着說。

「知道是誰！」又沧眞沒有一些兒興趣。

「是誰？一定是個女人！」

「我那裏不知道是個女人，不過我並沒有要好的女朋友。」

方盛一想，他的話並沒有錯。他的確沒有要好的女朋友。又沧雖認識不少女同學，他待遇她們，個個是一律平等。那麽又有誰無端的送他一本日記？他覺得希奇，覺得很有興趣。他望了望又沧，又沧沒有任何的表示。他問道：

「收發處送來的嗎？」

「是的。」

「誰送給收發處的？」

「說是外面來的一個切用人。」

「眞的？」

「那你有什麽用？」又沧說着就笑了起來。

方盛對於這件事的興趣一毫沒有低減。但是被又沧這一笑，把他笑的不好再討論下去了。他無聊地走出了房，心中却並沒有忘記那本日記。

「一個女人，送他一本日記……………」

他這樣的思念着。

「這種情境，雖是太甜蜜了。他爲什麽不生興趣？他眞是一個傻瓜！」

方盛說又沧是個傻瓜，自己自然是個聰明人。他的聰明表現在下列幾點上。其一，他要探明這女人是誰。其二，他去探明，却不告訴又沧。其三，他仿着收受禮物人的口氣寫了一封信放在收發處。他向收發處的人說：

「假使那送紙包的人來時，就將這信交給他。」

「紙包是送給又沧的。」

「你忘了我和又沧同住一個房間嗎？這是一封回信。」

收發處的人將信看了看，說道：

「怕那送紙包的人，不會來取信罷！」

「你怎要想的比我還要聰明些？這不是你分內的事，是嗎？」

他從懷中掏出一塊錢來，塞在他的手內，說道：

「這錢給你買香烟罷！」

收發處的人將錢接在手中，向他笑了笑，更不再說什麼，就把那封回信收了起來，這一塊錢的力量，確是相當的偉大，收發處的人更不問這封信是不是出自又滄之手，反而希望那送日記的人來取這一封信了。

其實，倚雲怎麼會叫人來取這一封信呢！她把日記送出之後，並不希望又滄回她的信，只希望又滄在那陳列的玻璃窗中變一變花樣。她的思想很簡單，她以為日記裏既沒有寫什麼人送的，又沒有寫什麼地址。那是絕不會回信的。如果這本日記送出去有了效果，也不過是在玻璃框中變一變花樣。

她每天都要對那玻璃框中望一次，照片仍在那框中沒有變更。正如方纔一般的，每日都要到收發處去一次，那封信仍然藏在櫃中，一點沒有變更。

二

像這樣的繼續了三五天，信雖然仍在收發處，可是那框中的照片却已經變更了。

框中的照片，一共是兩張，全是又滄的作品。所攝的對象，一幅是枝頭上棲着兩隻小鳥，一幅是一灣流水，水面擱着許多落花。還有兩句題詞，叫：

「好鳥枝頭亦朋友，落花水面皆文章。」

在又滄，不過是偶然攝到了一對枝頭的小鳥，就想到了這兩句。

「我何不再攝一張水面落花呢？」

想着他便攝了許多花瓣放在水面，又攝了一張作陪。這全是隨興之所至，更沒有其他意思的。然而在倚雲看來却不對了。她以為這就是信的回音，她呆在玻璃框前好半天。

她想這一對小鳥就是指着自己和又滄。那電影中表示男女戀情濃密的時候，不是常會映出一對小鳥在銀幕上嗎？落花水面也是有意思的。花和水就是指着男女間的情愛。人家常說：

「落花有意，流水無情。」

她默念到「流水無情」四個字，心中就有點疑。送一本日記給他當然是落花有意。他也許是流水無情呢？

但是，她始終捨不得往「無情」上想。她要說又滄對她有情。其一，要是無情，不會換照片。其二，要是無情，不會題詞。其三，要是無情，花瓣盡放在水面，不應該擱在水的中央。

她想得如此精細，那一縷熱情便在心中燃燒起來。她乘着一縷熱情寫了一封信給又滄。

又滄：

看了你的攝影成績，非常欽佩。當時案頭有一本日記，便拿來送給你了。在這五月裏有誰送人日記？日記是年底的禮物，這不是我不知道什麼季節應該送什麼禮。是因為我覺得很好的禮物，莫過於日記。日記是朝夕常親的東西，不易使人忘記。日記是常供我們翻閱的東西，在回憶當中，常會得着許多的甜蜜。

信的下面，仍然沒有署名。她以為讓又滄猜出來，總比自己寫出來好。即使他猜不着，也不礙事。名字終久是要發表的，經過一番猜測再行發表，那種意味，又是多麼深長！

她這封信送出去，在理是應該套着方遜那封信的。無奈湊不湊巧，信送來的時候，收發處的人恰巧不在那裏，雖然有個代表，代表又那裏會知道裏面有這一逢玄虛！

當那送信的人走了之後，收發處的人回來了。他的代表交給他那封剛送來的信，他想到了方遜給他的那一塊錢。

「他有一封信，叫我轉交的。我自己不在便把這事給就誤了。」

「但是收了方遜的錢，這件事總該替他辦到！」

「到底這封信要不要給他？還是交給又滄？」

他正在籌思的時候，方遜已經走來了。這是他每日的功課，每日都要到收發處去一次。今天他看見了這封信，真不禁喜出望外。連忙說：

「又滄的信，讓我帶給他罷！」

他很快的便將那信拾到手中。問道：

「那封信呢？給了那送信的人嗎？」

收發處的人一時惝怳，便說道：

「給了！」

「給了？是不是前次送包的人？」

「是不是前次送包的人！」收發處的人自己也答不出，只好含糊的答道：

「大概不會錯，你想我只見過他一次，怎麼能記的十分清楚。」

方遜也不再問什麼。因為信封上字跡確是太相像了。他急急地回房預備去拆那封信。

這是午前十一時，宿舍裏陽光非常明朗。又滄正在上課，他趕緊拆開了那信，一口氣將它讀完，坐在那裏沉思了大半天。

他想這位女士是看了又滄的攝影，方纔送日記的。她不但是賞識又滄前一次的作品，這一次的她也賞識！

她愛的是攝影，自己並不會攝影，她愛的是又滄，與自己一點沒有關係。自己偏偏地寫一封信給她。這時候她也許已經看見那封信，她心裏是怎樣的奚落哪！

可是他一轉念，愁擾心便生出來了。他想她既是接着信，一定會回信的。這樣地魚雁常通，自己所做的定會被拆穿，拆穿了之後，不單是友情要失，而且人格也隨之破産了。

，一連好幾天，方盛這一顆恐慌的心始終沒有放下。但是又滄並不注意他，仍舊在課餘之暇弄他的照片。方盛看他的態度並沒有變更，他的好奇心又復起來了。

他有點迷戀那一封信，常常私下抽出來看。覺得文字樸實，情感也是眞摯異常。

「究竟是誰寫的？信中看不出。信上既沒有署名，也不是親自送的。打探出來是誰，總不是一件罪惡罷。自己的原意，本是去探明的。不想看了她的一封信，反而把自己的心思弄亂了。歇了好多天，自己都沒有進行打探。心裏老是怕着又滄，又滄又沒有什麼表示。我眞是一個膽怯的人！」

想着自己倒笑起來了。

在一個沉靜的晚間。方盛仍是獨自一人坐在房內。又滄出去開會，走的時候非常匆忙，桌上丟下了幾冊書和幾包照片。方盛無聊的去翻那幾包照片看，知道了這又是他的一批近作。他想：

「這一批照片，不久又是要去陳列罷？

「陳列不過是叫人家看。叫誰看，又滄自己是沒有指定的。而看的人當中，已經有人專門愛看他的照片，還送了日記給他，寫了信給他。」

一個新的意念走入他的腦內。

「我可以由那些看他照片的人中，推測出這寫信的人。」

「她要眞是喜歡他的照片，一定還要來看，而且一定要仔細的看。看的時候，決不會和衆人在一起，她會偷偷地獨自一個人看。」

「明天，他的一批新作品是要陳列，我何妨注意一次。」

方盛想定了辦法，就決計去實行。結果他看見了一位女同學，在四點鐘以後在那裏仔細研究照片。這時候課已經散了，大家都到校外或是操場上去游散，放照片框的那個走廊，眞是闃無人聲。

這是方盛的一個新發現。也可以說是一個很寶貴的發現。他終於看見了研究照片的女同學。

他無意的走到框前，向框中看一看，照片果然已經換上了新的。新照片一共是三張，仍是又滄的作品，第一張的題名叫做遠，攝的是一個女人的背影斜倚在窗前。第二張的題名，叫做渴看信號，攝的是一個郵政信筒。第三張的題名叫做喜相逢，攝的是園中兩個小兒，相對的跑着，那一副歡喜的神情，着實有些可愛。

他向這位女同學看一次，女同學似乎有些覺得。方盛是認識她的，不過沒有和她說過話，知道她叫倚琴，她到這個學校裏來這不滿一年。

方盛雖然是在這一個時間這一個地點遇着她，却也不能確說她就是那盜日記寫信給又滄的人。他說：

「又滄你認識嗎？」

「不認識！」倚雲的臉有一些兒紅。

「我和他同住在一個房間裏，他是丟下了課本就弄照片，一絡也不休息，所以就有這樣好的成績。」

「是的。」倚雲笑着向他說。「我也很愛他的作品。不是有許多人擠在這兒，看也看不清。現在沒有人了，看得清了。」

這一些平淡的談話並不能證明什麽。方盛却也沒有再說話，一會兒，他便悄然的離開了。

他雖然沒有得什麽便悄然離開，但他却想着：

「倘使這寫信的人是倚雲，定然還是要寫信來的。」

他沒有別的辦法，只好仍然秘密着散步，每日到收發處去看一次。

兩天之後，倚雲的信果然來了。這封信是：

又滄：

這是我寄給你的第二封信。你雖然沒有寫信給我，我總覺得從文陳列的照片，都是蘊有深意的。究竟是不是如此，我不知道，但我常想：

「你爲什麽要攝影？」

今天，我又看到你的作品了。這些懷迹，鄉情，和離相逢，都能引起我的感想和懷念。我是一個不善於說話又不善於交際的人，雖然有幾個認識的同學，但是說過了話就把他們忘記了。我們沒有說過多少話，但我看你的攝影，就像我們很熟悉，又好像說過許多話。我聽見你同房的朋友方盛君說你休息的時間，全費在攝影上，所以有這樣的成就。我以爲一個人的閒暇時光，能消磨在高尚的娛樂上，無疑的，高尚的人格也就會養成了。

倚雲

方盛得着了信，心下真是十分快樂。他聽得房外人聲，便將信趕緊收起來了。

西廂與琵琶

周越然

『西廂』言戀愛，『琵琶』言忠孝——此二者爲吾國最佳之劇本，故人人爭觀之。茲將余所見所藏兩劇之各種版刻，一一開列於此，以供研求戲曲者之參考：

（甲）西廂

（一）董解元西廂二卷，明屠隆校正，周居易校梓。明寫刻本，白口，四週雙欄，每半葉十行，每行二十四字；小字雙行，字數同。前有無姓氏序。序首葉有「願天下有情人都成了眷屬」長方印。余所見者，初印可愛。

（二）董西廂四卷，明湯顯祖評。明朱墨套印本，每半葉八行，每行十八字，前有清遠道人序。此爲商務影印之祖本。

（三）西廂記五本，元關漢卿續詞。明朱墨套印本，每半葉八行，每行十八字。前有即空觀主人凡例十則，目錄，次精圖二十面；（見圖一）後附元人增『對弈』，及唐元稹『會真記』。每本末附解證。卷首有「玉樹堂印」一圖記。此書精印全圖者，極不易見。

（四）西廂六種：

㈠王實甫西廂記四本

㈡李日華南西廂二本

㈢陸天池南西廂二本，附『園林午夢』。前有陸天池序。

㈣關漢卿續西廂記

㈤圍棋闖局，元晚進士王生（名未詳）撰

㈥五劇箋疑一卷，明閔遇五撰

明刊本，每半葉十行，每行二十字，小字雙行，字數同，收藏有「王國維」三字印記。此實西廂叢書，余極珍視之。

（五）南西廂記二卷三十四齣，不著撰人。汲古閣六十種曲本，每半葉九行，每行十九字。

（六）北西廂記二卷二十九齣，不著撰人。汲古閣刊六十種曲本，每半葉九行，每行十九字。

（七）西廂記二卷二十齣，明陳繼儒評，蕭鳴盛校，余

（圖一）

文熙間。明蕭騰鴻校本，版心下方題「師儉堂版」四字。每半葉十行，每行二十六字；小字雙行，字數同。前有陳繼儒序，湯元徵「會真記」（附圖），及「錢塘夢」。每卷後附釋義。末卷有「園林午夢」及「浙東詩」。全書有圖二十面，皆極精細。

（八）西廂記五卷，清毛甡論定并參釋。清學者堂刊本，每半葉十行，每行二十二字；小字雙行，不頂格，二十一字。前有康熙丙戌延陵與靜伯成氏序，毛甡序，雜論，崔娘遺照。此書有武進董氏石印本。

（九）西廂記八卷，清金聖歎批。貫華堂原刊初印本，白口，左右雙欄，每半葉九行，每行十九字，小字雙行，字數同。收藏有「汪寶」及「漱山」二印。

（十）第六才子書西廂記八卷，清金聖歎評。巾箱本，每半葉八行，每行十六字；小字雙行，字數同。前有康熙庚子呂延鏞序，又圖像二十一葉。

（十一）西廂記十六卷，清朱璐批評。舊鈔稿本，每半葉十二行，每行二十八字；小字雙行，字數同。前有西廂總論，張珩序，朱璐序，鐘氏原序，又讀西廂記法。後有陳正治跋。批評者及序跋者，皆浙江山陰人。

（十二）西來意四卷，潘山恆忍穿鑿道人說意。清康熙中刊本，每半葉九行，每行二十字。前有康熙己未今釋序，庚申潘挺序，丁未沈謙馨序，庚申蔣黨小引，諸廷瑾序，己未俞汝言序，西廂說意，西廂作法，節錄，記事，又「會真記」及後跋。後有諸元勳西廂辨僞一卷。收藏有「君山草堂」，「徐潤民藏」，及「江寧邵氏」三圖記。此書反駁聖歎評本，其文字亦與通行本不同。辨僞一卷，識見甚長。

上列「西廂」十二種，以（二），（三），（四），（七），（十二）爲最精。「西廂」有法文譯本，似不甚佳。熊式一之英文譯本極精。

（乙）琵琶

「琵琶記」，高明所作。明字則誠，永嘉平陽人，元至正進士。當時之人以作「琵琶記」者爲高拭，誤也。相傳高明與王四友善，四以顯達，棄妻周氏，而坦腹於時相不華氏。明挽救不得，作「琵琶記」以諷之。名曰「琵琶」者，以其中有四「王」字也。趙五娘者，以姓傳，自趙至周，其數適爲五也（依百家姓言）。牛丞相者，以不華家居牛渚也。張大公者，明自寓也。下列者，爲余所見「琵琶記」之各種版刻：

（一）影印元刊本『新刊巾箱蔡伯喈琵琶記』二卷四十三齣，白口，單魚尾，左右雙欄，半葉十行，行大小十八字。前有圖十葉，取自明吳興凌氏刊本（見下文第三種），非此書原有也。後有復翁，牧庵，松禪，雲濤等跋。原書於民國二十年冬在滬市見過，似非元本，而爲明嘉靖間刊物也。

（二）芸林別墅重刻『元本大版釋義全像音釋琵琶記』二卷四十二齣，白口，單魚尾，雙欄，半葉十行，行二十五字，小字雙行，字數同。眉上欄內均有評語，每卷末附音釋。全書插圖五十七面。

（三）明吳興凌氏朱墨套印本『琵琶記』四卷四十四折，白口，單欄，半葉八行，行十八字，小字雙行，字數同。字旁有朱圈，批亦朱色，在眉上欄外。卷首有即空觀主人（即凌濛初）凡例十則，吳興三珠生（即凌延喜）跋，又精圖十葉（見圖二）。卷末有附錄四葉，又弘治戊午白雲散仙序。

（四）明武林容與堂刊『李卓吾批琵琶記』二卷四十二齣，白口，單魚尾，單欄，半葉十行，行大小二十二字。眉上欄內均有批，總批附於每齣之末。卷首有精圖二十面。

（五）『琵琶記』（六十種曲本）二卷四十二齣，上白口，下黑口，左右雙欄，半葉九行，行十九字。

（六）清康熙中刻『繪風亭評第七才子書琵琶記』六卷四十二齣，白口單魚尾，左右雙欄，半葉八行，行大小十九字。前有康熙丙午浮雲客子序，康熙乙巳吳儀傭庵序，又釋義。首葉有『此中有真意』一印記。

（七）三多齋刊『繪風亭第七才子書』六卷四十二齣，白口，單魚尾，上題『第七才子書』，下題『映秀堂』，每半葉八行，每行大小均十九字。前有張大倫題，圖十葉，釋義，寫情樓，雍正元年陳方平序，又八比文二十三首。每卷首葉有『映輝堂與』一印記。

（八）金閶書業堂翻巾箱本『成裕堂繪像第七才子書琵琶記』六卷四十二齣，白口，單魚尾，四週雙欄，半葉八行，行大小十六字。前有雍正乙卯程士任序，康熙丙午浮雲客子序，康熙乙巳吳儀傭庵序，又圖二十四葉。末有一手跋云，『乙丑閏月上浣芳甫讀一過』，下鈐『熙臣讀過』四字白文方印。

以上八種，以凌刻朱墨本爲最難得，容與堂本精印者亦罕見。第七，第八兩種，均第六種之重刊本也。『琵琶記』亦有法文譯本。

（圖二）

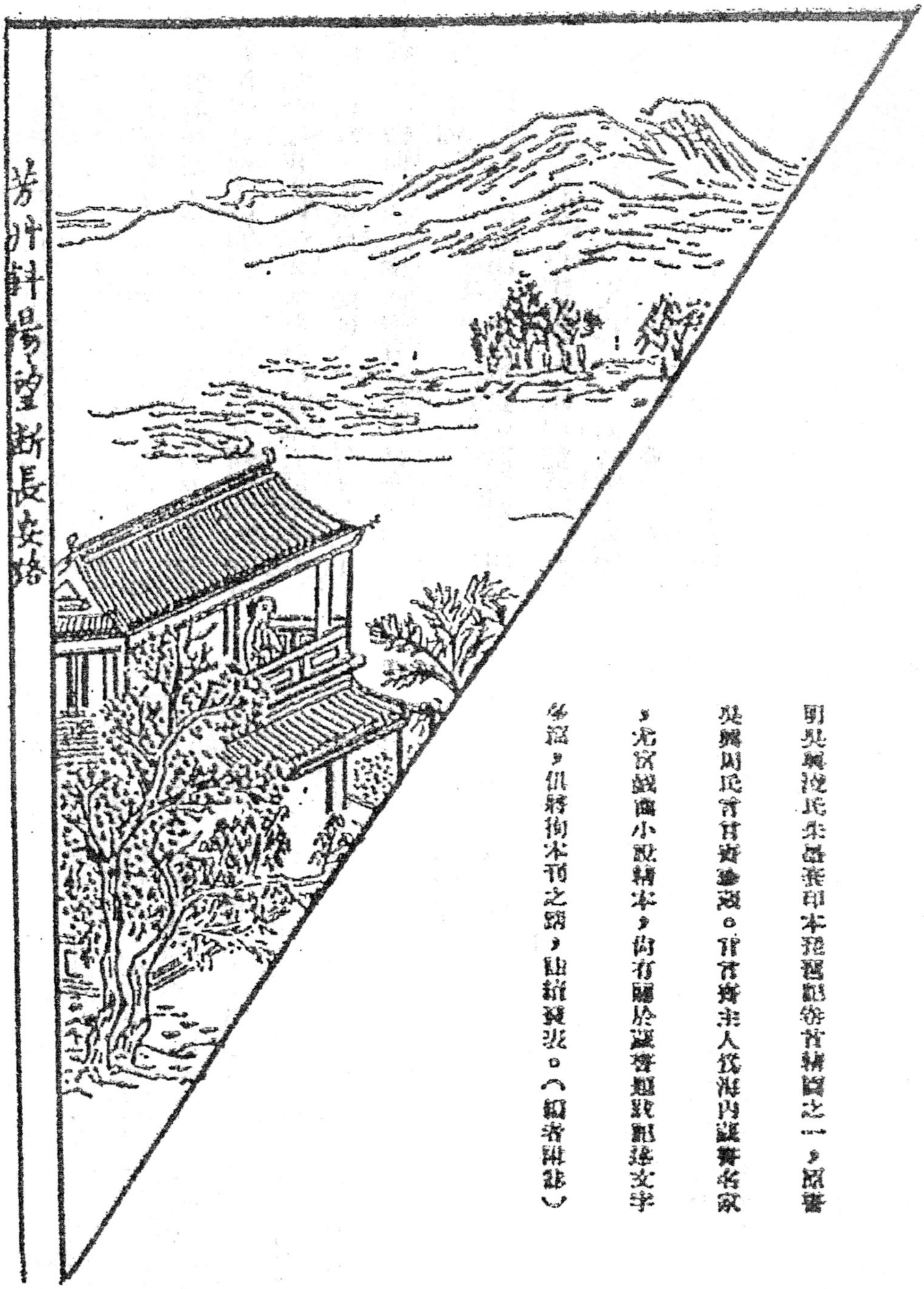

明吳興凌氏朱墨套印本琵琶記插畫精圖之一，原書吳興周氏言言齋舊藏。言言齋主人為海內藏書名家，尤富戲曲小說精本，尚有關於藏書題跋輯錄文字多種，俱將付本刊之頁，陸續發表。（編者附誌）

秋

横光利一

李吉人譯

在那湧出強烈的鹼性的熱水岸邊，聳立着一座幾百餘尺高的斷崖來，由那斷崖的樹叢裏隱得見一條像瀑布似的道路。這是把木材從上面滑溜下河的一個通道，每天卻只活動一次，平常是沒有人通行的白色而峻峭的山坡。

這一天早晨，剝了皮的白色大幹的木材，從這坡上滑溜下來了。因為是一根一根地往下溜，所以木幹的衝擊，聲音響得像從眞的木琴山音，有的撞倒着先來在半途的同伴，有的翻了個觔斗忽然滾了過去，卻又俯臥在草叢裏，斜斜直地的圍成整塊式的木欄，堆積在道路旁和河邊。

到這兒洗溫泉浴的客人，每逢聽見這種山音，照例就聚集到對岸的路旁觀看；這時，到這裏來觀看的人羣裏，八重子也帶了小孩從旅館到那路旁去。忽然在聚在一塊的洗溫泉浴的客人中，有一位差不多四十餘歲，穿浴衣的人，向八重子問道：

「請問……這位不是津田小姐麼？」

結婚前的八重子是姓津田，所以她回答：「對了，我是津田，但是你呢？」她反問了之後，還表示着像是認不得的樣子。

「我是相川。我們好久沒有見了。」

這男人也許想裝出很快活的笑容，可是他的一雙大眼睛，卻只在那不移動的黃色皮膚裏，眸子因了閃耀涼的光溜了。八重子雖然聽見了相川的名字，仍尋不出什麼過去的記憶來，驚訝的只瞧着那男人的面孔，這時，那男人忽然又說：

「大約你忘記了吧，因為這已經是很久的事了。小時候常在這裏溫泉，跟你一塊玩過的相川就是我；那時我正在尋常小學一年級，我想，你那個時候，大概總是在五年級吧。」

被相川這麼一提，八重子纔憶起少女時代的一件事情來。那是在一個冬季洗溫泉的日子裏發生的。

「啊！是相川先生，我想起來了，眞對不起，可是，你改變得多了，眞是改變得多了。」

因為已經是過了三十年的光陰，怪不得他面貌的變化會敎她這麼驚訝；而且現在她簡直看不出相川的面容還留有一點兒原有的痕跡，只是叫人覺得人們的面貌那裏會變得這麼厲害。

八重子因爲未曾見過有人像相川那樣的變化，所以纔說出這樣的話。

大約在三十年前的一個冬天吧，有五六個同住的小孩，被寄閉在屋裏不能出門，於是都集合在一間屋子去做種種的遊戲。遊戲剛完的時候，忽由這個集團裏像是隊長資格的八重子提議，又做一個自古就在這地方流傳下來的遊戲。八重子現在若是想起這個遊戲，還會覺得周身要流出發抖的冷汗呢。這個遊戲法是——用白紙寫上大字的片假名『タレサマダ』貼在牆上，輪流值班的人便要好好的坐在那張紙條前，先念一念紙上的字，然後說出自己最喜歡的人的名字，閉上眼睛，那麼，前面的牆上便會冉冉地出現那所喜歡的人像來。相川這時的母親是繼母，他的生母是在一年前已經去世了的，大家都也知道，祇因爲正在玩着遊戲的時候，所以沒有人理會這一點，就以年紀最小又能識字的人，順着順序開始，大家選擇相川做第一名了。

『タレサマダ』（是誰呀。）

在寫着這紙條的牆前，相川被命令把雙膝整齊的跪好了，剛纔會念片假名的他，便一個字一個字往下念去，念完之後，八重子又命相川說：

『喂，閉上眼睛——閉上眼睛了麼？那麼你歡喜誰呢？你說你喜歡看的人的名字吧』。

『媽媽。』相川這樣的回答。

『媽媽？喂，你的媽媽不是已經死去了麼？是要現在的媽媽麼？』

『死了的媽媽。』這樣，相川又喊出了一句很有精神的回答。

『是麼？那麼，你得想着死了媽媽的臉。好麼？別動呀——好了，想出來了吧？』

『是！』相川照樣閉着眼睛，拚命的向牆壁不住的凝視着。

『那麼，睜開眼睛瞧着牆上吧。』

被八重子這麼一喊，相川便睜開眼睛，老是望着那牆上。

『看見媽媽了吧？沒有看見嗎？』

相川閉目不回答了。

『那麼你把牆上的字試一試從下面念上去吧！』

相川又從下面把各字一字一頓的往上念着『ダ，マ，サ，レ，タ』——（上當了。）

相川剛念完，大家便嘻嘻哈哈的笑着鬧起來了。相川在衆人訕笑聲裏像呆如木雞一般的坐着，現出一種莫名其妙的神色，悻悻然的轉動着他的頭部，呆望着牆壁上的字和大家的臉龐。這時，年紀最大的八重子，曉得相川已經踏入了悲哀的迷途了，雖說是玩耍，却覺得這種遊戲，未免太殘酷了。她突然的這樣懊悔之後，便把障子門忽然地打開——「喂，看那個山來吧！美麗極了，全是雪呀。」

她把大家的話柄，都給移轉到門外的雪山去了。大家集聚在欄干旁邊，眺望那像水晶堆的高山，滿鋪着皚皚的銀雪，不覺拍手喝采，早已忘掉呆坐在那裏的孤獨的相川了。

在洗溫泉的時候，也是相川爲了無聊的關係，常常到八重子的房間去找她。聽了相川每次來的談話，八重子漸漸明瞭他的身世和來歷；據說他受了繼母的虐待，家裏不能居住，所以小學校畢業後，就到各地去流浪了。到了二十八九歲的時候，他便和一位婦人結婚。最初生了一個兒子，却是啞吧。經過一年之後，又生了一個女孩，也是個啞吧。屢次遭受這種不幸的打擊，相川的妻因煩惱過度，竟也發病瘋狂了。

「這都是因爲我獨身的時候，過於放縱的關係，都是由於我的放縱惹出來的禍根。」

相川這些話，似乎表明自己知道小孩們的不幸，都是因他年青時代得來的性病使然的。他不敢把責任推諉到他的祖先，却歸咎自己，說了後便呆然的低頭下去。大概他每有什麼不幸，都把那不幸的事情歸罪於自己，因此，他的腦筋也有些刺激壞了。他因爲患了腦病，所以也來這裏洗溫泉浴。

「那麼，你現在做着什麼生意呢？」

八重子雖然知道相川的家庭從前有相當的資產，在離這裏不很遠的鎮上經營一家香菸舖；可是這次還沒有問他做什麼生意，又想他既離開家庭，不一定仍能守着舊業，所以就這樣問了。那知相川的老家因跟人家經營煤鑛，竟一敗塗地。那煤鑛由相川老家出資的時候，煤質惡劣，所以沒有買主，以致傾蕩盡了相川的家產，及至接辦的買主來到的時候，事情就馬上轉回過來了。那是把摻雜在煤裏的粘土用河水洗掉，然後販賣那些煤屑，這樣，煤鑛就興旺起來。不過相川家的失敗，竟轉變到意外的方面去了。煤鑛主人早就知道洗那粘土的結果，河水一定會夾雜煤屑，變成汚濁的黑流，同時這河水所灌注的近海便撈不到魚；所以他在開始事業以前，便對這一帶的漁村團體，捐助了一千圓，收買收買他們的歡心。因當時的漁民，那裏知道這是計策，見着一千圓，便以爲是「神明顯靈」，好不歡喜的收起來了。不久，鑛主果然把煤汁放入河裏了。正如鑛主一個人設想的樣子，那近海的地方，連一條魚也撈不着，到這個時候，漁村居民纔惹起憤恨，但已一籌莫展，後悔無及了。

「那個山也在對面，從前我住在這裏時，很喜歡到那邊去釣魚，可是現在也不行了，前天我再去試過一次，的確一條也捕捉不着。」

起初，八重子以爲相川是因爲念於要說自己「有作爲的轉變」的悲哀，所以忘掉了他的問句，不答復他現在做什麼生意。及至聽了這些話，她纔漸知道相川的回答是有先說這個前提的必要的。

承繼了相川老家的鑛主，因爲沒保犯了漁村的衆怒，所以他便想選拔特選那個地方民心的巡警，去做探鑛公司的高級職員，後來這計劃也已成功了。

看見忽然減少了巡警，又陷於困窮的這個地方，以及漁村的種種不幸，躲在一個小鎮經營雜貨舖的相川，便更決心要做警官去監視那探鑛公司鑛主和職員的狡猾。他雖然暗中開始用功，却自知剛能受了歷年來不幸的打擊，已耐不住那警官的繁瑣事務了。

「我在這裏遙望着那座山，想起人家都稱贊它的美麗，但是，由我看來却也不盡然。」

眺望着那夏天的浮雲正高懸在山巔，相川這樣說後，就沉默下去了。八重子從他的眼睛裏，忽然懷起從前住在那座山頂圍下的屋子裏，向着稿紙把「タマサレタ」一個字一個字念下去的那少年時相川的影子。

回到東京以後，八重子暫時把相川的事情給忘記了。有一天，八重子看見朝向街外一所出租給人家的房子騰了出來，她便想把這所房子，便宜地租給相川。一來是因爲在郊外，二來又向街外，所以她想叫相川來這裏賣菜，一面可以教他兩個兒子上聾啞學校，一面也可以給他太太住癩病醫院；總能減輕些相川的不幸。八重子這樣想定後，便給相川寫一封信，除去把她的意思詳細敘述之外，並且說他如有意思的話，那個房子就不租給人家，留給他用。不久由相川來了一封回信，說這正是他求之不得的好事，千萬託她幫忙，他決意收拾鄉下的舖子來住了。八重子接了信，知道鄉里的老朋友要來做鄰居，也覺得很安慰快樂。

八重子的這個主意，的確是給相川再好沒有的幫助了。不久相川果然來東京，開了一家菜床，規模雖不大，他那鄉下人固有的誠實和由艱苦耐勞養成的謙讓，却很使一般人對他發生好感，而且像他一家那樣的少有的不幸，竟自然的變成了他的招牌，大家的同情心都不知不覺的集中到他的舖子來，舖子就意外地熱鬧起來了。相川既能給妻住醫院，又能讓九歲和八歲的兩個小孩寄宿聾啞學校，也就稍微放心。他雖然漸覺繁忙，一到下午，却還能繼續着背菜自己拉着車子到去醫院那邊去探一探頭，到了月底，他還要到聾啞學校去繳一次學費，回頭又得繞到癩病醫院去給他的妻繳納一些費用，順便看一看她。每次去看她的時候，妻的臉總老沒有什麼顏色，而小孩們却都很想回到他的身邊來，這不由的使他歡喜來的，含淚而回。他看見小孩們這樣要回家，很怕影響到他們的功課，所以他從那月以後，就自己不再去了，只託別人代繳學費。他想暫時和小孩們不見面，那知有一天突然由品川警察局送來了一張傳票。他到局一看，原來是他的大兒子因想見他父親，私自出了宿舍，迷迷糊糊在歧路彷徨；學校方面發覺了，慌忙打電話呈報各方面，雖然電話不能通，而警察局却很快的就探出了相川的住址了。相川不忍心罵他的兒子，祇有向學校賠個不是，請求允許他兒子復校，結果他每月底還是要去看他們一趟。

相川每天都到八重子家裏去一次。他沒有說過什麼不對的話，每逢八重子問他的時候，他總說說小孩子們的事情。他一個人既要燒飯，又要辦貨跑街以至於發貨，而且主顧也一直的增加，事務更見紛雜，漸漸使他有忙不過來的樣子了。

「僱一個小孩或女傭好不好？」

有一次八重子這樣勸他。他也想僱一個女傭較為方便，因為他覺得最困難的是燒飯。可是他現在正過着獨身生活，怕沒有人肯來做他的女傭。假使有人肯來，而兩人之間會弄出什麼事情，怕也可想而知；況且找個女人來住在家裏，雖然發狂的妻不致於怎樣，可是一向很希望兒女的相川，總會更覺到一層隱痛，這也很明顯的。

相川向八重子的空地借了一小塊地皮，在這裏種了鋪路草多的蔬菜。這蔬菜種植的繁茂當然使他很開心，尤其使他欣慰的是兩個兒子漸漸對學校感覺有興趣了，這更的確使他高興。

相川最覺意外的是他的女小孩。對這個女孩，人家往往在他的背後說「好像白鶴生在雞坑裏。」她眞是一個美麗的小孩。她又溫柔又伶俐，直隆隆的一管鼻子上面兩隻像杏子一般大的眼睛，透着一種溫雅的姿態，在那左近確是不可多見的女孩；八重子初見她穿着非挺的水兵服的時候，險些兒說「這就是你生的女孩麼？」幸而自己抑止，又嚥下去了。

八重子自己有兩個兒子和一個女孩。有一次她在無意中漏出她很喜歡像相川那樣的女孩，雖然是個啞吧，不妨娶做大兒子的媳婦。為了這個笑話，她竟被她丈夫罵了一頓。近來，因為這附近已沒有一家用貨車販賣青菜水菓兜賣的這種古風的菜床，所以相川一過，附近的太太們都覺得心開意朗，各處小胡同也格外現出一種新氣象，家家戶戶都有女人在那裏伸頭探顧。相川並不說話，老是從那黑臉裏閃出幾縷眸光，默默的過去，這倒更有意思的喚起了太太們的興趣。他每天老是這樣繼續下去，他那世上少有的不幸，竟使他轉變成這附近的生活上的英雄，大家的情況要是一比他的特有悲慘境界，彷彿覺得由衷耳裏忽然浮起一種快樂來。家庭裏的太太們的談話，自然會傳到小孩們。所以小孩們若一看見相川拉車經過，便聚集到那滿載着季節的水菓旁邊，有的竟敢看相川送菜到主顧廚房門去的時候，乘間偷竊他留在車上的水菓，相川雖然一看便知道誰是犯人，却裝做不知，也不多問。

相川的菜生意是利市三倍。但是他從洗温泉浴會見八重子以來的頭痛，却仍沒有治好。相川每月底到醫學校又轉赴腦病醫院的那一天，常整天閉門。他雖然對主顧們說是因病休息，可是，從沉在不幸的深淵裏的人，無論他怎樣隱瞞自己的行爲，總是隱瞞不了的。相川也同樣的瞞不了嘲笑他的太太們。

「昨天休息呀？」

被人一問，相川祇得回答：「是的，總是爲了這個頭……」，這馬上就成了太太們的話柄——「總是爲了這個頭……」。

這句話又成了一種出菜的標記，叫家家戶戶都發出笑聲來。這樣的人緣，使相川和同鄉八重子的援助分開，而提到太太們的餐盟裏去，受她們的照顧了。相川和八重子家，可算是有特別的關係的，然而和其他的主顧們，也深融的結了一種不是一個像普通的菜販子的關係；每有什麼事都要找他去幫忙，有的託他請醫生，有的要他介紹女傭，有時候還去排解人家夫妻的打架，有時候略上被邀去替別人看家，他的事情竟逐漸發展到意外的各方面去了。這樣愈來愈複雜，鄰近互相不睦的都要找他排解，東家西宅的勞苦難過的事情，也要向他訴說。他到了一個地方，那個地方的太太們便不放走他，隨着便嘮嘮叨叨的講她們的糊塗笑話和得意的事。相川照着各家各戶的情形，唯唯否否的聽了她們的話，又不洩漏給人家知道，所以左鄰右舍的秘密，都蘊藏到他那病痛的腦裏去了。有的說主人放蕩，新水太小，有的說後娘和兒子打架，有的說水溝堵塞不通，有的連他家貓吃了自家魚的拉雜事，也要向他說一說。

這裏，特別使相川同情的是斜對過有一個傻子住的那家。這家的傻子雖然纔是十三四歲，可是一鬧起來就很有氣力，若是主人不在的時候，常要拿菜刀亂揮亂鬧，除相川以外是沒有人能制住他的。有一次對面的太太忽然發出尖銳的聲音狂叫相川。相川跑去一看，原來那個傻子的母親正躲在那個狂揮菜刀的傻子的旁邊，縮成一團，拿出繩子要相川綑縛她的兒子。相川接過繩子把繩子咬在嘴上，偷着空，便將那把刀搶下來，把這小孩綑住在柱子上了。他的母親一面哭一面說：

「綑緊一點兒吧，再緊一點兒吧！」

這時相川也聯想到自己的兒子，不覺眼淚一滴一滴的流下來，照她所說的樣子，細細緻緻的給他綑縛好了。這個傻子的腦筋像是因生理變化而趨錯亂，每月總要胡鬧一次，相川每想到該是時候時，不出兩三天，那個傻子便又鬧出揮菜刀的事情來。

相川的男孩子的成績，雖然沒有什麼可觀，然而他的女孩朝子的成績，卻是異常出衆。無論那個聾啞學校，都是一樣總對不用打手法作語言的教授。但是對於口話法教授，卻都很詳細很親切的。教室裏的四圍，都像理髮店一樣，排着鏡子，一班聾啞兒圍成了圓陣，只說要教一句「オカミクダサイ——給我餅乾吧」，也得把餅乾放在面前，教師先將努動舌，口裏作聲給他們看了幾百回，然後誘導他們模做，又要教他們學習呼氣的形態和發聲，教師的耐勞刻苦確是非比尋常的。相川的女孩的「幾點」似乎比別人沒有什麼特別，然而對觀察教師口裏動作的注意力，她雖較人遲些上學，卻異常銳敏，她的聲音一點兒也不受別人的語氣妨礙，能發出很纖細很優美的音調。

八重子自見他那可憐的小孩以後，一向不看待她是一個外人，常替相川到學校去繳納費用，送些衣服，順便很喜歡的去探望一下她的教室。朝子也很喜歡八重子。有一次她從教室的後面瞧着朝子上課的情形，見着朝子回答教師的語言，的確比誰都輕快而明朗。

那正是五月的時候，大家由窗戶望見鯉幟在高空隨風飄蕩，教師發出：

「從窗口看見了什麼？」

的問句，對答「是鯉幟」，答得最快的是朝子。

「コヒノボリ（鯉幟）是幾個字呢？」

教師又問了。衆孩子們便屈指計算，朝子一個人卻不看乎，搶着先答：

「是五個字。」

又把コ（來）字念ココココ之後，教師又問

「叫ココココ的是什麼？」

「是雞。」這也是朝子一人答得最快。回答了之後，那些完全聽不見聲音的孩子們纔各自參差不齊的回答：

「雞雞，雞。」

八重子每見朝子愈長愈漂亮，心裏覺得非常高興，又看見學校用實物教授讀話，發語，發音，很有驚人的進步，一點也不使學生們厭煩，八重子已對小孩們沒有什麼顧慮。只是相川的妻患那難治的病，還使她不大放心。相川很不得把妻的病趕快治好，使她看一看已能說話的小孩子們的近況，八重子也和相川一樣的想着。有一次，相川因要帶些夏天的衣服給妻穿用，八重子也跟他一塊去，順便還想要到腦病醫院去探一探她的病。相川的妻在一間狹小的屋裏，用色紙小心的在貼着縫子，一點兒也不知道她的丈夫來看着她。相川得了醫生的准許，叫她脫下衣服，給她換上自己帶來的新衣，就用梳子給她理一理散亂的頭髮，按一按她的背；雖然旁邊有人，他却毫不介意的撫按着他的狂妻。

八重子站在門口不敢進去，相川詳細地給織江捻點了指甲的長短，又怕她有什麼毀傷，再給她看了一週，纔說：

「竹村的太太來看你啦，你不向她道謝麼？朝那邊吧，那邊。」

他這樣一邊說，一邊正給她緊腰帶，剛着要轉動她肩膀的時候，她忽然湊巧地咬着了相川的耳朵。

「喂，幹嗎呀，別淘氣。」

他被八重子瞧見了他替做他的妻在沒病的時候纔要這種愛慾的行爲，不覺紅臉起來，微皺了眉頭瞪她。八重子再看見他把腰帶給她結成大鼓形的時候，眼顯得幾乎要轉過身去，却又停住了視線，仍守望着。

「請進來，請進這邊來，太太！」

被相川這麼一請，八重子便走來靠近那剛換的猫酒而點綴着細細地錦泛花紋的浴衣的織江旁邊。

「喂，是太太啊，喂，這個！」

「別這樣說吧，不如把小孩們的事情告訴她吧。」

八重子覺得忽然有一種像要換毛蟲的那種恐怖，說了後又嘗試的對織江發問：

「織江姐身體好了一點麼？」

「昨天晚上來了一隻大狗，那大極啦，但是，那是個破花狐兒吧？」

織江好像要探望什麼的樣子，把頭伸出去，却又碰着從高樹射來的光線，不由的閉了眼睛，展開笑容，婧婧的這樣叫八重子。

八重子做了個要往後閃走的姿勢，緊握着手提包的鐵製的搭攀說：

「朗子小姐和延少爺都已經會說話了。你趕快把病治好吧。」

這些話與其說是對織江說的，不如說是對相川說的，她雖然再說了幾句探病的話，但是這給織江當然是沒有一點兒影響。

「就像，喂，這位是很幫忙我們的太太啊。」

相川也好像要藉這個機會，向八重子表示感謝。用手推着織江的肩膀，要她轉向八重子那邊去，八重子覺得似乎面向着一個無目無鼻的「白泥」，雖然摸不着什麼，却從胸中湧上一種鬱悶的惡心，覺得很不自在。

八重子在歸途，心裏還被相川那孤獨生活的情景纏繞着——

一句話也聽不見的兩個兒子，跟人家不能說話的妻，被這些束捲包圍著的日常生活——在寂寞的郊外與她的飛車裏，和八重子並排的相川，他的胸襟祇映出洽醞著的一陣涼氣。

栗子剛由店頭消逝，而給非正上市的時候，相川的妻出院了。可是她回來後，兩三天都躺臥在床上，任你怎樣推拉，總是昇不起來。偶而起來，也把晝夜顛倒，鬧個不清。有一次她一個人出去後又回來，向相川拿出一個紙包，放在桌席上說：

「唷，我拾了一件好東西，你看看。」

相川把紙包打開一看，原來是包了一塊山藥和一隻四腳蛇。這樣一切都恢復原狀了。再要住醫院的那天晚上，她江到進八重子家裏，却不進門，在院子裏喊道：

「太太，我就要走了，到那邊。」

說完之後，似乎故意把木屐鏗鏗的踢著踏石，使它發出快樂似的聲音，漸漸遠了那皎皎秋月照射下的庭院。又變成了孤獨的相川，忽然垂頭喪氣，店門也常閉著不開了。冬天有一日，八重子去探望相川的店，看見有一位生疏的女人，坐在排得很整齊與平常大不相同的桑椹裏。因為她臉上沒有搽脂粉，他不出到底是多大年紀，然而對客人的應酬却似乎很老練，又很和藹活潑。八重子想著是相川新搭的女人，相川總不該沒說一句話，便不進店裏，祇走過門口就回家了。看她那種笑容，既不像幫忙的人，又不像普通的女傭，八重子想如果是那一方面的女人，相川總更不好意思對人說明，也許是為了這樣，所以他還不敢向人介紹。就裝做不知道了。

然而已懂得了寂寞的相川，他屋裏忽來了一個陌生的女人住著，那能不惹近隣主婦太太們的注目？不久大家便拿她做話題了。相川每到一處時房口，便被太太們拉住問話了。平常親昵的那些太太們，開口個向那訥訥然不出口的相川盤詰道：

「那是你的什麼人？是女傭還是太太？」

就是這樣被盤問的時候，他也往往想不出那女人到底是自己的什麼人，只有曖昧地回答：

「是什麼呀！」

因為這並不是假裝假來的回答，所以這句「是什麼呀！」也成了太太們的笑柄。相川也知道太太們同情他並不是什麼，祇是可憐他苦了孤苦而已，所以這次有了女人做伴，生意上是一定會受到不好的影響的。他早就覺悟了。他怕出門兜賣被人盤詰至無話可答，索性就叫她到外面去幫忙，一來也可教他學些生意，二來可教她在女客之間嘮嘮自已做男人的苦楚。相川這樣想定之後，便不出去拉貨車兜賣，光叫那女人代替自己去訪問主顧了。

那女人的名字叫正枝，她無論對生熟人都是一樣跟他隨便談笑，這種光明無邪的濟質，是她的特長。她從前是在鄉下一家酒樓做給人倩酒的女招待，後來因爲相川常到那裏喝酒做息，正枝同情了他的境遇，先以幇忙的形式來幇他的忙，不久他們生活便不止此了。正枝本也打算僅是幇忙的意思，去做他的跑外的夥計，後來因爲周圍的太太們在有意無意之間稱她「太太」；她便也以此自任，後來連主顧們的太太不叫她，她也把自己的不幸都說給大家聽了。正枝本來就很多嘴，不論碰見誰，便老實的說她要說的話。有一天晚上爲了瓜瓜小事和相川打架，祇爲了一天，便給人家全知道了。她那結實的胳膊，高高的身材，倚就在主顧們門口邊的柱子，揚着眉說：

「哼，像我這樣人將來會變到怎麼，誰能知道呢？住院的家裏太太若是射好的時候，那能叫我作得了呢，不知道什麼時候要被人家趕出去哪，我想到這事情就難受極了，我就是往你—我急得不得了！」

她在這樣咕嚕着的時候，若是偶爾碰見了賣魚的年青小夥子或是他人，便忽轉個話頭，毫不怕羞的調戲着他說：

「喂，你臉上顏色不好，我該到過什麼地方玩去了吧？」

正枝這種輕浮的氣質，竟與相川的鈍重的個性相得益彰，增加了許多的主顧。她那自己把自己的秘密和勞苦絲無隱諱的態度，倒解開了街坊裏太太們的猜忌，家家戶戶的太太們也都把自家的勞苦和秘密，一件一件沒提防的跟她說了。大家都沒覺到你構陷我，我構陷你，攜來攜去都要墮入可怕的深淵。

實在說上爲了正枝的關係，已變成多麼有趣的劇場了。這劇場裏常常演着徹夜相川和正枝爲兒女和要鬧出來的報告，大家又從這報告而覺到——果然不出我所料——的快感，更覺多一層的興趣。這樣正枝和隱居在家裏的相川恰成相反，她在外面一邊擴張生意，一邊擴大夥計，自然而然的造成了她的勢力，倒能壓倒相川了。也許是她後來的關係，她還不曉得相川從前一個人毀了不少的勞苦，總隱隱的造就今日這堅固的信望。她以爲對她們這樣漸近漸高的信用是由她個人的力量做出來的；這種錯覺使她妄自尊大，終於忘卻了憑顧客自己的根基，只求合着人家的同情。利用她在柴堆堆積鍛鍊來的假技，翻去覆來，大有銳不可當的趨勢，這使沉默的相川的痛苦的心更深地到胸坎裏去了。

「是啊，我不像你們的太太那麼能幹！」

正枝若吐出了這種話的時候，便是表示那天晚上相川和正枝的煩惱會發生紊亂的預兆。他倆的生活，的確是不能理喻的。總之，他們兩個人吵鬧的根源，都是潛伏在瘋子織江一人的身上，這誰一見也會明白的，祇是不知織江的病，何時纔能治好回來，在這抑鬱中，在這裏忍苦掙扎過活而已。相川這邊味等着妻子能够無非早日回家團圓，他往日所流的汗液，和艱苦都是歸到這條希望上面；但是正枝卻以為他遇到這希望的那天，便是她自己的不幸臨頭之日，那麼她到底為誰流汗，還不是得過那落無補償的生活；有時候她忽盼望織江的病找好永遠不能恢復，只要她的瘋病永遠不能恢復，那末她願意把自己掙來的錢，繼續給她醫治一生，不過對於相川所求的希望，決意要用！把衣給他盜上的。

「叫我怎樣辦呢？我不能老做人家的腳絆呀，快讓我回去啊！」

起初，雙方還忍氣吞聲，末後便一個叫走一個嚷要走，最後便在那街菜堆裏跑來跑去的亂跳，夜裏的淒涼激烈的爭鬥，到了天明，家裏的羅雀半步，都破碎得狼藉滿地。這個事情馬上又由正枝傳到外面去，多則三天，少則一星期，鎮上無不傳播着這種爭鬥的消息。有時候正枝一跑出去便兩三天不回來，那時候便由相川本人再拉出菜車去販賣，所以太太們雖未踏說，便能先猜着昨夜的事情了。如果是正枝和相川都休息的時候，大家也知道這一定是相川跟着正枝的後頭去找她的。

沒有一天不吵架的家庭。所以，相川家裏的打架，馬上就影響到各家庭，附近一帶的家庭無不受到他的牽累，有的因為看近菜床常告假，便想要換一換鋪子，而太太們的秘密和性格卻又都被相川他們抓住，恐怕隨便換了鋪子，會惹起正枝來宣露他們的秘密。大家發生了這種不安的念頭，總感覺相川家對附近的潛伏的影響力，甚至包含着可怕的威風。可是這時大家都已懶得幾及了。過去，有時候太乘興太同情，有時候笑得捧腹絕倒的這些太太們，這時都覺得像被惡魔抓住頭頸，不得不對相川和正枝恭維留笑了。雖然是可憐，然而相川家的可憐卻超乎一切可憐的程度，竟變得很滑稽了。大家看相川和正枝好像跳蚤般的旋轉在街菜堆邊追來逐去的痛苦，大家都替他們提心吊膽。兩人的吵架愈來愈激烈，激烈到使人家想到這次總不能頂合了，其實這種現象也可以認為是他們感情逐日越加濃厚的意思。這可由正枝的態度證明其事實，她不知道何時竟洞透了相川的脾氣，常要試探相川的情感，故意在關門後休息時來的時候，說某個男人不錯，若能做他的太太不知多麼快樂的話，裝着移容歎氣，來激他生氣。這些話說完了之後，就拿出她的慣技逼迫相川，要他答應雖然織江由病院回來的時候，也得要立她做正妻。相川既不敢說你只是幫忙的人，不能管我的閒事，又未嘗不想索性迎正枝為正妻；只礙着織江是一個瘋人，要不然他還可算做走入故鐵而迎正枝為正妻，也是世人的常情。然而織江雖說是瘋子，卻不但仍然活着，而且是一個無依無靠的弱女，若是她出了醫院，看見有人奪了她正妻的地位，那來，她的病一定會轉症復發的。況且兩人同甘共苦的到了這時，那溫情的愛雖則不至再害病，總必定又假裝病回到病院去，如果是織江一個人的不幸，這可教她想是和自己一樣沒有前途，認爲是命裏注定的晦氣，也就死心。至於把兩個兒女交給正枝做繼子，這在相川這邊，總比任何事還要覺得難過。想起早年自己被繼母虐待，以至於出走，造成了今日不幸的端緒，便不忍教兒子再和繼母發生惡感去吃這種的痛苦。

他每想到這件事，便輾轉不能成寐，以至難過的時候，一邊竊聽正枝的呼吸，一邊潸然落淚，沾濕枕邊。有一晚他照樣悲泣嗚咽的時候，正枝似乎早已知道這事的樣子，猛的從假睡中爬了起來，問說：

「哭什麼？」

「沒有哭什麼。」

以後便沒說甚麼話，沈默下去了。忽然正枝已變得不像女人的臉，簡直是被深夜裏的鬼魂作祟的樣子，變成一副鬼臉披髮衝蘇過來，用盡她的筋肉裏團到迸得出火星來的力氣，把相川推倒。他感覺惡無可忍的一刻，從下面吱了「吱——呀」了一聲，踢了正枝一下，箇滾在那疊席上，仰天倒地。正枝爬起來，順手就拿着身邊的鐵壺，胡亂似的一直拋去，可是相川還仰臥在被褥上一動也不動了。他的腦裏血管已經破裂，就一命嗚呼了。但是正枝還不知道，跳上前去跨在相川的身上，敲頭踢腿的，鬧了一下子，嘰嘰的用力的嬌啼幾聲，接着便把頭埋藏在他的身上。平常難於接洽的兩人，這時應當是由不安而走上快樂的迷蹤去。但是那天晚上，在床下唧唧夜鳴的蟋蟀聲，卻跟平常不一樣了。

第二天早晨，安置着相川靈柩的屋裏，仍像他生前的人緣，附近鄰居的人們都來了。八重子因怕小孩們騷擾，不敢叫別人去通知他們父親逝世的消息，親自到小學校去迎接相川的大兒子和朝子。那正是一個天氣很清朗的早晨，校園的菊花開得芬香撲鼻，八重子在等着小孩們的時候，心裏決定要承受朝子一人去撫育。至於長子和織江的事，她想和相川的親戚和正枝商量以後，纔來定奪，又打算不給織江知道，便要給相川出殯。朝子和長男出來時，他們似乎已經由教師聽見了父親的消息，現着驚慌和莫名其妙的神情，並肩站在八重子的面前。八重子雖然不知道啞吧的小孩子們是否能明白她的說話，卻開口說：

「喂，你們的父親，昨天晚上死了，已經死了，明白了嗎？」

朝子的眼睛一直望着八重子的嘴唇的動作，答：

「噢！」

『啊，你知道了，那麼哥哥呢，知道麼？』

大兒子閉着口點頭，好像要說『哦』的樣子。

『哦！真聰明哪，那麼，別着急，我們都要去參加葬禮的，從前照顧過你父親的人來得很多，在你們家裏等着你們。知道了麼？』

『噢！』又只是朔子一個人回答了。

『你真乖，那麼，我要請你們這樣，——你們兩人到家的時候，要給大家道謝，說爸爸常受他們的關照，謝謝你們，要這樣的說啊！』

這樣教他們的時候，八重子也不由的潸然淚下。她取出了手帕，側着身子揩了揩淚珠，然後說道：

『那麼我們回家吧。以後你們兩人得要多多用功。沒有什麼可悲傷的事，我會替你們父親照料你們，什麼事情都給你們幫忙。』

八重子這樣一邊說，一邊又用手帕揩眼淚，帶着這兩人出了校門。三人坐上汽車開到鎮人集聚的相川家的門口時，看見祭菜都已被堆放在牆邊，擺在中間的靈柩前，幾柱線香冒着冉冉的香烟，罩滿全室。

大家聽見了外面三人坐來的汽車聲，都回頭向那邊望去。兩個小孩跟八重子進入衆人之間，朔子忽然獨自面向衆人，把頭叩到桌席上，殷殷勤勤的行了一個禮，說出不像普通人能說的那種透明的聲音，叫歌似的說道：

『諸位伯父，伯母，我爸爸很受過你們的照顧，很感謝。我雖然很悲哀，但想到你們，給我爸爸幫過了很多的忙，我是很感激的，我的媽媽爸爸，也一定和我一樣感激你們，我想以後要和我哥哥拚命用功。』

向來鎮上的人都以爲朔子是啞吧，不能說話，這時忽聽到朔子說出這麼清楚明朗像誦經的聲音，都不約而同的低頭洒起淚來。這時正是香烟繚繞，念佛誦經的時候，大家都覺得像是佛光普照着周圍，鎮上老少男女，無不覺到一種特殊的感謝。

廣州雜詩

瞿兌之

壘中仙城月，
市外古園林，
杯著多餘味，
朋聯舊賞心。
雨餘添爽氣，
風散桔榕陰，
試曲聲聲落，
遊目極遙深。

關於新詩

沈啓无

這是本人此次在東京文學者大會預講的稿子，當時所以擬定這個題目，是有見於日本近幾年來對於中國新文學的研究非常熱烈，如散文小說以及於戲劇諸方面，都有很顯著的成效，惟獨對於新詩這一項工作似乎還不大有人涉獵，因此乃想藉着這個方便的機會說一說，聊當紹介之獻。大約關於新詩發展的歷史事實已經有人敍述過的，我就比較簡略一點，我所注重的是新詩發展以來實質上的變化，外來的影響與傳統的可認識之融和，終以說到新詩所想的究竟。不過因為時間有限，自己亦未得充分準備，只是粗枝大葉擬了一個大概，彷彿我沒有盡了我的職份似的。柳先生即囑意索去預登雜誌，我答應他修改以後再交卷，實際我又那裏有許多餘裕，還不是就這樣草率交卷來，我說像這樣辦法也是不盡責的，讀者諒我且略觀其意可耳。

三十二年元日寫記。

中國的新詩，到現在只有二十七年之久（民國五年七月胡適之先生開始做新詩，一直到民國七年新青年雜誌第四卷第一期上才發表出來）。站在歷史的立場上看，區區不到三十年光景，似乎還沒有多少話可說，因此，詩本身的好壞也就很難下判斷了。話雖是如此，他至少總還顯示着他的特色，這可以分為幾點來略略陳述。

第一，中國的新詩和中國已往的舊詩比較，縱或不能說是怎樣進步的，然而無論如何總是向進步的方向走着，他有他的獨立不倚的姿態。在體裁上看，他不是復古的，即如「自由詩」這個名詞，雖然各人都各有他自己不同的界說，而在精神與內涵上講，自當予以認可，這已經是一個公共語了，他有他的世界的價值，現今各國解放的新體詩，普通都叫做自由詩，自由詩又並非即是散文詩，所謂散文詩這個名稱，實際上不能成立，散文就是散文，詩就是詩，不可以混而為一談。

第二，在題材上，中國的新詩雖不免還是簡陋，而由於時代和社會的背景之推展，他總能夠與時俱進的，再加以中國文化的重新評價，當新的運動的高潮一進，大家都來收視返聽，自然更能成為一種美好的交流。

第三，在藝術或詩的本質上看，中國的新詩是蕪雜的，從大體說來，多半是外來的影響。如在小詩時期裏，頗得益於日本的短歌與俗歌，日本的俳句雖沒有大批的翻譯，而東鱗西爪的也可以蒐集得不太少，不過這卻也有可以研究的地方：日本的短歌，他自有源流，變化也很多，他有一定的字數的（短歌是用五七五七七總共五句三十一音合成）而中國的翻譯卻是毫無限制，與他的流變不生關係，翻譯的本身也就成為一種只有詩意詩情的未完成的斷片之作，在形式上他頗像似中國的「摘句」，這是很可惜的，但在中國的新詩裏面卻也單獨成了一種空氣。這一方面有周作人先生的介紹，民國十年有一篇「日本的詩歌」介紹短歌不少，民國十一年有一篇「論小詩」，民國十二年有一篇「日本的小詩」，那時候正流行着一行到四行的短詩，小詩這個名稱雖還沒有正式成立，許多人也就承認而通用了。周先生同時又介紹得有法國的短詩（俳諧體的三句詩），係自日文迻譯的，據云此亦是受了日本俳句影響的產物。此外還介紹過希臘小詩，這些小詩的特色但是簡鍊含蓄。若論小詩在當時影響力量最大的則莫過於印度之太戈爾（Tagore），這方面卻是接受他的詩裏的實質，並且心在於簡鍊的說理，本來中國固有的詩，在形式諸問題上，卽是以簡約見長，因此對於此等精鍊的表現法很容易吸收。但這裏最大的流弊，在外表上使一般人輕視了新詩之容易的一面，在內容上說，往往要一語中的，有「格言」的趨勢，所以初期詩有說理之偏。此後乃有郭沫若氏熱情的作風應運而生，這也是由於初期詩不自覺的過於洗鍊緊縮才生出來的反動。郭氏自德國的狂飆運動得來詩情，而以英國急進的浪漫派為接力，又歸以波斯的魯拜（Rubaiyat），於是作成了一種氣候。後來新月派起來，如徐志摩朱湘等，他們專講究英國詩的格律，雖說是英國的舊詩，納來中國，卻也變為一種新的傳統，不過有些地方過於追求雕琢，也就免不了趨於造作，顯出不自然的毛病。此外還有李金髮戴望舒一班人，先後以研究法國及西班牙有素，食而能化，遂給外來的影響的範圍逐漸擴大起來了。

其他一方面，有吾友嚴名先生的補正，（他本名嚴文炳以前在北大教授新詩）他對中國的新詩可以說是最抱希望的一個人，心用文學利模實，一方面受了新文化的洗禮，一方面卻又能從中國過去的詩文學裏認識他的長處，取其精華。他的意見以為舊詩自有他詩的價值，並存在性不能抹殺的，但舊詩大體都是在形式上以語言文字的精幹為生命，只有詩的詞藻，而詩的空氣卻是稀薄或甚淺劣的為多，因此，舊詩的內容常是散文的，或者可以說用散文來抒寫比較更為適宜，然而舊詩的文字卻用的是詩的文字，所以舊詩的詩的價值，便建築在這兩層關係。新詩呢，在必然性上，或毋寧說是在他的特質上，總是以散文的外延來表現詩的內函，這就是說，新詩必定要這個詩是詩的內容，而寫這個詩的文字得用散文的文字，這和舊詩是散文的內容而用的是詩的文字，確乎是有一個明顯的界線。這意思其實十九世紀浪漫詩人科勒利吉（Coleridge。）早也曾說過這樣類似的話，他說當時以前的詩，有許多都『並不是詩的思想而是非詩的思想，只是習慣的弄成詩的語言文字而已。』他說的詩的思想，正是我們所說的詩的內容，我們對此頗有同感，雖不必『我田引水』，却也正可以拿來當做一個有力的旁證。

至於什麼樣才是詩的內涵，本來也沒有具體的方案，我們唯有虛心地觀察中國已往的詩文學，先辨明新詩和舊詩的性質，然後我們的努力才不致於暗中摸索。從前我們對於舊有的認識還不夠，今後得重新再認識，以待有可能的發展，新與舊的怎樣調和得法，以期達到自然的成熟。新詩在現在還正是充實準備的時候，無論是普遍的或永久的，反正都並不衝突，都是新詩的獨立完全姿態，我在『大學國文』的序裏有一段話可以拿來補充，我說：

我們在一個現代文明空氣之下，對於中國過去舊文學應有一個再認識的態度，這個再認識，可以說仍是承受五四時代前後的文人的責任與義務，這當然又是一種痛苦的義務了，若要那自然的推翻或茫然的接受，我們勢均無能為役，這只能辛苦冷靜地保持着所謂一點一滴的態度而進行，因此我覺得新文學發展的途徑上，後期的作風乃有一種古典派的成立不是偶然的，這與沿襲胡先生一派下來的通俗普遍並沒有什麼衝突，一個是求深（文學上求其深），一個是求廣（文化上求其廣），必須把握得住這兩個源流，中國新文學的意義才能夠完全，才不會落到偏枯的一面，最早新文學運動原是新文化運動的產果，胡先生初期白話文的提倡之得以成功，正是文化上一個必然的趨勢，以後的白話文乃單獨成為新文學的事情了，在文藝本身自然有待於補充結實，却再返回中國舊文學要求專取其所長，醞釀成一種古典的作風，像這樣一個有意識的成熟發展，正也是一條必然的道路。

我這裏所說的後期的古典作風，在新詩與散文方面非常顯著，尤其是新詩，特別着重於質的這一點，對於初期只講求文體（白話的）不講求藝術的詩，以及後來專偏重於抒情的流弊，都有所補正。所謂新詩的永久性，我想將不成為問題，至於普遍性，還得加以期待，這是勉強不來的，也是一時急切不來的。不過我個人以為新詩的理想的完全，應該是內容文字形式三者俱備才行，這個，當然必須都是詩的本身具有誠實自然的質地之後的事情，我們不要形式，原因乃在不要那種疵弊的舊形式，如果有自然流露空氣之新形式，也就沒有理由不要。我們不要那些不必限制之類，但是自然的音節却不能不要，所謂自鳴天籟不擇好音，這必須得是一些鳥的歌叫才行。現在文體漸漸變得成熟了，詞藻的路子似乎也還得走，然詞若能達到盡善盡美的地步，實際也就是詩的內容，因為詞藻大部分仍是從生活得來的，得與生活打成一片。總之，一切都要自然之完成，所謂「一花開五葉，結果自然成。」在今日的文化大觀之中，新詩也同別的新文學一樣，自有兆集大成的趨勢，我們為什麼不可以須要又是詩的內容，又是詩的文學，又是詩的形式呢？

這是我的一點點意見，說得非常籠統而單，而且也說的稍微懇切一點，未免有了大言的嫌疑，希望讀者指教。

燕子

朱湘

天空裏銷了花的濃香，
大氣中冷了黃金太陽：
鳥歌已經休歇，
只聽秋蟲嗚咽；
不見蜜蜂蝴蝶，
只有紛紛落葉—
到了如今我還不南翔，
翔去暖的南方？

我們分別了，閨中女郎；
你不要聽着悲傷，
添起心頭惆悵：
只要途中無恙，
來日還能相傍—
你看雄飛天上，
他在呼喚我趕速南翔，
翔去暖的南方。

明年我再來伴你淒涼，
談說海南的異樣風光：
橘在枝頭垂滿，
好像紅燈萬盞；
伏尾徐徐舒展；
金錢豹臥長坂—
如今我却要辭你南翔，
翔去暖的南方。

銘心的紀念

—我的外祖母和我的童年

周黎庵

半年來，我時刻要想寫一篇文章，紀念一位逝去的人，然而我怕敢動筆，因爲這不是泛泛的一篇文章，決不像普通的紀念文字。這篇文字，一面寫，一面甚至於會落淚；我怕落淚，我就不敢動筆。

但是我是一個能文的人，我不能不寫一篇紀念她。雖然行狀以迄墓誌銘之類的文字已經太多了，然而一切和我無關，我連拜讀一遍的興致也索然。

要紀念她，便是紀念我自己的童年。我的童年是歡樂的或是酸辛的，現在都是過去的陳蹟，除了自己回味之外，公諸於世是可以不必的。但童年影響了我的現在，也許會影響我的將來，因之我也可將它寫了出來。在自己固然是一種紀念，於人家則在這里可以看到我們上一代的人物家庭，在短短三四十年中，如何從古舊的蛻變，成爲現代的形式。這一點，或許不無可取之點吧！

我現在自己是處在一個無可奈何的境地，爲了自己的生活，或許爲了另外的一個人，我已犧牲我所有的一切；但我無愧於人。只有死去者在天之靈，我對她虔誠地禱告，願她肯原諒我，願她能諒解我。

我是一個「數典忘祖」的人，在我名字上冠的姓，始終和我沒有多大的關係，只是一個符號而已。要是將來有什麼光耀門楣或衣錦還鄉的舉動，我是毅然要把它廢掉的。因爲它的存在，實在於我沒有關係。

「數典忘祖」，於我是一件事實，我是一個喜歡歷史掌故的人，狼及人家的家世和譜系，和當代學者潘光旦先生有同嗜，喜歡翻人家的家譜。因之先世略有聲望的朋友，常爲我的「淵博」而驚奇。我常對朋友朗誦他的高曾祖的昭穆，而有許多爲他們自己所不及知的，你想一個人會不表示奇怪嗎？但，可憐的，我於自己的父系，却一無所知，我的祖父名諱和大號，雖然[illegible]向人家請教過二三次，但無不立刻忘掉，至今還不能記憶，雖然他是先我出世而亡故的，總算在鄉間也是一名紳士；然而我既不曾還過老家，而且對於他實在也不曾發生過興趣。

所以不能發生興趣者，乃是我和這一族志趣的不同，族中很少——簡直沒有讀書的人，只是混在錢店中做些銅臭的工作，要是我也生長在裏面，恐怕到現在也是錢店中不十分出色的一員罷了。

幸而我雖在父系的族中出生，不到九個月，便被送到母系的家中去，從此我便生長在另一個天地中，這個天地自然也並不十分高明；但至少擺脫我的那位人物，却是值得稱頌的，她便是本文中我所要紀念的人物，我的外祖母。

她一生的遭遇，都是一種樣的悲劇，也許在中國人的眼光，有些雖是可稱爲喜劇的，但實在則是悲劇中的喜劇。她的出生是在一家書香的門第，她的族中在同光年間出了位父子翰林，她的父親也是位孝廉公，門第是清高極了，但並不有錢。這位孝廉公生了兩個兒子，五個女兒，其中第二位便是我的外祖母。

她生長在這樣的家庭，應該是「詩書滿腹」了，然而她並不曾多讀什麼書，因爲孝廉公是謹守「女子無才便是德」之古訓的。這位孝廉公的死去，也可說是一幕悲劇，他是鑑於當時牢籠士子的科舉制度，在若干次計偕上京春闈報罷之後，因不能爬到金馬玉堂的地位而氣憤致疾以死的。在他未死之前，已把他第二位女兒許給一位同縣的鄉試同年做媳婦了；他不曾見到她的遣嫁。

我的外祖父的父親是一個藥商世家，中了舉人，後在京納捐爲內閣中書，家道富有，頗稱清要，在鄉間是稱爲巨紳的。然而却艱於子嗣，當時巨紳納妾是算不了一會事，於是妾室便有了七房之多，雖生了一位女兒，但兒子到臨終還未生下。他的族中却都是清寒的多，他又是四代單傳，不得已在親族會議之下，於較近支的族中，指定一人入繼，百萬巨貲的繼承，在那時是如何的誘人，覬覦者當然不乏其人，所以在親族會議的一幕，達三晝夜之久而無法應付。那時不得不借重官紳的勢力，作爲親家族人的父子翰林等便被請到場，用彈壓的方式，勉強入繼。她那時也以未婚媳婦的資格，到夫家參加那件大糾紛的場面。

隔了幾年，她便遣嫁到這個大家庭中做一個主要的角色了。我的外祖父的一生，也是一個可悲的腳色。他從一個貧寒子弟的地位，倏然升爲一個百萬資產的繼承人，這是他的不幸。那個家庭，上有五位母親，旁有虎視眈眈的族人，外面又有一份偌大的產業，一齊都壓在他身上。尤其難應付的，是他的庶母生有一位女兒，是他繼父嫡親的骨肉。他的處境，他的行動，是如何的難堪呵！娶了妻子，他便把一部份的責任移給了她，十六七齡的女孩，要是在今日，還在馬路上奔奔跳跳的嬉玩時代，而她，已在負起家婦的重任了。

家婦的困難，不但須周旋於婆姑之間，還要不開罪於她們的傭人，積世的頁家，自有數十年的傭人，其權力較主人尤高，搬弄是非，顛倒利害，是最難以應付的。

她嫁來不過六七年工夫，生下了二個女孩，外祖父因爲致力讀書的結果，也入了泮，算是秀才。但秀才的威勢，仍不能施於家庭之內，總至於受盡了家奴氣憤，於新年的時候，悄然逝世。他唯一的兒子，尚在襁褓之中，以後一切的重任，都落下她的身上了。

她在這樣年青的時候，喪失了丈夫，守節撫孤，這四十多年之久。雖在那個時代，也不足爲奇，但事實上的困難，實有甚於一般貧苦而守節者。她在二十年中，不知道做了多少大事，五位婆婆的要求，一個阿姑的遣嫁，二個女孩的遣嫁，兒子的成婚，以及外面偌大一份家業的維持。尤其是阿姑的遣嫁，不知道使她流了多少淚，受了多少氣。然而她不敢抗議，不敢緊張，只是戒絕了葷腥，長期的蔬菜，作爲消極的抗議；一直到她的去世，不曾開過葷。然而不能發洩的氣憤，終於使她的小腳長年疼痛，成爲晚年致命的病。她的痛苦，她的偉大，決不是寥寥數語所可說盡的。我們上一代的女性，是過着這樣不合理的生活，然而她們畢竟也算過去了。

我出生的時候，她最痛苦的一時期已過去了，她廿年來任怨任勞的苦心已被大家所敬服，她的地位也崇高了。家庭中的人物，死的死了，老的老了，嫁的嫁了，她除了撫養子女應付內外家務之外，已不復有難當的痛苦要忍受。那時起她才有一絲笑容。

我母親的遣嫁，運命雖不像她的悲慘，但不得其所也是一樣的。她深知女兒的痛苦，便把才出生六個月的外孫留養在家，雖然我是她的家孫，那時她並不是對於我有所分外的疼愛，只是想減輕女兒的痛苦而已。但一經撫養，便愛如己出，在她慈愛覆護之下，便決定了我的一生。將來假使我有什麼成就的話，決不能忘懷她給予我種種的好處。

我的孩提期間，是最可憐的，滿頭生了癩瘡，不用說頭髮，連眉毛也沒有一根，膿水淋漓，腥臭異常，簡直人皆掩鼻而過之。這樣一個不討人歡喜的孩子，不但旁人不喜，連父母也表示討厭了。然而她老人家却不避污穢，躬親求醫敷藥之役。她雖握了偌大的產業，然而公私的用途是分明的，她私房的年金是三百元，我在她處除了吃飯之外，其他的支出，都是從她年金中撥付。我的癩瘡，直到四五歲才算全癒。中西名醫，請了不少，不知道化費了她多少僅有的錢。不獨此也，她還要用溫語甘言去懷柔看顧我的奶媽，否則，人家是會不肯喫這樣討人厭的小孩的。

在孩提的時候，幸而知覺不多，否則我定會每天號淘大哭的，要不是她這樣的愛護，即使僥倖活到現在，也必是滿頭瘡瘢，不成個人樣了。

在我五六歲一年，那時她大概正四十歲，她的兒子亦已成立了，在那年春天，奉侍她去遊西湖，順便觀察店務，這一次我是隨侍在側的。生長在浙東濱海之區，到名都勝會去，在我是第一次。在飽覽了湖光山色之後，復迂道上海，從海道南返。在上海，我得看到寬闊的馬路，飛駛的汽車，說不出有多少奇麗的感覺。旅行，不必說是成人，對於孩子的影響也是很大，從此，我的幼稚心靈中，已刻下偉大的影子，不用說，回到鄉間，滔滔不休，是大可以傲視於儕輩了。

自我離開乳母以迄於十二歲，我晚上的睡覺，是和她一床的，她的床褥，薄得可憐。雖然不是臥薪，所用的棕棚，必綳得很緊，一條稀薄的棉被，一個古式硬化的枕頭，再鋪上一條不厚的蓋被，雖嚴寒亦是如此。在夏天，雖有上等的篾簟蓆，她也留以待客，自己用一條極粗糙的草蓆，我既自幼和他同牀，自然和她一樣，但是她對我的溫暖，卻時刻在當心，我在小時不獨不常生病，連傷風也不大有，這不能不歸功於她將護之深。

我既自幼和她同床，便不知暖和舒適為何事，有一次為了堂姊的出嫁而作客海上數天，享受了一些並不十分算奢侈的被褥趣味，回去便向她老人家要求睡得舒服一點。她卻給我一個教訓，說一個人不應該太舒服，應該留一些餘地。她持家的教條，便是這樣，不能容許蓋太多的被頭。

自從離開了她以後，我像鄉下人似的，學會了墊很厚的被褥，多年用絨的被布，夏季非上好的蔑蓆不能入睡，而且新近還有了一條絲棉的被頭，想起和她老人家同睡時，眞蓋得太過了。

直到現在，我才了解她待自己這樣菲薄的苦心，原來昔年守節，確是不易的，俗語說飽暖思淫慾，她一定要刻苦自勵，自奉極菲，才能砥礪冰霜，造成一個節母的地位。我現在十二萬分的嚴肅的揭發她自奉這樣菲薄的苦心，天下多仁人孝子，必不以為我的話是不應該說的。

她雖是一個富有的主婦，但躬與操作，無役不與，決不像現在的太太們，背出令指揮，已是常事。她率領着三十多個家屬僱工，什麼事都自己動手。此外，還要為我縫製衣服，我在十二歲以前的衣服，無論作客穿或新年穿的，都出她的手製，而且都不是新製，有的是我外祖父遺衣，有的是她的兒子舊衣，要在店鋪買一件新的，簡直不曾有過。我那時人小識淺，對她還表示不滿，因爲表兄弟們以至於親姊妹，都是穿的新衣，而我卻是舊箱背時的料作，心中大大不快，有一次竟用剪刀把她手製的長袍剪碎，惹得她大怒，把我痛責了一頓。成年以後，對她老人家手製衣服的稀罕沒有了，我覺得異常的難過，在她近六十歲那一年夏天，她特地爲我手製了一雙短襪，我什珍地護著，以作紀念。現在亂離烽烟，那雙她的遺澤，不知倘存在人間否？

自從上海回來之後，我便被送入私塾讀書了，那個先生是一個頑固不堪而又不通的老頭子，兇得要死，我雖托外家互家的福，他不致責打我，但已嚇得不得了，背一些也讀不進，一本三字經唸了一年半，還常常想逃學，累她老人家動氣，直至改進了學校，才算正式求學。

我自己的家庭是商賈的，外家卻是商賈書香兼而有之。她雖讀書不多，但有一個很好讀書的環境給我，她的家中藏書很多，經史之外，小說也豐富，她從不禁止我，由我自由閱讀。我在私塾和學校裏讀書都是馬虎得很，只能及格便算，但在自由閱讀一方面，卻大得其益，八九歲的時候，便看完了三國水滸紅樓西遊之類，進而讀其他的小說，那時在鄉間自己用柴油引擎裝了電燈，只有三十二伏爾特，不會使人觸電的，我自己設計在床中裝置了一盞電燈，專備晚上看書用的，每晚總要看到十二點才睡覺睡去，冬天的寒夜，一燈通明，孜孜的看着心愛的書，有時深郊遠遠傳來幾聲犬吠的聲音，這種滋味實在再也忘不了。她認爲我看無論什麼書都是正當的，所以從不加以阻止，讓我有這樣一個自由的園地，我所看的小說以歷史方面爲多，上自西周列國，下至民國，沒有一朝一代脫空，後來進一步讀「綱鑑易知錄」，再進一步看廿四史，就左右逢源，宛似舊識。讀廿四史本是極苦悶的事，要一本本的看下去，更不是易事，但我爲了要和小說稗史相引證，所以也很有味的看下去了。

以後我雖遠離膝下，負笈海上，但一年兩度的假期，總是回鄉來侍奉左右，尤其是夏日，冗長的暑假，給我一個最好的讀書的環境，鄉間的深庭大屋，空氣全鮮，她自奉雖儉，待我卻是不薄，酒食果餌，那時的物價賤，儘管恣意吃用，納涼野遊之外，餘下的時間，便是看書，十年來的假期，我得以遍覽外家三千卷的藏書。我性情喜歡看雜書，對于學校裏最注重的什麼化學物理之類，在校時也不放在心上，放了假，更不必提了。

我在這時看書，也不是泛泛的走馬看花，有一時期要想學詩，把一部厚厚的杜工部全集，從第一首背起，結果雖未背完，但已很有進步了。要是沒有她給我這樣的一個環境，我那裏有說這種事的機會。

過年的時候，她是最忙碌的，什麼都親自預備好，例如做年糕，就是最重要功課之一。十二月初旬的一天，先把一切都預備好了，那天三四句鐘便要起來了，一直忙到天晚才休。她做的年糕的味道是特別的，米籽是選自陽湖，特地關幾畝地來種它，粉又磨得挺細。我自幼吃她的年糕，以為年糕都是如此，後來吃到他家的，簡直不堪下咽，因此我非她製的年糕不吃。亂離以來，這種口福當然沒有了。現在又屆過年，往年正是她手製的年糕最新鮮的時候，然而天人懸隔，最愛護我的老人已棄我而去，追憶舊事，真不知淚之何從了。

她的身體，本來很好，平素很少疾病，大家以為她一定克享大年，我也私衷竊幸，希望我將來有些建樹，能用我自己的能力，來將獲承歡，報答她莫大的恩惠。因為我事實上雖父母俱在，實際上我自幼就是個孤兒，沒有她的將護，決沒有今日，即使幸而長成，也決不是今日之我。我雖有滿心的孝思，要是沒有了她，我向誰去盡我的孝思呢！

她在六十歲的一年，不幸得了疾病，誤于庸醫，幾乎一病幾危，很僥倖的診治好，已是元氣大傷了。此後的六七年中，自己不如從前的硬朗，什麼事也不願管，一齊交給兒媳們，自己只是找些娛樂消遣，亂後輾轉來滬，很高興是到處游覽，我在這個時候又和她住在一起，得盡侍奉之責，在我是快慰得很的事。

自我長成出外就傅之後，她更撫養一個孫兒，作為晚年的消遣，他先天不足，一生出來便多病，她愛之亦彌甚，凡衣服鞋襪，必出手製，差不多和我一樣。不幸的他竟于十二歲的春天，因腦膜炎而去世，自得病到死去，只有二天不到的時間，這真使她痛苦極了。

從此以後，她的游興便沒有了，一面腳痛又加劇，則至不能自己走路，行走需人，使她痛苦異常。到了去年的春日，她連身體也難移了，整天的呻吟，我去看看她，總是雙淚承睫，我覺得最親愛的人，已到了要離開我的時候了。果然于夏天一個最熱的中午，她棄我而去。

在中國幾千年來的婦女性中，她也只可算是平凡的一個，但是在我個人呢，却是覺得古今中外的人，其偉大堪與她倫比的，實在尚無其人。這是私情與公論的不同，一個人自然在這等地方是充溢着私人的情感的。

我這篇小文，在這裏只好暫加結束，我的感情衝動了，已經不能再寫下去了，要是將來有機會，讓我仔細再寫一篇吧。

（卅二年一月二十日於上海）

「要紀念她，
但是紀念我自
己的童年。我
的童年甚歡樂
的或是酸辛的
，現在都是過
去的陳跡，除
了自己回味之
外，公諸於世
是可以不必的
。但童年影響
了我的現在，
因之我也可將
它寫了出來。
在自己固然是
一種紀念，於
人家則在讀其
可以看到我們
上一代的人物
家庭，在短短
三四十年中，
如何從古舊的
蛻變，成我現
代的形式。」

五月

楊樺

五月十日，星期日。晴。香港。

今兒整個白天沒出門，靜靜地閉在半山的院落裏。

初夜，流浪於山麓的寂寥的市街。經過那美容院的門前時，「理個髮吧！」的念頭浮了起來，便拐了進去。那麼無聊地和女助手說着，從九龍半島美麗的晚景說到姑娘們的紅嘴唇，塗在嘴唇上的 Kissproof, Tangle, Coty……和流行的化裝品。

從美容院回來，爲我們看門的印度人遞給我一封信，打開來一看，是個愉快的消息：爲了公司的業務的進展，給了我一個去上海的機會。

一提起了上海，Moon night, Maytime, Mid-night, Jazz, Bar…… 便一幕幕的懷念了起來，使戀人的影子似地，困抑了三年長的戀念。

「流離索漠的月夜還像三年前一樣的年青吧？」

於是，「Remember Shanghai」我唱了。

五月十二日，星期六。晴朗。

整個短短的上午是在恬靜和安逸的休息中悄悄地過去了。

吃過了一頓豐盛的午餐以後，便叫侍者到皇后郵船公司去定船位，並決定了「就買頭等吧，反正都是公司的錢。」這個心理正是現代商人所特有的產物呢，決不只限於我獨個兒吧。

兩點上公司一走。從跟同事們的談笑聲中，匆匆地又過了兩個鐘頭。四點回到寓所，小睡醒來，倚着樓窗眺望，淺洌的色感浮滿山坡的寮屋，又是香港的初夜了。

夜來，這顆包含着「世紀末」的思潮的心，又在胸脯裏鼓動着。爲了自己的離去，總說去看看露西吧。可是，也得找找朋友呵！這麼地，便決定下來，並在自己的腦子裏劃下了今兒晚上的 Programme:

㈠六點一刻訪友；

㈡七點上大酒店晚餐，和友人；

㈢八點一刻上夜總會找露西；

㈣午夜伴露西出來，上溫莎吃雞扒。

㈤天明的安息。

從大酒店拐出來，沿着皇后大道走着，我有了顆灼熱的心。

〈全港的 Hotel 都滿了人。夜的行進捲在急速的旋律裏。天主教徒偷偷地換上夜禮服。皇家的律師也忘掉了民法上的騎姦律。老年人拚命地吞着德國製的還童藥片。遐邦的處女在爲自己的青春而祈禱。

街頭的賣淫女張大了夜的口袋在雜亂著輕浮的夜行人。爵士音符在叫囂著舞女的活潑。……」

「上那兒呵？」

「還是去找露茜吧。」

八點正，我找著了露茜。

「怎麼多天不來了呢？」

「我為甚麼忙著呀。」

真實，這幾天來，正是閒得沒事幹，可是女人是要謊話的，因為她們也是說謊的能手呵。

和露茜舞著，舞著，一轉眼，便午夜了啦。

Midnight 正是香港舞場打烊的時節。鬆動了小半夜的舞娘也該休息一會兒吧。就在舞場休息的時間裏，我把露茜帶出來。在溫莎咖啡店裏吃著午夜豬扒的時候，我輕輕地叫醒她：

「露茜，明兒我去啦。」

「到那兒？」

「上海！」

「你不愛香港嗎？」

「上海不是更可愛嗎。」

「你真撒嬌呵！」

跟著「呵」字的尾音，一隻纖細的手掛伸了過來，貼在我的臉上。為了露茜的情媚，我又有了一些兒戀慾。在伴她回家的時候，還厚的惜別感沾滿了我的心頭。當我把她送進了她的家門我要走了的時候，她卻拉住我的膀子，說：

「陪我再玩兩半晚吧！明兒你便要去了啦。」

想不到這一夜終在露茜的家裏安息了。

五月十三日。安息日。晴。

在露茜的家裏睡過來的時候，已是安息日的下午兩點鐘了；這時距離開船的時間雖然還早，可是簡單的行裝也該收拾一下的。於是，便將行程的時刻告訴了露茜，便匆匆地回到半山的院落去。進了門，為我送行的朋友已坐滿了這間小小的客廳。和公寓的主人清算了房租以後，已快將五點了。

六點十五分：我到了尖沙嘴碼頭，為我送行的露茜也來了。她一見到我，遠遠地揚起了那隻也曾纏過我的頸子的纖手，我也舉起了手揮著；可是，今兒不是約會而是分離啊！「我應怎麼地對她說呢？」我卻有些兒憔悴了。

「快要開行啦？」

「唔唔……」

走近露茜的胸前，我連半句話也說不出來。來了，伴著惜別的時間和露茜一同路上了郵船，把簡便的行裝扔下了艙位以後，走到船欄上來，依戀著我的衣衾的露茜也像別的行旅者的戀人似的，在珍惜著離別的時間。我的心裏便又浮上了戀的別情，離愁的氣氛彌滿了胸襟，不會流淚的人也該流淚吧。

「在可能的時候，就回來一次吧。」

『也許五月一完，我便會回來了。』

出帆的銅鑼展開了離情的前奏。我們緊緊地依偎着，從她那彎曲的鬈髮下偷偷地沿着那眉也什吻過我的小紅嘴，像是蘊藏着無量的哀情，可是在大顆兒的旅客的監視線下，只換來了無言的惜別呵。

（但願各自珍重吧！）

載着我的亞細亞皇后終於轉動了。立在碼頭上的躊躇的眼珠子流下了淚來，倚在船欄上的我，眸子裏也有了離人的淚珠。來了，我終於香港的海岸線上拋下了戀曲。

五月十五日，星期二。晴。上海。

經過兩天惆悵的游程，我又回到了一別三年的上海。

緊着輕薄的行裝，悄悄地，我打從江海關碼頭踏了出來，一上岸便是初夜的時分了。

上海的夜和夜的上海，一如往昔的快樂和年青。所變了的，只是我在當留下的夢幻和哀愁，經已變得異樣的沖淡和渺茫。於是，又在我的愉悅裏添上一層淡淡的夜的輕愁。

「喝些兒酒吧！混合酒的味兒也是刺激的呢。」

自個兒想着，便去了。從滄洲飯店溜到靜安寺路上，對着這些熟悉的上海的市街，我那多年的壓抑和懷念又浮了起來，隨着浪活的行趾，步樣的感情彌漫了我這顆飄泊者的心。路上，愉快的 Neon-light 散發着夜的光潮。矗立於華麗的夜空下的高建築物的玻璃旋門不停地在吞吐着夜的冶遊客。夜上海展開了五百多萬人的消息和享樂的交流。在波動着的人海中，我遇着了一位昔年的詩友；於是在我這顆孤寂的冷感的心裏，又感到友誼上的暖流。

「想不到你還在這兒啊。」

「三年來我都不曾離開過……」

「幸福的象徵哩。現在那兒……」

「別提吧，還不是個老樣子在賦閒着呢？」

一長串的汽車滑過身旁，切斷了我們談話的線索。跟着藍色的安全光潮衝過去，已是永安公司啦！我流動着的感情又回復到昔年的憶念裏。

「今兒總該玩過痛快吧。」

「上那兒呢？」

「就上 Mid-Night Club吧。」

便跟着他，悄悄地走了。在Majestic Road 的轉角停住脚，Mid-NightClub 幾個青綠色的標普文字浮在眼前，今兒要玩的地方正是這個場子呵。跟着了他，我拐進去。薩酉斯的光潮泛溢全場。一個黑人提着Saxaphone，伸長了脖子，用其大嘴巴嗚嗚地吹着，蜜味的夜情混和了爵士的樂味佈滿全場；撩人的音符，風情的淺笑，飄蕩的袍角和直線條的圍褲管，泛溢全場。濃冽的酒味，淡淡的烟味，溢逸的古龍香水味……獨身的漢子偷吻着舞娘的鬢髮，年青的姑娘陪伴着享樂者在消費着可曾的青春。

「可享樂的時候就樂一下子吧。」

「可不是嗎！」

余滋翔性的節調迅速地從嘴巴裏泛溢出來，隨着「世紀末」的快感他捲到 Rumba 的旋渦裏，用着跳 La Conga 的舞步在跳着。而我，卻默默地在桌子上坐着，抽上芝淡味的烟，從沒自的烟霧中望過去，我瞧見一個兒，是坐在音樂台的斜坡下的，寂寞地托住下巴兒的，一無代價地，在孤坐着浪費青春的姑娘。

隨着 Rumba 的光潮的沉落，那些南非的舞曲便在黑人的管理中結束了音響。他從閉着五月的薔薇的膀溝上回來，像個沒了神經系的醉漢似的，坐回到我的身傍，呷了口酒，那糊塗的語音混合了酒味，一同地吐出來：

「跳些吧！老坐在這兒幹嗎呢？」

「對了！三年來的舞步呢。」

色士風高高地從黑人的樂隊裏吹將起來，蘇爾斯的序幕着了綠色。Maytime呢！對着這些古舊的熟調子，一些三年的老碎的片斷又在腦子裏浮了起來。可是夜的想念是痛苦的。「可忘記的時候就忘了她吧！」於是我便向侍者要了杯威士忌，混洌的酒精刺戟着神經：「醉了的人是幸福的」——我記起來了。

「就是她吧！坐在音樂台的斜坡下心，寂寞地托住下巴兒的，那個在嘴角上閒着一朵蘋果味的笑的姑娘。」自個兒，這麼地想着，「自家也是寂寞地坐着的一個啊」於是，我便走過去，抱住她，輕輕地，捲在蔚藍色的樂浪下，跳起了子夜的蘇爾斯了。

「單於你這副飽含着南方的水汝味的模樣，我便感到鄉土風的親切。」

一連串明朗而爽朗的廣東話首先從她的嘴唇邊流出來，和那顆有着蘋果味的笑一同地飛到我的耳畔；而我卻一味在驚歎着她的眼光的銳依。可真是聰明的孩子呢。

「可是你從那兒看出我也是廣東人呢？」

「而且我也明白了深藏在你的眼珠子裏的秘密。」

「竟連我眼珠子裏的秘密你也知道了？」

「可不是嗎！」

「我不信。」

「在你的眼珠子裏不正是含着一些寂寞的戀嗎？」

和着啞鈴的旋律一同地停下來，我替她說穿了偷偷地在想念着扔下在香港那兒的溫暖的秘密，舞曲終了的時候，我坐到她的脊背兒那個座位上，向侍者要了張紙片，匆匆地寫了幾個字，託侍者拿到對邊的桌子上給我的朋友，叫他也搬到我這兒來。

「怎麼又要坐到這兒來呢？」

「因爲我愛她。」

「誰?」

「就是坐在我面前的，這個寂寞地坐著，在青春無代價地落掉了的小姑娘。」

「怎麼你老是跟像希臘一樣的姑娘跳呢?」

「和她跳狐舞也不行麼?」

「不是不可以。但我問你：那有什麼味兒呢?」

「你別管罷。」

於是，他又搬到樂室下，捲進了暗海上的波潮。而我卻仍獨在坐著，寂寞地。那音樂台上熱透了的調子，一步步的，從管絃落下來，這麼地，我一直在寂寞地坐到了下半夜，還不曾豎起過身子。托住下巴兒的，寂寞地坐在我的胸前的她，等得有點不耐煩起來，索性扭過身子，輕輕地向我詢問：

「在想誰呢?看你的模樣，像是默思似的。」

「在想著像你似的那個兒。」

「想她幹嗎呢?」

「因為我感到夜的空虛。」

「想著她就不會感到空虛嗎?」

真的，「想著她就不會感到空虛嗎?」反復地，我念著這句話。

一步含著濃厚的懷念感的調子：But where are you?又從黑人樂隊奏起來。我已沒了懸思和懷念，有的只是浪蕩期的愉快感，夜的悄恍和吉卜西人的夢。我一想著她，便叫起來：

「像是很寂寞似的。」

「而且還有點疲倦呢。」她回過了腦袋，說，是這麼輕溫的呵。

「怎麼不回家休息一下子呢?」

「在這兒坐下根的人，可還有自由休息的權利嗎?」

「那末就靜坐到我這兒休息一回會兒罷。」

說完，她便夾了手提袋坐到我的桌上來，孤寂的人也有了孤寂的伴侶罷?

一個侍者走過來，對著她，低下了腦袋，問：

「小姐，吃什麼?」

「Lemon Water。」

一枝麥桿浸在黃色的檸檬汁裏，淡黃色的液汁從麥桿裏流入她那步浮動著一朵狐果味的笑的小嘴內，她的嘴巴含著麥桿，而眼睛卻流向我的領帶下，呆呆地出神，像要從我這條褪了色的領帶上偷取我的秘密似的。

接著勃魯斯的光華垂下了簡潔五月的溶溶的暗海，那步浸透了濃厚的懷念感的「But where are you」又從色士風的口袋裏吹出來，我沉默著，又有了一些兒遊遊的懷念。「明天會有太淡的烟和太淡的酒罷。」我低低地哼著。

子夜以後的舞場是冷落了的。可是我還在伴著她，而且和她在談著：

「像我們這樣的生活實是空虛呵。」

「而且還有些危險呢。」

「我不懂你的話。」

「不懂我的話？譬如就說我們舞女罷：天天都沉溺於奢侈的和消費的混合體中，旗袍，脂粉，爵士樂，古龍香水精，冷飲品，夜的流行色和含着苦味的媚笑，在表面上看來，像是快樂的象徵，其實呢，像這一切奢侈的享受，都是捲入了夜生活的激流裏，以自己的寶貴的青春去奪取過來的。可是，一離開了夜都會，便再活不下去啦……」

「那怎麼又不找個生活的歸結來休憩一下呢？」

「舒適的生活又誰不願取得呢？可是，像你一樣的老跑跳舞場的男子，便不會作我們休憩的歸結。」

「誰說不呢。比方就說我罷，正是個空了多年的歸結呵。」

「冶遊於夜場所的男子們是永找不出一個是真能以他那顆輕浮的心去真誠地而且永遠地去愛護着一個被生活的激流沖蕩着的舞女的。」

「不！我正是個想着而沒人肯讓我來愛護着的人呵。」

「誰相信你的話！」

「我馬上可以向天發誓。」

「屁！」

跟着音樂合上一聲清脆的銅鈸，舞場便打烊啦！她接過了手提袋，伴着我一同地離開了舞場，走到馬路上，跨上了都會段的第一班的 Street Car，伴着她回到我的 Apartment。

五月十六日，星期三。晴。

醒過來的時候，已是晚上七點鐘啦。到洗盥間洗臉的時候，瞧瞧鏡子，自己的眼珠子有了脈紅的網絲。「這是幹嗎來的呢？」連自己也不知道似的。「可是，管它幹嗎呢？」也就不追問下去了。

和愛莉在Apartment吃過晚餐後，便送她上舞場。自個兒地，我依舊坐在她脊背兒的桌子上，沒人蹤她跳的時候，我便鑽出去，抱住她，跳到開着五月的薔薇的晴海上。回到她脊背兒坐着的時候，便又跟她談起來：

「今兒我已沒了夜的寂寞感啦！」

「你以爲這就是充實的生活嗎？」

「可不是！」

「可是，我們雖然暫時混合在高速率的生活裏，但你能保證生活的激流永遠不會把我們衝散嗎？」

突然地，我沉默下來，而坐在我面前的愛莉，已給另一個舞客跳了開去。瞧着她和另一個舞客那副親熱的樣樣，我的心又加速度的痛苦着。男子的心情也是自私的呵。

舞場打烊的時候，又伴着愛莉回到Apartment去。

五月十九日，星期六。晴明。

上午十一時便起來了。一連幾天沒見過太陽，從鏡子裏瞧瞧自己的臉色好像淡白了許多，生命的咀嚼呵！

喝過了一杯冷牛奶，便走出了房門，踱到朝東的陽台上，明朗的五月的朝陽熱烈地脊照着，我全身都散發着五月的白熱感。由十一點十五分一直曬到十一點三十分，短短的十五分鐘的太陽浴也把蓄積着的心情灼熱起來。

呵了一口長氣，回到房裏，愛莉也起來了哎。

「下午兩點鐘跟你上一次影院罷？」

「這麼明麗的天怎肯躲在黑暗的電影院裏呢？」

「難道關在房裏嗎？」

「到麗娃栗妲去划次船不是更有趣嗎？」

「那末先到兆豐花園溜躂一會兒再上麗娃栗妲划船罷，反正順路呢。」

「對了，這才是五月的享受呵。」

和愛莉在Apartment吃過了午餐以後，便叫了輛街車逕駛到滬西去。一別三年，蕭瑟的滬西的郊野是更加美麗了。晴朗的太陽光燃着蔚藍的天空。野道上飄來小野花都笑着。春的氣息呵。

在兆豐花園的正門買過了兩張門票後，便和愛莉進去，沿着羊齒植物的小徑走着，五月的薰風吹着春的氣息。五月的明朗的天氣像是也有傳染性似的，自家的胸懷突然地也跟着五月的天氣而明朗起來。

和愛莉走到那座羅馬式的大理石的聳建築下的圓柱子坐着，一邊望着遼遠而蔚藍的藍天，一邊便和她隨便的說起話來：

「人生也能像五月的花園那多好呢。」

「可是，一年只有一個五月呵。」

對了，「一年只有一個五月呵」我低低地吟味着她這句話，可是從我的嘴角兒流溢出來的却是 When we were young One Day——

Remember that morning in May.
You told me you loved me
And held me close to your heart
when we were young One Day,

下午四點鐘，和愛莉從兆豐花園出來，再朝西走着，越過梵皇渡便到了 Rio Rita村的小河，渡過了這小河，便進入麗娃栗妲村了，門前站着一個管村的俄國老頭子，嘴巴上咬着一斗濃味的大烟斗，瞧見我便走過來，而我說了"Good-Day"後便引我進去。

在搖蕩的柳影下，伴着愛莉，慢慢地划着小船，河上的三人樂隊輕輕地在奏着"Rio Rita"我們一邊划着小船，一邊聽着河上的Rio Rita，五月的光明也慢慢兒落去了哎！划到荒野的角兒，明麗的柳影也暗淡了。呵，太陽快下山哎。

黃昏：夏夜的遊人越來越多哎！河畔上，柳影下，都坐滿了初夜的遊客，蕩漾的笑聲瀰滿了Rio Rita的夜空。我瞧了瞧錶，唉！八點哎！快是愛莉上班的時分了。爲了金錢的束縛，我忍痛把愛莉送回到舞場了。臨別麗娃栗妲的時候，我說了：

「我們明天再來這兒划船吧」來安慰她。

五月二十日，星期日。晴。

爲了業務上的奔走，今兒整天沒有空閒。

今天的天空雖然也和昨天一樣的明朗而愉快，可是妮娃樂姐的劃船並沒有去向，我罵了她，而且今兒整天都讓她一個兒在我的Apartment裏悶着，過着孤獨的日子。爲生活而忙碌着的日子也來了呢。

晚上也沒空送她上舞場了。

五月二十五日，星期五。晴朗。

上午十一點發出了一個拍往香港的電報，算是到了上海以來的，第一次的報告。

中午和愛莉上新雅部午餐，吃到Grapefruit的時候，便有了戀人的鮮美的味覺，三年前伴着的戀人一同在用餐時的愉快感現在又復活了呢，在我淡綠色的靈魂裏，有了甜潤的感覺。

晚上，因爲沒事了，空着是會沉悶的，於是便送愛莉上舞場，伴着她，一同消耗了這大半晚，和她回到Apartment的時候，像無聊地告訴我說：「明天會有太沒的烟和太沒的酒吧。」

五月二十九日，星期二。陰。

今兒整個白天都是陰沉的。鬧在房裏和愛莉打「橋牌」。

傍晚：窗外飄沒着海霧。七點三十五分把愛莉送回舞場時來，侍者給我送來了一封電報，拆開來看還沒譯出，跑到賬房間借了電報符來，急急地檢譯着，是這幾個字：「要務待商，即乘船返。逸民。」

猜透了呢！我倒到床上，閉上了眼珠，想，想，想……「走呢還是不？」算不出的高次方程式似的，爲這問題而急着。回去吧，便要扔了她，留在上海伴着她吧？逸民經理的老皮氣倒可怕——要是真的把他經營的商業錯過了機會，那以後的飯碗也給自己打碎呢，可是，再想下去，還是走吧。

夜裏十點鐘，便叫侍者爲我決定船票，從從報的報館裏，知道明天下午三點鐘恰有班大郵船開往香港，是著名的「加拿大皇后」輪，於是便買了這一班的船票，真的決定明天走了。

「等會兒我怎麼對她說呢？」這句沈重的問語像枝別針似地直插在自己心裏，想着，想着——反復地，可是一點兒辦法也想不出來，而她便在午夜過後回來了。

「你，怎麼啦？」

「沒什麼呀。」

「沒什麼，你自家瞧瞧鏡子憔悴的模樣啊。」

我沒作聲，可是我的秘密却給她瞧出來了。

「你要走了嗎，你整齊的衣箱……」

「是的，我要回香港一次。」

這時我只好說出來，并從枕畔掏出了逸民的電報給她看。

「怎麼？真的！」

嚶的一聲，她哭了起來，撲到我的床

上，連衣服和襪子也沒脫。我一邊奔出了化妝，一邊在安慰着她：「只要七月的光波一泛起，我便回來啦！」可是，她却仍哭着，沒睬我。……

五月三十日，星期三。晴。

從模糊的感覺中醒過來，已是午過啦。我偷偷地轉了個身，瞄瞄手錶，唉！快一點啦。便抓起來，穿上衣服，剛對桌面上的鏡子結好了領帶的時候，她已醒來了，張開那雙紅腫了的眼珠子，怯怯地，可憐地：

「走了嗎？」

我點了點腦袋。

「幾時回？」

「只要七月的光一浮起，我便可回來啦。」

「眞的嗎？」

「眞的。」

「別再遲呵！」

「不會的，不會的！」

邊答，邊摸着袋子，把全部的流動資産都掏了出來，數了數，放下三分二在她的枕邊：「這些也許可够在這兒住上一個月吧？」輕輕地，我彎下了腦袋，向她的耳邊吹噓着。

「你走了，我自個兒逗留在這空了的公寓幹嗎呢？」

（對了，我走了，還留她獨個在這公寓幹嗎呢？而且單身的女子就是一個危險的動物，倘眞的把她留在這兒，我半月來的工夫也白費了啦！可是，一時自己也想不出別的較好的辦法。）

「那你又去那兒呢？」

「回家呵。」

「你也有家在這兒嗎？」

她點了點頭，轉過身子，爬起來，從她每夜都穿着的手提袋裏掏出一枝筆，一張我從沒瞧見過的小像片和一條雜色的綠絹帕，伏在枕上默默地寫着——

No. 22 125 Lane, Elgen Road。
你只會叫我寶娟，可是我的眞名是佩秋呢。五月尾——秋。

停住了筆桿，和那條雜色的綠絹帕一同地交給我，那麼可憐地而又溫柔地道：

「走的時候，就要你把她揣進你的衣袋裏吧！伴着她——她就是我呵，回來的時候，便請從衣袋裏掏出來，照着像片背面寫着的地址來找我吧，別忘了呵！」

我接過去，抱住她，俯下腦袋，吻着那並飽含着蘋果味的小嘴。

我流下了淚。她也流下了淚。

末了，還是一句：

「別忘了呵！」

（是的，「別忘了呵」，我是不會忘記的。）

砰的一聲，我關上了房門，默着輕便的行裝走了。

八月十一日，星期一。

大雨新晴的午后，我又從香港回到上海啦！

爲了要和傲秋小姐再度組織一個精緻而安逸的小家庭，一上岸便跟Cathay Hotel 派來接洽的 Boy 代管了行裝，叫他暫時安放在蕭然的房間裏，自個兒便向岸上衝，這個小小的下午裏都花落在法租界霞路上，霞飛公寓，呂班公寓，花園公寓，新藩公寓，辣斐公寓，巴黎公寓，毘殺公寓，環龍公寓，……連俄國人的巴拉斯恭耶夾公寓也都將滿了。

六點三十分失望地回到Cathay Hotel 三〇七號房間，爲了下着綿綿的細雨，便在 Cathay 的八樓餐廳用夜飯了。

飯後：七點十五分，懷着一顆灼熱的心，冒着霏霏的細雨，吹着紫黃色的夜哨子，輕輕地，愉快地擠入了那最熟悉的舞場。經過了玻璃的旋轉門，清涼的冷氣瀰漫全場。迎面吹過來的正是一隻熟透了的 Minuet in G 的老調，那清脆的樂音打從色士風的口袋裏流出來——

Rose Marie,

I love you

隨着蒲爾斯的拍子的收縮，我獨自個兒坐下來，而這張坐着我的圓桌子正是我兩個月以前常常坐着的呢。於是，我的視線又移到那些座位上了：

「哎！第二個……怎麼不是她了呢？」

「也許是換了座位吧。」

入場時温柔地在心裏流動着的感情突然地變得萬分焦燥，一時有了中世紀的騎士的煩燥感；再度伸長了頸子，把視線移爲 $Ax^2+BX+C=0$ 型，射遍全場。可是沒有她，沒有她，沒有她呵！

「怎麼還不來呢？現在不是十點多了嗎？」

「也許就來吧？別太急呵。」

自個兒，一邊在焦急地疑問着；一邊自家却又喃喃地說着自欺的謊語，作我失望的安慰。可是，自家却又在暗地裏想着，這寂寞的悲劇已經開場了啦。

默默地坐着，悄悄的寂寞似的，一副抽縮的沉殷樣。糾結着熟透了的調子的迴落，又是吹着那些含有濃厚的戀思調的子了，Saxophone 反復地吹着懷念的夜情——

The Moon is light,

The Sky is Blue,

I am here'

But where are you?

懷念的夜情隨着調子的轉換而加深，已是 Mid-Night 的時候了。而對着這熟悉的場子，心裏的熱望漸漸兒下降。可是依然坐着，而且抬起了頭，嘆了一口氣：

「就要夜不消逝，我想：她是會回來的。」

八月十三日，星期二。晴。

由于我到天明。舞場也打烊啦。

失望地，跟着一羣舞娘的背脊兒溜到飄着八月的晨風的街上；可是已沒人掛在我的脖子上了，也沒有在裝飾那兒搽上杂馨納香的姑娘偎在我的頸子下了！有的只是一個失望者的心，和一顆落虛了的靈魂。

完了，什麼都完了！

七月的光波呀？

在寂寞的歸途上，自家兒咕噥着。

八月十四日，星期三。晴。

午後兩點鐘翻了過來，突然想着了：

「回來的時候，就請你從衣袋裏掏出來，依舊寫在照片背後的地址找我吧，別忘了阿！」忽然前天回來的時候竟連這點也想不起來呢？真的忘了嗎。

一想到這兒，便連午餐也不想吃了，馬上跳上一輛街車。

到了Elgen Road，我跨下車子，沿着這條馬路細心地，一步步的踏着，每條弄口的號數都仔細地看一遍，一百二十五弄終於找到了，捐進去，在二十二號的門前停下來，心是急迷地在跳動着，按了按電鈴，一個穉年的老人把門開了。

「老伯伯，請問這兒是姓史的嗎？」

「不錯是，可是你找誰？」

「這兒有沒有一位姓史的小姐？」

「阿！巧得很，她剛於昨兒出門去了。」

「上那兒？」

「可沒問過她呢。」

「老伯伯，你是她的……」

「沒關係，我只是在這兒看門的。」

「她走時可會說下幾時回嗎？」

「沒有。」

「她的家人還在這兒嗎？」

「只是她一個兒。」

天啊！今天真的完了，什麼也完了！

十月五日，星期五。晴。

幾天沒出門。近來的生活全都變了嫩胭粉妝——寂寞的色彩阿。

晚上，在辣斐德路一家小小的俄國餐店吃過了一頓羅宋餐以後，便溜到泛漾着紫糊糊的味兒的霞飛路上，兩個穿上濃豔的夜禮服的法蘭西姑娘打從國泰戲院門前走過，蜜味的法語和晚風混合了起來：

「萬朵娜！還記得路易十四嗎？」

「亞吉治戀着你呢！」

Mid-night 的時候，從床上小睡醒來，依偎着樓窗，天上有了明媚的月光，今兒該是陰曆的十五六吧？一邊望着悽清的月色，一邊又深深地懷念着史小姐來——懷念着臨別時候的戀語，我又流了淚來。再次從白法蘭絨的西裝衣袋裏掏出了她的絲手帕和小像片，那些飽含着蘋果味的小嘴依舊嘻嘻地笑着，而自家兒也哼起來：

別忘了阿！

我是不會忘掉的，

可是我遲了！

語稼

紀果庵

說莊稼話也不容易，我們鄉下的「老爹」們就常說：「十年出得了一個秀才，十年可出不了一個莊稼人。」孔夫子也是五穀不分的，當都文人就很輕視，無怪像我們這樣「念洋書」的，回家一動鋤頭，便被人奚落：「大先生，您幹嗒，你也想幹莊稼活嗎？你們停當作洋官吧，賺了大洋錢，發洋財生，住洋樓，多好，」在他們眼中，洋字代表另一階層，永遠不會與鋤頭發生關係的。

莊稼生活，亦一部大大學問，齊民要術不但是最古的農書，不是文章也很受知堂老人的欣賞嗎？清朝的學者在這一方面，我最佩服兩個人，一是固始吳其濬，作植物名實圖考，一是歙縣程瑤田，作通藝錄。二君一服官山西，一服官京畿，所以對於北方的物事都很清楚，而又能皆用觀察比較的方法，以此文章作得切實，說理來得質朴，絕不是桐城選學那一套，以氣味和字彙來嚇人。我讀程瑤田，如回到二千里外的家鄉；一個人對於鄉土，如文載道先生所云，誠然是有着先天的依戀性的；回想因祖父之歿而回到田中土屋的故里，抑又是十年關外的事了，雖則只有三十歲，所謂感想，正復不少，人窮則反本，當這個人國家，以至世界都困困在沒可奈何且又不知來日的光陰裏，對家鄉的懷想與回憶，格外固執起來了。江浙人在想着他們的富春江，鑒湖，蘇堤，畫舫，我這生長在廣大原野的麥田裏的人，不免憶起早起滑傻精的高粱葉子，和聽了節聲就得起身的「麥秋」之精粹，以及路邊而粗如小指的鞭條子來了。

知堂老人于日本之再認識一文云：「我是生長於東南水鄉的人，那裏民生寒苦，冬天屋裏沒有火氣，冷風可以直吹進被窩來，吃的通年不是很鹹的醃菜也是很鹹的淹魚。」又說：「我所想吃的如奢侈一點還是白鯗湯一類，其次是鰲魚鯗湯，還有一碗用擠了蝦仁的大蝦殼，砸碎了的鞭筍的不能吃的老頭，再加干菜而煮成的不知名叫什麼的湯，這實在是寒乞相極了，但越人喝得滋滋有味，而其味也就在這寒乞即清淡之中。」讀此數語，雖未至東南濱海，亦大可想其情趣矣，若我們的家鄉自又與此大不同，蓋此翁所稱讚的被窩吹風，我們那裏正如關外之睡火炕，魚與肉都是加了相似的醬和鹽，又非若醃菜等等，十足的渤海灣中北方的「胡風」也。對於南方人，說了是一種新頴，對於我自己和其他想吃吃麵餅小米飯高粱粥的北方人，則正是與小孩子說要到外婆家去那麼樣的喜悅與迫躍罷？因此就寫了出來，雖然自己是念洋書的出身。

沒有大的山，也沒有大的河，只是一片黃色的曠野，曠野，曠野。若是初夏，就是一片麥的海，秋天，高粱的海，豆子的海，穀的海。這便是像我這樣粗獷高長紫銅色的人們過有的家鄉。由舊歷的四月到六月，麥子因緯度不同而先後成熟了，白居易詩，「夜來南風起，小麥覆隴黃，婦姑荷簞食，童稚攜壺漿，相隨餉田去，丁壯在南岡，力盡不知熱，但惜夏日長。」真不愧爲寫實之作。譬如我，就曾在收麥的時節，來命扎了壺漿到田裏去，不要以爲打藍球很有勁兒，這壺漿却是不大容易拍得動的，夏日果然長，無怪白先生要說「但惜」兩字，我們家鄉的麥是連根拔起，與保定大名以南的刈麥有別，這不知何故。拔麥時通常吃四餐，有兩餐是必須備肉的，此亦「但惜」二字之酬報也。麥至場圃，以鍘刀切去其穗，所餘只供燃料。打麥場中，小兒女可以翻觔斗，可以撒起麥稈來作爲打仗。但我們那裏的麥并不用連枷打，而是俟晒乾後用碌碡軋。管牲畜和車輛的人叫「把式」，好像南人所說的「司務」，軋麥每在中午太陽最烈時，將騾馬的眼用罩子蒙起，拖着重約百許斤的石滾，約四五個爲一組的軋着，把式常將牲畜的繮牽在腿上，口裏不妨啣一只悠閒的煙管，鞭子打得響極了，可是騾馬萬了將把式拖死的事也有。麥軋完即將遺留的禾稈除去，搭作「堆，用簸箕風簸揚，則稈皮自會飛去，此稈皮名曰「麥芋」，芋燒當作「餘」，爲北人坑牆之必需品，如南人之紙筋也。簸揚之技，須熟練，明風向，定穀粒，故以「打頭的」充之。「打頭的」者，傭人之伯理璽天德也，一家必覓一人品老實，「活計」道地，人緣好而有領袖才者爲「打頭的」，工資較高，富者，除打頭的外，又有「二手」「三手」「四手」之稱，亦或稱曰「二打頭的……」，猶之衙門下有侍郎，侍郎下有主事。諸傭稱主人曰「東家，」有「東道主」意，「雅」哉。主人則呼傭爲伙計，或在其姓下，繫以頭字，譬輕而捲舌，如「張頭儿」「李頭儿」，於親切中，寓尊重意。打頭的必身先士卒，如拔麥，則第一動手，二手隨之，以次相去約在二丈許，假有能手，可以超越打頭的之前，則臉上太沒光彩，同夥之與邦亦大減；而處偏不佳，打頭的必以代裂的姿態出來向東家辭交涉，故打頭的之處境頗不易易。

天工開物記小麥收穫云：「小麥收穫時，束藁擊取，如黎稻法。其去粃法，北土用颺，蓋風扇流傳，未遍率土也。凡颺不在宇下，必待風至而後爲之，風不至，雨不收，皆不可爲也。」關於東面蒙取，北方實只用麥稈來擦，使成一綑，不散而已，說去秕用颺，其是，而實風扇來過，殊非，蓋風扇較佳，簸揚則速而潔淨。若鄉於風頭不作時，則用風扇，然夥計無不叫苦，以費時久而成績甚微故。鄉下人為了容易得風，每將場圃築於村外。微以古法五畝之宅半在鄉半在野之說，亦是盆驗。蓋北方鄉村，不似江浙的疏疏落落，每區三五，點綴於野塘淮水之間，而是聚積數十百家，比鄰相接，街衢縱道，一如市廛，所以家中為圃，苦不得風。小麥之布種，大抵在秋分。此時秋禾已割，寒露漸涼，比戶呼號，人人奔鎖，其匆忙正不減於分芒種。農桑輯要引種蔞云：「凡種大小麥，得白露節可種薄田，秋分種中田，後十日種美田。」所說不盡，而古書稱此為宿麥，姜白石揚州慢詞序「薺麥彌望」要是此物。則不特點綴已老秋光，尤足引詩人搖落之感，豈獨可以作麵餅吃，作麥飯以賑天子的飢餓而已乎。麥粉的吃法自然很多，而晉冀最精，據說他們可以把麵作成七十幾種食物。以北京的山西飯館論，同一麵條，即有撥魚兒(蔣搗豆粉)刀削麵，貓耳朵，片兒湯，拉麵，揉搓湯，等等說法，古如束皙有餅賦，我們覺得此題材頗有味：蓋如命我們以此題定作不出，而如身為國文教員，代學生出題曰：「說餅」，亦笑話之極，古人風趣，多在此等處表現。頃聞又有腿餅賦，其序大意說有人到他家作客，款以湯餅，那個人總不大肯吃，頃公以為，「寄餅之味，不實，聊作湯餅賦以釋之。」然則并非說餅之惡，而是聲明好的餅不足惡者，此所稱餅，均實湯餅，即是今之湯麵。頃文數語甚精，有云：「當用輕羽，拂取飛麵，剛柔適中，然後水引，細如委綖，白如秋練。」今日北京賣麵粉的常叫最白的麵粉為飛羅麵，眞是「有由來矣」了。或者自古南人吃麵，只以麵條為大宗，猶今日然，不知北人除麵條外，尚有如許吃法，即麵條，亦不似南方之呆板無化。亡師錢疑古先生自號「餅齋」，甚奇，不知是否因嗜餅而云然耶。我們家鄉婦女喜歡用新穫未乾之麥，稍帶色者，去秕杵炒熟，然後乘濕入磨磨之，則連綴如粗線狀，稱為「碾饌兒」，彷彿光緒順天府志載此法，惜無書，不能證。鄉下人進城，多帶此物以為見「城裏人」之贄。試頁乾之，可備終年之用。此可謂麥之野孤禪吃法，不能視為推頭也。齊民要術餅法第八十二，記麵食法甚多，文字在似懂不懂間，蓋質樸之致，自非附唐以前人不辦；其所論以屬於水引餅亦即麵條子之類為最多，若餛飩水角子等大約那時尚沒有，也許是胡人的吃法，久了始傳入中土的，蓋據我所知像今日的燒餅，（與油條同吃）即古之胡餅，附唐間始風行於長安一帶，油條乃古之「寒具」，桓溫時已有了，今偏與燒餅共吃，亦中外文化溝通結合一好例也。

關於麥的不想再煩絮。雖然北人很重視他。在冀豫魯說收穫必將一年分爲兩季，曰麥秋大秋。麥秋在夏而大秋在秋，蓋曰秋者，秋爲一般作物之收穫期耳。大秋所穫的即是秋禾，也就是現在天天在喫着的雜糧。鄉下人不肯吃麵粉，以爲太奢侈，總是將他賣了，作爲一年過日子的用度。只有雜糧，才是每日必需，故雜糧出得，不像麥子那樣踴躍。有了好麥秋，一年有錢花，可以了公私逋欠，有了好大秋，吃的不消愁，或者不致弄成今日亂來的局面，假設把都市中道德形狀告訴給鄉下人，他們也許永遠不想去上海白相或到北京逛逛了，雖然那裏有幾十册的洋狀或帝王的金鑾殿。現在我們開始談談雜糧。

雜糧的種類確是很多，古人說，「不辨菽麥，」菽是豆子，與麥子相差得很遠，實在無論多麽糊塗的子弟這兩種東西也是會分別的，可是有幾種雜糧形狀近似，很通老農也有時分別不清，而且有許多作物，自古即無定名，在古書裏，常發現糾纏不清的名字，程氏九穀考，費了很大的力氣，就是要將古書中最常用的雜糧名字給一個正確的解釋，有名的稷即高粱之說，即從此出。他的意思以爲「稷」自古不得確解，多冒粱以稱之，而高粱則從來無定名，只有蜀黍之稱，說文，五穀之長曰稷，鄭注禮記，謂稷爲首種，今高粱在穀類中最高，而下種亦最早，故必爲稷。由此說說來，，高粱也許是第一個值得被稱的糧？近人吳應軒海城于省吾殿的小學皆爲叢書，曰「稷香館叢書」，即因于氏家鄉是高粱最多的產地之故。段玉裁王念孫，都是宗信程說的，說文解字廣雅疏證均已采入。但較程稍晚的吳其濬則堅持反對論，他說稷與黍爲一類，黍粘而稷否，其別在此。蜀黍不見經傳，自張華博物志始有之，古人或未之見。這一說近人也頗有采用的，我們翻翻賈祖璋所輯的中國植物圖鑑，即與吳氏說同。我們這裏不是要來考訂「名物」，也不備談。不過無論如何，高粱總是雜糧中頂重要的一種了。植物名實圖考引齊俗一段話很有趣，雖有八股氣，亦是助人格物：

「吾嘗雨後夜行，有聲出於田間如裂帛，驚悸久之，與人曰：此蜀秫拔節聲也，久旱而澍，則禾驟長，一夜幾逾尺。……又見婦稚相率入禾中，擾其葉，以爲疏之使茂實耳。詢之，則織爲筵也，鉗爲筐也，綠爲笠也，葉爲扇也，一葉之用如此；若其秸，則樟之屋於牆，揉以架而床焉；織之附於竹，塊於園而籬焉；姬娘則捆其根爲耕稱，捻棉則斷其稍爲莩軸；聯之爲箔，則楷比而方，婦紅所賴以捲也；析之爲篾，則楷疏而皙，稚子所戲以筐也；仰田是殼之家，如崇如墉，從有不可一日闕者。蜀其米澤，不雜以麥豆則韓口，而造酒乃醇以勁，利賜遠體，喩之以刀，酌對衛風，比之以摸。……騰者爭以得其泔滴爲快，而常讓其腐，…故東族之彌，出鐘鱗者曰宜東，出山西者曰汾酒，出江北者曰沛，出遼左而泛海者曰牛莊，皆都會也。」

這些話在北方人看起來很親切，在南方人看了便不易懂。如稷粱助長，在我們家鄉叫「打粱子」，大都用作馬料，作笠作鞋等，實在很不合用。高粱稈子則好似江南之竹，而不及其堅牢，但北方籬笆，清一色是這東西組成的，此外最大功用，還是燃料。如狼如蝗，乃形容將採稈堆積起來的樣子，在我鄉倒也是很常見的。說高粱米不好吃，也許是，例如現在北京人吃不到大米而吃「文化米」，即高粱米之精製者，因消化關係，叫苦者甚多。但像我就從幼年習慣於此種糧食。我們家鄉吃稀飯是有一定季節的，春天夏天都是高粱米，在冬時稍放一點蘇打，那味道也頗不惡，現在倒是想吃而沒有。高粱酒是北方唯一的酒，由黍子作成的「黃酒」即紹酒一類的是很不作興吃的，只有吃藥時當引子。這種燒刀子的風格頗宜於豪邁的人很相稱。北京的車夫或死人時的槓夫，都在北風中吞二三十個銅板向沿酒店櫃台上一摔，「掌櫃的，來兩個酒！」兩個酒，即兩大杯，約超過二兩，他們在風塞中一飲而盡，夾起車把或抬了貴族的棺柩，直向前走，雖不是醉了，過了今天不管明天，卻也和醉所去無幾。水滸傳裏魯智深和武二郎所吃的酒，當然不是花雕或竹葉青，所以才有打山門和老虎的力量。我疑心小說裏的酒都是徐州高粱，或東路燒酒之類，根本不會相差十年的組隊。北京又有一種專賣白酒的店，用大缸排列起來，所以也喚作大酒缸，山西人最多，亦帶賣鹹條餃子之屬，到那裏去是總是不分彼此的窮朋友，拿筆桿的拿槍桿的拿鋤桿的，大家毫無等級地坐下，桌子就是酒缸蓋，喝爲主，吃副之，故由此店出門者，無不醉醺醺也。梁章鉅楹聯叢話載酒店聯語或有「入座三杯醉者也，出門一拱謝之乎」，頗適用於此，而在我們鄉下，則常是貼了「李白問道誰家好，劉伶回答此處高」之類，即亦大有不可一世的豪放。

穀本是作物之總稱，然北人則爲特殊名詞，乃日常食用之品，稱其苗曰穀子，其米曰小米，以別於色白粒大之大米（即稻米），植物名實圖考曰：「始生曰苗，成秀曰禾，禾實曰粟，粟實曰米，米名曰粱。」詩七月：「黍稷重穋，禾麻菽麥。」禾爲諸穀之一，並非總名，可疑。吳氏又云：「禾，南方人呼其實曰粟穀，米曰粟米，北方人但呼穀呼米，北人食以粟爲主，猶南人食以秔爲主，南人呼秔，亦但呼穀呼米，不加秔字也。禾有赤苗白苗之異，謂之虋芑，詩曰：維虋維芑是也，余細詢農人，又以目驗知之。」語甚透闢，但我鄉仍於米上綴「小」字爲不同耳。白苗赤苗也有的，大體赤苗之米較好吃，白苗有一種名「餓了香」，頗可想其風味矣。粟的品種十分多，老農一世辨不清，當然我更說不好。因爲是黃色，所以才有黃粱一夢的故事，而邯鄲又是頗產粟的所在也。工部詩夜雨剪春韭，新炊向黃粱，北人讀之格外有味，蓋夜雨剪韭既已富於詩趣，而黃粱間炊，又我鄉敬客常見者，間者，間於秫也，鄉下人不常有大米，遂混小米煮之，世俗叫「二米子飯」，若不是鄉筵大典，此飯亦遂大可敬賓，關中兵後，工部宜有此寫實之筆，然則我們看了豈不親切乎？古人食脫粟，恐亦即此，黃河流域一帶，殆每日三餐，必有一餐食粟，唯至北京，則必磨粉而後食，謂之小米麵，其吃法又不是煮為飯，而是加酵粉蒸為糕，美其名曰絲糕，或加赤糖棗子，却也可吃，但今日這個也賣到一塊錢一斤了，合起南方，就要四塊錢，塞腹品也會升旋起來，十百年後，不知視此如何？

南省喚稀飯，北人實名曰「喝粥」，粥字音轉如周，不稱為稀飯者，北粥稠濃，不似南方之清汁的緣故。唯北方稀飯，除高粱小米以外，尤其玉蜀黍為主，玉蜀黍乃世界產物，連美國也是要吃的，唯如北方之淪為糜粥，則少見，我總為玉蜀黍的吃法，又以作粥為最美，惜到金陵以來，遍詢均不知其法，亦南北一絕異處。鄭板橋家書：「天寒冰凍時，窮親戚朋友到門，先泡一大碗炒米送手中，佐以醬薑一小碟，最是暖老溫貧之具，暇日咽碎米餅，煮糊塗粥，雙手捧碗，縮頸而啜之，霜晨雪早，得此週身俱暖。」泡炒米佐醬薑皆淮揚與南京一帶習慣，北人殊不願吃，而糊塗粥之於霜晨雪早，則是大異回想的一件事。余鄉各處，無不炊玉蜀黍之碎米為粥者，其煮法與普通粥不同，蓋須先沸水使滾，然後下米，頻頻攪動，不久即稠，如糊塗狀，佐以醬蘿蔔或醃芥雪裏蕻之類，直遠勝牛乳魚肝油萬萬也。余不吃此品，轉瞬十年，昔日居家，冬夜傭工無事，便取玉蜀黍脫其粒，在旱烟管的煙盤中，大唱其「李芳巧得妻」「劉二姐逛廟」之類，或專為我講幾段鬼狐的故事，嚇得不敢外出，必再三央求他們作送，始於深夜回房就寢，北人的火坑，伸脚下去，被裏綽有餘溫，絕不致如都市生活之因脚冷而失眠，第二天早起，仍舊稠頭喝粥，所謂世外桃源，不是也不過如此嗎？玉蜀黍之磨成粉者，北京曰棒子麵，蓋北方多呼玉蜀黍為「棒子」，故有是名，此麵之作者須雜以黃豆粉，則色黃而味甘。棒子麵為北京貧民階級最普遍食品，所謂「窩窩頭」，即此所製。吾鄉窩頭，或更加白菜為餡子，或摻風乾細蝦，絕好吃，不能以不登尊俎而輕之。且如北海公園之仿膳茶社專以御廚小窩頭為號召，美其名曰栗粉，實亦爾爾，則又可見窩頭一品，未嘗不受尊重也。

雜糧中最無間於南北者，仍屬豆子，如豆腐不止自遼海至珠厓都吃，連日本也為通常食品之一，傳說是淮南子發明的，未知是否。（查商務出版的歷代社會風俗事物考並沒有。）豆做原料爲大豆，我鄉亦稱黃豆，除黃豆外還有作綠粉團粉的綠豆，我鄉又稱小豆，煮爛了加五香賣給兒童吃的蠶豆，即魯迅先生最愛吃的羅漢豆，南方又通稱大豆；作爲家畜主要飼料的黑豆，（大豆變種色黑）未熟可以作醬，成熟後可以作飯作豆泥豆沙的豌豆，以及種種作蔬菜吃的說不出名的豆，北方都有，豆棚瓜架，說古說今，北人情致也不減南方。豆之外像落花生，脂麻，我鄉皆盛產，幼時每和裴弟到田間看守快要成熟的花生田，我們把牠刨出來，在田中架起野火燒吃，那種味道，任什麼花生米也不及，在都市中住的人，根本無從了解，所以不說也罷。

采思高士種豆南山下，晨與理穢帶月荷鋤的詩而今只成其爲詩罷了，例如我家雖有有薄田數十畝，而絕對不能躬耕，「開軒面場圃，把酒話桑麻，」自己所住乃三十元一月的弄堂洞樓房子，軒既不能開，場圃只有遐想，設遇天災，無酒可沽，作爲此文，以當一夢。

卅二年一月於滬山

我之出現

路易士

十足的MAN。
十足的MAN。
十足的MAN。
哦！一種極性的香氣。

修長的個子，
可驕傲的修長的個子；
穿着最男性的黑色的大衣，
拿着最男性的黑色的手杖，
黑帽，
黑鞋，
黑領帶：
純男性的調子。

予老資格的小排犢
以吻之觸覺的，味覺的
傲慢的布施的
是植在路之上端的
一排剪得很整的冬青列，
滿口的淡巴菰臭。

哦，十足的MAN！
哦，十足的MAN！
一匹散步的長頸鹿。
一株佇立的棕櫚樹。

吹着口哨，
出現於
數百萬人口的大都市之
最繁華的中心地帶，
比當日耶穌
行過耶路撒冷的鬧市時
更具吸力的啊。

一九四三年一月

宋元戲文與元明雜劇（上）

譚正璧

戲文與雜劇研究是那一種先產生？這還是個沒有解決的問題。向來總說戲文創始于北宋末南宋初（公元一一二六頃），而雜劇在金章宗時（公元一一九〇頃）已經成立，有王德信的麗春堂為證。但雜劇創始於何時？却沒有人曾經指出過。照我看來，這兩種戲劇不妨說是在南北同時並起的。後來蒙古併金滅宋，南北統一，於是彼此互相傳佈，而題材亦彼此互相襲用，所以就當時傳來的戲文與雜劇名目看來，內容相同的竟有九十六種之多。這裏面究竟是誰創誰襲？那麼現在當然已無法考查出來的了。現在以戲文為主——限宋元人所作，兼及明初，把同題材的雜劇附注於下，後面再略敘本事來歷，或同題材的其他作品，以作參考。

（1）王魁負桂英　尚仲賢有海神廟王魁負桂英。

戲文為南宋永嘉人所作。在同時，已有夏噩作的王魁傳，但被周密在齊東野語中証為妄人托名，此外宋人筆記中敘及王魁事的，還有李獻民的雲齋廣錄，張邦畿的侍兒小名錄拾遺，羅燁的醉翁談錄。元柳貫亦有王魁傳，但不載本集中，反見於圖書集成，且文字十九同醉翁談錄，當亦出於妄托。

與戲劇同題材的作品，在宋時已有官本雜劇王魁三鄉題（見武林舊事），話本王魁負心（見醉翁談錄）。戲文又別有王俊民休書記（見南詞敘錄），雜劇又別有楊文奎的王魁不負心（為翻案之作，見太和正音譜）。明人王玉峯又改為焚香記傳奇（有六十種曲本）。

（2）風流王煥賀憐憐　佚名有逞風流王煥百花亭。

戲文為宋太學黃可道所作。此說出於元劉一清錢塘遺事，云：「湖山歌舞，沉酣百年。賈似道少時，佻㒓尤甚；自入相後，猶微服閒行，或飲于伎家。至戊辰己巳間（公元一二六八——一二六九），王煥戲文盛行於都下，始自太學有黃可道者為之。一倉官諸妾見之，至于群奔，遂以言去。」至本事來歷，則別無記載可見。

明人王棡有百花亭傳奇（見曲錄），疑為戲文的改作。

（3）樂昌公主破鏡重圓　沈和有徐駙馬樂昌分鏡記。

破鏡重圓本事，出唐人孟棨本事詩，醉翁談錄等書中亦有韓戰。元周德清中原音韻云：「南宋都杭，吳興與切鄰，故其戲文如樂昌分鏡等類，唱念呼吸，皆如約韻。」可見戲文爲南宋人作。

與此同題材的宋人話本有徐鄂附（見醉翁談錄）。明人又作有破鏡重圓（見南詞敍錄），合鏡記（見曲品）及金鏡記（見曲海總目提要）等傳奇。

（4）浣紗女拋紗衣　鄭廷玉有浣紗女千里送寒衣。

浣紗女故事爲一段古的民間傳說，左傳，列女傳，郡國志，古今注諸書皆有分量的記載。詳細本事出現玉集引同賢記。現玉集日本猶有唐寫本，宋史藝文志及通志藝文略相著錄，至晚當爲唐人作，同賢記成更在其前。

與之同題材的作品，宋話本有浣女尋夫（見醉翁談錄），金院本有浣紗女（見輟耕錄），明清傳奇有杞梁妻與長城記（見曲海總目提要），明詞有浣紗女萬里尋夫。

（5）王月英月下留鞋　曾瑞有王月英元夜留鞋記。

此戲本事脫胎于「買粉兒」事，初見于南朝宋劉義慶的幽明錄，亦見宋李昉太平廣記引。錢南揚宋元南戲百一錄疑即情史引閨林續記張資事，非是。

宋人話本有粉合兒（見醉翁談錄），趙景深以爲與戲劇同題材。但粉合兒列入神仙類，戲劇當屬于烟粉傳奇類，兩者似不相同。

（6）臨江驛　楊顯之有臨江驛瀟湘秋夜雨。

張商英名天覺，爲北宋末名臣，其女翠鸞（雜劇中作翠鸞）事無考，亦不見有其他同題材的作品。別有戲文名崔君瑞江天雪暮，情節全與此彷彿，但易張商英爲鄭瑤，女爲鄭月娘而生則仍姓崔。（見曲海總目提要，明丹雜綴亦載之，惟月娘姓鄭，微有不同。）

（7）周勃太尉　關漢卿有薄太后走馬救周勃。

周勃有佐漢平諸呂大功，戲劇當演此事。本事出正史。不見有其他同題材作品。

（8）崔護覓水　白樸有十六曲崔護謁漿，尙仲賢有崔護謁漿。

本事亦出唐人孟棨本事詩，似脫胎于漢人樂府陌上桑故事，而增以「去年今日此門中」一詩爲線索。

與此同題材的作品，宋官本雜劇有崔護六么與崔護逍遙樂（武林舊事），話本有崔護覓水（見醉翁談錄），諸宮調有崔護謁漿（見西廂記諸宮調引），明人孟稱舜有桃花人面，金懷玉有桃花記，佚名有題名記與登樓記（見曲海總目提要）等傳奇。

（9）秋胡戲妻　石君寶有魯大夫秋胡戲妻。

本事出劉向列女傳，漢魏樂府中亦時見吟詠。其他同題材的作品未見。

(10)關大王獨赴單刀會　關漢卿有關大王單刀會。

本事出陳壽三國志。同書魯肅傳云：「肅邀羽相見，各駐兵馬百步上，但諸將軍單刀俱會。」是明言單刀赴會的非羽一人，似與戲名不合。

元人三國志平話及羅本作三國志通俗演義，皆記及單刀會事，而且寫來都極有聲色。

(11)馬踐楊妃　白樸有唐明皇秋夜梧桐雨，庾天錫有楊太眞霓裳怨及楊太眞浴罷華清宮，岳伯川有羅公遠夢斷楊妃，關漢卿有唐明皇哭香囊。

本事出唐人白居易長恨歌及陳鴻長恨歌傳，正史亦載之，惟不甚詳。此外唐人野史及筆記中亦多有記載。宋樂史所作太眞外傳，即係彙集唐人諸作而成，所載尤極詳盡。

與之同題材的作品，金院本有擊梧桐與玉環(見輟耕錄)，元諸宮調有王伯成天寶遺事(見錄鬼簿，遺曲甚多)，明清傳奇有吳世美的驚鴻記，佚名的沉香亭，洪昇的長生殿，唐英的長生殿補闕(見曲錄)等。今人寫成話劇的有王獨清的楊貴妃之死，佩冰的三國夫人等。

(12)柳耆卿欒城驛　鄭廷玉有子父夢夜欒城驛。

此南戲皆失傳，本事亦不詳所出。雜劇的題目為「兒棘倩風雨短長亭」，戲文存遺曲三支，一為耆卿赴試時唱，二為耆卿與其愛人合卺時對唱，由此可見本事一斑。同題材的其他作品亦未見。

(13)張珙西廂記　王德信有崔鶯鶯西廂記。

本事出唐人元稹的鶯鶯傳(後人改稱會眞記)，宋王銍侯鯖錄，王楙野客叢書對之多所辨正，明清人著作中論及的尤多。

與之同題材的作品，宋人有鶯鶯傳話本(見醉翁談錄)，趙令畤有元微之崔鶯鶯商調蝶戀花鼓子詞，金人董解元有西廂記諸宮調(一名西廂搊彈詞，又名弦索西廂)，宋官本雜劇有鶯鶯六么(見武林舊事)。明清戲劇家為之補續或翻案的尤多，有李日華和陸天池的南西廂記，周公魯的錦西廂，查繼佐的續西廂，碧蕉軒主人的不了緣，研雪子的翻西廂，楊世濂的東廂記(皆見曲錄)等。

(14)楊德賢婦殺狗勸夫　蕭天瑞有王翛然斷殺狗勸夫。

此南戲皆本民間傳說，所以不詳來歷。明初徐畛所作殺狗記傳奇，即係戲文的擴大。錢南揚以今存殺狗記傳奇為戲文，實不確，此從鄭振鐸說。

(15)京娘四不知　彭伯成(一作郭安道)有四不知月夜京

娘怨。

戲文名南詞敍錄作京娘怨燕子傳書，雜劇名一作月宮金娘怨，亦作四不知荊娘怨，本事來歷不詳。

與之同題材的作品，有話本趙太祖千里送京娘（警世通言卷二十一），不知是否卽宋人話本飛龍記（見醉翁談錄）？元羅本趙太祖龍虎風雲會雜劇，明人風雲會傳奇中亦都敍及。

(16)裴少俊牆頭馬上　白樸有裴少俊牆頭馬上。

此戲本事當出唐人白居易新樂府中的井引銀瓶一詩，其他散文的記述不可見。

與之同題材的作品，宋官本雜劇有裴少俊伊州及馬頭中和樂（見武林舊事），金院本有鴛鴦簡與牆頭馬（見輟耕錄），諸宮調有井底引銀瓶（見西廂記諸宮調引）。

(17)孟月梅寫恨錦香亭　王仲文有孟月梅寫恨錦香亭。

本事來歷不詳。據戲文遺曲看來，其男主人公爲陳珪，故事亦不脫悲歡離合窠臼。

清素庵主人有錦香亭小說，男主人公爲鍾景期，女爲葛明霞，未知是否卽取材于戲劇。又，清人石恂有錦香亭傳奇（見曲錄），內容不詳，不知與戲文有無關係。

(18)呂蒙正風雪破窰記　關漢卿與王德信各有呂蒙正風雪破窰記，馬致遠有呂蒙正風雪齋後鐘。

戲文及王作雜劇今皆存。飯後鐘係唐人王播（見摭言）及段文昌（見北夢瑣言）事，除出正史及宋人筆記（如歸田錄，避暑錄話，邵氏聞見錄，六一詩話，默記等），皆有來歷。

(19)趙氏孤兒報寃記　紀君祥有趙氏孤兒大報寃。

兩戲今皆存。本事據春秋左氏傳及史記趙世家，大段皆有來歷。雜劇有多種外國文譯本。

明徐元的八義記傳奇（有六十種曲本），卽爲戲文的改作。世界文庫本趙氏孤兒記，卽以戲文與傳奇逐句對校而成。

(20)劉先主跳檀溪　高文秀有劉玄德獨赴襄陽會。

本事出正史。雜劇今尙存。與之同題材的，有金院本襄陽會（見輟耕錄），元人三國志平話及羅本三國志通俗演義中亦詳爲敍及。

(21)雷轟薦福碑　馬致遠有半夜雷轟薦福碑。

本事出宋釋惠洪冷齋夜話，而略有不同；其他同題材作品不可見。

(22)丙吉殺子立宣帝　關漢卿有丙吉教子立宣帝，李直甫有漢丞相丙吉問牛喘。

故事當本正史。其他同題材的作品未見。戲文名的「殺」字，當爲「教」字之誤。

昨日今朝

歐陽成　節譯

曾經盛涼日影移，淺紅已化護花泥，
劉郎偶唱啼鵑語，喚起欽鬟眠鬢低。

每年一到了我現在持筆的這個時候，這正是合乎上面的詩句裏所表現的季節，我總是從我所藏的少量的畫軸裏，把這一幅有着題句的軸子取出，懸掛起來，同時，我也就想起了從前替我題這些詩句的中國老朋友。原詩的後面，還有幾句話是：「乙丑除夕，書與谷崎潤一郎先生」，這使我們很清楚的知道題句的年月。那是大正末年（民國十五年）我第二次到上海的時候，舊曆除夕由歐陽予倩先生招宴，他替我寫的。歐陽先生在他青年的時代，曾在早稻田大學文科讀書，歸國之後，便從事於領導中國的話劇運動，並且自己也曾獻身舞台。照我的推測，他好像是做着小山內薰和上山草人兩人的工作似的，總而言之，他是中國頗爲知名的劇人，這一點在日本熟識他的人，當然也是知道的。我曾經看過他表演中國戲劇舞劍的姿勢，並且，他對於中國舊劇，也有很深刻的修養，聽說他也會扮舊劇的花衫。他的面貌外表，是很白皙的，臉上的輪廓很端正，一見之下，總可以讓人感覺到他是舞台上的人物。這天除夕晚上，我是由另一位戲劇作家田漢先生領我到歐陽先生家裏去的，那時候田漢正值戀愛，又恰是訂婚，沒有什麼事情。

「去瞧瞧中國人家，舊曆除夕的情形吧！」

我還覺得相當的冒失，躊躇着不敢決定。可是田漢也不管我同意不同意，就硬拉我去參加了。當天晚上的情形，我曾在另文裏詳細的寫過，這裏就不必多說了。可是，我從那年起，特別是目前幾個東方都在戰爭迷漫的當中，每逢初夏時節，我看到我的書齋懸掛的畫軸，不由的想起了當年的歐陽予倩和田漢，他們現在又都在什麼地方，近況又都是怎樣呢？這就有點兒所謂感慨了。

記得那時，田漢向我說：

「歐陽先生的太太，是一位女詩人。字也寫得很好，你一定要請她替你寫一點東西的。」

我去懇請歐陽夫人，可是，她不懂我的話，也無從瞭解我的意思，只是笑着稱謝了，我也不好意思去勉強。她是一位賢於東方情調的女子，令人看了，覺得是一位值得敬佩的女太太。至今想來，如果那時我要請他寫的話，真可算是另一件好的紀念。

和歐陽予倩所題的軸子，同樣的保存着的，還有下面的一首題詩：

寂寞空庭樹，猶發舊時花。

一夜東風起，吹落滿黃沙。

落花安足惜，枝葉已多荒，

人生不相見，處處是天涯。

替我題這詩的，是當晚同席的一位青年作家唐林先生。我好像從內山完造先生那裏聽到，後來他的經歷已轉向實業那一方面了。那天以後，我和他也並沒有通過信。不過，像歐陽先生唐先生等，都是代表中國的新文學方面的作家，常是用白話體來寫文章的，可是他們爲我題的却都是些舊詩，這些舊詩，我們日本人受過唐詩選一類的教育的影響，也能夠瞭解，這使我不能不有一點喜出望外的感覺。爲了我個人的領略，舊詩是比較容易一點的。歐陽先生的詩，從它的內容可以料到是錄一首舊作，但是唐先生的詩，就好像是即席賦贈的句子，這首詩寫出來贈給萍水相逢的異國友人，似乎是很相宜的吧。他的詩，把人生的命運和庭前花木的榮枯變幻相比擬，這和我們現在各在天一隅，失掉了友誼交往的可能，也好像是有着一點兒暗示似的。我常常把他原詩的末兩句：「人生不相見，處處是天涯」，靜靜的吟誦，在我低吟的時候，我的腦海的思想又遠遠的追轉到那夜在座的各人的身上去了。

×　　×　　×

介紹我認識中國這些新文壇的作家和戲劇家的，就是內山完造先生。

我頭一次到中國來遊歷，是在第一次歐戰結束的那年。（大正七年，也是民國七年。）那時候中國的文壇，對於日本的近代文學的情形，似乎還不大熟悉，我也沒有什麼和中國作家認識的機會，就回到日本來了。可是，又過了七八年，我再到上海的時候，中國已有人翻譯武者小路實篤和菊池寬等人的作品了，所以，有一天晚上，內山完造先生特爲我約請了若干位中國作家，在內山書店的樓上歡宴。在當晚筵席的中國作家們，後來最著名的作家是郭沫若先生，可是和我最爲熟悉的，却是田漢和歐陽予倩。田漢是湖南人，他的面貌和日本人相像得很，頗有佐藤春夫的影子，令人瞧不出他是一位中國人。我在上文已經提過，他在當時是過着鰥居的輕鬆的生活，恐怕寂寞得很，沒有什麼事情可做，差不多每天到我的住所來玩，消磨時日。不是他把我帶到什麼地方去，就是我約他到另外一處地方。在我留滬的約摸一個月的期間，他肯這樣的時常光臨，實是使我便利極了，等於使我獲得了一位最可信託的最能幹的翻譯和嚮導的同伴。我住的一家旅館，是中國人開的，名字叫做一品香，不知道現在還有沒有。他知道我起牀的時刻，總是在恰巧的時候就來了。有的時候，從下午或是從傍晚天黑的時候起，我們就到附近娛樂的場所去聽戲或是鑑賞批評女人，在那些地方，他都很懇切的指示我，使我對那些事情，瞭解不少。後來，我們的友誼更熟了，連買一點瑣碎的東西，都請他帶我一同去，無論在什麼地方，他都不憚煩的，替我做翻譯。因爲他是一個獨身的人，無拘無束的，到那裏都不要緊。有時候深夜我們還躑躅街頭，有時在一品香我的房間裏，一面喝酒，一面作長夜談，都是議論些文學的事情。一個月之內，我們朝夕相聚，並不發生厭斁。我願意說，我得到他做朋友，實是大大的可以慰藉我的旅途的寂寞，而他呢，多認識了我這一個流浪者，也可以安慰一下排遣一下他的孤獨的情緒吧！他的太太逝去不久，他的精神仍是很深刻的遺留着痛苦的創痕，時常向我吐露出思念他的亡妻的情感，我總是做聽他訴說的一個人。我當時寄給女性雜志的文內，曾把敘過這一段事情，並且還把他的死去的太太的照片登載過。當時，我想他不僅是感到家庭的寂寞，就是在經濟方面，恐怕也並不算怎樣寬裕。他時常問我，日本方面作家的稿費，版稅，每月收入等問題，聽到了我的答話，總是感嘆着，羨慕着日本靠文字維持生涯的人的幸福。他歎惜的說，中國的社會對作家們，未免太形冷酷了。似乎郭沫若也說過同樣的話：「比起日本文壇，中國作家的生活實是很可慚愧的。」不過，我又覺得日本作家的地位，比起歐美的情況，也是很可憐的。所以，這裏我們又想到「比上不足，比下有餘」，「更有甚焉者」的話了。這是距現在十六七年前的事情。後來，中國方面的情形也有進步了，可見當時的情形，似乎實是如此，即如田漢他們，也不一定常有書店或雜志社來特約他們寫文章的。所以，田漢那個時候，也正是賦閒，似乎不到我住的地方來，也沒有什麼適宜的消遣。我回來日本之後，和他的通信，仍未間斷，一二年之後，他就返回到日本來。

我接到他的通知，說是別離日本已久，近將重遊，在神戶上岸，請多多照拂。他到的一天，我親到碼頭去接船，發現他在三等船艙內，同來的還有一位友人雷先生。這位雷先生，是完全不懂日語，他到日本來的原因，爲什麼和田漢同來，我都沒有問。我當時住在阪急電鐵沿線的岡本地方，立刻請他們二位住在我家，又引導他們到京都大阪各處，好像還去過文樂座。後來，田漢和雷先生二人到東京去，歸途時又住在我家二三天。他很高興的告訴我，在東京時，曾去訪候過他從前留學時寄住的公寓裏的老太太，她仍舊很健康，並且還記得他，大家不勝依戀，談及往事，兩人都留了不少的眼淚。菊池寬先生待田漢也很好，請他為文藝春秋寫稿，獲得連他自己都意料不到的豐富的稿酬。佐藤春夫先生寫過一篇文字，講田漢在日比谷的山水樓晤見辜鴻銘先生，大約也就是這個時候的事情吧。辜鴻銘是以滿清遺老自命的，到晚年仍留着一條小辮子。他當時和身着西裝的田漢會面，一邊讓人家瞧着他的辮子，一邊說『My necktie』，不免有一點兒諷刺的意味吧。當時，佐藤春夫先生是和田漢去山水樓參加什麼會的，不圖竟使這兩位代表舊時代中國和新時代中國的作家，在異國做初次的會面，聽說他們二人還用英語談過短短的時間呢。

× × ×

田漢在文藝春秋上面發表的文字，題目和內容我都記不得了。他回國之後，沒有多久，改造雜誌編輯一冊中國專號，創作一欄裏，想收集幾篇現代中國作家的文章，田漢便也寄來了一篇戲劇。他是自己寫的日文原稿，寄到我的地方，我把它略加修潤，又口授給改造社的記者濱本浩先生筆記下來。可是那篇的題目，我也同樣的想不起來了。

過了沒有多少時候，田漢便從上海移寓到南京，好像是在當時南京國民政府統轄的電影攝去服務。我寫信給他道賀，以為他從此可說離過去長時期的困苦時代，生活上多少可以舒服一點了。可是事實上却並不如是。記得在那個時候，他們有打算從日本聘用攝影師和導演到中國去的意思，常常託我設法。但是也說：『電影公司的經濟情況非常窘迫，聘請的事情，恐怕不能夠先寄款子，旅費和治裝費，最好都請你暫墊一下，只要能夠先到南京來，什麼都好辦了。』我當時覺得這個電影公司既和政府有關係，經濟窘迫的話，未免有些兒奇怪，正在擔心着不知道怎樣回覆他才好，他又連來了幾封催促的信，一定要求幫忙。在我的一方面，人倒是物色着了，旅費一切原也不難籌措，可是因為那一邊的情況不很容易明白，將來到了南京之後，生活的擔保也一點都沒有，後來就索性直爽的回復說，這種模糊的聘約不易接受，就加以謝絕了。我雖然不明白他那一方面究竟是怎樣一回事，但是看到那辦事的情形這樣的麻煩，使我不得不懷疑他自己的薪金，是否仍是同樣的可憐。從此之後，我們便有許久未曾通信，直到二三年之後，我住在阪神電車沿線的魚崎町的時候，忽然又接到他的來信，信裏的字句，我現在記不清楚了，大概的意思是：

『弟現已為當局所不容，不得已將亡命日本，請允許暫時寄寓尊處。』

我知道郭沫若的逃到日本來，是因為當時中國國內清黨，國非分裂的緣故，張群大概也是被政府通緝的一個吧？可是，田漢又為什麼會為當局所不容呢？我和他在上海相識的時候，是一點兒都看不出來他有左傾的傾向的，也許後來他左傾了也說不定。在他的信裏，是否僅提到他的環境的危險，或更有詳細的說明，我也記憶不清了，但是記得他確有擬寄寓我家的要求。可是，這時候我的家庭，和他上次東遊我住在岡本的時代，完全兩樣了，在經濟上也恰是非常的困難，家裏很難長時期的留住寄居的友人。所以，我就把我的狀況，寫信向他相陳，冀得他容恕原諒。後來，好像他也始終沒有再來日本，可是，我曾經前後兩次的拒絕了他的請求，雖然也是情非得已，實在覺得對他非常的抱歉。以後我異常懷念着他的狀況，再希望有再晤面的機會，而中日的不幸事情終於爆發了。

× × ×

歐陽予倩先生最使我不能夠忘懷的，是他送給了我一對非常好的廣東種雌雄小狗。不過，他為了什麼事情要把它們餽贈我，送我的時候是我回到日本之後，還是留在上海時，現在我也不能夠追憶了，這是很覺得遺憾的。我在動身到上海去的時候，經過長崎，曾在永見德太郎的家，看到他所養的廣東狗，我便也想要。到了上海之後，到處託人尋覓，總不能夠得到。這雖然在廣東是最好的看門守戶的狗，但是因為他國的氣候風土，和廣東迥不相同，未必能夠養得好，所以在上海很難找到。據說，如果一定要的話，到廣東去是還可以有的，可是也有許多人說，就是找到了，帶回日本去，十之八九也是不能夠養得活的。不過，我看見永見家裏的狗已是老狗了，（也許是因為長崎的天氣很暖和的緣故，）我總覺得好好的養它，沒有養不好的道理。可是這件事情，不知道怎樣會被歐陽予倩知道了，究竟是我自己告訴他的呢，還是間接的從別的方面打聽知道的呢，我也不很清楚了，不過他就很替我留意這件事。後來他到了廣東，就特別給我送來那一對小狗。我受了他的贈物，也是意出望外的，心裏非常的高興。那對狗正是純粹的廣東種，全黑色的捲毛，出生才二三月光景，在當時——直到現在，我在大阪神戶之間沒有瞧見過這一個種類的狗。我當然是非常的愛這兩匹小狗，至今也還是珍惜着，以及它們所有的可愛的特性，我在這裏也用不着多提了。我雖然是初次飼養廣東種的狗，那狗卻真是異常的伶俐，異常的忠實，名不虛傳。不過，我雖是深愛着它們，並且在飼養的方面特別的小心留意，可是可惜得很，不過一年的光景它們都得到犬的溫熱病死了。（永見家裏的廣東狗，因他移住東京的關係，不久也就死了。雖是老病而死，自然也很可憐。但是這是永見先生的事情了。）

歐陽先生來到日本，就在他送我的兩狗死去以後，大約是那年的十二月。因為我記得曾經帶他到京都訪見世彌之房，去瞻故梅幸之茨木。當晚我們遊了祇園，住在下河原的旅館內。第二天，大約是歐陽要想去看電影攝製場的情形，就到了下加茂和牧野的攝影場，在下加茂曾與林長二郎時代的長谷川一夫等，合攝了紀念照片。在牧野時，晚年的牧野省三先生正在導演監製着伊井蓉峰的忠臣藏。我記得那天這位和我睽別已久的省三先生，面容非常的憔悴，似乎很覺倦怠，不久之後，省三先生就去世了。歐陽予倩也像日本的明星和俳優這些人流行的打扮一樣，在自己的臉上，戴着有顏色的眼鏡。他的面貌，不像田漢樣的神經質。舉止灑脫，態度敦厚，很具有新劇壇的柱石一般的資望。他去東京和歸途間，都住在我岡本的家裏，臨別的時候，他說：

「我返國之後，想送你一點東西。你喜歡什麼東西呢？請告訴我！」

我就說出了我的希望：「請送我一點頂陳的紹興好酒。」

後來，我的紹興酒果然到了手。雖然我極端的稱讚上次他送我的廣東種小狗，可是那兩瓶紹興酒，也是不可多得的佳釀，我還有着很好的證人呢！我曾把一瓶送給住在奈良的志賀先生，據說，有一次在奈良的集會裏用過，使志賀和九里兩鄰人是讚不絕口。這件事情，也許他們兩位都不記得了呢。後來，歐陽先生從上海移住到廣東，在那裏辦過戲劇雜誌，都寄給我看的。直到戰事開始，這個刊物大約也停辦了。上海戰事激烈的時候，聽說他又回到上海，發動戲劇運動，到了南京陷落之後，他的影蹤我就很難知道了。

知人論世

身名到此思張儉　時世於今笑孔融

文載道

題目寫下來了，但筆却澀澀的不能寫盡。自問於道和志都未能有什麼理解，至於人情世故則正在求其熟習，所以知人論世尤其難於措詞。嘗讀後漢書許劭傳有文曰，「許劭字子將，汝南平輿人也。少峻名節，好人倫，多所賞識。若樊子昭和陽士者並顯名於世；故天下言拔士者咸稱許郭……初，劭與靖（劭之從兄——道注）俱有高名，好共覈論鄉黨人物，每月輒更其品題，故汝南俗有月旦評焉」。這便是所謂月旦的出典，但許子將所「覈論」的大約多是當時現成人物，不過到了現在，時序推移，今昔異制，這說話都要常常縮舌不下，何況形諸筆墨？例如同書所記「曹操微時，常卑辭厚禮，求為己目，劭鄙其人而不肯對。操乃伺隙脅劭，劭不得已曰，君清平之姦賊，亂世之英雄。操大悅而去」。這雖然出於不得已的威脅，然而許劭究竟不失為鯁直。可是眼前呢，世間固無劭等的才識名節，但也安得有曹公的「雅量」？昔者魯迅先生做小說曰阿Q正傳，讀者中居然有留心之士，以為這所諷刺的正是自己，幾乎勃然作色。夫阿Q不過如苦雨翁所說的，浙東一[illegible][illegible]之鄉山耳，而好於猜疑者已經要據為己有，那末，如果質直而論現成的人物，則滔滔者天下皆是也，難免就此多了是非，此豈區區之所敢當？所以拙稿如不想更白，還是來扯一下長眠的古人。是非曲直，到底可以少負一點責任，雖然說得過分偏刻，要遭受傳說中「異端」的貶罰，但這究竟還有一程距離，此刻則不妨口沒遮攔吧？

然而，即使求諸古人，也何嘗是容易的事？從前當太尉不許說世人在他面前說韓信，聞之，則恐怕說世人在韓信前說他自己。這倒並非笑談，正點破了人們自私的心理。我說古人，古人豈不也可說我？正如水滸傳裏潘巧雲所說，你說石秀，石秀也說你。對於專門有嘴說旁人的士女們，得非一筆大大的蝕本買賣？所以這是一難。其次，如古語所云「蓋棺論定」，一個人的為龍為蛇，必須在大殮之後——至快也得是易簀吧，才能成為定案。白香山詩云，周公恐懼流言日，王莽謙恭下士時，若使當時身早死，兩人真僞有誰知，則是必須在身後才見出是非來。這時候正是大家有怨報怨，有仇報仇的好機會，可以對有權勢的人，稍稍的敢於議論了，這議論或者確能代表人民的心聲。但據魯迅先生所說，人們的是非蠢到，往往在…蓋棺之後。而且抑揚無當，決不能成為蓋棺的定論。這亦曾之有理。如對外的時候崇拜薛仁貴朱元璋，對赤的時候讚美成吉思汗誕生，在原有的歌頌之外，又加上民族的，道德的空氣，而但非諸公生前之能逆料。所以雖在入土之後，恐亦不能據為定案。這裏我就以周公王莽的現成材料，來作一個例。假如我們不想在堯舜禹湯文武周孔的後面，放一個自己的大名進去，則周公當時的居心，便有討論的餘地。照尚書金縢篇裏說，由於管叔蔡叔的搗亂，周公扶成王的苦心，幾乎無以自白於當世。一直等到公避地東都，「罪人斯得」，成王「與大夫盡弁，以啓金縢之書」後，方纔恍悟到周公往日的功勳，且於自己並無不利，於是叔姪融洽如初，「王出郊，天乃雨反風，禾則盡起」，周公的人格也從此萬古不朽了。然在略為涉獵一點史實的人看來，恐怕那時的周公，未始不有點野心。因為周的上一代是商，而商代正是實行兄終弟及制的。周初去殷未遠，而周公原是名利中人，他也想仿效一下前一代的遺制：取成王而代之。不幸外面的謠言起來了，而且還是自己兄弟管蔡傳出去的，這才只得「逃亡下野」，結果便把二叔當作犧牲，這一局戲也就此圓滿的閉了幕。後來的朱棣之流，也是彷他的老文章的。雖然正人君子斥之為「欺世盜名」，但我看倒並不如何辱沒周公，最多也與姬昌相差一箭之遙而已。這決非我的厚誣古人，尤非立異鳴高的作翻案文章，只是不想與兩廡冷豬肉，將歷史上偶像的斑斕陳迹，稍加拂拭罷了。正統派看了，或者要目為離經叛道，聖人不欲報以惡聲，所還手的也只有遠遠的作排迴避。我並不怎樣的要逞「狂」，有時這同情過老式的執著或潔僻，如有完美的經和道，都想虛心領教，但如那種一道同風的吠影吠聲，「臣期期以為不可。」

這裏要帶到的是王莽。他雖然搶了赤帝子一家的天下，於劉氏無疑為罪人。但在上臺之後，表現於他的政治氣魄和手腕的，卻頗見堅強，較諸劉家的幾位少帝尤為英明。而且因自己出身孤貧，故對民間疾苦，文士甘辛，也知之深切。詩稱「謙恭下士」，良有以也，在當時貧富的尖銳對立之際，他即主張廢奴婢的買賣，禁豪富的兼併，以及平物價，貸民款，興辦私，獎生產，於時弊頗有興革。漢書王莽傳中有記其政策云：

故富者犬馬餘菽粟，驕而為邪，貧者不厭糟糠，窮而為姦。俱陷於辜，刑用不錯。予前在大麓，始令天下公田口井。時則有嘉禾之祥，遭反虜逆賊且止。今更命天下田曰王田，奴婢曰私屬，皆不得賣買。其男口不盈八，而田過一井者，分餘田予九族鄰里鄉黨。故無田今當受田者，如制度。

其意蓋在避免土地的兼併，隱然寓耕者有其地之意。可惜因爲政策之未能順序實行，且予豪買巨賈以操縱漁利之機。但其原來的立意，卻不能因他篡劉氏江山而遽加厚非，何況即令是一樣的「亂臣賊子」，也有賢不肖之分。鄙意以爲史書中的微言大義，或黃金美人，或者可勿必求其苛細，然於事物的虛妄，真實，卻應該更有明辨的取舍，判擇，庶不爲一孔之見所蔽。奈何天下洶洶的盡是「天皇聖明，臣罪當誅」的讚揚孫子，而缺少理性的，冷靜的學者，能讓我們嚴肅而虔誠的稱彼爲「師」。

談到中國歷來最感棘手的問題，殆無過於土地之被兼併於少數人之手，結果就是強弱的尖銳的懸殊。而一些先知先覺者，都苦心孤詣的求其正確的解決，以救主的熱忱，哲人的明慧，佛氏的苦行，爲蒼生叩開幸福之門。如老子所云，天之道損有餘以補不足，人之道則不然：損不足以奉有餘。對塵世的不均現象，也曾深致其慨然。管子云，倉廩實而知禮節，衣食足而知榮辱，尤覺千載不易之至理。禮義廉恥，固然是國之四維，然而歸根結蒂，還是要到溫飽上做賦得才是。數人民空口的講道德說難聽，而於實際生活卻無些微保障，結果未有不差以千里；在吾輩按照學的人看來，實不亞於一個艱難晦澀的題目。還有如徒尚精神而忽略物質，則「大師兄」的殷鑑可謂殷之在前。鄙人於一切先行者，都敬之爲志士仁人，其艱苦卓絕的言行，一例從心底發出微茫的尊敬，讚嘆，正如苦藏心腸之令人低頭。但如果藥方開了出來，而非切貼的對症良藥，也一樣無補於實際。像上面所舉的有幾種原是「祖傳秘方」，過去或者確實救治了許多病症，只是在現代卻不大適合，而且流弊孔多，弄得不好還是健康之敵。生命前途，殊爲真正的良相和良醫者，所不可不深加考慮。語云，心所謂危，不敢不言，區區之心，亦竊比於此耳。

「太陽底下，無新事物」。這話正是知人論世的最公平，中肯，明白的標準，古今中外，除了幾個——極少數的人物外，大抵都是帶血和肉，具有七情六慾的凡夫。他們的人格，感情，意志以至全盤生活，都有晦明，升降，強弱的兩面。要而言之，各以缺點與優點來構成生命的整體，而以優點來時刻彌補其缺點的，就值得大家的欽仰拜服。其中最難征服的，也正是緊纏著自身的缺點，難於任何的強敵。我們知人論世，最好能將尺度稍稍放得寬一點；尤其是三代以下無完人，（三代以上呢——敢問？）我們不能以某一缺點來抹煞全體。少時曾經跟一老輩說起「朱子家訓」，有一句話卻令我至今折服，他說：若照這「家訓」實踐起來，我們就要活活的折死！這話出諸多洪先生之口，尤其難能可貴。蓋自「黎明即起」以來，我們的一言一語，一舉手一投足，無不爲一種無形的勢力所脅迫，支配，結果，就把自己化成一塊木石，至於生命的光芒自更被吹殺盡了。近人惜者既學問，一切深奧奇激的言行，均非動物以下所能接受領會。也因此，我們「月旦」的尺度也應放在這和大的地方。諺云，毋以寸朽棄連抱，片言斯言，即以參天的大樹爲例，就得從它的幾個細碎上來着眼，雖然有若干蛀痕或斜蝕，但它有的是一副俯瞰塵世，獨擋一面的氣魄，春來的扶疏的濃蔭。雖顯高大，傲睨一切，令人有森然蒼涼的遐想，得到盤桓顧息的愉快，而且時刻的在和災難搏戰，足以消去猥瑣姿態之感。反之，那些迎風搖擺的小草呢，它的外表也許還要明潔，輕逸，柔潤，但經不起暴風吹襲，烈日下逼，就迅速的扮出枒下腰去之狀，予人以軟弱的印象，兩兩相較，我們自然是要有蝕痕的大樹。這例子之用於對一個人的取舍，也應擇其優勝的一面，不可造成「水至清則無魚」的局面，弄得洪洞縣內沒有一個好人！這里我想起紀曉嵐「槐西雜志」中記的一件故事：

外舅馬公周籙言，雍正末有丐婦一手抱兒一手扶病姑，步此水（胡蘇河水——道註），至中流，姑蹶而仆，婦棄兒於水，努力負姑出。姑大詬曰：我七十老媼，死何害？張氏數世待此兒延香火，爾胡棄兒以拯我？斬祖宗之祀者爾也！婦泣不敢語，長跪而已。越兩日，姑竟以哭孫不食死；婦嗚咽不成聲，癡坐數日，亦立槁。……有著論者，謂兒與姑較則姑重，姑與祖宗較則祖宗重。使婦或有夫，或尚有兄弟，則棄兒是；既兩世窮嫠，止一線之孤子，則姑所責者是，婦雖死，有餘悔焉。姚安公曰，講學家責人無已時。夫急流洶湧，少縱即逝，此豈能深思長計時哉？勢不兩全，棄兒救姑，此天理之正而人心之所安也。使姑死而兒存……不又有責以愛兒棄姑者耶？且兒方提抱，育不育未可知，使姑死而兒又不育，悔更何如耶？此婦所爲，超出恆情已萬萬，不幸而其姑自殞，以死殉之，亦可哀矣。猶沾沾而動其喙，以爲精義之學，毋乃白骨銜冤，黃泉齎恨乎？孫復作春秋尊王發微，二百四十年內有貶無褒，胡致堂作讀史管見，三代以下無完人，辨則辨矣，非吾之所欲聞也。

閱微草堂主人借題目而詆宋儒的偏苛，於末一節尤憤慨道學家的吹毛求疵，令人欽羡。批評總是空講的容易，臨到自己做時卻還是手足無措。偏狹的人，只是什麼地方都要占一步進宜。趙甌北所謂「書生徒講文理，不揣時勢，未有不誤人國者」，亦正是這個意思。大抵事不干己，就容易顛倒黑白的扯淡，而貳臣則可以不問，又加以各種希奇古怪的感情與心理，於是無不想在筆舌上搶得一快，但結果便是瞎子摸象，歪曲相還是這般搞法。明清以來再加上八股精神，只要紙握到手，就不愁無話可說了。

狹窄和苛刻的反面是寬容，是忠恕。「夫子之道忠恕而已矣」，正是儒家所樂於倡導的。但他的流弊也就實屬害，充其極就是變成投降，顢頇，庸懦，圓滑，所謂忠厚是無用的別名，即是過份的注重了「寬容」，而忽略了人應有的獨立的性格，稜角，結果反而成為一種虛偽的外表，處處隨波逐流，縮小了人類的尊嚴，和綿羊一般馴服了。「與其為君子，不如真小人」這決不是說真小人之可以取法，而是特別的強調着偽君子的罪惡—據說古代有個極其寬大的人，在別人罵他的時候，甚至以為這只是姓氏之雷同，而「不以為忤」。這就失於「人情之常」，令人覺得不可親近，且一望而知其為矯揉做作。我覺得世上最難應付的便是做作的人，矯情的人，一言以蔽之，陰險而已。這種人在表面上一定裝着雍容揖讓，理亂不問的氣概，望之彷彿喜怒愛樂不形於色，但在他們的內心，却懷着一柄冷森森的利刃。顧炎武的「日知錄」中，有記謝諤與兄謝成的

陸某云：

宋末謝諤叛逆之事，皆出於其兄謝成之謀。是時謝諤伴著黃冠野服，隱居山中，自稱處士，以示不臣二姓，而謝成諤作降表，令人自水門潛出，送款於驗都。其後謝成以功授平章，富貴冠一時，而謝諤亦居甲第。有投詩者云：「劍戟紛紜扶主日，山林寂寞閉門時，水聲禽語皆時事，莫道山翁總不知。」嗚呼，今之身為戎首而外託高名者，未嘗無其人也。欲蓋而彌彰，則無逃於三叛之筆矣。

這正是一切「黃冠野服」者的絕好寫照—又如明末的陳眉公，時人也有譏以「翩然一隻雲間鶴，飛來飛去宰相衙」的詩，都是志在山林而心存魏闕者的典型的表現，讀之真覺音容宛在。但事實上人越想作偽，就越要露出馬腳來。所謂欲蓋彌彰，正是可憐無補費精神之舉。雖然我也不同意司馬光的「平生無不可對人言」之說。西王某位的時候，還要扭香說，「我為之事，吾知之矣」，就正是一記響亮的耳光，把自己的醜態和盤托，反而當場露在眾人之前了。因此，要我裝模作樣的作出斯文，方正的舉動，無異於一種虐政，反不如讓我坦白的放肆來得痛快—在宋大哥的忠義堂上，我是可惡王倫之流的鄉愿，即孔丘所謂德之賊，而喜歡黑旋風式的磊落坦白，胸無成算，可以令人放且的接近，用不着彼此日夜的懷着鬼胎。話不投機，也

不至暗箭傷人。從前看京戲的「連環套」，儘不禁對竇寨主的豪爽光明的性格，致其嚮往。只要一語中的，就不妨「冰釋怨仇一笑勾」，自甘俯首認罪；而對黃天霸之輩的賣友求榮，藉盟取功，實在覺得轉過背眼去！

儒林外史記范進見湯知縣時，一面口稱「先母見背，遵制丁憂」——竟容得「湯知縣大喜，忙叫換去了吉服」，一面卻在「燕窩碗裏揀了一個大蝦圓子送在嘴裏」，使知縣「方才放心」的戲劇，倒也為諷了假斯文的現現作為；還不如看六朝煙水氣的金陵菜傭酒保，來得自然親切。我尤其愛臨末的市井中間的四個人：一個在寺院裏安身的會寫字的季遐年，一個賣火紙筒子的王太，一個開茶館的蓋寬，一個做裁縫的荊元。他們並不附庸風雅，且知道士林中人亦不屑與己往還。但在生計之餘，卻亦以棋琴，賦詩讀書為求知與消遣之法，恬然自得，各有會心。作者還在書末問曰，「難道自今以後，就沒一個賢人君子可以入得儒林外史麼」？亦足見悠然有言外之意了。論語中有長沮，桀溺，楚狂，接輿一類人物，也是以躬耕之餘，容下來讀一些書以約束身心，與知其不可為而為之的孔仲尼，可謂各有千秋。必須這樣才是真正的隱者，而湖海放之流卻永遠的不配穿「黃冠野服」。至於眼前的兵荒馬亂之際，不論閉戶讀書，或賞游天下，都覺得是一種奢望，雖然一面也有欲河之清，人壽幾何之感。語云，剃髮除煩惱，留鬚表丈夫，境是荒涼，務似假閑，不料說別人卻會說到自己的頭上，蓋亦頗有無可奈何花落去之哀也。（壬午暮臘月初，燈下。）

風雨談月刊投稿簡約

一　本刊各類文字，均歡迎投稿。
二　來稿必須繕寫端正，勿草書，勿寫兩面。
三　如係譯作，須附寄原文。
四　來稿請注明作者眞實姓名住址，以便通訊。發表時署名，用筆名者聽。
五　本刊對於來稿刊載時，有增刪之權。
六　來稿概不退還，如作者必須退還時，須預寄當用之郵票，以便遵辦。
七　來稿如經刊出，由本刊致送稿酬。其版權亦歸本刊所有。
八　來稿請寄上海靜安寺路一六〇三弄四十四號收轉。（此項住址，專為來稿通訊之用，其他恕不接洽。）
九　關於本刊發行事宜接洽，請閱版權頁。

民國四十二年兒童日記

包天笑

第一章　三月

三月二日，星期六，前數日天氣陰沉，斜風冷雨，今天放晴了。

今日下午二時，我們第六級學生，由孫先生引導，同往參觀一個農業展覽會。

這個農業展覽會，是本市辦的，規模不大。因爲今年我們中國，要在首都開一個全國農業展覽會，徵集各省各市的農產品，以及關於種種農業上的事。所以各省各市，也先把徵集得來的，展覽一回，然後送到中央去。這個展覽會，共開兩個星期，今天已是第六天了。

爲什麼要孫先生陪了我們去呢？因爲孫先生雖不是一位農業學校出身的人，他對於農業覺得很有興趣。凡是我們所不知道的問過他，他總肯講他所知道的，告訴我們。而且他所講的話，淺顯的很，不用專門名詞，都是我們小學生所容易聽得懂的。因此孫先生陪了我們去，我們是很爲歡迎。

這個市辦的農業展覽會，雖然規模不大，然而一座六層樓的大屋，也陳列滿了。所陳列的不但是農產品，所有農業用具也都包括在內，我們近兩年內所發明的農業器械，也正不少呀。有些農業器具，因爲它的體積太大，會場裏不能陳列，便製成了小的模型。還有連模型也不能製的，就只有圖畫，照相，作爲代表。

我到了這個農業展覽會中，就有些目不暇給，有許多東西，都是從未見過的。有些都有說明書，說明一切，有些說明書也很簡單，我們便去問孫先生。可是有些連孫先生也不能詳細明白，他只能告訴我們一個大概。我想：中國出產的東西正多呀！眞不愧是世界一個大農業國。中國的原料既如此豐富，倘再加以工業的發達，我們這個國家，眞是了不得呀。

「小朋友們！」孫先生喚着我們道：「你們聽哪！我們中國的農產，可以算得豐富了吧？凡是中國的農產物，他國也許沒有的，可是他國的農產物，中國却是全有的。因爲中國地處溫帶，天賦特厚，所謂天時，地利，人和，全可以利用，只是有許多還沒有開發了吧？這是爲的中國的科學，比較人家落後，今後急起直追，猶未爲晚。你們不要以爲中國的出產正多，以此自滿，要知道此刻正在發軔之始呢。現在我們復興中國，大家都要分頭去做，農業也就是一大部份的事。將來你們都是肩負復興事業的人，大家要努力，大家要追上前去呀。」

我們聽了孫先生的話，都很感動。

這農產物中，全是衣、食、住、行，一切日用必需品的資源。我那時就有一個擬想：倘然有一年，地面上不生農產物，或是有一年，全世界的農夫，全行罷工，那時作何狀象？要是如此，只怕世界人類的滅絕，也很快的吧？

我發覺農產物中，最大關係的便是食物，其次屬於衣類，至於住與行，便比較的關係少些了。這個展覽會，陳列品中，也是關於食物占了大部份。其次如棉花，種類很多，占了一室，蠶繭部份，也占了一室，這多是屬於衣類的。而食物部份中，單單我們日常所吃的米，就陳列了兩大室。不但是把碾成的米粒，裝貯在玻璃瓶中，把結成的稻穗，也陳列在那裏。因爲我們江南是產米之鄉吧？這是喚什麼名稱？出在那一處地方？說明書都詳細地記載着。

但是我和同學們，都不大感覺得有什麼興趣，因爲這是太單調了。在我們目光中，米都是白白的，稻都是黃黃的，看去都差不多。不過孫先生好似在那裏徘徊着，很像在那裏大有研究似的，不覺的慨歎了一聲，說道：

「各位小朋友！這食米是人生養命之源。古人說的：「民以食爲天，」這話是不差的。凡百事業，都要先吃飽了肚子，然後可做。中國有句俗語，叫做：「朝廷不差餓兵，」在專制時代，也是如此說的。小朋友們！你們也聽得人家提講過那種故事嗎？從前爲了糧食問題，很打了幾次仗呢。所以現在各國都設有糧食部，以調劑全國的糧食。以後輪到我的常識講演時，關於米的問題，我倒可以給小朋友講一講呢。」

三月十日，星期日，天氣晴，漸透春意。

今天是我的生日，我本是十三歲，過了今天，便是十四歲了。而且今天又是星期日，我們姊妹兄弟，都在家中，大家可以熱鬧一天。我們這裏的風俗，每逢有人生日，都是要吃麵的，媽媽今天也備下了魚肉雞蛋之類，作為麵澆頭。并且請姨母到家裏來吃麵，姨母在上午已經來了。

他們都有禮物給我。爸爸是一隻鋼錶，我想有一隻錶，已經想好久了。爸爸因為我學校中成績很好，早就答應我了。這隻鋼錶，聽說要五塊錢一隻呢，那是中國一家製錶公司裏的出品，報時極為準確。從前中國人所用的錶，都是從外國來的，現在也能自己製造了。媽媽給我一件斗篷式的雨衣，因為我還沒有一件雨衣。那一天從學校裏冒雨回來，淋的有似一隻落湯雞。媽媽一面給我換衣服，一面卻在那裏垂淚，唉！媽媽真疼我！姐姐給我一個帆布新書包，書包上還繡了我一個名字呢。哥哥給我一本新出版的愛迪生傳。弟弟給我一盒糖，因為母親不許他多吃糖，恐怕妨礙牙齒，所以人家給了他，他就轉送給我。連妹妹也有禮物，她把姨母給她的一個洋娃娃，卻送給我作禮物。那太覺得幼稚了，我不能受她的，況且我的年齡，已不是玩弄洋娃娃的時代了。不過不受她的，她要不高興。只好等她生日時，我送她一點她所歡喜的頂好的禮物。

說起我的生日，還有一個悲苦的故事。

在十三年以前，吾姐姐只有五歲，吾哥哥只有三歲，而我呢？還在母親肚子裏。那時母親領着姐姐哥哥兩個不甚解人事的小孩，已經是很困難的了，何況還是一個有孕的母親。當虧那時候，有我們的姨母在一起，還可以幫點我們母親的忙。不過這時候，生活程度非常高漲，父親是一個薪水階級的人，所入不敷所出，家中又沒有女傭人，家中的事，都是吾母親自己做的。

有一天，正是十三年前的今天，我在母親肚子裏，已是足月了，然而母親還是終日勞碌，沒有一刻安寧。那時候，米的配給制度，還沒有辦法，母親一清早起來，就要到米店門前去軋米。父親要不讓母親去，說道：「你的身孕已足月了，怎麼跟着人家去擠擠？還是讓我去吧？」母親道：「軋米常常要軋兩三個鐘頭，你既然拿了人家的薪水，怎麼可以時常告假不去呢？這是我出的好。」

那天早晨，母親早已覺得有點肚子痛了，但她還是挺着一個大肚子，前去軋米。軋米是要排着一字長蛇陣，站立在那裏好幾個鐘頭，方纔可以得着一兩升米。排好了隊，前面的人擠過來，後面的人擁上去。母親是個有孕的人，要保護她的肚子，兩手向前擋着，然而已擠的透不過氣來。再加着站了這許久，肚子一陣一陣的痛，面孔也泛了白色。不爭氣的我，在這個苦難的時候，偏要出世了。

幸虧一同軋米的鄰舍們，見了那個情狀，知道我母親要生產了。又幸虧我的姨母是學產科的，在一個產科學校裏服務的，她知道母親快近生產了，一切設備，都已安放在一處。連忙把母親扶上黃包車，拉到家裏，一面去喚姨母到來。姨母剛到家不多時，呱然一聲，我就出世了。

每逢我的生日，母親常常想到生我時的困苦艱難，母親常常掛下淚來。我在沒有知識的時候，不知母親爲了什麼哭。及至我略有一點知識的當兒，見了母親流淚，我也抱着母親的雙膝哭起來。

「媽媽！」我說道：「我不該在這時候出世，教媽受了這許多的痛苦。」

媽媽破涕爲笑道：「癡孩子！你自己可以做主嗎？媽媽雖然吃苦，但只要孩子爭氣，媽媽可以苦盡甘來。譬如我的孩子，是個有志氣、有出息、有益於社會人羣的，媽媽覺得足以補償以前的痛苦。那末媽媽這個眼淚，不是痛苦的眼淚，卻是喜歡的眼淚了。」

我聽了媽媽的話，我怎麼將來不在世界上，好好地做一個人呢？

三月十六日，星期六，天氣陰晴不定。

我們學校中，每逢星期六，有一課常識講演，由各教師輪流擔任。所講演的是什麼題材，也由各教師自行選擇。這個常識演講，學校中每一級裏都有的，也看學生的程度而選擇題材。不過在小學校裏，總歸是取其淺顯明白，使學生們易於領悟。大概所講的都是目前所見所聞的社會問題罷了。

這次擔任演講的是孫先生，上次陪我們到農業展覽會去，他不是說過關於米的問題，可以作爲常識講演中的題材嗎？我們很盼望孫先生把米的問題，講給我們聽，今天果然盼望到了。

我把孫先生的演講，記錄在日記裏，但也只不過記錄一個大略而已。以下是孫先生所講的話：

「小朋友們！你們每天吃飯，都知道飯是米煮成的。米就是種的稻，經幾次人工而變成了米。可知我們中國，不全是吃的米，大部份說來，南方人吃米，北方人吃麥。從前如此，近來也是如此。而且我們把全世界計算起來，也是有的國家吃米，有的國家吃麥。所謂麥者，就是麵粉了。

「我今天所講的是米的問題，不是麵的問題。實在我們中國內地人民，除了米麵雜糧以外，還有靠着雜糧生活的，我現在也拋棄了雜糧問題不講，單講我們這個區域中日常所吃的米。

「現在我們對於糧食問題，不必憂慮；對於日常所吃的米，不必憂慮。小朋友們！可知道在十年以前，我們中國各區，份鬧過米荒嗎？那時的米價，有幾處比了現在的米價，要貴上幾百倍。然而食米是有普遍性的，不比別種食物的有階級性，不論什麼人民，都要吃米，這個恐慌，當時便發生了。

「可知道糧食是民生根本問題，糧食一貴，什麼都貴起來了。糧食既貴，工價增高，工人因爲不能支持生活，而資方又不得不加工資，工資既加，當然物價也增長了，一時的生活程度，便迅速地加上去。譬如有種勞動的人，辛苦了一天，所賣的氣力，仍不能博得一飽，那時人民的困苦，也就可想而知了。

「如此說來，米價貴了，農民是得了利益了，其實不然！因爲農民把米賣出來，並不得到高價。米的所以貴，是爲了運輸，捐稅，囤積，輸出，以及其它原因而貴的。而且農民們對於米的出產的成本，反而增加，如肥料，人工，借債的利息，自己的生活費等，農民也一樣受到了困苦。

「實在糧食問題是很容易解決的，一是出產問題，一是運輸問題。

「我今先講出產問題。從前就有許多人說：以中國出產的糧食，供中國人民所需，無論如何，不至於不够的。但是有一個實證，雖然中國人口繁多，然而一向以本國米，供本國吃，並不要外國米進口的。直到二十年以前，沿海各地，方有洋米進口，後來更蜂擁而來。其實以中國氣候的溫和，土地的肥沃，農民的勤懇，以本國所產養本國人，儘足有餘。自從中國復興以來，因爲對於糧食問題，很吃過它的苦頭，所以政府與人民，都百方努力。出產方面，便大大增加。種植方面，有專家爲之指導，農民力所不及者，公家爲之幫忙。更組織了許多集體農場，農具一切，加以改良。所以普通地方，大概是一年兩熟，有地方是一年三熟的。實在一年兩熟，儘足夠了，只要它所結的穗，粗實肥壯，便可以一抵二。前星期六，在農業展覽會，我就在參觀所陳列的各種稻穗呀。

「再講運輸問題。運輸與出產是並重的，就以食米省份而言，各地不是都出米的，必定要把出米地方的米，運到不出米的地方去，方可互相調節。不然，一處是太多了，一處是感到不足。那就務要交通便利，運輸也就迅速。戰爭時代，爲了交通阻斷，運輸不便，人民是受了這個苦。現在政府設有糧食部，專司其事，人民組有糧食調節會以調劑之，勿使有餘或不足。每一地方，有多少人口，每年需要多少米，都有一個預算。雖有市儈奸商，也無從囤積壟斷，這是制度好的緣故。所以現在我們本國的米，除自用以外，還輸出十分之四。而且現在我們要平衡國內米價，全國要一樣價值。譬如此刻這裏是每石六元，若在別地方，最貴也不能超出七元，最賤也不能跌進五元。這一點是全國糧食調節會的功勞呀！」

以上都是孫先生所講，我把它筆錄下來的，其中或有脫漏之處，然而大致不錯呢。

發洩

楊光政

文學作品，我認爲主要地是作家感情的發洩。作家在開始寫作時大概都是「有感而發」的，不過在文學作品中所發之感，非若議論而藉申訴，換言之，非訴諸理知而訴諸感情罷了。

關於文學的起源問題，在歐美曾有所謂「遊戲說」，也有所謂「勞動說」，又有所謂「宗教說」，有種種不同的解釋。然而探其究竟，這許多學說都似乎有點偏面之見，不足以解釋全般文學作品產生的根源，則不如吾國古人對於這一問題說明得妥當。

在毛詩大序中說：

「詩者，志之所之也。在心爲志，發言爲詩，情動於中而形於言，言之不足故嗟嘆之，嗟嘆之不足故永歌之，永歌之不足，不知手之舞之足之蹈之也。」

班固漢書藝文志闡明作詩的原因亦謂：

「哀樂之心感，而歌詠之聲發。」

朱熹詩集傳序中也說：

「人生而靜，天之性也。感於物而動，性之欲也。夫既有欲矣，則不能無思；既有思矣，則不能無言；既有言矣，則言之所不能盡而發於咨嗟咏嘆之餘者，必有自然之音響節奏而不能已焉。」

這種解釋詩之起源的見解，亦可用以解釋一切文學作品的起源。簡單說一句，文學作品之產生，是爲了作家之欲發洩感情。當人遇見美好的事物時，不免發生愛慕之情，於是用以模擬，這種模擬是文學起源的原因之一；而此實爲愛慕之情的發洩。當人目睹怪異的景象時，不免發生驚詫之情而發洩。處境困苦則有悲愁之慨，事如所願則有喜悅之情，勇往奮鬥時有壯猛之氣，遊歷物外時有悠然之感，見高尚瑰麗的人物則推崇，見卑污醜惡的事象則鄙視，在不平中對被虐者同情而對殘虐者厭恨，諸如此類，都是人之常情與常感。在善於表現者，把這種感情發洩出來，便成了文學作品。雖因人之經驗不同，其所發出的感情不同，其所藉以發洩感情的題材和技巧更不同，但因一般人的好惡之情相同，所以別的人讀了這種文學作品之後，會引起「共鳴」或「同感」。

感情的發洩居於主觀之事，那末文學作品終究是主觀的產物。不過，感情之得來却是屬於客觀的事，因爲感情無非是對於客觀環境之刺戟的反應，並且某種刺戟之所以能引起某種感情，也是爲各人所處客觀的社會所教育，所規定的。那末，文學作品的產生，事實上又受着客觀的影響。唯其因爲如此，所以主觀感情的發洩，可以在客觀上引起他人的「同感」；若乎在主觀上並無某種的感情而僅作「無病呻吟」，就不足以引起他人的「同感」。同時，也唯其因爲如此，與客觀的環境——亦即現實生活——接觸愈多者，則其所受的刺戟就愈深，而其所能發洩的感情亦就愈豐富。

這樣說來，那末即基於政治的見地，覺得需要某種的文學作品，但是倘若作家並無拍合這種政治見地的感情，結果是寫不出適應這種要求的成功的文學作品來的。一些感情虛僞的說教式的作品，不過是失敗的「宣傳」罷了。「文學是宣傳」這句話是否正確且不去談它，但「宣傳」並非都可稱爲「文學」，這是常識。

我們需要在表現與暴露之外，更需要有指示將來的文學作品——像這樣的要求，過去老早有人提出過，現在又有人提出來了。提出這個要求來當然是對的，然而是否做得到而且做得好，却是另外一個問題。要是文學作家根本不知道怎樣去指示將來，或者雖然致力於指示將來，但寫出來的作品却因其感情之虛僞而不足以引起讀者的「同感」，那末，他們則不如去表現其所體驗者，暴露其所熟知者，寫些像樣些的文學作品來得好些。除掉發洩感情以外，再要提出其他的文學的作用來，是徒然的。

所謂「指示將來」，有兩種作法。一種是古浪漫主義的作法，即因作家不滿於現狀，於是幻想出一種優美的境界，但這種境界全屬空中樓閣，是可望而不可即的。一種是新現實主義的作法，即同樣是因爲作家不滿於現狀，但能根據社會發展的自然規律，藉以描繪出今後所可能實現的改革的過程和未來的新世界來。這兩種作法，有一點相同的地方，即作家都得有對於現狀不滿之情，和對於將來祈望之情。我們所需要的當然是後者，那末作家非更有社會科學的素養和正確的世界觀以洞察未來社會之可能的動向不可，而這是以演成透視未來之感情的刺戟力而需要的。

我們對於現狀不滿的地方很多，同時我們對於將來祈望的地方也很多。因這種不滿與祈望之情的發洩，照理應當可以產生不少「指示將來」的文學作品。然而事實上，不要說是「指示將來」的文學作品絕無，便是表現或暴露現實的文學作品也不多，有之，又都是些政治見解的引申，不合情理的八股，倒是些弔古懷舊，色情趣味的作品充斥於文壇。豈是目今的文學作家們所能發洩者僅此一點嗎？豈是目今的文學作家們竟落無一點從現實生活中產生的眞情實感發洩嗎？不，不，這是因爲有些文學作家們的不去寫作，與有些文學作家們的體驗狹隘。這種現象的產生，不禁令人有文學界已到世紀末之嘆！

在此，我並不希望文學作家都去做政治的留聲機。如前所說，政治的意識不經過情感的溶化，那末，寫出的文學作品是不免要成爲「公式」的。所謂文學的「黨派性」或「政治性」，並不是把某一黨派的主張或某一政治的見解故意安插進文學作品裏，這才發生的。恰好相反，因爲文學作品中所流露出來的感情或意識等，不槩都有某種的傾向，這才發生的。因此，我希望文學作家們勿被黨派見解，或政治觀念所限制，而應當在此變化萬千的大時代中，恢復自已的「敏感」，去感受置身其間的現實的刺戟，而把因之發生的各種情感眞實地發洩出來；同時提高自已的識見，從歷史的探討中洞察未來的前進，而把因之發生的某種新與發洩出來，而且要自由地眞實地發洩！

際此亂世，在一年中所見現象之複雜和所獲情感之痛切，要比平時的十年二十年爲更甚。然則動人的文學作品是理應很多的，不過是需要作家去擴大視野，去接觸多邊的生活，去增加各方面的體驗罷了。在同時，我們更需要掘發新的作家，發動士兵，難民，職員，夥計，以及鄉村與城市中任何有生活經驗和深切感情的人，一同起來寫作，自然，他們的技巧是拙劣的，但他們可以提供豐富的材料，留下這一大時代的演進的痕跡。如此，對於文藝通訊與報告文學之類，有重新提倡的必要。而且，從事寫作技術之指導和粗劣作品之修飾的機關，如文學顧問會之類，也有設立的必要。

文學作品是作家感情的發洩。先是要求作家去根據某種政治的見地表現，發露或指示是不行的。主要地是要作家們從現實的體驗中去浴實罪下的眞情實感，是要發動有現實體驗而無從發洩其感情的非作家去寫作！

結婚十年

蘇青

一　新舊合璧的婚禮

徐正亦
蘇餘淑宜
為長男崇賢
長女懷青
結婚啟事

謹於中華民國二十一年十月十日下午
三時在青年會舉行結婚典禮敬備茶點恭候
不柬邀特此敬告諸親友好　諸希　台鑒

雙十節的早晨，當我們的結婚廣告刊出時，天還沒大亮，房間裏卻早已黑壓壓地擠滿了人了。母親昨夜是同我一床睡的，那是N城的規矩，說是在出嫁的前夕，娘要伴着女兒睡，好在夜裏細細教她做媳婦的道理。可是母親沒有教我，她上床的時候，我早已睡熟；第二天還不到五更時分，她便匆匆起身，料理雜事去了。此後祇進來過一次，叫我先在床上吃些點心，吃好了仍舊睡下，千萬別起身，在花轎沒有進門以前。

坐花轎是我鄉女兒的特權，據說從前宋康王泥馬渡江以後，就逃到我鄉某處地方，金兀朮追了過來，康王急了，向路旁的一個姑娘求救。那個姑娘便叫他躲起來，自己卻誑兀朮說康王已逃向前方去了，因此救了康王一命。後來康王即位，便是高宗，想報此恩，可是找不到這位救他的姑娘，於是便降旨說凡N府姑娘出嫁，均得乘坐花轎。這花轎據說乃是仿御轎形式而造，四周雕着許多鳳凰，轎前一排彩燈，花花綠綠，十分好看。按照一直傳下來的規矩，只有處女出嫁，才可坐花轎，若婦再醮便祇可坐彩轎（在普通轎子上紮些彩，叫做彩轎），不許再坐花轎。若有姑娘嫁前不貞，在出嫁時冒充處女而坐了花轎，據說轎神便要降災，到停轎時那位姑娘便氣絕身死了。

母親當然相信我是處女，因此堅持要我坐花轎，不可放棄這項難得的特權。我覺得坐了花轎上青年會去行文明結婚禮，實在有些不倫不類，但一則因為羞答答的難於啟齒，二則恐怕母親疑心我有他故，以為我在怕轎神降災而不敢坐了，所以結果還是由她們主張去，坐花轎就坐花轎吧。

花轎是由男宅僱定，抬到我家來迎親的，進門的時候已經響午了，我正在床上着急，因爲整個上午沒有起來，大小便急得要命。好容易聽得外面人聲鼎沸，房間裏的人也騷動起了，孩子們哭呀哭：「嗯呀！花花轎子來哉！我要去，囡囡要去看呀！」我知道花轎到了，心中恰如遇到救星，巴不得她們都一齊出去，好讓我下床撒了尿再說。不料她們却不動身，只在窗口張望，一面么喝着孩子不許佰頭迎上去，說是沖了轎神可不是玩的。她們喊：「囡囡，不許上去，快回來呀！新娘子還在床上沒起來哩，快來看新娘子打扮呀！」眞糟糕！他們還不肯放我自由哩。那時我的小便可眞違拚命也自忍不住了，然而却又不能下床，給人家笑話說：花轎一到新娘子便猴急起來自己竄下床了，那還了得嗎？我急得流下淚來。淚珠滾到枕上，忽入木棉做的枕芯裏，立刻便給吸收乾了，我忽然得了個下流主意，我輕輕翻過身來，跪在床上，扯開枕套，偷偷地小便起來。小便後把濕枕頭推過一旁，自己直又睡下，用力伸個懶腰，眞有說不出的快活。不一會，吹打手在房門口「催妝」了。我充被蒙了頭，任他們一遍，二遍，三遍的催去，照例不作理會，正想朦朧入睡時，伴娘却來推醒我了。

此後，便有兩個伴娘來替我化裝，我的五姑母坐在旁邊指點。房間裏滿是看客，我生平從不曾當着人搽脂抹粉，心裏覺得怪不好意思。可是五姑母却得意洋洋，巴不得多有些人來欣賞才好，因爲我這天的新娘裝束完全是她出的主意，母親一向信任她，當然不會不同意。她說時下的禮服雖然都用白色，但是她看着純白色不吉利，主張一定要改用淡紅綢緞，上面繡紅花兒。紗罩也是淡紅色的，看起來有些朦朦朧朧惹人陶醉。手中捧的花是粗緞，也是淡紅色，這是我五姑母頂得意的傑作，她說鮮花易謝，謝了便不吉利，不如由她用人工來製造一束，既美麗，又耐久。她替我設想得周到，處處是吉利第一，好看第二。頭上的花環也用粉紅色，腳上却是大紅緞鞋，繡着鴛鴦，據說這雙鞋子因與公婆有關，因此不能更動顏色。我的身材既短且小，按理一雙高跟皮鞋是少不來的，「但是，」我的五姑母說：「你年青不明白道理，這雙紅緞鞋子却大有講究，你穿着他上轎，換下來便妥爲保存，將來等到你公婆百年之後，你要把它穿出來縫上孝布，留出鞋跟頭一閃條紅的，那便是照你公婆們上天堂的紅燈。假使你今天穿了皮鞋，將來又怎能縫上孝布去呢？不是害你公婆祇好黑暗中摸索着上天堂了嗎？」我想好在禮服是長拖曳地，穿什麼鞋子都看不見，紅緞便是紅緞的吧。

打扮完畢，外面奏起樂來，弟弟便來抱我上轎了。據說那時我應該哭的哭，表示不願上轎，由弟弟把我硬抱進去。可是我沒有這樣做，因為這樣太冤枉了弟弟，他事實上並不肯強迫我上轎嫁出去，那是真的。然而他還得循俗抱我，累他額上汗的淋漓，好容易纔算把我抱到了轎前，我趕緊下來，走進轎子。那時祇聽得客人們都譁笑起來，據說為的是我不該自己進轎，這該由他把我推了進去，才算合理。可是我既已進去了，再出來也不好意思，祇得索性一屁股坐定，垂頭閉目裝新娘樣子。說起這坐轎的規矩來，母親倒是教我過的，她說坐定後便絕不能動，動一動便須改嫁一次。我不敢動，直到後來作娘把一隻滾燙的銅爐放在我腳下了，灼得我小腿都快焦掉，不禁左挪右挪的，把屁股不知顫動了多少次。至於我將來是否便會再嫁三嫁而至於多次嫁呢，那是有待事實證明的了。

於是四個轎夫上來關好轎門，放好轎頂，花轎裏便幾乎全是漆黑的了，悶氣煞人。腳下的銅爐一陣陣瀰漫出熱氣來，逼得人昏沉沉地，我生怕窒息了，移時反冤枉落個不貞的罪名。我孤另另地悶坐在轎中，與我作伴的，據說還有個轎神，她是吊死鬼，因不服惡婆婆而吊死在轎中的，後來皇帝封了她，叫她專門監察這轎中新娘的貞節與否。她這時正高踞在我的頭上，若是發現我稍有不貞之處，便會馬上把我逼死。我雖然自信決沒有逼死的罪名，可是總也有些害怕她敗壞吐舌的吊死鬼樣子，因此閉了眼睛抵死不敢向上觀看。轎中又熱又悶又黑暗，其其中還伴着個可怕的轎神，我奇怪張王當時為什麼要以超絕德，把什撈子花轎賜坐給我們女人了！我想，這樣看來，怪不得後來他會害死精忠報國的岳武穆呢，原來真是個昏君！誠是個昏君！

正憤憤間，花轎在青年會禮堂外停下了。接着又是一陣騷動，彷彿所有的人都圍了上來，于是有人吆喝着讓路，轎門開了，眼前光亮起來，一個漂亮的小姑娘站在我面前，把我的裙子扯了一下，我知道那叫做「出轎」，我便可以走出來了。祇是我剛才在上轎時曾給人家譏笑過一次，這怕這次太急了又要惹人笑話，因此仍舊端坐在裏面不敢自己下來。於是小姑娘與出去了，一個臉孔蒼白，嘴唇塗得紅紫紫的少婦探首進來打量我一下，回頭悄對旁人說：「這個新娘子是N城人打扮，嘛沒上海派頭。」我聽得怪刺耳，不禁心裏動起氣來。

慢慢地，慢慢地，踏着音樂的拍子，一步一挨，我挨到了禮堂中間站定了，頂使我奇怪的是，前面沒有一個興奮地，帶急地等候着我的新郎，倒反而是我站定了在等候着他，讓眾人品頭評足的說個高興。後來客人中居然也有人說新郎究竟躲到那兒去了，我這才知道我的新郎原來不按照新式規矩先我而入席，卻是遵循從前舊式結婚的習俗，預先躲藏好了，表示不頭拜堂，要人家把他找着了硬拖出來，這才無可奈何地勉強成禮。這規矩雖不是他自已首創，但不知怎的，我對于這點竟是感到非常的不快。等了許久許久，我的新郎總算在衆人拍手聲中逍遙着出來了，在我的右旁站定，使得一個女人聲音在悄聲喊着他：「同你講過多少一回，怎麼這時就跑出來？」我不禁偷眼向右面脚下望過去，祗見貼近新郎脚旁的是一雙銀色高跟皮鞋，銀色長旗袍下擺，再望上去，越過銀色的雙柔，在尖尖的下巴上面，玲瓏地，端正地，安放着一些怪嬌豔的紅菱似的嘴巴，上唇微微翕動着，露出兩三粒玉粒般的門齒。我不敢再往上看，因爲我怕接觸她的眼光。

婚禮在進行了，新郎新婦相對立，三鞠躬，我微微感到傺着，生怕失儀。許多來賓都不接座位，紛紛圍上來看，主婚人，介紹人都給擠到旁邊去了，霸佔在女方主婚人席上的是一個粗黃頭髮，高顴骨，歪頭頸的姑娘，她正咧開嘴巴向新郎笑，一面喊哥哥，一面扮着鬼臉，顯得她的容貌更加醜陋了，我不禁暗暗打個噁心，低下頭去不再觀看。

婚禮完了，我們都在結婚證書上蓋了章。證婚人，介紹人，統統都在上面蓋過了章，崇賢與我便是百年偕老的夫與妻了。他那時才二十歲，我才十八歲，假如我們都有六十歲壽命的話，便是足足要做上四十來年的夫妻。

行禮畢，伴娘們簇着我進了出去，在一個房間中換過妝，直又進入禮堂裏來。這次賢已先我而在，他也換了長袍馬褂，僕役舖好紅氈，我們便站在上面向長輩族人及親戚們行獻茶見面禮了。先是翁姑，繼而伯公伯婆，叔公叔婆，而至於舅公舅婆，姨丈公姨婆，姑丈公姑婆等等，一對對，一雙雙，挨了下去，有幾個孑身守寡的婆字輩女人都推三阻四的不肯上來，說是不祥之身，叫新人免禮了吧，後經新郎一再請，始嘖嘖接過盤中的茶去。

長輩見過，見平輩了，那個歪頭頸的姑娘原來便是我的小姑，我不禁偷望了賢一眼，拚命忍住發笑。賢不曾看我，但他似乎也感到這點，臉上訕訕的有些不好意思。那個姑娘却狠狠地釘了我一眼，她的眼珠凸了出來，眼圈上雖塗着青灰的顏色，却掩飾不住她的紅眼瞼的毛病。她真是一個醜丫頭，我想。

後來，賢在招呼那個銀色衣裳的少婦上來見禮了，她不勝幽怨地瞅了他一眼，輕輕嗔他道：「你倒好，也來和我尋開心了。」說着，掀起她紅菱似的嘴巴裝出生氣樣子，但是賢一笑，她也就馬上笑了。賢扭轉頭來半像對我講，半像對自己講似的說聲：「算了吧！」接着就請別人上來同我們見禮了。

他家的親族眞多，見禮畢，天已全黑了。于是大部分人都到他家去喝喜酒，只剩少數要吃西菜的男客，留在青年會自會喜吃大菜。回家去的時候，我同我分坐了兩頂官轎，他在前面，我在後頭，一路如飛的抬到本宅。本宅裏外照樣也是掛燈結綵，吹吹打打，熱鬧非凡。前進大廳中陳列着我的嫁妝，花花綠綠，在供女客們批評指摘。她們指摘我五姑母送我的頂講究的繡花枕套，指摘我母親煞費心計給我購來的各種擺設，嫉妒冷笑的話句不時找進我的耳中來，我恨不得跑過去摔她們的嘴，大聲地告訴她們說：「那些東西都是我的！不是你們的！叫你們來批評啥個屁話？」可是我究竟是個有教養的女兒，我不敢這麼做，看看她們越來越膽大，索性批評到我的面貌來了，尤其是那個銀色衣裳的少婦，揀着我走過時偏要悄聲對那個歪頭頸的小姑說道：「你的新娘子面孔雖然還不難看，不過實在太矮了些，同你哥哥一些勿相配。」她是個苗條身子，在笑我生得矮小，哼！

我賭氣再不要去理她們，我只想休息。半天的站立，鞠躬，跪拜把我的腿腿都弄酸了，半新不舊的婚禮眞累死人。我的乃川在那裏？我的新郎又在那裏呢？

半島

卞之琳

半島是大陸的纖手，
遙指海上的三神山，
小樓已有了三面水，
可看而不可飲的。
一脈泉乃湧到庭心，
人跡仍描到門前。
昨夜裏一點寶石
你望見的就是這裏。
用窗子截卻大海吧
怕來客又遙望出帆。

談雜誌

陶亢德

雨生兄發刊風雨談，幾次三番命我寫點東西。我素來稿而不作，只會請別人寫文章。雖然近來文以稀爲貴，居然有幾家日刊期刊向我徵稿，但能不抱方命之歉的，也只以情不可却者爲限，而且所繳的卷又多是以前乘興而寫寫好放在抽屜裏的舊作，若無存稿在乎，雖然索稿者的盛情可感，允許的稿費不小，也只能頓首致歉，說洋與致，此乃鄙人並非文豪，寫一篇文章千難萬難之故，得罪朋友，少拿稿費，只能怨天，非敢尤人。然而對於雨生之囑，卻無論如何不能婉辭拒絕延宕了事。一則雨生和我認識，屈指快將十年，在一個年未不惑之人而有相交將近十年的朋友，總可說是不折不扣的老朋友了，對於老朋友的囑咐豈只情不可却而已，二則雨生創辦雜誌還是初次，風雨談好像是他的頭生兒子，忝爲老友，豈能無湯餅致賀。然而話雖如此，寫文章於我之爲難事，却不因之而兩樣，於無可奈何之中，我就請他出個題目給我試試看。多謝他不有意與我爲難，給了這個我還能勉强說得的題目——談雜誌。

自民國二十年起到三十年爲止，我所參與過的，共同發起的，主編的，手創的雜誌，仔細算算已經十有四個，其中除一二個之外，其餘的可說與我都大有關係。現在想想，以一個並非學新聞學的人——其實我什麼都沒有學過——而居然敢於與這麼多的雜誌『大有關係』做『將官頭』，而又居然這麼多雜誌在內容並不是『剩餘價值』『低級趣味』，在營業並不虧本賠錢，小部分固是我的胆大妄爲，大部分還是全國作家的鼎力援助。因此我想就拿編者與作者的關係來談談，並于文不對題之處，只好請本刊的編者與讀者原諒了。

一個雜誌的編者對於作家究應如何，我是不學無術的，我只知道尊敬他們，無論有名與否，一視同仁。世上人對人的態度，有的是『一視同仁』，有的是『挑精選肥』。以交友來作例，有種人對朋友的態度，是凡是我的朋友就是我的朋友，不管他姓胡字適之，還是姓王名阿貓，均一律以朋友待之，無分厚薄，譬如我的朋友胡適之的兒子結婚了，我送賀禮二十元，親往賀喜，我的朋友王阿貓的女兒出嫁了，我也送賀禮二十元，親往賀喜，決不因爲胡適之是世界聞名的學者，王阿貓只是個某博士，所以對於胡公子的婚禮要特別重視，另眼相看，對於王姑娘的出嫁，可以馬馬虎虎，半睬半理，反之，倒應該對胡公館的婚事不妨馬虎，對於王家的喜事特別關心，因爲胡府上場面大，有你這個朋友送禮道喜與否不算什麼一會事，王家親友無多，頗希望你這位朋友撐撐場面，光光造牌，這種人的對人態度，是寧可雪中送炭，不願錦上添花，雖明知添花終有收報，送炭難得眼前酬而不顧，即多爲人而少爲己。另一種人則對於與我相交之人，以鑒別貨色的眼光細加鑒別而後定其應對態度，擇其有利於我者而近之，無利於我者而棄之，亦即俗語之所謂勢利。編者之對於作者，假如取的是「勢利法」，實際上比一般的待人更可暢所勢利，一則作者無法和你過不去，即使他因此而在別個刊物罵你，你也大可笑笑聲明他是投稿不取，挾怨誹謗，人家聽了一定同情你而不值那個罵你的作家。二則作家之成名，不如阿貓之富貴那麼突然而容易。我們的今日太恭維我的朋友胡適之而太看不起我的朋友王阿貓，也許是異日不得發的關係，因爲做大使的胡適之雖係革職查辦永不敘用，做某博士的阿貓未嘗不可一旦榮任駐爪哇國的大使，而作家呢，作者的自小到大從無名到有名不是偶然或突然的事，一個實在有眼光的編者，對於一個實在寫不大好文章的作者，未始不可「另眼看他到底」，連待其片之禮也大可不必，這是因爲名作家之爲名作家，到底要露出貨色來，雖可拉人捧場，出錢捐班，而終一戳即穿，無補於事。

然而話雖如此，一個編者如眞個爲雜誌着想，固應對於寫文章給我者一視同仁，就是以爲人謀，也不應勢利。勢利雖無損於自己的榮譽或薪水，但總有虧爲人之道，上文我曾說過我不是學新聞學的人，我實在不懂得雜誌的編法。不過我在編輯雜誌之前，是個雜誌的讀者，以一個讀者而言，我對於一個雜誌內容好壞的評判，是她能不能增我知識廣我見聞動我情感以爲斷，對於作者之有名與否，反不大注意。這是在我初看雜誌的時候，不如今日讀者之已明知某甲某乙早爲鐵定的名家，蓋其時期刊無多，今之鐵定名家在當時還在將名未名之間。還有我在正式編輯雜誌之前，曾在一個周刊服務過一個時期，這個周刊那時候雖已行銷逾十五萬五千有奇，而編者的眞姓名外界固然不大清楚，作者（無論是前期的當時的）是誰也無多少人知道，由此使我更明白一個雜誌的讀者所要讀的究是文章的內容，而非題目下面的署名。這點影響使我後來自己主編雜誌時，不肯把無名作者的來稿不看而退或甚至不過目而與字紙簍一送。一個作者投稿給你，也許爲名也許爲利，但他的達到目的總在幫助你的雜誌先得了名利之後，總之是作者的盛情可感。

況且一個作者的寫成一篇文章，無論其成不成文章總會煞費苦心，絞盡腦汁，而其寄給雜誌以後的盼望復信，亦必如大旱之望雲霓，所以我們做編者的人對於來稿之不看而擲，固屬十分不敬，就是看了認爲不能發表的作品，尤其是不合於本刊，但未嘗不宜於他刊之作，卽作者在投稿之前不附來退稿郵費，也最好能原璧歸趙。把不可用而附郵票的來稿也寄還給作者的結果，是不是扣到作者的心我不知道，但無論如何我對於這個作者可有一個希望，就是他以後有所寫作，大多能再來投寄給你。至於對無名作者來稿一一細讀的結果，自然能使你大有所獲，因其中不無極好作品。就我個人的經驗而論，現在的成名作家之中，不少個當時寄稿給我時還是未名作者，就是以後因了不什繼續寫作終於成名的作者，他的作品在他自己雖未能以之一舉成名，也使你的雜誌增光不少，因其實爲佳作，有目共賞，使我的雜誌得到讀者一聲『內容眞個不壞』的稱譽也。

對於無名作者的來稿，我們不但不應不看而退或擲，並且對其第一篇來稿還必『從寬錄用』，我有這麼一個看法，就是一個作者第一次投稿給你如經採用，他以後如有更佳之作定可十九歸你，因爲一個作者的投稿，總向曾經發表過他文章的刊物投送。而到了第二三篇投來時，你就嚴格挑選，也不至於使他不再來第四五篇，他至少已經明白你不是有眼無珠或唯名是用的編輯，後來的投稿不收，大半會使他歸罪於自己的寫得不好。若是第一篇投稿雖有可取之處而你不用，這就如對一個樂與而來滿腹誠意的訪客報之以閉門羹一樣，以後再望他登門拜訪，一定是十分九不隱的了。就我的經驗而論，這樣辦法確乎不錯，雖然無從與不如此做的結果作一比較，因爲我始終不曾不如此做過。

此外還有一個使我不肯不注意無名作者來稿的原因，卻與我對於文以作什麼的見解有一點關係。文以作什麼呢？載道也好，言志也好，我均不反對，不過我更覺成文以諍苦，當然其所諍之苦不能只以作者個人的盛不起小老婆喝不起香檳酒爲苦。要文以諍苦，求諸一般名作家而不容易，他們有的固然會得大喊抗有抗有，但只是理論的喊，眞能寫得出我所謂苦之苦者，不得不求之於有一般社會經歷的作者，而這種作者未必有名。

然而我也決不對有名作家不敬。我在上文說過，一個名作家之爲名作家，決不是得來全不費工夫的，就是他們不肯給我的雜誌撰文，我也要一樣的敬之禮之，何況他能惠然賜稿，更何況源源賜稿。實際上一個雜誌每期有幾篇作者無名而內容雖好的文章，雖然能使這個雜誌增加精采，但若作者全不知名，那可卽使篇篇佳作也要遭到失敗，這不能說讀者的崇拜偶像，只能夠怪出版者的不肯讓讀者先看後會鈔，不好包退票。因之一個雜誌的編者對於著名作家，自然非十二分尊敬不可。

然而要能得到一個名作家的源源來稿，這作家倘非你的至親好友，那麽你得先把你的雜誌編得像個樣子，雖說見仁見智各有不同，你以爲像樣者他未必不會下一句『什麽東西』的批評，不過大體上好歹總能有目共覩，倘非那作家有意不肯賞光，十中八九不會使你的求稿信如石沉大海。

名作家的作品有了，無名作者的佳作也有了，把來算算字數批批二欄長行付之印刷是不是就成了一本好雜誌呢，我說是未必然。一個雜誌固然很難於有一個雜誌的主張或立論，造成一時的風氣或完成某種的運動，但是各有其特有的風格，總是應該的了，雖然就是要做到這一點也不是易事，有待於編者的大大努力。

英國近代名小說家

依茄華雷斯自傳（一）

By Himself

秦瘦鷗譯

譯者致詞

依茄華雷斯先生，生於公歷一八七四年九月，死於一九三二年二月，是英國——或者竟是歐洲，竟是全世界——近代一位了不起的文學家，他能夠寫極好的詩，極好的旅行通訊，以及充滿着力和熱的小說。他的著作在歐洲和日本都擁有鉅量的讀者，經擱上雜誌的也非常多。當他在美國病故，遺體被運回英國去的時候，不但船上懸掛半旗，就是停泊在桑普敦港裏的那些軍艦，也一律爲他下旗致敬，這確是不可多得的哀榮。

寫偵探小說，往往容易流入神奇的境界，但華雷斯先生的作品，倒還不曾有過這種失敗；他從來不用尋常寫偵探小說的手法來寫偵探小說，他所注重的是社會病態的暴露和某種特殊性格的刻劃，有些人物簡直給他描寫得比真的人還要生動，例如「萬事通」中的萬事通，「兩屋血屋」中的伏次先生，都可以使我們閉上了眼，好像還可以看見他們一樣。

十數年前的一個翻譯家，我的老朋友艾國藩先生送給了我四部華雷斯的作品，使我在拜讀之後，便成了「華雷斯迷」，不但每年要給「旅行雜誌」翻譯一個長篇，而且還和他通信，還自認爲我是他的「私淑弟子」，到現在，甚至我必須承認，假使我的寫作稍有些微進步的話，也都是受了常讀華雷斯先生的大作底益處！

先生去世前兩年，曾經送給我一部他所寫的「自傳」——這是我畢生最寶貴的一本書。

看了他的自傳，使我格外對他欽佩得五體投地，雖然我也不能爲他掩飾，這自傳裏不免有許多「文過飾非」或「自稱自贊」

的文學，但他從一個失學的苦孩子，努力奮鬥，不屈不撓，才得爬上文學家底寶座的事實，却也絕對不會有一分虛假的。每次當我遇到什麼挫折，或則沮喪的時候，總得把這一冊可貴的傑作取出來，重復細讀一遍，作為一種興奮劑，藉以加強自己的毅力和勇氣。

深信這一部充滿着刻苦、辛酸、掙扎、奮鬥的事蹟的傳記，對於目前還在苦難中生活着的數千萬中國青年必有相當的幫助，——至少可以鼓勵得他們更樂觀一些——因此忘掉了自己的譯筆的醜劣，特地將它譯出。從這一期起，陸續在本刊發表。

自序

我自己很清楚，如果把我這一部自傳去和那些大作家們所寫的一厚冊一厚冊的名人傳記比較，那簡直是截然不同的，即使跟報紙上時常登載的那些大半已被遺忘的社會軼聞和數十年前曾經喧赫一時的大富翁的成功小史比，也絕無相類之處。

根本上，這是一個窮人的故事，一個不甘自棄，死命從黏住在數千萬人的腿子的泥淖裏掙扎起來的窮人底故事。如其這一椿故事可以鼓勵一個有志氣的孩子努力向上，或是給一個男人或一個女人增加一些前途的光明，或是讓一個已經絕望的人多少再沾到一些希望的話，那末我這一本書還可以說是並沒有白寫。

也許這一部最起碼的自傳能够對我們現在所處的社會有什麼貢獻，那祇是偶然的事。這一個社會既然能够使阿毛阿狗成依流華雷斯爬起來，既然能够使傑奕勃朗在洛格斐取得像皇帝一樣崇高的地位，既然能够使勞勃生做到參議本部的總參謀長，當然不致於會怎樣腐敗的了。

我們是一個不滿於自己底貧賤的窮人，從那麼低微的地位上掙扎起來，直到自己所想望的境界，而且，我希望，一直還在不斷的掙扎着。

我從沒有追求過像「成功」那樣迷人的東西，——僅僅找到了一塊新的立足點，打那裏可以看得更多一些，可以獲得一些較新的服務人羣的知能，可以發展一種真誠的同情心；當我佔着先行一步的光，站在永遠向上的人生的大道上，回頭去望着許多在我後面的人，用那樣可貴的堅忍力和勇氣在奮鬥着。

棄兒

一般的說，人的出生是絕無神秘可言的，即使在極不光明的環境裏也是如此。祇有根本不生出來，那才是最神秘的事。然而假定有一個初出生的嬰孩，包裹在一層層的襁褓裏，被人從頭盤旋路一直抱到台德福特小河邊的一所陋屋中去，那末對於普通的人，就不算是一件相當神秘的事了。

台德福特河是一道遲緩不流動的濁流，它把輝煌的格林維區鎮和骯髒的台德福特貧民窟劃分為兩個世界。

當我出生九天以後，我便被收養了下來，不然大概就得被送進格林維區的育嬰堂或別的慈善機關去，跟其他一般既無父母，又沒有人肯領養的孩子在一起生活了。總算我的運氣還不壞，鄰近有一位慈善家聽到了我這一件事，而且他也和別的高傲的英國人一樣，對那些慈善機關有一種很合理的厭惡，於是他就派一個人來把我領了回去。

「好就把她收養下來罷！」他以家主的權威，斷然宣佈了自己的決定。

後來他雖然發現我是一個男孩，不是女孩，也並沒有變更他這個純出慈悲心的決定。

他姓那禮門（[illegible]），實際上他也的確是一個很自由的人，空閒得像服裝店裏當衣架用的木人一樣。他是倫敦有名的那禮門族中的一員，根據嘗家裏的家譜和當地的地方誌，他可以追溯到五百年前的祖先底史蹟。他自己是在那林門魚市場裏做一個販運鮮魚的脚夫，身材高大，肌肉結實，有一個長得很端正的鼻子，頷下的鬍子留得很長，大有美國第十六任大總統林肯的風度。

除了他自己的名字以外，我不曾再看見他寫過別的字，而除了那一本又厚又大，用牛皮做封面，紙張已因年代過久而發黃的「新約」以外，我也不曾再看見他讀過別的書。每年中間，他照例總要有兩次的態度失常，一方面拚命的喝白蘭地，一方面便把那部「新約」遠遠地丟開了。任何人冒犯了他，不管是大人或小孩，瘦子或胖子，他都要痛打一頓，才肯罷休。有一次，他足足和人家打了兩小時的架，這一些鬧出人命案來。他的體格簡直強壯得像一頭牛一樣，當他工作的時候，頭上永遠戴着一頂平頂的皮帽，就在帽子上，他可以頂起一箱箱挺重的鮮魚，一點不覺得累，猶如古代貴族們頭上所戴的花冠。

在他一生中，從沒有放過過假。他的妻子更是非常的溫柔，的確是一個難得的好伴侶。她不會寫字，可是能夠看書看報，她往往要經過報上所登的冗長的時間累積纔出來，有時還要我們談論古時和現代的許多大陸的事蹟。我對於他們夫婦懷着非常的敬愛，他們也同樣愛我；現在，他們已經都死去了，使我一個人留着迴憶得無限的孤獨淒涼。

「愛麗斯蟲子」號的沉沒的事，我至今還大略有些記得，因為在當時，格林維匹是很有一些海濱市鎮底風味的，滿街都是穿藍衣服的水手。我們附近的鄰居家中，幾乎每家必有一艘很完整的帆船的模型；而在各家的會客室中的壁爐上面，也十九掛着許多光彩鮮明的磁製的盤碟，作為裝飾品；我那時候因為年紀太小，對於它們的真正的用意委實一些都不明白，只知道它們是和到海外去航行有着相當關係的。

雪萊小詩

心暉譯

詩四章

燈罩碎開以後，
它的光將與塵土共滅，
當雲彩漸漸散時，
雨虹乃失去它的燦爛。
琵琶撥起音樂的
甜美，當琵琶斷時破碎；
你雙唇既又閉起，
從前的蜜語也總忘記。

像光輝或是樂音，
不能離燈盞琵琶而長存；
你心中將不出聲
快的歌，當你精神消沉——
除了一首悲淒歌
像風吹過頹敗的小城，
或如嗚咽的海濤
替航海而死的人哀哭。

一度狂熱的愛情
飛出了它精緻的心窩；
拋下一個人孤零
無助，獨依往日的生活。
啊！愛情！誰在哭泣
那脆弱的一切？為什麼
挑選那最易碎的，
做你形骸靈魂的歸宿？

你將被熱情震盪，
飄搖如風雨中的烏鴉；
清明的理智也將
嘲諷你，如冷冬的太陽。
有一天枝頭的家
終於頹傾，孤寂無依的
你還遭世人笑罵；
當樹葉漸落，冷風颳下。

夜市

譚惟翰

後天便要過新年了。

百貨公司，南貨號，糖食店，糕餅鋪裏都擠滿了人頭。嚷着，爭着，笑着，……嘻嘻地，顧客的臉上都閃着興奮的光；……嘻嘻地，店夥的臉上也閃着興奮的光……不錯，後天便要過新年了。

年貨沒辦齊的，這兩天內該趕緊把它買好，一年忙到頭的，祇要手上撈到了幾個錢，也得趁這時候好好的樂一下。

「吃年夜飯去吧？」

「吃年夜飯去吧！」

嘻嘻嘻嘻嘻嘻……

於是踏進了酒館。

酒館照例是擠滿的。盤旋的霓虹燈吐着刺目的光芒，把一片白雪染紅了。染紅了，蒼白的臉全都染紅了，一個個醉醺醺地跑了出來……

他們都醉了，飽了！

飽了，大肚皮給油膩膩的東西塡滿了。——像橱窗裏吹足了氣的汽球似的。

然而，同一個時候馬路上也正多着乾癟了肚皮的動物哩！「凜然風發！」你說？

坐在金剛飯店門邊的小和就是其中的一個。

兩天他不曾找到一點食物，也沒討到一張毛票，他那瘦黑的臉越發地顯得難看了。同伴們個個又都是窮苦的，討來的零碎錢自家兒買兩只大餅都嫌不够，誰還肯分送給他？有些挑飯擔的夥計將客人吃賸的流滓拾回去的時候，本來還可以賞賜他那麼一點兒，但不幸還沒走到擔跟前早讓前面幾位「老槍」給搶跑了！

小和祇有抱着空肚子坐在那兒發抖。不僅感到餓，他也感到冷。身上一件小夾襖有好幾處開了窗，鞋子也裂了嘴，兩三個脚趾也許想見見市面，老實不客氣地從裏面探出了腦袋。他的手掌和小腿上的皮肉都凍成了紫塊，破了口的便淌着濃汚的血水，他甚至於找不到一塊舊布把它包紮起來……

他的空肚子在叫了。

「總得弄點什麼吃吃纔行啊！」他對自己說。

但是怎麼弄去呢？

挨過菜飯館堂倌的打，也挨過麵店司務的罵，叫他怎麼去弄？

恰巧小五子走到他跟前來了，頭上戴着個破麻布袋，缺口露出皮球似的臉，兩隻佈滿血絲的眼睛閃呀閃，一副黃牙齒不住地打着寒顫。

「小和，」一個子在這兒發着呆的什麼

呆呀？」他用力地把小和的肩頭一拍，小和朝後一仰，差點兒沒摔在地上。

「我——我有兩天沒吃東西……餓得可真難受！」小和說。

「誰叫你不想個法子呀？你坐在這裏等東西鑽到你嘴裏去？別做夢！」

「向人家討，說好話；人家不給你，有什麽法好想呢？」

「不給？」小五子冷笑了一聲，「不給也要他們給。有錢的人情願拿錢買牛肉喂狗，卻不願意我們一分錢，把我們看做連一條狗都不如！他媽的，我就不客氣。不客氣，他們倒把我沒辦法！你瞧我現在吃的還不是從他們手裏拿來的！——」

小和望望小五子的手，他手裏捏着個麵包，已經給他吃了一大半了；黃色的奶油從麵包心裏擠出來，好看又好聞。

小和非常羨慕地問：

「小五子，你怎樣討來的？」

又咬了一口麵包，小五子起勁地說：

「大辨台今天演義務戲，聽人說又是救濟難民吧。七點鐘戲就散場，門口湧出了一大堆人……我便跟在一個闊佬的後頭，討幾分錢。好話不知說了多多少，可是她直當我放屁的，一百個不理睬！她把頭縮在皮大衣裏，獨自兒鑽到一家菜食店裏去了。我在門外等着她，不一刻工夫，她拎着一大包一大包的東西走出來了。我仍舊跟在她後面，一步也不放鬆……三馬路差不多走了一大段，跟到跑馬廳，她還是不給一分錢，嘴裏還要連聲地罵着，我趁她立在路口上攔黃包車一不提防，我搶了一包東西就跑……她穿着那麽高的皮鞋，休想追；跑，隨她去！好在我跑不見，祇當是闊她自家兒的。……你瞧啊，五個麵包我一下子吃了四個半，眞不錯，裏面還有奶油呢！」

小和瞧出了神。

小五子把賸下的一口麵包往小和鼻子跟前一湊：

「你聞，多香！」說着，便將麵包向自己口裏一丟，咬了兩下，吞了。驕傲地瞧着小和。

小和淡淡地說：

「你有那個本事，我可沒那個本事！」

「本事不是天生的，是學來的。你爲什麽不去試試看？」

「我不敢。」

「別怕。搶到手是運氣，給人抓住了大不了給你兩下耳光，坐不了牢。……可是像你這樣成天地不吃一點東西，直等餓死，那總不是一回事！」

聽小五子講述他得意的經過，早使小和十二分的欽羨，欽羨別人的口福，結果自己越加感覺飢餓；如今得到小五子一番熱心指道，小和恨不得立刻去作一次冒險的嘗試。

正在這時，有一個妖豔的女人，近四十歲的光景，肥肥的臉上塗着濃厚的脂粉，脂粉已經遮不住她額上的皺紋，穿得很時髦，從金剛飯店裏緩緩地，裝腔作勢地走出來。右手捏着一枝香煙，左手挾着一個錢袋，腋下還夾着一個大包。

「那大包裏一定是熱烘烘的饅頭！」小和想。

小和心裏一陣亂跳。

那女人已經走到門外來了。小五子用胳膊把小和的背一碰，瞇着一隻眼，嘴巴朝前一揚——小和懂得小五子是在催他去。

不知從那兒來的這股力氣，小和站起了身。偷偷地跟在那女的後面也不做聲。等那女的剛一轉灣，他便迅速地伸出一雙瘦瘦的手搶住了那個紙包，回頭就跑！

遠遠地，他似乎聽見了一串尖銳的罵罵聲：

「小殺千刀！搶去做啥？儂格短命鬼！」

小和直直跑，穿過了一條弄堂他還在跑，不料迎面和拾垃圾的「電燈泡」猛地撞了一下：

「ㄨ儂格娘！瞎兒！」電燈泡狠狠地把他拾垃圾用的鐵鉗對小和的臉上一指。

「對不起，」小和向他陪禮，深怕挨他的打，「不能怪我！這兒的電燈沒有馬路上的電燈亮，我沒瞧見。」

什麼話！這兒的「電燈」沒有馬路上的亮，明明是小看了他，說不定是小和有意在那兒諷刺他！電燈泡越發地生氣了，他的癩痢頭上直冒亮光。

「瞎儂娘個批！閒話放清爽點。」

他把小和一推，小和的頭撞在黑暗的牆壁上，卜通一響。

「你別亂推人。」小和摸着發痛的頭說。

「弗但要推儂，我還要打儂！」電燈泡舉起了拳頭。

小和不曉得電燈泡今晚為什麼發這樣大的脾氣，準是又給弄堂的紅鼻頭打了。小和把電燈泡的手一推，說：

「不要氣！不要氣！你打我沒什麼希奇！有本事你敢和紅鼻頭對打！」

經小和這樣一說，電燈泡突然覺得面孔有點兒發熱。幸虧這弄堂裏的電燈不大亮，在昏黃的光圈下不會有人注意到他的耳紅。

小和見他不響了，便對他說：

「電燈泡，我知道你也不會吃得飽。讓我們找個地方坐坐，我請你吃點心。」

電燈泡便跟小和在一家屋簷下的垃圾桶上坐下來。

電燈泡瞧見小和手裏果然捧個洋紙包——這裏面不知藏的什麼好吃的東西！

「你沒有吃過這樣好吃的東西吧？」小和笑着說，「這是一位很闊氣的老妖精從大飯店裏帶出來！」

「嘿嘿！阿是眞格？」電燈泡把流到嘴邊的涎水又吞了下去，喉嚨裏咕嘟一聲響，在黑夜裏像打了個大雷。

「還要回你呢？我費了好大的力氣才將它拾來，死命地朝這裏跑，那知不當心和你碰了一交。」

小和一面說，一面把洋紙撕開了。可是，天曉得！這紙包裏並沒有什麼吃的東西，竟是一大捲用彩色印的字紙！

「×你格娘，吹啥格牛！」花燈泡對小和做了一個白眼。

小和噗一口氣，把一包紙用力地朝地上一扔，紙頭散得滿地的。

「儂那要，送把我——」花燈泡連忙蹲在地下一張張地將紙拾過來，他知道這一疊紙也可以換好幾毛錢。

「你要，你拿去好了！」小和慷慨地說。

花燈泡笑瞇瞇地：

「小和，我賣到了銅鈿，請儂吃油炸鬼！」

小和點點頭，默默地坐在垃圾箱上。

花燈泡拾一張，看一張，拾一張，看一張；看得那麼津津有味的。

「看什麼？你又不識字！」小和說。

花燈泡不做聲，蹲在花燈底下仍舊一張張地看下去。這一來倒引起了小和的好奇心，他也爬下垃圾箱，伏在花燈泡的身邊。

「儂那好看格！」花燈泡用手把紙按住，舌頭往外一伸，「這下面全是格女人！」

小和隨手拾了一張，真的，左角上印着一個「摩登」姑娘的半身像，她將下巴擱在兩隻手彎裏，笑得實在迷人。

小和又換了一張，上面也有一個女人的面孔，他接連換了好幾張，每張上都有一個年輕姑娘的照像，不過有好些張都是同樣的。

「這是什麼玩意兒？」小和莫明其妙地問。

「儂說儂進過學堂，識過字，問我做啥？」花燈泡有意爲難的。

「我本來進過學堂。不相信，你去問！」

「問啥人？儂格爺娘才死脫哉……那個讀過書就說那個讀過書，吹牛有啥用場？」

「誰說的！我讀過四年級上，我把國語背給你聽……」

「用不着儂背，紙要儂把這張紙頭上格字唸兩行把我聽聽……」

「好的。」

小和拾過一張粉紅色的紙，湊着燈光，唸：

「……王小妹，年十七，上海人……美麗……天眞……新近加入本……本本社……能歌……能舞……」

小和總算勝利地將這一張紙上的字大部分都認出來了……認不出的他都跳了過去。花燈泡這時倒暗自佩服他，但又不能讓小和這小傢伙完全把面子佔了去，他便自動地拾了一張紙交給小和：

「小和，儂有本事，把這張再唸唸看……」

小和不甘示弱地，當真再唸。然而這次却把小和難住了，頭三個字他就通通不認識。嘴裏嗚嚕了好半天，仍舊唸不出一個字，因此電燈泡又得意起來：

「嗯嗯嗯嗯……我說儂吹牛喰，阿對？」

小和難過得很，他說：

「你我的不算數，讓我自己來尋。」

「隨便儂那能尋好哉！」電燈泡站在一旁，讓小和自己去找。他想小和這回一定又是唸不出的。

小和東尋西尋，想找一張容易認的字，順利地讀出來，好讓電燈泡知道自己的本領。忽然他找到了一張淡綠色的紙，那上面有一個人影使他驚呆了許久。

「電燈泡，電燈泡，你快來看啊！這是我姐姐的像……」小和猛的跳起來，指着那瓜子式的臉說。

電燈泡吐了一口涎水在地上：

「吓！又來吹啥格牛！」

「忘八蛋騙人！」

「儂有格能樣樣格阿姐，儂要發財哉！」電燈泡不相信地對他冷笑。

「我姐姐的面孔，我總認識。」小和肯定地說，「你看，這兒還有她的名字！——陶奕奕，南京人，十九歲……」

「還有呢？再唸呀！」

「……白嫩的皮膚……明眸……苗，苗條的身材……舉止文，文靜……談吐大方……有如大家……大家……大家什麽秀……」

「好哉，好哉，那要再讀下去哉！……我那識字亦曉得是『大家閨秀』，對哦？」

「對的，對的，這個字是跟『閨』字，有一次我讀錯了還吃過老師的手心的。」

「那能？照樣吃癟儂！」

「好，就算我不及你，可是你能不能告訴我這些照片印在紙上做什麽用？」

「這格呀……」電燈泡又伸一伸舌頭，「那好講把儂聽……」

「你說說看！」

「明朝告訴儂。」電燈泡把所有的彩色紙頭全收起來，預備走了。

小和趕上去：

「我姐姐的照像，你留一張給我！」

小和向電燈泡討了一張來放進自己的口袋裏；電燈泡臨走的時候把小和的褲子一拍說：

「拿這種女人放浪袋袋裏，當心今朝夜裏困覺做夢啊！」

小和變得越發地孤寂，黑暗的弄堂裏就祇有他一個人。他在過街樓底下的水門汀上躺下了，那是他每日住宿的地方。他沒有被褥，沒有枕頭，就拿兩張印滿了醫藥廣告和舞星姓名的新聞紙遮蓋身體。

呼呀呼的，一會兒他發出了鼾聲……

姐姐走到他跟前來了，藍竹布短衫，黑洋紗褲子，摇着一條淡紅色的手帕。但姐打扮得眞乾淨。

她是特地來約他上山去採桑葉的，姐弟兩個人攙着手，直朝山上爬，爬，爬，腿都爬酸了！

姐姐的臉通紅的，紅得眞可愛。

兩個手將帶去的小籃裝滿了鮮嫩的桑葉，然後一面跳，一面唱地準備跑回家來。

家，一向都是安穩地躺在荷塘邊，爹媽依靠自己的勞作也能舒適地過活。不幸這一回他和姐姐還沒走到門口，忽然背後起了一陣騷擾的聲音……天啊，房屋着火了！搶救聲，驚叫聲，哭聲，呼救聲……一羣人潮水似地湧過來，但看不見他們的爹媽……

炮聲越來越響了——

轟！轟！轟轟！轟隆……轟隆……

「嘿嘿……陶和通！嘿……陶和通！陶和通……」

有人大聲地在喊他的名字，催他快點逃命了！

小和驚駭地睜開了眼睛，緊抱住自家兒的兩腿。

轟！轟隆……轟隆……

不是別的，是一輛糞車篤篤地從他身旁滑過；綽號「香水精」的江北老正在發明的空悲哀調嗓子：

「倒馬桶！喂喂！倒馬桶……」

見他媽的鬼，並非有人在叫「陶和通」！

小和狠狠地對香水精瞅了一眼，努嘴在怪他吵醒了自己的夢。香水精也把兩眼對他一橫，罵着：

「小癟三！沒你娘的蛋！」

弄堂裏立刻佈滿了馬桶陣，娘姨大姐們都在各顯神通，洗帶刷得嘩啦嘩啦的響，像大舞台打鑼開台。小和被擠得沒有容身的地方，也祗好跑出了弄堂。

毫無目的地朝前走，腦海裏還時時浮起姐姐的面影。姐姐是在江灣衝散的，說不定她人還在上海。否則，那會有她的照片呢？而且照片又是新拍的。穿得眞講究，姐姐定是走到好運，發了財了！

他想得有理。他得設法找他的姐姐去。

姐姐究竟在那兒呢——沒有誰能告訴他。

小和感到有些煩悶。

不錯，記起來了，昨天那張淡綠色的紙上不是印有一行小字麼？或許那就是姐姐住的地址。

他將小手放進口袋裏掏了許久，但袋子破了一個大洞，指頭從洞底伸了出來。他什麼也沒找到，誰曉得它會失落的呢！

「眞倒楣！」

不知怎地，他無精打采地又走到了金剛飯店的門前。

金剛飯店要算在下層的話，倒還像個飯店，正中一座大廳堂，兩旁全是小房，在那裏請一兩桌客是再適合也沒有的了。

可是從二樓到七樓通統是作旅館用的，有好些並住的人縮着身子從裏面走出來。

小和向他們一個個討着錢，說着好話，一連串，背書似地：

「先生做做好事……給我兩毛錢……買個大餅吃……先生，寬宏大量，先生大發財……大發財……給我兩毛錢……祇當餵了狗的……先生……先生」

每個人都把頭縮在大衣裏，每個人都睬也不睬地走着自己的路，每個人都拒絕了小和的乞求……

時間一分鐘一分鐘的過去。從白天到中午，從中午到黑夜，小和仍舊沒有吃下一點兒東西。

小和聽見自己的肚子在咒怨他，他塞住耳朵，不理睬。

雪花一大片一大片地往下飄，鑽到小和的頸子裏，凍冰人哪！

噹噹噹噹噹噹噹……

海關上的鐘敲了七下。

天烏黑了。

小和的眼睛也有點發黑。飢餓逼着他，實在沒辦法。他想哭，又硬不許眼淚滴下來，不過飯店裏冒出一陣陣的香氣却叫小和的涎水打嘴角那兒向外流了。

幸而龍燈泡還算夠朋友的，遠遠地跑過來。

「小和，恭僖今日天，喂，衣去！」

龍燈泡遞來兩只大餅，小和快活地把它接在手裏。

「謝謝儂！」他用生硬的上海話對龍燈泡說。

「弗要擺拉心浪……」龍燈泡神氣十足地，「阿拉一向是夠朋友格──」

說着，用一個大姆指點點自己的胸口，笑笑，又背着他的垃圾簏子，英雄的，踏着大步向前走了。

咬着冰冷的大餅，牙齒有點兒發噤，但小和不能不吃，他差不多餓了三天了！

他正把大餅一口一口地往嘴裏送的時候，小五子跑到了他跟前：兩道粗眉打着結，腮幫兒像給人削了兩刀的，兩邊凹了下去，頭上纏着一塊破布，如同一個變把戲的猢猻。

瞧見小和，那一副黃牙齒又露了出來。笑得怪難看的：

「今天運道很不錯呀，小和。」

小和對他望望，點點頭，仍舊去吃他手裏的東西。

「小和，有好吃的東西，應當分點兒來讓大家嚐嚐。」

「我三天沒得吃的……」

「騙人！」

「騙人的是這個──」小和伸出一隻左手，讓中指翹得高高的，其餘的四個指頭立在地上，變成一個烏龜的形狀。

「你給大餅分一半我吃，明天還你奶油麵包不好？」

小和搖搖頭：

「我現在肚子──」

一個「餓」字還沒吐出口，手裏的另外一個大餅已經被小五子奪了去。

「小五子，小五子，你不能不講理！

「…………」大餅早已到了小五子的嘴裏。

「快還給我……小五子，還給我……」

可是小五子飛快地溜到別的地方去了！

「眞不是人！」

小和詛咒着。他不敢同小五子當面吵，也不敢再去追他，祇好將腋下的一點餅子嚥進肚裏去。肚子仍然是餓的！

睜着一對飢餓的小眼，呆瞧這邊的街燈，街燈底下不斷地滑過汽車，包車，馬車，腳踏車……

有兩部黃包車朝金剛飯店門口拉過來。前面坐着一位年輕的姑娘，後面是一個矮胖的女人，像一個泥巴菩薩。小和認識這個矮胖子，他上一次搶過她的東西的！

車子止住了，年輕的姑娘先下車，小和突然起了一聲：

「那不是奶奶麼？」

他正想跑上前兩步看看清楚，那矮胖子已帶她一同鑽進了大玻璃門。

他站在門口注視她們的背影，祇見她們踏進右邊一間小房裏面去了。那間房有兩個窗門是開在馬路那邊的，小和圍着飯店的牆跑到那兒，費力地攀住窗外的石頭，伸長着頸子向裏望。

透過精緻的窗格，他看見了一間極美麗的房子。兩邊放着幾張皮沙發，近窗有一張大圓檯，檯上安排好豐盛的酒筵，上十個鑲花盆裏配製着許多叫不出名稱的菜餚。這些菜樣子都惹人愛，吃起來不用說，味道定是十分鮮美的。

圓桌四周大約坐着八九個人：一個穿緞子馬掛，戴紅頂瓜皮帽的紳士，一個挺着肚子，滿面春風的大塊頭，一個駝着背給煙灰熏黑了臉的「老槍」，一個老不說話祇顧點頭的小鬍子，一個打大紅領結穿綠色西裝的「小開」……還有幾個背朝窗子的，小和沒法能看得清楚了！

然而小和看明白了剛才進去的兩個女人：年輕的姑娘坐在大塊頭的身邊，中年婦人坐在戴紅頂帽子的背後。

氣窗開着，一串歡樂的，逢迎的笑聲射到外面來，隔了會，幾個人都捧起了酒杯：

「恭喜馬老板事事如意！」

「恭喜馬老板大吉大利！」

「恭喜馬老板新年大發財！」

「恭喜馬老板明年再賺兩百萬！」

「恭喜馬老板發福發財！」

「恭喜馬老板發子發孫！」

「恭喜！恭喜！」

「恭喜！恭喜！恭喜！」

接着那大塊頭站起了身，嘴角朝上拉得長長的，把滿滿地一杯酒一口喝完了：

「各位新年得意！得意！」

各位也就眞地「得意」起來，睜着眼睛將自己跟前的酒一齊向喉管裏倒下去：

「多謝！多謝！多謝！沾馮老板的福……多謝！多謝！多謝……」

說完大家都舉起了筷子，把銀盆子當作槍靶，筷尖便像子彈般的直向上射……

小和望着他們，饞水又要流下來了。

忽然馮老板啣着油膩膩的嘴向那年輕的姑娘說：

「你也吃一點菜。」

那姑娘搖搖頭，勉强的笑：

「謝謝……我才吃過晚飯……」

小和聽見了那姑娘的口音，口音是甜膩的，熟悉的，他對自己說：

「這不是姐姐是那個！」

所不同的就是姐姐在鄉下穿藍竹布衫，現在却換上了滾花邊的綢旗袍。姐姐手上本來老要拎一塊淡紅手帕，如今却換了一只黑皮錢袋，和中國香烟……噢！她的手指上還亮着一個藍寶石，想不到姐姐變得這麼快，她比從前闊得多了！……

馮老板又在開口，聲音很響，像個大花鼓：

「小妹妹，唱一支歌給我們大家聽聽……各位贊成不贊成？」

「贊成！贊成！」

各位沒一個表示反對的，惟有小鬍子來不及說「贊成」，他的頭便越發點得厲害了，讓一塊白雞在嘴裏上下擺動。

可是姐姐的臉色不像他的那樣，她搖了兩下，似乎在對那些人說：她不會唱。

那時馮老板却抓住了她的一隻手說：

「嘿嘿！我不夠面子是不是？」

坐在鑲紅頂瓜皮帽的背後的矮胖婦人趕緊搶着說：

「啥說話！馮老板，儂那要見怪，伊像仔剛出世格小雞嫩生生格，請儂好好叫照顧照顧……」

馮老板收住了笑，認眞地：

「她要不要錢？」

矮胖子便住了，走到年輕的姑娘面前。

「英英，唱一支山歌吧，大年夜，讓諸位先生開心開心！」

大塊頭在矮胖子的大腿上捏了一把：

「她要像你就好了！」

「謝謝儂，」她回他一個媚笑，「我不中用了，老哉！英英，還是儂來哦！」一邊對英英耳朵裏嘰咕了幾句。

英英輕嘆了一口氣，伸直了身體。

「大家不要響，」紳士招呼各位說，「她準備唱了……」

大家便要緊地撿了一塊喜歡的菜餚塞住了口，然後靜靜地等着她。

小和望見姐姐的嘴張開了，淒婉的歌聲從那兒吐出來——

親愛的故鄉！

你美麗的山和花兒一樣，

你銀色似的小河永是笑得咯咯的

淌……噢……

你陪伴着幾多柔美而且恬……靜

的背影…………
與那無邊際的海洋，
與那無邊際的海洋…………
踏着幾多創造的力量，
但是……再……見……吧，
親愛的故鄉！
我既是健翮的……鳥，
就不願再……逗留在……這幸樂
的天堂！
…………………
歌聲：甜美而清亮，雖然辭義不一定能使每個人都懂，然而大夥兒全鼓了起來，並且夾着有掌聲：
「好！好！唱得真好呵！」
「好！」小和心裏想，「姐姐不好那個好？她在學校裏唱歌得過九十五分咧！」
大塊頭這時用筷子夾了一片肉往小和的姐姐的嘴裏一塞：
「唱得好，賞你一塊火腿……」
她祇得吃下去。
小販子的肚子大概混得很可以了，他居然肯抽出點閒空來發表意見：
「這孩子確實有唱歌的天才，一張嘴真生得可愛……」他右手的筷子還沒放下去，就順便用左手在奕奕的面孔上捧了一下。
奕奕把他的手推開，身子朝後一讓，剛巧碰在大塊頭的身上。
大塊頭把奕奕的頭抱住，在她的嘴上接了一個吻。
「哈哈哈哈……」馬老板樂得打起哈哈來了。
「哈哈哈哈哈哈……」各位也都陪着他打哈哈。
祇有那十四五歲的「小開」坐在一旁不做聲，臉卻紅得像戲台上的關公。
「馬裕翁！你當着你外甥的面這樣做，不怕他回家告訴他的媽媽嗎？」紳士對大塊頭打趣的說。
「不要緊！不要緊！」大塊頭指着小開說，「他一向就跟我出來玩慣了的……我覺得青年人對於這些事也應當學學，免得日後到社會上同人應酬的時候專門吃虧上當！……這是我的主張，不知各位以為怎樣？」
各位於是又都點着頭。
「哈哈哈哈……」大塊頭打着哈哈，又高興地喝了兩杯酒。
奕奕難過得很，坐在一旁捏着手絹，過了一會她向矮胖子女人說：
「阿姆，走吧！」
「什麼！」大塊頭放下了酒杯。
「一個鐘頭到哉！」矮胖子說，「馬老板還要伊多陪陪儂哩？」
大塊頭正在考慮，老板趕忙插嘴說：
「她的鐘不對，快了！依我的……依我的錶還有十足的六分鐘……」
紳士卻裝着滿不在乎的神氣：
「馬裕翁，錢給了她，讓她走吧！——
——我們也快要吃完了……」

大塊頭似乎並沒有挽留她們的意思，在皮夾裏掏出了四張美元的鈔票，正要遞給奕奕，猛然好像又想起了剛才在她嘴唇上嚐着的滋味：

「小妹妹，讓我再香一個！」

奕奕不理他，穿上大衣，打算往外走。

「你要不要錢！四塊大洋錢……讓我再香一個！」

大塊頭醉醺醺地抱住了奕奕的腰。奕奕用力地在掙扎。

小和瞧姐姐急得那麼個樣子，他忘記了冷風，忘記了大雪，忘記了凍破了的手指，也忘記了三天祇吃了一個硬大餅的癟肚子，他拼着喉嚨不住地喊：

「姐姐……姐姐……姐姐……」

屋子裏幸福的人們是聽不見牆外悲苦的呼聲的！

「姐姐……姐姐……」

姐姐被大塊頭一推，倒在側邊一隻沙發上去了。小和看不見姐姐整個兒的身體，祇見她的一雙腿在沙發一頭亂動，亂動！

「姐姐……姐姐……姐姐……」

屋子裏幸福的人們是聽不見牆外悲苦的呼聲的！

但這呼聲却給巡邏警的紅頭阿三聽見了，他拿起隨身帶的木棍在小和的屁股上猛的一敲，並且也用中國話罵着：

「小癟三！」

小和沒提防，手一鬆，一交跌在地上，鞋子也跌掉了一隻。當他在雪地裏尋他失去的破鞋時，背上又挨了一棍。

到底他溜出了巡警，仍舊轉到金剛飯店的大門前。姐姐已走出來了，正站在石階上彷彿在等什麼人，他毫不遲疑地奔到她跟前，親熱地：

「姐姐……姐姐……」

姐姐呆住了！

「姐姐…你還認識我不？」

「是…和弟嗎？……你怎麼會…會在此地……」

驚喜地叫起來，雖然聲音是太輕一點，好些人都在對小和的姐姐看。

可是姐姐管不了這許多，她伸出自己的手來，想握住小和的手，沒料到小和却把手縮到背後：

「姐姐…我的手，手髒……當心弄髒了你這漂亮的衣裳！」

姐姐不聽他的話，仍用自己的手抓緊了小和的手，或許是捏重了一些，有污紅的血水從裂縫裏擠出來……

「喲！」姐姐惶恤地喊了一聲，忙將身上的手帕拔出替弟弟紮好傷口，一面却對他說，「我沒想到還能看見你……」

姐姐的喉管像有東西塞住了，眼睛也帶着濕潤。

「姐姐，」小和淒傷地望着她，「你現在住在那兒？」

「我……？」

「我想到你家裏去看你……」

「家？弟弟，我跟你一樣……我有什麼家！」

「那叫我到什麼地方去找你呢？」

「你不用找我……你祇當姐姐已經死去的，姐姐算不得是一個活在世上的人了！」

姐姐的眼淚滴在小和的手上，姐姐又說：

「和弟……你還年青，你有希望做一個好人，你應當設法揀一條正當的路走……」

這完全不像姐姐往日的口氣，姐姐自已明明也很年輕，但是她說起話來卻像一個老人。

小和說不出什麼，他瞧着姐姐發抖的紅嘴唇：

「和弟，姐姐對不住你……」過了一會，姐姐說「我和你都沒有父母，……姐姐也不會好好兒照應你……現在姐姐被逼着走這條路……你也該原諒我……」

「姐姐，你做的是什麼生意？」小和似懂非懂的問。

「不用管它！總之，總之……不是你姐姐願意做的事！」

「………」

「和弟，你吃過晚飯沒有？」

他搖搖頭。

「唉，弄到這樣子你也真可憐，」姐姐打開手提袋來拔出一張一塊的鈔票來，「你拿去買點兒東西吃吧……我也沒法多給你，其餘的我還得交帳……」

「姐姐，我不要你的錢，我要你告訴我你究竟住在那兒？」

「我……我住的地方你跑不進去的……好在你祇要常在這兒大約總還可以會見我……」姐姐又握握小和的手，「啊！你快走開吧……」

原來那矮胖女人走出來了，小和看見她，祇好放開了姐姐的手。

那女人走來就賞了小和一個耳括子：

「小鬼，儂阿是又要搶我格米什？」

回頭對小和的姐姐自傲地說，「那個癟三的強生硬抓住了我……讓伲喊黃包車吧！」

她們便向停黃包車轉角的地方走去。走了幾步，小和的姐姐又回頭來對小和這邊望望。

「儂還要可憐伊？」矮胖子說，「小癟三最可惡！」

小和默默地瞧着她們上了車，車子跑得遠了，姐姐的影子消失在黑暗裏。

一串疑惑和悲哀塞住了小和的心裡。

原先他在夢中看見姐姐本疑心那是真實情景；此刻見過姐姐之後倒反而以爲自己是仍留在夢中了！

然而，這會是夢嗎？

不！姐姐確站在他面前跟他說過話，姐姐握過他的手，姐姐還給過他一塊錢……

他瞧着手裡的那張紅色的鈔票。

從那鈔票當中他看見了一張紅紅的臉，有着酒氣的臉，貪婪的臉，馬老板的臉……

耳邊又浮來了馬老板的聲音：

「你要不要錢……讓我再香一個！你要錢不要錢……」

錢！錢！錢！錢！錢！

小和氣憤地把那張鈔票一撕：「我偏不要你這種臭錢！」他痛恨地望着那被他撕破了的想像中的馬老板的臉！

祇是當他重行坐在金剛飯店門前的石階上，想想差不多三天僅僅吃了一個冷大餅的空肚子，只好還是將扯破一條口子的鈔票收藏起來了！

面前展開一條都市的大道，雪，片片的，飄落滿路上一切的污穢……小和注視這潔白的雪花，雪花凝成了姐姐美麗的含着哀愁的臉龐。

「……你還年輕，你有希望做一個好人，你應當認清楚一條正當的路走……」

正當的路在那兒呢？究竟該怎樣走法呢？

小和有些惘然。

他將姐姐替他裝好小手帕的那隻手按住身邊一張撕破了的鈔票，還有一隻手撫着自己的下巴，像在用凝問的眼珠請示上天。

天是黑的，路是黑的，路上浮動的人影也是黑的……夜，籠罩着大地……

文壇報道

★北方文學界在周作人，沈啟无等領導之下，將出版純文藝雜誌「文學集刊」，內容將包含文學作品各部門，聞係季刊性質。（星）

★周作人決於四月初出遊。（烽）

★予且所作短篇小說考證，現刊「中方文化」者，曾以英文寄聽士報發表；其登載「小說月報」之長篇小說「潭水姑娘」，亦有人日譯中。（生）

★陸丹林在香江寫書撰稿。（生）

★林語堂歐遊歸自京滬一帶後，聞又有長篇名風聲鶴唳A Leaf in the Storm，亦早出版。聞在京滬已有完全日譯本（獻）

★林同華現住北平，續寫西洋文藝史論。河上徹太郎將留中國兩月（平）

★張我軍翻譯島崎藤村小說黎明之前，擬於純文藝雜誌發刊（北）

★俞平伯，朱[illegible]野，俱在北平。（晨）

★陶晶孫在滬。近曾以「作家」寫文，筆名蔡萬村。（齊）

損衣詩抄

莊損衣

（1938—北）

傘

細雨的聲音裏我想
風，總是美人的家門
而夜色朦朧的時候
蛛網又團網在飛簷
美人有滿月的傘
送了新晴又換一柄
傘
別有洞天

二　雨前

孤單的長竿上
掛留
一線的黃昏
與一朵雲頭如一葉小舟
來介四方點自吧
高樹聲響下矮樹覆着花
飛架比燕子滿天飛得低一層
那直的紅門開開
天外的一片青天
遼遠的仍作青山色

三　冷血

黃梅雨的天
夜未央
綠陰下寥無幽步
一個如風之窈窕的人
我看見，靜靜的
轉過她背後的家門
偶然與纏繞，雨的珍珠
打一個冰雪般的寒戰
冷血啊
伸手到臉面
也是紅色的
燃燒掉
你的溫手的
我的寂寞

四　西沽村晨

樓下的街
窗帘微開了
一片遠風與鳥唱
鳥唱在一片遠風間
遠風飄拂在紅色的小嘴上
高樹的花枝開上樑窗
而最高的花枝若酒旗
也紅得能醉人
鳥飛向晴空的陽光裏
如過江上
天街

這也有消逝之想
抬強了前頭
回過頭來

五　夏之陣雨

夏之陣雨
在野生的植物
從黃土裏生出，發
育的葉子，搖蕩
號興的花蕾
這時就宜於靜靜的想
遺濕的花已經濕透
石上流過沖沖的雨
平如一面磨亮的鏡子
此時天晴
若一枝殘燭
晴綠映襯着
　花又香了起來
雨路人
保留閒於傘下而不自知

藍色的圓蓋
我已在天外

六　秋日

秋月與加上
隨和的顏色衣裳
無數的顏色
淡淡過青空去
獨遊人有仙人的幸福
沒有一句話可說
無數的獨立
一點點閒情
一身以外
一心以為有鴻鵠之將至
凄涼如一片秋之音樂
人的影如風
徐徐走過

雨花

(文學家的嗜好)

法國文學家盧騷，以步行關判孤獨的生活。「步行能啟發與培植我們的思想。」他說：「我坐定了，幾乎想不到甚麼。」「在步行時，我總到世間萬物的偉大，陡生了勇氣去活，我非常愉快，沒有束縛和恐懼。」

然很愛在阿爾卑斯山和比利牛斯山的附近，和萊茵河邊的小城中旅行。

「每行一步，就有一個感想！」

英國大詩人拜倫，熱中於游泳，而且是英勇的騎士，更愛在參戰者的隊伍中。

法國詩人拉馬丁喜歡穿了騎服，騎在馬上，兩旁跟着六隻獵狗，他也深通劍術。

福樓拜耳說諾爾曼（Normand）人，不用吃藥能逐去身體上的痛苦。他愛駕駛小船，這個運動的力量使他安定了「文辭的恐怖」。

莫泊桑也愛在水上駕駛。他曾這樣寫：「這種生活是簡單而且有趣的。十年中，我最大的，唯一的，享受着的嗜好，就是在塞納河上。」

最後的恐怖

美國柯爾德著
衛友靜譯

By Eli Colter

（一）落進了陷阱

你們不是記得着白里克遭遇了什麼事嗎？同樣，呂明登也有什麼遭遇呢？他們倆好像完全改變了，不再像以前那麼樣子了。是不是？

白里克本來是個腰背挺直，肌肉結實的人。他有兩隻清澈的眼睛，又有紅潤潤的皮膚，走路時頭總是向上昂起的。現在白里克的模樣兒完全不同了，走路時彎着背，兩隻腳像在地上拖。他的臉色白茫茫的，像一個骷髏上蒙上了一張污白的橡皮。他的眼睛也陷進了眶裏去，顯然失卻了光彩。他的嘴，中部閉緊，兩個嘴角卻向下鬆散，兩隻手也時時在顫動。我老實告訴你們，白里克祗遭到了某種可怖的事情了。

再說呂明登罷。他是個高長而魁梧的傢伙，面貌也非常挺秀。他有一個聰敏的舌頭，夠得上做一個「談吐風生」的演說家。現在，呂明登的蒼黑的皮膚變成了土灰，他的黑色的眼珠，時常在瞧什麼他所不願意瞧的無形的東西，他的黑色頭髮已轉成灰白。他的流利的舌子也凍結了，靜默得像個偶像。呂明登也同樣遭遇了某種可怖的事情。

我呢？我不知道你們對於我有怎樣的批評。我倒不放在心上。白里克，呂明登和我三個人是時常在一起的，誰也不願意有什麼較長時期的分離。我們三個人都瞧見了一件說出來也不容易叫人相信的怪事。如果你們願意聽的話，我現在準備把這恐怖的經歷發表出來。這樣你們以後就不會再把這一句「白里克和呂明登究竟遭遇了什麼事」的問句來麻煩我了。這件怪事的開端是平凡不過的。他們兩個到我的山腳下的那所小屋裏來，約我一塊兒到山上去玩幾天。我在小屋中的目的本是要靜悄悄地幹我的筆墨工作。他們來邀我去，祇是乾脆的叫我去，並不要徵求我的同意或答覆。我也不曾多說什麼，原因是我一連工作了好久，也很高興有一個出去舒散一回的機會。當時我就答應了。我們這一次並不曾帶槍。我倒建議過要帶槍的，但呂明登卻把嘲笑答覆我。

他反問我說：「花力氣，我們爲什麽要帶槍？誰也不準備去打獵。那些山上也沒有什麽危險的野獸，最大的也不過幾頭狐狸呆的流羅了，並且帶了槍，在包裝上也不便利。我們是出去休息幾天的，別多麻煩罷。」

呂明登的理由不能算不充分，但我好像總有些兒不安。當我跟他們從小屋裏出來時，拿了些零星應用的東西，捲在一條毛毯裏，自己掮在肩上。那時是光明的白晝，我心裏也並無不高興的因素，可是我感覺到一種奇怪的不吉的預兆。當時我不會說出來，怕的是又會引起呂明登的譏諷。

松樹在風中呼嘯。道旁的山溪，在低低地微吟，白色的月亮，已在太陽的背後慢慢地爬到天空中來。一切的景色和聲音都是我平日在小屋中過慣的，可是我的內心中像有一種神秘的感覺——這神秘的東西是常常潛伏在最尋常的環境中的。我努力擺除出這不祥的意念，趕上了白里克和呂明登的脚步，沿着那山徑進行。

我們大家背了行李，慢慢地走着談着，一路上觀賞那落日的風景。我們打算要安安逸逸地玩上四五天。末了，我們終於發見了一個理想的屯駐所在。那地方距離人烟相當遠，但地點非常好。那是山側的一塊平坦的斜坡，一邊有條小徑直通山頂，另一面靠着一條澄澈的山澗。帳篷搭好了以後，我們燒起一堆營火，開始我們愉快的晚餐。我們互相慶賀竟會找到這樣一個好地點。大家決定這幾天把一切工作的意念完全拋棄，除了悠閒的釣魚勾當以外，什麽事都不做。

將近半夜時分，我被某種嘷叫的聲音所驚醒。那聲音從我們上面的山頂上發下來，很使人動神，我坐起來裹着毯子傾聽。

白里克從毯根的一角問道：「這是什麽聲音？」

呂明登發出一種懶洋洋的半醒半睡的聲調，答道：「唔，那定是一隻小獅子迷了路吧。它瞧見了我們的火光，顯然在驚嚇了。我想你最好起來再加幾根木頭在火堆上。」

白里克的答話突然緊張起來。「小獅子，不，不是！這裏不會有獅子。聽哪，這是人類的哀號聲啊！」

我們兩個都不回答，大家認爲白里克的話是正確的。呂明登仍舊裹着毯子靜靜地躺着，我知道他也像我一般地在傾聽。那嘷聲又傳來了一兩次，像一個人受了痛楚而發出的慘呼。接着這聲音好像被什麽東西遏阻住了，我們再聽不見。

那夜裏我們三個人都沒有睡穩。下一天早晨早餐後的第一件事，呂明登邀請我們走上山頂去瞧瞧，也許能看出那獅子的蹤跡。白里克和我毫不遲疑地同意了。因爲他在夜裏所發表的見解，我們都不相信，因着好奇心的驅使，都希望瞧一個究竟。

中午時分我們到達了山頂。這山頂的形狀很奇怪，並不是峻削的尖峯，卻像是一塊剷平的平地，足有五英畝的寬度。它像是在若干年代以前被剷平的，現在祇長滿了再生的小樹和斷碎的樹根。祇有頂的左面的叢邊處，有一叢原生的大樹，密密地形成一個小林，約佔有一英畝面積，樹上還纏絡着藤蘿之類，望去像一座縹緲的綠城。不過這綠叢太接近了山頂的邊緣，彷彿輕輕一推，它便會一落千丈地滾到山下去。

呂明登指着樹叢說：「那邊大概就是那刺耳聲音的出發處。我們去細細地瞧一瞧。」

他迅速地奔向樹叢去，我和白里克跟隨着。我們站住在樹叢邊觀察，那些樹都有八十至一百五十尺高，藤蘿都是英國通，看上去絕無可異之處，可是同時蘊藏着一種異樣的空氣。

我們走進了叢林，遭遇到相當的障礙，但因着必要瞧個究竟，終於脫出了密集部分，到達一塊比較空疏的隙地。它恰巧位置在叢林的中心，約有一英畝的四分之一大小。呂明登突然住了腳步，嘴唇裏發出驚異地噓着氣。白里克和我也呆住了。

隙地的中央，有一所低矮的磚砌的建築物，祇有一層，上面是平頂，方方地像一隻巨匣，又像古代南方流行的方形屋。屋的四周有空地圍着，空地上沒有一株樹，連草也不見一莖。空地的邊緣界着一圈至少十尺高的鐵柵，上端都是鋒利的銳刺。屋的後部聳出一個短短的烟囱，正有一縷縷烟從這烟囱裏嬝嬝地透出來。

這所磚屋的最特殊的一點，是不見一扇窗，祇有一扇巨重的鋼門，恰在向我們一面的牆上，正對這門的鐵柵上，也有一扇巨大的鐵門。我們站住了推究這建築物的性質。白里克認為這也許是某種怪癖人的巢穴。我指着烟囱裏吐出來的烟搖了搖頭。我被強烈的好奇心所衝動，便走到那鐵柵上的鐵門口，用手推動了一下。出我意外的，這門不但不鎖，也沒有拴上，竟應手而開。

呂明登首先興奮地走進那空場，白里克和我緊緊跟隨着。我們在屋子外面繞了一周，的確沒有一扇窗，也沒有第二扇門。我覺得有些異樣，不願多什麼事，就向呂明登表示，如果他同意，我打算回去了。呂明登卻把詫異的眼光瞧着我，聲言他還要徹底地研究一下，如果能開那扇鋼門，他要到裏面去瞧一瞧。他還說那怪癖的來由還沒有着落，他不願意就這樣白白地回去。他說完了就走到那扇唯一的鋼門門前，動手推門。這門也像前門一般地沒有鎖，輕易地給推開了。我們三個人便都走了進去，讓門開着。

我們前進不到七八尺遠，這鋼門忽而悄無聲息地關攏來了。我迅速地退回來搶住了門，用足全力把門拉住。喚！休想！

我彷彿在抵禦一陣扭兌，絕對沒有效果。門終於關攏了！我打了一個寒噤，旋轉去瞧呂明登。一種陰冷的空氣突然襲擊我，使我周身的神經都緊張起來。

我驚惶地呼喊：「我們落進了陷阱哩！」

呂明登答道：「我想不會。別慌。」

當我旋回去搶門時，呂明登曾回頭來瞧我。我看見他的臉上也同樣露著驚惶的神色，所以他雖說著安慰的話，實際上對我並無效果。

呂明登又說：「來，我們瞧瞧，這裏面究竟有些什麼。」

白里克已經先向前地跟他走了，我也勉強跟在後面，一些還想摒除我心中所有的不祥的預覺。

這碉屋的內部祇有一間寬大的房室，四角各懸着一盞大汽油燈，發射出強烈的白光，照耀得像白晝一般，靠對面的一壁，有一隻鐵樑的大籠子，籠子內部的一角，放一隻埋陷了一半的巨桶，桶中盛滿了水。穿過這水桶，有一個隧道的洞口，有梯級通進山腹裏去。這籠子並沒有出入口，而且籠中也沒有人或動物。除此以外，這一間大室幾乎完全是空的。

我們走到鐵籠旁邊瞧它的內容，不由不互相地驚叫起來。籠底上有一大堆骨—是人骨—人的骷髏也夾雜在骨堆裏面—這些人骨大半是日久而乾燥了，但內中還有一個骨骼是新鮮的。骨上有零星的肌肉黏附着，骨管中還有骨髓流出，顯示那是新斷的所在。呂明登的臉完全泛白了，退縮一步，拉住了我的手臂，發出一聲低低的咒詛。

「天啊！這是個什麼所在啊！」

白里克我和驚怖得不能動彈。但我們已經明白了那半夜裏怪號聲的來由。我們凝視了足足一分鐘，再沒有勇氣注視那一堆慘怖的白骨，大家旋轉身子，準備向那扇鋼門所在退出去。可是這轉身的動作，僅僅以「轉身」爲限，不容許我們再有什麼進展。

一個人—天知道，你們也許不能不叫他「鬼人」—忽而在我們和鋼門之間出現了。他是個體格魁梧的人—後來我們知道他的高度是六尺七寸—居高臨下地俯瞰着我們，像是巨人亞特尼斯。可是他不像是個吃人的蠻子，身上穿著文明人的裝束。他的一身深灰色的商人服裝，質料是上等，足上一雙英國式的皮鞋也不是廉價品。他的頸項間圍一條暗藍色的綢巾，手上也戴著皮手套。頭上戴一頂寬緣便帽也是絲織品，這帽子似乎很緊，直戴到眉毛上面，連兩隻耳朵都遮沒了。他的五官生得很端整，倒也加得上「漂亮」的評語，不過他的臉色黑得像炭精一般。

「先生們，好呀？」他開始招呼我們，露出兩排整齊的白齒，形成一種閃電式的微笑。「我很歡迎你們。到這裏來的賓客是難得的。」

我不自主地打著寒顫，因爲他的外貌和談吐雖也像是文明社會裏的人物，但我總感覺到有一種神秘陰沉殘忍的氣氛從他身上發射出來。白里克向他凝視了一下，向後面退縮了，祇有呂明登還保留著若干勇氣。他向這黑人上上下下地端相了一下，冷冷地回答話。

「你是從那裏來的？」

黑人靜悄悄地答道：「你們進來以前我早就在這裏了。不過我是在我的密室裏，那通道是看不見的。來，我來指給你們瞧。」

他轉身向鋼門邊走去，伸手向鋼門左邊的磚牆上按捺一粒白色的機紐。那水泥地面立刻移動，現出一個方形的洞口。那機關顯然是非常滑潤的，那塊水泥的方形洞蓋揭開來時，竟毫無聲響。洞口下面接著一組石級，通到下面山腹裏去。我們爲著避去那一堆刺目的白骨，就跟著他走近牆壁，直到地道的洞口邊站住。呂明登更走近一步，彎著腰向這陷穽口裏瞧了一瞧。

黑人解釋地說：「你們看見了沒有？這機關是沒有聲音的。我聽得你們進來，在你們觀察那些骨骼的時候，我就從這洞口裏上來，機關門隨即關上，你們不是沒有聽得什麼聲音嗎？現在你們幾位先生如果肯到我下面的密室裏去，我有一件非要跟你們談一談。」

唉，我們怎麼辦呢？白里克和我都向呂明登瞧瞧，看他有什麼表示和行動。因爲我們三個人中間，比較地要算呂明登最勇敢和最富智計。呂明登回頭瞧瞧鋼門，又瞧瞧白里克和我。我知道他也在考慮到我們三個人可惜都不曾攜帶武器。黑人又帶著微笑，發出溫和的勸告。

「先生們，我想你們最好和平地跟我走下去。你們知道現在你們已不能走出去了。如果我不要你們進來，我不將那前門和這鋼門的門開放，你們也不能這樣輕易地走進來的。要是你們不肯好好地走下去，那我就不得不用別的方法強迫你們下去了。」

他把他的外褂的前襟揭開了一些。我們看見一枝巨大的自動手槍繫在他的腰帶上。

他又說：「你們總明白，我不喜歡用手槍，其實也用不著。單憑我個人的體力，儘可以對付你們三個人。」

我相信這不是謊話！

呂明登聳一聳肩，用手指向那洞口做一個手勢，便首先踏進洞口裏去。白里克和我也被迫地跟隨著。

我們從石級上一步步走下去時，留心觀察這地道的內容。

從風雨說到雞

菲子

風雨，我們會想起這時代產物的三章詩經來。

「風雨淒淒，雞鳴喈喈；既見君子，云胡不夷？
風雨瀟瀟，雞鳴膠膠；既見君子，云胡不瘳？
風雨如晦，雞鳴不已；既見君子，云胡不喜？」

古詩人狀貌一種東西是那麼美麗，而深長的意識就潛藏著字眼的背面的。我們仔細來體味吧！他寫的字眼只有「風雨」兩個字，分開了「淒淒，」「瀟瀟，」「如晦，」就在這「淒淒」「瀟瀟」「如晦」上面，並不是隨便拉來幾個字湊數的。他是狀貌風雨的由小而至大，由大而至更大，淒淒，瀟瀟，我們的筆頭也往往會這麼用的。而尤其是現在所謂浪漫派的詩人，幾乎和它結著密切底緣。假使把它來分剖一下，那就大不同了。淒淒，可以說是形容外貌，瀟瀟，則是形容發出的聲音了。風雨淒淒，是風雨細小得只能帶著微濕一片的當兒。所以，「淒」的下面我們自然而然會接著一個「涼」的，淒涼，完全形容一種東西的外貌，到了風雨瀟瀟，那它的聲音雖不能說怎樣宏偉而也是大得可以了，而也是離開了外貌到了聲音的發出。這「瀟」下面可以接一個「灑」，「既淅瀝而瀟灑。」古詩人就在這上面狀貌風雨的過程，從淒淒，而瀟瀟，而如晦。風雨如晦，晦，誰都知道是昏暗的解說，風雨像昏暗的時候，像沒有太陽的時候一樣，這指出風雨到了極點。

狀貌一頭東西的極點也就是作者之心寄托的深處，於是，在風雨淒淒瀟瀟的時候，雞鳴是喈喈膠膠的。喈喈，膠膠，都是和鳴的意思。然而，風雨之來必然是由小而大由大而更大的，經過了瀟瀟，再不必直接式地去形容了，因為風雨昏暗得異常，作者之心的寄托在這裏飄蕩流露出來，那麼，風雨是如晦，而轉下去雞鳴是不已。這雖在說的是風雨，是雞，而顯然有一個浩然節概的君子活躍在紙上了。因為風雨的淒涼而瀟灑，雞一樣雍雍地在和鳴，時候該是天明了，但風雨沒有減少而且昏暗得遮蔽了太陽，可是雞是報曉的，任風雨怎樣狂驟，它一樣鳴著，鳴著，它永遠抓住這天曉的時候，引吭高鳴，風雨的昏暗遮蔽了太陽，遮蔽不了雞的眼睛，「風雨如晦，雞鳴不已，」這不是一個浩然節概的君子嗎？是的，它是一個浩然節概的君子。

然而，風雨是常有的，君子卻不常有。那我們留見不已的雞鳴，該怎樣呢？毛公讀到了詩經中風雨三章，他深深地領會着，便在旁邊寫下四個字：「思君子也。」

不單是美麗的字眼，而有着深長意識的東西我們不能把它來擔統地劃分新舊的。風雨的意識就潛藏着美麗的字眼的背面，何況就在「淒淒」「瀟瀟」「如晦」幾個字來說，一點不虛應，也一點不牽強，每個字都經過鐵一般鋼一般勁的當中鍛鍊出來，而成功千萬載不變的文學家揣摩的南針，現在是風雨如晦的時候，當然也是雞鳴不已的時候，君子在那裏呢？

「風雨說」在這個「風雨如晦」的時候產生，編者柳雨生先生讓我們在風雨如晦的時候來「說，」那麼，「既見君子，云胡不喜，」我希望我們許大歡喜。

我就來談談風雨和雞罷！

風和雨，雖然有時候引起我們的厭惡，但喜愛的時候會多於厭惡的時候的。尤其是隴畝中的田作者哉，他們離不了風，離不了雨；他們的喜愛與出於完全的天性，同時也出於完全的實際，沒有風，沒有雨，麥哪！禾哪！便不會茁長起來。至於上海的寓公呢？如果關於高貴者輩，那和田作者恰恰形成一個反比，他們並不知道風怎樣，雨怎樣，然而他們卻絕對的喜愛風，而不喜愛雨。輕風飄着他們的衣裳，不，飄動了他們的心，於是，一時挽着愛人緩緩地走在法國梧桐樹路下，上海本來被稱為黃浦江邊的巴黎的，幽美的法國情調呵！幽美的巴黎，他們只知道法國的情調是多麼可愛，巴黎是怎樣呢？黃浦江邊的巴黎是怎樣呢？他們是茫然的。或者三輪車上雙雙兜那麼一陣風，「兜風，」又怎樣可愛的玩藝呵！或者火山呼，他們自己擁抱着動搖出一陣風來，那是香風了。反之，天一下了雨，他們跑不出門，汽車在現在又辦不到，只好瞭着天空的雨絲，這是兩個風雨的鏡頭，都市和鄉村風雨反比的鏡頭。

自家對於風和雨也有一個比較。風，我不瞭解「搏扶搖羊角而上者九萬里，」這種「搏風，」太神奇了。我不是莊子，我有點不瞭解。我更不瞭解宋玉的雄風雌風，這幽默的話，用心固然是很苦，但專制時代的帝王自有他專制的理想，說什麼雄風雌風，還不是投石於水，倒是對方「有風颯然而至，披襟當之，曰快哉此風！」是真的獨動。實在不必去登上幽默的話頭的，弄得好還不是像叔孫通諫漢高祖興禮一樣把聖人的禮作了牢籠天下的殼子。

風太大了，大風的時候，會把人吹了去，風太小了，微風的時候，我又生不出什麼感覺。有的也只在小時候，我的故鄉，那裏樣圖的西隅是一個圓圓的東部，土地比較高，祖父種下了一叢叢修竹，我常常推開窗，大概空氣裏不起一些搖曳，那竹林總徐徐斜動着的。竹節是青的，竹的葉子也是青的，不知風飄拂了竹葉還是竹葉飄拂了風，青青的一團，斜動着，斜動着，透過「悠悠」的聲音來。我有時就伏倒窗檻上覺着很可愛會消上一半天。但我沒有「御風」的企頭，更辨不出「雌雄」來，年紀大了，做了一個飄零的客子，我甚的寬心在飄零的足迹下消磨淨盡了，微風吹來了，我不禁會想到一句杜甫得意的詩：「微風燕子斜。」可是在杜甫吟這句詩的時候是得意的，而我，一個飄零的客子，燕子斜飛着風中，我只有愁思，因爲這一些鳥，就着了它的翅膀，我幾時能夠歸去呢？

大風不好，微風也不好，那麼，春風呢？春風是駘蕩的，那只是屬於上面說的高貴者羣，雙雙坐三輪車去「兜風，」駘蕩的春風所反映的明媚風光配合不上飄零人的胃口。而且，「東風三月，落花無言，」我不是一個詞人，可是也像三月的落花，在二十四番風吹過了，我沒有話說。夏風呢？據說夏風是南風，從前舜帝彈着五絃琴而歌着：「南風之薰兮，可以解吾民之慍兮。」也許現在的時代沒有舜這樣人了，吹到了南風，我的慍添加了許多，那樣悶熱的夏天，我是向任何地方都流着汗，沒有風，解慍的限於裝電扇的階級，那也屬於高貴者羣。冬風是北風了，「北風其涼，」我尤其當不住，而北風往往是大風的，四野，一定有多少的茅屋給它帶了去，而我是都市中的一個，可也當着它渾身發顫，破大衣敵不了那麼凜冽的風威。有電扇階級自然換上熱水管了，他們會把冬天改成了春天的，這麼着，春，夏，冬，都不是我的季候，我的季候總只有一個時候，——秋天的西風，秋天，面前的風光展現着是一個「清」字，風飄飄地吹着，吹着樹梢，吹着天空的白雲，也純粹是一個「清」字。那時候，我便會提起興趣來，往外邊走走，洗拭一下常久鬱悶的心，那時候，披襟而當風的都是些飄零的客子，不會碰着高貴者羣的，而西風的清給予飄零以慰安。

雨，我歷根兒就喜愛它，從小時候起一直到現在，這之間，也有一個道理存在着，風是無形的，雨是有形的，有形的現象便會深去了人的視線，我敢說，隴畝中的田作者羣，他們就把雨看作怎樣的神造，在他們的腦筋中沒有雨比沒有風來得可怕，同時得着雨比得着風來得可愛了。一部「古文觀止」就誰都讀過「喜雨亭記」，「五日不雨可乎？五日不雨則無麥——十日不雨可乎？十日不雨則無禾，無麥無禾，歲且薦饑，獄訟繁興，而獄訟滋熾。」不雨，在科學未發明的時代那是怎樣可怕的事情，而於是「喜雨」就感動了東坡老先生的文思。但是鄉村間的喜愛，這是都市中的厭惡的，雨，阻住了都市高貴者輩的逸興，他們正咒罵天公不識相呢！

我愛在細雨天靜靜地看那綿綿的雨落，我的故鄉雖然小，但我的三間樓，朝南窗，對着綠油的菜畦。細雨綿綿，似乎織成了一塊羅紗，這塊羅紗可以透視隱隱的山水線，細雨，卻每個時候，都是同秋天的西風一樣，帶來了「詩」，在這樣的樓頭眺望着，或者徘徊着，不由得胸襟清爽起來，我把它比擬綴影的煙雨樓，而我明白這個功勞不是樓而是雨。

這樣的心情，和鄉村的田作者輩，都市的富貴者輩，可以說都無關的。也許有人譏笑我太幻想了，幻想得沒有意思。是的我也承認，不過，我小就離開了故鄉，一踏入「萬人如海」的都市，這樣的人情已經沒有了。但我仍然喜愛着雨，也仍然是幻想，甚像着宋朝某一個詩人「江湖夜雨十年燈」的情形。一年年，我感到世路的崎嶇，於是，我更喜愛雨了。無論春雨，夏雨，秋雨，冬雨，我都喜愛，細雨也好，大雨則更好，雨，下着吧！下着吧！它會填平崎嶇的世路的。不是嗎？低窪的所在只有經過了雨，填平了，填平得和「康莊大道」一樣。據說在漢朝有兩個書獃子，一個是高鳳，一個是朱買臣，高鳳孜孜地勤學，因為太勤了，他照顧着前面的晒麥，步到田畝裏去了，他一手捏着趕偷食的飛鳥的長竿，一手捧着書，心神貫注着捧的書上，忘記了左手的長竿，天下雨了，流去了晒着的麥，等到妻回來他才發現。朱買臣也一樣的老捧着書，就不肯放手，傳下了同樣的一個笑話，不過在朱買臣面前雨濕去的是柴。然而，也不能一味抹殺他倆是書獃子，勤學是好的事，現在學校裏有幾個用功的呢？慚愧我是老早把書本子拋擲在九霄雲外了，一年年，我在如海的萬人中旋轉着，一年年，我感到世路的崎嶇，為了衣食，何況這年頭謀食是更不容易的，我就沒有一時刻不開着崎嶇的世路走去，希望雨填平了崎嶇固然是幻想，不過偶而的遐想，終究「慰情聊勝無」吧！

於是，這裏從風雨說到雞。

在「風雨淒淒」的時候，「風雨瀟瀟」的時候，以及「風雨如晦」的時候，聽見了雞鳴，尤其「雞鳴不已」，我們會感動「思君子」的心。因為雞鳴就無異是一個凜然節概的君子，然而，在「思君子」之外，雞，這美麗的彩羽，蘊含着許多故世的史實的。

我的故鄉是一個山城，養雞是每一家差不多成為應有的工作，很多人把養它一樁補貼家用的，他們就喜歡養母雞，一羣母雞，那一天的生蛋很可觀了。家裏的空地多，籬園角長滿非莖青草，我的家養了公雞母雞各一羣，空地的碎泥，小虫，青草掩映着美麗的彩羽，夕陽西下了，這呼雞歸塒的工作往往會落到我的身上，而呼聲都這麼一律的是「朱朱」的長音的連續。

雞聽見了這呼聲就馴善地跟你過來了，在風俗通所載：

「雞本朱氏翁所化，故呼雞曰朱朱。」

這是附會的傳說，當然他們聽慣了朱朱的呼聲的緣故。母雞的蛋正夠我們每天的用料，而實在吃不盡許多，便把它用鹽來醃起來，比上海的高郵鹹蛋要可口而香得多呢？公雞是報曉的，在這裏，一個極平常的人，一種極平常的思想，暗合着「思君子」的深意。就是在風雨如晦的時候，一點不差爽的早晨起身來做事，這在平時，他們聽不聽雞聲沒有什麼關係，從窗的晨光射進窗來，是他們起身的時候，他們守着這個定律，這刻板式的生活是「日出而作日入而息。」太陽出來了，就是他們一天工作的開始。但風雨如晦，雖然時候是早晨了，而風雨昏暗得「如晦」一樣，鄉村間又大多人家沒有時鐘的，那麼一不留心就很延誤了起身時間。在這時候雞聲就發生了效力，風雨如晦，雞鳴是不已的，告訴田作者就可以起身了，我在雞聲裏就渡過了幼年的鄉村光陰。

論責任，公雞的報曉恩甚比母親的生蛋來得大，一個不過多加了老饕們的口福，而一個可以在「風雨如晦」時候，代替「日出而作」的定律。而且，它一聲聲，在風雨中固然長鳴不已，沒有風雨，那它的一聲聲，正衝破了黑暗，而迎來了光明。如果是一個旅人，那尖銳而嘹亮的雞聲，聽到耳朵裏是非常感動的。雞聲茅店月，這情景，任何一個旅人會深深感覺到吧！記得我第一次離開故鄉的湖山，被一隻烏篷船帶到繁盛的都市來，當船泊在港埠，一個小小的村鎮，上杭州的航路輪舟的起點，淡月猶斜，疏疏的星影閃着眼，在一帶蘆葦與野生草莖消水濱的路上，一肩行李，我要趕西興的內河火輪，四週很靜，只有茅店的雞聲，伴着我遙遙的征途。

在征途劉琨聞雞起舞的故事又誰都知道的，但第一個警覺劉琨的不是雞而是他的同學祖逖。祖逖對於雞聲，可說是有深的認識的，他們同寢處，遙遙的荒野雞鳴了，祖逖在被窩內腳踢着劉琨說：

「此非惡聲也！」

祖逖使他認識雞聲之非惡，所以他後來「擊楫渡江」，做了一個慷慨節概的君子。劉琨聽了他好友的話，同時也警覺過來，拔起劍起舞：「吾恐祖生着我先鞭」。這樣，也傳下了佳話。我們要覺得這不單留傳給我們「風雨」中「雞」的佳話，雞聲啓導他們二個人成功之策，而我們談至此，將怎樣的「思君子」呢？

「膠膠將將雞初鳴，落落蒼蒼向曙星。」這兩句詩更表現出雞鳴的一個證，它初鳴之先，必然要經過「膠膠將將」的響動的，這響動也是文毛舒展的一剎，跟着尖銳而嘹亮的鳴聲發出了。而這時候，不是「風雨如晦」，就是向曙星辰落落的時候，「風雨如晦，雞鳴不已」，我們思君子，但衝破了黑暗，迎來了光明，殘月疏星時候的雞鳴我們也思君子。

那彩羽，那高聳的花冠，鳴聲是它勇武姿態的先聲，而鋒鋩似的雙距，就發揮出它的精神來。古時有「鬥雞」之風，和「走馬」是相對的。現在只有走馬而沒有鬥雞，我這搞東西既然在鬥裏淘將貨，開頭就是「詩經」，那抄一首韓愈孟郊的「鬥雞聯句」來結束吧！

「大雞昂然來，小雞竦而待。（愈）崢嶸顛盛氣，洗刷凝鮮彩。（郊）高行若矜豪，側睨如伺殆。（愈）精光目相射，劍戟心獨在。（郊）既取冠爲胄，復以距爲鐵；天時得清爽，地利挾爽塏。（愈）磔毛各噤痒，怒癭爭碨磊；俄膺忽爾低，植立瞥而改。（郊）腷膊戰聲喧，繽翻落羽皠；中休事未決，小挫勢益倍。（愈）妒腸務生敵，賊性專相醢；裂血失鳴聲，啄殷甚饑餒。（郊）對起何急驚，隨旋誠巧紿；毒手飽李陽，神槌困朱亥。（愈）惻心我以仁，碎首爾何罪；獨勝事有然，旁驚汗流浼。（郊）知雄欣動頷，怯負愁看賄；爭觀雲填道，助叫波翻海。（愈）事爪深難解，嗔睛時未怠；一噴一醒然，再接再厲乃。（郊）頭垂碎丹砂，翼搨拖錦綵；連軒尚賈餘，清厲比歸凱。（愈）選俊感收毛，受恩慚始隗；英心甘鬥死，義肉恥庖宰。君看鬥雞篇，短韻有可採！（郊）

叛徒與隱士

——現代散文談——

林榕

民國十六年周作人先生寫「澤瀉集」的序文，曾引過戈爾特堡（Isaac Goldberg）批評靄理斯（Havelock Ellis）的話，說他裏面有一個叛徒與一個隱士，而他自己也「希望在我的趣味之文裏也還有叛徒活着」。廢名先生曾對這話頗同情，後來一般人也批評周氏的散文說是「隱逸的」。這種說法漸漸普遍，甚至以周氏的隱士態度和魯迅先生叛徒的態度相對，來代表中國現代散文的兩大派別。

但這兩個同爲現代散文的代表作家的態度，只能以叛徒和隱士來說明嗎？我覺得這兩者不是單獨的孤立而是相互的結合，在個人上說固不能有截然的斷定，就整個散文說也非正當的劃分方法。恐怕「澤瀉集序」裏的本意也是願在叛徒中有隱士，隱士中有叛徒吧。

現代散文的產生可以說是一貫的叛徒精神，這與新文化運動的本質是一致的。產生於五四時代的新文化運動是對於舊社會和舊傳統的反抗，是一種反叛封建精神的表現。胡適之先生的文學革命還是出發於陳獨秀的「思想革命」，先有叛徒的思想，然後才有改革的精神。那時在「新青年」裏所發表的「隨感錄」就是這種破壞孔教，禮法，國粹的表現。有了這種叛逆的精神，才有文學革命，才有在內容上以個人爲本位的「平民的文學」和「人的文學」的提倡。這是完全的叛徒的姿態，思想革命和文學革命是這樣，現代散文的初期作風也是這樣。因爲那時候的散文是重在敘事和說理，還很少抒情的分子。因爲是敘事和說理也自然說的是對舊傳統反叛的事和建設新文化的道理了。

這一種叛徒的精神表現在「新青年」裏，也表現在「語絲」和「現代評論」裏。這裏談的是散文，只好就事論事，撇開整個新文學運動而來專談這一小部分。

講現代散文的人多從「語絲」講起，其原因也就是因爲從那時以後才有純文學的散文產生，而從前的作品實在只是廣義的說理文而已。說起「語絲」就連想到「現代評論」，它們在時代上固屬同時，所代表的態度卻完全不同，因此有人從此劃定現代散文的兩大分野。實在說起來，這兩個刊物的精神也是一致的，那就是這說不換繼續着「新青年」而來的反抗精神。「語絲」發刊詞云，「我們所想做的只是想衝破一點中國的生活和思想界的昏濁停滯的空氣。我們個人的思想儘自不同，但對於一切專斷與卑劣之反抗則沒有差異」。「現代評論」則更是以時事社會的評論為主的了。這是民國十三年的事，周作人同魯迅先生的散文都是這時漸為大家所注意的。

知堂先生以一個叛徒的面目與人相見想是不會被人否認的，最顯明的是他的幾篇討論文學內容問題的文章，直到現在還不失為建設理論的基礎。其中如「人的文學」就是和當時的非人文學的對抗。在散文上也自然的表現出他這種精神，有人論他的作品，說在前期具有戰鬥性，後期就只有沖淡的境地了，這話是不很確當的。像開頭所引的他自己的話希望在隱逸中有叛逆，他的散文實具了這兩個成分。不過前期的作品因為是在建設的初期，叛逆常超過隱逸，後期的作品則除思想本身外兼及於文章的境地，也自然有一種不同的作風產生，這不同的作風被人稱做隱逸或閒適，但骨子裏仍是充溢着前期的叛徒的精神。

我這說法最好拿他自己的話來證明。關於前期的作風在「雨天的書」的序裏可以看出，他說自己不能脫掉浙東人的「師爺氣」，有一種褊狹的脾氣，「說着流氓似的土匪似的話」。這自有「自己的園地」以至「談虎集」「談龍集」等書的文章可參證。至於他後期仍有這一種態度，則在二十五年所寫的「瓜豆集」的題記上可以看出。「其實我自己也未嘗不想談，不料總是不夠消極，在風吹月照之中還是要呵佛罵祖，這正是我的毛病，我也無可如何。」他承認這還是一點師爺筆法的紳士態度。這方面，他那篇「自己的文章」更是一篇誠實坦白的敘述。即最近出的「藥味集」序裏也還有着「拙文貌似閒適，往往誤人，唯一二舊友知其苦味」的話。

說起魯迅先生自然是一個對舊社會的叛徒無疑了。從「熱風」開始起就對於殘毀者呼出了反抗。「華蓋集」兩部裏融溶無限的熱情。他編「莽原週刊」時曾說，「我早就很希望中國的青年站出來，對於中國的社會，文明，都毫無忌憚地加以批評」，後來論「小品文的危機」時也說「生存的小品文必須是匕首，是投槍，能和讀者一同殺出一條生存的血路的東西。」這是一貫的精神，到死也不妥協的。

在這種叛徒的態度之外，卻也存在着隱逸精神。就表面看來那種隨感錄和後來的雜文都是叛徒，則抒情散文的起來就是隱士的代表了。大概這種散文的產生總在敘事和說理文發生之後。民國十二年胡適之先生寫「五十年來之中國文學」時就說到「小品散文」的產生打破「美文不能用白話」的迷信。民國十六年朱自清先生「論現代中國的小品散文」更指出散文發展中的既成樣式。這時候，散文在新文學中既立下基礎，就不能不向更深的方面求發展，自然追求文章中深邃的意境，無論是從明末小品來的也好，或是從西洋散文傳統來的也好。散文從漸被人蹈襲說去反抗的外衣換上藝術的裝飾了。但這藝術決不是脫離了原來的精神能够獨立的。如周作人先生說「實在難望能够從容鎮靜地做出平和沖淡的文章來」，也就是我前面所說始終有叛徒的精神在裏面的意思。

這種經過的外裝也可以見於魯迅先生的散文中，「野草」和「朝華夕拾」兩個集子就是最好的代表，而他對這個的態度說那「不是撫慰和麻痺，牠給人的愉快和休息是休養，是勞作和戰鬥之前的準備」，這仍是充滿十足的戰士風味的。

所以隱士與叛徒勉強說來只是表裏的問題，不是對立的稱呼。隱士使散文的境界開拓得深，叛徒使散文的範圍延及得廣，只有深與廣和併的展開，才會有一個正確的道路。

在隱士方面我們有俞平伯和廢名這兩個作家，他們散文的意境又深邃又雋永，也有一個年輕輕而死去的梁遇春。在這方而不能忘掉「語絲」的後身「駱駝草」的貢獻。最後還有幾個詩人兼有散文家的氣質，就是何其芳和李廣田，「畫夢錄」的影響在這幾年的散文上的確不小。這些人固然外表是隱士，內容卻還具有叛徒的本質。何其芳「刻意集」的序文曾說他已經「偉大的勇敢的開始反抗」，「要使自己的歌唱變成鞭子還擊到這不合理的社會的背上」了。

若論真的叛徒，新興的雜文當然是最好的代表，它比前期的隨感錄更多一層文藝價值。魯迅先生死後，沿襲他的作用的人已經不少。他們在內容上都擴張散文的範圍，「科學小品」與「歷史小品」也是這樣產生的，就是林語堂先生提倡的「個人筆調」，不也是求內容的擴大嗎？

我想說明的一點意見也就在這裏。現代散文的過程，從「語絲」到「人間世」這二十來個長久的年代，就整個歷史上看這都很短，說不上什麼地位和價值；所以派別的劃分都不是絕對的，說理也好，抒情也好，載道也好，言志也好，總之各有各的道路，這道路並不能孤立，同時卻必能同趨於一個目的。叛徒與隱士的不可分在這裏也不難得到明證。

後記：這是我想寫的「現代中國散文」中的一個籠統的意見，我原想把現代散文的源流和體系做個系統的評述，但一時卻還沒有那麼大的力量能够寫出，只能以這篇短文代表自己的一點看法。雨生兄集稿期近，此文倉促以一晚寫成，不及再多所參酌，總覺得是很悵然的。三十二年十一月五日記于北京。

兩條魚

馮和儀

秋天的早晨，菜市路兩旁已排列著幾十個小菜攤了。一縷淡黃色的陽光，斜射出來便顯得疲軟無力地，胡亂找個縫隙兒的東角落裏歇起腳來。那角落裏的魚販著了慌，他知道自己的貨色：十來條冰得結結實實的大黃魚，雖然五更時分它們在腮上染過紅，在肚上搽過黃，但總像四五十歲老太婆搽胭抹粉般，逃不過一般識貨者的眼睛了，更何況給太陽這麼一曬，光線雖弱，卻也不到中午，定要從肚皮裏流出臭臭的黑水來的。現在就揀這堆小黃魚撐撐場面，雖然小得還不到一拃長，但總可以不必著色，在菜來路上已經算是很出風頭的了。

「小黃魚，快快來，三角洋鈿買一兩！」魚販在攤旁大聲嚷嚷，麻臉漲得通紅。剛想踏下一口唾沫時，瞥見攤前有一個娘姨停步下來，便連忙把它喚住了問：「阿姐，買條大黃魚好哦？透骨新鮮個，再要好的菜來路上嘸沒上了。」

「掛格小黃魚賣幾鈿一兩？」娘姨偏不要大黃魚，卻指著那堆已經賣掉大半，剩下來祗不過七八條光景的小黃魚問。這些小黃魚麻臉的想拔它們吸引顧客，以錢兜售大黃魚地步，所以一時還捨不得脫手。

「儂要小黃魚末，三角洋鈿一兩，二角九分九我也不賣。—大黃魚便宜些，就算伊二角半吧！」魚販慷慨地說。

「大黃魚臭也臭脫哉，啥人要買？—小黃魚算伊二角半吧。」那娘姨一邊說，一邊就挑揀起來。

麻臉的光火了，劈手奪過小黃魚，一面把她迅速往外推，嘴裏罵：「走開！走開！吃不起魚，來落啥閒心？十好好黃魚會是臭的，你媽的×才臭呢！」

正說間，一個廚子模樣的人過來了，手裏提著秤，向麻臉的連連點頭：「喂！大麻皮，今天給我串五條大黃魚吧，我們東家要做薰魚。」一面說，一面順手拿起一條來嗅嗅看：「喂，怎麼你的魚這樣不新鮮？」

大麻皮擠擠眼，湊過頭去低低說：「大司務，這魚實在不壞，不過日腳多些。算伊二角洋鈿一兩，你落得便宜些。多放些料裏又吃不出什麼來。」

廚子猶豫了半響，他在迴避交戰。又想貪便宜多揩幾錢油，又怕滋味不好了東家要罵。

在他猶豫的時候，還有一個在攤前徘徊著的，那是一個中年婦人，顴骨生得高高的，相貌還不錯。她呆呆立在攤面前，又想買，又捨不得錢，一個五六歲大的女孩兒扯住她衣角，口口聲聲吵著道：「媽媽，我們買條大黃魚吃吃吧！」

媽媽把小菜籃放在腳跟旁，伸手想去揀黃魚了，忽又縮了回來，遲疑半響，拎起籃子就走。那個女孩兒急了。眼淚汪汪的直嚷：「媽媽買魚呀！媽媽買魚呀！」做媽媽的硬著心腸哄：「阿囡乖，快些跟媽回家去，媽已給你買好一斤蘿蔔了。」阿囡望著小菜籃子連連搖頭道：「蘿蔔不要吃，黃魚好！」

那婦人看著她心裏覺得老大不忍，小菜籃裏除了一斤蘿蔔，幾根蔥菜以外，確是什麼也沒有了，只有一隻空著帶回來的油瓶，滾來滾去，在與蘿蔔碰撞。於是她咬緊牙齒下個決心，重又把籃放下，一手拿起秤，一手去拘小黃魚，嘴裏安慰阿囡道：「你別吵，媽就買條小黃魚給你吃吃吧。」

「我要大黃魚！我要大黃魚！」阿囡指著那些肚子快要流出黑水來了的大魚跺腳說。

那時麻子終於覺得透風要緊，放下大黃魚掉頭走了，魚販便把他放下的那條抓起來遞給婦人看，說道：「這條是還落價個鈿，二角半一兩，物事刮刮叫。」

那婦人並不伸手來接，祇看了眼，心裏想到錢，便說：「小黃魚好。阿囡，你小孩子吃小黃魚好！」

「不！」阿囡倔強地回答：「我小孩子偏要吃大黃魚！」

麻子睨視阿囡一眼，笑道：「這是小妹妹識貨。——喂，阿嫂，再給你便宜些，二角二分一兩吧，要不要隨你。」

那婦人只是呆著臉，她在暗暗計算錢夠不夠。手裏緊捏著的算來祇有一元幾角錢，怎麼能夠買大黃魚呢？於是她堅決地說：「我買兩條小黃魚好了，幾錢一兩？」

魚販的笑容消失了，他睨了她一眼，沒好氣的粗聲回答：「三角一兩。少一錢不賣。」於是，掉過頭去向別人搭講了。

那婦人揀了兩條又大又新鮮的，掂過斤兩，覺得太重了，便換了一條小的來秤，秤吊往上翹起來，麻子心火也冒起來了：「秤得平些！廿兩頭秤是不賣格。」

婦人也嘀咕一聲：「誰又用過廿兩頭秤來？」說著，便把秤錘移開些，仔細秤下幾次，待講價錢了，忽又發覺這兩條中有一條是睡的，便又另外挑揀起來。麻臉的已連問過三四個人：「透骨新鮮大黃魚要哦？」結果都是失望，便把氣移到那婦人頭上來，他惡狠狠地瞪著她問：「喂！揀好哦？都像你這樣買二條小黃魚要揀上大半天，我們別的生意可不用做了。要買就爽氣些買，勿買就走開。」

婦人也有些動氣了，把兩條魚撲托一聲扔到他面前來，說道：「五兩頭。——你去秤吧。」

魚販便把魚秤過，又問：「你說幾兩

「媽媽說是五兩。」阿囡的記性倒好，搶着代媽回答了。

「五兩？」麻子用他的大鼻子哼了一聲，隨手把魚丟回原處去了。「半斤黃魚說是五兩，虧你秤得出？」

「你不相信拿來，可借別人的秤來試試看。」那婦人一面說，一面仍舊拾起黃魚：「五兩重，給你一元五角錢，賣不賣？」

「要就兩元四角去，少一錢不賣。」

「一元六吧！」

「我又不是叫化子，要你一角錢。—拿來！」麻子魚販劈手抓住她的菜籃，想提出這兩條黃魚來，不料拍的一聲，籃子扯壞了。

那婦人着的急了，又帶着氣，她的眼珠凸了出來，頸上青筋綻起，直着喉嚨怒喊道：「你這算是什麼？怎麼把我的籃子都摔破了。」

「是我摔破了你的籃子，你待怎樣？」魚販也不肯讓人，「買不起黃魚去啃啃魚骨頭吧，別來這裏囉嗦了。」

「我吃不起黃魚，你又是吃得起的嗎？吃得起的買了魚自己吃去，還做什麼魚販？」

「我做魚販又不是做你姘頭，叫你找上門來作啥？」

「別放屁！賠我的小菜籃來！」

「哈哈」麻臉漲得通紅地乾笑兩聲，喉嚨像怪鳥一般：「你倒會敲竹槓，自己破了的籃子叫我賠？嘿嘿，這裏幾條大黃魚統統賠了給你，好不好？」

阿囡嚇得快要哭了，躲到娘的脇下去。

婦人也有些膽怯，又捨不得籃子，只得轉向身旁牛肉攤上的中年漢子說道：「你瞧，天下那有這種道理？不賣不要緊，如何摔壞我的籃子。」

「是呀，」那漢子也覺得說不容辭，挺身出來做身仲護了：「不要就大家拉倒，你嫂子不用再同他吵了。」

「我要他賠籃子！」

「老子賠你的不姓王！」

「媽媽，我要回家去呀！」阿囡聽他們吵起來，着的哭了。

「阿囡不要怕，」她媽氣得快瘋了：「我們找巡捕去。」

「去呀！不去喊巡捕來就不是人養的，老子等着你。你這種潑貨，臭女人……」

「你是強盜！你不講理！」女人拿起破籃子，發狂似的向弄堂口路中跑去了，阿囡在後面哭喊着追，給青菜担子一絆，便跌倒在地。

「哈哈哈哈」麻子高聲怪笑起來：「沿她喊巡捕來捉我坐監牢去，臭婊子！」

「大家馬馬虎虎吧！」牛肉攤上的中年漢子在勸着他。

「媽呀！媽……」阿囡哭。

「孩子絆倒了！」旁觀的人喊。

「你這短命的小東西，連跑路也不會呀？」女人紅着眼睛奔回來，一手用力托住籃子，一手把她提起，更不安慰，拖着便跑，嘴裏狂喊：「巡捕呀！巡捕快來呀！」

但是變米路上沒有一個巡捕的影子，許多人都站住了瞧熱鬧，有的互相竊竊私語，有的且跟過來看。婦人已經奔到大都路口了，還是找不着巡捕，只得又沿着變米路跑回來，想到德蔭東路上找去。跑過那個角落時，魚販便笑着揶揄她：「喂，你的孤老巡捕可找着了沒有，老子好好等在這裏有大半天了，幹嗎還不來抓人呀？」說着，心裏感到一陣痛快，便無心再做生意，連魚肚子裏快要流出黑水來的事情也忘記得干干淨淨了。

好容易，那婦人在德蔭東路的中段，看見有一個巡捕慢吞吞地拖着腳步走過來，「巡捕先生呀，」她驟然遇着救星似的哭喊上去，阿囡給拖得怪叫起來。「一個癩臉的魚販扯壞了我的小菜籃哪！」

「大家瑪瑪虎虎罷！」這個巡捕也是個怕多事的。

「他還罵人哩！」

「馬馬虎虎算啦！」

「請你到那個角落裏去看看罷，他……」

巡捕無可奈何地朝着她所指的角落裏望去，忽然得了主意，對婦人說道：「那角落裏不是我管的，你到愛米路上去找巡捕好了。」

「我已找過啦，找不着一個。」

「他們等歇就會來的。」說着，他自已就加緊腳步跑開去了。

那女人見沒個下台，更加怒吽吽哭喊起來，說道：「你不管也不要緊。等我自已去同他拚命罷！」說着，把阿囡挾起，一手托着破籃子，飛奔向魚攤來。

離角落不遠時，又有一個戴眼鏡的巡捕騎着腳踏車過來了。

「巡捕先生呀，」她第二次懷着希望狂喊，一面指着癩子魚販，「他把我的籃子弄破了，還罵人哪！」

「什麼？」年青的巡捕跳下車來，鎮出一本小簿子，要抄姓名了，女人心中的一塊石頭頓時落地，她上去指手劃腳的，詳細敘述情形。

巡捕同着她走到角落裏，看熱鬧的人都圍攏來了。

巡捕很得意，他知道自己此刻像個小說中俠義的英雄，夯眼睛向四周瞟了一下，便回頭問魚販：「你怎麼講？」

癩臉上的一團高興早已沒有了，但還不得不強裝笑容，他捏着喉嚨低低說道：「你老爺不要聽那婆娘的話呀，巡捕老爺，阿拉是規規矩矩做小生意的。那女人硬要拿我的魚去，我急了，把她的籃子扳住。——她的小菜籃本來是破的，我碰也勿曾碰它過。等歇外國頭腦來了你也這樣告訴伊好哦……」

「我就是頭腦，你這個壞蛋！」戴眼鏡的巡捕聽他說起外國頭腦，心裏大大不高興起來。

「是啦，是啦，」麻子更加心慌了，一面努力擠眼睛，一面拚命露出排黃牙齒笑：「不錯呀，你老爺就是頭腦，我同頭腦講…同你講得嚇！那個臭女人…不，那個女人家的話是假的，我……我另外送你兩條透骨新鮮小黃魚……」

巡捕的眼睛眨了一下，依舊想扳臉，但再也扳不起來了。他朝着女人說：「我已替你說過了，你現在就算了罷。」

「我要他賠籃子！」

巡捕皺皺眉，不高興地瞟她一眼：「破了也沒法嘛，你的籃子本是舊的。你們女人家做事總也不要太過分……」

於是旁觀的人都你一句，我一句勸女人省事罷，一半像在拍巡捕馬屁，一半像是真的嫌那個女人太多事了。那個女人沒辦法，想想衆怒難犯，阿囡又怪可憐的哭着，祇得委委屈屈的背着籃子，拉了阿囡一把，想回家去了，那時剛巧又有二個外國巡捕走過來。

「有啥事體？」一個高大個子的操着生硬的上海話問。

先來的那個戴眼鏡的中國巡捕趕緊陪着笑臉過來，英雄氣概全消失了，暗中還瞪了女人一眼，似乎戒她勿瞎亂講。他露着牙齒笑，眼睛擠得沒縫，一面諂諂地講：「這個女人同魚販吵架，我已替他們講過講好了。」

「啥事體吵？」外國巡捕問女人。

女人拿起籃子，滔滔不絕的講了起來，但是外國巡捕聽不懂她的話，只管自己揚起棍子趕旁邊瞧熱鬧的人。戴眼鏡的巡捕也連忙幫着趕，一面惡狠狠地連瞪那女人幾下。

「我要賠籃子！」那女人說完了事實，再補充一句。

「她的籃子本來是破的。」中國巡捕代魚販解釋，因爲他瞧見魚販已經把兩條頂大頂新鮮的小黃魚在用稻草串起來了，定是預備送給他的。

外國巡捕點點頭，對他們說話都似懂非懂，他祇想自己直覺裁定評判，他向那女人說：「你要買黃魚，現在就買罷！」

女人弄得莫名其妙，她睜大了眼睛不知如何是好。牛肉攤旁的中年漢子向她解釋了，他說：「頭腦叫你買黃魚，你便秤兩條罷，反正不會吃虧的。」那女人知道說也說不明白，只得趑趄着上來把魚販串好預備送給中國巡捕的那兩條小黃魚胡亂秤了二下，一個外國巡捕便跑上來代看秤花，八兩頭，照限價只要一元六角錢好了，那女人喜出望外，拉拉阿囡，便笑嘻嘻的付錢訖，一手托着籃子，一手抱起阿囡走了。

外國巡捕走後，那麻臉魚販只得苦着臉，揀了一條大黃魚送到戴眼鏡的巡捕跟前，那巡捕瞟了眼，冷冰冰的說道：「那鋒大黃魚是早已斷氣的了，我不敢領情，放着賣給別人去罷！我知道你們這些人都是落水要性命，上岸要包袱的，剛在不是我怜你在外國頭腦跟前說好話，你此刻早已給他們帶到行裏去了。」

麻皮搖了一身子灰，說憤懣恐，重新揀了二條小黃魚出來。正在稱重小時，只聽得一聲女人的怪叫，中間還夾着孩子的哭聲。看熱鬧的人又蜂擁過去了，不到片刻功夫，本領大的已打聽明白回來，他們搶着報告大家，說是剛才的那個女人一手托着小菜籃，一手抱着女孩子回去，走到大都路轉角時，突然有一個竄三路上來，把那放在上面的兩條小黃魚搶了便跑。籃子是托着的，一搖動還會不掉下來嗎？於是籃翻在地上打破打滾，油瓶早掉得粉碎了。等女人放下孩子，一步步拾起籃街時，看的閒的人倒有一大堆，那搶東西的竄三早已從容逸去，再也沒處追尋了。「那種竄三也是怪可憐的，這女人嘆氣，說子哭呀哭，她們該是沒福氣吃黃魚湯！」報告的人報告完了，便下這麼一個公正的結論。

「真的，這頭是我那有福氣吃我的黃魚？」麻臉又是一陣痛快，連忙把從巡捕的魚串好。

巡捕接過魚來，他覺得正高興，故事便完了，心中不發有些失望。他想：要是竄三搶去黃魚時，再打女人一個巴掌，或者女人拾籃街時，讓孩子給車輪輾傷了多好，誰叫她這麼潑辣，剛才在外國巡捕跟前搶了自己的臉，又把魚販本來想送自己的兩條較大較新鮮的魚兒買去了呢？現在總算那竄三替自己報了仇，好快意呀！他有勁着嘴呼，正想附和着說上兩句幸災樂禍的話時，忽然想到自己究竟是個巡捕，見了竄三搶東西理應上前去捕捉的，怎麼可以說風涼話呢？於是趕快瞄了小黃魚一眼，說着臉孔向魚販道：「這麼小的黃魚，叫我怎生吃法？再加兩條，改天我一併給錢湯。」

魚販雖然肉痛，卻也不敢違拗，想想這兩條又兩條的意外損失都是那個臭女人作成他的，現在幸而那個臭女人照樣也破了籃子，丟了黃魚，跟自己一樣倒霉，倒底老天爺是有眼睛的，心裏便也痛快了一陣。

那時候，太陽也似乎覺得高興起來，它便費耕氣力，由淡黃色光線變成金黃色了，那些大黃魚那裏還經得起它的猛晒，早已一條條都從肚子裏流出腐臭的黑水來。

荒城雜記

南星

一　寒夜

終日終夜的雨令人忘記夏天。

賣杏也來得少了。

這主人只能守望

在街前，默默地。

淅瀝之聲彷彿已是固有的，我盡力想辨識出另外的聲音來，却不能够。街下是兩方昨天才倒塌了的土地，幾乎被雨水完全覆過了，上面濃密的樹葉子失去衛護的效力。泥水中兩個足跡模糊地顯露着。唉，我的過客。今天早晨我帶着歡喜把幾顆扁豆謹慎地種上了，希望雨能讓它們早一點出芽來。我想像不出來那踐踏者的粗暴的樣子。雨水又過多了，不適時的黃葉依附在我的豆畦的一角。

燈光也顯得淒冷。我想取出一件厚的衣服來。我想，從前，從前，……我有一個友人，我們在一把傘下面到街巷中去踏自己腳下的泥水聲，去買雨水洗過的杏子，一路上充滿清爽的陰溼。我覺得他又來了，沒有傘，衣服上沾了許多溼跡，他對我說特別選了今夜來看我，我覺得我們還沒有生疏，而且更其親密了。他又帶了杏子來。他說種豆不如種花，說他有蔦蘿，西番蓮，問我要不，說不久給我送幾棵來。於是他走了，剩下幽暗的窗子。

我坐不住了。像是在街道上有一點溫暖，或者在人家裏。在另一個友人的家裏，我想。因為那個九月夜間落了雨，滿地落葉，屋裏也陰寒，他來了，要我隨他回家，我們的腳深深地踏入落葉與泥水之混合中，雨點向身上敲打。但我沒有顫抖起來，我們很快地進了他的家門，像兩個兵士。我看見他們爐灶中的火光覺得心裏溫熱。他為我預備夜飯，桌上散放着熱氣，飯後我又在那兒和幾個不相識的人談談，語聲都是柔和的。

所以我今夜又去找他。我敲開門，直走進他的屋裏。燈光薄暗。「你的爐火呢？」我幾乎這樣問他。他在細讀一個劇本，聲調很深沉，彷彿把心思專注在上面了。我做了他的聽者，好久好久，同時我忘不了窗外的聲音。後來他說他想把這雨夜當做平常的夜從過去，希望使自己不覺淒涼，說寂寞有一個病人，我知道就是那昔日話聲柔和的人之一，病人也感覺到陰涅和寒冷麼？……我要友人到街上去走一走。「那不是有些發瘋了麼。」他說，他繼續誦讀他的劇本。我推窗一望，雨流不止。我向他辭別。

閉門的聲音似乎太沉重了。聽不清自己的腳步。天和地結合成一致的顏色。轉過一個牆角我才望見一個遙遠的路燈。四圍的泥水像在不停地顫動，佔滿了全巷，那兒是不應當有行人的。天甚麼時候了？……我搖曳地走過一家家的門外，門閉着，都沒有隙縫。但我看見一個黑影子在一扇門下面的石階上。我很快地走過去，再回頭。是一隻狗伏在那兒，頭放在足和後腿之間，彷彿向我微微地望了一下，並沒有叫。它就要這樣地度過一夜麼？但願門為它遮蔽着它，不至於讓它濕了身子。我忽然覺得雨已經小了，泥水像凝結在地上，發出苻晦的光輝。

我的豌豆恐怕因寒冷而不發芽了，我想着，風開始輕打街路。

二　寄北

今夜有月光，我把燈熄了，街上和牆上都是濃重的影子。

我獨立着，覺得從自己口中發出聲音來。不久，窗外有一個孩子的笑聲說，「怎麼你獨着想在屋裏哭呢？」我沒有對他說甚麼。如果我說我思念一個人，他更要笑了。或者說是有月亮的緣故，他會怎樣想呢？因爲這月亮，我今夜真應當回到我們的場院裏去。我曾在那兒過月夜，有好風，有虫叫，不像這地方寂靜而且寒冷。今夜的場院一定仍然是那樣的，不，也許我想錯不對。你告訴我吧，我問你。那時候場上堆着成捆的玉米藁子，我們臥在上面，你說，「你願意涼，坐在這兒來。」你指給我新打下來的一捆。然後你又說，「外面涼，裏面沒手兒，信不信？」你讓我把手伸進去試。現在它們仍在那兒堆着麼？或者早已都晒乾了，如果那吃了牲畜，你要對我說吧，雖然我很喜歡那老牛與白眼的騾子。你不在場院裏的時候，我常常在柳樹蔭守着臥在地上的老牛，看它的嘴嚼幾口，停住，過一會再開始嚼，我想也許它胃裏存的草太少了，但我沒有解開它的韁繩。那白眼的騾子我倒拉出去放過的，有一次我把它拴在樹林裏就跑回來，想着它不會走遠，不料那晚上下了大雨，我不敢出門，是誰送它回來的，現在我也應當請你代謝那個人。天涼，蚊子變少了，每晚還在樹下燒碎枝子麼？我望着那火燄，但常替站在煙中的牲畜不舒服。牛欄裏還濕不濕？雞仍比從前好一點麼？那時候雞總是不願意進去，每晚等人往裏面趕，到最來就剩下那隻最大的公雞了，不過我很喜歡它，雖然它時常啄小孩子，有一次還啄了我。早晨我看着它從豬圈旁跑到屋前的豬上去伸頸用力地叫，我也就幹它總做。雞鴨總仍在一起住。鴨子是不是仍有四隻？它們也可憐，因雞時總把它們趕開，讓它們到門外沒有魚的水溝裏去，尤其是那隻瘸了腳的，走幾步就要跌倒。我常偷着給它們大麥吃，現在你替我做這件事才好。山雞仍然叫得高興麼？不知近來有沒有鏈風雨，它們的白樹頂上的冠它想是不安的。陶雞走了沒有？在這兒，天未明時一聲「滴水打水」也聽不見。有一次你告訴我，「鸚鵡不走，它會說，你吃完了『玉米灰』。」我真是想念它們，想看那黑色的尖嘴寬大的長尾。如果它們已經搬往南方，你就略睡一會，爬得早醒來覺得寂寞。你若沒有事做就去替我探視一下廚房，看裏面灰減多了沒有；探視一下倒了又扶起來的桑樹，看它是否已經長好；探視一下屋後的小胡同，看有沒有蜘蛛在那兒跳躍；也探視一下菜園中的小池，看浮萍還滿在上面或者已經露出透明的水面來。凡在我們的幽院裏的都是我所關心的，願你讓我知道它們怎樣過秋天。我更要問你自己怎樣過秋天，怎樣過月夜。那一個夜間，我偶然跑出門去在溝塘邊走了一回，我回去時，鎖門上的鈴鐺利地響起來，於是你在裏面問，「誰？」我很願意做一個客人，想改變一下我回答的聲音，但你卽刻聽出來了。近來他們鈴響的都是誰？他們有時候給你一點高悅或煩惱麼？也許你一聽見鈴聲就知道不是從我手下發出的，我必須在異鄉多過幾天。你一定記得那屋旁的那一塊磁磚，那個陸沈的早晨我總着它走，也許你我的行期在次日，你說，「明天下了雨你還走麼，明天必要下的。」然後你問我回去的日子，我說在十一月初。這日子我緊記在心裏，不會改變。

我這地方的許多植物都和從前一樣，有的變化了我也不很關心。但我願意對你說我窗前的豆架。它是我費了許多力搭成的，高處的竹竿連接着屋瓦。夏天，有不少日子我從了初生的豆莖不快快長大覺得寂寞。現在這些緊密的葉子做了門窗的隔蔽，正如我所預料的。我一抬頭就看見它們，也看見紫紅色的豆花。我數過已經結成的豆莢，快到一百了，最近幾天中有許多很快地膨脹起來，然後變做微黃色。我不肯吃它們，預備摘下來收存着，回去時帶給你看。我們菜園的籬上一定剩得更多，願你給我留一點，把它們都攤在窗台上曬一曬。等你午間去看視它們而覺到陽光十分可喜的時候，那就是十月的末尾了。

蠟炬

馬博良

……夜深深，時鐘指針愈走愈慢了。但是十八歲的吉卜賽少女伊麗莎沒有睡，她孤獨地倚凝望着窗下來往的人群，只要是曾一在她窗下停住，她的心就會跳得彷彿跳出胸頭的手撫放在台上的燭。那燭靜靜的燃了許久，最後她所待的羅賽終於在她窗櫺下不知所措中來到了。她急忙燃亮蠟燭，舉着它在窗前一亮，然後匆匆下樓啟門，會見她所日夜企念的俊俏情郎，普希沙。倚在他懷裏，在跳動的燭火下，她流着眼淚哭訴今天她父親決定把她下嫁一位吉卜賽王子。依照吉卜賽人的慣例，這是不能違背的，因此伊麗就不能下嫁給普希沙。此刻已是他們最後的會晤了，可是只不過片刻，伊麗莎與普希沙擁抱時，她聽見了樓上父親的咳嗽聲，她還不得不擺脫擁着普希沙，免得被她的父親用刀殺死。伊麗莎把燭交給普希沙，讓他不必在昨夜提出問走。普希沙就燭淚滴滴地離開了。「保留它到你死，燭火就是我的心，我的提醒伴你的心。」伊麗莎哭喊着倒下在石階上，普希沙執燭歸去，捧住燭淚，滑滑，滑滑，一朵火花燃開了心中……

「曾經有人於暗裏燃亮一支燭，將燃起他過去的戀情夢，描繪下黑暗世界的月光曲。」

「更有人說蠟炬有心還惜別，替人垂淚到天明，燭火只有靈的啊！有幾許人能此同情心罷！」

「還有你記得嗎？在法國大革命的史劇裏，蠟炬寫成了一個描繪悲壯而偉大的史劇：一個青年壯士唱出他的光榮偉大的愛人放一個光亮在窗前，作一個暗號，命令一個被壓迫民衆全體從一雙手臂伸出來的暗號，叫兩人永遠分離的前夜，一個最後的晚安。待那時候來臨，少女立刻燃起蠟燭，把燭台放在窗邊窗前，一分鐘後的爆發，青年壯士便犧牲於他的使命，燭火乃燃成了這不朽的血與靈的交響曲。燭火將永遠亮在革命黨人的腦裏了，它照耀着與同革命出入成功大道。」

「真的，燭火在十八十九世紀裏是多麼活躍啊！時常有純潔的處女顯靈於燭火中觀察另一個人的命運。燭火如沙漏的流逝那段寂寞的少女等待所願，因此它又非非象徵某一人的命運啊！」

「所以有些卜者能從燭淚預卜人的休咎即可看出人的吉凶，然而也會發生錯誤的。從前有一個新婚的女郎就把將發花燭突然看見鳳花燭熄滅了一支，她請新郎一定會死亡，她就立即更換更換來使她驚惶到心跳裏。不料新郎竟是個俄國壯英俊的公子，她瞧着新郎用燭寒的撫把手放在頸，死在她懷裏。」

「但是時至今日，你若有機會同一個小孩子談談燭的話，想必時他花錢。燭的裝潢多麼可愛啊！」

「食物不會這樣，有要有更多作「處女之燭」圖，那圖中的處女執着蠟炬把燭光遮照全個黑暗世界的樣子，就深印我腦海裏了。」

「彷彿你說過普羅節於人海中樹起指示迷途的燭燈，你是想起處女的精神麼？」

「英國人似乎比較重視燭，大概燭台適度的意味，在「領聖餐禮」中不是有燭光歸的重行，那是多麼莊嚴肅穆的鏡頭啊！」

……一個小小的記憶被人重提了。——

是一位女孩子二八年華的生日，在響徹着喜慶裏了她許多少年朋友，他們都靜靜的望着女主人燃點燭，燃亮了十六支彩燭，愉快地用雙目接，女主人摸起在燭光下代一切在面頰變紅的熱浪新鮮上帶來伸他們的幸福。雷集後的人都垂下頭合掌跟作女主人禱告，可是其中一個大孩子仰抬頭出探望，他看到燭光下的女主人的神化的臉，他說仙女，他感動得哭起來，燭火，燭光，他永遠記得，記得那燭光下的莊嚴肅穆與深深的聚會。

——年月是過，二八年華的女孩子早死在烽火裏。燭光將會使當如何被人要重而寫作無價的紀念呢。……

「春蠶到死絲方盡，蠟炬成灰淚始乾，春蠶也不及蠟燭的情操呢！」

「電燈光哪及蠟燭光的可愛！那跳躍的蠟燭的火焰，那紅色的熱的感，都是適合青年人的性格的。而那柔白色的光輝更是可以照透人心的得知。」

沉默，一個英挺的少年靜靜打台上拿起一段殘燭燃亮，在它神幻式的光亮下他們坐下來讀書了……

戲劇與民眾

朱雖洛

這裏所說的戲劇，乃是以對話的方式，由演員在舞台上當着觀眾所表演的戲劇。這裏所說的民眾教育，乃是在學校教育和家庭教育以外民眾應享受的教育。

中國教育之不發達，盡人皆知。試問四萬萬人口之中，受完全小學教育者有幾人？受中等教育者有幾人？受大學教育者又有幾人？農民佔中國人口百分之八十五以上，可以說是中國民眾的主體，然而這民眾主體的農民的子弟，試問有幾個曾受過小學教育的，不用說中學教育和大學教育。工人商人從來不大重視教育，所以他們的子弟受教育的也不多。總起來說，中國人民差不多十分之九爲文盲。世界上沒有以文盲爲中心而組織成的國家可以長久存在的。

近幾年來，一般有頭腦的教育家，都以爲要想救中國，非先剷除文盲不可，要想剷除文盲，非先振興民眾教育不可。於是小先生制啦，平民教育啦，民眾教育館啦，都應運而生，不過也沒有什麼很大的成績。我個人以爲剷除文盲，應分爲治標治本的兩種方法：治本，應普徧的設立完全小學校及中等學校。治標，應儘先提倡民眾教育，而以戲劇作爲民眾教育的中心。爲什麼呢？

第一，因爲戲劇是教育民眾最良好的工具，戲劇是民眾的藝術，是指爲民眾供給精神上的食糧的藝術。在消極方面講，它是使民眾增加生活力的「滋養品」，在積極方面講，它又是民眾參加解放運動最有力的「武器」。俗語說：「寓教化於娛樂之中」，娛樂是民眾在工作之後所需要的。在劇場中，一方面使觀眾在體力上得到相當的休息，一方面使觀眾在精神上得到正當的娛樂。況且戲劇是一種直接刺激觀眾情感的藝術，非小說詩歌的力量可比。傳說以前有一個名淨爺演白臉曹操，正在舞台上表演曹操奸佞陰詐的時候，一個手執鋤頭的農民在那裏看得津津有味，一時激起怒氣，忽然躍身舞台，一鋤頭把那個扮演曹操的名淨砍死了。這固然怪那個農民的魯莽，但是從側面看也足以證明戲劇的魔力。如果應用的適當，足以收教育上「潛移默化」的效果。譬如三國志上的曹操，不如三國演義上的曹操深入人心；三國演義上的曹操，不如舞台上的曹操深入人心。可見戲劇上的感力實高於一切。利用劇的表演，由視覺與聽覺二者直接打動民衆的心，進而支配其生活的意念，比直接教育的力量還要大。所以有人說：「戲劇是最有教育性質的藝術」，「戲劇是教育的工具。」這話是十分合理的。

第二，戲劇是組織民衆最良好的工具，中國人最缺乏組織能力。思想不嚴密，觀察不精確，處理事務，沒有條理，凡事以「差不多」爲標準，以「馬馬虎虎」爲終結。對於稍感困難的緊要事情，不知組織團體，集合羣力，大家齊來解決，如果體驗過，而深組合，在中國是非常的不發達，這原因，一方面固然因爲民衆沒有合作的精神，一方面因爲民衆缺少組織的能力。戲劇確能給我們以組織的能力。不是有人曾經說過麼？戲劇是一種「綜合的藝術」。爲什麼稱爲綜合的藝術？因爲近代戲劇是由文學、音樂、繪畫、雕塑、建築、舞蹈等綜合而成功的藝術。那麼，文學、音樂、繪畫、雕塑、建築、舞蹈等配合，組織的適當，才能有表演的可能。假使一個劇本的組織不嚴密，結構異常鬆弛，劇團的組織不緊實，並且不守紀律，一齣戲由書本上搬上了舞台，那是幾何容易？已往中國許多團體，常常虎頭蛇尾，中途瓦解，或有名無實，徒具空文，那也是缺之組織力量的緣故。我國無論農村和都市，都有許多事情，須待羣策羣力，大家分工合作，有緊嚴的精神，嚴密的組織才能辦成功的。要想鍛鍊民衆的組織力，改組織民衆而使其生活團體化、紀律化，可先從戲劇表演，劇團組織入手。

第三，戲劇是訓練民衆最良好的工具，中國人不僅沒有組織力，而且沒有團結力。爲什麼沒有團結力呢？因爲缺少合作的精神。俗語說：「一個和尚挑水吃，兩個和尚抬水吃，三個和尚沒水吃。」爲什麼？不合作。黃曆頭上印着「九龍治水主旱」，爲什麼？不合作。外國人對於中國人的批評是：一個中國人作事的力量可怕復可佩，兩個中國人合起來作事的力量，還不如一個中國人獨自作的成績好，三個以上的中國人合起作事的力量，那就微乎其微了。爲什麼？不合作。「不合作」乃是我們的「國病」，要醫治這國病，戲劇却是一劑良藥。戲劇由編劇到上演，你看，編劇家、導演、演員、舞台裝置者、照明負責人、以及司幕、提詞、化裝等舞台工作人員，他們假使不合作，試問戲能演出麼？即令勉強演出，結果仍然是要失敗的。如果戲演的好，你看，舞台下邊的觀衆，與劇中人同時哭，同時笑，甚至有時連頭搖跳動的度數都幾乎相等。哭笑都能引起人類的同情心，同情心爲人和人間合作的必要條件。中國人只知有家不知有國，只知有個人，不知有團體，這種現象，在汽車站，在火車站，在學校，在工場，隨時隨地都可以看見。我們可以借着戲劇的表演，來訓練民衆徹底合作的精神，——犧牲小我以完成大我，做一件與國家社會有利益的事業。在農民劇場中更容易訓練這種合作精神。譬如築台的築台，裝置的裝置，演戲的演戲，結果大家有戲可看。因此訓練民衆合作精神，不費大力，可收偉大的效果，其他如思想訓練，精神訓練，戲劇都可直接間接給我們以力量。所以說戲劇是訓練民衆最良好的工具。

有人說：中國四大缺點，是：「貧」、「愚」、「弱」、「私」。「貧」、「弱」都比較容易拯救，「愚」、「私」却不易改正。進一步說：「愚」、「私」這兩個缺點如能剷除，「貧」、「弱」自然也就隨之化爲烏有了。發露「愚」和「私」的害處，揭破「愚」和「私」的愚昧，譬如把自私自利的無恥，把不識字的痛苦，或其他啓發民智的故事，編成劇本，在民衆面前表演出來，比較說教式的講演，命令式的教導，效力還要大些。不過，同時也須顧及到戲劇藝術。

也許有人以爲皮黃和梆腔也可以擔負起來組織民衆，訓練民衆，教育民衆的責任，不一定完全依靠話劇。這話乍聽似有道理，其實是不通的。因爲皮黃梆腔一天一天的離開民衆遠了，而僅僅淪爲特殊階級的消遣品，不像話劇似的一天一天走入民衆，而爲民衆精神上的食糧。因此話劇被人認爲是民衆教育的最良好的工具。所以我們要提倡民衆教育，不得不先提倡戲劇中的話劇。

夜闌人靜

譚惟翰

希望所愛的人幸福，並不是犧牲。

——羅曼羅蘭

犧牲自己爲他人而生活便是幸福！

——託爾斯泰

一

夜，靜靜的。

大月亮高掛在暗藍的天空，映照着江中翻滾的翠玉似的晶鱗，如一條青色的巨蛇的鐵欄干繞在岸邊，岸邊有一盞單身的黯淡的街燈佇立在那兒傾聽江水滾滾的聲音。

這兒沒有行人，祇有燈光下淡淡地描出一個少女的背影。身段是那麼的苗條，輕盈，左臂下露出一只長形的紅皮錢夾，右手食指與中指間夾着半段煙捲。她面朝月亮，時兒也向四周觀望，有心的又似無意的在搜尋什麼，許是在期待一位過路人，一位財主走過。深深地吸一口煙，讓一縷青烟緩緩地從乾澀的搽着劣等的胭脂的嘴裏吐出，嫋，向上升，向上升，於是中

秋的夜總是顯得迷惘了。

周圍的空氣是憂傷與寂寞的混合，但臨江的瑪賽舞廳是永遠不會寂寞的。那門旁兩只巨形的紅燈，像它附近高立着的銅像頭上睜着的一對從來不感覺疲勞的眼仁。門額上還有一行用藍色的Neon Light綴成的英文——Welcome！誘惑的，神秘的，刺眼的光芒……滲雜着一陣陣快樂的歌曲擾破了夜的淒涼……

…………

「讓我進去！讓我進去！」

一個衣衫襤褸的青年抓着舞廳的門柄大聲地叫着，不知是由於燈光的反射是由於他太激動的緣故，竟使那蒼白的臉上泛起了一絲紅暈。

這時從舞廳裏探出一個頭顱來，兇狠地說：

「怎麼這樣不知趣！可不是早就跟你說過，像你這樣的人是不能讓你進去的。」

青年看看那副羣看的顏色，再看看自己的衣服：

「啊，啊，你是說我這套衣服太髒太舊不是？——這沒關係，我進去不是找着要跳舞。」

「你忘了這兒是跳舞的地方。」

青年的嘴唇噘了起來：

「可是……我有事，旁的事，我要找一個人。」

守門人望了望他，走到他的跟前：

「你到此地來找人？」

「不錯。我要找一位穿灰色西裝，戴眼鏡的先生，剛才我瞧見他從汽車裏走出來帶着一個女人一同進去的。」

那個人冷冷地：

「這兒穿灰色西裝的人多得很，戴眼鏡的也不祇一個；至於坐汽車帶女人，那更是不常的事，我不知你究竟要找……」

「我要找馬先生，馬博士。」

「馬博士？」守門人冷笑了一聲，「哼！你找馬博士？」

青年點點頭。

「馬博士倒有一位，祇怕人家不肯見你！」

「我想不會，他曾經教過我的書，他是我的先生。」

守門的再朝他打量打量：

「那麼請你——」

接上露出一點驚異：

「你是說請我進去！」說着，便打算往裏走。

但是守門的擱住了他：

「呸！」他吐了一口唾沫，「我是叫你轉去換一套乾淨的衣服再來。」

沒法想，青年祇好回轉身，可是走了一步，他又掉過頭來，懇求着說：

「你既不讓我進去，那麼就請他出來和我談談好不好？」

那個人把手往腰裏一叉：

「你有多大的面子？老實說，人家正跳得起勁，誰有功夫出來跟你談天！」

「那我祇好在外面等的了。」

「這兒是通街，看你等到天亮！」

守門的皺着眼睛走進去，碰的一下，把門關上了。

青年人失望地低下頭。半晌，他又跑到門口，敲着玻璃：

「謝謝你，幫幫忙，讓我進去一趟。我要會一會馬博士！」

三

舞廳大門又開了，走出來的是一位穿灰色西服，戴眼鏡的中年男子。面孔長長的，直像一副馬臉。顴骨凸出相當的高，兩眼非常靈活，雖說稍小。有時他的眼珠祇要輕輕地一閃，便能斷定博士的腦中又激起了什麼新的思潮。嘴唇很薄，兩角稍有點兒向下掛。留着短短的中分小鬍，對於它他是滿意極了，因爲陸玲珠曾當面稱讚過它，說它像是從一位外國電影明星叫做什麼「克拉克蓋博」的嘴上搬來的。

現在他帶一點點沮喪，走到門外。

瞧見他這副神氣，青年人退讓在一旁。

「外面的風景倒挺不錯！」馬博士說着，打了一個噎——呃！回頭對守門的，「喂，阿三，剛才誰在這兒吵吵鬧鬧的？」

「就是他！」阿三指着青年說，「就是他……他硬吵着要見你，剛巧你就出來了。」

「他？」馬博士從白邊眼鏡的上頭望了望身邊的那個人說，「這個人要來見我？」

「我想和馬先生談幾句話。」青年謙恭地上前一步。

博士擺出一副不愉快的臉孔，似乎在說：「怎麼會讓這個人來和我談話？」他回頭預備責問守門的阿三，可是阿三已將玻璃門關上了。

「馬先生…我……」青年有話想說，但又說不下去。

「誰認識你？你這麼隨隨便便地稱我馬先生！」

「怎麼？」驚訝地，「你不，不認識我了？」

馬博士又打了一個噎，自己對自己說：

「我腦筋裏根本沒有你這個人。」

青年呆了一呆：

「啊，馬先生，我是你的學生，你曾經教過我好幾年書。」

「教過你的書，你就是我的學生？」——這無論怎樣不能叫馬博士相信！

「兩年前我在滬濱大學唸書的時候，你教過我的經濟學，經濟概論，經濟思潮，經濟……」

「不錯！」馬博士得意地同時也是驕傲地，「我確實擔任過這許多學程。」

「你是位經濟專家，經濟博士。」

博士點點頭：

「這也是事實！」

青年有意提醒他：

「在學校裏上課，我老是坐第一排，點名簿上頭一個名就是我。」

「我從來是不點名的。」

「你時常在卷子上稱讚我，鼓勵我，每次都給了我極好的分數。」

「那全是助教批的，他們愛怎樣寫，就讓他們怎樣寫。」

「我是第十屆畢業的，四年的總成績我列在第一名。」

「噢？」馬博士半信半疑，兩隻小眼睛翻起來朝他望望，「你的名字叫，叫……」

「我叫呂楓。」

馬博士把這名字重複在嘴裏唸了好幾遍，覺得這名字並不是陌生的，他說：

「嗯，不錯……可是你找我幹什麼？」

呂楓有點兒爲難：

「呃，呃，我想託馬先生幫一點忙。」

馬博士用懷疑的神色瞧着他，他又說：

「我現在境況不，不大好，生活很困難。」

「那你就該趕快，多做點工作。」

「我此刻正因爲找不到事做。」

「什麼？」

呂楓的臉熱辣辣的，他低聲地說：

「我是一個失業的人。」

「失業？」馬博士把小鬍子翹了翹，「這祇怪你們年輕人把自個兒看得太重，太了不起啊！你們總希望事情好好兒地擺在眼前等你去做，而自己從來就不肯出一點兒力去找它！」

「找，找！我到處地在找，成天地在找！可是我實在找不着。」

「我不着，那有的事？」

「馬先生，我不瞞你，」呂楓極誠懇地說，「我每天留心報上的廣告，我知道有的公司在招請職員，有的學校在徵聘教員，有的商店在招考店員……看到報紙我真興奮，但一去應徵，馬上就會使我失望，叫我懊喪。你知道，有的地方人員早就決定，登報祇不過是裝幌子罷了。再有的地方，應徵的人特別地多，錄取的人可又出奇地少，至於有點兒關係或是有人介紹的自然就先取了，我不知試過多少次，但結果總是落個空。」

「既是這樣，你也可以託個把熟人介紹嘛。」

「馬先生，你知道我在上海既沒有朋友，又沒有親戚。」

「你總認識不少的同學。」

「同學？我的確認識不少。不過有好些都已離開了本地，留在這兒的雖然也有，可是多半都過着逍遙的生活，再說，他們都好像不高興見我的樣子。」

「說起來我認爲這又是你的不是了！」馬博士正經地說，「誰叫你在學校裏祇知死讀書，讀死書，結果就變成了讀書死！你該明白：除了讀書之外，也總得花幾個錢常常跟人家應酬應酬，譬如說，看看電影嘛，吃吃嘛，玩玩嘛，那樣人家就自然高興和你來往了！」

「馬先生，你忘了我是一個苦讀生。雖然我的父親在世的時候，家境還不錯，但他老人家一死，家境便一天落一天，我每年讀書的學費都是我用心血寫文章換來的錢，我怎忍心拿這種錢去作那些無謂的應酬？」

「無謂的應酬？」馬博士把小鬍子翹翹，他忍不住地笑出了聲，「哈哈，這眞是不懂世故人情的孩子話！你要懂得：一個人在外面做事，眞實的學問都在其次，最要緊的便是要看你對人有沒有應酬的工夫和交際的手腕。」

「這我可沒有想到。」

「所以你才會弄到現在這個地步。」停了一會，他一半像是不信任，一半又像是敷衍說，「難道你眞的就不認識其他的熟人麼？」

「除了馬先生，再沒有第二個人。」

「我？」故意推託，「說句老實話，連我自己都沒辦法。譬如說，我把從外國學來的那些東西，在這個學校裏講一遍，在那個學校裏又講一遍，嘴都講乾了，按月總還是不够開支；再加薪水要打折扣，眞是……」博士傷感地搖搖頭，「不過，又有什麼辦法呢？處在這種環境之下，博士也祗好大減價！」

呂楓無可奈何地對馬博士發了一頓牢騷，他說：

「總得請馬先生替我想個主意。」

「好，好，」隨口地，「我總盡力就是，你暫且等些時吧。」

「我……我已經等不及了。」

馬博士朝呂楓把眼睛一橫，正色地說：

「要找事就得耐性一點。」

呂楓低下頭：

「我家裏等着要錢用。」

「你家裏？」

「我去年訂了婚，馬先生。」

「嗯？」

「我有了一個未婚妻。」

「哦，那是很好的事。」

「然而不幸得很，我們從家鄉逃難到上海，我便和她，還有她的父母同住在一位同鄉的家裏，一年來所有的錢都花完了，能當的都當光了。房東說，今天如果再付不出房錢，就要扣留我們的行李趕我們搬家。」

馬博士將眼皮閃了閃：

「唔，」他說，「That's a Question!」

「……能不能請馬先生暫且借幾十塊錢給我，讓我先付一個月的房租，救救急！要不然，我的——我的未婚妻定會因此而急待救濟的。」

馬博士皺了皺眉，摸摸口袋，然後慢慢地掏出一疊鈔票：

「你是說要向我借……借多少？」

「我好五十塊錢。」

「五十塊？」

他把鈔票頂穩地數了兩遍。怎麼？三百塊祇賸了八十。這八十塊錢，他還有許多緊要的用場：他預備配一副好點兒的眼鏡，他想買一件羊毛衫，他想添一件冬大衣，他還答應了跟陸玲珠買一只戒指，他還想……哦，這數目實在差得太遠了！

「要是馬先生肯後給我三十塊錢也好，我還有……幾件衣服可以變賣變賣。」

呂楓見馬博士猶豫不決的樣子，便把數目減少了。但馬博士心裏想想三十塊錢買舞票不是又可以多跳幾跳嗎！

他把鈔票收進了自己的口袋裏。

「馬先生……」呂楓懇求着，「請幫我這一回忙……祇要我一有了錢——」

馬博士燃上一枝雪茄，輕鬆地說：

「你是聰明的，我也不能用我心血換來的錢作這種無謂的應酬呀！」

「馬先生……」

「你別再煩我，這筆帳我算得頂清楚，對我是絕對沒有利益的。」

「你究竟是我多年的先生。」

「我又不曾欠過你的錢。」

「不是那麼說……」

「那你就跟我站遠一點。」

呂楓難過地：

「我沒有想到……」

「我也沒有想到——」馬博士擺起了嚴肅的臉孔，帶着鄙視的口吻說，「好好的一個青年不肯正經的去幹一點事業，受過了高等教育居然會老着面皮像討飯的化子一樣的站在路上向人家開口借錢！」

「你不能這樣侮辱我，」呂楓說，「這，這並非我情願做的事！」

「借錢給你，難道又是我情願做的事？」

呂楓說不出話。

「真是不知廉恥，豈有此理！」馬博士剛想再多教訓他幾句，忽然樓窗裏傳出一個女人的聲音：——

「大狗頭！大狗頭！」

聽到這樣嬌嫩的聲音，馬博士朝玻璃門望望，不再開口了。

風華

田尾

——井外四章——

在這荒涼的山嶺
讓以踐次一坪；
人世之紛擾都遠了，
隨風而去了。

說曾通那許多歡笑與愛泣，
曾幾會于夢想？
都沒被我紀錄
也曾化作飛逝之雲！

滿蒲的風是徐而長，
如昂昂鼓吹萬里之霧氣，
聽去我底渴灰與抑鬱，
比一陣風遊輕些。

小雜詩

假如我認識它就相逢了，
無所求亦無所欲，
說是一朵紫色野花，
總之有過幾個春天。

不說也會知道——
寫語呢；
算不得我臣辦，
誰要你喊聲「臣語呢？」

臣語呢？
你不知我也不曉
扯下那朵花吧，
祇有它是多餘的。

夜之尾

——這樣的日子還有幾時？
你說着，並偏開異色的眼睛；
剩下一絲同夢之甘於我底舌尖。

——你會覺着更俏的嗎。
呀，是何嘗
當真要我都關闢麼？

——雞也啼了，去吧。
月亮呢，星也還亮，
讓我捧着影子離開你？

牧歌

一串跳着顏色的悲哀——
碧眼裏你底腮頰是先亮了。
仰首以承着白之月吧，
滴她底無聲之淚於
浮在地上的我們的影子。

聖盜記

Blazko Cheremshina 著
柳雨生 譯

「哎喲！他從那邊來了！」

「上哪兒呀？」

「上咱們這兒來的！」

「他現在在哪兒哪？」

「那兒！他已經快到磁塔兒的籬笆那頭了！賓西利！你再踏上屋頂瞧瞧去一趟。」

「幹嗎呀？」

「去啟鎖兒把我的那件大衣給套上，在厚板子上頭再添上一塊石頭。」

「早那好我！」

「把你的皮褂子脫下來，要不，他就會拿走的。」

「下，他拿不了；我這就走。」

「媽把她的披巾藏起來了嗎？」

「藏了，她也藏起來了。」

「那地坑兒？」

「我在上頭撒了好些把灰，他準瞧不出來的。」

「迭迭！」

「你要什麼？」

「把你的帽子也給我拿。」

「拿去，可是你也不用戴著。」

從籬笆後面轉出了一個人，全身都穿著黑色的衣服，帽子邊上有一條鑲著黑黃色的流蘇，胸前還扣著一個圓大的鈕扣，這鈕扣從帽子前面的光滑的頂端突出出來。這個人左手提著了一本厚冊子，右手拄著手杖。兩個農夫跟隨在他的後面。兆中的一個，提著一大捆的農民的衣褲和大衣。

「阿瑞羅·謝弗屈克在家嗎？」

沉默……

「喂，阿瑞羅·謝弗屈克在家嗎？」這個人大聲喊著，聲音比剛才加重了。

「噢，他在這兒等著您哪，老爺！」從那破屋裏傳出一陣子沙啞不清的答聲。黑色的，滿染著煤烟的門，軋的一聲打開了，一個中等身材的人鑽了出來。他的臉很是瘦削，滿面的縐紋。他的頭髮也沒有梳好。一件襤褸的，破舊的襯衫，襯出他那高聳的鎖骨，和乾癟的胸膛。他下身穿著撈撈的發紅色的褲子，光著雙足。這就用不著介紹他是誰了。一年一年的悲慘的創傷使他的全身僅剩下一個肉體的軀幹，一個可以一望而知的粗俗的軀幹。

「我在家裏等著哪，謝謝老天爺，還有，……」柯瑞路。

「我剛才叫你的時候，幹嗎你不答應啊？」這外來的人吆

細弗屈克又重複了一句，挺著腰。

喝著。

「我答應了啊，求您饒饒我，我難道沒有答應您嗎？」

「我們是來拿你的東西，去完稅的。」

「是呀，我們的發財的收稅老爺。」

「你有什麼牲口（Cattle）沒有？」

「你是說牲畜（Cattle）嗎？我們什麼也沒有，除了這裏頭空空的四面的牆。好老爺，我們是窮人呀！」

「我說，你們沒有牲口嗎？」

「沒有。我們是老天爺說，該著發不起牲口的，好老爺。我們也有好些日子，沒吃什麼肉啦。」

「胡說！夥計，咱們進去瞧瞧去。」

「您錯呀，好老爺們！」

這收稅的老爺用手杖把那扇小門一推，那門叉軋的一聲，朝裏面碰在牆上。收稅的老爺彎著身子進來，兩腳站在門坎上面，一個農夫裝束的夥計跟了進來，後面就是細弗屈克。另外一個夥計仍舊站在外面空場上捧著那一捆的衣服，預備着細細，好再捆別的東西。

「可是你的東西在哪兒哪？」這收稅的人迫切問著，空瞪著四面牆壁。

「我們可是真窮呀，老爺，您好的老爺。四面的牆和……，您自己用眼睛瞧吧，老爺，老天爺保佑著您！」

「我瞧不見什麼東西。」

「對呀，我們這兒有什麼東西夠得上入您的眼的呢，除了可憐和窮！」

「這是你的堂客嗎？」

「是呀，老爺，她就是我的女的。」

柯瑞路．細弗屈克的妻子，正站在一旁，不聲不響的，穿著黑色的短褂，也沒有披巾（註一），站得距離她的丈夫非常的近，這個時候，斜斜的釘了那收稅的老爺一眼。

「我們什麼東西也沒有，老爺，您真和氣，您瞧，我連一條披巾都沒有。」

「我們真是什麼都沒有，」細弗屈克也跟著說，「我們快

要痛得餓死了。」

「你們睡在哪兒呀？」

「不瞞您老爺，也不能裝出我們的聖像，我們是睡在地面上的，讓小孩子睡在板搭上。」

「你說你們睡在哪兒？」

「就在這空地上。」

「那麼，你們的枕頭呢？」

「哪兒有枕頭呀，我們晚上都枕着自己的拳頭睡。」

「你又說謊騙我！」

「我們所有的東西都在這兒，老爺，您要什麼就隨便的挑吧。」

這收稅的人在屋裏踱着，探着手杖向四面亂戳，可是毗不着什麼像樣的東西。一塊長的厚板子靠着迎面的牆壁，幾塊角都釘穩了，那就是他們的板搭；有一個稍短的厚板，大概就算是桌子。在凳子當中還有一個地坑，積滿了灰塵，這是爐竈。

這些東西，收稅官都一一的瞧到了，但是他們繼續着他的搜索。他忽然停止了，他的眼睛被那「桌子」上面的牆壁上掛着的什麼東西吸住了，那是一個木製的聖像的框子，上面都被煤烟熏滿，僅能夠看到一條條的河樣的黃色，看不清楚那聖像的臉，頭，和後面的光圈的鑑釋。要是單講這個木框，倒是很精巧的手工雕鏤的，又是莊嚴，又有吸引人的力量。柯瑞屈克瞧見收稅的官直是留着那聖像瞧，心裏很着急，不住的搔着他的頭。

「這兒我們到底找着一個挺不壞的木框了，」這位稅官自言自語的着。

「求你饒我吧，老爺，這是聖尼古拉斯（註二）。」

「我知道。可是，這個框子不錯呀！」

「我的曾祖父，親手雕刻的。」

「你從哪兒得的這個像框呀？」

「我剛才不是說告過您了嗎？是從我的祖父和我的曾祖父那兒傳下來的。」

「夥計，得，把這個像框子給摘下來帶回去！」

「你怎麼啦，我的大老爺。饒我們這一遭吧，不要把我們的聖像拿走，」柯瑞露請求的說。

「做做好事吧，大老爺」，柯瑞露的妻子也哭着央求。

那個收稅的夥計並不等收稅官再開口答話，他很快的把聖像從牆上取了下來，拿到外面空場去，後面有一陣子灰塵都飛散開了，牆上又露出一小方塊的痕迹，結着一團蜘蛛的破網，正是那聖像剛才懸掛的地方。

「可是，我們家裏怎能連聖像都沒有一個呢？」柯瑞露悲傷的說。

「要像沒有了，我們家裏要降到災殃的呀！」柯瑞霖的妻子說着很傷心。

「不用廢話！我還要來拍賣你們的房子呢，要是你們再不完稅的話。咱們的賬還沒有算清呢，」收稅的老爺一面高聲罵着，一面從屋子裏跨了出來。

「夥計們，下一家是綏羅斯·密因那裏。」

他們都走了……天色漸漸的黑暗下去……

「媽，我要去睡了，跟咱們的天父禱告吧，」小安那契卡說了，她正吃完了晚飯，就着桌子想打盹。

「跪下吧，孩子，把你的兩隻手合在一塊兒。」

安那契卡跪了下來把兩手合攏了，順便抬起頭來，正望着從前掛聖像的那個地方。現在那個地方，已經是空空的什麼都沒有了。她的眼睛向四面的牆壁亂找，可是老找不着。她很奇怪的瞧着她的母親的眼睛，迷惑的發問：

「媽！聖尼古拉斯到哪兒去了呀？」

法萊哥和帕佐克也瞪着那牆壁，一塊兒開了口：

「爸爸，媽，聖尼古拉斯到哪兒去了呀？」

柯列爾克瞧着他的妻子，她也瞧着她，面面相覷。他們都喘了一口氣，然後他回答說：

「聖尼古拉斯被請走了！」

「是那個收稅的老爺把它運走的嗎？」

「是啊，孩子，是他拿的。聖尼古拉斯被搶走了。」

（註一）在烏克蘭的幾婦們，就是鼓舞者的，也常常用一塊披巾來包頭來做裝飾。

（註二）聖尼古拉斯（St. Nicholas）紀元二百年間，小亞細亞Lyra 地方的牧師，被認為俄羅斯人，及航海者，童貞女，小孩等的護神。據初在耶穌聖誕的前夜，送禮物給兒童的，就是這人。現在稱聖誕老人做 Santa Claus，實是荷蘭方面的訛傳。

（初稿，民國二十九年八月譯完。改稿，三十二年一月二十四日寫成於滬上存仁堂。）

編後小記

本刊的性質宗旨，在前面「創刊之辭」裏已經說得不少了，在編輯同人方面，總到不敢自詡，希望本刊能夠成為作者和讀者共同努力的新園地。

不說自已的刊物不好，本期多承各階作家幫忙，內容方面，總不致自誇是精彩絕倫，但是想來讀者讀後，當覺得，也不至於怎樣失望。

藥堂是周作人先生近年的筆名，但是周先生最近數年從上海的刊物寫文，風雨談可算是頭一次。周先生的文章，不用編者多說，但是這裏仍要說一句，他已允許繼續給本刊幫忙。

沈啓无先生，是一向以沖淡閒適的散文著名的，本期既有他的散文，又有他的新詩，都是遠從北方寄來，[illegible]。朱英誕，南星，林榕，[?]諸位先生，是著名北方文壇的作家，現在大學教授，現在主編雜誌，對於百忙中賜風雨談寫稿，何勝欣佩。

周越然先生是藏書家，著名家，並且中西文字，無不精通，[illegible]的散文，早有定評。譚正璧先生[illegible]，是近年發表論著最多的，又難得有心得的一位，他們的文字，讀者幸勿錯過。

本刊雖不特別注重散文，而本期名家執筆者，究有陶亢德，[?]，紀果庵，文載道[illegible]

[illegible]

[illegible]壇二十餘年，著述甚富，本刊所登載的民國四十二年[?]京日記，一方面[illegible]方面是理想的小說，這樣的作品，我們確已渴望了多少年了。

本期定價每冊國幣拾圓

風雨談月刊

創刊號 中華民國三十二年四月

編輯者 風雨談社

代表人 柳雨生

歡迎投稿，參看本期第八十一頁

發行 印刷 太平出版印刷公司

總經售 商社書報發行所 上海南京路慈淑大樓五二八號

電話：九二三三四 九八二八〇

分銷處

南京	新國民書局	南京	新中國圖書公司
蘇州	中華日報分館	無錫	無錫日報
無錫	日新書店	鎮江	民國日報鎮江分館
鎮江	中國書店	揚州	民國日報揚州分館
常州	新中國圖書公司	漢口	漢口圖書文具社
常州	世界文具社	松江	[?]書店
杭州	開明書店	杭州	西湖書店
嘉興	合記書店		

公共租界警務處登記證C字第一一三四號
法租界政治處●郵政管理局登記證聲請中
宣傳部登記證字第一三二號

第二課

黃肴：我的小學時代

風雨談

第二期

風雨驅寒玉，魚龍迸上波。

——朱慶餘集

中華民國三十二年五月

風雨談　第二期目次

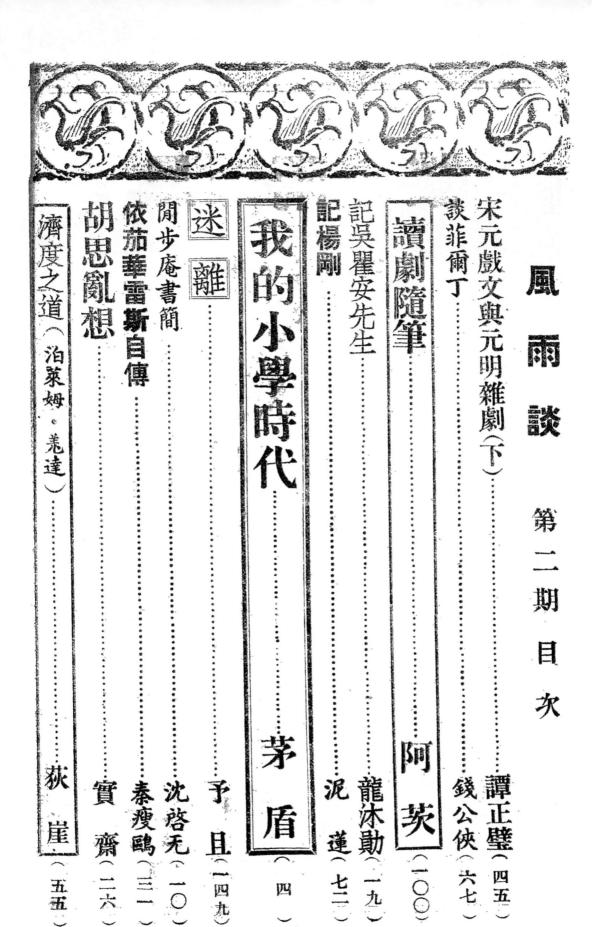

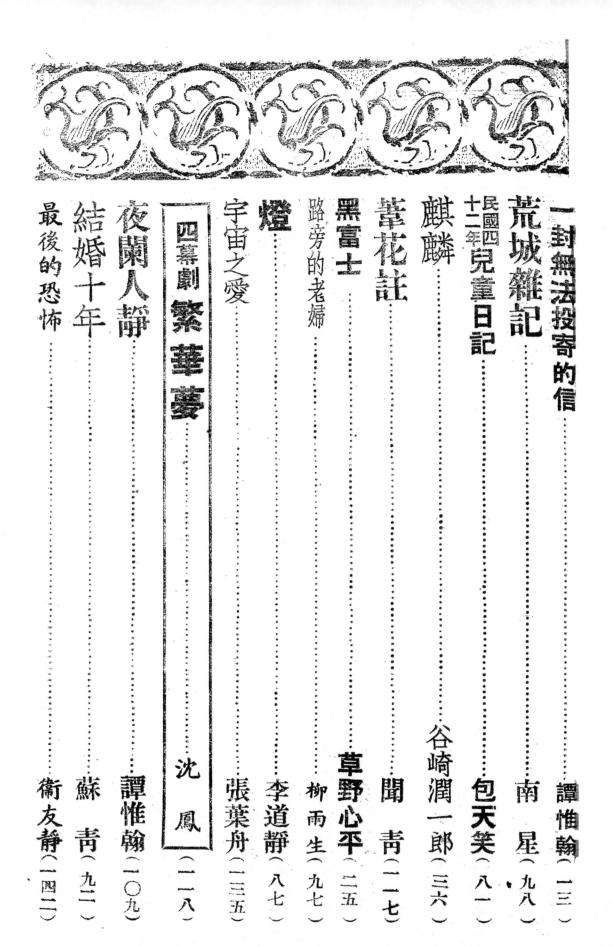

我的小學時代

茅　盾

自傳一章

大約是民國前八九年罷，我的故鄉×鎭始有小學。我就是這小學的第一班學生。

比這小學略早，×鎭又有一個非中非小的「中西學校」。據說剛辦的時候，課程就只有中西兩門，——半日讀東萊博議之類的書，半日讀英文。後來，那位英文教員因爲自己也懂得一點筆算，便提議加一門算學，於是直到現在還是中學校裡三個權威的「國，英，算」，名義上是齊全了。「中西學校」第二個半年開始時，加聘了一位算學教員，可巧他又懂得物理和化學，於是課程上又多了兩門。但是我所進的×鎭第一個小學却是一開頭就排定了整整齊齊的課程：修身，國文，歷史，地理，算學，體操。沒有音樂，因爲那時候連「中西學校」也還沒有音樂。

那時小學校的學費差不多等於零；然而教科書和石板石筆之類，到底比「千字文」，「花夜記」，乃至大學中庸貴些罷，所以有些家長還是不讓他的子弟進小學。開學那天，居然有五六十學生，那就幸賴校長是一鄉人望，能夠號召；另一原因是校址在人煙稠密的市中心。

無所謂入學試驗，學生按年齡分班，大些的進甲班，小的進乙班；甲乙班的課程實在差不多，除了修身一門。我還依稀記得甲班的修身是讀論語，而乙班的却是文明書局出版的修身教科書。上課一星期以後，甲乙班的學生又互有調動，我被編進甲班裡去了。

教員只有兩位，各教一班。甲班的教員不是本鎮人，大家都說他「新學」確有根基；這是說他的算學好，而那時小學的課程能使一位教員表示他眞懂「新學」的，恐怕也只有算學這一門。我的父親是酷嗜算學的，曾經自修到微積分，那時他臥病在床已經兩年了，還常常託人去買了新出的算學書來，要母親翻開了豎著給他讀，——因爲他患的是風濕病，手不能動。他見我轉進了甲班，很高興；爲的是得了好的先生，但我倒担心；我對於算學已是驚弓之鳥，未進這小學的時候，曾受學於父親，可是，你想，他臥病在床，連手也不大能動，單靠口說，叫我怎麼弄得淸？父親因此常常納悶爲什麼我於算學那樣的「不近」。

甲班的先生，手是能夠動的，能夠用粉筆將複位乘法的過程在黑板上演出來，並且教的又慢，所以我也慢慢地「近」起來了，同時我也親自體驗了爲什麼人家說甲班先生的「新學」有根；因爲他寫阿拉伯數目字實在比乙班先生熟練得多，乙班先生寫那8字始終是一對連接的圈子，這是他讀「文章」打雙圈時弄熟了的一手。

進這小學以前，我讀過家塾，也讀過私塾；念過三字經後，父親就給我讀「新學」了，那是從「正蒙必讀」的「天文歌訣」節錄出來的「天文歌略」。那時父親還沒病倒，他每天親自節錄四句，要我讀熟，他說，「慢慢地加上去，到一天十句爲止」。可是我却慢慢地縮下來，每天讀熟兩句也還勉強。這一件事，也曾惹起父親十分的煩惱。

這使得我那時幼稚的頭腦對於所謂「新學」着，旣害怕而又憎惡。同時却又使我對于我所進的小學發生好感，因爲這裏的課程都比「天文歌略」容易記也有興味，卽使是論語罷，孔子與弟子們的談話無論如何總比天上的星座多點人間味。

但「論語」只是「修身」，作爲國本課本的，却是新編的「文學初階」和「速通虛字法」。——鄉下人稱爲「洋書」者是。這兩本書都有圖畫，尤其是「速通虛字法」的插圖大大使我愛好。我現在回想起來，覺得「速通虛字法」的編者和畫者，實在是了不起的兒童心理學家；牠的例句都能形象化並且有鮮明的色彩。例如用「虎猛於馬」這一句來說明「於」字的一種用法，同時那插畫就是一隻咆哮的老虎和一匹正在逃避的馬；又如解釋「更」字，用「此山高，彼山更高。」這麼一句，插圖便是兩座山頭，一高一低，中間有兩人在那裡指手劃腳，仰頭讚歎。

「速通虛字法」幫助我造句，也幫助我能夠讀淺近的文言，更引起了我對乎圖畫的興味。我家屋後的堆破爛東西的平屋裏，有不知屬於那一位叔曾祖的一板箱舊小說——當時稱之爲「閒書」，都是印刷極壞的木板書，雖有「繡像」，實在不合我的脾胃。畫手和刻手都太拙劣，倒在其次；主要的原因是其中的人物都是「古衣冠」，而表情也和我們活人不同。可是這板箱裏還有幾十張石印的極工細的「平定髮逆」的宣傳畫。這大概是我的曾祖在漢口寄回來的。這里的人物全是現代衣冠了，而且有兵有大炮，有大刀隊鐵叉隊，非常熱鬧。我找得以後，高興極了，但微感失望的，是重複太多，幾十張只有五六種名目，再則，上面雖有文字說明，可又深奧，讀不懂。

木板的『閒書』中就有西遊記。因爲早就聽母親講過西遊記中間的片段的故事，這書名是熟悉的，可惜是爛木板，有些地方連行款都模糊成一片黑影。但也揀可看的看下去。不久，父親也知道我在偸看『閒書』了，他說：『看看閒書也可「把文理看通」，』就叫母親把一部石印的後西遊記給我看，爲什麼給後西遊記呢？父親的用意是如此：爲了使得國文長進，小孩子想看「閒書」也在所不禁，然而倘是有精緻的插圖的「閒書」，那麼小孩子一定沒有耐心從頭看下去，卻只揀插圖有趣的一回來看了，這是看圖而非看書，所以不行。那部石印的西遊記是沒有插圖的。

那時小學校每月有考試。單試國文一題，可是鄭重其事地要出榜，而且前幾名還有獎賞，無非是鉛筆之類。暑假年假大考自然也有獎賞。那就豐厚一點，筆墨等文具之外，也有書，──下學期用的教科書。可是有一次卻獎賞了兩本童話，無貓國與大姆指，我于是知道有專給小孩子看的「閒書」。不過我那時因爲已經看了西遊記，三國演義等等舊小說，習慣於士人的事情，對于無貓國之類並不怎樣感到興趣。這兩本童話就送給了弟弟，他看著書中的圖畫，母親講給他聽。

每星期一篇作文。題目老是史論。教員在黑板上寫好了題目，一定要講解幾句，指示怎樣立論，——有時還暗示著怎樣從古事論到時事。當然不會怎樣具體的，我們也似懂非懂；但我們都要爭分數，先生既然說過應該帶到現在，我們怎肯不帶呢？結果就常常用一句公式的話來收梢，「後之爲（××）者可不×乎？」這一個公式實在是萬應靈符，因爲上半句「爲」字下邊可以塡「人主」，「人父」，「人友」，「將帥」，……什麼都行，而下半句「不」字之下也可以隨便配上「愼」，「戒」，「懼」，「勉」等等。

說來有點好笑。那時我們中間最大的不過十五六歲，小的十一二，照年齡而言，都還不是老氣橫秋地論古評今的時期，然而每星期一篇的史論把我們變成早熟，可又實在沒有論古道今的知識和見解，（先生也知道，所以出了題目一定要講解），「硬地上掘鱔」，就弄出一套公式來了；這一套公式是三段的：第一，將題中的人或事敍述幾句，第二，論斷帶感慨，第三就是上面說過的那一道萬應靈符來收梢。這樣的作文每星期一次，倘要說我們有什麼好處，那至多亦不過很膚淺地弄熟一點史實，以及練習練習之乎者也的擺佈罷了。對于思想的發展，毫無幫助。可是我現在想來，當時那位先生老叫我們做史論，也有他的用意；他是想叫學生留心國家大事。他自己是「新派」，頗有點政治思想。

最可怪的，我們弄慣了史論那一套公式，有時先生例外出個非史論的作文題例如遊××記之類，我們倒有點感到手足無措了。

兩年以後，我就做了這小學的第一班畢業生。時在冬季。離這半年前，我的父親故世。他臥病三年，肌肉落盡，那年夏天極熱，他就像乾了膏油的一盞燈，奄奄長瞑了。那年春天，他已自知不起，叫我搬出他的書籍和算草來整理；有幾十本「新民叢報」，幾套「格致彙編」，還有一本「仁學」，他吩咐特別包起來，說；「不久你也許能看了」。特別是那本「仁學」，他叮囑我將來不可不讀。他似乎很敬重這位「晚清思想界的彗星」——譚嗣同先生。那時我會把「仁學」翻了一下，可是不懂。

小學畢業那年，「中西學校」也遷到鎮裏來了，（本來在市外），並且改名爲高等小學校，我就進了這學校的三年級。但雖然名爲高等小學校，最高年級（五年級，那時中間空一級，沒有四年級的學生）卻有幾何，代數；英文讀納氏文法第三本。幾何的課本是「形學備旨」，這是開天闢地那位教幾何的先生選定的課本，後來那先生走了，這課本卻傳了代，直到後來我學的也還是這一本有光紙印的厚厚的線裝的老傢伙。

閒步庵書簡

沈啓无

一

雨生：

今朝清晴可喜。兌之此時想已高翔空際，古有鴻雁傳書，惜未能爲我帶得一信去也。你說上午不來，大約眞未必來了。早起在寫文章，而文思卻把握不住。頃茶博士又來收拾房間，只好點枝香烟到江邊閒步閒步，或有所得亦未可知。

啓无　四日於華懋飯店四〇〇號

二

雨生：

到南京即住福昌飯店。龍楡生昨已去信××××訂時見面，今日尙未得回音，不知何時可以見談也。七日上海的日報今天下午過夫子廟的報攤上買到，論文只錯排一二字，甚爲難得矣。以後關於此一類文章大可借星期論文的地位寫一寫。報館諸位乞代爲致意。古今社諸君未能多談爲悵，希望將來再有機會見面。樸之先生襟度極佳，文雅鑒識兼而有之……黎庵佳期何時？旣營新居，想不在遠，無以爲贈，欲書一小幅字奉賀，請先爲轉致也。果庵大可談，約去吃北平館子，又閒逛朱雀橋邊書攤子，十年前的舊懷抱不圖於今日重溫之。老紀亦大有意思人也。匆匆不一。

啓无　（八日燈下）

三

雨生：

來南京後，幾乎天天看見果庵，隨便亂談。此公既能辦事，而又健於談天，長於寫作，眞當今之人才也。今晚他叫人送滬報副刊來，（因爲福昌無滬地日報，新街口等處亦買不着）我看了你們總在談到我，覺得也倒有意思。薛慧子的文章裏，把我寫給他的知堂先生小詩錯排一字，却弄得不大好講，應請更正，原詩是這樣的：

生小東南學放牛，水邊林下任嬉游，
廿年關在書房裏，欲看山光不自由。

看山光的看字，我草寫有點像爲字，於是錯成爲字，欲爲山光不自由，這個句子就費解了。

楊之華兄「隨便談談」一文裏，也有出入。未名社李霽（誤作齋）野曹靖華韋叢蕪三君，只有霽野還留在北京輔仁大學英文系教書，從事翻譯工作，曹靖華不知何往，韋叢蕪在事變前卽早已離開北平，而且離開文藝界，在他的故鄉安徽做官，此後的情況就不大知道了。喔，還有臺靜農忘記了，他也是事變以前就不在北平的，到廈門大學去教書，聽說還在長汀吧。我還有位寫新詩的朋友，廢名常呼之爲詩人林庚的，他也在那裏，他常時掛念我們，有信給周先生平伯和我，不過最近快一年沒有信來了，想起從前在廢名的「常出屋齋」裏大談其詩，興致是多麼好。林君有一時期非常喜愛李賀的兩句詩，「東家蝴蝶西家飛，白騎少年今日歸。」故我曾戲呼之曰「白騎少年」，殆謂其朝氣十足也。

說到廢名，這位莫須有先生，最是令人想念不置。自從他回湖北（楊文誤作湖南）黃梅以後，想不到入山不厭其深，他大約將完成他的高深哲學，未必再寫什麼文藝創作，暫時也未必造那座人人所期待的美麗的「橋」了。他是最愛北平的，嘗比之爲不結婚的戀人。從前他住在北河沿，我住在板廠胡同，南北相去甚近，只隔一道小河一條大路，他總是來訪我談天的時候多。有時飄然而至，興會飆舉，一定是抱着靈感心得來了，於是我的意外的收穫就頗夥頗夥。有一次偶爾不小心，被他發現我能寫詩，他乃大爲驚詫歡喜，（因爲他一向以爲我是弄散文的與流行所謂什麼小品文結緣的）隨後一見面便催我寫詩，他寫詩也總是送給我看，現在還有許多詩稿留在我這裏。事變前一年，他忽然要對北大同學講「新詩」，於是和我討論怎樣寫新詩講義，他非常慎重地而又是獨到的和我談中國以往的詩文學，以及現代的新詩的物質，他每寫一章，必令我詳細審閱，如有詞義晦澀的地方，務期改到妥當爲止，大約他連寫帶修改謄清，一星期只寫得一章，他這等婆心苦口，非僅是學理的供獻，乃是一種教育的意義和責任了。他一共寫了十二章，原稿我全代他保存，這眞是珍貴的材料啊，將來在「集刊」上預備陸續發表。

廢名和我們不通信問也有一年多了，雖然知道他很平安的，住在黃梅鄉下一個小村鎭上。

青青河畔草
你們終於回到江南去了
陽春是宇宙的執袴
素衣乃有山河之異
你們再來是什麼時候
浮雲似的人情
流水裏催他老了

這是我寫給他的詩句，此詩曾登早期的「中國文藝」，題名記得是「寄遠」，首尾還有兩句，實際我這詩是寫給這位久歸的莫須有先生的。現在卻正是春的日子，匆匆我在杏花春雨江南，轉眼便又渡江而北，歸去北平，不覺春風容易別，始知懷友是情深，燈下偶得這樣兩句舊形式，詩並沒有什麼可取，因爲不是賦得式的，所以也就寫下來當做紀念了。

這封通信本想寫得長一點的，因爲太疲倦了，明天還要摒擋行李，此時已過午夜，只得擱筆，且待回北平後再用這樣通信式的筆談吧。

啓无　十二夜裏于南京客邸。

一封無法投寄的信

譚惟翰

下面的這封信，是一個女子寫給另一個女子的。寫信人是我的鄰居，但收信人我却不認識，更不知道她的住址。因此當寫信人跑來請教我如何可以讓對方讀着這信的時候，我也無計可施。後來，雜誌的編者向我索稿，我就和這位可憐的女子商量，決定把它放在這兒發表了。我的意思是：即使那位「太太」讀不着它，而別人（無論男女），凡是過着不自然的生活的，看了這封信後，突然能將生活方式糾正一下，豈不也好？假若碰巧會給收信人親自過目，當然更是我所希望的了！諸位認爲我這辦法可妥當？——惟翰

筆在我手裏，我癡呆了許久，我不知道究竟應該怎樣對你稱呼。

我想稱你「朋友」，然而「朋友」這兩個字，在你我祇偶然見過一次面，甚至於彼此連姓名都不會通過的陌生人中間用來似乎不大妥當。如果我眞要這樣稱呼你，一來將要失去這兩個字的可愛的意義；二來恐怕還要使你不高興，因爲有像我這麼的一個人和你做朋友，無異說對你是一種侮辱！

我又打算稱你「姊姊」，因在年齡上看來你彷彿比我稍長一些，雖說你也不是三十開外的人。但是，我總覺得不配：我和你非親非戚，隨隨便便的就用這樣親密的字眼喚你，你定會疑心我這個窮女子不懷好意，說不定在物質上有什麼需要你幫助呢。

到底喊你什麼最適當？我實在想不出。爲了顧全你高貴的地位和排場，我還是爽爽快快的呼你「太太」吧！

親愛的太太：

請你先不要奇怪爲什麼我要寫這封信給你，也無需驚疑寫這信的是怎樣可怕的一個人！假若你不是十分健忘的話，我想你總還可以記得起我來。

說來，這是前年暑天的事了。我帶了我剛滿週歲的小女麗麗到上海，那時她的爸爸季平正升做宜達公司的信託部主任。公司的經理特別看重他，在六樓闢了一間臥室給他居住。那屋子佈置得極精緻，我和孩子在那兒待了兩個星期，生活可以說

是相當的美滿。

每到黃昏，我便推着孩車同我的丈夫往附近的外灘公園去遊玩。一天，我正抱着麗麗，手指着從浦東駛過來的小火輪上的烟囱逗她玩兒的時候，出乎意料的一個人遞了一粒巧克力過來，塞在我孩子的嘴裏。

孩子舐着糖，嗯呀嗯的叫着，我的頭也掉過來了。太太，那就是我第一次有眼福看見你：你打扮得眞華麗，蒙着脂粉的臉色鮮豔得像玫瑰般的可愛，頭髮做得那樣的巧妙，配上一對鑽石的耳環，就如同漆黑的夜空裏閃出了兩粒耀目的星星，還有你那五顏六色令我叫不出名字的織金旗袍，頓時壓倒了我穿舊了的泡泡紗。我一時呆住了，祇向你點了點頭，連「謝謝」都沒說出口。

可是你露着動人的表情向我們開口了：

「小寶寶好玩得很……我每天都瞧見她的！」

你伸手想抱我的孩子，麗麗却怕生的哭了，於是我轉了個身，將背對着你。我聽見你同我的丈夫在說話。

「你先生天天上公園裏來，大概住的地方離這兒很近？」

「我們就住在對面。」

「興康銀行？」

「不，宜達公司……」

這時天漸漸暗下來，海關上的鐘聲在催我們回去吃晚飯，我便碰一碰季平的胳膊說：

「走吧！」

我們彼此瞧着點點頭，就此告別了。

第二天清早我帶孩子乘火車回到了蘇州。

……………………

太太，我們一別就是兩年。在這兩年裏我做夢也不曾想到我的生活會起這麼大的波瀾，雖然平淡的日子往往會給人一種無聊的感覺，可是這突來的劇變又使我的神經不能忍受。太太，你不要見氣，這都是你賜給我的！不過這些刺激却叫我看透了一個男子的心，它剝去了它美麗的粉飾的外衣，現出了虛僞原形。我究竟應該感謝你，還是恨你呢？

到蘇州不上兩個月，我從各方面聽到了許多關於我丈夫的不正經的話，起初我把這些話是完全看作謠言的。你知道，別人誹謗我的丈夫，看輕我的丈夫，我是多麼的氣！我雖不是個了不起的貴婦人，可是一點自尊心總還有的。我曾經羞紅着臉爲我的丈夫和旁人爭辯過，我也曾受了委曲似的背着人偷偷的哭泣……

然而事實是最老誠的僕人，終久它將一切的祕密都向我說明了。第二次我到上海的時節，季平的臥室裏的牀頭上懸着一張兩人合攝的照像。太太，你的姿勢眞好看，加上漂亮的着色越發的嫵媚了。你將頭倒在我丈夫的下巴底下，睇着有長毛的眼睛嬌柔的在笑。

當時我問季平，爲什麼要拍這張照？太太，你會笑我問得太傻嗎？的確，我是有點傻，我不但向我的丈夫這樣問了，而且還希望他能給我滿意的答覆。

他終於答覆我了，他說得極愜意，極大方，使我再也問不出第二句話。最後他還責備我說：

「和朋友拍張把照，有什麼大驚小怪的？」

我的確不應當拿這事看得太認眞。我不應該不信任和我結婚已有三年的男人。我閉着嘴望着季平點了點頭，我默默的來又默默的走了。

整整一年半我沒見我丈夫的面。祇有新年裏他回來了三天。太太，這不能不令我「大驚小怪」了！我的丈夫幾乎完全變了一個人：他的臉色不像從前那般的紅潤，在皮色裏祇呈着可怕的蒼白；他的眼睛無神，身體虛弱得像一個害重病的人。當然，這不是沒有原因的，我不用多說，我知道你比我了解得更清楚。

他回來了，很少和我說什麼話，他似乎對我冷淡得多了。我問他：

「季平，你近來身體不怎麼好，你覺得嗎？」

他不響。

一切的外表和行動簡直都變了樣。我怕他煩惱，也不再多說話了。

晚上，我代他脫大衣，大衣的口袋裏落下一張嬰孩的小影，我問：「這孩子是誰？」他輕輕的說：「你看像誰？」

我仔細的看了看，孩子的眼睛和額角很像季平，可是我不敢說他是麗麗的弟弟或妹妹。我的丈夫看見我出神的對着這孩子的照片，他告訴我這孩子是「你」生的。

我想問季平：「既是別人家的孩子，照片怎麼會在你的身上？」但我不會問出口。這顯然又是我的大驚小怪了。

我的丈夫到上海之後好幾個月不來信也不寄錢回。我的婆婆和我都日夜的掛念着他。我寫給他的信也得不着回音。於是在我的婆婆勸告之下，我決定再到上海去找他。

我走進他的寢室，他却倒在牀上。這天並不是休假的日子，我不知道他爲什麼不辦公，我疑心他是病了。暫時我也不去驚吵他，讓他靜心的睡一會兒。

就在這時候我注意到了屋子裏有幾樣我從前不大瞧見的東西。兩頂從舞廳裏帶回的紅綠花紙的奇形怪狀的小帽，被扔在沙發上，幾個啤酒瓶東倒西歪的睡在桌旁和地下，沒有吃完的蛋糕和雞腿把墊着的戲單都油完了。還有一雙女人的黑手套掉在牀前的痰盂邊……

我的心境在那時眞是壞極了。我想着家裏年老的婆婆，她巴望吃一兩個小肉圓都吃不到嘴，我想到我的麗麗，她的鞋襪破了，要買新的都沒錢。可是……

可是我不知不覺的淌下了眼淚。

季平睡醒了，他瞧見我，吃了一驚。

我說：

「季平，你不應當再騙我！」

「………」

「你不要圖一時的舒適，毀了你的前程。」

「我不懂你的意思。」

「但是，你不說我却懂了，你跟她……」

太太，我很不客氣的指着你和季平同攝的照像說。那知我的丈夫從牀上跳下來向我吼：

「我跟她……你把我怎麽樣？」

我能把他怎麽樣？我是一個出身貧窮的弱女子，雖說我的父母拚着老命讓我受了相當的教育；可是「教育」這東西不能壓制別的女人不和我的丈夫發生關係。何況金錢的誘惑與生活的迷醉又往往會使人們忘記了自我呢。

我難過的望着我的季平，季平却又在嘶叫了：

「我和她相愛不祇一天，我並且同她生下了孩子……」

我想起那張小影，我的渾身在發抖了。

「她像是有丈夫的人。」我說。

「有丈夫又怎樣？她歡喜我，她甘心讓她的丈夫戴綠帽子，她說祇有我才會給她快樂……」

太太，這話眞是你說的嗎？你眞會想法安慰你自己。你會從別人身邊換取快樂，却不顧別人所忍受的是怎樣的痛苦！

我的心給悲傷塡塞着！季平雖忘了我是他的妻子，我却還記得他是我的丈夫。我勸他說：

「過去的事讓它過去算了，以後你再也不要同這樣的闊太太來往吧。」

太太，你會不會認爲我這句話將折散你們一對鴛鴦而罵我這人過分的殘酷？

聽了我的話，季平考慮了一下說：

我同她相識到現在，用了她許多錢；倘若要斷絕關係，除非我把錢還給她……」

後來，他跟我商量，叫我把我的首飾換了錢好還給你。我見我的丈夫能回心轉意自然是歡喜。我是愛我丈夫的。爲了他，犧牲性命我都情願，幾兩首飾算得了什麽希奇。

我答應了他。回到蘇州我就瞞着我的婆婆把首飾裝了一小盒子託熟人帶給了季平。我相信季平從此以後能安心工作，他不會再過那種無意識的荒唐生活了。

不過，季平始終沒錢寄回來。我無能力維持一家人的生活，祇好暫時將幾件皮衣通統送進了當店。婆婆爲了記念着季平，憂愁近來越發的加深了。她病倒在牀上，無論如何她要我再到上海去一次，叫季平寄幾個錢來。太太，我想對我的婆婆說，季平把他每月的薪水拿去同一位有錢的悠閒的太太逛舞場，吃，喝花了，但我怕婆婆受不了這些激刺，祇好將隱痛埋在心底。

婆婆再三勸我到上海，我便遵照她的意思又來到了宜達公司，我拖着疲乏的步子鑽進了那座大廈，因爲恰巧是禮拜天，電梯的司機人不在，我祇有慢慢的用自己的兩條腿把我的瘦弱的身軀帶上了六層樓。

剛剛走到我丈夫的房門口，打算敲門，忽然門裏有女人嘻笑的聲音。我站定了，聽見我的丈夫在說：

「今天晚上是到大華還是國泰？」

「大華吧！大華出來離仙樂近一些……我們要玩得暢快點兒，老烏龜出去門牌去了，大概夜晚不會回來……」

太太，我聽出了是熟悉的聲音，是你的聲音！接着我的丈夫又大笑起來了，他幾乎忘了他是他自己，更不會懷念家裏有病着的老母親和幼小的孩兒；至於我，那更不用說了，他決不會料想到他同別的女人在尋歡作樂的時候，自家兒的妻子却正站在門外。

幾次我想叩門，我都止住了。太太，我要是那麼做，定會使你難堪，你也許還要罵我這人太無禮貌呢！

我站了好一會，沒有進去，你們却預備出來了。我雖瞧不見你們的面，但你們說話的聲音已經顯示了你們一切的表情和舉動。

連忙我退在一邊，在走廊裏一個玻璃門後我藏着我的身體。你和我的丈夫走出來了，你挽着我丈夫的胳膊，親熱的，溫柔的，豔媚的，你們兩人在一起走，眞像一對剛結婚的夫婦，比我跟我的丈夫在一塊兒還要像。

在樓梯口你用指頭擰了一下我丈夫的大腿，你又抱着他的頸頸來吻。我的丈夫把你的臉頰拍拍說：

「在外面不要太——」

「好在又沒有人看見。」你得意的說着並且打着哈哈。

太太，那時我眞打算跑出來對你說：「不巧偏偏被我看見了！」

可是，不知怎樣，我的腿不能移步，我的喉管不會發音，我不能再說什麽，我也不願再說什麽。我望着你們的背影，你們的背影一會兒在轉角的那兒消逝了。

太太，要不要我告訴你，我幾乎要昏倒，我癡呆的站着不知在想些什麽。公司裏的茶房跑來問我是不是要找季平，我都記不清我當時是點頭還是搖頭。然而我看出茶房的臉上顯露着刺眼的笑容，我是孤單的來又孤單的走了……

到家我有了寒熱。我盼望能有空閒的時間讓我在牀上躺一會兒，但辦不到。太太，你聽，我的婆婆又在吩咐我去煎藥給她喝，麗麗又在扯住我的衣衫喊肚子餓！……

不過我的話還沒說完，我要撐住我的腦袋繼續寫下去。

我寫什麽呢？我的心亂極了，我的話太多，我不知怎麽說好！……但是，太太，我祇要你知道這一點！季平原是一個英俊有爲的青年，如今他的意志却變得消沉，精神變得糜亂，他看輕了事業，疏忽了工作，忘了自己，忘了前途，拿着他妻子一點有限的首飾兌了金錢在那兒同你談「愛情」。太太，如果你稍稍有點兒人心，懂得點兒情理，你就不該背着你的丈夫浪費了時間和金錢去同一個正在向上發展的男子鬼混！雖說，太太，我明白你的心，你的需要，正因爲你也是生在這不平的世界上的可憐的女人。我同情你，也憐恤你，但我也希望你能拿出一點點同情心來可憐可憐你的同性者吧。你應當好好的想一想，重新做一個人。你要愛你自己，你不要再把一個正直的青年帶進了可怕的深淵，你要設法將他從泥坑裏拖起！因此我請求你快離開我的丈夫，爲了季平，爲了我，同時也是爲了你的丈夫和你自己……

太太，你懂得我的話嗎？我希望你能懂得！而且希望……寫到這兒我不能再寫下去了。忽然我記起我和你還是陌生人。我不曉得你的住處，我不知用什麽方法才可以使你看到我這封信。……我又想叫季平轉給你，不過季平他會不會看了這信把它撕去呢？……

太太，我總盼望我寫的這些你不高興看的話你能看到，可是我怕你看到它的時候已經太遲了！說不定我……哦，我不應當那樣想！就此祝你

幸福無疆！

一個不重要的女子

記吳瞿安先生

龍沐勛

歲寒懷舊錄之一

廿年人海狎風波，一事無成可奈何！

師友半凋吾亦老，思量只覺負恩多！

——壬午除夕口占

雨生不斷的寫信來，要我替他主編的「風雨談」寫點稿子，彷彿索逋似的。我因爲家人患病，纏綿兩三個月。暫兼了「內閣總理」的職務——自注：內者內人之內，閣者閨閣之閣，既非責任內閣之閣，也說不上周佛海先生在少年時候所常愛入的文昌閣——天天除了教書校稿之外，還要忙着挪債、延醫、照料我的嬌兒，恨不得多生一副腦子，或者能託觀世音菩薩的福，也長着千手千眼，來爲文化界服務！直到年三十夜，只做了上面四句歪詩。幸運的平安度過了這年關，想起一切的文債來，要想拖賴，總有些過意不去，何況我素來是主張「言必信，行必果」的一個不合時宜的笨貨呢？

想起我、原來不過是一個小學畢業出身的酸人物，赤手空拳，跑進教育文化界，混了二十餘年之久。不知怎的，所有文壇老宿，和各方面的賢明領袖，一見了我，或者是通過一兩回信，就特別「垂青」起來，獎借提掖，教我努力上進，欲罷不能。我是抱定一生一世，要做學生的，只要人家有些特長，不管他是新舊人物，我總是虛心去求教，而且服膺不釋的。單就我的本行——勉强說是中國純文藝吧——來講，詩壇老輩如陳散原、鄭蘇戡、陳石遺諸先生，詞壇老輩如朱彊邨先生，國學大師如章太炎先生，新文學家如魯迅先生等，我都曾領教過，除了魯迅先生比較生疏一點，其餘都對我獎誘不遺餘力，尤其是彊邨先生，更是使我沒齒難忘的。可是現在這些人物，都作古人了，還有許多誼在師友之間的人物，自這次事變以來，或流離顛沛，作客以死，或避居僻壤，音信不通。我所敬服的歐陽竟無、趙堯生、陳蒼虬、張孟劬、夏吷盦、 墨巢諸先生，雖皆健在，而散處四方，無由常親謦欬，尤以歐趙兩先生遠在蜀中，音問阻斷，倏忽數年之久，怎不教人發生「恍同隔世」之歎？我現在已是中年了，德業都無成就，每當夜靜更深的時候，想起諸師友對我期望的殷切來，不覺淚沾衾枕，那還有話可說呢？雨生指定要我記吳瞿安先生，卻嚕嚕囌囌，寫了這麼一大段離題頗遠的話，也就因爲說起吳先生，不知不覺的，連類引出許多的感慨來。現在且先談談我與吳先生的關係，和他留在我腦海中的印象吧。

我和瞿安先生的關係，也是在師友之間的。我的仰慕吳先生，遠在二十五六年前，和他通信見面，卻在民國十七年我到上海暨南大學教書以後。當我十四五歲時候，就喜歡弄弄詩詞。那時我有兩個堂兄，先後在北京大學國文系肄業。一個名叫沐光——去世也過二十年了！——他是最崇拜黃季剛先生的。我對研究聲韻文字之學，和魏晉駢體文，得窺門徑，後來又在季剛先生門下學過些東西，以至和太炎先生發生關係，是從這個因緣來的。一個名叫沐仁，他是最崇拜吳先生的。他每年暑假，回到家鄉來，總喜歡把吳先生對南北曲的造詣，講給我們聽，並且拿出過雲閣曲譜，泡了龍井茶，兄弟們團坐在後堂——我家裏的書齋，中植蘭花夾竹桃秋海棠之類，堂後傍山，蒼松翠竹，相映成趣，也可算得一個適宜避暑的好去處呢！木榻邊，一個吹起笛子來，——這個名叫沐幹，兄弟們叫他老五。——老三——沐仁——跟着就唱絮閣，或者思凡之類，說這是吳先生教給他們唱的。我雖然不懂，卻也頗感興趣。後來我和吳先生相熟了，吳先生總是勸我學唱崑曲。他說詞曲原來是相通的。研究詞學的人，最好學會了幾支曲子，自然別有受用。他自離開北大後，歷任東南大學、光華大學、中央大學詞曲教授，常常叫學生們在課餘之暇，到他家裏去學唱，那作風和以前在北大時，是始終一貫的。

我和吳先生相識，現在記不清是那年了。吳先生歷年和我通訊的遺札，都保存在上海，一時沒功夫特地取來，加以一番整理，只好留到後來再說。我從小就聽到吳先生是愛唱青衣的，又是道地的蘇州人，心目中猜想，他的面模一定是很漂亮的。可是後來見了他那四方的臉孔，養着兩綹八字鬚，一雙耳朵矗起來，立刻就感覺到這怎麼好扮青衣花旦呢？我對唱曲是十足的門外漢，所以他的嗓音，是否適宜於唱青衣花旦，我可不敢妄下雌黃。吳先生是研究詞曲的專門學者，是近代中國戲曲界的唯一導師，他的特長，是能兼填詞、製譜、按拍三者的絕藝，深通其理而傳諸其人。至於興之所到，偶然登場爨演，不管扮相怎樣，規矩總是好的。這一方面，自有專家去仰贊，也用不着我來饒舌了！

我和吳先生相識以後，漸漸的熟了起來，是在淞滬事變的那一年。那時京滬一帶，風聲鶴唳，吳先生也就暫避到上海租界內來，在某大銀行家做了西席。除教兩三個學生讀書做對子外，又替居停主人鑒定所藏書畫，做些題跋。那位主人待他很好，特地爲他請了一回客，把寄寓上海的名流，邀了不少來參加這個盛會。我和吳湖帆先生，也得叨陪末座。

自這以後，我教書得空的當兒，就常常跑到他那裏去談天。他天天做日記，寫得特別認眞，有時候拿給我看，我從這裏面也得着許多的啓發。這時恰値彊邨先生在前幾個月去世，我和幾位知好，正在籌刻彊邨遺書。吳先生和彊邨先生，也是「平生風義兼師友」的，所以對這件事，特別關懷。因爲這種因緣，吳先生對我也就特別要好。他那種謙和的態度，和蕭灑的神情，我是永遠不會忘記的。

後來淞滬協定成立，時局也就恢復常態，那時的中央大學，又把吳先生挽了回京。那位銀行家顧照中大的待遇，按送束脩，把他老人家留住。他老人家是愛喝幾杯酒的，他感着天天由小學生們陪着喫喝，有些不自在，也就婉辭謝卻，回到中大去了。

我往年常是趁着春假之暇，到南京去走一趟，看看許多朋友。吳先生和他的夫人兒女，都寄住在中大附近大石橋的一家民房裏。那屋子是一坐三進的平房，吳先生是住在最後一進的，陳設也頗簡單，原來教授生涯，總是相當淸苦，這也不足爲怪的。我因爲每次到南京，時間都很匆促，所以拜訪他的機會，往往是在夜間。那房子的前排，是不曾裝設電燈的，往往暗中摸索，總留我談到半夜，纔親自把我送出大門來，這也可見他對後進期望之深，和待人之厚了。

有一次，給我印象最深的，是一天的下午，他知道我到了南京，特地叫他的學生唐圭璋君，約了我往遊後湖。他老人家帶着一位兒子，和唐君連我四個人，坐上小艇，叫唐君吹起笛子，他父子兩個，唱起他新近刻成而頗自命得意的霜厓三劇來，嫋嫋餘音，繞雲縈水，眞叫人有「望之若神仙」之感。一直遊到夕陽西下，纔收艇歸來。我最近兩三年，每到後湖，總會想起這次遊湖的風趣，不禁唱出「此曲祗應天上有，人間能得幾回聞」，這兩句唐詩來，表示低徊悵惘之意。而今吳先生下世，整整四周年了！唐君閒在重慶中央大學，擔任詞曲講席，風流雲散，怎得不叫人對景傷懷啊！

吳先生的老家，是在蘇州的雙林巷，也是一座江南人的舊式建築，我曾去過一次。這時恰是假期，吳先生夫婦都在家裏。聽到剝啄敲門之聲，他的夫人出來開了門，延往書齋，和吳先生坐談了好久。在那明窗淨几之下，看了幾種外間少見的明人曲譜，可是因爲時間匆迫，走馬看花似的，現在都記不清楚是何名目呢！吳先生藏曲之富，甲於中國，大部都保存在這屋子裏，聽說事變以來，尚無散失，這到是一件可喜的事情啊！

吳先生自「八一三」事變以後，有一個短期間，避難蘇州鄉下，不曾通過消息。後來帶了家眷，和他著作的詩文詞及日記等手稿，轉到湘潭，喘息甫定，便一心一意的，删定所有的詩詞，準備着「把虛名料理傳身後」的工作。他大概是從盧冀野酈衡叔——二位都是吳先生的得意門生——諸君處，間接得到我仍滯留在上海的消息，就不斷的寫了些快信或掛號信來，報告他的行蹤和近況。并且把他删定的霜厓詞錄稿本，保險寄給我，以校刻印行相託。他知道我兒女多，家累重，那時景況不好，又想到他的門生潘景鄭君，力能任刊書之費，兼有夙諾，屢次催我代詢。後來景鄭抄了一份副本，又叫我做了一篇短跋，說是就要寄往北京雕版。現在已隔多年，不知這件事究竟辦得怎樣？好在稿本仍存敝篋，這重心願，我總希望能早清償，以期不負先生託付的苦心啊！

吳先生在沒有離開中大以前，就有些喉啞的毛病。自從流離西上，再由湘潭轉到桂林，經不了風波跋涉的勞苦，病勢增劇。他來信有「嗓音全失，骨瘦如柴」的句子，早已自知不久於人世，但是他的精神始終是很好的。自離桂林轉往雲南大姚縣，一路都有信來。直到去世的前幾天，還有信給我，筆札精整，和以前一樣的認眞，那裏知道電傳的噩耗，反而會較遺書先到呢？

吳先生在逃難期間給我的信札，叫我最感動的，有下面這幾件事。一件是他那對文字上一種矜愼不苟的精神。他寄給我的霜厓詞錄定本，把生平所作的詞，删了又删，只留下一兩百首，照平常人看起來，已經算得謹嚴極了。可是他對彊邨先生挽詞一首，直到快要去世的時候，還來信改定好些字句，并且再三託我務把定本改正。一件是他聽到我在上海迫於生計，兼課頗多，總是來信表同情，勸我節勞保重。他說他的生命，就斷送在教書上面，改文傷腦，講書唱曲傷氣，以致元神耗盡，不可救藥。我想這些話雖然有激而發，可是生在這師道淪亡的末世，做教書匠的，不管學問怎樣高明，總是得不到社會的優禮，這是我輩同行的人，所應同聲一哭的！還有一件，是他對自己的作品一種依戀的神情，生怕不能傳給後人似的。他認定了彊邨先生去世之後，只有吷盦先生，是當世詞壇的大作家，特地寫了一封極工整的駢文信，託我求他做一篇霜厓詞錄序，并且不斷的來函催促，彷彿得着這篇序文，就是死了也可瞑目似的。這時夏先生因爲忙着他事，直到吳先生死後，纔把序文做好。我想吳先生九泉之下，也可以無憾了吧！

吳先生死在大姚李旂屯的李氏宗祠，有他的門生李一平君，替他料理身後。他的著作，聽說全部交給盧冀野君，已經在那裏次第刊行。冀野做了一篇很詳細的年譜，載在上海出版的戲曲第三輯上面。這戲曲叢刊，並且爲吳先生出了一本「吳霜厓先生三周年祭特輯」。吳先生過了幾十年清苦的教書生活，桃李滿天下，而且大多數都是能夠發揚先生遺業的，我想吳先生確定是不朽的了！

癸未元旦後一日，脫稿於金陵。

黑 富 士

（改造『文藝』十一卷三號）

草野心平

柳雨生譯

牛久平原的邊涯，
遠望着層叠不盡的山脈，
一層高過一層的岡崖。

黑色的富士，
巍高，
遙遠，
黑色的富士啊！
櫻紅色的光芒漸漸的落下去，
天上。
一點雲彩，
周圍是金色的邊兒。

無限是永遠超過存在的，
無限却又歸趨到存在的本身。
像在祈求着什麼似的。
遙遠，
黑色的富士。

胡思亂想

實齋

一

天雨，不能出門，乃伸紙握管，譯而不作。譯了三四千字全文尚未譯完，而已頭昏腦漲，但覺原文（英文）咕哩咕嚕，文句沈長可厭；只是一句句子，而形容字動輒四五個，只是『的的的的』譯下去，實在覺得對不起讀者；而這里一句複式句子，接着又是一句複式句子，橫七豎八，顚來倒去；只是個讀原文是不覺得怎樣的，譯起來可就頗費安排了。暗思這總是洋人沒有見識過『子曰：由，坐，吾語汝』，或『子曰：觚不觚，觚哉觚哉』，或『子曰：興於詩，立於禮，成於樂』一類的文句所致。當時心里憤恨之至，頗想執原作者之領襟而呵責之；若不服，則擬飽以老拳。譯是譯不下去的了，乃胡亂翻看雜誌。事眞湊巧，恰看了十餘篇同類性質的文章，都是關於美國政治革新的。

某篇里有這麼一段：『因政治革新的結果，該郡中有一千餘的小學生得以免爲學校失火而喪生，並且造了價値五十萬元的新校舍，把教員的薪給提高了百分之三十，他類僱員的薪金提高了百分之十……置有價値五千元的農田者納稅二十四元七角五分；在市郊附近置有價値一萬元的房產者，納稅四十九元五角；他們付了稅便可享用自來水，溝渠等便利，遇有意外時可以得到救火會和警察署的保護。』

我讀了這一段文字不禁呆了半響。心想：政治與學校失火學生喪命有何關係？與溝渠自來水救火會有什麼關係？怎可相提並論？實則我們滿口政治政治了幾十年在人民心目中從政便與『做官』爲同義詞，而『做官』也无非只是爲做官而做官，把從政爲民的根本目的完全忘掉了。而今給那段引文這麼一提醒，頗令人若有所思，頗感新奇。

我讀了那十幾篇文章，所得印像如下：美國政治有日趨於『公司化』的傾向。何謂『公司化』 這就是說：市郡州國如公司，人民是股東，市長郡長州長總統是經理，長或總統以下各級官吏是公司職員。他們拿了股東的錢，就得爲股東謀利益。那十幾篇文字所說的都是些怎樣驅除腐化官僚和專爲混飯吃而做官的傢伙，怎樣選任專家從政，專家怎樣築公路，造學校，興水利，減低稅收，節省開支，增加行政效率等等。總之是怎樣爲民除害，怎樣爲民興利。而所說的話都有實例數字作證。

不佞於戰前在浙江鄉間住過一年多，所得印像如下：鄉民稅捐是一定要繳納的，而且名目很多，而且只要是機關便可向你征稅，而且只要襟上懸一個徽章的人便可向你征稅，而且隨時可以向你征稅，而且稅額數目沒有一定標準。付了稅的百姓得到的是些什麼呢？遭到水災，無人出來想辦法；遭到旱災，無人出來想辦法；虎列拉盛行，天天只聽得某某時疫病亡，不到一個月各鄉各村穿白衣麻鞋的人觸目皆是，然而无人過問；搶案時有所聞，煙鬼在在皆是，然而无人過問：警察局是有的，遠在十里之外，即使近在隔壁，也決不會去和強盜煙鬼拚命，理由有二：第一，警察局採『自足自給制』，縣府不給錢，經費須自已去『張羅』，第二，洋槍『年久失修』，看去是一種很奇怪的東西，而且沒有子彈；而且也不可有子彈，否則巡察老爺們出去設法『張羅』的時候也許要鬧人命案件。初級學校是有的，只是私人辦的，簡陋得很，沒有受政府津貼，教員薪給每年九十元正，供膳宿。救火會是有的，也是私人辦的，設在十五里以外的地方，若是本村失火，等『洋龍』趕到，房子早已燒掉，但聞得一片搶地呼天的哭聲罷了。廟宇倒每村總有一二所，原因很簡單：求人不靈，只好求佛了。

公路確實也有一條，不過『招商承辦』的；鐵路確也有一條，是三四十年前的古物；乘火車或公路汽車，乘客都付錢，且亦未聞汽車公司或鐵道部虧本，所以亦不必動用人民稅捐收入。電報局設在三十里之外；郵差隔天來鄉收發信件一次；拍電寄信，人民都給錢，且亦未聞電報局郵政局虧本，所以也不必動用人民捐稅收入。

仔細給他想想，當局收了百姓的稅，由縣政府而省政府，由省政府而中央政府，替百姓做的有益的事只是組織了些不十分精良的軍隊，和屈指數得清的幾所縣立省立國立學校，此外實在也想不出什麼德政來；也許有遺漏，只是政府各級機關帳目素不公開，是以无法猜測。準此以言，縣府省府國府差不多已成了只向人民要錢的機關了。官吏差不多已成爲只拿錢不做事的寄生蟲了。那末百姓又何貴乎有政府，又何貴乎有官吏？

二

寫到這里，忽然想起孟子有什麼『治人』『治於人』，『食人，食於人』一類的話。讓我且去查一查孟子，讀者請靜心等一忽。

× × ×

不錯，查着了。是這麽說的：『有爲神農之言者許行，自楚之滕，踵門而告文公曰：遠方之人，聞君行仁政，願受一廛而爲氓。文公與之處。其徒數十人，皆衣褐，捆屨織席以爲食。陳良之徒陳相，與其弟辛，負耒耜而自宋之滕，曰：聞君行聖人之政，是亦聖人也，願爲聖人氓。陳相見許行而大悅，盡棄其學而學焉。陳相見孟子，道許行之言曰：滕君則誠賢君也，雖然，未聞道也；賢者與民並耕而食，饔飧而治；今也滕有倉廩府庫，則是厲民而以自養也，惡得賢。孟子曰：許子必種粟而後食乎？曰：然。許子必織布而後衣乎？曰：否，許子衣褐。許子冠乎？曰：冠。曰：奚冠？曰：冠素。曰：自織之與？曰：否，以粟易之。曰：許子奚爲不自織？曰：害於耕。曰：許子以釜甑爨，以鐵耕乎？曰：然。自爲之與？曰：否，以粟易之。以粟易械器者，不爲厲陶冶；陶冶亦以其械器易粟者，豈爲厲農夫哉？且許子何不爲陶冶……何爲紛紛然與百工交易，何許子之不憚煩？曰：百工之事，固不可耕且爲也。然則治天下獨可耕且爲與？有大人之事，有小人之事。且一人之身，而百工之所爲備；如必自爲而後用之，是率天下而路也。故曰：或勞心，或勞力；勞心者治人，勞力者治於人；治於人者食人，治人者食於人，天下之通義也。』

滕君大致不是壞人，所以稱做『賢人』；只是許行說他『有倉廩府庫，則是厲民而自養也』，可見他治下人民的食糧也不見得十分充足，若是充足的話，何必再去訾議滕君的『倉廩府庫』？於此可以推定滕君並不是美國化的『公司經理』。所以許行的話實在也不能算大錯。孟子『分工合作』的理論當然也是不錯的，只是他的所謂『治人』決非小說裏的『且讓我來治你』的『治』，這可於『與民同樂』一類的話看出；且有下引一段話作證：『齊宣王問卿。孟子曰：王何卿之問也？王曰：卿不同乎？曰：不同，有貴戚之卿，有異姓之卿。王曰：請問貴戚之卿。曰：君有大過則諫；反覆之而不聽則易位。王勃然變乎色。曰：王勿異也，王問臣，臣不敢不以正對。王色定，然後請問異姓之卿。曰：君有過則諫；反覆之而不聽則去』。敢在宣王面前說『反覆之而不聽則易位』的人是決不會贊成『尸位素餐』的官僚政治的。而且論許行一節接下去孟子又說：『當堯之時，天下猶未平，洪水橫流，泛濫於天下，草木暢茂，禽獸繁殖，五穀不登，禽獸不登，獸蹄鳥跡之道交於中國。堯獨憂之，舉舜而敷治焉。舜使益掌火，益烈山澤而焚之，禽獸逃匿。禹疏九河，而注諸海，決汝漢，排淮泗，而注之江；然後中國可得而食也。當是時也，禹八年於外，三過其門而不入，雖欲耕得乎？后稷教民稼穡，樹藝五穀。五穀熟而人民育。人之有道也，飽食煖衣，逸居而無教，則近於禽獸，聖人有憂之，使契爲司徒，教以人倫，父子有親，君臣有義，夫婦有別，長幼有序，朋友有信。放勳曰：勞之來之，匡之直之，輔之翼之，使自得之，又從而振德之；聖人之愛民爲此，而暇耕乎？堯以不得舜爲己憂，舜以不得禹皐陶爲己憂；夫以百畝之不易爲己憂者，農夫也。」

「舜使益掌火，益烈山澤而焚之，禽獸逃匿；禹疏九河，瀹濟漯，而注諸海；決汝漢，排淮泗，而注之江」，這是爲民除害；「后稷教民稼穡，樹藝五穀」，「使契爲司徒，教以人倫」，這是爲民興利。這段話與美國化的「公司政治」或「專家政治」有同樣的意味。常聞人說「某某政治手腕很利害」或「這事有政治作用」，若是「手段」作「爲民除害」的技巧解，「作用」作「爲民興利」的意思解，則百姓惟恐某某政治手腕不利害，惟恐某事无政治作用；若不然的話，那何嘗是「政治」，只是想不勞而獲「屬民而以自養」而已。

這樣的「政治」實在太无聊了，與其有也寧無的好。實則孟子的話只怕也是理想，事實上很不多見，「屬民而以自養」倒是普遍的情形，不只政治上爲然。試閉目思想一下，週圍的人有誰在做眞正有益於人的事？我看所謂四業的士農工商之中，只有農工所做的才是眞正切實有益的事；士何以無益於人？只這麼想就可知道：馮友蘭著中國哲學史，士也，試問中國哲學史有什麼眞用可言？故曰无益於人。今日的商只是搶錢，於亂世有害於民，於治世无益於人，何以故？你只要仔細想想就明白。總之天下之事多是可做可不做，而且有時有許多事還是不做的好。倒是剃頭師父確實於人有利，確是「爲民除害」，頭髮長了實在令人不舒服。

三

我乃「士」也，既是无川之人，怎麼辦？去做理髮師麼？且想想看，有沒有其他較爲切實有益的事可做。有了：第一，我想設立一所規模宏大設備完美的實驗室，範圍包括理化生物天文等一切實用科學。來實驗者不拘資格，不收費用；比方你是碼頭工人，要試驗怎樣製造肥皂，你來就是，材料器械免費供給，不過不得把材料器械揩油出去。本來你要揩油也未始不可，你拿了去也是去供實用，縱令去變賣，人家買了也是供實用；所以理論上揩油是沒有什麼不可以的；只是你拿了去別位想來試驗的人就沒有利用的機會了，是以定爲「不得揩油」，這實在也是不得已的辦法。每一科目設指導專家一人至多人；專家必須眞是專家，比方肥皂專家便一定要會製造肥皂，不只是我的親友。不過話要聲明在先你若因製造肥皂而致富，須不忘本，要憑良心捐一筆錢給這所實驗室；强迫是不强迫的，憑你良心隨你高興，因爲你若不願捐錢，强迫也无用，你可以說：『我沒有發財，』我又沒法查你的帳。

第二，我想設立一所規模宏大，書籍豐富的圖書館。凡是天下所有的圖書報章雜誌統統齊備；圖書之中當然置有莫泊桑的小說全集；報章之中當然各國有的俱備；雜誌之中當然置有讀者文摘雜誌全部。閱書亦不收取費用，不過借去了必須歸還。館內另闢『談話室』，聘請國內外博學鴻儒候教於談話室，與博雅君子或非博雅君子談話；並不强迫收取談話費，只是你覺得某位學者的話確乎有理，你便隨意賞賜他些，以作餘興。博學鴻儒之間隨時舉行談話會，談話時以无線電廣播於全世界。談話室設於環境清幽如杭州裏西湖的那種地方。

第三，我想設立一所非常完美的小學校。教師人選倒不一定限於教育學博士，不過須眞心認爲小孩子是寶貝。亦不取費。

第四，我想設立一所非常完美的醫院。來院的人惟一的條件便是有病不是有錢；凡有疾病的人便可來就診，初不問他是否付得起診費。並免費供給藥品。只是並非極對拒絕收費，比方你家財千萬，生了病來送這醫院就診，你不妨隨意付費，初无一定價目，付十元固好，付一百萬元更好。你如果付過鉅額的錢，院方便每逢年底寄給你一份經濟狀況報告書，並且隨時可駕臨醫院查帳，若是發現舞弊情事，請即法院起訴，不必客氣。

我想做的事還多，像舉辦學者救濟金，設立難民救濟所等，只是屈指一算，開銷已大了，總要幾千萬元才行。怎麼辦？正在盤算怎樣籌款之際，聽得娘姨在和太太閒談了。太太說：『你看，這隻鷄需五十元。』娘姨說：『我小時候家里養了一隻鷄，後來不知怎麼不見了。可是隔了幾天之後，却又找到了，而且後面隨着八九隻小鷄。原來這隻母鷄常常把蛋生在門外草堆里，沒人知道，失踪的幾天她是在草堆里孵蛋，等到小鷄出了殼便率領着出來了。那時我們一家的人見了都笑得什麼似的。』

我聽了這番話靈機一動，有了主意。心想：一隻鷄孵五隻小鷄總无問題，半年之後便成大鷄，而每隻鷄値五十元，那麼五五二十五，便是二百五十元；五十隻便是二千五百元，五百隻便是二萬五千元，五千隻……：一萬隻……十萬隻……一百萬隻……經費有了着落了。繼而一想：不對，亭子間里可以養一百萬隻鷄嗎？鷄要吃米，米有辦法嗎？罷了，罷了。萬事皆休，決定去做理髮師；若不成，然後入仕途。

歐洲近代名小說家

依茄華雷斯自傳（二）

秦瘦鷗譯

一　棄兒

我腦海裏所留剩着的最早的關於幼年生活的回憶是對於囚車的一種愛慕。因爲在葛林維區大街上，每天下午，總有一輛被稱爲「黑瑪麗亞」的灰褐色的囚車轆轆地經過。我記得自己常常打聖彼得學校的幼稚園裏逃課出來，一直走到屈蘭發街去，看這一輛敝舊的車子在大雨中疾駛；車的後部有一方凸出的木板上，坐着一個穿發光的雨衣的守衞，而在前部的雨蓬底下，還另有一個戴着高頂帽的御者。

我一看見那囚車，便不免要懷疑小哈萊也在裏面，正被他們載往溫特華斯去。小哈萊是我養父的兒子，他畢生痛恨着警察，往往歡喜去襲擊他們，後來他的兄弟湯姆也染到了這種習慣，弟兄倆時常一起被關禁在溫特華斯的監獄裏。我那時候還是一個很小的孩子，爲了他們，也時常不惜長途跋涉的趕去觀看。我對於溫特華斯監獄有一種說不出的羨慕，彷彿覺得它是屬於我所有的；正像我們見到了有錢的親戚們所住的華貴的大廈時所發生的幻想一樣。

除了毆辱警察以外，湯姆和哈萊兩個人都不曾犯過什麼旁的過失，僅僅因爲他們不斷的要這樣做的緣故，所以他們簡直很少有住在家裏的日子。哈萊的身子和臉都非常瘦削，有一對凹得很深的眸子。湯姆是長得很漂亮的。現在他們都已死去了，由於飲酒過度，竟使他們比自己的老子死得還早。

「小笛克，」哈萊往往用極嚴肅的神氣對我說：（我小的時候還有一個名字叫李却特）「假使你不先練好你的眼光，怎麼能一下就打中那些拿木棍的傢伙呢？」

老弗禮門在聽到他兒子們這種不名譽的行爲時，已經很難得再會激惱了。

「爸爸，哈萊又判了三個月。」

他照例在看着那一本大字的新約，聽了我的報告，才把頭抬起來。

「這對於他是有益的。」每次，他總是這樣說。他說話的聲音本來很響，在這種時候，聲音便響得像狂叫一樣了。眞奇怪，他和他的善良的妻子竟會生出這樣的兒子來。他是一個篤信上帝的教徒，從沒有做過騙人的勾當，心裏也永遠沒有什麼恐怖——一生一世不說一句謊話。

無論是冬季或夏季，每天清早三點鐘，他就要從家裏出發，上畢林門魚市場去了。及至我長到會走以後，便不時隨着他同去。沿路，我們總要經過卡爾醫院牆外的那條街；每天早上，他總要在牆外，——幾乎每天是在同一個地點上——站住了脚步，脫下帽子，很虔敬地爲住在醫院裏的病人祝福。同時他還教我學着他一樣做。他自己也在這所醫院裏住過，出來之後，便把某一種油膏說得像仙丹一樣的萬試萬靈，我小的時候，差不多三天兩日要搽這種油膏，因爲他深信無論是何種疾病，包括痲疹和猩紅熱等等，只要用這種油膏，就沒有不能治好的。在當時，的確有不少很有學問而又極熱心的社會領袖，也和他抱着同樣的誤解。

在勒浮巷裏，有一家光線很暗淡，充滿着魚腥氣的咖啡店。無論是一個大人或孩子，只要化三辨士的代價，就可以怪舒服地吃一頓了；外加盛在圓錐形的厚磁杯裏的最出色的咖啡，和新鮮麵包，土製白搭油等。正不知道有多少次，我雜坐在那些穿着白色外衣的挑夫羣裏，一面張開嘴大嚼，一面豎起耳朵，傾聽着一串串畢林門最流行的街談巷議。可是我委實很少有懂得的，因爲他們都是大人，而我却祇是一個小孩子咧！我想一定有許多可驚的說明和議論是給他們故意嚥回去的，大家往往以目示意，互相警告；有一次一個紅臉的高大的挑夫說得忘了形，便有六七個人異口同聲的說：「這裏還有個孩子哩！」

而這些人是這樣的工作啊！他們所穿的大頭釘的皮鞋，不斷的在又濕又滑的魚市場的水門汀地上響着，還得走上一條條擱在碼頭和船隻之間的木板去。我往往就在河岸上站着觀看，不顧了夏天朝上的陽光的灼晒，或冬天的寒風的吹拂，一點鐘一點鐘的站下去，望着泊在河裏的那些魚船出神。船弦上有冰的是從格林斯灣來的，粗糙的裝鰻魚的船是從荷蘭來的，有大船，也有小船；而那些稅吏們所乘的小船便在中間不斷的穿行着，船艙裏堆滿了一尾尾名義上說是活的鮮魚。

弗禮門夫人從沒有到過魚市場去，但她却恨之刺骨，那是爲了她兩個兒子的緣故；在她看來，那魚市場簡直等於一所製造罪惡的廚房。

「將來千萬不要到市場裏去工作，笛克！」她時常向我這樣警告着。

其實我的前途是早已規劃好了，他們決定要讓我好好地受一番教育，那就是說，他們不打算再使我像哈萊和湯姆那樣的一到十歲就脫離學校。

畢林門對於我，祇有一個不快的回憶：原來喬奇弗禮門對帽子有一種特別的癖好，那時附近常有一個老猶太人，帶着幾百頂舊帽子，沿街叫賣，——這一個人後來好像已經積資百萬，在公園街的住宅裏壽終正寢。——他所賣的帽子雖然各種尺寸都有，但適合像我那樣小的孩子的當然猶付缺如。老弗禮門所愛好的是一種高頂的呢帽，比大禮帽低一些，比平常的圓頂帽高一些，類似邱吉爾先生所戴的那種帽子。每次，當我看見他在那多皺紋的漂亮的臉上，透出了勝利的微笑，一手挾着新買的帽子向我走來時，我的心便立刻沉下去了。我還常常坐在勒浮巷中的幽暗的小咖啡店裏，看那些挑夫們幫着弗禮門把一張張的報紙摺成狹條，讓我塞進帽子內部的邊緣中去，免得我的小臉完全給過大的帽子罩沒。而弗禮門夫人每次又怕塞多了紙，我會覺得不舒服，便忙着給我抽出一疊來。

每買一頂新帽子，就得去做一次禮拜。一條格子呢的圍巾，裹在我的頭頸裏，那大得嚇人的呢帽擱在耳朵上；就像這樣，弗禮門把我帶到惠司陽教堂去，很枯燥地坐上一點又四十分鐘，聽許多我所不懂的話，猜許多我所不解的事。

做禮拜對於孩子們眞是一種最可怕的苦差使，光是一長篇關於中國哲學或古代建築學或愛因司坦相對論的演講，就可以想見了。耶穌的事跡原是很簡單的，但一般的孩子們因爲必須經過了許多飽學教士的媒介，才能聽到有關耶穌底一切的緣故，不覺便把他看得非常神祕，非常模糊了。

我就睡在我「父親」和「母親」的臥室旁邊的一間屋子裏，每天晚上，大家照例必須有一番不變的問答：

「晚安，笛克。」

「晚安，爸爸。」

「你已經做過祈禱嗎？」

「做過了，爸爸。」

頓了一頓。

「假使你沒有做，你是要到地獄裏去的。」

「是的，爸爸。」

再過了一會。

「我知道你是不會去的。」

到得六歲的那一年，我終於被送進學校去了，慢慢地我就學會怎樣寫我自己的名字「笛克弗禮門；」老喬奇在發現的第一天便獎了我一辨士，來不及的把我寫得七歪八曲的那個名字帶到魚市場去，讓他的朋友們嘖嘖稱賞。

我的學校是一座很大的黃色的屋子，建築在一道已經填塞的陰溝上面（或許只是謠言），所以屋子不斷的在下沉，我們時常用粉筆在貼近地面的牆根上做記號，藉以驗看這建築物的下沉。可是每天早上，當我拐過了雷亭路的街角時，就立刻可以看見我的學校，巍然無恙地矗立着，我的心底裏，不由便充滿了無可如何的失望。學校裏的燈是從不燃亮的。像上帝一樣的先生們天天在那些討厭的黑板上寫出許多長得可怕的生字來，——他們的書法的優美，到現在還使我非常欽佩。課堂裏整天充滿着營營之聲，讀的書又是那麼單調無味，心算更使人頭脹；各種不同的書法，簡直無法學習。祗有「詩」的一課，還比較有味，我從一首首的詩讀起，一直讀到沙士比亞們做的樂府；像「凱撒大帝」和「麥考白夫人」等，我都讀過，而且能夠背誦出來。實際上，我也確曾一再很得意地背誦過。

有一天，却眞是很愉快的，我們的級任先生牛頓忽然創出了一種新的學科——我深深地希望這種學科至今還在小學裏採用着——他從天方夜譚裏選取了幾篇出來，高聲地朗誦給我們聽；於是東方的美的色調，不覺便從教室兩邊的昏暗的長窗裏滲透進來了，彷彿眞有一張「仙人氈」，載着我們四十個不很乾淨的孩子，直向加里弗的皇宮飛馳，穿過了報達城裏的熱鬧的市場，進宮去和那萬王之王握手。

在學校以外，我的生活是很刻板的：早餐以前，便得提着一只草袋，趕往老肯脫街去採辦一天所需用的食品。（一家購買物品的事，十天中有九天是歸我担任的）先在肉店裏買一磅「六辨士頭」的碎肉，再在菜攤上買二辨士的洋蕃薯，以及一辨士的紅蘿蔔之類；——那時候我們差不多天天吃蘇格蘭式的燉羊肉，以致使我見了它就痛恨。所謂「碎肉」就是肉店裏斬下來的骨頭和零碎，是肉商例有的副產品；我對於碎肉漸漸地就成爲一個鑑別家了，那一塊碎肉是臭的，那一根骨頭上的肉最多，我只要看一看就可以說出來。如果要買「四辨士頭」的碎肉也可以，但這是僅僅供給一般十分窮苦的人吃的，誰在那裏買這種肉，要是給別人發現了，就不免要大失身份。

然而窮苦的人却總是非常清高而純潔的！他們的女人簡直比皇帝的女兒還偉大，我往往向她們購買各種物件，有時還站在她們的門前和她們談話；可是她們却很少會請你到裏面去的，爲的是怕你會發現他們的窮苦。她們掛在窗上的紗簾永遠洗得像雪一樣的白；揩得非常的亮的玻璃窗後面，放着一盆盆常綠的天竹葵。雞塒和鴿棚是照例搭在屋子後面的，每逢禮拜二禮拜三，她們還要在這些柵棚的頂上，插起一面面潔淨的小旗來，讓它們臨風招展。

你時常可以看見婦女們在晾出洗淨的衣服（矮胖的女人多數是患毒瘤而死的，但他們並不覺得痛苦。）她們把晒衣服的繩子緊咬在牙齒縫裏，再把竹竿一行一行的擱起來；當她們的前額上有汗水淌下時，便把她們的丈夫叫來，讓他們用更濕的手替她們拂拭。偶然她們也歡喜和鄰婦們開開玩笑。工作，忍耐，死亡，老是這麼一串！保險公司的跑街每星期來一次，讓她們可以積一些錢，將來安葬得闊氣一些。——她們的唯一的奢望就是自己的墳！

麒麟

谷崎潤一郎

歐陽成　譯

鳳兮，鳳兮！何德之衰！
往者不可諫，來者猶可追，
已而已而，今之從政者殆而！

×　　×　　×

這是西歷紀元前四百九十三年，根據左丘明，孟軻，司馬遷他們的記載，正是魯定公十三年春初郊祭之後，孔子帶領着幾個弟子，弟子們都跟從在車旁，從他的故鄉魯國出發，開始他的傳道的旅程。

泗水河邊的草，正是青青的露了芽。防山，尼丘，峯頂的積雪雖然也融化了，可是那像是挾着沙漠的風沙而俱來的，像匈奴似的北風，却還不時吹送着嚴冬的臨別的寒意。勇敢的子路翻穿着紫貂裘袍，走在大家的前面。顏淵的神情像是浸潤在深思的狀態之下，和那穿着麻履，一望而知他是篤實的好禮的曾參，都跟隨在後面。誠實而忠厚的御者是樊遲，他正一手執着驪馬的韁繩，一面偷覷着車裏面孔子的蒼老的顏容，想着他老師一生的流浪顛沛的生活，傷心得不覺流起淚來。

這一天，眼看已經到了魯國邊境，師生們誰都不免望着來時的方向，感懷着別離的情思。那條路隱沒在龍山的背後，再也看不見了。孔子不覺撫着琴，用他那蒼老的暗啞的聲音唱着

予欲望魯兮，
龜山蔽之。
手無斧柯，
奈龜山何！

×　　×　　×

接連着三天，他們向北方進發。這天，忽然在蒼茫的田野裏聽到一陣悠然的舒閒的歌聲，原來是一位穿着鹿裘，繫着帶的老人，一邊在田裏拾着落穗，一邊在歌唱着。

「由啊！你聽見他唱的麼？你有什麼感想沒有？」

孔子問着子路。

「我覺得他的歌聲，沒有老師的歌那樣的淒哀。他的聲音，正像是在曠野天空上飛翔着的自由的小鳥一樣。」

『對呀。你知道他是誰麼？他是老子的門徒，名叫林類，怕已有百齡的高壽了罷。一到春天，他總是在野間拾穗，唱着他自己的歌，多少年來從不改變的。你們誰走過去跟他談談罷！』

弟子之一的子貢聽了孔子的話，走到草坡旁邊，迎面向老人開口。

『先生！你這樣的唱歌，拾穗，心裏就沒有什麼不痛快的事麼？』

那老人頭也不回，專心的拾着落穗，一面走一面唱着。子貢跟上前面，要向他追問，他才住了歌聲，向子貢打量了一下，就回答說：

『有什麼怨恨呢？』

『先生，你幼不勤行，長不競時，老無妻子，死期將近，你又有什麼值得快樂的，却在那裏拾穗唱歌呢？』

老人不覺的狂笑起來。

『哈哈！我以爲快樂的，世間的人也都有，却都以爲是應該憂愁的。我就是爲了幼不勤行，長不競時，老無妻子，死期將近，所以才這樣的快樂啊。』

『人們都是貪生怕死的，你怎樣能夠以死爲快樂呢？』子貢追問着他。

『死和生不過是一往一返的事啊，在這裏死，就是在另外一個地方生。我以爲，爲了求生而掙扎在齷齪的人間，眞是一種惑啊。我覺得今天死了，跟昨日之生，並沒有什麼分別啊！』

老人又清朗的歌唱起來了。子貢覺得有點兒惶惑了，就去告訴老師。孔子回答他說道：

『這個老頭兒很會說話，可是，他還是一個未盡聞道的人啊。』

跟着，又是幾天的長途旅行，這師徒一羣不覺走到淇水邊來。孔夫子所戴的緇布冠早已被一路的灰塵蓋滿了，他的狐裘也因爲風雨的侵襲褪了顏色。

× × ×

『從魯國來了一位名叫孔丘的聖人，他一定能夠匡正我們那暴虐的君妃，給他們好的教訓和賢良的政治罷。』

孔子一進了衛國的都城，街頭巷尾的百姓們，都竊指着走過的車子議論了。這些百姓的臉色，都因爲忍受着饑餓勞瘁，異常的清瘦。每個人家滲透着一股歎惜的和愁鬱的顏色。衛國裏所有的美麗花朶，都移栽到宮裏去取悅妃子的秀眼去了，所有的肥豚也都送到宮裏，去飽饜妃子的口腹了。溫暖而美麗的春天的太陽，無意義的照射着灰黯而荒涼的街道。在都城裏中央的高丘上，一座繡出着五彩的霓虹的宮殿，正像吸吮飽了血的猛獸似的，俯視着跟死屍一般的街衢。宮殿裏傳出鐘聲，也正像野獸的咆哮的聲音似的，傳佈到各地。

孔子聽到了鐘聲，向子路問道：

「由啊，你聽那鐘的聲音怎樣？」

「那鐘的聲音，跟老師的沉痛的歌調，固然不同，和林類的追慕天然的自由的聲音，也不一樣。它像是歌頌着違背天的意志的享樂，和含着可怕的意義的啊。」

「啊，對呀！這是林鐘，從前衞襄公榨奪國內老百姓的金錢和血汗造成的，它一聲響動，由御苑的樹林傳播到他處的樹林，就成了這麼一種慘厲的音調，又好像是代表那些飽受虐待和壓迫的人民發出的詛咒和含着眼淚鳴訴出寃屈一樣。」

孔子這樣的告訴他。

× × ×

衞靈公叫人把那貴重的雲母屛風，瑪瑙睡榻，運送到可以飽覽全國景色的靈臺的欄干旁邊，向穿着靑雲之衣，白霓之裳的夫人南子兩人對飲着芳馨撲鼻的秬鬯，遠望着野山的春景隱約在雲霞的深處。

「大地都正像泉水般的流着溫暖和麗的光，爲什麼我們衞國的老百姓，都看不見秀妍的花色，聽不到好鳥的聲音呢？」

說着，衞靈公皺起眉來，疑訝的。

「那是，因爲老百姓們爲了無可表示讚美我君的深仁厚德和君夫人的美貌，所以才把他們所有的美麗的好花都移進宮牆來，甚至於連國內一隻小鳥，也都不肯退讓的羣集到御苑裏來，爭嗅着動人的花香啊。」

答話的是侍立在君側的宦者雍渠。這個時候，恰巧經過靈臺下面的孔子的車，車輪的聲響驚破了靜寂而荒涼的街道。

「坐着車從下面經過的是誰呀？看啊，他的額像堯，他的眼像舜，他的頸項像皐陶，兩肩長得像子產，自腰以下不及禹的，不過三寸啊！」

南子回過頭，望着將軍，指着經過的車影說着。

王孫賈向她解說道：

「我年輕的時候，遍遊各國，除了周朝的史官老聃以外，還沒有瞧見過像他長得那樣相貌堂堂的人哩。我猜，他也許就是不得志於本國，奔走四方傳道的魯國聖人孔子啊！他出世的時候，聽說是麒麟出現，上天奏着和諧的樂，還有神女下降。又聽人家說，他有像牛一般的脣，虎一樣的掌，龜一樣的背。身長有九尺六寸，和文王之體相彷彿。剛才經過的人，一定是他。」

「那個名叫孔子的聖人，用什麼道術來教人呢？」

靈公乾了一杯酒，也向將軍發問。

「聖人是把握着世界上一切知識的秘鑰的人。不過，這位聖人，是以齊家治國平天下的道理，教給各國的君侯的。」

將軍又這樣的向他說。

「我尋求世間的美色，而得到了南子夫人。我聚集一切的財寶，來建築這座宮室。我還想，要稱霸於天下，取得和這樣的夫人這樣的宮殿相等的威權。我很想把那位聖人請來，傳授我平天下的大道。」

靈公隔着桌子，窺覷着夫人的紅唇。因爲，平日表達公的心事的，並不是他自己的語言，却是從南子的紅唇裏透漏出來的字句。

「我想看看世界上的，不可思議的東西。那個滿面憂鬱之色的人如果眞是聖人，他準可以叫我瞧見許多不可思議的事情的。」

說着，夫人抬起像夢一般明亮的眼睛，遙遙的目送着那已經走遠了的車轍的痕迹。

× × ×

孔子這一行剛才走到北宮前面，有一位威儀很嚴肅齊整的宮宰領着幾個跟從的人，趕着屈產的驪馬，把車子的右席空着位置，前來迎接他們。

「我是仲叔圉，奉了靈公之命前來迎接先生的。先生這一次到列國傳道，四方都聽聞到了。在先生長途的旅程裏，車上的翡翠之蓋已被風吹破，轂下也時常發出重濁的聲音了。請換着乘上這輛新車，駕臨宮殿，指教我們的君以治國安民的先王之道罷。我們西圃之南像水晶一般清瑩的溫泉正在沸騰着，它可以略蘇先生的疲勞；御苑裏面鮮美的橙，橘都含着甜密的汁子，它可以微潤先生的渴喉；在闌檻裏面肥壯的牛，羊，豕相抱着肥胖的肚子熟睡，它可以略充先生的口腹。請先生留在我國兩個月，三個月，最好一年，十年的長駐在這裏，來啓發我們愚蒙的心，開導我們盲瞶的眼睛罷！」

說着，仲叔圉慌忙下車，殷勤的向孔子爲禮。

「我所期望的，與其是有莊嚴的宮室的君主的豪富，不如是渴慕三王之道的君主的誠懇。那萬乘之尊不足以塡桀和紂的奢欲，百里之國却儘夠堯和舜施行仁政。靈公倘若有爲天下除害，爲庶民造福的志願，我雖死在這裏，埋骨在衛國也是決不悔怨的！」

這是孔夫子的回答。

他們被引到宮殿的裏面。這一行人的黑泥的敝履，在一塵不染的白塊砌石的地面上踏着戛戛的響。

滲滲女手，

可以縫裳。

他們經過織室的前面，看見許多女官一面齊聲高唱着，一面在忙着拋梭和織錦。又經過一片繡錦似的茂盛的開着的桃樹蔭底，聽得苑囿裏肥牛的懶揚揚的低鳴。

靈公聽信了賢人仲叔圉的話，遠離了夫人和其他的女子，洗乾淨了那平常被歡樂的酒浸遍了的嘴，整齊了衣冠，把孔子延請到殿上來，請教他富國强兵爲天下王的道理。

可是，孔子對於那殺人殃國的戰爭的話，一句不提。就是關於搾取民脂民膏來增加國富的事情，也完全不講。他不談論軍事，不講產富，却只是嚴肅的提出道德的應該寶貴，以及以力服人的霸道和以德服人的王道的區別。——公如果是眞心向慕王者之德，一定先要從克制私欲做起。

這就是聖人的告誡。

從那天起，能夠左右靈公的心事的，不是夫人南子的話，而是聖人的語言。清早他就參拜廟堂，向孔子問詢推行仁政之道，夜間就在靈臺，跟孔子學習天文日時的運行的學問，會見夫人和到她的宮闈裏去的時候，越來越少了。織室裏面織錦的梭聲，變成學習六藝的官生們的弓弦和箏箫的聲音。有一天早晨，靈公獨自走上靈臺，瞻望國中的景色，看見山野間有小鳥歌唱，民家也開着美麗的花，百姓們在田裏很努力的辛苦耕種，歌頌着他的仁愛和道德。他不覺流出感動的熱淚來。

「你幹什麼要哭呀？」

忽然的，他聽到這句問句，隨着一種足以飄魂盪魄的甜美的香氣，衝到他的鼻裏，這是南子嘴裏含吮着的鷄舌香和時常撒在衣裳裏的從西域來的奇異的香和薔薇香水的氣息。這種久已忘懷了的從美婦人的豐滿的肉體裏透出來的香氣的魔力，簡直像是利爪一般的尖銳的刺進了靈公這時候的心。

「請你不要用你的神祕的眼睛瞧着我，別用你的柔軟的手腕緊纏着我的身體，因爲，我雖然從聖人那裏學到克制過失的方法，却還無有法子抵抗美的力量的侵襲呀！」

靈公掙脫了夫人的手，把頭也扭轉過去。

「哦！那個名叫孔丘的人，竟不知道在什麼時候把你從我手裏給奪去了！我跟本就不愛你，那是沒有什麼可怪的。可是，我想不出你不喜歡我的道理來。」

一面說着，南子的嘴唇裏已經燃燒着熱烘烘的怒火了。她在出嫁到這裏以前，曾經有過宋國的公子朝是她的情夫，所以，她的發怒倒不是怕的丈夫對他的愛情冷淡了，她怕她快要失去她的支配着靈公的心的能力。

「我並不是不愛你。從今以後，我來像一個愛妻子的丈夫那樣的愛你罷！我從前的愛你，像是奴隸的服侍主人，人類的崇敬神鬼。我拿我的國家，富庶，人民，生命和一切來買你的歡心。可是，我得到了聖人的教誨，我才知道世界上有比這個更重大的事情。從前，你的肉體之美，對於我是有無上的威權的。現在，我覺得聖人的心和聲音對我，有比你的肉體更强的力量了。」

這些話是很勇敢的，很堅決的說出了，靈公說話的時候，不知不覺的昂起頭來，聳着肩膀，注視着夫人的怒容。

「你決不是那種能夠違背我的言語的人。你不是强者，是一個可憐的傢伙。世界上沒有比自己沒有力量的人更可憐的。我能夠馬上就把你從孔丘的手裏奪回來。你的嘴剛才說完那種堅決不移的話，可是現在你的雙眼不是在迷惑似的望着我麼？我有着奪取一切男子的靈魂的方法，連那個叫做聖人的孔丘，我都要他做我的俘虜啊！」

說時，夫人很驕傲的笑了一笑，對靈公作了一個迷媚的眼神，提着裙子，衣裳發出牽牽的響聲，慢慢的離開了。

這個時候，一向保持着寂靜的心的靈公，心裏已經有兩種力量在爭鬥了。

× × ×

「到我們衛國來的遠方君子，總是先要求見寡小君的。聽說孔聖人是很講求禮教的，爲什麼他却不來見我呢？」

這是夫人的意思，由宦者雍渠傳達到孔子的耳朵裏，一向非常謙恭的聖人，却沒有法子卻掉她的情意。

孔子率領着弟子們進謁南子，在宮殿前朝北稽首。在深深的繡幃底下，露出了夫人的高貴的繡履。同時，聽得她的頸間飾物瓔珞的搖曳聲和手腕間垂着的玉珮的珠玉相撞擊發出的美妙的音響，南面的她是在向這遠來的師生們答禮了。

「沒有一個到衛國來的人看見我的面貌，不驚訝的說我的顏像妲己，我的眼睛像褒姒一般的美麗。先生如果眞是當代的聖人，能不能告訴我從三皇五帝以來，有沒有比我更美麗的女人呢？」

如此說着，夫人把繡帷打開了，花枝招展的含着笑容，把他們招呼近前。她頭上戴着鳳凰之冠，插着黃金的釵，玳瑁的笄，身穿着鱗衣和霓裳，她臉上的笑容像太陽一樣的照耀。

「我只聽到年高德劭的人的德行，不知道美貌女人的事。」

孔子說完，南子便又發問了：

「我這裏收集了不少的不可思議的珍貴的東西。我的寶藏裏，有大屈的金，垂棘的玉。我的庭園裏，有僂佝的龜，崑崙的鶴。可是，我還沒有見過聖人誕生時出現的麒麟。我也沒有看見過，聖人胸裏所有的七竅的心。先生，你若是眞的聖人，能不能叫我開開眼呢？」

孔子現出更嚴肅的容貌，答道：

「我不懂得什麼不可思議的 珍貴的東西。我所知道的事情，都是些已知的，並且不能夠不知道的事情。」

夫人的話，更加的柔媚了。

「只要是瞧見了我的容顏，聽到過我的聲音的人，愁眉的人也都會開顏，憂鬱的人也都會暢快，可是，先生。你爲什麼老是這樣一副疑慮愁惑的樣子呢？我覺得所有的愁容，都是難看的。在宋國，有一位公子朝，這個人雖然沒有你的額頭那樣的寬高，却有着像春天的清空一樣明媚可愛的眼睛。在我的近侍宦者之中還有一個雍渠，他雖沒有你那樣嚴飭的聲音，却有像春天的小鳥一般的靈妙的舌，先生，你若是眞正的聖人，你的面貌一定要和靄得和你寬廣的胸襟相稱啊。讓我來替你趕跑你臉上的憂鬱，拭淨你的愁慮的影子吧！」

說時，她命令近侍取了一個盒子出來。

「我有許多種的香。煩惱的人，吸到了這種香氣，他就會一心一意的想像着他的幻現中的美麗的王國。」

立刻有了七個頭戴金冠，身繫着蓮花的帶子的女官，捧起了七個香爐，環立在孔子的四面。

夫人把盒子打開，把各種不同的香一一放進爐裏。七股濃厚的香烟，冒過了鏽金的厚帷，繚繞上升。在這黃色的，紫色的，白色的檀香的霧裏，隱藏着南海底下的延續了幾百年的怪異的夢境。十二種的鬱金香凝固的結育在春天的晚霞下的芳草裏面，變成一種富有刺激力量的精質，再加上用那棲居在大石口澤之中的龍涎精錬而成的龍涎香，和交州出產的蜜香樹的根製成的沉香的氣息，眞有把人們的心引誘向遙遠的溫甜的想像之國的力量。可是，聖人的容顏，却更加的憂鬱起來。

夫人很高興很興奮的笑着說：

「看啊，先生的容顏慢慢的美麗起來，光朗起來了。我還有許多種的旨酒和杯子，它也能夠像香的烟味給你的痛苦的靈魂以甘美的滋潤似的，點滴的酒，也正可以給你的端莊的身體以一種鬆適的愉快呢。」

說時，七位頭戴銀冠繫着蒲桃帶子的女官，很敬重的把各種的酒和杯子，一一都送到桌上。

夫人把那些珍貴的杯子，一一注滿了美酒，請孔夫子飲。這些酒漿的用處，能夠使飲了這些酒的人，受到它的誘惑，對於聖賢的眞實的道理，發生卑薄的觀念，對於美麗的東西的價值，表示異樣的崇慕。那盛在完全透明的碧綠的瑤杯裏面的酒，好比是傳達人類所無福享受的天間的歡愉的甘露。淡青玉色的，輕如薄紙的另一隻奇異的杯子，注上了滿杯的冷酒，竟會頃刻之間便自動的溫暖起來，安慰人們憂悶的愁腸。還有用南海的鰕的頭製成的杯子，伸着幾尺長的像是活着一般的鬚，滲雜着金銀的鏤刻，正像是從海底噴出的飛浪一般的奇觀。可是，這些事情也不過僅是增加了聖人眉頭的縐紋。

夫人却更是笑得起勁：

『先生的臉更來得好看了。我還有各種禽獸的肉哩！烟香可以滌去心靈上的痛苦，酒力可以鬆懈身體上的束縛，可是，更不能不有一點豐盛的食物來滋補一下口腹呀。』

這些話也就等於是命令了，七個頭戴珠冠，束着茱萸帶子的女官就用盤子盛着許多不同的禽獸的食物進來。

夫人又一一的殷勤勸食。也有主豹的胎，丹穴的雛雞，崑山的龍脯，封獸的蹯蹄，只要把這甘美的肉咬了一口進嘴，人們已經無暇去過慮到什麼世間的善或惡的問題了。可是聖人的臉，却冷淡得沒有一絲愉快的表現。

這是夫人第三次的笑了，她很賣力的稱讚着說：

『啊，先生的丰采更加飽滿，容貌也更加都麗了。聞過了那些幽韻的烟香，喝過了那些辛辣而又刺激的酒，吃過了那些濃厚味道的肉的人，便能夠生活在一種凡人所未嘗夢想的，濃烈的，美麗的，迷眩的世界，也就可以擺脫塵世的許多煩悶和憂愁。現在，我來領導你展望一下這個新世界的景象罷！』

說時，她顧視着近身的侍者，指了一下這間宮殿正面的，嚴密的遮蔽了的帷幕。這時，那低垂着的錦幕的深深的疊着的皺紋的中間，緩緩的張開，變成兩邊垂着的深帷了。

帷幕的另一面，正對着庭園的階。階下的深綠草叢的地面，照耀着溫煦的春日的陽光 却有着無數的，或正在仰向着天，或正在俯伏着，或像是在跳躍，或像是在掙扎的各種不同姿勢的東西在滾動着，又同時聽到忽起忽落的慘厲的哀號的聲音。有的遍體染着血色，像是盛開的牡丹花，有的帶着傷在發抖，像是負創的斑鳩。這一羣是囚犯們，其中的一半是犯了這個國家的嚴峻苛刻的法律，另一半人也受到各種酷刑，則是爲了要滿足這位南子夫人的眼之刺激。這些人都是赤身裸體的，並且是體無完膚的。有的男子僅因言語不合，得罪了夫人，遂受到炮烙酷刑的摧毀，披着長枷 洞貫了耳朵和頸項。有的女子僅是受了靈公的勾誘，因而遭到南子的嫉妒，就被割去鼻頭，刖去兩足，繫着沉重的鐵鍊。南子這時却正在出神的欣賞着這幅景色，他的容貌眞像詩人一般的美麗，更像聖哲一般的嚴肅。

『我時常和靈公同車，在街道上經過。只要靈公對着別的含情脈脈的女人飛了一眼，我就要把她捉來，讓她嘗一嘗這裏的滋味。我今天很想陪先生和他一同到外面去逛逛，先生已經看過了這些罪囚了，諒來總不會反對我的提議吧！」

夫人這句話裏，藏着一種威逼的壓力。用着溫柔的表情來吐露出慘酷的字句，這是她的老規矩。

× × ×

在西曆紀元前四百九十三年春的某天，黃河和淇水間的殷墟舊地的衛國之都的街道上，走着駟馬的高車，第一輛車上坐着衛靈公，宦者雍渠，和以妲己褒姒的心爲心的南子夫人，兩個女官捧着宮扇站在兩邊，還有許多的文官女侍站在他們的周圍。前後擁着幾個弟子，坐在第二輛車上的，是以堯舜的心爲心的聖哲鄒人孔子。

『啊！那位聖人的德行，看來是敵不過那夫人的暴虐的了。從今天起，夫人的言語，又要變成衛國的法律啦。』

『瞧那位聖人的面貌，顯着一副悲哀的樣子啊！那位夫人的神態，夠多麼的驕傲呀！不過，今天夫人的面貌，眞要比從前的那一天還要美麗呀！』

這是老百姓們的街談巷議，他們在瞻仰着車駕行列的出遊。

× × ×

這天晚上，南子夫人格外美麗的化了妝，躺在深閨裏錦繡的柔軟華美的茵褥上面。更深漏靜的時候，忽然聽到悄然的步履的聲音，由遠到近，輕輕的敲着宮門。

『啊！到底你是回來了！你再也不能從我的懷抱裏逃出去了啊。』

夫人說時，張開了兩隻長袖，把靈公緊緊的抱着。她那帶着酒的香氣的柔滑的玉腕，正像再也不能夠解開的扣結一般的纏結着靈公的身體。

『我恨你，你是一個可怕的女人。你是亡我的惡魔！可是，我永也不能離開你。』

靈公的聲音在顫抖着，夫人的眼睛，却閃爍着惡的誇耀。

× × ×

第二天淸晨，孔子率領着他的一羣弟子，又向曹國出發，繼續他的傳道的遠征。

『吾未見好德如好色者也！』

這是聖人在離開衛國時所說的最後的話。這句話紀載在孔門的寶貴的典籍『論語』裏，一直到現在還流傳着。

宋元戲文與元明雜劇（下）

譚正璧

(23)包待制上陳州糶米　陸登善有包待制陳州糶米。本事來歷不詳。明人包公案小說中亦收是案，但本事不同；此係因糶米而生案，小說則因往陳州糶米而發現他案。

(24)孟母三移　佚名有守貞節孟母三遷。事本列女傳及正史。不見有其他同題材的作品。

(25)負心陳叔文　關漢卿有風流郎君三負心。戲文名南詞敍錄作「陳叔萬三負心」。本事出宋人劉斧青瑣高議後集。九宮正始中有蔣蘭英戲文遺曲，南九宮譜佚名刷子序云：「書生負心，叔文翫月謀害蘭英。」雍熙樂府佚名醉太平云：「他比那蔣蘭英死的不明白。」疑蔣蘭英即陳叔文戲中的崔蘭英。

(26)歡喜冤家　沈和有歡喜冤家。

元鍾嗣成錄鬼簿云：「以南北調合腔，自和甫始，如瀟湘八景，歡喜冤家等曲，極爲工巧。」故錢南揚以爲戲文即沈和所作。果如所說，那麼沈氏當別無雜劇了。

明西湖漁隱主人有歡喜冤家（一名歡喜奇觀，又名貪歡報）二十四回，係話本體，每回寫一故事，與戲劇無關。錢南揚云：「當即原本此戲。」趙景深已證明其爲不確。又范文若有歡喜冤家傳奇（見曲錄），內容不知與戲文有無關係。

(27)鶯燕爭春詐妮子調風月　關漢卿有詐妮子調風月。

本事來歷不詳。雜劇的題目爲「雙鶯燕暗爭春」，今存。宋人話本有妮子記（見醉翁談錄），金人院本有妮女梨花院（見輟耕錄），不知題材與戲文雜劇有無關係。

(28)秦太師東窗事犯　孔文卿有秦太師東窗事犯，金文傑有地藏王證東窗事犯，佚名有宋大將岳飛精忠。

本事出宋人洪邁夷堅志及正史。戲文有傳本，名岳飛破虜東窗記。明姚茂良著精忠記傳奇，即改戲文而成，故文字大部相同。湯子垂又著有續精忠記。

與之同題材的作品，元人話本有遊酆都胡母迪吟詩（古今小說卷三十二），明人趙弼效顰集有續東窗事犯傳，國色天香及燕居筆記皆轉錄。又：明人熊大木的大宋中興通俗演義和清人錢彩的說岳全傳中，也都敍入。

(29)賈充宅偷香韓壽　李子中有賈充宅韓壽偷香。

本事出晉書賈充傳。與之同題材的作品，今僅見明人陸采的懷香記（有六十種曲本）傳奇。

(30)寧王府磨勒通神　楊景言有磨勒盜紅綃。

本事出唐人裴鉶傳奇，亦見太平廣記引。

明人重演此題材爲戲劇的，有梁辰魚的紅綃雜劇，梅鼎祚的崑崙奴雜劇，及佚名的雙紅記傳奇（係取梁辰魚的另一雜劇紅線女，與上二劇併合而成。）

(31)月夜聞箏　白樸有薛瓊瓊月夜銀箏怨，鄭德輝有崔懷寶月夜聞箏。

本事出宋人綠窗新語（此書當即醉翁談錄所稱的綠窗新話，由書中不收宋以後作品一點上可以確信）引麗情集（非明人楊愼編），題作「崔寶羨薛瓊彈箏」。

與之同題材的，有金院本月夜聞箏（見輟耕錄）。

(32)王祥行孝　王仲文有感天地王祥臥冰。

本事出晉干寶搜神記，宋劉義慶世說新語，梁劉孝標世說新語注，及晉書本傳與王覽傳。其他同題材的作品未見。

(33)曹伯明錯勘贓　武漢臣與紀君祥各有曹伯明錯勘贓，鄭廷玉有曹伯明復勘贓。

本事來源不詳，與之同題材的作品，有宋人話本曹伯明錯勘贓記（見清平山堂刊雨窗集上）。

(34)蘇小卿月夜泛茶船　王德信有蘇小卿月夜販茶船，紀君祥有信安王斷復販茶船，佚名有豫章城人月兩團圓。

本事來源不詳。明人梅鼎祚青泥蓮花記亦載其事，疑即據戲劇及傳說。

與之同題材的作品，金院本有調雙漸（見輟耕錄），諸宮調有雙漸趕蘇卿（見西廂記諸宮調及諸宮調風月紫雲亭雜劇引），元人散曲中專敘此事的尤多至不勝舉，明人李玉更作有千里舟傳奇（見曲海總目提要）。

(35)柳耆卿詩酒翫江樓　戴善甫與楊景言各有柳耆卿詩酒翫江樓。

本事來源不詳，伯英曲海總目提要拾遺僅引「詩話」，而未標明「詩話」之名。明人山堂肆考及情史皆有記載。

與之同題材的其他作品，宋人話本有柳耆卿詩酒翫江樓記（有清平山堂刊本），金人院本有變柳七爨（見輟耕錄）。此外關漢卿有錢大尹智寵謝天香雜劇，雖亦以柳耆卿爲主角，但內容全不同。

(36)董秀英花月東牆記　白樸有董秀英花月東牆記。

本事來源不詳，亦不見有同題材的其他作品。雜劇今尙存

(37)包待制斷盆兒鬼　佚名有玎玎璫璫盆兒鬼。

本事來歷不詳。京戲有烏盆計亦演此事，清人石玉崑三俠五義中亦敘及。

(38)唐伯亨因禍致福　鄭廷玉有奴殺主因禍折福。

戲文名南詞敘錄作「唐伯亨八不知音」。據南九宮十三調譜注云：「古曲，非犀合記。」可見內容必似犀合記。但犀合記今亦不傳，僅見曲品注云：「內弟與姊夫之妾通，而謀殺姊夫及姊，可畏哉！事新，詞亦平。」因疑與鄭作雜劇爲同題材。

(39)鄭孔目風雪酷寒亭　楊顯之有鄭孔目風雪酷寒亭，花李郎有像生樂子酷寒亭（？）。

本事來源無考，亦不見有其他同題材的作品，楊作雜劇今尚存。

(40)王瑞蘭閨怨拜月亭　關漢卿有閨怨佳人拜月庭。

本事來源不詳。元施惠有幽閨記傳奇（一名拜月亭記），或以爲即戲文，但以戲文遺曲（見雍熙樂府）考之，知其不確，惟題材則相同。

(41)遭盆弔復興小孫屠　蕭天瑞有犯押獄盆弔小孫屠。

本事來歷不詳。戲文今有永樂大典本，署「古杭書會編撰」。其他同題材的作品未見。

(42)鐔山朱夫人還牢旦　佚名有鐔山夫人還牢旦。

本事及其來源皆不詳。雜劇的題目爲：「月下朱公大報恩」。其他同題材的作品亦未見。

(43)宦門子弟錯立身　李直夫與趙敬夫各有宦門子弟錯立身。

本事來源不詳。戲文題「古杭才人新編」，今存。

(44)陳光蕊江流和尚　吳昌齡有唐三藏西天取經，楊景言有西遊記。

本事脫胎於宋周密齊東野語某倅事。記唐三藏一生事跡的，有唐釋慧立的大慈恩寺三藏法師傳。

與此同題材的作品極多：宋人話本有大唐三藏法師取經記，金人院本有唐三藏（見輟耕錄），元人話本有西遊記（見永樂大典），明人小說有吳承恩西遊記（無三藏出身一段），朱鼎臣西遊釋厄傳（增三藏出身一段），清人傳奇有張照昇平寶筏（見嘯亭雜錄），佚名慈悲願（見曲海總目提要）等。

(45)朱買臣休妻記　庾天錫有會稽山買臣負薪，佚名有朱太守風雪漁樵記。

本事出漢書朱買臣傳。明清人演爲傳奇的很多，現在所知，明有顧瑾的佩印記（見曲品），清有佚名的爛柯山及漁樵記（見曲海總目提要）。

(46)司馬相如題橋記　關漢卿與屈恭英各有昇仙橋相如題

柱，佚名有司馬相如題橋記，范居中等有鸘鷞裘，孫仲章有卓文君白頭吟，湯式有風月瑞仙亭，朱權有卓文君私奔相如，佚名有卓文君駕車。

本事據史記本傳，常璩華陽國志及葛洪西京雜記。戲文又名卓文君鴛鴦會。

與之同題材的有：宋官本雜劇相如文君（見武林舊事）話本卓文君（見醉翁談錄）；明陸濟之題橋記及孫柚琴心記傳奇（見曲品），佚名司馬相如歸西蜀，清袁于令鸘鷞裘，楊柔勝綠綺記及佚名鳳求凰傳奇（見曲海總目提要）。又明清平山堂話本有風月瑞仙亭，亦見警世通言卷六入話，未知是否即宋話本卓文君？

(47)劉知遠白兔記　劉唐卿有李三娘麻地捧印。

劉知遠見正史，「白兔」事不詳所出。戲文今存（見六十種曲）。別有富春堂刊本，文辭全不同，世界文庫會拿來和原本對照刊行，極便研究。

與之同題材的其他作品，宋有劉知遠諸宮調（有世界文庫本），五代史平話中亦敘入。

(48)趙普進梅諫　王德信與梁進之各有趙元普進梅諫。

趙普見正史。「諫食梅」係趙匡凝事，見新五代史匡凝本傳，不知何故歸之趙普。其他同題材的作品未見。

(49)劉盼盼　關漢卿有劉盼盼鬧衡州。

本事及其來源皆不詳。金院本亦有劉盼盼（見輟耕錄），當與此同題材。

(50)寃家債主　鄭廷玉有看錢奴買寃家債主。

本事出晉干寶搜神記，但已換去人名及時代。鄭氏另有崔府君斷寃家債主雜劇，以戲文遺曲較之，當屬前劇。

清人佚名有狀元旗傳奇（見曲海總目提要），內容大略相同。

(51)生死夫妻　楊景言有史教坊斷生死夫妻。

本事及其來源皆不詳。明馮夢龍醒世恆言卷九有陳多壽生死夫妻，亦見馮氏情史卷十，錢南揚云：情節與此不類。

(52)劉錫沉香太子　李好古有巨靈神劈華岳，張時起有沉香太子劈華山。

本事及其來源皆不詳。清梆子腔亦有沈香太子劈山救母（見劇說），當與之同題材。

(53)呂洞賓三醉岳陽樓　馬致遠有呂洞賓三醉岳陽樓，谷子敬有呂洞賓三度城南柳。

本事來歷不詳，亦不見有其他同題材的作品。

(54)周處風雲記　庾天錫有英烈士周處除三害，朱權有豫章三害。

本事出正史及世說新語。清皮黃戲中亦有除三害，與之同題材。

(55)蘇秦衣錦還鄉　佚名有諫蘇秦衣錦還鄉。

本事出戰國策及史記本傳。與之同題材的，金有衣錦還鄉院本（見輟耕錄），明有蘇復之金印合縱記傳奇（有玉夏齋傳奇本）。

(56)王公綽　鄭廷玉有賣兒女沒興王公綽。

本事及其來源皆不詳。雜劇的題目爲「王公綽破家財恨婆」，亦簡稱王公綽。

(57)呂洞賓黃粱夢　馬致遠有與李時中，花李郎，紅字李二合作的邯鄲道省悟黃粱夢。

本事出唐人沈旣濟（一作張泌）枕中記及列仙傳，惟易呂翁爲雲房，盧生爲洞賓。

與之同題材的其他作品，宋人話本有黃糧夢（見醉翁談錄）。此外尙有谷子敬的邯鄲道盧生枕中記及佚名的呂翁三化邯鄲店雜劇，明湯顯祖的邯鄲記傳奇，本事全依枕中記，而與戲文及馬作雜劇不同。

(58)柳毅洞庭傳書　尙仲賢有洞庭湖柳毅傳書。

本事出唐人李朝威柳毅傳，宋人綠窗新語，醉翁談錄等書皆有轉錄。

與之同題材的其他作品，宋官本雜劇有柳毅大聖樂。（見武林舊事），金諸宮調有柳毅傳書（見西廂記諸宮調引），明人許自昌有橘浦記傳奇，黃說仲有龍簫記傳奇（見曲錄），清李漁更併取金院本及元雜劇「張生煮海」故事寫爲蜃中樓，爲十種曲之一。

(59)蘇武牧羊記　馬致遠有牧羊記，周文質有持漢節蘇武還鄉。

本事全據史記本傳。呂天成曲品卷中古人傳奇總目中列有「牧羊」，下注：「馬致遠作，蘇武事。」則作傳奇者即爲馬致遠。但卷下舊傳奇妙品二「牧羊」下，則「云：元馬致遠有劇，此詞亦古質可喜。」似馬另有雜劇，非卽戲文。又考之錄鬼簿，太和正音譜等書，馬作亦無牧羊記雜劇。究竟如何，尙待考證。

與之同題材的作品，有金院本蘇武和番（見輟耕錄）。

(60)百花亭　陸進之有血骷髏大鬧百花亭。

本事及其來源均不詳。明徐渭南詞敍錄旣列賀憐憐烟花怨，復列百花亭，可見後者爲另外一戲文，非敍王煥事，而與陸作雜劇或爲同題材。

(61)多月亭　王德信有多月亭。

多月亭向都視爲「拜月亭」之筆誤，其實非是。南詞敍錄既列蔣世隆拜月亭，復列多月亭，可見其爲兩種戲文。而王氏雜劇，普通本錄鬼簿皆作「拜月亭」，獨天一閣藏明鈔本作「多月亭」。關漢卿亦有拜月亭，照錄鬼簿編例，同名的二者之一必注明「次本」字樣，但此二目下皆無，可見其決非同名。至內容如何，現皆失傳無考。

(62)神奴兒　佚名有神奴兒大鬧開封府。

此戲亦爲「包公案」之一。本事出干寶搜神記「蘇娥訴寃」，而變更了人物與時代。

(63)紅白蜘蛛　楊景言有紅白蜘蛛。

本事來源不詳，宋人話本有紅蜘蛛（見醉翁談錄），一名紅白蜘蛛記（見寶文堂書目），即醒世恆言卷三十一的鄭節使立功神臂弓，與之同題材。明人作井中天傳奇（見曲海總目提要），係將主人翁改易姓名，而併入「平妖傳」故事中敍述。

(64)鳳凰坡越娘背燈　尙仲賢有鳳凰坡越娘背燈。

本事出宋人劉斧青瑣高議別集卷三越娘記，但「鳳凰坡」原作「鳳樓坡」。雜劇的題目作「龍虎榜楊生點額」。錢南揚云：「背燈係溫州風俗，女兒八字敗母家者，出嫁時往還行背燈之俗，此風清代猶然，詳見且甌歌。」案錢氏因未見青瑣高議，故所說全誤。

與之同題材的其他作品，宋官本雜劇有越娘道人歡（見武林舊事），話本有楊舜俞（見醉翁談錄）。

(65)倩女離魂　鄭德輝與趙公輔各有迷青瑣倩女離魂。

本事出唐人陳玄祐的離魂記。離魂事見於唐及唐以前小說者甚多，據今所知，有幽明錄中的龐阿，靈怪錄中的鄭生，獨異志中的韋隱，其本事亦極相類。

與之同題材的作品，宋話本有惠娘魄偶（見醉翁談錄，拙著宋元戲劇與宋元話本一文中有詳細說辯），金諸宮調有倩女離魂（見西廂記諸宮調引），明傳奇有沈鯨的青瑣記，佚名的離魂記（見曲海總目提要拾遺）。

(66)鬼子揭鉢　吳昌齡有鬼子母揭鉢記。

本事出佛說鬼子母經。楊景言西遊記第三本亦演此事，話本大唐三藏取經詩話卷中第九章入鬼子母國處，本事亦同。

(67)楚昭王　鄭廷玉有楚昭王疎者下船。

事本春秋左氏傳及國語。其他同題材的作品未見。

(68)詩酒紅梨花　張壽卿有謝金蓮詩酒紅梨花。

本事來歷不詳。情史有趙汝州傳，非本戲劇而作，即另有所據。

與之同題材的作品，金有紅梨院院本（見輟耕錄），明有徐復祚紅梨記傳奇（有六十種曲本）。

(69)王陵　顧仲清有知漢興陵母伏劍。

事本漢書王陵傳。唐人有王陵變文（爲燉煌石室藏唐寫本書之一），亦寫此事，而著重陵母顯魂。

(70)陶學士　戴善甫有陶學士醉寫風光好。

事本宋人洪邁侍兒小名錄，鄭文寶南唐近事及釋文瑩玉壺清話，正史不載其事。同題材的其他作品亦未見。

(71)玉清庵　佚名有玉清庵錯送鴛鴦被。

本事來源不詳，亦不見有其他同題材的作品，雜劇今尚存。

(72)李亞仙　石君寶與朱有燉各有李亞仙詩酒曲江池，高文秀有鄭元和風雪打瓦罐。

本事出唐人白行簡李娃傳。醉翁談錄有李亞仙不負鄭元和，明人燕居筆記有鄭元和嫖遇李亞仙記，皆據白作改寫。

與之同題材的作品，宋人話本有李亞仙（見醉翁談錄），亦稱李亞仙記（見寶文堂書目），明徐霖有繡襦記傳奇（有六十種曲本）。

(73)浣紗女　吳昌齡有浣紗女抱石投江，李壽卿有說專諸伍員吹簫。

本事出正史。明人小說列國志傳中亦敍及其事。

(74)貂蟬女　佚名有錦雲堂暗定連環計及關大王月下斬貂蟬。

本事出正史。戲文又名王允。貂蟬之名不詳來歷。

與之同題材的作品，金院本有刺董卓及罵呂布（見輟耕錄），明人傳奇有王濟連環記。元人三國志平話及羅本三國志通俗演義中，皆有詳細敍述。

(75)溫太眞　關漢卿有溫太眞玉鏡台。

本事出世說新語。明朱鼎有玉鏡台記傳奇（有六十種曲本），范文若有花筵賺傳奇（有玉夏齋十種曲本），皆與之同題材。

(76)李婉復落娼　關漢卿有柳花亭李婉復落娼。

本事及其來源不詳，亦不見有其他同題材的作品。雜劇的題目爲「風月衙妓女雙告狀」，則其內容當與朱有燉的宣平巷劉金兒復落娼相似。

(77)韓彩雲　王德信有韓彩雲絲竹芙蓉亭。

本來及其來歷皆不詳。曾瑞卿王月英元夜留鞋記中說：「韓彩雲芙蓉亭遇故知，崔伯英兩團圓直到底。」可知劇中男主角爲崔伯英。

與之同題材的，有金院本芙蓉亭（見輟耕錄）。

(78)祝英台　白樸有祝英台死嫁梁山伯。

本事出自民間傳說，當本漢人華山畿樂府故事，與「崔護覓水」同出一源。宋李茂誠有義忠王廟記載梁祝事極詳，則又似為實事。

與之同題材的，淸有梁山伯小說及鼓詞。

(79)章台柳　鍾嗣成有寄情韓翃章台柳。

本事出唐人許堯佐柳氏傳（亦稱章台柳傳），孟棨本事詩中亦載之。

與之同題材的作品，宋已有話本章台柳（見醉翁談錄），金有院本楊柳枝（見輟耕錄），明有傳奇梅鼎祚玉合記，吳長儒練囊記，張四維及張國籌章台柳等。

(80)梅竹姻緣　關漢卿有荒墳梅竹鬼團圓，賈仲明有紫竹瓊梅雙坐化。

本事及其來歷皆不詳。關作雜劇的題目為「舞榭烟花生間阻」賈作的題目為「行童尼土兩歸元」，可以窺見內容的一斑。

(81)琵琶怨　庾天錫有玉女琵琶怨。

本來及其來歷皆不詳。元佚名藍采和雜劇中說：「張忠澤玉女琵琶怨。」「張忠澤」不知係劇中的角色，還是演劇的人？

(82)燕子樓　侯克中有關盼盼春風燕子樓。

本事出唐人白居易燕子樓詩序。元王惲有燕子樓傳，即據白序構成。戲文亦稱「許盼盼」，主角的姓與雜劇不同。

與之同題材的作品，宋話本有燕子樓（見醉翁談錄），未知是否即警世通言卷十的錢舍人題詩燕子樓？淸陳烺有燕子樓傳奇，為玉獅堂十種曲之一。

(83)張浩　睢景臣有鶯鶯牡丹記。

本事出宋人劉斧青瑣高議別集卷四張浩花下與李氏結婚。宋人話本有牡丹記（見醉翁談錄），疑即寶文堂書目的宿香亭記，警世通言卷二十九的宿香亭張浩遇鶯鶯？其題材當與戲劇同。明朱從龍有牡丹記傳奇，未知內容如何。

(84)琵琶亭　馬致遠有江州司馬青衫淚。

本事出唐人白居易的琵琶行，宋人綠窗新語有白公聽商婦琵琶，亦敍此事。

明人顧大典有青衫記傳奇（有六十種曲本），淸人蔣士銓有四絃秋（有藏園九種曲本），題材全同。

(85)薛包　佚名有薛包認母。

本事出東觀漢紀及汝南先賢傳。雜劇今尙存。其他同題材的作品未見。

(86)賽金蓮　佚名有賽金蓮花月南樓記。

本事及其來歷皆不詳，亦無其他同題材的作品可見。

(87)風月亭　楊景言有風月海棠亭。

本事及其來歷皆不詳。楊作雜劇一作月夜海棠亭，那麼戲文或與湯式的風月瑞仙亭同題材，見前(46)司馬相如題橋記。

(88)金童玉女　賈仲明有鐵拐李度金童玉女，佚名有藍采和鎖意馬心猿。

本事來源不詳。雜劇今存。其他同題材的作品未見。

(89)玉簫兩世姻緣　喬吉有玉簫女兩世姻緣。

本事出唐人玉簫傳及范攄雲溪友議，亦見綠窗新語引唐宋遺史。

明鄭瑜有鸚鵡洲雜劇（有雜劇新編本），陳與郊有鸚鵡洲傳奇，佚名有玉環記傳奇（見曲海總目提要），及石點頭卷九玉簫女再世玉環緣，都與之同題材。

(90)裴度還帶記　關漢卿與賈仲明皆有山神廟裴度還帶。

本事出唐摭言及玉堂閒話。明沈采有還帶記傳奇（見曲錄），亦見古今小說卷九裴晉公義還元配的入話。

(91)韓信築壇拜將　武漢臣有窮韓信登壇拜將，王仲文有遇漂母韓信乞食，李壽卿有呂太后定計斬韓信，金仁傑有蕭何月夜追韓信。

本事出史記及漢書本傳。同題材的其他作品，有元人前漢書續集呂后斬韓信平話（有影元刊本），明人沈采千金記傳奇（有六十種曲本）。

(92)張良圯橋進履　王仲文有漢張良辭朝歸山，李文蔚有張子房圯橋進履，吳弘道有子房貨劍。

本事出史記及漢書本傳，亦見仙傳拾遺（太平廣記卷六引）。

與之同題材的作品，宋官本雜劇有慕道六么及三借慕道六么（見武林舊事），話本有張子房慕道記（有清平山堂刊本）及張子房辭朝佐漢記（皆見寶文堂書目），明人更有赤松記傳奇（見曲海總目提要）。

(93)嬌紅記　王德信、金文質、湯式及劉兌各有嬌紅記，邾經有死葬鴛鴦塚。

本事出元宋梅洞嬌紅傳，亦見花陣綺言、繡谷春容及燕居筆記。今僅劉作雜劇尚存。明人沈受先（或云盧伯生）作有嬌紅記傳奇（見曲海總目提要），題材全同。

(94)蟠桃會　鍾嗣成有宴瑤池王母蟠桃會，朱有燉有羣仙慶祝蟠桃會，佚名有衆神仙慶祝蟠桃會與西王母祝壽瑤池會。

王母故事出山海經、穆天子傳、漢武故事等書。漢桓麟有西王母傳，係彙萃先代各傳說而成。

與之同題材的作品，宋官本雜劇有宴瑤池爨（見武林舊事），金院本有瑤池會及蟠桃會（見輟耕錄），明小說西遊記中亦有敘及，清傳奇有朱素臣瑤池宴（見曲錄）。

(95)浙江亭　丁埜夫有遊賞浙江亭。

本事及其來源皆無考，亦不見有其他同題材的作品。

(96)孟宗泣竹　屈恭英有孟宗哭竹。

本事出正史及楚國先賢傳。爲「二十四孝」故事之一。與之同題材的作品未見。

在上列同題材的戲文與雜劇中，彼此題目相同的很多；可惜後半所列戲文都不是本名或全名（因爲都是從曲選或曲譜中錄出的），否則相同的一定還不止此數。但牠們在當時彼此爭奇鬥勝情形的緊張，我們由此已可以窺見一斑。把牠們對照起來供研究中國古代戲劇的人參考，在前青木正兒編的中國近世戲曲史中已曾有過，可是遺漏很多；就是錢南揚在宋元南戲百一錄中也常提到同題材的雜劇，但也不十分完備。而且新材料層出不窮，前人所作縱已完備，現在也有加以補充修正的必要。現在這一次的輯集，自以爲頗費一些時間與精力，想來不至有人以爲時間與精力是白費的吧！

補書堂詩錄

瞿兌之

除夕畫朱竹

研朱拂紙寫琅玕，爆竹繁聲送夜闌，壁上從今添氣象，階前長與報平安。

廣州雜詩

絕愛雨中行，雲濤迴不平。峰迴仍見海，樹老不知名。負戴捐釵澤，柴荊守鑿耕。亂離求舊俗，淳美憶南征。

自題畫櫻筍蔬菜

昔游頻海澨，故事訂澄懷（適讀澄懷園詩選）。每遇含桃節，常思食筍齋。江鄉風味隔，離亂歲時乖。此物關風雅，還應棐把儕。

濟度之道

印度泊萊姆　達著
荻　崖譯

印度作家介紹到中國來的，據寡聞的譯者，祇知道介紹過一位詩哲太戈爾，其實印度現代作家中，有很多作品並不比其他各國的文學水準來得怎樣低落——尤其是散文——不過是不被重視罷了。這位泊萊姆•羌達，可說是印度近代文藝之父，現代中央印度最優秀的短篇小說作家；他的本名是姆辛•大亨巴特•勒安，印度教徒，一八八〇年代生在聯合州的培挪列斯地方，自幼就亡去了父母；他曾經做過官，就在這期間，獨自祕密地從事寫作修養。他的作家生活開始在一九〇〇年，大部的作品發表在堪布耳市的文學雜誌「時代」和「同情」上，發表過的作品又蒐成小說集「泊萊姆二十五話」和「泊萊姆三十二話」等。一九一八年發表過長篇小說「美之街」；在一九二六——二八年間，他又發表了長篇「卡爾巴拉」；但他的眞正價値，還是在短篇小說上，正因爲這是他自身所開拓的辛達斯坦文學中的新天地。這篇小說是從日譯「印度短篇小說集」中轉譯的。

一

正像巡查有紅色的包頭布，淑女有衣裳服飾，而醫生有來診的患者一樣，各有各的他們自己所有的東西。那種所有的東西，在農夫方面說起來，不就是在田地中眺望飄蕩的五穀嗎！當琪辛伽在眺望他自己的蔗糖田時，不覺的有些陶然起來。這是三皮格（一皮格等於四五九〇方尺）光景的蔗糖田，無論怎樣估得便宜，也有五百魯比的價値。如果，萬一能夠托菩薩的福，丈量得好一點的話，那就不會不超過這個數目以上。二隻牛都已經年老，這次舉行巴蒂薩祭的時候，再買一隻仔牛來罷。而且什麼地方有二皮格光景的地皮出賣的話，也打算把它買下來。因爲金錢並不是貯藏起來的東西喲！

商人們也已經對琪辛伽另眼相看了。村子裏已經誰也不想和他做爭吵的對手了。而他呢，也把任何一個人當做比屁還不如。

有一天傍晚，琪辛伽把兒子抱在膝上，把豌豆從豆莢裏剝了出來。這時不知怎的他看到了有一羣羊從那邊走了過來。他心裏就暗暗的想：

「這裏可並不是羊走的路啊。爲什麼不把羊趕在田畦那邊走呢？牠們現在一定會亂踏田地，咬嚼蔗子的。那末，這損失究竟誰來賠償呢？那傢伙好像是牧羊的蒲陀啊。近來那個東西有點傲慢起來了。他該以爲照理在田地中趕羊是沒有關係的罷。明知道我在這兒，還不把羊趕回去，那種强橫的態度，眞是太豈有此理！我連那傢伙的一根毛的恩都沒有受到過啊。有什麼理由可以對那傢伙寬恕呢？何況我如果要想買他的一隻羊的話，那傢伙一定會討我五個魯比的。市面上一條毛氈只要四個魯比，而那傢伙却是一個比五個魯比再便宜就不肯出賣的東西。」

不多一會，羊羣走到田地旁邊來了。琪辛伽就怒喊起來：

「喂！你要把羊趕到那兒去啊？難道你分不清什麼是田，什麼是路嗎？」

蒲陀用溫和的調子回答：

「老闆，我會好好地從蔗子縫裏趕過去的。如果遠着走的話，不是要多走一可司（一可司大約相等於一哩半）的遠路嗎？」

琪辛伽說：

「那末，爲了要不使你遠走遠路，我祇好讓你踏壞我底田地麼？就是要在蔗糖田裏穿過去，爲什麼不在旁人的田裏穿過而偏要在我底田裏穿過呢？你把我當做是掏陰溝的或者是打皮洞的嗎？還是你已經積蓄了錢而神氣起來了呢？快點把羊趕回去！」

蒲陀說：

「老闆，今天請你特別通融一下吧。假使下次再打這兒走，無論你怎樣的責罰，我都甘願忍受的。」

琪辛伽說：

「我說過：你把羊趕回去！假使有一隻跑進田裏去的話，我可要對你不客氣了！」

蒲陀說：

「老闆，羊如果踏壞您一根蔓的話，隨便你怎樣的罰我就是了。」

蒲陀雖是用非常溫和的聲調回答，但他心裏却想：如果把羊趕了回去的話，自己就太沒有面目了。他在心裏思考起來：這一點子小小的威嚇，就把羊趕着遠路，牧羊的玩意兒簡直就不能幹啦！今天假使趕了回去，明天不是沒有了再趕羊出來的路嗎？都是這樣的話，我就得到處都受人家的威嚇啦。

蒲陀是個很勤篤的人。他看牧了各家的羊，和自己的相加共有十二珂里（一珂里二十隻），牧一珂里的羊每天可以收入八個安那（一安那是半個魯比）。而且他還擠羊奶出賣。也做了毛氈出賣。他開始這樣的想：

「他固然是那樣的有錢，可是我並沒有向這傢伙借過一個錢。他能對我做出些什麼事呢！」

羊們一看到青葱葱的草，再也忍耐不住，立刻跑進田裏去了。蒲陀用棒打着羊，想把她們趕到田畦上去，但羊們却乘他的不備之際，穿進了蔗田。琪辛伽的臉氣得像冒火也似的紅漲起來：

「狗東西，你有意和我作對嗎？那末，很好，我就打斷你這狗東西底剛强的鼻子！」

蒲陀說：

「羊這傢伙一看到老闆，都有點害怕呢。假使老闆肯到那一邊去一會兒的話，羊就會好好地走過去的。」

琪辛伽把膝上的孩子放了下來，拿起了棒；於是，他就飛也似的跑到羊羣那邊去了。即使是洗衣舖罷，也不會把驢馬這樣毫不慈悲地鞭打的。有一隻羊被他打斷了腿，有一隻羊被打斷了脊骨，於是全部的羊都哞哞的悲鳴起來。蒲陀眼看着自己底羊羣的傷壞，却靜沉地站在一旁。他並不想把羊趕了回去。而且對琪辛伽也並不說一句話。他祇是站在一旁觀望那在亂鬪的戲劇。

琪辛伽終於以一種使人家不會想到是人類所有的剛勇的神氣，僅不過二分鐘就把羊都趕散了。這樣，他以業已退治了這些家畜的軍勢，充滿了凱旋的誇耀發表他的宣言：

「行啦，趕回去罷。再要在這兒通過，連做夢也別想！」

蒲陀一邊眺望着羊羣，一邊苦笑着回答：

「琪辛伽，我想不到你有這一手呢。你會後悔的啊！」

二

要想對農夫復讎，那眞是比要剝去香蕉的皮還要容易得多。那因爲農夫們的收獲物，不是放在田地裏，就是貯藏在糧食倉的緣故。不單如此，還得在各種各樣的自然的災害，或是浮世的遭遇以後，方才能夠有穀物的收穫。假使的話，有了這些的變故以外，再要對人發生了什麼仇恨，那末農夫就會連逃避的地方也會沒有的。

琪辛伽一回到家裏，就把爭吵的經過告訴了人家。這樣一來，人家都很小心謹愼地把意見告訴給他聽：

「琪辛伽，你闖下了大禍啦。你，是個懂事的人却做出不懂事的事情來了！難道你不知道那蒲陀，是個多麼喜歡吵架的人嗎？但現在還不遲，你趕緊去向他道個歉罷，不然的話因了你一個人會使全村的人遭到災禍的呢。」

琪辛伽聽見了人家告訴他的話以後方始注意到。而且也後悔起來。

「其實我已經再三的告訴他，不要這樣做；固然，羊喫我一點子的草，我不見得會有什麼多大的損失的。眞是的，我們做農夫的人，就是老向人家低頭，也都會有果報的。連菩薩也都不高興我們抬起頭走路呢。」

琪辛伽心裏固然並不願意到蒲陀的家裏去，但受了人家無理的堅强的勸告，終於走了出去。

阿格亨月（十一月中旬到十二月中旬），霧在瀰漫，因此附近都被濃厚的霧氣所籠罩住了。琪辛伽走到離開村落的地方時，看到那邊有火在燃燒，他的魂靈就飛散掉了。胸膛也震悸起來。是田地中起了火了。於是他就求告菩薩，希望那在燃燒的不是自己的田地。可是越走近火燒的地方去時，那求告的希望就越加消失起來。

「我正因爲放不下心才出來的，依舊有這種結果。眞是殘酷的傢伙，終於放起火來了，爲了我一個人的事情要使全村都毀滅了。」

火在燃燒的田地，好像就在眼前，正像是那田地和他之間一點都沒有地面的間隔。當他奔跑到田地的近旁去時，田地的全體已變成了一片巨大的火焰。這時，琪辛伽喊出了要求救助的悲鳴。

村子裏的人們都奔跑着來了。而且順手迅快地在經過的田地中拔了大量的阿耳哈爾的草莖（Cajanus Indicus荳科植物）、挑撲火焰想把它消滅。這裏出現了火焰和人類的可怕的爭鬪情形。

這火燒的騷動大約繼續了三個鐘點。有時候是火焰得了優勢，而有時候又是人類獲得了勝利。火焰的氣勢行將消熄時，却又昇竄上來，甚至吐出了二倍以上力量的火舌；在撲救的人們之中，最惹人注目撲火的是蒲陀。蒲陀捲起衣服的下端，奮不顧身的竄進火焰裏去，撲平觸目的火勢，而且不使燒及一根髮毛地在火焰裏蹤了出來。

結果，是人類這一方面勝利了。可是這所謂勝利，正是要被敗北者嘲笑的勝利，全村子的蔗糖田都已經燒成了灰燼了。而且也同這些蔗糖一起，任何希望，都化作了焦土。

三

是誰放火的呢？那是公開的祕密。可是，誰都沒有把這個說出來的勇氣。那因爲是沒有得到任何證據的緣故。不正確的推測，可有什麼價值呢？琪辛伽很不容易從自己的家裏走到外面去了。因爲他無論走到什麼地方，就不能不聽到嘲諷的話語。甚至還有人明顯地說：

「那火跟你自己放的沒有兩樣。你把我們的所有都化做烏有了。你才是個飯桶，地面上可沒有你的立足的地方。你自己果然倒霉，但我們全村也都一起完啦。如果不和蒲陀吵架的話，我們是不會這樣地倒霉的啊。」

琪辛伽被人家指摘咒罵，比損失了自己底財產還要來得痛心。祇好整天到晚的躲在家裏。

坡斯月（十二月中旬到一月中旬止）到了。一到這一個月，榨糖機就會鬧猛地迴轉，糖密的香味會在周近漂漾，蒸爐的下面燃起了火，而在蒸爐前面，人們都用水煙管在吸着煙草；然而今年呢，却祇有可怕的靜寂。人們都被寒冷所迫，一到太陽西下就立刻關閉了門戶，咀咒琪辛伽。

馬格月（一月中旬到二月中旬）裏，受到了劇烈的苦惱，蔗糖田不單是給與了農夫們的富裕，而是給與他們力量。由了這農夫方才能夠防禦寒冷。人們喝着它的暖和的露，燃燒它的葉子，而它那滓物，又是餵家畜的糧食。村子裏的狗向來是每夜睡在蒸爐下暖熱的灰燼上面的，而今年因了寒冷都凍死了。很多的家畜，因了缺乏糧食，都病倒死去了。因了過於寒冷，村子裏發生了咳嗽和熱病的患者。但是爲了發生這災害的張本是琪辛伽的緣故，所以大家都在罵着：

「該咀咒的那個琪辛伽畜生！」

琪辛伽經過很多時的考慮以後，就決心想把蒲陀的立場弄得和自己的立場一樣：

「我是爲了他弄得這種樣子了；可是，他呢，却還快樂地在吹奏安心的笛子！我也得回報他一下哪！」

自從有了這破壞的大災害那一天起，陀蒲已經停止到琪辛伽的村子裏來了。但是，琪辛伽却開始和蒲陀交往，想要締結親切的交情。他裝出一點都並不疑惑蒲陀的神情。有時爲了要買他的毛氈，也親自跑到他那兒去。蒲陀待他很是密切，當然，水煙管也得請敵人呼一口的，可是他還請琪辛伽喝牛奶，或是夏派特水（水和菓子露冲成的飲料），若不是這樣，他決不放他回去的。這時候，琪辛伽每天都到製造蔴繩的工廠裏去做工。大概是過幾天領取一次工錢，然而每天的費用，都化費在結交蒲陀的友情上了。結局琪辛伽和蒲陀做了很要好的朋友。

有一天，蒲陀向琪辛伽問：

「嗳，琪辛伽，如果你知道那在蔗糖田裏放火的傢伙，那末，你打算怎樣呢？你老實告訴我。」

琪辛伽用非常沉靜的樣子回答：

「我會這樣地對你說的：老兄，無論怎麼說，你做的不錯呢。你打走了我的傲慢，使我變成一個眞正的人類。」

蒲陀說：

「假使我是你的地位的話，若不把他的家完全燒掉，是不會出這一口氣的哪。」

琪辛伽說：

「這是前世的命啊。這以上再加起惱恨和怨仇來，又有什麼益處呢？我固然是完結了，但報復了他，在我有什麼意思啊？」

蒲陀說：

「話是不錯。這正是人類的本分。可是氣冒得太過火的話，智慧的眼會被遮蔽起來的哪。」

四

派貢月（二月中旬到三月中旬）到了。農夫們爲了要種植蔗糖的芽而耕種起蔗糖田來。蒲陀的家狀況非常的好。賣掉的羊好像是被人所搶奪那樣的快，蒲陀家的門口，常是有二三客擠在一起，向他討好。蒲陀很是神氣，對誰都不肯客氣的應付。而且把羊的租金增漲到一倍。如果有誰反對，他就會生氣地回答：

「我並沒有強要你借啊。不高興的話，你就別借好啦。可是，我所說的數目，一個錢也不能少的。」

誰都聽到了這種神氣活現的話，但爲了必要的緣故而沒有法子，所以祇好像寺院裏的方丈要求施主捨賜似地，等候在蒲陀家的附近。

幸福女神的姿態是很偉大的。然而那姿態也是由了環境而能大小不同。有時候那莊嚴的大，如果寫在紙片上，僅不過縮成了文字而隱藏住了；而有時候呢，放在嘴裏說時，甚至連影子都會消失掉的。但是，無論怎麼說，幸福女神必須要住廣大的地方的，她來了以後，家屋就會廣大起來。好像在小小的家屋裏是容納不下似的。因之蒲陀的家就廣大起來了。進門的地方也有了拱廊。二間的房屋變成了六間。差不多可以說是新造的房屋了。他向某個農夫要了木材，向某個農夫要了煉瓦和燒柴，向某個農夫要了竹，向某個農夫要了茅草，而也要某個泥水匠替他造起了牆壁；但那些都並不支付現款，而以仔羊來代替這些價値。幸福女神是那樣有權力的人類，大概的工作，比所想像的還要進步得快。相當富麗的住宅差不多是不費一文地造成了。於是，興起了慶祝新屋落成的準備工作。

琪辛伽方面呢，祇不過是做了一天，方才能有顧到飲食的收入。蒲陀家方面，却在下金雨。琪辛伽固然是怨恨蒲陀的，但怨恨可以說是壞事情嗎？誰能忍受這種不公平的遭遇呢？

有一天，琪辛伽踱着方步，走到剝獸皮人的村落來了。於是，他去訪問哈里赫耳的家。哈里赫耳走了出來，和他談着客套，也請他抽水煙。二個人輪流的抽着水煙管。這個剝獸皮的是個心地險詐的人，所以農夫們對他都很害怕。琪辛伽一邊抽煙一邊說：

「近來不是一點也沒有舉行熱鬧的祭會嗎？所以熱鬧的聲音就聽不到啦。」

哈里赫耳說：

「祭會要舉行熱鬧是做不到的。單是吃的就夠担心的了，還有功夫去顧到那個嗎？可是，老闆，你近來在做些什麼事啊？」

琪辛伽說：

「做的事情嗎？被打斷了鼻子的人，就是活着，也是很悲慘的啊。唔，做了一整天，才能在廚房裏冒些煙出來呢。最近，挺寫意的要算蒲陀那傢伙啦。錢又有那麼多，多得連放的地方都沒有了。而且還新造了房子，那傢伙在忙着準備慶祝新屋落成呢。七村中都要送司拍莉（慶祝用的樹果）來了吧。」

哈里赫耳說：

「老闆，幸福女神降臨了的話，連那個人的眼光都以爲是慈悲的了。但是，你瞧着他罷。他還沒立定脚跟呢，和他談話的時候，那傢伙可眞神氣得了不起呢。」

琪辛伽說：

「那傢伙的神氣，是有毛病的。就拿這村子來說罷，有誰跟那傢伙合得上呢！可是，老兄，這不公平，咱們也還可以看得到的。祗要菩薩能保佑我們的話，照理應該那傢伙低下頭走路的，不過，咱們並不想誇耀自個兒比人家强得多。我一聽到那傢伙吹牛，就會生氣，昨天是要飯的傢伙，今天就得意忘形了。他就是神氣，也只能在咱們的前面做神氣呢。不多久以前，他還是個肚子下包一塊布在田裏趕烏鴉的東西呢。這東西現在是出盡了風頭了。」

哈里赫耳說：

「你以爲怎麼樣，來一下他想不到的事情給他嘗一下味道兒吧？」

琪辛伽說：

「就是要想幹，也幹不成的。那傢伙怕着你的手段，不是連一條牛或是水牛都不敢養呢？」

哈里赫耳說：

「可是，他不是養着羊嗎？」

琪辛伽說：

「幹得不巧的話，那就找麻煩了。」

哈里赫耳說：

「那末，老闆，你可有什麼妙計啊？」

琪辛伽說：

「我們總得要想一個使那傢伙連聲叫苦的方法才好吶。」

這樣，他們囁囁嚅嚅的繼續地談起話來。

世界裏有的是有趣的神祕。正和善的人在世界上有怨恨存續一樣，而惡的人在世界上也有着同情。學者看到學者，聖人看到聖人，詩人看到詩人，他們都會發生嫉妬，然而，賭錢的看到了賭錢的人，喝酒的人看到了喝酒的人，强盜看到了强盜，他們是會互相同情的。假使一個僧侶在暗闇中跌倒了的話，其他僧侶不單不把他救扶起來，反而會踢他幾脚使他站不起來。可是，如果是看到了一個强盜在遭遇危險的話，那末，其他的强盜就會把他救助出來的。誰都看到惡會憎惡的；因此，惡人的世界裏就存在了同情。誰都看到善會讚美的；因此，善人的世界存在了反目。强盜殺掉了强盜，有什麼可以獲益的呢？那祗是嫌惡。而學者侮辱了學者有什麼可以獲益的呢？那有的祗是光榮！

琪辛伽和哈里赫耳一起商量，在打算一種不良的戲劇；而且還決定了這樣的做。在那種時候，和用這樣的方法。

琪辛伽出去了。那是一種意氣洋洋的走法——要打倒敵人。那傢伙現在可已經沒有了逃避的地方啦。

五

第二天，琪辛伽在做工作的途中，順便到蒲陀的家裏去。蒲陀問他：

「今天不去做工作嗎？」

琪辛伽說：

「現在正要去呢。可是我有一件事情要拜託你。跟你的羊一起去的我的仔牛，可不可以給牠吃一點啊？可憐的牛一天都吃的是枯草，太可憐了。我既沒有青草，也沒有嫩草，有什麼能夠給牠吃的呢？」

蒲陀說：

「老兄，我可沒有養黃牛或是水牛呀。你不是知道的嗎？那些剝皮的傢伙太會搗蛋啦。而那個哈里赫耳傢伙，曾經殺死過我的二條牛呢。我再也不明白他是把牠們噎死的呢，還是給牠們吃了什麼東西死的。從那以後，我甚至打了自己的耳刮子，決心不再養什麼黃牛或是水牛了。但是，你祇有一條仔牛，誰都不會弄什麼惡作劇的罷？你高興的話，什麼時候都可以，帶牠來就是了。」

那話談好了以後，蒲陀把為了慶祝新屋落成而買來的東西，拿給琪辛伽看。那是一些義希（精製白脫），車糖，麵粉，和蔬菜之類的食物。甚至連幸福女神一代記的說教還够不上它的多。琪辛伽張開了很大的眼睛。這種盛大的準備，他是從來沒有做過。而且也從來沒有看到有誰曾經這樣做過。琪辛伽做了一天工作回到家裏以後，首先比做什麼事都要緊的是：把他自己底仔牛牽到蒲陀的家裏去。

那天晚上，蒲陀的家裏，有關於幸福女神一代記的說教。而僧侶們呢，都吃着各種豐盛的菜蔬。徹夜的都由僧侶們的饗宴和歡待，蒲陀的家眞是熱鬧非凡。因此，沒有工夫再去照顧那些羊羣了。全夜的忙碌着，好容易到了天明，蒲陀們才吃完了飯，這時候有一個人來說：

「蒲陀，你在發什麼獃呀！你的羊羣裏面有一隻仔牛死掉了呢。眞是殘酷！把仔牛的脚和頭那樣的綁了起來！」

蒲陀聽到了這話，眞是大吃一驚。琪辛伽也來幫忙的，現在正和蒲陀在一塊吃飯。那時，他聽到這個消息，立刻吃驚的喊：

「是我的仔牛嗎？我去看去。我可並沒有把牠綁上繩子啊。我把牠趕進了羊羣裏面就回來了，你在什麼時候把牠綁起來的呀？」

蒲陀說：

「別胡說八道！我可沒有綁仔牛的脚和頭。那時候一直到現在，我還沒有到羊羣那邊去過呢。」

琪辛伽說：

「你不去的話，是誰綁起來的呢？大概你去了就忘記啦！」

僧侶的一個說：

「羊羣裏面死掉了仔牛！不論繩子是誰綁的，世界上的人無疑都會說：因爲蒲陀不注意所以死的呢。」

哈里赫耳也以一村剝皮人的總代表，而來幫忙的，他正在大門前做着事情。一聽到這個騷動，他就說：

「我昨天晚上看到蒲陀在綁仔牛的呢。」

蒲陀說：

「我!?」

哈里赫耳說：

「你不是肩胛上架着棒，然後把仔牛綁了起來的嗎？」

蒲陀說：

「你，眞是，捕風捉影的瞎說哪！你看到我在綁着仔牛的嗎？」

哈里赫耳說：

「爲什麼要釘住我呢！你說沒有綁，就算沒有綁好啦！」

僧侶說：

「這不能不好好的調査一下。而且，也不能不使他受殺牛贖罪的苦業。這可不是說着玩的呢！」

琪辛伽說：

「大師傅，總不見得會有意去綁牛的吓？」

僧侶說：

「就是那樣說，可有什麼用呢？無論如何殺牛之罪，還是有的呀。有誰會有意去殺牛的嗎？」

琪辛伽說：

「總之，綁了牛或是把牠放開，倒是一件很不容易的工作哪。」

僧侶說：

「根據經文所說，殺牛的罪很重。殺牛的罪比殺死僧人的罪，不見得會輕多少的。」

琪辛伽說：

「一點不錯。牛，無論怎樣說，總是一種很重要的畜生。那和母親一樣的重要。但是，大師傅，這是意想不到的失策吓。請你幫個忙隨便一點吧。」

蒲陀他站在那兒，傾聽着他們滔滔不絕地把殺牛的罪輕便地加在自己的身上。他也很明白這是琪辛伽的策略。

「我雖然沒有綁過仔牛，但就是再辯解十萬遍罷，不見得有誰來相信我了。而且你們，都以爲我是非要罪贖不可的罷。」

在僧侶們說來，以爲蒲陀以贖罪最爲有益，這種幸運是不可以坐見喪失的。結果，殺牛之罪就加在蒲陀身上了。就是僧侶們罷，因爲對於蒲陀也隱隱地含有怨恨，所以在這時候，正是隨心所欲的最好的機會。

他們所加給蒲陀的罪是：做三個月光景的游方乞丐，巡禮聖地七處，齋宴僧侶五百名，捨施牛五條。

因了蒲陀聽到這話，爲之喪心落胆，眼淚像瀑布也似的滴了下來的緣故，大家都以爲他很可憐，而把當三個月的乞丐減成二個月。可是再也不許有這以上的折扣。哀訴和懇求都沒有用！悲慘的蒲陀，是不能不俯首忍受了。

六

蒲陀祇得把他的羊暫時聽天由命。因爲他底男孩子年齡太小，而他底妻子一個人是忙不過來的。他流浪到別地方去，向各家人家的門口站立。他常常告訴人家因了仔牛的緣故，而被逐放出來的。他可能拿到了人家捨賜，但在拿到捨賜的時候，同時也不能不受到人家大聲的呼喝和叱責。整整的一天，把拿到的東西，在傍晚以後坐在樹木下吃食，也在那裏睡覺。可是，他並不以爲這是困苦的生涯。因爲他過去就是整天地和羊一起在樹木下睡過覺的。吃的東西也並沒有比現在的來得特別好。祇不過做乞丐，實在是非常不願意。有時候那些有錢的太太們，當她們對蒲陀說出你也會過這種苦生活麽，這種譏諷的話的時候，他眞是苦痛得了不得。可是，這是不得已的吓。

二個月以後，回到家裏來了。頭髮長得很長。而身體呢，也像六十歲光景的老人似地衰弱了。

他爲了要出去巡禮，開始準備路費。可是那裏有肯借給牧羊人的放債人呢？羊可以做什麽保證呢？祇要是疫病流行的話，全部羊羣在一個晚上就都可能完結的。何況，在芨妥月（五月中旬至六月中旬）中，對於羊是毫無出息的季節。不過，有一個叫台利（造油的人）的，他說肯借錢給他。

然而，那是一種每月要一成幾分的利息，過了八個月的話，那本錢和利息就會相同的借債。蒲陀對於這種高利貸的借債，並沒有勇氣。

在蒲陀不在的二個月之間，很多的羊被偷去了。他的孩子們雖然每天出去牧羊，但村子裏的人們，都隨意的藏去了一二隻羊，或是把牠們殺了吃掉。可憐的孩子們不能捉住了羊，而且，卽使知道被偷，也不能夠和人家爭吵或是打架。因爲村子裏的人們，都是暗暗地連結在一起的。

如果再過一個月的話，羊會一半都留不到罷？蒲陀眞是異常地困惑了。因之，絕望了的蒲陀喊來了某肉店的人，把全部的羊都賣掉了。到手了五百個盧比。於是他把二百盧比放進懷裏出去巡禮。殘餘下來的準備作齋宴僧侶之用。

蒲陀出外之間，來了二次强盜。可是驚擾的結果，幸虧沒有把錢給他們搶去。

七

沙旺月（七月中旬到八月中旬）。四處都擴展着綠色。琪辛伽因爲自已沒有耕牛，就把田租給人家。蒲陀已經完成了贖罪的苦業，同時也完全從金錢的束縛中解放了出來。琪辛伽沒有了一個錢，而蒲陀也沒有了一個錢。這樣，還有誰妒嫉呢？

因了麻繩工廠在停工之中，琪辛伽就改做漆匠的工作。近處的市鎭中正在建築宏大的伽藍殿，那地方有幾千個工人在勞動。琪辛伽也是其中之一。於是工作了七天，拿到工錢，回家睡一個晚上，第二天早上再去工作。

蒲陀也正在找尋工作，偶然的跑到這個工廠裏來。那監工的人，看蒲陀並不十分壯健，以爲他是不配做吃重的工作的，就雇他在漆匠那兒做個搬漆工人。當蒲陀頭上頂了泰沙拉（裝漆的鐵器）把漆搬過去時，碰見了琪辛伽。二個人於是問了好琪辛伽替他把漆裝進泰沙拉裏面。蒲陀就把它頂在頭上運了過去。那天的一整天，二個人都沒有說話，各自專心的做着工作。

到了晚上，由琪辛伽開始問他；

「什麼都不做嗎？」

蒲陀說：

「不做的話，吃什麼呢？」

琪辛伽說：

「我一天吃一次豆，還有一次是吃煎餅。很容易餓啊。」

蒲陀說：

「那一邊有柴的，我去拿來。我有家裏帶來的麵粉呢，是在家裏磨好了來的。在這裏買的話，貴得很呢。我在這石窪裏可以揑的。你也許不喜歡吃我所做的東西吧，你不做你的麵包嗎？」

琪辛伽說：

「不是沒有太華（製麵包的淺底鍋子）嗎？」

蒲陀說：

「太華要多少都有的。我把這泰沙拉洗乾淨了來罷。」

柴火燒燒起來了。麵粉也揑好了，琪辛伽也燒熱了半熟的壁脚的麵包。蒲陀打來了水。二個人都用辣椒和鹽塗在麵包上吃了起來。於是在水煙管裏裝上了煙絲，誰都橫靠在工作的石塊上，交換地吸着煙。

蒲陀說話了：

「放火燒你蔗糖田，實在就是我啊。」

琪辛伽用沒有法子的神氣回答：

「知道的。」

等了一會兒，琪辛伽說：

「綁仔牛的，是我呢。而哈里赫耳不知道給牠吃了什麼東西，把牠噎死了。」

陀蒲也用同樣的神情回答：

「知道的。」

於是二個人就這樣悠悠地睡過去了。

漫談菲爾丁

錢公俠

說到英國小說之祖，我們有時候會推『魯濱孫漂流記』的作者德福（Daniel Defoe）然而以現代小說的嚴格定義來講，他所寫的幾部書，却是稱不上的。因爲他的作品盡是冒險故事，其中並無風俗人情的描寫，更沒有人物性格的刻畫；他沒有創造出一個活躍紙上的人物出來。如果把德福放在一邊，那末我們就要請出里查遜（Samuel Richardson）和本文所要談的菲爾丁（Henry Fielding）了。前者的帕米拉（Pamela）印成於一七四一年，次年後者的『約瑟安德羅』（Joseph Andrews）即接踵而出。他們兩人雖然到死是一對寃家，可是他們同是英國現代小說之祖，却是毫無疑問的。

菲氏的小說，和我國從前的說部略有相同之處，就是把許多的小故事，連串成爲一個很長的故事，其中尤以他的偉著『湯姆瓊斯』（The History of Tom Jones,a Foudling）爲甚。他的小說裏面，詼諧的成分極重，悲哀的氣息極微，也是和我們說部相同的地方。然而最爲相似的，便是他對於男女之間的描寫，是極其大膽的，或者可以說是極其粗魯的。在這一點上，他頗受他本國批評家的指摘，甚至法國的泰納，也說他缺少了一點文雅。然而這一點小疵，在我們國人看來，實在無傷大雅。以他的這種作風，如果翻譯到中國來，一定能得到國人的歡迎，因爲他是旣鬆動，又有趣，而且『善有善報，惡有惡報』的。

這樣講，也許有人要誤會他的作品將如太上感應篇或果報錄中的故事了，這又大不然。要使你相信其不然，我只要說出他寫約瑟安德羅的一番情形就得了。我們說過，在這本書出世以前，已有里查遜的『帕米拉』。里氏的寫作，才眞是完全以勸人爲善爲目的的。所以『帕米拉』還有一個書名，就叫作『善有善報』（Virtue Rewarded）。全書完全是一個女僕致其父母的信札，敍述她的小主人如何向她追求，終於得到她的芳心，娶她爲妻。作者將帕米拉描寫成一個天上少有人間絕無的有德性的女子，她的一言一行，都不離道德和善行。最後作者還恐讀者未能獲得其教訓，更在書末排列出一個德性的目錄，以示帕米拉之爲完人。這個故事，便喚起菲爾丁之興趣，他決定寫出一部小說來，加以嘲笑。在這部書裏，也有帕米拉，可是主人翁却是她的兄弟約瑟安德羅。他將他也寫成一個品性極好的人物，同時他又使他遭遇種種的窘境，而引出滑稽可笑的結果。例如他要做一個彬彬君子，可是作者却將他的衣服剝光，丟在溝渠裏面。此外還有許多不幸的事情時時發生，使他哭笑不得。這一部書，種下了里查遜對他的憎惡，終身不忘。里氏曾經說過，如果他不認識菲爾丁，他是要將他看作一個馬夫的，也可見里氏心中是如何的懷恨了。然而菲爾丁的趣味，便可以從這個裏面充分看出來。

這第一部小說，據說是菲爾丁自己最喜歡的。在前言裏面，他說他是模仿西望提斯而作。然而全書並沒有可以看出在模仿的地方。有之，或者就是教區長亞當（Parson Adams）這個人物，他的浪漫，天眞，忠厚的性格，和吉訶德先生是有幾分相似之處的。這是一個非常理想的人物，不論什麼人讀了他的經歷，沒有不覺得他有趣而且可愛，既令人好笑，又令人尊敬，正如哥茲密斯的威克斐牧師一樣。

可是菲爾丁的性格是很豪爽的，他最初下筆的時候，固然意在譏諷，然而寫到末了，讀者都沒有一個不愛約瑟和他的夥伴亞當了。這個情形，正與狄更斯之寫辟克維克（Pickwick）老先生相同。

繼此書而出的，是一部十足諷刺的小說，名「大好老傳」（History of the Life of Mr.Jonathan Wild, the Great）。作者的意思是說單是偉大而沒有德性，即與邪無異。他寫一個名叫懷强南的人，有胆量，有機智，却欺騙友朋，誘人妻子，巧取豪奪，無所不爲，終於犯了死罪，判處絞刑。全書幾乎沒有一句正面的話，除了寫到被欺騙的人和他妻子的地方，才有點感傷的情調。拿英國文學史來講，這倒是一本很奇特的書，可是拿好惡來說，既然通篇都是譏諷，而且是非常冷酷而强烈的譏諷，讀者自然難有快感，因而就不大爲人所歡迎了。我們試拿中國小說做例，一般讀者，尤其是女讀者，是喜歡「儒林外史」和「西遊記」呢，還是喜歡「紅樓夢」「兒女英雄傳」？是喜歡「阿Q正傳」和「老張的哲學」呢，還是喜歡茅盾的三部曲和巴金的「家」？當然不言可喻了。

「大好老傳」以後，便是他的巨著「湯姆瓊斯」。寫一個孤兒如何爲一個鄉紳所收養，後鄉紳如何聽信讒言，將他逐出，他又如何經過種種患難，才得使沉寃大白，且與他的愛人團圓。主人翁可以說就是作者的影子，並非說身世相同，而是說他們的個性相同。他有愛喝酒，容易闖禍，更容易遭「女難」。作者某處有意和讀者開玩笑，竟說一個和他一見傾心的某某夫人，就是他的親生母親。雖然後來又說明她並不是他的母親，然而已經使許多『文雅』的讀者不勝憤慨了。

對於這一部書，攻擊的人着實不少，可是我們只要舉出加以好評的四個大作家來，就可以使人相信它是一部好書了。第一個是吉朋（Gibbon），即『羅馬興亡史』的作者。我們都知道英國人歷來對這位大家的斷言，除了唯唯以外，是沒有第二句話可說的。凡是一經他品評以後，就如我們所謂『一登龍門，聲價十倍』，而且毫無異議。他說：

『我們的不朽的菲爾丁，與登比郡伯爵們同宗的，這些伯爵乃是漢普斯堡伯爵的後裔。查里五世（神聖羅馬帝國皇帝又兼西班牙國王）的王孫，也許瞧不起他們的英國弟兄，可是「湯姆瓊斯」這部傳奇，這幅幽默與習俗的絕妙圖畫，其壽命決較愛司丘里王宮和奧地利之帝鷹為久遠。』

還有一位是柯勒列芝，他在所著『文學掌故』（Literary Remains）中，力闢『湯姆瓊斯』為猥褻之說。他的立論是這樣的：風俗人情，因時代而不同，湯姆瓊斯的行為，後世青年當然學不得。可是此書原意，並非示人楷範。而專門用以示範的帕米拉等書，嚴格地說起來，倒實在是不道德的，因為它分明毒化了青年的想像。少女固然不敢說，可是一個青年男子，如果他看了這部書而情感受損，引起欲念，那決不是此書的不好，而是這青年的心術早已壞了。柯氏稱此書充滿愉快，日光，和微風，同時對於全書的結構，亦備加推崇，稱為匠心獨運。

其次便是司各德和蘭姆。蘭姆以他美麗的筆調，說瓊斯的一聲歡笑，足以『使空氣澄清起來』。這眞是把瓊斯的豪爽可愛之處，完全道出來了。司各德在尼傑爾之命運（The Fortunes of Nigel）的序言中，以對話的體裁，對菲爾丁的著作加以盛讚。

統領：我以為一本小說應該自然而且入情入理；開始就來驚人之筆，然後毫不牽強地進行下去，以至於美滿的結局——好像一條著名的河流一樣（略）。

作者：（略）——這世上恐怕還沒有根據這個計劃而寫出來的小說吧。

統領：對不住——『湯姆瓊斯』就是。

作者：眞的，也許還會有『愛米麗亞』（Amelia）。菲爾丁對於這種藝術的尊嚴，具有高貴的觀念，這種藝術我們就可以認為是他所創立的了（略）。

文中有許多略去的話，都是間接贊美『湯姆瓊斯』的，我們也不必一一讀它出來。總之，這是一部值得一讀以至再讀三讀的書，於此也可使讀者相信了吧。

可是指摘菲爾丁的，如我們前面說過却也並不是沒有。最著名的人，當推英文字典的第一位作者約翰遜博士。在鮑士威

（James Boswell）所著的傳記中，曾經有兩處提到他對於菲爾丁的批評。

某次有人說到這個小說家的名字，約翰遜便說，『他是一個蠢貨』。鮑氏表示非常驚詫之意，約翰遜乃說道：『我所謂一個蠢貨，意思就是說他是一個不學無術的流氓。』

鮑：『先生，你不承認他將人類的生活畫成很自然的圖畫嗎？』

約：『可是這乃是一種非常下流的生活。里查遜一封信裏所有關於人性的知識，就遠多於整部的「湯姆瓊斯」了，我從來沒有讀過「納瑟安德羅」。』

在另一節裏，他說，『在他們兩人（即菲爾丁和里查遜）中間，有着一個極大的不同，正如一個人知道一只錶如何製成，而另一個人能看錶面上知道幾點鐘一樣。』他認爲里查遜描寫的是人性，而菲爾丁所描寫的不過是人的外表而已。

對於這種批評，即使佩服約翰遜至五體投地的鮑士威，也認爲太不公平了。實在說來，約翰遜所不滿於菲爾丁的，並不是他的什麽粗劣的文學，而是菲氏本人放蕩的生活，和他書中男性人物的荒唐行爲而已。所以勃爾尼（Burney）說，『有誰敢將他的小說在文雅的婦女之前朗誦出來？他的小說是供男性玩賞的，同時它們也的確足夠我人玩賞的啊。』

有些知道約翰遜私生活的人，則以爲他之所以偏袒里查遜，實由於他和里氏私交極好，且里氏在金錢上曾援助約翰遜；據某夫人說，他更一度曾替這位債台高築的博士，做過保釋的保證人。至於菲爾丁和他政治派別的不同，也有人說是一個原因。古人的是非我們不必去論，不過於此可以看出，一個人對於另一個人意見，往往決定於許多複雜而不同的因素，而且有時恐怕連自己也不知道呢。

然而不管怎麽樣，約翰遜對於菲爾丁的書，却也並非絕對的不愛讀。他告訴鮑士威說他曾一口氣讀完了菲爾丁的『愛米麗亞』（Amelia）。據皮奧奇夫人（Mrs. Piozzi）說，愛米麗亞還是他所心愛的一個人物。那末至少這一本書是被約翰遜認爲可以一讀的了：這就是菲爾丁最後的一部傑作。

書中的主角，是布斯先生（Mr. Booth）和布斯太太（即愛麗亞）布斯先生好賭，好飲，容易上當，於是他就時時陷於不幸，而累及他的妻兒。他的妻子是一個美麗（除了受傷的鼻軟骨），嫻靜，勤懇，服從，溫柔，仁愛，而虔誠的女子。我們簡直可以說，菲爾丁最初寫『約瑟安德羅』以譏諷的帕米拉，幾乎在愛米麗亞身上復活了。這樣一個可愛而且頗爲天眞的女子，竟因他丈夫的荒唐，而時時在窘迫和窮困中討生活，當然能引起讀者無限的同情。其實布斯先生也不是一個壞人，只是他時時爲壞人所欺騙爲壞人所要挾，不能不有時也背着他的妻子，幹些荒唐的事而已。所以薩克萊（W. M. Thackeray）在他的文學演講中會說，在菲爾丁的三部小說裏面（大好老傳不在內），我們所最應該喜歡的男主翁，是約瑟安德羅，其次便是布斯上尉，最後才輪到湯姆瓊斯。愛米麗亞並不是一個完全虛構出來的人物，她是以作者的妻子作範本的，而布斯上尉者，有一半也就是作者自己。他的妻子去世以後，他簡直悲痛得幾乎發狂。他們所用的一個女僕（她在這部小說中即是布斯家的女僕），也極其傷心。在這個時期之中，他除了和她一同哭泣，並且互相談論他們所失去的天使以外，就沒有別的慰籍。不久以後，他就要她爲妻了。他要娶她的動機之一，便是請她照料愛米麗亞的幾個孩子。

上面這四部小說，是愛好菲氏著作的人不可不讀的東西，『湯姆瓊斯』最長，『大好老傳』最短。在『湯姆瓊斯』裏面，還有一點值得提起的，就是書中共分十八篇，每篇的第一章，作者總發表一點題外的意見，大部分是他對於小說的理論，他自己寫小說的態度，以及他對於批評家的批評等等，其中很有許多極富風趣的可讀的文章，單是把這一部分提出來給我們中國批評家看看，也是很有益處的吧。

現在我們再說幾件菲氏的逸事，作爲漫談的結束。

他是個快樂的人，更是一個愛尋快樂的人。對於虛榮或聲名之類，他是滿不在乎的。有一天蓋里克（David Garrick著名演員）請他在他所寫的劇本中刪去一點不雅的地方，並且對他說道，『觀衆一旦喝倒釆，我是演不下去的。』

『如果這一場戲不好，讓他們自己找出來吧，』菲爾丁說。

開演的時候，觀衆果然大吵大鬧起來，把蓋里克嚇得逃下台來躲到戲房裏去，只見那作者正在喝着香檳酒提他的精神。

『什麼事，蓋里克？他們在噓我嗎？』

『對啦，正是我先前要你刪去的那一節。』

『哦，』這位作者答道，『我當初以爲他們沒有這樣的眼力的；他們竟然看出來了嗎？』對於一切的不幸，他都是以如此泰然自若的態度來接受的。

可是對於別人的不幸，他却絕不淡然處之了。換句話說，他是一個極頂慈悲爲懷的人。某次他向約翰遜借了一筆錢，打算繳付他積欠已久的某種房捐。當他懷了錢回家的時候，路上遇到一個他多年未見的大學同學。他請那位同學到附近一家酒館去吃飯；席中他知道他境况困難，就傾囊相贈與他。回家以後，家人告訴他征收吏已經來過兩次了。他說，『讓他再來第三次吧。』

記楊剛

泥蓮

是前年的大除夕，東方「直布羅陀」的香港，剛從炮火的洗禮中，喘息未定地準備迎接這百年來第一度大變動的新歲。一個北國的遊子，在搖曳的燭光之下，全神貫注地在閱讀友人所寫的一本小册，楊剛作：「罪聲——論中國知識份子」。

壁上的時鐘作十二響，在往常，也許正是午夜夢回的時候，可是，當時却是新舊兩年的分水嶺，在時間的進程上，眞是稍縱卽逝！

說是「守歲」也可以，新的一年就將開始；然而，作者的影子從字裏行間，跳到他底腦海裏，故人往事，襲上心來，他想起這個倔强的女人，一個多方面的文化人，一個人生的搏鬥者………

楊剛，湖北籍。在燕京大學研究西洋文學的時候，學名楊繽。從家庭到學校，她沒有離開過基督教的氛圍。幼時跟着父母參加禮拜，祈禱，唱詩和查經，這樣由小學，而中學而大學，爲了追求人生的究竟和宇宙的奧祕，曾經從「舊約」的「創世紀」，一字不漏地讀到「新約」的「啓示錄」，然而，還是一無所獲，反而，更憎厭它，終於，放棄了它，投入了文學的懷抱。

放棄宗教，在她是一個痛苦的克服的過程。假使放在一個從出世到大學畢業，就從來沒有離開宗教感染的人的身上，是會無條件地接受它的，然而，正因爲她是一個倔强的女人，一個多方面的文化人，一個生命的搏鬥者，現實的千錘百鍊，使她放棄了宗教，而以戰鬥的文學研究者的風貌出現了。

吳宓（雨生）是她研究文學的導師，在他的鼓勵與指導之下，楊繽竟把英國文學名著奧斯汀作的「傲慢與偏見」譯爲中文了。而且譯得那樣的流暢，這幾乎是英國文學研究者所不敢輕易嘗試的一件「扛鼎」的工作。

楊繽不是一個書獃子，她一面研究，一面觀察。在燕京大學讀書的期間，她常常利用假期，或深入民間，或遠足旅行。「北平啊，我的母親！」（刊於香港「大公報」副刊「文藝」）就是她對於故都夢蕁和摯愛的流露。其他如五原，綏遠，她都去過，在顧頡剛主編的「大衆智識」上曾有好幾篇動人的通訊發表。

一九三〇年，經過了四年的大學生活，我們的女學士楊繽，終於離開了海甸宮殿似的燕京大學南下了。

一個人蟄居在上海，什麽都不對勁。那正是她底一段痛苦的時期，個人思想的苦悶，家庭生活的波瀾，幾乎使她「哀毀」，然而，這一段痛苦的時期，畢竟給她打發過去了。

她拿工作來打發它。「蘇聯的宗教與無神論」就是在默默工作中翻譯出來的。這給她個人在宗教認識上作了最後一次的檢討。她的「個人道德與社會改造」也是以前進的理論爲基礎而寫的。（以上兩書均由青年協會書局出版）

就在這三十多萬字的譯文當中，雖然是原作者的心聲，然而，稍知楊繽當時處境的朋友，一定可以想像出她在怎樣痛苦而又重壓的心情之下完成這份工作的。

「八一三」以後，她以筆名楊剛，在香港「大公報」副刊「文藝」，上海「文匯報」的「世紀風」，「循環報」的「曉月」和「衆生月刊」等發表雜文，就是後來編集的「騰沸的夢」。

單看文字，實在不信出於一個女性的手筆，是那樣的激越，壯闊。她在「論中國文學」一文中，曾有這樣的幾段：

「歷史的下一頁尚未揭開，有一天，哥侖布忽然要去發現新世界，一片完完整整，從未見過的大陸，從那時就走上了歷史的新篇幅，不，是人類新的生命場。

「這片大陸，於土地，是壯偉寥闊；於浩空，只是一望無垠：蘊藏着長林豐草，是深厚，是奇祕，是豪富偉大；牠的空氣未經污染，也不留障人眼目的渣滓；牠的河流自騰自躍，自歌自嘯，蒼鷹不妨鷂擊，燕子儘管啁啾，愛咀嚼磨嘴唇的耗子，弄精靈的小貓，乃至莊嚴雄猛，才美絕世的獅王，都在一片浩瀚的自然里各人取得牠應有的天分，各人施展天分，以創造和薈萃新大陸的神奇。自然飄蕩着，呼嘯着，騎在風的背下，駕在雨的肩頭，掠過峯巔，撞下懸崖，於海底猛擊節奏，豪唱着波濤的自由，獸的自由，鳥的自由，人的自由，天地的自由，大宇宙完整的自由。

「接受了新大陸的人是有福的，多少生命多少美將充滿了他們的胸膛，發現和創造新大陸的人們更是有福，他們浩越壯偉的心胸，將是多少生命，多少美的創造者，創造之神臨到了時，一場新鮮活生的完美在鎔冶中，在鍊製中。

「曾幾何時，我們用慨嘆塞滿了自己的喉腔，用徬徨疑問領導我們的路程，我們的偉大文學在那里呢？我們有偉大的作品沒有呢？為什麼我們還沒有偉大的作品出現，本着我們三千年文學的遺產，二十年文學的醒覺？可是，不管慨嘆，不管疑問，不管我們怎樣面面相覷，奔走尋找，偉大的作品，偉大的文學還是藏在這樣榛荒的新大陸的後面……」

這簡直是創製史詩的大手筆！

一九三八年，香港「大公報」副刊「文藝」的編輯蕭乾到歐洲去了，據說是由報館當局派為駐歐記者，於是「蕭」規「楊」隨，當時許多朋友都替她揑一把汗，做「大公報」副刊「文藝」的編輯，其地位不下於當日「申報」「自由談」的黎烈文。不用說自己要有一點「私底子」，就是拉攏作家寫稿，也非不見經傳之人所能立辦，然而，楊剛是勝任愉快的。

以「豐收」見重於文壇的「無名作家」葉紫在湘中默默地死了，楊剛立即在「大公報」副刊「文藝」上，發表援助葉紫家屬的呼籲。以中國作家生活的清苦，這一運動，在物質上，也許沒有什麼顯著的成績（很難擴大到作家的圈子以外），但是，在精神上，使社會人士注意到作家怎樣在現實環境中宛轉掙扎，也是有相當意義的。

在文化上，香港本是一塊荒蕪貧瘠的園地。若是說，還有文化存在的話，那就是反動的，低級的文化了。在「戰前香港文化界雜憶」（見「雜誌」復刊第三號）一文中，我們得見兩句針血之言：

「縉紳名士提倡讀經復古，幫閒文人滿紙色情神怪。」四五年來，跟這兩種人短兵相接的，前者是已故的許地山先生，有他所寫的「國粹與國學」及「扶箕迷信的研究」為證。地山先生死後，茅盾先生曾撰文紀念：「在國內文化上逆流頗為猖狂的今日，極端需要像地山先生那樣學養有素而思想正確的戰士。」至於，反對色情文化的後者，就要數到楊剛了。

楊剛在「大公報」副刊「文藝」上發動一個「反新式風花雪月」特輯，她寫道：

『時代急遽地在變動着，但這些以詩文自娛的作者份舊在臨風生歎，對月發愁，風吹來，似乎使他們怨艾，月缺，月圓，都一樣地給他們證明歲月的匆促……凡是實際問題的探討，他們連做夢都沒有想到，他們的精緻的頭腦只合裝載些花呀，月呀，愛人的倩影，或是慈母的容顏，再就是古色古香的寶劍與美人之類的玄想。一手摟定美人，一手拔出寶劍，相與悲歌唱和，這正是歷來文人的一貫的理想，然而，這又是多麼單純的理想啊！』

對於「新式風花雪月」的批評，就是要把所謂名士的風度駁個體無完膚，讓他們赤着身子給人們看。

這是一個嚴正的批判，不但在當時的香港出版界發生重大的影響，就是在上海，也有「我們不需要病態文學」響應了。

楊剛不僅是一位優秀的翻譯者，更是懷有遠象的詩人，歌手。請聽：

尋求

當我沒認識生命的時候
我在狂烈的夢想中被火焰焦焚
當我既認識生命的時候
苦痛的蛇羣日夜撕咬我的心身

我不是愛惜這生命的
我願意爬進那慳吝者的靈魂
我還是愛惜這生命的
我流淚，聽他小聲說
　冷呀，好冷！

我走上去了，我又退後
我望着那懦怯者緊鎖的窗門
我退後了，我再走上前
他在窗門上又加了一條鐵棍

我在大街上走來又走去

街上的眼睛們像一片灰雲
我在大街上走去再走來
灰雲裏我看不見一隻眼睛

我繞着禮拜堂團團的打轉
眼隨着那說教者手上的紅燈
禮拜堂的黑影蓋下來了
那燈頭只剩了黑炭的屍身

我躺在亂葬坑的墳坡上面
我看不見眼淚，聽不見號哭
我鑽進了爛墳的底層裏面，
我看見餓鬼們還在那裏打呼。

呵！讓大火燒燬了我吧
但是，讓餓鬼們也快快醒來
我不怕火焰從我心上燃燒的
如果，火焰會帶來燃燒的愛。

願望

我知道的，我是知道的
有一個世界在等候歡欣
所以我快快踏過這個世界
像踏過一片夢裏的烏雲

我不想在這裏留下一點痕跡
我不願意向牠道一聲別離
不能再見了的，多難的人生呵
我含着我的眼淚而去

也許，我來不及走到那個世界
我就要倒下去了，我看不見牠
我甚至連望牠也望不見了
但是，我還要向牠說句私話

照顧那些不能滿足的心
像那些看不見陽光的人

當人類自由自在的時候
讓歡喜填滿我深淵的靈魂。

有怎樣的胸襟，才有怎樣的氣魄。在「望」一首詩里，

她這樣寫着

　　望——

望——

　　煙ㄣ煙ㄣ煙

　　望——

雲～雲～雲

大地在深呼吸

　呀，

上去了

～～～～

～～～～

蒸騰

漫漫

雲開了——

　赤白的胸脯

雲團了——

　含住了大氣

　　向

　前

　　向

　前

伸，

張，

殷勤的臂腕

——海的迷醉

環抱了秋海棠

　山

躺下了

黏了海
　再上
再上
一條嶺子
爬
爬——
喫足了奶的牛犢
過天崗
歇一會兒
在紅日旁
帶了金色冕
射——
四萬八千萬縷虹（作扛音）

　山——
嶂疊着嶂
巒堆上巒
腸子裏

小獅打轉
駝起山，
連天的剛鬣
——撒旦的落腮鬍——
插滿山
互貫地宇
根連根
梗繞梗
——蔓纏
結住了
崐崙和長白
大塊
長了刺——
小獅的毛針
四萬八千萬！
望——
一堆，
兩堆，

三堆，
堆，堆，堆，
堆，堆，堆，
篝如的紅光外
遍野——
大地的黑影
頭碰頭
嘴巴接耳朵
流
　流
　　流
一條長河
小小聲，汩，汩，
由喉嚨流進耳朶
流進五千年的心！

這是詩人在精神瞭望台上的觀照。

在香港，楊剛除了担任「大公報」的副刊編輯以外，在嶺南大學兼授「翻譯研究」，其餘的時間幾乎全部用在「文藝講座」上，以講授文藝理論，指導青年寫作爲宗旨。同道致力的有已故香港大學文學教授許地山先生等，他們雖在默默地工作，但是，在香港的文化園地里，無疑地是最勤懇的園丁了。

她不是一個多產的作家，近年只有兩個集子出版：「春、韮集」和「公孫秧」。前者是散文是短篇小說，後者是作爲少年讀物的歷史小說。

至於她底私生活，友輩中知道的很少。她對朋友向來「言不及私」。在「大公報」的編輯羣中，她是唯一的女性。平常的工作時間不夠支配，有好幾次，星期日到利源東街「大公報館」的樓上訪她，多半是到淺水灣游泳或是九龍遠足去了。記得還是爲了追悼許地山先生，在香港大學大禮堂和加路連山道的孔聖堂看見她兩次，始終是那件竹布旗袍，見了熟人，總是笑不上臉，但是，目　是堅決的，態度是誠懇的。

假使一定要知道她底私生活的一鱗半爪，還是看她在「

春韭集」裏的一段序文罷！

『有丈夫，不能做丈夫的妻子；有孩子，不能做孩子的母親。』請讀者們揣摩揣摩這兩句話裏蘊含着幾多辛酸和人情味。

有一次，她對筆者說：『我是不會「哀毀」的，人生的逆流愈是猛襲而來，我愈是一無牽掛。我要做生活的主人，許多女人是「幸福」的，然而，她們是奴隸。』

最後，讓再回到篇首所提及的那本小册子！罪聲——論中國知識份子。

這篇文章好像一粒橄欖，初嘗之下，也許苦澀不堪，然而，苦盡甘來，愈後愈甘，甚至連核都捨不得一棄了。這是我讀畢這篇文章後的第一個感想。

其次，我感覺到，作者的情緒非常亢奮，落筆如奔流，一瀉千里，已有的字彙不給她用，繼之以創造，還覺得不能暢所欲言，字裏行間，響着作者的心聲，這是第二個感想。

第三個感想就是：作者把中國知識份子幾個典型的臉譜都鉤劃出來了，鉤劃得生龍活虎。他更指示中國知識份子的前途：溶融到大雲裏面去，才會有生命的龍。

『長橋臥波，未雲何龍？』我們的作者，而今安在？

民國四十二年兒童日記

包天笑

第二章 四月

四月六日，星期六，天氣佳晴，春光和暖，庭前桃花盛開了。

今日下午三時，爲吾們學校中的校醫，到校中檢驗在學兒童的身體，并爲我們種牛痘。我們學校裏的校醫有兩人，一位是男醫生，一位是女醫生。他們兩人對於診視我們疾病，雖然是通力合作，在檢驗身體的時候，大概是男醫生檢驗男學生，女醫生檢驗女學生。

在上午，就有校長的通告，貼在揭示牌上，要我們六年級生，三點鐘時，齊集在衞生室，聽候檢驗。因爲我們學校學生多，所以分日舉行。我們如期到了衞生室，校長已經等好在那裏，他對於我們身體的健康，很爲注意，因此他親自來照料。

學校中的衞生室，本有兩間，男女兩醫生，各佔據了一間。衞生室的外面，有一條走廊，校長便在那裏親自點名，點到那一人時，那一人便進去受檢驗。點到我是本級中第五個人，我便進去了。那位校醫陳醫師，我們一向認識的，他常常到學校中來，視察學生，而且去年檢驗我們身體的也是他。另外還有兩位看護小姐，也是他帶來的，一位是張小姐，一位是周小姐，我們學校裏也都來過。陳醫師今年是六十多歲的人了，還是精神矍爍，而且和藹可親。他從前是留學德國的，是一位醫學博士。

他扳開我的眼皮來看看，檢驗着有什麽毛病，因爲我們中國的兒童，從前患沙眼的很多，家長初不注意，以爲無足重輕的。不知道這沙眼最有害於眼睛，而且是最容易傳染的。譬如患沙眼的人擦的手巾，給沒有沙眼的人一擦，便傳染過來了。一家子兄弟姊妹多的，因爲一個人起了沙眼，而傳染了全體，這不是很悲慘的事嗎？聽說在十幾年前，有一班中國學生，到外國去留學，其中有兩人，因爲是沙眼而不許登岸，可是現在決沒有這事了。

「我的眼睛沒有毛病嗎？」我問陳醫師。

「很好！」他這樣回答。

又檢查我的口腔，看看喉嚨，他說道：

「甜的酸的東西少吃，多吃了損壞牙齒。每晨要漱口刷齒。要吃合宜適量的食物。小朋友！曉得嗎？」

老醫師撫撫我的頭髮，拍拍我的肩，我也點點頭。隨後，解開我的衣服，用聽診品聽聽我的肺部，表示滿意。此外如秤體重，量體高，都是看護小姐的職務了。檢驗後，醫生給我一張檢驗的單子。我的身體很健康，體重體高，都比了去年下半年增加。

身體檢驗以後，便種了一次痘，那也是看護小姐的職務。據說我們中國，從前有不給兒童種痘的，因此常有一地方天花流行。現在可沒有這種情形了。就像我們這個都市中，據衞生局的報告，去年一年中，不曾發現過一次天花。我們在學校中，差不多是每年種一次牛痘呀。

回到家裏，把檢驗單呈給父母，他們都很歡喜。

「一個人身體健康是最要緊，乃是立身處世的基礎條件。吾國人民從前不講衞生，人家有譏誚我們爲東方病夫國的。」父親說道：「現在我們復興的中國，第一是講求國民衞生。體魄堅强，可以什麽事都不怕，精神也就振作起來了。從前因爲民弱之故，國也不能强了，現在國民衞生，要從個人做起，而個人衞生，又要從兒童做起，因爲兒童是世界未來的主人翁呀！』

父親這幾句話，我很感動，所以我要記在日記簿上。

四月十四日，星期日，天氣漸見暄熱了。

昨天晚上，大姊從學校回來，和爸爸媽媽商量她下半年勞動服務的事。

因爲大姊在今年夏季高中畢業了。吾國復興以後的教育制度，無論男女，凡是高中畢業以後，須在社會上勞動服務兩年，然後方許進大學。這個制度實行以來，不但足以鍛鍊青年意志，而且可以增進國民道德，對於復興中國，竟大大有益。不過勞動服務的事，一半由國家指定，一半由本人志願，並不强迫你一定要到那一種社會去服務。

吾大姊高中畢業以後，她是志願學醫的，將來預備進醫科大學。爸爸媽媽倒也很贊成她學醫，父親說她心思細密，頭腦敏捷，最宜於學醫的。母親因爲我們的姨母，也是個產科醫生，自恨當初不肯學醫。我們家裏有了一個醫生，不但足以濟人，自己也便當得多。吾大姊爲了志願學醫，所以她的勞動服務，選取了醫院看護。她說：要在小規模的醫院裏當看護兩年，服侍病人。不論什麼勞動的事都做，然後再進醫科大學，定然得益非淺。

凡是勞動服務，對於所服務的機關，例不支取薪給，僅供膳宿而已。到了兩年服務期滿，由服務機關出一證書，這證書也和畢業文憑一樣的重要，憑此證書，方可以進大學。大概那種服務機關，都是屬於公家的，一個青年，沒有這勞動服務兩年是不能進大學的。這個勞動務服，屬於新工業，新農業，也是最多。此外，爲人服役的，即如飛機，火車，輪船上的侍役，以及公路上的開汽車，郵政局的信差，公共食堂的侍應生等等，不過每日或每月，仍與你一個休息與學習的時期。

父親說：『從前吾國的教育不發達，固由於國家及社會，辦理未能完善，可是家庭間也該負有責任。貧家子弟，無力擔負學費，遂至失學。有錢人家，却放縱子弟，驕奢淫佚，入於邪僻。家長們以為出了學費，送子弟入學，一切都不管了。却不知道他們舒服慣了的，只知享受，不知刻苦。男的掛了大學生的頭銜，搭出少爺架子，而那種大都市間，還有什麼跳舞廳，賭博場，以誘惑青年。女的呢？只知道用心裝飾，移情娛樂。到後來在社會上造成了許多敗類廢物。但是現在不可能了，所有都市間的有害青年毒物，如跳舞廳，賭博場等等，已由政府一律禁絕。就是女界中人，也大半都有了職業，即不然，而勤儉耐勞，不事虛榮。倘然一個青年女子，而還是打扮得花團錦簇滴粉搓脂，人家便要瞧不起她。說她自己輕賤，自失人格，以色身示人，不免要走入了墮落之途咧。」

勞動服務這個制度，各國也已盛行，確是一種良好的制度。一個青年的身體，愈是勞動，反而愈加强健。因為怕做事，身體倒懶惰而衰弱下來，也是有的。那是一個鍛鍊身體之法，使青年的疾病，也可以少些。還有大家習於勞動以貴後，可以減少許多階級觀念，從前凡是富貴的人，不肯勞動，貧賤的人，方該勞動。此刻要打破這一個界限，無論是富人家的子女，貧賤人家的子女，一律要盡這兩年的義務，不許再搭少爺小姐的架子了。而且在這個年齡中，男女青年，最容易放浪不規於正。在勞動服務中，檢束身心，倒可以植立道德的基礎。

大姊說：她有四位女同學，與她同時畢業，都是志願在醫院中，服務於看護的。她已決定到某某公立醫院去，這個醫院，規模雖不很大，而規則謹嚴，名譽也好。雖然說是勞動服務，每日還上一個鐘頭課，還有種種實習，學業一樣的有進境呀。

四月二十七日，乍雨新晴，使人精神為之一爽。

我們今日歡迎一位『兒童的恩人』梅瑞嫻夫人。這位梅夫人，是我們校長柳女士的要好朋友，她是道經此地，順便到校中來訪問她的好友柳校長。但是我們曾經聽得校長講過梅夫人的歷史，很足使我們感動。她既然來了，我們要求歡迎她，開一個歡迎會，而且大家都要瞻仰她，致敬她。

梅瑞孄夫人，是一位四十多歲的太太了。她的體格是相當肥滿，身軀也高碩，看上去，是一位健康的太太。她對人總是以笑臉相迎，尤其對於我們兒童，好像她個個都是疼愛的。

這位梅夫人，爲什麽有兒童的恩人之稱呢？說起來，眞令人感泣。在民國二十六年八一三的時候，有一個五歲的小女孩，被彈片炸傷了股部。這個小女孩，是梅夫人的甥女，是梅夫人妹妹的女兒。而且梅夫人的妹妹，已經故世了。只留下了這惟一的女兒。梅夫人立刻把她送進了醫院，小心地清潔起來，敷上藥，再注射了破傷風預防針。防護可以算得周密了，可是仍不免爲病菌侵襲，熱度加高，腿部發腫。

醫生發現她的血液中充滿着可怕的「化膿性金黃色葡萄球狀菌。」這種病菌是無藥可制的，醫生們都搖頭束手，告訴了梅夫人：

「可憐這孩子是沒有希望了！除非是找到一個從前也患過同樣疾病的輸血者，或者有一線希望。」

梅夫人是很愛這甥女的，而且是她妹妹臨終時託付她的。這位慈愛的姨母，竟要求醫生：將小女孩毒化的血液，抽出來製成疫苗，注射到她自己的血液中去，她可以生起同樣的病。而同時她的血液中，有大量滅菌的抗毒素，製造出來，這血液可以借給她的甥女，供剿滅病菌之用。醫生起初拒絕了這個駭人的要求，但以梅夫人的盛意要求，醫生驗了梅夫人的身體，終於允許了。一切照梅夫人所說的做，過程中頗爲順利。據說：在十天中，她一共輸了二十九次血，給她甥女。這條小性命，便從死神的手中，奪回來了。

後來她又對於其他病孩，輸過不少次數的血。因爲她在過去，曾患過白喉、猩紅熱、風濕熱、鍊球菌性等病，此刻再加上葡萄球菌的血疾病，她的血液，變成了各種抗毒素的大本營。有一次，她受不住一個孩子的母親，跪在地上哀求，她冒着大風雪，丟棄了自己家裏的事，到老遠地方的醫院去，救活了人家一個寶貴的獨養兒子。

因為梅夫人輸血而救活的兒童，不下數十人，這還不能算「兒童的恩人」嗎？尤其是使人崇敬的，她輸了血，從不受人家的報酬。而且梅夫人並不是一個富人呀！

『我並不是賣血的，我是一個輸血的。』梅夫人常常如此說。

今天是星期六，我們學校中，在下午四點鐘，開了這個梅夫人歡迎會，我們同學們，是衷心歡迎她呀！雖然我們不會實受到她輸血救命的恩惠。

梅夫人演說了一場，大意是說：『小朋友們！大家都要注意衛生！雖然世界進化，醫病的法子，漸漸的進步了。但是不生病，豈不是更好嗎？』

梅夫人對於我們，總是以笑臉相迎。我直到開完了會，回到家裏時，好像梅夫人慈愛的笑容，尚懸在我的心目間。

燈

李道靜

船靠西門大塘時，天剛發曉，灰空下已經淅淅瀝瀝地落起冷雨來。從大塘起，緊接袞柳長堤一直向城門洞那邊伸展去的大街上，除了幾家專賣消夜早點的飯食店外，全都還把鋪板關得緊緊的，由船上望去，就只見到兩排烏黝黝的屋簷，和屋簷下一串迷蒙斷續的滴溜。近大塘小河港灣裏蟻聚着的烏篷船上已經有炊烟從一些篷裏冒出，冷雨敲烟，眼前山水乃愈顯沉悶了。有包藍布頭穿着藍布綿襖的年輕姑娘在船頭淘米，雨點濺到身上來，一點都不在乎的樣子，一直到把米淘完，才慢慢鑽回艙裏去。更有那些勤快些的撐船大姐，看米已經放在鍋裏，便讓它慢慢煮着，把船撐向桃花菴林家屯那邊去作趕早的生意了。船划走後，水面乃頓顯寬闊，雨點落在明亮的河心裏，組織成一簇簇美麗的小珠璣。

剛才靠塘的那隻大烏篷船，昨天傍晚時從晉陽拔錨，整整在湖裏走了一個黑夜。船上滿載高糧穀子和晉陽一帶特產的實珠梨蘋果甘蔗，搭客亦皆是這些糧行買賣人，因爲自交通發達以後，力量勉强可以坐得上火車的人，皆不願再受這種舊式民船的罪了。來往船上搭客既皆常年是這些糧行販子，所以客人和老板水手間混得非常熟，作老板的又慣會迎合顧客心理，常是早早地就把大鍋肉大瓶酒預備下來，等到燈亮時大船出了河口，且乘好風張上了風帆，客人老板和閒散下來的水手便像一家子熱烘烘地在船艙裏開懷暢飲。昨晚上這些人按規矩喝到三更多天，天亮酒醒時又聽外面落起冷雨，所以除了幾個必須爬起照料事務的水手，全都不願離開溫暖的被窩了。自然的，那些糧行客人更可以毫無顧慮地放頭大睡，他們的意思傍晚天晴卸貨是最便當的事。

這毋寧是一種夢想，在那些買賣人的夢裏也許眞的見到一派淒清的明朗，那是傍晚喜晴時的光景，但在蓋着他們夢的烏篷上，却仍然有冷雨敲打着，並且那憂鬱的灰空似乎越發把臉繃得緊了。

就在這個時候，從船艙一角有嬰孩的哭聲在死寂裏響起來，那嬰孩躺在一個中年婦人懷裏，直到那婦人把奶頭塞到他嘴裏去，那刺激人神經的哭聲方漸漸低沉爲譫語似模糊的嗚咽。呆坐在婦人對面那個中年漢子，抬起頭來看看爬在艙口看雨景的大孩子，和婦人身旁的老婆婆，又把頭低下去了。那老婆婆好像想起了什麼：

「小榮，還不給我進來，待會着了涼誰管你！」

這小榮似乎沒有聽見老婆婆的話，也許聽見了心裏有一陣酸痛，更不願轉過頭來了。眼前他還不忘却昨日傍晚時大船出晉陽河口的情景，在西斜的夕陽下，在兩岸疎柳環抱的長河裏，在那些小船上發出的喝彩聲裏，大船上一字兒兩排長槳如飛地划動着，他會感染到一種不可言說的快樂。到燈亮時，搖槳的聲音沒有了，一個船靜下來，只聽到船底下水聲呼嚕呼嚕地響着，大人們在那邊談起到寧河後的安排，他才想起這船原來是向着一個「不好意思」的地方划去的。從那些陳舊故事的一知半解裏，他會懂得這原來並不是一件體面的事，是一件羞恥的事。

他不懂得母親爲什麼會喜歡上在麗溪那邊幫同他大叔作事的那位趙先生，爲什麼要等他們都到了晉陽，要等他的「弟弟」，他母親的第二個孩子都快要臨盆的時候祖母才當着母親的面把這件事的始末悄悄地告訴他！他不懂得爲什麼趙先生的太太沒有了就應該把母親嫁給人家！

在祖母跟他說話的那天，到後來三個人都哭了，他有點恨母親，可是又說不出恨她的理由。果然就在那麼一天，當他從學校裏回來就看到家裏亂哄哄的，有一陣嬰孩的哭聲從母親屋裏傳出。這聲音對於他是陌生的，他好像掉在一種奇異的境界裏，覺得家裏的人個個都在看着他，却都不好意思向他笑。後來他跑到大叔書房裏，那正是三伏天，見到滿窗都是火似的亮，西晒的陽光烤得他頭昏。他忘了那一天是怎麼過去的，就是後來坐在桌上喫晚飯的時候，他也忘了自己是怎麼走出書房來的了。

過幾天後，那個人也趕到了晉陽，他對小榮還是從前那個樣子，小榮仍然管他叫趙先生。這使小榮心裏覺得少了好些彆扭。母親很喜歡這個樣子，並且還叫小榮多跟趙先生念點書，又說小榮人倒是很聰明的，就是不肯用心。說着，母親的眼圈兒竟自紅了。小榮不懂得母親這點悲傷，他出了一會神，便拉着趙先生的手叫他裝狗熊給母親看，母親忍不住笑了，又罵小榮不知高低和趙先生鬧。趙先生好像滿不在乎，自己還笑了好一陣，母親覺得很有意思。

就在這樣情形下，趙先生才又很放心地回到麗溪作事的那個地方去。

母親的身體恢復了常態，漸漸半年過後，那個叫作祖佑的小孩子已經會學着舞動他的小手腳了，看見人總是那麼眯着眼笑。小榮常愛從母親懷裏把他搶過來抱着，親他玫瑰色的面頰和白胖的小手，搖晃着他，直叫他管他叫哥哥。

這時候祖母常常有些閑言閑語給母親受，母親聽了這些話，就只好暗自垂淚。小榮有點不高興祖母，就是現在爬在艙口上聽到祖母那句話，也不由有一種憤怒從心底升起。在小榮的意思，他家裏的祖母和大叔都可以不要，只要是同母親和小祖佑在一塊，到什麼地方去都使得，就只是不願回寧河。因爲寧河有他外祖母的家，他知道不可避免地要往那邊走走，這個在他看來就是不好意思。

雨仍是淅瀝淅瀝地落着，全沒有停住的樣子，小榮小小心靈上也未免添了厭煩，並且天氣原來是冷的，在艙口上爬了一會，便也就自動地下來了。

艙裏還是那麼陰闇，靠了兀自亮着那枝搖搖欲墜的臘燭，才只見到每個人模糊的面影。現在快到一歲的小祖佑已經開始靜下來，大人們正在縐着眉，在思索着當前應該解決的事情。第一，僅僅是第一，就是住的問題。大叔未動身半個多月前，就已經寫了信給姑丈，請姑丈代爲找幾間閑房，一直到動身時還沒有信息。大叔懂得這小縣城中人大都有祖房可住，有閑房也不願輕易租讓給人，怕惹人笑話，自己家道未中落時也曾爲這個意思拒絕過人。母親想說要是我同小祖佑上麗溪去找他爸爸就好了，這樣你們可以去投奔姑丈家，也不致因爲我你們不願委屈到我娘家去。可是她沒有說出來，因爲她懂得這實實是使大家皆難堪的事。娘捨不得小榮，祖母和大叔捨不得小榮，小榮也捨不得娘，這樣那樣皆不成，有什麼辦法！

雨小了一點，向艙外望去，通到城門洞那條大道上已經有幾個孤單人影撐着油紙傘在雨中躦行，道旁的鋪子皆陸續地開了門，得見那些人抱着手在看檻外的雨景了。大叔自言自語地說：

「我想起還有他外婆家那些傢具，我們得去通知一聲取了來。」

母親本來低垂着的眼皮現在微微抬起了一點來望了大叔一眼，那眼儿是憂鬱而且遲疑的，她並沒有說話，可是那眼儿却彷彿把她的意思都表現出來了。

「你忙什麼，」那老婆婆說。「現在，第一，你應當就到他姑丈家去，看看房子找好了沒有，沒有房子什麼都不成，難道我們今晚還在船裏過一夜。」

「可是傢具也很要緊的，——我現在就到他姑丈家去，誰去他外婆家呢？」

「那自然是他媽帶着小榮去。」

母親看了老婆婆一眼，生怕大叔就走了，她忙着說：

「我看就叫小榮去罷，大雨天，老的小的我怎麼去，大叔你聽是不是？」

大叔剛回過頭來，祖母便睬了小榮的媽一眼：

「眞個的，大雨天，他小孩子家一個人又怎麼去呢？」

「大叔，勞你駕好不好，你先送小榮

到他外婆家，看他進去了，你再去找他姑爹？」

「我不去，我不去，媽，我不去！」小榮覺得有說不出來的委屈，幾乎哭起來。

「你不去誰去呢，」母親瞪了小榮一眼，一點無聲的淚滴在自己心上。「也不見這麼大孩子，還一點事都不懂。」

小榮看到母親那對憂鬱的眼，他覺得自己的心突然輭弱起來，他會想到他要保留着自己這點心情一直走到外婆家去，任何羞澀難堪他好像皆不懂得，他的心仍然是酸酸澀澀的，他懂得自己該到了落淚的時候了。

「我看還是我先去罷，房子看好了再去搬東西，東西搬了來往什麼地方放！」

一家人聽了這話只好默然。大叔拜托了船家幾句，便冒雨上岸了。

中飯時雨暫停，天氣還是陰沉沉的，一片炊烟搖落在冷落的河面上。祖母，母親和小榮都覺得這日子怪長怪使人起膩的，不知道這個淸冷的午後什麼時候才可以挨過。一會，天上却又淅淅瀝瀝地落起雨來，好像有什麼沉重的珠子一顆一顆地溜落在烏篷上，那聲音，那手法，又如一個老邁碩果僅存的伶工在古舊的鼓上擂擊一樣。半盞茶後，那聲音越來越大，最後乃緩和如一闋極諧和的音樂，原來剛才不過是雨的序曲，現在才眞正是雨的聲音了。人們的思想沉入雨聲裏。

大叔又冒雨回來了，時候正正兩點多。總算感謝姑丈的好意爲租下三間房子，一准明天雨晴就搬進去，現在應該重提的就是到外婆家去搬傢具那件事了。大家商量結果，仍以小榮前去爲宜，並且爲免大叔雨中相送奔波，叫船家到岸上雇來一乘小轎，把小榮送到柳樹巷去。

小榮是懷着適才那種心情坐到轎上去的，但坐到轎上以後，看到越來越近的那些熟悉的道路，思想却又不免勾到過去的回憶裏去。進了柳樹巷，遠遠見到外婆家門口古老參天柳樹下那口井，他會想到外婆家那不出門口的大丫頭，他應該叫他大孃孃的那好心腸的老婆婆，會不會硬朗如昔日一樣到井邊來汲水？但這想像僅僅是一瞬間的事，因爲轎子馬上就停在外婆家門口了。

走出來開門的是一個留着雙辮的小丫頭，那女孩子端詳了小榮好一會，最後只好問來客貴姓，找我們家那一位。這是小榮第一個受到的刺激，要不是外面落着雨，又是坐了轎子來，他眞想扭身跑了。好半天，他才吞吞吐吐地說：

「我姓朱，我是從晉陽來的，我找我外婆！」

女孩子不懂得小客人這串話的意思，愣愣地看着他，一會好像想起了什麼，才默默地領着他進去。小榮的心開始跳動起來，果然在轉過了屏風後，就見到那位白髮蒼蒼的老婆婆，他的外婆，由兩個小女孩子攙着從走廊那邊巍巍顫顫地走過來。

外婆往這邊看了一眼，在彼此眼光的接觸中，小榮就嚷起來了：

「外婆，外婆，我來了。」

「小榮，你嗎，你的母親好嗎？」

外婆把跑過來這個人摟在懷裏，往他臉上細細看去，一面又用手去擦自己乾癟的眼皮。小榮哇地一聲哭起來，他彷彿覺得今天一肚子委屈現在才碰到宣洩的機會了。眞個的，好像在一個夢裏，他糢糢糊糊就被擁到堂屋裏去，他看見堂屋裏全站滿了他可親可熱的人，並且連那比他大不了幾歲的五孃孃和那上年紀的大孃孃都在他身邊。這些人臉上皆好像充滿了憂傷，站在旁邊一點聲氣都不敢出，都在靜靜地聽外婆說話——

「也不知道你們家是怎麼過的，你父親去後，家境更顯冷落，你大叔又鬧着去收什麼釐金，現在鬧得大雨天連房子都沒有住，鬧得連你……」

外婆說到這裏，又掏出手絹去擦那乾癟的眼皮。

「小榮去見見你大舅罷，大舅很想你的，」大舅母在一旁勸解着。

「去罷，去見見你大舅，正應該去見見的。——他起來沒有，今天落雨，不是正好過陰天嗎！」

「起來好半天了，」大舅母笑着，一面牽了小榮。「你跟我來罷，去見你大舅，回頭找人給你淸理那些東西。」

小榮只好答應着。大舅成天躺在床上抽大煙他是記得的，並且他素來也極不喜歡這位大舅，因爲大舅總是時常拏話給他受，不像二舅一樣愛跟他玩。但今天的情形却全然兩樣，在他未來時，他覺得外婆家的人都會笑他，拏話侮辱他，剛才見到那些人不免出乎他的意外，現在更是意外中的意外了。原來大舅正躺在床上抽煙，一見他進來就忙着起來招呼，叫他在對面椅子上坐下，慢慢地問小榮你祖母，母親，大叔都好，問完了就說別的話，絕口不提到他母親另外的事。小榮今年正十三歲，看到大舅這樣對待他，現在自己也居然以大人自居，還抱過他剛誕生不到一年的小表弟來逗了好一會。回到外婆房裏，二舅母正同幾位孃孃在陪外婆玩骨牌，他也幫着五孃孃玩了好一會，不知怎麼，一個下午就這樣很快地過去了。

晚飯時外婆還爲他預備了不少可口的菜，並且二舅已經回到家裏來，說說笑笑，這頓晚餐吃得非常快樂。看天時不早，外婆才另外叫了人跟着轎子送他回去。

在歸途裏，小榮的思想已經不跟來時一樣，他覺得他身邊一切都是美好的，一切人都跟他好。但他突然想到祖母不高興到外婆家的事，又不覺黯然，不知道此後自己還能不能到外婆家玩了。

雨仍兀自落着。在雨聲裏，在風聲裏，在嘩嘩的水聲裏，船上的燈亮了。

中華民國三十一年除夕前一日改舊作，在北平。

結婚十年

蘇青

二 洞房花燭夜

前廳，中廳，以及後面正廳裏的汽油燈照得雪雪亮，喜筵已擺好了，衆賓客紛紛入座，秩序很凌亂。新娘坐筵在正廳上首，兩張八仙桌併在一起，周圍圍着大紅緞盤錦花的桌裙，水鑽釘得滿天星似的，雖在強度的燈光下，也能夠閃閃發出光亮來。我換了套大紅綉花衫裙——那是舊式結婚的新娘禮服——頭上戴着珠冠，端然面南而坐。在我的面前擺着一副杯筷，四隻高脚玻璃盆，盆內盛着水果，一字排在當前。較遠的一張八仙桌上，整齊地放着珠五牲，燦爛奪目。桌前落地放着對大蠟臺，鑄着福祿壽三星像，高度與我身長彷彿，上面燃着對金字花燭，發出它們熊熊的火光。桌上尚有兩對小台，有玻璃罩子，夜間也燃紅燭。正廳左右兩邊各擺四桌酒席，階前一排也有好幾桌，兩個大天井都用五彩滿天帳罩住了，也擺酒席，樓上也有，後來据他們統計，這晚共擺百多桌酒，到的賓客有一二千人。正廳以及正廳外面的天井中都坐着女客，中廳是男女席都有，中廳外面的天井以及前廳中則都是男賓席，男席的酒菜較女席好，這也是習俗，女客們絕不會生氣。我坐的這席上的菜也與男賓一樣，可是我不能吃，新娘坐筵是照例不舉箸的，眼看着一道道熱氣騰騰，肉香撲鼻的菜及點心捧了上來，我只好暗中嚥口唾沫。伴娘們虎視眈眈的在旁監視着——與其說侍候，不如說監視爲確——因爲那桌菜收下去統是她們的好處，這也是老規矩。前廳中猜拳賭酒，吵得熱鬧，夾着管弦樂隊的彈吹聲，唱戲聲，擾得你耳朵一些也不得安寧。女賓席雖然比較斯文一些，只是孩子們爬上跳落，抓這樣要那樣的，一會兒指頭燙痛了，一會兒舌頭咬出血了，哭呀吵的，也夠嘈雜。在諸般雜亂之中，我的心裏祇惦記着一個問題，就是：我的新郎究竟在那裏？

當我的新郎出現在我眼前時，我們已對坐在房內飲合巹酒了。這次說是飲酒，其實也是不沾唇的，只在伴娘等人的導演下扮演齣活劇而已。一會兒禮畢，房門外奏起樂來，便是送子討喜包了。接着衆賓客蜂擁進來，實行「鬧房」。鬧房是N城的大禮，不可或缺，据說是「愈鬧愈發，不鬧不發」，「發」當然是指發財囉！鬧房以男客爲主，他們也有組織，推出一個爲首的人來，叫做鬧房總司令。我們這次的鬧房總司令是賢的舅母的第二個兒子，他們都叫他「八戒和尚」。他們一窠蜂似的進來了，我嚇了一跳，眼睛望着賢，心想他們不知將怎樣爲難我們哩！不料他倒若無其事地笑了笑，獨自倚着窗口站定了看，由着這批醉醺醺的野男人們把我團團圍定，一個個搶着提出無理要求：

——我們要新娘唱一隻外國歌！

——我們要新娘跳一隻舞！

——你不答應，便要你跑過去同新郎親一個嘴！

——喂，新娘子，我問你今天吃幾碗飯？

——我問你幾時生小孩子？

——先養弟弟還是先養妹妹？

——…………？

——…………！

我茫然站在中央，心裏又急又惱，只憑着伴娘們在同他們交涉講斤頭，自己不知如何是好。正爲難間，幸而有一般老太太，太太們來了，這些醉小子倒也曉得禮道，讓出一條路來。於是老太太們按次坐定，叫伴娘另外端過一把椅子來，當中放下，叫我就坐在這把椅上面，這時我重又墮入五里霧中，不知她們在鬧什麼花樣。我坐定後，她們中有一位銀白頭髮癟了嘴的老太太，便來施發號令，命人拿燭台來。

「不用燭台，老奶奶，我有電光燈。」鬧房總司令上來獻殷勤了。

「不用你管，」他的祖母拒絕了他，一面仍命令下人：「拿燭台來！」

一個伴娘把燭台遞到她手裏，她接着巍顫顫的拿到我面前來仔細照看。她的注意力似乎集中在我眉宇之間，半晌，把燭台交還了伴娘，對我說道：「好孩子！你的眉毛鎖結得緊密密的，幽閒貞靜，的是書香人家出來的好小姐！」

「而且新娘子五官也生得端正！」另一個態度大方的中年婦人也來湊趣，「眞正是個福相。你老太太有了這末好的外孫媳婦，明年準抱玄外孫了。」

「眞的，」老太太癟着嘴吧笑了，「但願你們兩小口子和和氣氣的，應了姑婆金口，明年給你公婆養個胖小子吧。」

「一定的！一定的！」醉漢們搶着替我答了，老太太們談了會閒話，便自一個個退出去了，最後，賢的外婆也站了起來，一面預備走，一面吩咐她孫兒道：「阿棠，別鬧得太兇了，他們孩子家臉嫩，擱不住你們瞎取笑的。他們今天也累了，早些讓他們安歇了吧！」

正說間，有幾個小姐少奶奶們也聞風追着進來了，最後進來的一個正是那個銀色衣裳的少婦，她的臉上新擦過粉，紅菱似的嘴吧，唇膏塗得特別多。老太太見了她進來怪不高興的樣子，她向她眨了一眼，說道：「瑞仙，你來扶着我回去吧！」少婦露出失望的神情，但不敢不過來攙扶，她的眼睛睇視着賢，賢便上來替她求情：「老奶奶，你讓大嫂子在這裏玩一會吧，我來扶你回去。」

「不，」老太太堅決地說，「你們新房要圖吉利，她是個……」少婦的臉色倏的變了，她氣憤憤地過來，使勁攙住老太太，頭也不回的走出去了，我不懂究竟，只是心裏納悶。

於是鬧房的人又舊話重提了，他們要我同賢接吻。我當然給他們不理不睬，這樣吵呀吵的十二點鐘多了，伴娘們苦苦央求：「諸位老爺！時候不早了，小姐同姑爺該安歇了！就是諸位老爺辛辛苦苦，也請早些出去安歇了吧。」

「要我們出去容易，就叫你們小姐快些同姑爺親個嘴好了！」他們一致嚷了起來。

一個年青的伴娘回答道：「親嘴是床上的事，當着衆位老爺，我們小姐怎麼肯呢？我想……」

「你想什麼？」那個叫做阿棠和八戒和尚的總司令發話了：「既然你們小姐不肯親嘴，就是你來代一個吧！」說得衆人都拍起掌來。

伴娘飛紅了臉，說道：「老爺這說的是什麼話？我想，我是說，還是叫小姐同姑爺拉拉手吧！」

他們起先不答應，後來看看已是一點一刻鐘了，大家一個個打起呵欠來，便祇得就此罷休，叫我同賢拉了拉手。

客人散後，伴娘們替我卸了粧，把房間收拾乾淨了，燭台洋燈都拿出去，只剩床邊大梳粧台上的一對花燭。收拾完畢，她們都叩下頭去，說幾聲「早生貴子」，道了晚安，便自出去向賬房間領喜包去了。房中只剩下我同賢兩人，顫抖着的，行將燃盡的燭光映在窗上，幽暗地，而又寂靜地悄然無聲，我微微覺得有些恐懼。

我們兩個人誰都不敢先開口。我本來是斜倚在梳粧台旁的，這時索性面對着鏡，疲乏而又無聊地剔着自己的指甲。賢似乎也同此感覺，他在桌上拿了支香煙，擦根火柴把它燃着了，吸不到兩口，却又把它放下，口中輕輕吹起口嘯來。過了一會，窗外似乎有人來窺視了，悉索有聲，賢便前去張望一下，把窗帘扯得更緊些，然後再到門隙處視察一番，慢慢地踱到我的身後來。梳粧台上的大鏡子裏映出他頎長的身子，我的高度祇能及到他的胸口。

他遲延了片刻，輕聲而又不大自然地說道：「青妹，我們早些睡了吧！」

二點鐘了，還說早。

我不作聲，把頭直低到胸前，胸口跳得利害。

他搓着雙手，又踱回桌旁去，見上次吸過的一根香煙尚未燃完，便重又把它夾了起來再吸，吸了兩口，索性把它扔到痰盂裏去了。於是接連打兩個呵欠，又對我說道：「我要睡了，青妹，你也早些安歇了吧！」頓了一頓，又說：「你今天也累夠了。」

我在喉嚨底下「嗯」了一聲，只是不動步。他却自管自的脫了衣服睡覺了，我這才開始後悔起來。我想：假如他竟自睡着了，不喊我，我是不是就在這兒站過夜呢？

梳粧台的鏡子中映出自己疲乏的面容，兩顴通紅的，像是疲勞過度，虛火上升的樣子。兩眼呆滯而又乏神地，眼圈有些黑，我知道再不上床，整夜便要患失眠了。

幸而賢又在帳裏喊我了，沒有掀開帳子。我不敢再錯過機會，就自脫了外衣，羊毛衫褲連襪子都穿着，也不另換睡衣。到了帳子外面，我又躊躇着站定了，疲倦使我急於上床，胆怯却又使我不敢揭帳，我茫然站在床前有二三分鐘之久。

可是裏面的賢似乎並沒有注意到我，一些聲息也無，我想他也許已經睡熟了吧！這樣一想，我的胆量就稍爲大了一些，一鼓作氣的把帳子揭開，天哪！他正睜大了眼睛瞅着，臉朝着外邊，對我點頭微笑。

床上祇有一條棉被，是大紅軟緞上面綉着「百子圖」的，他已把身子攢進它裏面了，那夜的枕頭也祇有一隻，說是什麼鴛鴦枕的，眞糟糕！假如我早進來，便可把這兩樣要緊物事搶到，如今却讓他儘先占用了，叫我如何是好？同他並頭睡下去呀，太不成話。就是睡在脚後，也覺不好意思，他的身子已密密緊緊的裹在被頭裏了，我難道上去把它掀開，自己一同攢進去嗎？我後悔不來個捷足先得，如今疲倦透了，眼看着人家舒舒服服的睡着，正同餓着肚皮坐筵時看人家吃大魚大肉一般，心中惱恨非常，便把帳子摔下轉身出來，倚在梳粧台旁，忍不住獨自垂淚。

許久許久，賢才揭開帳子來，見我這樣，似乎非常詫異。他凝視我半晌，問：

「你的身子不舒服吧？」

我不響

「想念媽媽吧？」

我仍舊不響。

「不歡喜我吧？」他說着笑了，以爲我一定會不好意思地搖頭。然而我還是毫無表示。

他似乎有些不高興，敷衍似的說句：「睡吧，別想了。」便自縮進帳子裏去。

我益發覺得傷心起來，竟是嗚咽着哭出聲了。

他在裏面低低發急：「青妹，這又算什麼？我們又不是不相識的。等歇給外面偷聽着的人知道了多難為情，快些來吧！」

想到外面也許有人會窺見，我祇得委屈地走進帳子裏來。

「睡吧！」

「不。」我倔強地獨自坐在床沿上。

我覺得那時候賢是應該來拉我一把的，可是他連手臂也懶得動一動，只空口白話的喊幾聲「睡吧」「睡吧」，我的心裏着實有些怪他。到後來日子多了問起他時，他說他當時實在是因為曾在書本子上見過一段話，說是有一個年輕女子很害怕同她丈夫接近，見她丈夫前來扯她，便一嚇而神經錯亂了。

可是我在當時那裏會知道他這是出於小心的意思呢？我只道他是有意冷淡我，因此索性一直坐着。他以為我在畏懼了，便也不勉強。後來坐得功夫多了，他先自入睡，我氣了一陣，便也失掉知覺。待次晨伴娘在房外喊醒我們時，我竟是伏在被外面睡熟過去了，當夜便受了涼。

路旁的老婦

柳雨生
(P. Colum作)

哦，那裏可得一間小的屋子！
一隻火爐，一張板凳，和一切家常用具！
那裏可得一撮蓋在火上的草泥，
和一堆亂草緊靠着牆壁堆積。

那裏可得一隻鐘，帶着鍊條和錘兒，
還有上下擺動不停的鐘擺！
那裏可得一個碗櫃，堆滿亮澄澄的磁器，
白的，藍的，黃的，各色花樣都齊！

我便要整天的忙碌，
常常的打掃爐前土地，
再把我那白色藍色的杯碟，
時時收拾放進櫃子裏！

夜裏我也能夠悠靜的，
坐在爐邊，孤獨一個，
還有暖和的牀可以安歇，
不願離開那滴搭的鐘響，光亮的磁器！

哦，我眞厭倦這樣的迷漫和黑暗，
在路上瞧不見房屋和樹林，
我眞厭惡這荒冷和低窪的泥土，
吹着陣陣怒風，淒冷的靜寂。

我從今禱求着天上的父，
我要日夜不停的祈求你，
要給我一間小的房屋，一間小屋算是我的，
不再停留在這風雨的濕地裏。

荒城雜記

南星

三　秋花

每夜，外面吹着暴風。那聲音是起伏不定的，但總沒有讓我的窗紙叫起來，彷彿總是柔和的，像一個長的催眠歌。有幾次我都是帶着感謝的心臥下去的。但在第一個風夜裏，我恐懼着，爲我院裏的花担着心。它們是倚在牆下或立在花畦裏的。我想着它們必是劇烈地搖擺着，次一個早晨將變了它們的服裝讓我驚訝。但我在初升的陽光下檢視它們的時候，葉子，舒展着，花，開着，沒有落下一片或一瓣。我即刻安心了。而且，在我的眼中它們更比從前强壯起來，堅定地守着它們的生命。它們是秋的守護者，把冬初的日子裝飾成了秋末的，用鮮艷的顏色。

四五天之後，我走進院裏，像走進另一個人家。我遲疑着，爲甚麼這樣地生疏呢？那些花叢完全零落了，失去淡黃的和猩紅的花朵。地上落葉也沒有，裸露着做花畦邊界的瓦格，像失了肉的骨架。那些負着秋天的光輝的已經遠去了，我不知道它們的行蹤。我只記得夜夜的風叫，是它逼迫着它們迅速地凋謝了，那樣地迅速，讓我不能用我的記憶把它們安排一下。

花畦裏只餘下幾棵美人蕉，葉尖也變成黑褐色的了。我想念我的鳳仙，九月菊，紅蓼。陽光照在地上，和前幾天沒有兩樣，而且給人一種舒適的溫熱。殘枝上也許會再有花開的吧。我攜帶着這猜測徘徊着，但終於俯下身去審視，看是否有種子留在地上。我想着它們一定隱藏在土裏耐心地等候遙遠的春雨了。

牆下的一行茉莉仍然不顯得枯瘦，繁密的葉子互相依傍着，只是枝柯有的接觸地面了。它們散布過多日的香氣。我走近它們，那嗅覺的記憶給我一種愉快。那些花朵，比別的幾種更多的，現在都沒有了。不久以前我看見有兩朵小瓣的還留在葉叢裏，令人極其珍惜。那最後的兩朵隱沒了的時候，牆下只餘下單一的顏色了。但這也是可讚美的，那兒沒有一片褪色的葉子，它們已經過了別的花所禁不住的幾個風夜，會長久地留在那兒，蔽護着那一條土地。我站在它們的身旁，在沈默中我們交換了一個約言。

然而，我自己又告訴我那些結冰的日子和那時候院裏的景象。最强健的茉莉也將離開我麼，在一個意想不到的日子？我不能把它們移進屋裏來。我將不敢再去探視這院子，只是默坐着，在陰晦的窗下，直到另一節季節的開始。

在多年前我住過的一個院裏，牆下也有一個花畦，長方形的，其中是蜻蜓花，玉簪，和萱花。它們此開彼謝地度過每一個秋季。有多少次我看見它們從抽葉含苞以至種子落地。我也去澆過水，除過雜草。平日那地方總是陰溼的，那牆上掛着一縷縷的青苔。它們都是多年生的，種子雖沒有生出新芽，而地下的根一年比一年擴張起來，於是葉子繁密得沒有孔隙。但從某一年起，玉簪開始它的衰殘，聽說是有人掘一半根去另栽了，接着又減少了兩旁的長葉子。我加多了對它們的探視，希望有一天那地方恢復舊日的光輝。然而幾年後那花畦竟變成空地了，裏面的溼土高高低低地偃伏着過無望的日子。從前我在冬季見了那花畦的時候，預期展開了我心上的緊縮，後來終於看見了那小小的廢墟，不久我默默地離它而去了。倘我們有重見的機會，無論在哪一個季節，它給我的會是同樣的寒冬之感，而且是冷酷的，失望的。這思想使我停住走在這院中的腳步，而且它凝滯住了，緊傍在我的心上。

深夜的街頭

伯羽

街燈有點意外的糢糊，
樹影兒更顯出黯淡。
黑天的星兒疏朗得可數，
我把我腳步兒特別放慢。

夜賣聲顯得這樣清楚，
我心頭浮出了三分疲懶，
風來時有一聲咽嗚，
告訴我春意已經闌珊！

有誰在詢問道路？
還是在冷角上打寒顫？
還是在黃昏時候迷了途，
等這深夜時候來長歎？

我要尋着它來對它細訴，
我心緒是這樣的麻煩！
我並非想爲倦腿找個地方來住
我是在爲胸中的話找出處。

前面可是那我所熟識的腳步？
我希望它多有二成緩慢；
讓我趕完這一段路途，
追它同到燈明處去閒談。

讀劇隨筆

阿茨

一：「沉淵」（林柯作）

讀「沉淵」使我想起的是「雷雨」。這兩個劇本有許多很相似的地方，「雷雨」寫的是錯綜的倫常和愛情關係，「沉淵」也是基於這原因釀成的悲劇。梅采雯的後半生同蘩漪有極相近的地方。趙蕃和周冲一樣的天眞，無知，而富於熱情。方思源的遭遇却像周萍。「沉淵」的故事是由於主角趙筌齋一個人構成的悲劇。

十七年前筌齋强佔了梅家的棉布莊，强使梅姓的女兒采雯作他的妻子，又把采雯的弟弟送進孤兒院。她爲他養了一個帶有遺傳病的兒子趙蕃，同時還撫養着前妻的女兒趙芝。這些就是這一個家庭裏的人物。

筌齋的商業發達起來了，棉布莊一改而爲紗廠，倪硯卿做了他的心腹人，劇本的開場就在這裏。做這個劇的主要線索的是筌齋找回他十七年前送進孤兒院去的梅家孩子，現在改名方思源做方院長的養子的，來家裏教趙蕃讀書。但他却祕密着過去孤兒院的事情，結果因爲方思源和趙芝性情相近，又同富進步的理想，就很容易的發生愛情。因此使梅采雯單戀於方思源，使倪硯卿失掉了他想追求的趙芝。悲劇就在這裏產生：梅采雯和倪硯卿合謀殺死方思源，趙蕃也同時被打死，留下筌齋和采雯，揭開這一切的底細。采雯悲傷達於極點，筌齋也是「看見的東西全是那麼黑」，只有趙芝一個人望着爽快的風，新鮮的空氣，走上她自己的新路。

由這故事裏，我們可以見到一代新生和一代沒落。新生的是趙芝，方思源和趙蕃。趙芝是「有一股情感的暗流，溪水似地在她內心的河床上潺潺流過，灌溉着她，浸潤着她，豐富她的夢想發揚她的生命，因此她渴慕獲得一些什麼，宜洩一些什麼，或是戰勝一些什麼，日積月累的結果，就在她心裏形成了一種凝定的忠誠，一種去奮鬥的自負，別人沒有覺察出她這種性質，連她自己也不覺得。」（頁三三）她曾對方思源說過，「你說你天生是一個做工的人，難道我就是個嬌生慣養的千金小姐？別瞧我生在有錢的人家，我呀，我就沒有一刻不想走開這老房子。」（頁九〇）又說，「從我剛懂人事起，我就覺得身子裏有種不安分的力量。我要的是自由，是光明的創造，是人類的愛，我願意做一棵野草，呼吸着大地的氣息而生存。可是這兒呢，一座大樓就像一個地窖，見不着陽光，透不着空氣，犧牲的是幾千人的血汗，維持的却是幾個人又病態又虛僞的生活。我過不慣。走！思源！咱們一塊兒走！離開這個家，到你我夢想着的地方去！思源！就是現在！」（頁九五）趙芝就是這樣一個使我們覺着値得愛的二十歲的女性。她天眞活潑，還沒有被社會的惡環境腐蝕，所以她的理想終於達到了。「雷雨」裏的周冲是一個空想者，只會對四鳳說些美語，而結局還免不掉死亡。「日出」裏的陳白露雖有理想却落在命運的泥淖裏不能自拔。趙芝既不像周冲的空想，又沒有陳白露的命運。因此，她在「沉淵」裏是一個很健全的人。

但方思源就不同了，他有生以來就同着惡運。他不知道自己的生身父母，別人又欺騙他說孤兒院的院長，就是他的父親。可是「有一回孤兒院的老用人喝醉了酒，說我姓梅，說我的家產叫人家奪了，說我是個沒出息的孩子……」（頁一〇五），遂使他向趙笙齋問「是不是有人害了我本生的父母，奪了他們的家產，欺侮我是個孩子，不懂事，又捨不得把我弄死，心一軟，把我送到孤兒院。」（頁一〇六）趙笙齋當然不能告訴他實情。所以他一生是一個謎，在這謎中獲得一個愛和一個理想，然而兩樣又都沒有能達到，反被自己的親姐姐使人暗殺了。這是命運，不可支配的命運！

作者在這劇本中，多少有一些定命論的看法。方思源是這樣。他所教的趙蕃，也從小就有遺傳病，時時犯着瘋。但他的心是純潔的，他愛方思源，也愛他的異母姐姐。他却不明白那些老年人的心情和世故，「我年紀還小，沒做過壞事，也沒得罪過誰，幹麼叫我這麼受罪呢？」（頁四八）所以他終於死在天眞裏，爲教他的老師而殉命了。

趙芝，方思源，趙蕃，這三個人是新生的一代，但他們都還爭鬥不過命運，兩個悲慘的死亡，一個快樂的出走。

這個觀點，在沒落的一代中表現得更爲明顯。趙笙齋和梅采雯是兩個代表人物。

十七年前笙齋強佔過梅家的產業。十七年後他又被倪硯卿所玩弄。「絲廠賺的錢入了倪硯卿的腰包，倪硯卿把錢存到惠通銀行，如今惠通銀行把錢再借給絲廠。其實拿絲廠的錢向絲廠放債。所以合同到了期，絲廠還不出本利，全部廠基生財就由銀行沒收，那就是說，歸了倪硯卿。」（頁一一〇）在工場罷工時他更造工潮的謠言，使笙齋自己眼看着「把一家子帶下了地獄，」十七年前所掙來的產業又將要失掉了。

梅采雯這角色，在性格方面說很像「雷雨」裏的蘩漪，她們的思想和行動都是那樣神經質的。不過，采雯比蘩漪更可哀，糊塗中過了一生，做錯了一件大事。第三幕的後半就是完全揭破這十七年的歷史，這欺騙的最後結局。

「沉淵」的人物很簡單，然而他們都沒有逃出運命的手掌。整個劇本原是命定的結局，每個角色又是不能逃避的結果。這和「雷雨」的奇巧安排有很相近的地方。只有趙芝在這劇本裏充滿希望，這希望是「下一代人不能再走上一代人的死路。」所以她最後向她的父親說，「黑的是屋子，您往遠瞧！天一點兒一點兒的亮起來啦！」（頁二一八）「沉淵」的意義也就在這裏，它把舊的破滅了，新的却展開在未來，雖然這未來是怎樣虛渺。也因此，它比「雷雨」多一層意義，同時也就是多一層空的想像。在最後却否定了命運，以奮鬥與掙扎去和它抗衡了。

這並不是比較兩個劇本的優劣，僅是說明它們各自的價值；我們所期待的新的劇作，既不是「雷雨」也不是「沉淵」，而是這趙芝這一代人活動的影子！

二：「小城故事」和「邊城故事」（袁俊作）

「小城故事」以一個名叫柳葉子的女人做主角。她「從一懂事起，就夢想着遇一個有本領，有前途，見過世面的眞男子，可是——可是我生的是埋在這個小城裏的命。」（頁一六八）她在不得已的情形下嫁給紳士楊繩祖。但結婚後發覺她的丈夫是一個賣古董的「空架子」。劇本一開始就是這夫妻兩人的爭吵的場面。可是這爭吵在全劇中只是一片斷，以後的故事發展就全在另外一件事上了。

這另外的一件事就是當柳葉子聽說楊繩祖的一個在南京做局長的表哥薛大要到這小城裏來，她想從他身上弄一筆錢。這也就是整個故事的線索，一切事件都在這目的之下進行着。

柳葉子替楊繩祖設法把白雲菴的房子賣給薛大，在這裏她需要女人的引誘方法。所以在薛大和他的「在上海唸過三個大學，可沒聽說他那家畢的業」的兒子小薛來到時，她就顯出身手。她一方面追求薛大，另一方面又被小薛所追逐。大薛讚美她的美麗，她的能幹，使她自己怨起自己的苦命。小薛說她「上海女人全湊在一起也沒有你——沒有你窩心！」（頁一一一），柳葉子便要求他帶她一同去上海。

故事到這裏已經很明白，葉子終於是「弄假成眞」了。遂造成三角戀愛的戲劇。她想利用大薛，大薛却眞愛了她，而小薛又對她一見鍾情。在這兩個愛情中她選擇了小薛，就要同他去上海，可是他想從大薛身上敲得一筆錢的心願還沒有止息。因此，它所表現的也可以說是葉子這兩種心理的鬥爭。

在這方面的表現，這個劇本却顯得有些晦暗。換句話說就是我們很難明白葉子的本心，她眞是一個甚麼樣的人。她發覺了楊繩祖的「空架子」，又想爲他得一筆錢，她既愛小薛，仍忘不掉從大薛身上得油水（這油水也許不是給繩祖的了。）這種種方面造成了葉子的一個複雜，却也多少帶些痴呆的個性。這些固然都是女人的脾性，而葉子却全都兼有了。像是喜歡金錢，喜歡勢力，喜歡面孔……。

也許是作者想藉她來諷刺一般庸俗平凡的女人。但是，我們想若眞有這樣一個柳葉子時，她恐怕不容易那樣活下去，她不能夠面面顧到。女人爲一個人的愛情，可以毅然拋開別的事，那種表面敷衍，內心另有所企求的女子，畢竟還不多見。我這話的意思就是說，她若眞愛小薛時，就應該立刻同他去上海，不必牽掛大薛的錢和楊繩祖的「空架子」。不然，那樣對立中的生活，是不容易活下去的。

因此，這一個人物的產生多少是作者的臆造，在實際中不會太眞。所以全劇的結局也只能打一個問號。作者在收場時却使那窮光蛋鼓上蚤露面，他摔傷了腿：

鼓　（見機）就是，就是呀——哎呦！不好，眞的又是他，又是這條腿！

柳　糟糕！老徐你快扶他到門房裏去躺着。眞是造孽！你不用着急，慢慢兒等腿養好了再說吧。

鼓　謝謝太太！（架着老徐，邊走邊向楊狡猾地看着說）唉：這條倒霉腿，又不知得息我多少日子！（頁一三二）

這樣的結局實在和全劇沒有多少關係，而且減弱了原有的意義，使觀衆大笑一聲而已。而這一個劇本也就像一場笑話一樣的結束了。

就故事本身看，柳葉子的前途應該是一個悲劇。她失掉小薛，得罪大薛，又不得楊繩祖的諒解，完全是由於自招。但作者筆下沒肯用這大力量，僅使大薛小薛發覺了他們同被葉子所騙而逃走，僅使楊繩祖和小薛吵了幾句話，就轉到別處去了。

這樣，柳葉子在我們的腦中眞是一個可疑的人物。

我對於「小城故事」想說的就是這一點意見。作者用力在這女主角身上，寫她的心理雖有成功的地方，但整個看來，實難太滿人意。至於別的人物，像貝二夫人，郎四夫婦和錢八爺在反映小城中另一方面厭榨者的生活上比較有意義，而僕人老徐和王媽，只不過是藉他們來諷刺劇中人而已。

現在，我們再來談談和「小城故事」全不相同的「邊城故事」。由這劇本我想起的是「滿城風雨」和「原野」。「滿城風雨」是于伶改編的劇，它們的相近處是都把故事的頂點放在結尾。在故事進展中儘量錯綜表現一些人的活動，到末尾才揭破他們的眞面孔。那所揭示的面孔又同是做「奸細」的人。不過「滿城風雨」故事的偵探氣息超過「邊城故事」，雖然題材全不相同，而後者是比較前者進步一些的。

說起「原野」，在這裏像有一點它的影子。它們的背景都同在露天的場面下；但「邊城故事」的背後表現出羣衆的力量，就不像「原野」裏仇虎那樣以個人抗强權了。這雖是一個鬧劇，若以萬老大比仇虎，鳳娃比金子，它是有一個更凄慘更有意義的結局的。

在這個劇本裏作者强調着兩方面：一是寫壞人的姿態，一是寫羣衆的力量。在前一點上他把頂點放在最後。殷科長從開場起，種種的行動都是可疑的。他站在金砂礦工方面原想利用他們，等到楊專員來他又獻鳳姐做美人計。後來又想法破壞國家的開礦工作，煽動工人，反抗技師，造成一次炸礦的事。他把工人羣握到手後，而破壞建設工作的目的已經達到。奸人的假面目，在這時遂明白的被揭破了。

因爲描寫這一角色，需要另外許多人或正或反的幫他的忙。像工人萬老大受利用而又覺醒，楊專員以和平手段制服羣衆的暴動，鳳姐的同情楊專員……都是可以反映殷科長的無恥行爲的。

在描寫羣衆力量的時候，作者的見解以爲一羣人是盲目的，聽憑煽動可以做出那煽動者要他們所做的事。劇中的幾個工人，如二牛娃、侯德立、萬老大、鼻子、李麻子都是這樣，羣衆很容易被熱情所激起。我們想起沙士比亞劇中不魯特斯刺殺凱撒時的演說，羣衆佔了怎樣大的一種力量，就可以明白這劇本在這點上的成效。

所以，「邊城故事」在取材和主題上說，是一個値得注意的戲。作者藉這些人物表現出羣衆的無知，奸細的無恥，官吏的貪汚；但也有進步的分子，而結局還是正義克服了荒淫，得到眞實的羣衆。

但是，就細微方面看，它也有一些欠周密的地方。做爲專員的楊城的性格，前後使有些不同。他既是一個奉公努力的人，却有時又像一個無用的青年。也許因爲作者筆下的人物過多的原故，還有幾個人的影子也都不很明顯，王工程師和張技師給我們的印象始終是淡薄的。

在這劇本裏採用地方民歌，很有鄉土色彩；在接近民衆，尤其是上演於偏僻地域時，利用當地的諺俗、習慣是個能得到觀衆的好方法。

三：「人之初」（顧仲彝編）

「人之初」原是一本社會諷刺喜劇。原作者爲法國巴若來（Mariel Pagnol）原名爲"Topace"。這次爲演出的方便有了這個純中國化的劇本，取「人性本善」，但社會使它變惡的意思，改名「人之初」。

這本戲是以一個穆氏小學的教員張伯南爲主人公，他因爲追求校長的女兒未成，介紹貴女子蕭麗蓮的姪子入學又沒幾日而退學，遂脫離學校去蕭麗蓮家教書。蕭的「外夫」郭敬亭是貪賍舞弊的人，因爲購辦掃街洒水機，想借一個人的名義，自己從國外買貨，說是某人發明的，然後再賣出去可以賺一筆錢。張伯南爲利益關係，當場代他簽了字，做了經理。後來雖自己恐懼也只好慢慢同化，認金錢爲萬能了。

由這故事看來，它的主題建築在兩件事情上：一是對於小學校長穆宗鐸的諷刺，一是教員張伯南的變化，而主要的一點還在於「黃金萬能」上。

穆宗鐸是教育界流氓，完全被金錢所指使。只要是有錢有勢的人一切都好辦。所以起初對張伯南處處都苛待，到他身爲經理時就又自己去求他。諷刺教育界的戲劇我們見過王文顯的「委曲求全」，是說明黑暗的另一種力量（背後的愛情）；而「人之初」裏是又一方面的說明（黃金勢力）。

對於張伯南的描寫，着重的是心理的分析，那就是金錢和愛情和名譽的鬥爭。他參加了這犯法的事業是因爲受了蕭麗蓮愛情的欺騙，他明白了愛情的虛僞，又被金錢所支配。這對現社會的諷刺是喜劇，其實又是頂大的悲劇。

這劇本的主題雖相當的好，而它的表現方法實是不很成熟。以致使它形成了似喜劇又不全是喜劇，似心理劇又不全重心理的東西了。改編者在序文裏和導演者在「這一次導演者的話」裏都說到這一點。觀衆怎樣理解它的意義，得到什麽效果，的確是難以預料的。因爲根本沒有表現得恰到好處。像第一幕故事太長，各幕中無用的穿插過多，心理變化的不定，都是使劇情不能緊張，性質不太明顯的原故。

我以爲這樣主題的戲劇，與其改編爲喜劇，諷刺劇，心理劇，還不如改編爲一個悲劇好。做爲主人公的張伯南原是一個極正直公平的人，可是受了社會上壞人的欺騙，空虛的愛情的憧憬使他墮落，立該得到「死」的結局的。這雖然有一點狠心，但也是由於他自己性格不定，把握不住生活的原故。這對於觀衆也許是一個嚴重的教訓，却比原來空虛的結果好一些。張伯南是沒落了，穆宗鐸也該沒落。伯南的老同事陶康侯應該和他對比，他進步了，能在社會上做出成功的事業來。

這是對於改編上的一點意思。

退一步講，就現在改編爲「社會諷刺劇」的形式看，也有幾方面應該討論的。

最重要的是有許許多多沒有用處的場面應該刪除掉。那些場面不但和主題無關，而且還妨害了劇情的進展。導演者爲節省演出的時間，覺得有七個地方可以刪除，有些是很有理由的。像第一幕裏鮑大霍談教學生方法的場面，和張伯南上公民課的場面，絕對應該刪去。在第三幕開始時女打字員和張伯南的談話也可以取消。甚至這兩個女打字員根本就可以不要，報館的敲詐也是多餘的穿插。能在一兩句對話裏說出的事情，最好是可以不必再表演那個事情的。

所以，這劇本裏的人物便有許多不必需的了。像是鮑大霍，黎岳——那個只在第一幕裏領着藺麗蓮的姪子來到教室的訓育導師，十多個小學生，女打字員等人物全都可以不要。只有幾個主要的，性格明顯的主人公就足夠了。

在主要人物的身上，應該特別發揮他們的個性。這個，在這劇本裏也不十分完善。在理論上講喜劇是針對社會某種現象的諷刺，可以沒有主人公。但這劇本裏既以張伯南爲中心，對於另外的幾個人又缺少深刻的表現。尤其是陶康侯，在第四幕中是一個重要的脚色，可是他的爲人怎樣，在觀衆的印象裏是糢糊的。

這裏，牽涉到全劇結尾的問題。康侯和伯南會見之後，談了一會話，伯南因爲蕭麗蓮找他有事，就告康侯說，明天上午再來。下面是康侯一個人和女打字員的談話：

康侯　請問小姐，你們這裏同事的人很多嗎？

女打字員　有五個打字的。

康侯　那一位是經理先生的秘書？

女打字員　沒有祕書。

康侯　喔！沒有祕書。

在康侯一面走出去的時候，一面幕垂下來。這結尾比較突兀一些，和原作的結尾張伯南勸陶康侯去做他的祕書比起來，就要減少一些意義了。

夜闌人靜

譚惟翰

四

裝腔作勢的立在舞廳門口，向馬博士招手的正是被人呼做「垃圾馬車」的一個年輕舞女：陸玲珠。

陸玲珠生着一對水汪汪的黑眼珠，一張蜜甜而善於說謊的小嘴，花一般的臉龐，蛇一樣的身子。和馬博士站在一起，從她的美的姿態看來，馬博士會毫無疑問的承認：「這是我理想中的愛人！」，可是從他們的年齡看來，別人或許會把她當作是馬博士的女兒呢。

「玲珠，你爲什麼老是愛叫我『大狗頭』——這多難聽！」馬博士瞇着小眼睛對她說。

「你不是博士嗎？」她走到他的身邊。

「博士是doctor，不是你說的什麼『大狗頭』！」博士糾正她。

「大——狗——頭！」陸玲珠學他唸，「我覺得同我說的沒有什麼兩樣。」

「好，好，」馬博士無可奈何地說，「隨你叫吧。」

玲珠得意的笑了笑，然後撒嬌地說：

「喂，大狗頭，你怎麼悶聲不響地就溜了出來，害我尋了好半天。」

博士也陪着她乾笑了笑：

「我本來身體覺得有點兒涼，便跑到舞廳裏去坐坐，那知裏面又太熱，喝了兩杯酒越發地熱起來了，於是我叫小郎跟我拿了兩瓶『綠寶』來，喝了還是熱，眞是沒法，祗好再到外面走走。你瞧：江邊的景色眞不錯，我最愛在這樣富有詩意的晚上，看看秋天的月亮！」

「啊，博士也是詩人？」玲珠現出調皮的樣子。

「這我倒不能否認。因爲事實是這樣：我在學校裏收了不少的學生，我祗要拿我的詩篇借給他們讀一遍，他們無形之中得到了我的『引屎屁來燻』，我是說，得到了我的『靈感』，他們也都會變成現代偉大的詩人！」

「這樣說來，博士簡直是——」她想不出適當的話來恭維他。

可是馬博士代她說出來了：

「詩人大王！——人家都是這麼地稱呼我。」

「詩人大王？」

「對了。你懂得大王兩個字的意義麼？那就是說：無論他的價值或地位全是一般人所及不上的，譬如外國的鋼鐵大王，煤油大王，中國的五香瓜子大王，生煎饅頭大王……」

「啊！」她幾乎要笑出聲來了。

這一笑越發增加了博士的興奮，他繼續說：

「其實人家稱我『詩人大王』並不是過分的誇獎，因爲我的作品確實要超乎任何詩人之上。」

「幾時也讓我有機會來拜讀拜讀『詩人大王』的作品！」

「那你也一定會很快地變做一位詩人，憑你這樣地美麗和聰明。」

然而玲珠擺了擺她那掛着一捲捲黑髮的腦袋：

「不過——據說詩人都是些個窮人！」

「也不見得，」馬博士說，「譬如……」

「恐怕不及我們舞女的錢賺得多吧！」

「這倒難說。」馬博士突然把話頭轉到了別的地方去，「啊，玲珠，我剛才在舞廳裏有你陪着我，我還喝了幾杯酒，出來又瞧見這麼好的月亮。女人，酒，月亮，眞是絕好的詩料；我正想在江邊徘徊一下，做一首動人的詩送給你，不料——」

他朝呂楓看了看。

玲珠這才注意到離馬博士不遠兒立着一個靑年男子：

「那個人……是誰？」

「是我多年的……多年的傭人。」馬博士附着玲珠的耳朵說，「我們還是到裏面去談吧。」

五

在舞廳的走廊裏。

馬博士和陸玲珠邊走邊談着話：

「想不到這傢伙會來向我借錢。」

「你借給了他沒有？」用一對水汪汪的眼睛望望那張馬臉。

「我那會那麼傻？」連忙改了口，「不過你別以爲我這人小氣。一個人當用錢的地方還是不能省，要緊的是看你用得値得不値得。」

「啊，怪不得你答應買給我的戒指到現在還沒給我，原來你覺得這是不値得買的，是不是？」她把鮮紅的嘴唇一努，裝做生氣的樣子。

「那裏，那裏！」馬博士急了，「當然再沒有什麼比這更值得的了！」

「那爲什麼到今天你還不給我呢？我知道你把我的事早都忘了。」

到走廊道盡頭，珠玲停住了脚。她靠着一扇長玻璃的側門，面對着外面暗藍的天空，顯然有點不耐煩。

博士越是急了！

「這……這……我可以指着那月兒發誓，沒有一天我不是記在心上的。」

「你說什麼時候給我？」

「再過幾天我一定買給你。」

「過幾天，過幾天，我不知聽你說了多少遍了。你明明又在那裏騙我。」

「我絲毫沒有騙你，」他學着電影明星的親熱的姿勢，握住了她的手臂。「玲珠，請你相信我……」

玲珠不理他。

「你是我心愛的人，天上的星星沒有一粒及得上你的美麗！」他索性抱住了她的身子，「我不敢朝你多看，你實在是美，美，美得要死！玲珠，我愛你……」

「愛我？哼！」她故意冷淡的。

「我眞不說謊！」博士取出了剛才數給呂楓看的那捲鈔票，通統塞在玲珠的手裏，「你瞧，這便是愛的最好的憑據。」

玲珠報他一個媚笑。

「喲！幹嗎要這樣？我們又不是在做戲！」將鈔票敏捷地收進了自已的小提夾，挽着馬博士的手臂說，「親愛的大狗頭，我們進去再跳一會兒吧。」

「不，讓我們一同到——」對她的耳朵噓了兩個字，然後又大聲地笑起來，「哈哈，今晚，今晚我定要樂它一下……」

她在他蓄着小鬍子的嘴上擰了一把，「眞是討厭！」——接着又是個媚笑。

於是兩人從側門裏走出來，關照拉門的小郎：

「趕快去叫一輛祥生。」

六

舞廳外面，呂楓呆立着。

她以前決沒有想到嘴裏充滿了仁義道德的人內心會是這般地刻薄與奸滑。

「——好好的一個青年不肯正經地做點事業，受過了高等教育居然會老着面皮站在路上向人家開口借錢……」

馬博士的話又在他的腦中響出來。

但是，你能用這話來譏諷他嗎？你爲什麼不去問問這個社會不能容納忠誠，正直而有爲的青年，反而讓那些不學無能的，祇知欺詐，强霸的人們存在？

他神經質地對自己說：

「竹貞，我的愛，你該是明白我的……此刻你是不是還在那兒流着眼淚巴望着我回去？你是不是還在那兒夢想着我能解决目前生活的困難？……哦，錢，錢，你眞是會作弄人的東西。現在我，我再也不需要你了，我…我什麼都可以解决了！………」

走到江邊，扶着鐵闌，低視水裏盪動着的影子………

此刻，舞廳裏走出一對青年男女，手挽手，男的嘴裏吹着樂曲，女的將頭偎在男的肩上，俏聲地哼着情歌，兩人沿着江岸慢慢地踱進黑暗裏去了。

「……我不能這麼想，不能這麼做。」呂楓回轉身來移了兩步，「竹貞，我不能離開你……」

望着天，一步步地走，月光印在他憂鬱的臉上，他的眼裏有淚水閃亮。

「天呀！」忽然他又止住了脚步，「我要走的路你們都不讓我走，現在我祇有朝我不願走的路走了！」

呂楓快步地跑到江邊：

「竹貞！竹貞！」

他正預備把整個的身子投向江中的時候，忽然意外地一隻雪白的纖細的手緊抓住了他的臂膀。他回過頭：不是旁人，原來就是立在街燈下的那個神女。

「哈哈哈哈哈………」神女大笑起來。

羞慚壓下了他的頭。

「哈哈哈哈哈………」

「你爲什麼要笑？爲什麼要你好笑？」由羞慚而變爲憤怒地，他大聲地問她。

「啊！」神女收住了笑，把塗着脂粉的憔悴的臉兒掉過來，「我笑你爲什麼要尋死！」

「爲什麼要尋死？」

「我是說——你幹嗎兒不高興活着？」

「這是我自己的事，與你不相干！」

「喲……瞧！這麼大的人，還流着眼淚，好不害羞啊！」

神女從錢夾裏掏出一條粉紅的絲帕替他揩揩眼淚。

「快別哭了！給人家瞧見了多難爲情。」她像哄着小孩兒似的。

「不要你這樣！」他推開她的手，走開了。

「不高興和我談談嗎？」

「和你談談？——你找錯了人！」呂楓再避開她。

她跟上來：

「看不起我，不是？啊，是的……」語調裏含着譏刺，「你是要找有學問的像馬先生那樣的人說話的！」

「你可別再跟我提起他——」呂楓氣憤地，「可是，你怎麼也，也認識馬先生？」

「你覺得奇怪嗎？」她的嘴角浮起了一絲俏皮的微笑，「他是我的——朋友。」

「朋友？」呂楓眞弄不明白了，大學教授會跟她做朋友？

神女又接着說：

「他高興的時候便和我來往來往，」凄傷地，「不高興起來就把我扔掉，一直不理我。」

「啊！」

「他口袋裏錢膽得沒有什麽就跑來纏住我；錢一多，他便馬上去找旁人。」

這是呂楓做夢也不會料到的。

「你說我找錯了人？」神女望着呂楓的臉，「我看你找到他，根本你就沒睜開眼睛。」

「你既然明白，爲什麽還要和他來往？」呂楓反問她。

女的聳了一下肩膀：

「我沒有權力叫他不來。」

「你可以和他絕交！」

「絕交？」這簡直要使她發笑，「眞是個書獃子！——你知道那辦不到。」

「爲什麽？」

「有錢他就能來。」

「錢，錢，錢！」呂楓沮喪地說，「——又是錢！」

「人家說得一點兒也不錯：人是獸，錢便是獸的胆子！」她不勝感慨地。

呂楓對這個飽經世故的可憐女子漸漸地起了無限的同情。

「難道你就不能用旁的方法去掙錢？」他問。

「先生，這最好問你自己。」神女輕輕地嘆息了一聲，「像你這樣一個大學畢業生都找不着正當的職業，何况我們是被社會遺棄了的弱女子？——先生，剛才你所說的話，有好些我都聽得很清楚……」

他的頭低下了。

「我了解你，我懂得你的苦衷。」她拉住了他的手。

他呆了一會，突然想起——

「啊，我不能跟你講話。」同時推開了她的手。

神女誤會了他的意思，說：

「先生，我們也是人呀！」

然而，呂楓的本意是要回家，他記起家裏有人在等待着他。朝她望了望，他獨自兒走了。

但是神女又追上來：

「先生，你不怕你的未婚妻因失望而發瘋嗎？你……你已經有了辦法麽？」

給她一提醒，他又變爲躊躇了。他怎麽能回去，朱砂頸那副老虎面孔，一看就令人生氣！還有孔玉山……

「你需要多少錢？」瞧他爲難的樣子，她向他問。

呂楓有點兒窘。他想假若把幾件衣服變賣了，大約再有三四十塊錢便勉强可以應付那位房東太太了。他說：

「三四十塊錢。」

神女聽了他的話，立刻打開錢夾，拿出幾張零碎的鈔票，數了數：

「我這兒一共有三十六塊錢，你通統拿了去吧。」

說着，她便把錢遞給呂楓。

「什麽？」他驚奇地。

「給你。」

「我，我怎能領受你的錢？」

「嗯？」

「我覺得——」

「你覺得我這錢來得不正當不是？啊，先生，你錯了！我這錢不是偷來的，不是搶來的，是用我自己寶貴的身體換來的！這種出賣肉體換來的錢，我以爲無論如何比那出賣良心換來的錢要光明一些。」

「——所以我不忍心要你的錢。」呂楓誠摯地說。

「不忍心？這是我自己心甘情願，我倒忍心，你有什麽不忍心的？」

呂楓正想開口，可是她阻止了他。

「你別再多說了。」她將鈔票塞在他手裏，「還是拿去吧。」

看看手裏的鈔票，他有點過意不去。他祗說：

「……本來我們又不認識，無緣無故地接受人家的錢，尤其是像你這樣掙來的錢，實在叫我心裏不好受。」

「你能領收我的錢，我倒覺得痛快。」

她在一條鐵闌上坐下了。

呂楓也下意識地坐下來。他朝她再端詳了一眼：她生得相當的清秀，雖說痛苦的歲月在她臉上刻下了一些無情的記印。她設法用粉脂補足了她的缺陷。望見這個女子，別人不會覺得她的低賤，她的一舉一動倒是會激起人家的愛憐。呂楓沉默了一會兒，對她說：

「你，你眞好……」他有些面紅，「我很感激你。不過，依我想：像你這樣好心腸的人是不應當過這種卑賤生活的……」

她嘆了一口氣，把香煙蒂兒扔在水裏：

「先生，什麼事我們作得了主？我們都是善良的生靈……」

「我們都是善良的生靈……」呂楓默念着她的話，「唔，你剛才說的這句話，我彷彿在那兒聽見過。」

「有一位作家曾經在他的詩序上寫過這樣的字句——我還能記得。」

「你倒唸過書？」呂楓說，「怪不得我聽你的口氣……」

「是的，我唸過書，我唸過將近十年的書。——我也是一個初中畢業生呢。」

「哦！」出乎意外地。

「當我在學校裏唸書的時節，那眞是我一生中最幸福的日子。」仰視天上的星星，追憶着，「我過着美滿的生活，我懷着甜蜜的夢境……生存在那活潑，愉快的空氣中，我從來不曾想到憂鬱，我也不知道憂鬱是什麼。」

呂楓好奇地問她：

「你的家境以前大概很不錯？」

「不，不怎麼好。」她擺擺頭，「……全靠我媽一人用她的勞力來維持生活，因爲我爸爸根本就是好吃懶做的。」

「你還有父親和母親？」

「我有一個慈愛，溫和，可是十分辛苦的母親。當我極小的時候，她就幫人做工，用她血汗換來的錢養活我們一家子。我沒有兄弟，沒有姊妹，媽祇有我這麼一個女兒。她對我所抱的希望很大，她要我唸書，我也希望自己能受一點兒教育。但是教育是富人們的專利品！幸而媽所幫的東家看她作事很勤快，自願供給我學費。這樣我才有機會踏進了學校的門檻，這樣我才讀完了初中三年的學程，不料後來……」

「後來怎麼樣？」呂楓急迫地問。

「……後來，聽說東家遭了不幸的事體，大概是做生意失敗吧……東家的老太爺去世了，祇賸着一位老太太和一位少爺……」

呂楓聽出了神。

「……少爺的年紀還輕，他在學校裏唸書，沒有做事。老爺也沒有留下多的錢，日子一天過得苦似一天……有一天老太太忽然對我媽說：『徐媽，你在我們家裏做了十多年，我的孩子差不多是在你手下撫養大的，我知道你是一個刻苦的人，實在捨不得你……但現在我們的境況你也曉得，你在這兒也於你沒有多大的好處，還不如找一個好點兒的人家幫他們去做事吧。』那時太太又給了我媽一些錢，叫我媽作回鄉的路費，並且說：『徐媽，我眞對不住你』……」

「什麼？你媽……她也姓徐？」

「是的，先生，話還沒說完呢！——我方才說過我的爸爸向來是不肯做事的，我媽的年紀又漸漸地老了，而且她得了氣喘的毛病，不能作過度的操勞。因此，一切的責任便落到了我的肩上。起初我做過女店員，女招待，後來慢慢兒地就流落到幹這種下賤的事業，過這種不是人過的日子……」

她的話說得非常沉痛，顯然地呂楓是被感動得說不出什麼。隔了一會，他自言自語地說：

「這種生活是很痛苦的！」

神女的眼眶裏有一股淚水湧出：

「先生，我知道，我媽也知道……」她說，「可是我沒法想，起初叫我進學校的是媽的主意，如今叫我幹這種生涯的也是媽的主意，但是，先生，你該明白：我媽並不是不愛我的。」

呂楓的口給苦痛鉗住了。

神女的話却越來越悲傷：

「我媽見我帶着客人回去的時候，她會笑，含着眼淚的苦笑；客人一走，她就會抱住我哭，那樣傷心的痛哭！啊！天呀！」

「你別太難過了。」呂楓安慰她，瞧着月光下的一對含着深愁的眼睛，他說，「怎麼——你也流起眼淚來了？」

「不，我沒有哭。——我的眼淚早流乾了。」

兩人都沉默起來，祇有舞廳裏不時傳來一陣陣哀怨的曲調

呂楓突然想起問她：

「你叫什麼名字？」

「我？我沒有名字。」但她馬上又改了口，「——不，我有，有很多的名字。」

他覺得她的話相當神祕。

「……我在學校裏叫徐愛蘭，做女招待叫徐月英，充嚮導叫徐小妹，當舞女叫徐曼萍……現在我，我又改了名字叫徐艷琴。可是我媽老是愛叫我——」

她的話剛說到這兒，便聽見遠遠地一串蒼老的聲音：

「蘭姑！蘭姑！」

她「啊」了一聲，站起身，指着黑暗裏的一個瘦削的人影說：

「我媽來找我了。」

葦花註

聞青

深夜冷月層層爬上窗檻，縷述着往事。

清醒時房門沒有下鎖，溫了「心碎聲」，回頭看日曆，依然是八月十二日呢。

中午坐向池邊遊椅上，受日光暖着眼睛，享受了美，片刻已値得一個下午的光陰。

過劇院時，已到滿了觀客，都是歡悅的罷？片子是「魂斷藍橋」，人們的眼裏，悲劇也是歡喜的原因。所以我感覺自己創造的自己享受，最對：人生本就是不能理解的。

「近來怕來往在人多的地方。」

於是獨自載滿身斜陽，走上黃土的道路，踩故人脚步；但這裏沒有「小橋」，也「魂斷」了。

一片松林，看見的也祇是前面有有限的幾十株，樵夫忙着束草，樵夫知道春天好，而他們都喜歡「秋的枯萎」。那邊有狡兎睜紅了眼睛，又隱不現了。

紫花片片，

野草牽衣，

綠屛深遠的人呢？

石級潔淨，紅牆石紋不顯年久光，都如昨日；棗紅落地，像散遍了相思了。有意臥向草叢裏，只望青天過雲，却向草中採滿把陸上黃葦，

「秋夜臨北風，

伴我心語蕭蕭。」

陸上生沒有水的蘆葦，生活沒有水的濕潤也枯寂的活着了。天天國在平凡的流俗中，滿眼都是卑鄙；能有一刻來乾淨自己，已是可喜。我仍須要如往熱烈的活下去，可是環境拒絕我的時候，荒野便是歸宿；但幸福，憂鬱都來罷，我祇有忍受，再不言語，因爲說是沒有用處的；祇有自己明白自己，一切自己明白也就夠了。還有滿園青松，衰草，紅牆，白石也都明白：

風曳草叢一遍冬葦慢點着白頭。

回轉身來快行了，不能再停留。

故人房裏爐中火熊熊紅了，人死已是一切沒用的明白。

深夜冷月：

「飲一腔西風，

滋味自己嚐了。」

四幕劇　繁華夢

沈鳳

序幕　除夕夜十時

人物：范湘
　　　范濤
　　　范父
　　　范母
　　　高素珍

佈景：內地城市中產階級住宅的客廳。

幕開時台上無人，但聞幕後有孩子們的喧鬧聲，爆竹聲。台上這間客廳現在已準備好了各種謝年除歲的玩意兒。中間一張八仙桌上陳列着瓜果之類紅紅綠綠的東西，也點上了一對兩斤重的大紅燭。牆上有春聯，以及正應時的紅紙條兒等：其他陳設相當簡單，左邊有一張書桌，旁有書架，上面滿堆着大小不同半新不舊的中裝洋裝書藉。書桌旁有搖椅一張，上面配好了紅裏子的虎皮墊褥。右邊是成套的几椅，大概並不是紅木的。各種傢具都頗舊式，並且有些破損，但質料却並不完全下劣。在舞台中央有一隻大火盆，木炭正熊熊的燒着。

幕開的半分鐘後，范湘自左門上，手上提着一隻旅行皮箱，另一隻手挾着一件大氅。他是一個師範學校畢業生，並且已在當地一所公立小學裏當過一年半小學教師。一年半的教師生活並未削磨了他的銳氣，使他安順；反之，却把他厭煩得更暴燥，更不願老守在家裏了。他身穿一襲舊西裝，花色老舊，大概是他父親的舊衣服改成的。他形色倉皇，然而十分堅決。他的外表似乎比他的實在年齡（二十一）要大一二歲，因此更顯得他自負不凡，當做一番大事業。他把旅行皮箱放在地下，把大氅隨手丢在一把椅子上。

湘：（范湘簡稱）：怎麼一個人都沒有？（喊）媽，媽！

（范濤自右門上，他比湘大三歲，更顯得老一些，爲了過年，他穿着一件綢袍子，明顯得是很不慣的。他是當地郵局裏的職員。）

濤（范爲簡稱）：幹什麼，二弟。

湘：媽呢，爸呢？他們都上那兒去了？

濤：（看見地上的旅行箱）二弟，你別眞的做出來，今晚是大年夜，你要走什麼時候都可以，何必一定要在今晚上。况且你實在並沒有走的必要。我說你不應該走，媽不是也不讓你走嗎？

湘：媽媽和爸爸都答應我了。

濤：答應？你以爲他們眞的答應你了嗎？爸爸心裏怎麼想我不知道，媽是不願意你走的，他是沒有辦法才答應你的。

湘：她沒有理由不放我走呀！

濤：理由不理由是另外一個問題，但你要知道，你走了以後，她該多麼傷心。

湘：傷心，那也沒有辦法，我不能爲了這麼一點感情就把我的前途葬送掉。大哥，我告訴你，你就是爲了一點兒的感情而葬送掉你的前途的人。你初中畢了業的那年，假如你眞的跟了舅父出去，到現在六七年，你恐怕已有了很大的發展。但那時因爲媽不放你走，你去攷當地的郵局，做了郵務佐，到今天，你還是一個吃不飽，沒餓死的，最起碼的幾等幾級的小郵務員。我，我可看明白了，所以我初中畢業後決意繼續念書。可惡的是家裏沒有錢，只好進師範科。本來，我還打算畢業以後再去攷師範大學，但這一點希望都沒有能實現。然而，我又看出幹教育事業是沒出息的，我決心設法進大學。大哥，這一年半的小學教師我是咬緊了牙關在幹的，白天上五六點鐘的課，晚上還要看那麼許多練習本，日記本，作文本；然而，我還抽出時間來讀理化和高級生理學和生物學。我決心去攷醫科大學。一年半來，我還積起了一些錢呢，這你恐怕不知道吧，現在，我再也等不下去，再等下去便遲了。當教員等於當牛馬，我決不做別人的牛馬，我要成功我自己的事業。

濤：幹教育也未始不是一種事業啊！

湘：那是騙人的，你只要看我們的爸爸，他幹了一輩子的教育，他成功了一些什麼？

濤：你別那樣說，明年夏天他也許要做省立中學校長了；眞的，他一定會的。所以，你還是不走的好，你可以幫他幹。

湘：他幹下去是好的，因爲他幹了幾十年，不幹下去也不行了。而我，我不願意幹。（默場）

濤：二弟，你要明白你一走，什麼人都不快樂的。媽媽爸爸和我不必說，你的高素珍，她該多難受啊！而你，你失去了她，你也會痛苦，以後恐怕也會後悔的，她是一個不可多得的姑娘。

湘：（微笑）你又要拿感情來解決問題了，男女間的感情，實在並不算什麼，把它和一個人的事業相比，那便更加渺小了。而且……

濤：而且什麼？

湘：而且她也並不是一個了不得的女人，她是很平凡的，一個很平凡的女人吧了。

濤：這一點你又錯了，誰不是平凡的呢？誰能不平凡呢？

湘：但是她太平凡了，失去她像失去一雙平常的鞋子一樣，什麼地方都可以另外找一雙。

濤：那你太無情了。

湘：這是什麼意思？

濤：你不是太辜負她了嗎？你這一走，難道就決定背棄她了嗎？那末你們以前的感情呢，我知道你們的感情已達到相當可觀的程度了。

湘：你的話也對，可是每一件事都不是那麼簡單的。到了這個時候便只好看了。我不是一個「英雄氣短，兒女情長」的人。至於我是否是一個負心人，以後再說，這是另外一個問題。到了某一個時候就是做負心人也只好去做。說實話，她實在是一個平凡的女人。我並不重視她。

濤：你是怎麼了，這幾天來你天天吵着要走，旁的什麼也不顧了，好像是失掉了人心一樣。

湘：人心，什麼叫人心！

濤：二弟，我對你說，你別再只顧你自己想的了。我現在知道，什麼都不能阻止你走了；但是，但是有一點，這是我所不願說出來的，這一點使你不能走。

湘：什麼呢？我不相信天下有什麼能夠阻止我走。

濤：眞的，非但能夠，並且一定使你不能走。（欲說又止）

湘：什麼呢？大哥，你說好了，有什麼不忍說呢？

湘：你眞要我說嗎？

濤：你說好了。

濤：那就是——錢！你沒有錢，我們都沒有錢！沒有錢你不會成功的，你不會在醫科大學畢業的；沒有錢，你這次出去，以後只會帶了失望回來的！

湘：原來是錢，大哥。我也想到過這一點。但是沒有錢，就永遠忍氣吞聲的活下去嗎？沒有錢，（驀然站起來）沒有錢，（大聲）你就永遠看人家得意，看人家享福，我們便永遠的像牛馬般的過血汗生活嗎？我，不像你那樣想。就因爲我沒有錢，我更要和這命運相抗……（台詞直下不斷）

（范母聞聲出，現在右邊門口，聽着她的兒子在發偉論而怔住了。范母是一個典型的慈祥的母親，愛兒子勝過自已，她年約五十左右。

同時，在另外一個門口出現了范父和高素珍，他們兩個同范母一樣也怔住在門口。范父五十餘歲，一個失敗的人，但他卻是滿足的，他剛才喝了一些酒，臉上紅光滿面。他雖然不富有，但他却很愉快。高素珍是他的同事的女兒，十九歲，當地護士學校學生，安份守己，並不像她那年齡的姑娘，那樣富有羅曼蒂克的夢想，而是一個實在的姑娘，打扮文靜，在眉宇之間有一種美，即使不美也罷，誰也找不出一點醜處來。）

湘：（接下去說，毫無間斷的）沒有錢，我也要打開一條路來。我要做到別人以爲做不到的事情。我是一個人，我便要儘可能的享受人間的一切，名譽，地位，財富，我每一樣都要去得到它。別人享受到的，而我享受不到，那是一種恥辱。爲什麽我不能坐汽車，住洋樓呢，我不是和他們一樣的是一個人嗎？我是比他們愚笨些呢，還是比他們卑劣些呢？不，我不但不比他們低劣並且應該比他們更優越。你說沒有錢，沒有錢便捱着等命運來磨折嗎？那是太卑賤了！太可恥了！你看吧，你看我來打破命運，打破這沒有錢而永遠居人之下的命運！

父（范父簡稱）：好，說得好，好一個打破命運！打破咱們窮人的命運！

（湘突然發現新來的三個人，像夢裏醒來似的。）

湘：呵，爸爸，你回來了？

（父把湘讓在搖椅上，自己坐在火盆旁邊烤火，高素珍，濤和父母也都坐下）

父：你休息一下吧，我看你說得很累了。（瞥見旅行箱。）你今晚上眞要走嗎？

湘：是的，爸爸。

母（范母簡稱）：湘兒，怎麽，你在大年夜動身嗎？

湘：（無力地）是的，媽媽。

母：你連東西都整理好了。（絕望地嘆氣）唉，反正是留不住你的。你既然決心走，我就不留你了。那末，這個你拿去。（從裏面袋裏拿出一個手帕包）這裏是一百二十塊錢，我自己的，你拿去用吧。

湘：太多了，媽。

母：太少了，但媽媽只有這一點，你拿去吧。留，也是留不住的了。然而……然而爲什麽早不走遲不走，要在大年夜走呢？

湘：媽媽，原諒我。我早就要走了，只是遲延下來。但是今天早晨我收到上海的朋友一封信，他告訴我，假如後天不趕到，我要誤了攷期，學校便進不去了。所以，我只好趕今天晚上兩點鐘的快車走。

母：（喜出望外）兩點鐘，不還早着嗎，那你可以守過了歲走呢。

父：對了，咱們一同守歲，一同喝一點酒再分別也好。

母：那末我得趕快去預備些菜了。（下）

父：很好，我今晚恰巧把高小姐邀來一起守歲，（向高）那你正趕上給他餞行了。

高：（高素珍簡稱）：（憂抑然而是鎮靜的）你眞的今晚要走嗎？

湘：（點點頭）唔。

父：咱們來搶狀元，湘兒，你來不來。

湘：（搖搖頭）我不來，爸。

父：讓他休息一下也好。（下）

高：你眞的走了嗎？

湘：（點點頭）當然。我走你不歡喜嗎？你現在在護士學校求學，我出去是學醫。一個就要做護士的人反不讚成她的好朋友去學醫，將來成個名醫嗎？

（高低頭不語，表示極深的悲哀），全場靜默約一分鐘。

父上，手上拿了許多水菓糖餌。還有一隻搶狀元用的擲骰子的飯碗。

父：（坐下）咱們三個來玩，誰第一個搶到狀元的便拿兩隻橘子，以後再出狀元便只好拿一只了。進士，舉人，秀才我們還是照老規矩。好不好，高小姐，你先擲，看誰的運氣好。

（三人開始玩骰子。湘一個人靜靜的坐着）

高：（突然）范老伯，你贊成湘哥哥走嗎？

父：我嗎？我贊成，——呵，狀元，唉，只差一點。——我爲什麼不贊成呢，本來吃教育飯是沒出息的。我假如不學教育，我現在也許做了什麼長，什麼委員了。我坑了自己，我不想再坑我的兒子，所以他說要走，我便答應了他。讓他自己去奮鬬，看他將來成功個什麼，他說要去學醫，將來做個名醫，那無論如何總比當教員强。

濤：爸爸，我要問你，你現在覺得有什麼不快活嗎？

父：（弄得莫名其妙，想了一想）唔？我沒有，我並不覺得有什麼不快活。

濤：你知道世界上有許多人，地位比你高得多，比你有錢得多，但他們却沒有你幸福呢。

父：不錯，那是的確有的，地位和金錢並不一定能使人幸福。

高：那末，范老伯，你爲什麼放范湘哥哥出去追求那不可知的幸福，而不叫他去追求眞實的幸福呢？

父：高小姐，那連我也不知道，假如有機會，我也會像湘兒一樣出去的，人是那末奇怪的東西，他總以爲自己有着的東西是不好的，自己所沒有的東西是好的，不去試一試，他的心永遠不肯死。——咱們誰都沒有搶到狀元嗎，快來你看——又沒有。

高：（天眞的）狀元，狀元。

（三個人輪流玩着骰子。母上。）

母：吃什麼，還是喝一點酒，炒幾個菜呢？還是怎麼？

父：當然要炒幾個菜，高小姐今晚陪我們守歲呢，況且，湘兒又要去了。（用手指湘。）

（四個人一齊向湘望。湘已經睡着在搖椅上。）

母：哦，他睡着了。

高
高急忙站起，走向右邊椅子，拿起湘丟在那裏的一件大氅，柔和的爲他蓋上。退後兩步，仔細端詳他；其餘三個受了傳染似的也依戀地望着熟睡的湘。）

——幕漸落——

第一幕　某日中午

人物：

范　湘
范　濤
孫主任
高素珍
殷麗華
老　張
看　護（王小姐）

佈景：一個公立醫院內的會客室裏。

幕開時，范湘穿着白色的工作服進，他比序幕中顯得老成了許多，他現在已從醫科大學畢業了兩年了，在這醫院裏做內科醫生。

台上沒有多少擺設。因爲這是醫院裏的一間起居室，表現出醫院的清潔，整齊而簡單。這會客室平常專爲醫師們用的，除了頭等病房的病人也用一用以外，什麼人都不輕易上這裏來，所以，這會客室是格外的整潔，傢具也甚講究。

范湘一面進來，一面在脫他的工作服，看樣子是工作剛完畢，在離去之前，想在沙發上休息一會兒似的。他就橫在一張大沙發的一端，懶散的靠倒，隨手拿起几上一本畫報來看。

少停，門開，一個頭探進來，這是孫主任，這醫院的內科主任；孫主任年齡已不輕了，但甚活潑，動作說話都是有精神的。

孫：（進門，打算與范湘坐在一起）老范，我終於找到你了。你在這兒沒事情嗎？

湘：（似乎有些侷促，但立刻克服下去）怎麼？孫主任？

孫：（坐下）你沒事吧，我要和你談一談。

湘：孫主任，你儘管說便得了，你要說什麼就說什麼好了。

孫：哦……（遲疑，在打談話的腹稿）我……我聽說你不久便要離開我們這兒。

湘：你聽誰說的？

孫：聽見很多人這麼說。

湘：是聽誰說的呢？

孫：（想了一想，突然把話頭轉過）唉，你別管我是聽誰說的，我現在要想知道的是這消息是否正確。

湘：（得意躊躇）消息嗎，不算不正確；是正確的，我確打算走。

孫：我聽說你不久便要走，那麼在什麼時候呢？

湘：不錯，我想在這一個月以內離開這兒。

孫：（失望而吃驚地）啊呀，你肚子裏在這樣打算，怎麼沒有對我們提起一個字呢？

湘：何必老是對別人提起種事情呢，去是我一個人的事，告訴別人有什麼意思。

孫：和朋友們，談談也不算錯吧。

湘：別人不來問你，跟別人煩些什麼。

孫：是的，是的。那麼現在我來問你了，你可以對我說了。

湘：當然，我沒有瞞你呀，你一問我便承認了。

孫：是的。那末，你是爲了什麼要離開這兒呢？是我們有什麼錯待你的地方嗎？

湘：沒有，你們待我很好。

孫：那末爲什麼要走呢？……哦，哦，（連忙改正自己的說話）那一定有什麼高就了。

湘：並沒有什麼高就。

孫：一定有什麼計劃？

湘：也談不到計劃，我不過是打算自己設立診所。

孫：（好像聽見一件奇聞似的）自己設立診所！

湘：對的，私人診所。

孫：這是可能的嗎？

湘：爲什麼不可能。我非但這樣打算，並且已經進行了。說一句實話，已經什麼都預備好了，只等我把廣告登出去，把我的招牌掛在我的大門外了。

孫：（急得說不出適當的話來）你……你眞是……胆大妄爲。

湘：孫主任，我的胆子確不小，可是我並沒有妄爲。

孫：哦，老范，你別生氣，我這並不是在駡你。你的確胆子太大了一些。你要知道，設立私人診所並不是一件容易做得好的事情。許多醫生失敗在這上面。

湘：我不怕失敗。

孫：（搶着說）你要知道，成立一個像樣兒的診所，開支是很大的，你得納捐稅，你租上一間陽光充足價錢不小的房子，你得用許多打雜的人，還有，你還得付出許多業務上的各種想不到的開支。你想開支是那末大，而病人却並不像公立醫院那樣每天都有那末許多人上門來請教。尤其是你這樣一個青年醫生，一個月二個月沒有一個病人是常有的事。即使一個月有十來個病人來應門診，那你也就夠受了。你攷慮一下看，這是不是可怕的，不容易動的事。

湘：我不怕賠本。慢慢兒的做，病人也會多起來的。

孫：要慢慢兒那便糟了。

湘：（不耐煩）糟就只好讓它糟，我現在什麽都預備好，並且決定就是那麽做了。

孫：（不讓自己激怒范湘）唔，唔，你已經決定了，那也沒有辦法。那末……那末我現在再對你請求一下，你一方面自己設診所，一方面還是在我們這兒服務，行不行？

湘：（堅決地）不行。

孫：（吃驚）怎麽？

湘：假如我自己設診所，而設診所又如你說的那麽困難，那我勢必至於以全力處理我自己的事，我就沒有餘力再兼顧這兒了。

孫：那倒恐怕未必如此，我請求你每天下午或是上午來一次，行不行？以我們私人感情說。

湘：（搖頭）我不願意來。

孫：爲什麽？

湘：我一心一意只想脫離這兒，我再也不想回這兒來。

孫：爲什麽？

湘：我討厭這兒！

孫：怎麽呢？我們待你都不錯，幾年來，我看你也是幹得很高興的。

湘：（頗感慨地）不然！我在這兒幹得一點都不高興，不過是因爲非在這兒幹不可，所以我也只好好好兒的幹。現在，我可以走了，所以我想愈早走愈好。

孫：這裏是你的母校附設的醫院，你難道對你的母校沒有感情嗎？

湘：什麼母校，我恨死它了。

孫：（更吃驚）你的母校不是待你很好嗎？

湘：孫主任，現在你是我的頂頭上司，內科主任，從前你是我們的教務主任。只有你最知道我，你相信我的母校待我不錯嗎？

孫：我想還不錯。

湘：那你完全沒有知道眞情。我攷進這個學校後一年，便差一點退學，那年我繳不出學費，註册主任逼着問我要學費收據。向會計主任請求，他不見我；向院長——那時候他是醫學院院長——懇情，他也置之不理，最後，離截止註册只有一點鐘的時間，幸虧來了一個出乎意料之外的救星，我才繼續讀下去。後來最後那一年，我又沒有辦法繳學費了，那次不幸虧是你嗎，幫了我請求作免費生，那還費了好大的勁，費了多少脣舌呢。你不是說這一點母校算待我不錯嗎？但是，你不清楚，免費生有那末一條賣身契約，免費既然必須成績特優，因此免費生必須在本校或本校附屬機關中服務三年！三年，它把我關了三年。現在三年期滿了，我可要走了，走出去以後就是去要飯，還是比關在這兒強。

孫：這樣說來我是無法挽留你了。

湘：唔，什麼人也留不住我了。

孫：那我只有祝你前程無量了。

湘：謝謝，託你的福。

孫：（好像話還沒有說完）但是，自己設診所總是困難的，你沒有看見咱們這兒那位外科主任，他的資格，學問都不錯了，但終於害在設診所上面，到今天他再回來做這區區外科主任，他的債却始終還不清，老范，你還得仔細考慮一下。

湘：（又激怒）我已經決定了，孫主任，你的話我都明白，設診所的確是困難的，開支是那末大，診所設下以後都不免欠一屁股債，但是我已經決定了，什麼都不能阻止我了……

……（老張開門將頭探入。隨之上。）

張：范醫生，你原來在這裏，叫我好找。

湘：（誤會）你請值班醫生去看好了，我已經下班了。

張：不是病人，你哥哥來看你了。

湘：（明白）濤哥？

張：我請他就上這兒來好不好？

湘：也好。

孫：有客來找你嗎，那我走了。對不起，老范，我已經無法挽留你了。但是……

湘：我知道，設診所是困難的，弄得不好便是一屁股的債……

孫：（不等范湘說完）得：我走了，望你成功。（向范湘作會意的微笑，二人互對一笑，孫下。）（門開，范濤上。）

湘：（驚喜交集）大哥，你怎麼來的？

濤：（面容憂抑焦灼）我等了快有半點鐘了。

湘：是的，他們不知道我在這屋里。大哥，你怎麼來的，媽媽的病——？

濤：她病得更利害了。她要你回去。你是怎麼的，給你來了兩個電報，爲什麼你的回電總沒有確實的答復。

湘：（想了一想）我走不開。媽媽病得那麼利害，我本來早應該回去的，我自己又是一個醫生，媽媽的病我自己來醫也比較好一些。但是我眞走不開。

濤：無論如何走不開嗎？

湘：（遲疑）不大能夠走開，這幾天我特別忙。

濤：眞是那末忙嗎？

湘：（點頭不語）

濤：但是媽要我來叫你一同回去呢！家裏沒有人照護她，昨晚上我把鄰居劉老太太找來暫時看她一忽，我才乘了夜車趕來，打算今天一點鐘的車趕回去。

湘：旣然媽病得那末利害，你怎麼又離開她呢？

濤：是媽自己逼着我來叫你的。她說，（不忍說出來）她說，她在臨死的時候，無論如何要見你一面。

湘：（幾乎下淚）但是，我怕眞的走不開。

濤：二弟，這一次你不能不回去。那年爸爸故世你沒在家，這次，媽——，媽病得那末利害，你再不回去，無論如何是不應該的。

湘：我想她的病會好起來的，那年我畢業回家看她，她還那末强健呢。

濤：但願她能好起來才好。然而，她要見你一見，那是實在的。

湘：我怕眞走不開。

濤：不行，你一定得和我一同回去。她是生你的媽媽，你不應該不回去看她一看。而她的病，據我看是難保的了；假如這一次你不回去，失去了使她歡喜的最後一次機會，你會遺恨終身的。

湘：大哥，你總是那末濫用感情。

濤：濫用感情，當你的親生母親快死的時候，還不該把感情用一點嗎？

湘：但是，一個人的職務也是重要的。

濤：不行，什麼重要職務能阻止一個人回家去奔喪呢？

湘：我回家去給媽媽看一看，有什麼好處呢？

濤：二弟，你一天比一天冷酷無情了。你不知道一個人活在世界上只有一次嗎？不用再費話了，你馬上跟我走，（看錶）呵，快十二點半了，車一點要開的，走，快走，這一次，我無論如何要使用我做哥哥的身份，命令你立刻跟我回去。

湘：（看情勢已至如此，無法再爭，於是用軟方法，臨時編出一個謊來）好，好，我一定回去，無論如何也想辦法回去，但是我現在不能走。

濤：不行，你得和我一同趕一點鐘的車去。

湘：（索性據理編謊）大哥，你不知道，醫院裏的事不比旁的地方，什麼時候都會有生死關頭的病人抬進來的，我今天下午還要輪值一班，即使我請了假，也得先找一個代表來代我。是不是，大哥？

濤：（爲理說服）那末怎麼辦呢？我是一點鐘的車要趕回去的，家裏沒有人。

湘：你先回去也好，我趕搭下午四點的「特別快」趕上來，趕到家不會比你遲多久的。

濤：（又看錶）：好，時候要來不及了，我先走，那你一定要趕回來的。

湘：我能回來當然一定趕回家一趟。

（濤聽完湘的話便匆匆下。）

湘：（獨白）回去，我怎麼能回去呢。我的命運我的前途的幸福，就要在這一兩天內決定的。我怎麼能回去呢？（高素珍，現在做了本院看護長，較序幕中成熟些，她已到了完全成熟而毫無孩子氣了，匆匆的上場。）

高：阿湘，你已正式拒絕孫主任了嗎？

湘：什麼事？

高：你拒絕他對你挽留嗎？

湘：當然，我討厭這地方，我討厭這裏的人。

高：你不要太感情用事了。

湘：我非但不太感情用事，並且絕對的不用一點感情。

高：隨便你怎麼說都好，總之，你不要太走極端。

湘：是孫主任請你來做說客嗎？

高：不錯。

湘：那末你眞的妄想來說服我嗎？

高：我不敢妄想，但和你討論一下，不可以嗎？

湘：歡迎得很，和我來討論一下，世界上確只有你一個人夠得上和我討論這問題。好哇，討論，怎麼討論呢？

高：第一點，你非離開不可嗎？

湘：素珍，你愈活愈回來了，我那不是早告訴你了嗎，我的診所已經租定了。唉，老天，你那天不是還去看過一次。怎麼今天又來問我這一套。

高：我是知道你已經把診所弄好了，但我問你，即使是弄好了，你能不去行不行。

湘：當然不行，這是我生死關頭，我要在社會上得到名譽，在醫學上得到光榮，全看我這一次進行得順利不順利。素珍，你少管這閑事吧，孫主任給了你多少好處，你反而站在他們一邊去，你不是還答應我辭了這裏當看護長的職位，上我的診所裏去做助手嗎？

高：我始終是站在你這一邊的，所以來和你討論。我所以要考慮一下，第一點是爲了大體，你一走以後，這裏一個好一點的內科人材都沒有，碰到困難一些的病症他們便會沒有主意了，我看孫主任剛才求我來挽留你的可憐樣子，我也不忍起來。第二點，他們雖然無能，但他們却有他們的勢力，你今天斷了與他們的關係，將來你會孤立的，這在你的事業上怕也有不利。

湘：還有第三點沒有？沒有了？那末我來回答你，關於第一點，他們活該，誰叫他們不學無術，他們弄不下去，再好也沒有了。而我，我在這裏工作，那不是完全爲他們造地位。辛苦是我的，功績是他們的，我決不做這樣的傻子。第二點，我不怕孤立，做醫生不是做政客，醫生全靠本領換飯吃，我只要處方不錯，我一個人可以打平天下，用不到和他們連絡。爲了自己的利益而去討好別人，我認爲是卑鄙的。素珍你說對不對？

高：那末你決定這樣了？

湘：怎麼不決定呢。素珍，我一定會成功的，你看，在這裏每天就有那末許多病人指定要我診治，我自己設了診所，不會更多些嗎？一旦我有名了，我就要寫一些醫學論文，我現在私下已有許多出於心得的筆記了。那時候，你想，那時候！

高：我祝你成功。

湘：素珍，非但祝我成功，並且要幫助我成功，你不是答應做我的助手嗎？

高：（想起了另一件事情）我剛才看見你的哥哥，他要我催你早些動身。（看錶）時候不早了，你該準備了。

（看護王上）

王：范醫生，殷小姐吵着要到會客室來坐坐，你答應她嗎？

湘：唔，你讓她來好了。（看護下）

高：你允許殷小姐起床了嗎？

湘：可以起床了。

高：你還不準備動身嗎？

湘：不瞞你說，我不回去的。

高：怎麼？

湘：我不能回去。你想我怎麼能回去。

高：爲什麼不能。

湘：我馬上要離開這裏了，這幾天診所裏有許多事情要我一個人去指揮籌劃。

高：遲幾天總不在乎吧。

湘：我不願意把這樣重要的事情延遲下來。

高：不管你的事是多麼重要，現在你的生身母親臨死的時候，你終得回去送送終。你要知道，沒有她，你沒有今天。現在她要看你最後一面，你都不肯跑一趟。

湘：不是不肯，我是辦不到。

高：是不爲也，非不能也。

湘：當然，要犧牲一切當然什麼都可以辦到，但我現在什麼都不能犧牲。

高：沒有理由，沒有理由。她待你多好，你不回去，那太忍心了。

湘：（低頭沉思）

高：我告訴你，你一定得去。假如你不去，我便不認得你了，因爲你太沒有良心。（起身走向門去。）你自己決定吧。

湘：素珍，素珍。

（其時，殷麗華上，穿着緞子的梳洗衣，面容因病初愈而顯憔悴。但這些憔悴正與她的大眼珠黑眉毛的面貌相配。她十分有攝引人的力量，儀態萬方，是一個典型的貴族小姐。兩個女人正走了對面，互相注視一下。）

高：殷小姐，你今天好得多了。但是你得早些回房裏去躺下。

殷：謝謝你，我一會兒便回去的。

（高點頭下。范湘跱立着）

殷：范醫生，什麼事情痲煩了你。

湘：（從夢裏醒來似的）呵，沒有什麼。

（殷麗華坐下。）

湘：覺得累嗎？

殷：一點也不，我躺得太久了，走兩步路覺得痛快得多。不過脚下多少有點兒發輭。

湘：那不要緊，你已經完全好了。

殷：完全好了嗎？我希望還有點病。

湘：爲什麼？

殷：因爲我喜歡住在這裏，比家裏清靜得多。

湘：我第一次看見像你這樣的病人，病好了，還想住在院裏。沒有一個病人不想早些出院的。

殷：眞的嗎？我想這也是眞的。我眞有一點兒特別，和旁人多少有一點兒不同。是不是，范醫生。

湘：並不是特別，是比別人……

殷：比別人什麼？

湘：我說不上來。

殷：讓我自己說好不好？

湘：你說。

殷：我想，我是比別的病人淘氣些。

湘：不，我覺得你並不比別的病人更淘氣。

殷：那末，那末，是什麼呢？

湘：（迷茫）我說不上來。（停場半分鐘）

殷：范醫生，我的病眞的好了嗎？

湘：好了。

殷：（煩惱）眞的好了嗎

湘：殷小姐，這一點你眞太不同了，旁的病人都爲病不好起來着急，而你反而因爲病好了着急。

殷：我出了院，我們不是要得分離了嗎，我們相處得不是很好嗎？

湘：那你總不能老住在院裏。

殷：但我希望老住下去，所以希望病老不好。

湘：你不想走，我倒快要走了。

殷：你？

湘：是的，我！我要離開這兒了。

殷：上那兒去？

湘：我自己設了一個診所。

殷：啊，那怪有趣的。你爲什麼自己要設診所呢？

湘：因爲我不願再在這裏做下去了。

殷：爲什麼呢，我看你在這裏的地位很不錯。每一個人都敬重你，喜歡你。

湘：吃了那麼許多苦，受了那末許多氣，就只是爲了換取這裏有限幾個人的敬重和喜歡嗎？

殷：怎麼？你好像有很多話要說出來似的。

湘：是的，我很想和你談談，那你便知道我了。八年前的大除夕晚上，我不顧任何人的勸告，離開了家，我是爲了什麼？後來我的父親死了，我也沒有回去。他很愛我，我也很愛他，但是我終於沒有回去奔喪，請問，這是爲什麼？我的家境不好，連學費都付不出，但我拚命的忍過來了，這又是爲了什麼？只是爲了混飯吃嗎？只是爲了做一個庸碌平常的駐院醫生？只是爲了求少數幾個人的敬重和歡喜嗎？

殷：那你是爲了什麼呢？

湘：爲了什麼？（思索）我現在說不上來，但總不是爲了那末一點兒吧。

殷：我來代你說出來好不好？

湘：你說。

殷：你要成功一個名醫，是不是？成功一個有榮譽的醫師，在醫學上有貢獻的名醫，對不對？

湘：也許對的，但恐怕還不止這一點。

殷：還有嗎？

湘：還有。

殷：還有什麼呢？

湘：也許是這樣的，我不但要做一個成功的醫生，並且還要做一個最成功的人！

殷：最成功的人！怎樣才是一個最成功的人呢！

湘：那，那，我又說不上來了。

殷：你是一個奇怪的人，你連自己的慾望都說不出來。但不管他，我問你，你的診所幾時可以弄好呢？就是說，我們幾時要分別了呢？

湘：診所嗎，我早就弄好了。

殷：早就弄好了，你怎麼不開始執業呢？

湘：（想一想）我問你，你爲什麼不願離開這醫院呢？

殷：因爲不願和你分別。

湘：我也是的，我因爲我不願離開你。

殷：啊，那我太……

（高素珍上）

高：殷小姐，你該回去了。已經不少時間了。

殷：呵，對的，高小姐，我一忽兒就回去。

高：（對湘）你也還在這裏，你不打算走了嗎？（看見湘冷冷的態度，又不快。）我告訴你，你不能那樣無情，假如你不回去，我不會原諒你的。（走向門邊，回頭向殷）殷小姐，眞的，你應該早些回去躺下來休息休息。（下）

殷：她是誰？

湘：她是這裏的看護長。

殷：我知道她是這裏的看護長，但我是問她是你的什麼人？

湘：她只是一個平凡的女人罷了，她是我從小便熟識的鄰居，此外便沒有什麼了。

殷：她要你回那兒去？

湘：我的母親病了，要我回去看看她。但我那兒有時間去看她呢？我正在忙着我的診所的事情呢。

殷：呵，是這樣的。剛才你說，你爲了我所以不開始你的診所嗎？

湘（含羞）是的。

殷：那我太抱歉了。

湘：你不必抱歉，你……

殷：我定決明天離院，好不好，那你可以開始你的事情了。

湘：你願意住下去，你住下去好了。

殷：我歡喜看你工作，看你成功。我明天出院，你明天也離開這兒？

湘：當然，我再留在這兒幹嗎呢？

殷：我們一塊兒離開這兒好了。那末，我們不就是分別了嗎？

湘：你可以上我的新診所里來看我。

殷：我不害病呢？

湘：也可以來。並且可以常常來。

殷：我不會妨礙你的工作嗎？

湘：當然不會的。

殷：（故意地）我還是不來的好。

湘：爲什麼？

殷：我不害病，上醫生那兒去幹嗎？人家不要笑我嗎？

湘：但是我請求你，我請你常來看我。（握住殷的手）你知道，（聲音極微弱）我愛你。

（高突然上，湘放下她的手。）

高：（只當不看見）殷小姐，是你吃點心的時候了，你回去吧，病剛好，太累了是不好的。

湘：讓她多在這兒坐一會也不要緊，她的病已完全好了。

高：完全好了？今天上午孫主任要我給殷小姐簽出院通知書，你不是說還沒有完全好嗎？

湘：你不懂得。你要知道，我是醫師，你是看護，你不應該對我說這種話。

高：我知道你是醫師，但我現在是値班看護長，我也有我的責任。

湘：你應該服從醫師的吩咐。

高：我不知道這一套，我只知道病人應該多休養，少說話。

湘：她已經完全好了，她明天就可以出院了。

高：她現在還沒有出院，我還有我的責任在身上。

湘：沒有你說的。

高：我偏要說。

（看護王上）

王：殷小姐，牛奶在你的房裏了，快去吃罷，要不然就會冷了的。（殷默然下，看護隨之下。）

湘：素珍，我告訴你，我決定不回去了。並且還決定不要你做我的助手了，我不敢求你的幫助。此外，殷小姐明天出院（故意使高痛苦）我也從明天起離開這裏。

高：阿湘，你眞可惡。你…你變了。

湘：我從來也沒有變，只因爲你從來也沒有看清過我。而你，你始終是這樣一個女人，我從來沒有看錯過，你是一個平凡的女人。

（孫主任上。）

孫：幹什麼？你們倆吵嘴？

高：（揮淚而下）他明天就走了。（下）

孫：明天？

湘：孫主任，我現在向你辭職，明天起我不來了。

孫：明天？不行，這不行。

湘：（生氣）你不行，我行。

孫：這不行，這不行，我告訴院長去。（匆匆而下）。

湘：告訴院長，就是告訴部長也沒有用。（獨白）我要做一個成功的人，一個成功的人，各方面都成功的人。一個成功的人，我要做一個最成功的人。（幕徐下）

宇宙之愛

張葉舟

一

我是一個過慣飄泊生活的人，十七歲離開了家庭，遠別了故鄉，奔走南北，受盡風霜雨雪，嚐遍熱諷冷嘲；我從未獲得人世間眞切的同情，我不解芸芸衆生爭逐些什麼？如果一切的恩愛都是虛僞，所有的安慰全是渺茫，宇宙之大，蒼蠅之微，還不是件件與我無關，有甚麼再值得我去尋求呢？

我很想早些結束了此種沒有意義的生活，但過去我是戀慕着父母，現在我是眷念着妻兒，說得冠冕些我是懂得「五倫之道」，其實，對上不能仰事父母，對下不足撫養妻兒，總之我是莫明其妙的偷生着。

常聽人家說，天地間到處洋溢着至情大愛，我却根本覺得懷疑；因爲我半生流浪，情愛簡直與我無份，父母只有懷恨，妻子只有抱怨，剩下幼兒無知，不解人間愛情，還說有什麼樂趣可言呢？

我過去曾讀過朱自清的背影，感動得拋流了許多眼淚，全篇雖皆是平淡的字句，却刻劃着父子間最深切的至情；誰沒有父親，誰沒有兒子，最普通的經驗，原可以寫成最動人的文章，但我除了豔羨他人有這樣寶貴的經驗，自已是從父親責打漫罵下生存長大的，我能相信人間眞有這一段至情嗎？

五年前我自已也寫過一篇「妻歸以後」，朋友們笑對我說：「你雖說不解情愛，實在是一個最懂得情愛的人！」但我却又是否認，因爲妻子是伴我受盡磨難，歷遍痛苦，所以在分離以後，好像覺得左右有點空虛之感，難道這就能算是人間最有價值的愛戀嗎？

最近我爲了悼念成兒的夭亡，發表過「永遠的創痛」，又寫過什麼「題碑有記」，於是又有人說了，父子情深，原非尋常，誰能約束得住這滿腔深情呢？但我偏有理由說，七個月孩子的生死，本來不足介意，最大的餘憾，由於自已半生的流浪，與貧困結不解緣，有了孩子沒有盡過做父親的責任，留慚愧於永遠，斷喪了這可愛的小生命，根據內心一點惻隱之情，多說幾句自責悔恨的話，在我原是應該的。

然則，人間眞有至情厚愛存在，我能相信嗎？

二

爲了種種不可訴說的原因，我倆將六歲的懷兒，留養在岷山岳母家中。幾個知己的朋友，都責備我倆無情，一個孩子新近已是死亡，這僅有的一個孩子，應該讓他隨侍膝前承歡了！我的答復只有苦笑，既有「原因」而「不可訴說」，「多言」還不是「緘默」的好？

「養兒防老，積穀防饑！」我懂得這兩句古話的含義，自己爲了南北流浪，天涯海角奔波，依然衣破鞋補，雖具孝感，力不從心，使兩老失望，午夜夢醒，隱痛實深！父子大愛，竟被隔膜於世俗的「阿堵物」，益使我不信宇宙間果有情愛存留，對於「後一代」的希望，更覺渺茫無着了！

我懂得最偉大的愛，有時候會變成最深刻的恨；「愛」與「恨」，正與「禍」與「福」一般，刹那間可以轉變，原是不可控制捉摸的東西！可是，這已經喪失了多年的「父母之愛」啊，我能用什麼方法，再使牠轉變過來呢？

失去了「父母之愛」的我倆，居然也做起「父母」來了，對於這兩個可憐的孩子，只是抱着非「愛」非「憎」的態度，其中的一個已是斷送了，剩下的一個應該加倍的愛呢？還是憎恨呢？

據說「父子之愛」是不會眞正毀傷的，一旦眞的沒有了父子之愛，人類就將絕跡，世界也將消滅，宇宙也不再存留；例證是不勝枚舉的，翻閱報紙的廣告，往往有悖逆不孝的兒女出走了，老父母倚閭盼望他歸來，字裏行間，洋溢着的不是父子情深嗎？清代法律，忤逆不孝，有當庭杖斃，但往往敲打到中途，告發的父母老淚縱橫，執住了刑杖請求寬恕，這毀傷不了的舐犢之情啊！儘管我是怎樣的無情，每逢我思想起白髮的雙親，總得使我「黯然神傷」，內心感覺一陣不可言說的隱痛；每逢我惦念着嗷嗷待哺的稚子，我又是不勝「嘘唏嘆喟」，要是果眞能毀滅得了這一點的「至情」，說不定早已擺脫了這「熙來攘往，與我無涉！」的塵世了。

這樣說來，人間又似乎確有至情厚愛存在，但我還是有點「疑信參半」啊！

三

最近我倆回歸過鄉下一次，順便探視那個留養岳母家中的孩子；他雖然遠離父母已久，但見了我倆並不如何生疏，拋離了終日在一起嬉耍的小伙伴，和本來朝夕跟隨左右的外婆，老是跳躍在我倆的脚前，描摹不出的孺慕之情，呈顯在他的舉措行動之中。

當我倆的小船方才駛近河岸邊，他從裏面聽到了聲音，慌忙地奔跑出來「歡迎」，也許是小心靈過分歡忻的緣故，脚底一個打滑，就是一交跌仆在外婆的面前。他雖然哭了，等到我撫摩他的傷處，迫着他喊叫我「爸爸」時，他已被「安慰」忘記了「痛苦」，又是破涕笑將起來了！

六歲的孩子，想不到已懂得「好」與「更好」的選擇；我問他外婆好不好的時候，他毫不遲疑的回答我是「好的」；我問他爸媽好不好的時候，他也是爽爽快快說是「好的」；等到我再問他外婆與爸媽那一個更好呢？他偷看了外婆一眼，輕輕地說：「爸媽好……」。有什麼話可以解釋呢？這原是父子天性攸關哪！

他等我們到達了不久，就開始忙亂起來，將外婆給他的玩具，糖果，都捧過來堆放在我倆的面前；要將一個泥娃娃送給我，又將一粒糖塞進媽媽的口中。外婆在旁邊譏笑他，說他平日不許任何人搬動他的玩具，分食他的糖果，今天格外慷慨起來；他也知道難爲情了，奔跑過來將頭攢入我的懷中，格格地傻笑個不住。

有一次外婆故意奪過他手中一包炒米糕，只歸還他一小塊，其餘都分給了我倆；他急得哭了，我氣惱地說：「沒良心的，給爸媽喫也會哭！」他自知理屈，立刻收了眼淚，反將他手中的一小塊，也偷偷的推到我嘴邊來。

他在旁邊竊聽我們的談話，知道上海買米困難；他突然向外走了，但不一刻已回來了，兩個小口袋裏都是裝滿了米，兩個小拳頭中也是滿握了米，外婆責駡他不應該玩起米來，他發呆了半響，慢慢的說：「外婆，我是給爸爸帶到上海去的！」

這一次歸鄉半月，其他毫無所得，但懷兒的天眞，出於至誠的愛，深深感動了我倆；宇宙間要是沒有這麼純潔的愛點綴着，一切的事物都將黯淡無色，芸芸衆生也不會埋頭努力，誰有心情在自己「穿暖喫飽」以外，再去眷顧茫然無知的後生一代呢？孩子們以天眞的動態來博取父母的歡心，換取父母的哺養；而做父母的根據「從小看大」的信念，加濃對這孩子的希望；如此循環不絕，人類也就生生不滅，宇宙間的大愛，也就永遠存留於人世了。

四

當我倆預備返歸上海前夜，「惜別」的情緒籠罩住了懷兒的稚心，他臉上的笑容斂跡了，默默無言的悵望着我倆，好像要訴說什麼，等到我倆仔細盤問他時，反使他哭泣了起來。

這一夜，他遲遲不能入睡，口口聲聲爸媽上海去了早點回來，足見他依依不捨的一般。

孩子雖然還只有六歲，很有一點成人的氣慨；他知道爸媽爲了賺錢的緣故，不得不回歸上海；他自己也並不堅持着要跟隨我倆走，但必須要送我們下船，還要我們早一點回來。

入睡以後，他又幾次哭醒，呼喊着爸媽；我的岳母說：「這孩子很聰明，每逢你們走後，他總是好多天不聲不響，連嬉戲也打不起精神，只是追隨了我，發呆着好像有重大的心事，我倒替他擔心，恐怕要生出什麼病來；直到後來他又逐漸恢復活動，我方才放下了心。不用說你們明天走後，他又要這個樣子啦！」

聽了岳母的話，我倆只有深深慚愧，這孩子從來沒有好待過他，盡過所謂父母的責任；假使他的小心靈有知，應該對我倆如何痛恨，還談得到愛戀嗎？

「痛恨」倒也罷了，這是不背「常情」，種瓜得瓜，種豆得豆，不負責任的父母，應該獲得悖逆的兒女；可是，我倆對待孩子素來漠視，竟得到這樣相反的結果，自然是「慚愧」以外，又增加重重「抱歉」了。

我從來不曾體會過別離的滋味，因爲我本像浮萍一般的到處爲家，和我接觸過發生過關係的一羣人們，遇見的時候是出於「偶然」，分手的時候也不覺得「突然」；悲歡離合，原是人世間最尋常的事，說什麼「黯然而銷魂者，唯別而已矣！」這些都是古今騷人的欺騙話，孤獨慣了的我，決難想象到此中的況味！

然而，「例外」也是有的：五年前我和妻子一度分離，就覺得週遭空虛飄渺；這一次我又被「稚子的愛」所激動，假使沒有那種「不可訴說」的「原因」，我一定要把他帶歸上海了。

五

分離的早晨，懷兒寸步不離的追隨着我倆，恐怕我們將要溜走似的；岳母調侃着他說：「懷遠，你爸媽要走了，如果你要到上海去，跟隨他們走吧！」他歪着頭想了一會說：「上海沒有糰子糉子喫，我不去！」岳母又說：「你現在嘴硬說是不去，等你爸媽走了，不要哭呢！」他搖搖頭說：「我不哭！」但是眼圈兒早已紅了！

臨走的時候，我倆想瞞過了他，但岳母却絕對不許說：「這孩子很特別，要是瞞過了他就走，他一定要找尋的；倒不如和他說明白了再走的好！」我倆依着岳母的話做了，他默不作聲，奔進房中去取了一個大橘子，說：「爸爸媽媽！早點回來，我要一件大衣，還要花生米，糖……」

在歡送的一羣中，要算他是最誠懇了，他搶在岳母的前面，目送着我倆上了小船，我哽咽着喊：「懷兒！你進去！明年我同你到上海讀書去！」妻也不勝悵惘地說：「爸媽就要回來的，你要聽外婆的話，不可瞎吵……」

──拍！

怪清脆的一聲響，原來是懷兒手中的大橘子，已是從河岸上擲到了小船中，不偏不倚，打中在我的頭上，伴起的又是懷兒格格的傻笑，假使我是一個兒童心理專家，一定可以分析他此時的心情啦。

這珍貴的禮品，是懷兒贈送給我的，我鄭重地將牠拾起來，不願隨便剖食，安放進衣袋裏，興奮地對妻說：「這個橘子是最難獲得的，可以用來象徵那宇宙間的大愛！」

當我們的小船駛離了河岸，在岳母的諄諄囑咐聲中，還雜着懷兒的爸媽呼喊聲，這使我第一次感悟到人世間最辛酸的事，無過於「別離」了；但這樣辛酸的事，竟讓一個天眞無邪的小孩子去嘗受，未免太殘忍了點；而自己流浪了半生，竟從一個孩子身上去領略到別離的況味，更使我覺得感慨無窮，只落得「啼笑皆非」的了。

六

歸途中，我倆都被稚子的愛感動了，妻說：「這孩子太乖巧了，我們應該好好的栽培他，也許將來可以做一點事情！」我也說：「不錯，我倆過去太有點不負責任了，將孩子留養在外婆家中，也決不是好辦法，今後應該做像父母，讓他承歡膝前，給予適當的教養；不然的話，聰明孩子容易踏上歧路，你我都擔當不起這個過失啊！」

妻點點頭說：「我現在明白啦！每個孩子本來是都愛他的父母的，這種愛原是出於天性，可惜做父母的不知尊重如此偉大的愛，加以光大與發揚，而但知一味溺愛，結果造成兒女悖逆不孝等等痛心事實，能夠去抱怨誰呢？」

我似乎受了電流一般的感觸，嘆喟着說：「這世上不是沒有開放過美的花，但是我們所看見的多半是惡的果，原因是有了美花不懂得培養。做父母的大都抱怨兒女的不孝，却是誰也不會默察自已的疏忽，孩子們在呱呱墮地的時候，個個是善的，美的，沒有一個不是好兒女；但後來竟是變壞了的多，實在是父母本身太差的緣故。」

半響以後，我繼續說：「宇宙中有至情厚愛存留，如今我是相信的了；人類間彼此有同情與安慰，我也不再懷疑了；自已流浪半生竟落得一個「世無知音」，這也是抱恨不得誰人，還不是本人的個性太孤僻了一些嗎？」

生命的妙祕，竟從一個小孩子身上獲得啓示，難怪那些樂觀派的詩人，要歌頌着「宇宙之愛」，透露在一枝野草，飛鳴的黃鳥正在廣播天堂的消息，微渺的塵埃可以象徵盛裝的地球。；人生的眞諦便是「愛」，一切衆生都缺少不了「愛」的點綴，「愛河」裏的水是永遠不會枯渴的，牠要流遍世界的盡頭，宇宙的終點。

不過，「情愛」這東西，沒有「廉價」，沒有「拍賣」，是要用適當的代價去換取的；假使我們想「不勞而獲」，那末所獲得的決不是「愛情」，有的無非是「憎恨」罷了！

七

記得我在中學肄業的時候，國文課讀到「舐犢情深」四個字，不解牠的含義，就站起來請問老師。這位老師是一個喜用比喻的人，他笑嘻嘻地說：「舐犢兩個字，照字義解釋，便是小牛，怎麼叫做舐犢情深呢？當母牛牽出去被宰的時候，那小牛爲了捨不得拋離母親，往往會得悽然哀鳴，潸然下淚，那母牛也同樣的丟不開兒子，這種景象，眞是慘極，怪不得有許多人，要反對宰殺的了！但不照字義解釋的話，母鷄的迴護小鷄，與小鷄環繞母鷄，也是舐犢情深；老鳥銜食哺飼小鳥，而小鳥鳴叫以娛老鳥，也是舐犢情深，雌貓寸步不離的看守牠的孩子們，小黃狗吮住了母狗的乳頭跳躍，都是舐犢情深。……」

事隔多年，那些話早已淡忘已久。這一次受了「稚子的愛」所激動，我明白了「舐犢情深」的另一個意義。假使要我現在來解釋，「舐犢之情」是存留於宇宙之間的大愛，是人世上最值得歌頌的至情，是「眞善美」最高的表顯，是一切「三綱五常」的起步；沒有了牠宇宙不再延續，缺少了牠人世永難活躍；人類根據「舐犢情深」天性的發揚，產生種種父子之情，夫婦之情，朋友之情，憐憫之情……所以，我們不妨說牠是衆情的泉源，是萬有恩愛的代表。

天倫之樂，誰都承認是最有價値的，自己三十年來從未享受過「天倫」樂趣，這一次返鄉，總算是領悟到了！今後我的生活將有一大轉變，單是這一點「稚子之愛」，已足夠鼓舞起我的朝氣，使我不致再躑躅在毀滅消沈頹喪的程途中了！

六年來，我是做着掛名的「爸爸」，對於孩子們只有「暴怒」沒有「慈愛」，只使他們「受罪」，而談不到有什麼「享受」；像這樣蹂躪小心靈的工作，我雖已幹了六年，却還是漠不關心；直到成兒死亡以後，方纔覺得自己的殘忍，「我雖不殺伯仁，伯仁實因我而死」，不能不使我餘憾無窮！誰知懷兒對這麼一個「劊子手」似的父親，竟是愛慕得如饑如渴，眞使我滿心像烙鐵燙過的難堪，可憐的孩子，你能寬恕我的過失嗎？

同樣的，我也得向老父母開始懺悔，雖然我從沒有好待過自己的孩子，但要是我將對待孩子們的一副心情用以報答我的父母，恐怕早已鄰里爭傳我的賢孝了！親愛的父母，你們能老接受我的痛悔嗎？

種甚麽，收甚麽，悖逆的種子，怎能結出順服的花果呢？自己既然對「後一代」抱有極大的熱望，又豈可對「前一代」過分的淡漠呢？讓我應該恢復孩子的天眞，從懷兒身上學習「宇宙之愛」，向老父母表顯我的「牴犢之情」吧！

宇宙無盡期，「宇宙之愛」也無盡期，自父及子，自子及孫，代代不絕，延續無已，發揚光大，情深愛濃，天長地久，萬世存留。祝曰：「願天下有情人，莫辜負宇宙大愛，遺餘恨於永遠！」

菲爾丁的幽默

公俠

菲爾丁的同宗登比郡伯爵有一次和他談到他們的親族關係，伯爵問他爲什麽他的姓不寫Feilding而寫Fielding。他答道：『爵爺！這個我可說不出來，也許我們這一房裏我是第一個知道這字應該怎樣拼法的罷。』

一句話

伯羽

我心靈感到異樣的沉重，
爲我有句未說出的話。
窗櫺上掛着南來的風，
有春雨在庭院裏灑。
——二十年來只有那株樹開花，
我想今天也不會有什麽變化。
到是窗外的步聲使我心頭怔忡，
因爲我想知道那陌生的脚底，
是否帶着我故土的泥沙？
在泥沙上我要知道故土的耕種，
靠那荊棘編成的短籬，
豆棚架上可延上了南瓜。
我要留那窗外的脚步稍慢移動，
聽我心頭一句未說出的話，
可是我能說出什麽呢？
除了我說心底有點沉重。
——但這，並非爲我想念故鄉手植的南瓜，
是二十年前的架下，我有句悶在我心底的話。

最後的恐怖

柯爾德著
衛友靜譯

二

我們從石級上一步步走下去時，留心觀察這地道的內容。地道裏也掛着好幾盞汽油燈，牆壁是水泥的，還漆着美術的圖案。白里克和我瞧着呂明登的背，又互相瞧視，彼此都不發聲。我們大家明白我們如果想脫出這個樊籠，祇有依賴我們的智力了。

我們走完了石級，前進了五十尺光景，又看見一扇大鋼門。呂明登輕輕推了一下，門也照樣滑潤地開了。裏面是一間從岩石鑿成的地下室。傢具都是精緻而新式的，皮椅子上鋪着絲絨和絲織的墊子，地面也有厚厚的毯子，椅背上還攤着獸皮。汽油燈從頂上掛下來，光線也一樣充足。室的一角有一架留聲機，另一角有一隻雕刻精細的鋼琴。刺繡的幕幃似乎掩蔽兩個通道門口。牆壁琢磨得非常光滑，裝點也很美麗，內中還有兩幅巨大的名畫。一隻大煤爐解釋了這地下室的溫暖和乾燥的來由，同時又破除了我在屋外所瞧見的烟囱裏烟縷的疑團。

從大體上說，這眞是一個光亮舒適的憩坐室，可是陰險恐怖的空氣仍充塞我的心頭。這些奢侈富麗的器物，絲毫不足改變我的情緒。

我們三個人站住在室的中央，祇默默地運用我們的目光，靜待局勢的發展。那黑人也走了進來，一直走到一隻放滿了精裝書籍的橡木巨桌面前，站住了回頭向我們說話。

他有禮貌地說：「先生們，我剛才已經說過，我很歡迎你們。我更歡喜，當我請你們到房間裏來時，你並不抗拒。現在祇有我一個人能夠放你們出去；不過你們到底可以不可以出去，那祇有憑你們自己決定。在眼前我不能不使你屈留一回。我有一個計劃要跟你們商量。要是你們能平心靜氣地考慮我的處境，又能接受我的條件，而且能允許我以後把這一回事完全忘掉，不向任何人提起一個字，那末在幾個星期以後，我準可以把你們送回去。如果你們受了成見的支配，引起了什麼愚蠢的情緒，不接受我的條件，那末，你們就得自食不愉快的後果。現在請坐下來，儘管安心些。我可以簡略地宣布我的歷史和條件。」

白里克和我又交換了一下視線，彼此都暗暗地詫異這黑人竟說得一口流利文雅的英語。呂明登先生在一隻舒服的大皮椅上坐下來，我們也各自佔據了一隻距離他不遠的座位。黑人用微笑表示他的讚許。他走到安放鋼琴的牆壁旁邊。牆上懸著一面銅鑼，鑼邊掛著一枝木質的鑼槌。他隨手將鑼槌拿起來，又轉身來瞧我們。

「第一步，我得先把這屋子裏的人給你們介紹一下。我這裏一共有八個人——都是男人。因爲女人喜歡多嘴。」

他拿著木槌在銅鑼上迅速地擊了四下。鑼聲在室中顫動，逐漸地鑽進岩石裏去，它的餘韻還沒有完全消溶，鋼琴那邊的綉幕掀開了，七個壯健的黑人排隊似地走進來，向這戴手套的人恭敬地鞠躬。我看這七個人都在六尺二寸以上，都有著一種勇赳赳的神氣。那黑首領指着我向他的手下們說話。

「孩子們，這三位剛才從上面方匣裏下來。事情眞湊巧。我想我們的實驗可以有一個結果哩。…先生們，能不能請教你們的姓名？」

呂明登簡括地答道：「呂明登。」他又挨次向我們倆點着頭。「白里克，葛力凱。」

「密司脫呂明登，謝謝你。孩子們，記着，密司脫呂明登，密司脫白里克，密司脫葛力凱。先生們，這些孩子都是我的朋友和同工者。他們的姓名也許不會引起你們的注意，但他們的體格力量和對於我的忠順，你們一定不會漠視的。孩子們，去罷，快預備飯。謝謝。」

七個巨黑人退出去了。那戴手套的黑人重新打鑼，這一次是一下。另一個幕帘揭開了，一個瘦小的白種人從幕後走進來，一瞧見我們，立卽站住了。那黑主人帶着驕傲的神氣給我們介紹。

「密司脫呂明登，密司脫白里克，密司脫葛力凱，請見見施德勞博士。」

白里克和我都不自主地怔了一怔，呂明登突然坐直了向那白種人注視着。施德勞博士！我們都聽得過他的姓名。他是個著名的外科醫士，在第一次大戰後不久，忽然就銷聲匿跡，不料此刻在這地方出現。我記得當他失踪時，不少報紙上曾刊載過他的照片。他顯然改變了。以前他是個活潑的少年，現在他的年齡好像突然增加了一世紀，背脊彎了，面容消瘦而憔悴，下額上留着一撮灰色的尖鬍，更助襯他的衰老。他一壁走近我們，一壁從厚眼鏡裏向我們端詳。他安閒地呼我們的姓名，又分別和我們握手，那種嫻雅的儀態，彷彿在王宮中接待貴族。但他並不說他樂意會見我們。他祇是照例地表演一種上流人在介紹時應有的姿態，好像這回事對於他並不相干。

黑人離開了銅鑼，回過來坐在靠近我們的一隻大椅子上，姿勢也相當高貴。他說：「博士，請坐。我正要把我的願望告訴這幾位先生。」

施德勞聳聳肩微微地嘆着氣，他的憔悴的灰色眼睛繼續向我們凝視着。他並不瞧那黑人，也不說話。

黑人說：「好罷，我們最好從頭說起。但第一步，我們大家應得舒服些。先生們，抽烟罷？」

他從桌子抽屜中拿出一盒雪茄，開了蓋授給我們。白里克和我都拒絕了，也不說明理由。呂明登却拿了一支，和黑人在一枚火柴上燒着了，靠着椅背緩緩地呼吸，像在家時一般地安閒。我眞佩服他的神經！

黑人又向我們瞧了一周，開始說：「我的姓名叫利却特鮑爾瑪——簡短些叫利克。這就是開頭。」

他把雪茄留在嘴的一角，舉起手來，卸除了他的手套，丟在桌子上。他把兩手向我伸過來，手指略略展開，他的眼光逼視着我們。唔，這惡鬼倒喜歡戲劇性！呂明登依舊聲色不變。白里克和我都驚異得忍住了呼吸。原來這黑人的手也像我們的一般白！

他重新拿下他的雪茄，答覆我們的驚異。「是的，從頭頸以下，我完全是白色了。但從頭頸以上，你們總已瞧見是怎樣的。我不願用廢話疲勞你們，我得說得簡捷些。因着某種先天的影響，我的母親生我時就吃了一驚——我生出時兩隻手就是白的。我相信你們從沒有聽得過同樣的事實，我自己也不會聽得過，但我的畸形現象却是事實。等我長大以後，這一點給予一種咒詛和一種刺激——詛咒的，我是個黑人；刺激的，我也許可以成功一個白人。

「我很早就覺得我有一種天賦的智能——一種超越我的同種人很遠的智能。我决意發揮它，使它能充分地給利用，使我的生命有些意義。我讀書時很勤奮，在小學和中學時都有優越的成績。教師們都預料我的前途很遠大，我也決意不讓他們失望。我立志要成功一個偉大的人物，把我所有的才智貢獻給世界，做些對人類社會有價值的事。

「可是我到了二十一歲以後，我才覺得我和我的理想之間隔着一個無底的深淵。我是個黑人！無論我的智力和才幹儘足以並比白人，無論我的地位超升到什麼程度，種族的成見始終阻礙着。這使我幾乎發狂。我要在平等的基礎上和白種的偉人相交接，我也要做他們中間的一個，可是終不可能。

「戰事發生了。我投入軍隊，在一個白種人隊長手下當一名士官，一起渡海去遠征。這隊長是我生所僅見的好人。第一次在戰地上我救了他的性命，他非常感激我。等到停戰協定簽署以後，我們都被遣送回本國，那隊長一定要報答我。他在沃格萊翟姆有四十英畝最好的油田，決意分十畝給我，他親自陪我到地政局裏去辦理過戶的手續。在辦妥了走出來時，遇見這位施德勞博士。

「隊長和施德勞博士是相洽的好朋友，在戰地上也曾同過甘苦。當時我站在他們旁邊，看他們握手寒喧，彼此都怨恨着離了戰場以後的那種煩躁不安的情緒。

「隊長向施德勞博士說：『天啊！我們總得想個法子把這種煩躁情緒洗滌掉。博士，我們上派泡去射一隻獅子，好不好？』

「博士嘻了一嘻，答道：『傻子，派泡那裏會有獅子？最大的也不過是野猪和鱷龍哩。要是你眞想射獅子，那你得上剛果盆地去。好，我可以跟你一塊兒去。幾時？』

「隊長高興地同意說：『好極。我們就到剛果去打獅子，回來時再到派泡去打野猪。下星期就走。利克，你也一塊兒去，行嗎？這樣的旅行，我一定用得着你。』

「我當然是答應的，就一塊兒上非洲剛果去。到了那邊，又觸動我腦子裏潛伏已久的意念。我把自己跟那邊的黑人比較。唉，完全是人吃人的蠻子！他們住在那簡陋的方形屋子裏，身上畫着奇怪的花紋，帶着弓箭和木質的盾牌，穿着樹皮獸皮，或者赤裸裸地不穿什麼。他們都迷信偶像和巫術。男子們整天閒着，讓女子們做一切工作。我像他們一樣嗎？我是跟他們一族的嗎？祇有皮色罷了！除了外表的黑皮膚以外，我的內部的智能才幹，和隊長或博士有什麼差別呢？我的生活，思想，談話，和其他一切，完全像任何白人。我詛咒一切神祇使我蒙上了一層黑皮，埋沒我的一生！這種種意念當然祇在我的內心中活動，隊長和博士完全是不知道的。

「後來隊長射中了一頭獅子，却沒有打死它，他又遭遇到危險。我又再度救了他的性命，射死了那頭猛獸，但我自己却受了傷，我的一條腿給抓得血淋淋地。施德勞博士給我醫治，但因腿部破碎得厲害，必須找些皮膚來接補。那邊的黑人都是很自私的，我們無論用懇求，購買，或偷竊的方法，都不能弄得一小塊黑皮。隊長怨慷慨地表示，他願意割一些自己的皮膚給我接補。他還調笑地說『你的手本來是白的，那末腿上就是有了些白皮膚，也不會怎樣不相稱。』

「我當然很高興地接受了，同樣用調笑的口吻答覆他。『這個倒不用過慮。不多幾時，你的白皮膚會給我的黑皮膚同化的。』

「施德勞博士却正經地告訴我，這見解是錯誤的，白皮膚不會變黑。我駭異了。他繼續解釋皮膚的生理狀態。他說人類的皮膚是從兩大層組成的——一層是表皮，裏面一層是眞皮。表皮的組成包含五層：第一層叫考紐姆 Corneum，是從鱗片似的細胞組成的；第二層叫羅雪鄧 Lucidum，也是一層鱗片似的細胞；第三層叫葛萊紐洛森 Granulosum，包含細粒形的細胞；第四層叫茂考森 Mucosum，是一種多邊形的細胞；第五層叫芟密乃的文 Germinativum，那就是緊接眞皮的一層。

「博士繼續解釋在外皮的第四層，就是含多邊形細胞的一層，裏面含着色素，才形成皮膚的顏色。黑人皮膚的色素，也就存留在外皮的第四層裏面。換一句說，從外皮的第四層以下，我和其他人類完全是一樣的！我所以成爲黑人，關鍵祇在外面一層的表皮上！

「從那時以後，我的腦子裏沒有別的意念，祇有博士的一番說話盤旋着。我往往靜坐着，瞧着我的逐漸痊愈的大腿上的一塊白皮發呆。我的腦子裏給種種遐想包圍着。最後得到一個結論：如果我用了漸進的手術，把我自己的黑皮一塊一塊割下來，換上白皮，那我就可以成功一個白人！這意念我總於不能單獨地存留在我個人的心中，我就用調笑的方式，向博士討論着。博士是一個學識精深技術熟練的科學家。他也引起了深切的興趣，認爲我的玄想，可以有實現的可能。他還說如果手得到白皮膚的話 這實驗的手續，也許在六七年的時間中可以全部完成。

「行獵的勾當終了以後，我們又回到美國來。我的腦子給這個換皮的意念所支配，再也沒法擺脫。我決意在我的三十五歲生辰以前，我要變成一個白人！那時我還有十年功夫，可以做我實現的理想的準備。

「我到沃格萊霍姆去瞧瞧隊長贈給我的十英畝油田。那裏四週都是豐富的油井，出產着巨量黃金似的油液。我正需要黃金。我離開了油田，我得了一個合我需求的律師，告訴他我的願望。我打算將我的油田出租給一個油公司，讓他們汲油。但我不願給那公司知道我是個黑人，請那律師代表我辦理這件事。我允許那律師平分所得的租金，每一桶出產的油他還可以分潤一角錢。我要到別處去，每年和他通信兩次。他的職務就是保守我眞相的祕密，不要多說，也不要發什麼問句，祇代我將應得的租金和利潤按期收取了，存在可得週息四厘的銀行裏。他樂意地接受了。我相信他一定能遵守諾言，因爲我是識得人的。租約成立以後，油公司先付給我租金兩萬元現款，我就和律師並分了。我帶了應得的錢，開始準備實施我的計劃。

「我的運氣眞好。我的油田上首先開鑿的井，竟是油源最最豐美的一個。在最初三個月的出產，我就得到了五十萬元。

律師也分到了五萬。那是六年以前的事。後來又掘了好幾個井，所以到眼前爲止，我的財產已經累積到八百萬。我的律師加上我每年所給他的公費，也有了兩百萬。你們想，這樣的代價，總塞得住他的嘴了罷。

「這些都是題外的說話。現在再說到我的本題。我在這山上發見了一個廢鑛。這鑛的產量不豐，鑛公司開產了不久，就停止了，所以這鑛已空廢了好幾年。但它恰巧適合我的需求。我仍舊委託我的律師，悄悄地在這鑛區的週圍買了二十英畝地，鑛的本身自然包括在內。我叫人把這鑛的原有的出口和通道用木樁和泥土塞沒了，另外從山頂上鑿了一個通道，直通山腹中的鑛區。先生們，現在我們所坐的這一間，本來就是鑛場的一部分，我不過加一些琢磨的工夫。在山頂上的新闢的出口上面，我另外造了一所磚屋，我們就叫它做方匣。

「開始實驗以前，我自然先要找幾個助手。我從我的同族中選取了七個人，條件是强壯和忠順可靠。我答應他們事成後的酬報，又給他們優厚的工資。你們終也明白，錢的確能驅使一切。在一年之內，這鑛區已經改造完成，而且改造得精緻而祕密，外界的人沒有一個知道這地點的存在。

「隨後我把施德勞博士綁到了這裏來，告訴他我的計劃，他必須留在這裏，直到我變成了一個白人爲止。起初他當然很惱怒，申斥我的舉動的不法，但經過了再三的勸說和辯論，他漸漸諒解到我的願望和決心；而且他憑着科學家的立場，也引起了一種好奇心，要瞧瞧我的理想到底有沒有實現的可能。此外，我還應許他他的工作完成以後，我可以給他一百萬，以後他儘可以安閒地享受了。錢可以驅使一切，這話不是眞確的嗎？

「當然，我曾讓施德勞博士參觀過那頭小獅子。它是養在接連那鐵籠的鑛洞中的，它的活動祗能到達你們瞧見過的那隻鐵籠爲止。我知道我要使我的計劃順利進行不能不有一種工具幫助我。這頭獅子就是這個工具，好在施德勞博士也很知趣，他知道他除非依從我的請求，他也沒法再離開這裏。所以我並不曾用獅子恫嚇他。他答應我，他願意將他的高超的技術貢獻給我。因此第二步工作就在覓取白皮膚。

「我們仍留心着外面的事情，我用我的助手的名義定了一份日報，預付了一年報費。這報寄到一個鄉間郵局的郵箱裏，我的助手一星期三次到那冷僻的郵局裏去拿取。我們在報紙上看到有一個人殺死了另一個人，那兇手就藏匿在這裏附近的山裏。我的助手就出去找尋這兇手，尋到以後，就把他帶到這裏來。這個人很合我的理想，高個子，淺紅色的白皮膚，淡黃的頭髮。我們把條件告訴他。我要和他一塊塊地交換皮膚；如果不願意我們就把他送到警署裏去，讓他受殺人的處分。他考慮的結果，情願接受我的條件。他說他改變了皮色再到世界上去過幾年，總比永遠不能再瞧見世界的强。

「施德勞博士就開始施用手術。他先將那人的頭皮和耳朵給我接換。結果是十分圓滿。先生你們瞧見嗎？」

鮑爾瑪說到這裏，伸手拉去了他頭上的一頂寬緊帽。頭頂上長滿了厚厚的黃髮，直而光滑；兩隻白耳朵出在他的黑臉的兩旁。白里克和我祇有驚異地呆着，但呂明登還合着嘴脣呼嘯。施德勞博士靠着椅背，仍不感興趣地瞧着我們。

寂寞

伯羽

我死了，但並不是病死，
也不是自己要死，
更不是被人逼死，
我只是糊糊塗塗的死！

我需要蚊蟲來刺，
我願做最卑賤的事，
我願整天爲你們的衣吐絲，
我願日夜爲你們心靈寫詩。

然而月兒對我不肯俯視，
太陽的冷熱對我也不關事，
萬千的人們把我當做遊絲，
連病魔也不給我一點諷刺！

所以，在我孤獨空虛的屍前我什麼都不要，
我祇要一隻狗永遠注視着我屍身不住地狂叫！

迷離

予且

三

這一封信給方盛的印象，不僅是很老實的告訴了他寄信的名字。同時相貌學問性情全都顯露在他的面前。在不知道寄信人的時候，心裏抱着一番强烈的意見。預備探明她。如今，什麼事都明白的放在他的眼前，反而覺得枯寂而又冷靜了。

這裏面的原因很簡單，就是因爲信雖寫的眞摯寫的好，却不是給他的。倚雲的姿態聲音相貌性情雖然不惡，却並不愛他。

然而無論如何，他總不能將信拿出來給又滄。他覺得前面事情做的太多了。收藏了人家的第一封信，又收藏了第二封信。這第二封拿出來，人家要是追問起來，又怎麼回？

外面的人聲，已經靜寂，却並沒有人走進來。方盛便又把信抽出來看。

「這是我寄給你的第二封信，你雖然沒有寫信給我。」

他楞了半天。

「難道我那一封信，她沒有收到？」

「她是不會不收到的，倘使收發處的人交給她那送信的人。」

他急急地跑出了房，心裏的意思，是要質問收發處。可是還沒有到收發處的時候，意思就轉變了。

「這到底是一件祕密事情，而且自己還有不是的地方。倘使質問收發的人，他反而去告訴又滄，事體不是仍舊拆穿了嗎！」

想着他的步伐便緩慢下來。不敢再到收發處了。

「方！」

一個聲音從後面叫着他。

「那裏去？」

他回頭一看，是另外一個同學在叫他。

「圖書館裏去。」

「看什麼書！我們一道去走走不好嗎！」

其實，方盛本沒有成見要到那裏去。既然聽他說一道去走走走，便和他並肩的走去了。

方盛雖然和同學在一塊兒走，心裏仍舊是惦記着倚雲。尤其是遇着女同學在一塊兒走，他必定要看一看，裏面究竟有沒有倚雲。

在往常，他不是沒有看見倚雲過，他却也沒有注意。現在他好像和倚雲生出另外的一種情感。覺得看見她，心裏就快樂。不看見，心裏就有一點思念。

這位同學和他走了半天，覺得他有些和平日不同，平日是有說有笑的。今天很癡呆。他好像失了一件東西，又好像是一個逃犯，東張西望怕被人家捉住。同學道：

「你今天好像有什麼心事。」

「沒有什麼心事。」

「爲什麼這樣注意女同學？」

方盛的心下不覺一驚。他想自己有一點不對，人家都會看得出來。和又滄在一個房間裏住，又滄自然也看得出來了。想着他便說：

「我現在由家中寄來的一筆款子，拿不着，所以心裏很不定。」

他這話回的很好。說出來之後，那同學便不再問了。他心裏想着，倘使再談下去，也許方盛會向他先挪用幾個錢，那便是自己找出麻煩來了。他笑着說：

「我疑心你是看那一位女同學。眞所謂仁者見仁，智者見智了。」

「那你一定是看中那一位女同學了。」

方盛接着這樣說。他自己覺得很得意，因爲這句話說出來，同學就不能再說他，如果再說他，他就可以借着這題目和他說一番了。

其實這位同學，却另是一番意思。他爲什麼說「仁者見仁？」乃是要撥轉錢的談鋒。女人是空的，大家亂說說不要緊。提到錢，倘使他開口要挪用，自己便很難應付。

他不能聽到了錢就離開他。又不能說和他枯走着不談話。他想了這一個題目，困難就解開了。

兩個人心裏全是假意，而假的却要把他當作眞的做。這一位同學便看風轉舵的問方盛道：

「如今的女人却不容易交接，不比從前的女人忠實。如今，全是一些刁鑽古怪的。」

「那也不盡然，從前那裏沒有刁鑽古怪的。」

「哥哥和我嫂嫂戀愛的時候，就是一見傾心。其實，我哥哥就是個老實人。嫂嫂什麼事都隨着他。所以他們婚姻成功就很容易。」

方盛笑起來道：

「這大概是個引言，後面還有你自己的事。」

「對！你怎麽知道的。我母親看見嫂嫂爲人既好，婚姻的成功又容易。便對我催促了。她說，你有這麽大，怎麽還不找個女同學結婚？」

他這句話眞使方盛奇怪的。他說：

「令堂催促你？她比你還要急？」

「你覺得奇怪？你以爲現在的父母把婚姻完全當作自己兒女的事嗎？不盡然的。他們仍然看作娶媳婦，也願担負婚後生活費。也願早一點抱孫子。也願爲孫男女犧牲吃苦的。只不過不敢替兒子定一房媳婦罷了。像我的母親把娶媳婦當作添製新衣一般樣。因爲兒子以前穿的衣服尺寸是由母親定的，嫌不合身。便到西服店裏去做一套。這是按着身體量的尺寸，不會不合式。便象徵着老式婚姻進入新式婚姻的階段。衣服做了穿在身上，兒子說合式美觀。母親也就沒有話說，以後她的工作，便是替你摺藏洗曬。雖然是你的財產，可也是他的財產。弄壞了不行，弄髒了挨駡，放在箱中不用，她會提醒你的。」

他的議論倒也相當新鮮，可是方盛並不注意。他無精打釆的問道：

「後來呢？」

「後來我哥哥說：這種事是可遇而不可求的。尤其是現在，女人更難應付。她們太容易變，今天她對這個人好的，明天可以對那個人好。近代的人類太複雜了。從前只有金錢門第可以吸引人。如今，是衣服的樣式，頭髮的樣式。甚至會說幾句話，會唱幾個歌都行。」

方盛心裏想着：

「會攝幾張影也行。」可是他不敢說出來。只好說：

「令兄的話都是對的。這件事却不是一件容易事。」

這一次平淡的談話，在方盛的同學，是逃過了一個難關。在方盛，却增加了一層新的意見。那便是近代的人類，欲望太複雜了。

「照片固然可以吸引人，別的東西難道不能吸引？今天可以對這個人好，明天，也許會對這一個人好的。」

他和這位同學分別了之後，就回了房。心中一逕的沉思着。怎樣來演一套「偷天換日」「李代桃僵」的把戲。

這不是一件容易事。方盛好像是不大覺得，這不是方盛聰明才力不夠，乃是他的心思過於慌亂了。他想他究竟用什麽方法去移轉她的目標？想來想去也想不出來。

「要想叫倚雲不去注意照片，除非那框中的照片不要再變更。照片變更一次，她的情感也必波動一次。也許再寫一封信來，自己便要每天到收發處了。」

「這是一種多麼危險，多麼麻煩的工作？」

「長久必定會敗露的。」

「但是誰能叫又滄不去變換照片？」

他沒有方法解決。

晚間，又滄倒又在房中玩弄照片了。

「明天又預備陳列一批新的嗎？」

「不一定！」又滄有意無意的回他這句話。

「我替你揀幾張好嗎？」

「你揀好了。」

方盛接着就把那些照片看了一遍，他一面看着，一面心裏却在想着：「這件事要怎樣纔能收梢呢！」

想着他便有些呆，又滄道：

「你揀好了嗎？」

「沒有！」他的回話非常不自然，又滄已經站在他的身後。他手中的一張是一片大水，水天相接處，有一線陸地，陸地之上，便是一片片變幻的雲了。又滄道：

「你看中這一張嗎？」

「不！不！我是隨便看看的。」

「這一張有個特點，雲水的美，是人人都能看出的，不去說它，你看那遠處還有幾個小船，岸上還有一個廟。當初我攝的時候，心裏倒記起兩句詩：「帆勢斜落依浦溆，鐘聲斷續在蒼茫。」只可惜離的太遠，只看見雲水，却看不見船和廟了。」

「對的，你不說我簡直看不出來，這不是蒼茫，這是滄滄。」

「你說這像是日初出的光景。所謂日初出，滄滄涼涼。」

方盛還沒有答話，又滄一手已經拿了去，在那照片的背後，寫上了滄滄兩個字。無疑的他倒又是預備去陳列了。

這些全是偶然的事實，方盛既無意要他陳列那一張，又滄也沒有居心要將這張陳列出去。然而第二天的玻璃框內却是這一張「滄滄」呈露於觀者的目前了。

平心而論，這一張雲水相接的照片是不能引起人家之注意的，因爲它太平淡了。不過太平淡的照片，雖不能引起一般人之注意。在倚雲，她却是極其注意的，她要在陳列的照片中找意義，找回答。愈是平淡愈要注意。何況這一幅上所表現的是雲，下面寫的是「滄滄」？

雲的意義，在倚雲心中，自然就是指着她自己。那一片水呢，在她看就是指着又滄自己。滄滄就是水，是他自己寫出來的。這水天相接，在她，又把它看作雲水相接。換句話，就是倚雲又滄兩下應該是打成一片。

這對於她是何等重大的刺激？這個刺激使她在次日下午四時以後，足足楞在框前半小時。在這半小時的光陰中，倒又給予方盛和她會見的機會。

方盛在昨晚看了照片之後，這一張「滄滄」要被陳列是他知道的。他就在牀上想了好些時。想着這件事的收梢，是越來越難了。照片陳列出去，倚雲是一定要看的，看了豈不是要寫信，自己的危險和麻煩，豈不是要加多？

「明天還是把這一切的事告訴又滄罷！」

這是他在入夢之前的結論，有了這個結論，他纔睡得着。但是到了第二天早晨，看見又滄起身去換照片的時候，他想了好幾次，始終不知道怎麼樣開口。他覺得這件事是卑下的，對不住朋友的。他就在這羞愧恐懼的情緒中沉默下去，他的臉也是熱刺刺的。又滄却並沒有注意就走出去了。

上下午的幾堂課，他並沒有心去聽講，到了四點鐘之後，獨自一個人坐在房裏，當那寢室人聲靜寂，大家全走入操場的時節，他惦念到那照片框前的倚雲。

這時的倚雲，的確是立在框前。他如果不去，無論如何是會少一些煩惱的。因爲他之去不去與倚雲之會不會再寫信給又滄，本沒有牽連關係的。他能向倚雲不說請她不要再寫信。

方盛心中一轉想去看看倚雲的念頭，倚雲的聲容笑貌立刻便顯露在他的目前，他覺得這時照片框前沒有雜人正是自己去看她的機會。他忍不住不去看一次，他急急跑到那照片框前。

四

就方盛一方面看，他完全是沒有準備的。他不過是憑着一時的熱情和愛心去看倚雲一次。在倚雲，她却希望方盛來。她並不是一位藝術家，愛的也不是那些照片。她愛的是又滄這個人。她希望有人將她對於又滄的傾慕去告訴又滄。告訴的人是誰？自然是以方盛爲最適宜。他是和又滄同住在一個房裏的人，他知道又滄的一切，而且，和又滄說話的又最多。

她有了這番心思，對於方盛的態度，就和上一次不同了。上一次是方盛找她說話，這一次她却找方盛說話。上一次她還有一點羞澀，這一次，她一毫也不羞澀，她又希望從方盛口中多得一點又滄的消息。

她看見方盛，便微笑着問道：

「密斯脫方，從…………」

在她的意思，是想問他從房裏來的嗎，可是話說到嘴邊，就縮回去了，她的臉微微地紅起來。

「是！是從房裏來的。這一張…………」

他也沒有說下去，儘望着那一張「滄滄」。

「這一張，眞是美麗的。題名尤其是……」

「尤其是別緻！」方盛趕緊接着說。「「滄滄」就是又滄。先來一個滄，又來一個滄，豈不是又滄嗎？」

他說着笑起來，倚雲便也笑起來了。

框中的一幅照片，究竟不是一件値得留戀的東西。他們說了幾句，就一同地離開了。他們並沒有約好在一塊兒走。實際却是在一塊兒走。兩個人的心中都有愛，不過一個是直接的愛着倚雲，一個是間接的愛着又滄而已。

這一個局面究竟是快樂還是悲哀，却是一件難說的事。不問是快樂還是悲哀，却總是向發展的一條路上走，離「收梢」終嫌太遠了。

他們一同的走着。倚雲說：

「你和他同住在一間房裏，陳列的照片，你總是先看見？

「是呵：像這張滄滄，昨晚我就看見的。」

「除去弄照片之外，晚上也讀書嗎？」

「不大讀書，大半的時間，都費在照片上。」

「也不常寫信給朋友？」

這句話却引起方盛的注意了。他想她問到寫信，定然是想到了那兩封信都沒有回覆。他趕緊說道：

「他，他從不寫信給朋友的。我和他同房住了許多時，就從沒有看見他寫信給任何的人。」

說着話便偷眼看她一次，她正低着頭若有所思。步履便遲緩下來了。方盛的心中不覺有一點急，他想這是她失望的表示。女子一失望，便持不住自己的情感，她定然是要離開我的。她不希望在我面前顯露她的情感。於是他便追問了一句道：

「是不是他沒有回你的信？」

他這一句話不要緊却把倚雲驚呆了。她很急問道：

「你怎麼知道我寫過信給他？」

方盛聽了這一句話，覺得自己實在過於莽撞了些。隨即掩飾道：

「我眞是糊塗了。把問別人的話來問了你。」接着他便笑了一次。又說：「記得有一個朋友也問過我這樣一句話，我就是這樣回他的。這是一句非常無禮貌的回答，是不是？」

接着他又笑了一次。他們已走到一株樹旁，方盛便停了步，望着倚雲。心裏滿想和緩她的情感。

在先，倚雲眞是很驚訝的。如今，被他這麼一說，情感確是和緩了許多。便道：

「這又有什麼無禮貌呢？」

她也微笑了一次，方盛的胆子便大起來了。他說「又滄這個人眞是奇怪的。他迷於一樣，便不顧其他。許多朋友的信，他都不回。但是話又得說回來。我也是個懶人，朋友的信來了，沒有什麼事的，起碼要擱上兩三個禮拜。」說到此處，他再偷眼看她一次，她的態度更加和緩了。方盛又復笑起來道：

「我說我糊塗，眞是一些兒也不錯的。記得上一次我問過你，認識又滄嗎？你說你並不認識，既不認識，我怎好說，是不是他沒有回你的信？」

倚雲望了他一眼，更沒有說什麼。方盛覺得她的態度已經和緩，也不敢再說其他的話，便和她告別了。

這一次的會見，兩個人心中的印象，和前一次就不相同。在倚雲，以先不過把方盛看做是一個普通同學，這一次却不然，自從方盛問她是不是他沒有回你的信，她老是想着自己寫給又滄的兩封信，他一定看見過的。

「同一個房間，也許在一塊兒的時候，是無話不談的。」

「他怎麼會無端的說出，他沒有回我的信？」

這些思想都很足以使她相信，方盛和又滄，必定是情感極其親密，不親密是不會知道這些事情的。可是一想到親密，自己便更迷惑了。她以爲自己兩次看照片時都會遇着他，焉知不是又滄叫他來的呢？

她想又滄的爲人，是十分的深沉。尤其是對於自己的進攻的策略，用的非常高妙。他不說話，用照片代替說話，就比說話來得好。他不寫信，却引誘着我不得不寫信給他。同時他還不斷的換照片，還叫方盛來看我是不是對他的照片起了深切的注意。

在方盛一方面，情景却不同。他原先是想將這件事告一結束的。這一次會見之後，他是更沒有力量來結束這件事了。他只覺得倚雲很可愛，不但可愛，而且一往情深。尤其是在她說話時節，那種欲說又止的態度，眞令她永遠不能忘去。

晚間，他坐在房裏也讀不下去書，便走出去在廣場上去兜圈子，雖然那微風明月，沁人心脾，他也不覺得。

他走了幾圈之後，仍舊是心煩意亂。遠處一陣皮鞋的聲浪却引起了他的注意，他定睛看時，原來倚雲正由圖書館走回宿舍。

「密斯脫方，一個人嗎？又滄呢？」

她憑着一時情感衝動，這樣的問出來。

「又滄呢？」方盛私下的想着。「倘使我說不知道，總不大好。」於是隨卽順口的說：「剛纔我看見他的，如今……」他說時不覺有點遲鈍。倚雲却並不疑心，也順便的說：

「也許他在這廣場上走着，月亮和風，今天晚上是很可愛的。」

她一面說着，一面便和方盛同走了一程，月亮還是那樣明朗的照着。他們已走到一株大的樹下，樹下有一個茅亭，倚雲道：

「記得在這茅亭傍邊，又滄替王小姐攝過影。當時他要我也攝一張，我拒絕了他。如今想起來，眞是太幼稚了。他攝的那樣好，難得他替我攝，我竟然拒絕了他。如今想起來，拂逆人家好意，是不應該做的。他也和你談起過嗎？」

這又使方盛有一點爲難，他想這話應該怎麼回？她現在是時時刻刻記着又滄的。他微笑着說：

「沒有和我談起過，可是他的爲人十分的好。尤其是他的脾氣性情，我就從來沒有看見他和人家鬧過氣。」

說完了這句話，大家相對着就沒有什麼話說了。半晌，倚雲道：

「也許他已經回了寢室。」

「是。也許他已經回了寢室。你有什麼話叫我告訴他嗎？」

她遲疑了一刻道：

「沒有，沒有！再會吧！」

她轉身別了方盛，用了很遲緩的步態走回去了。

方盛一直立在那裏痴呆的望着。

編後小記

風雨談創刊號的出版，到現在已快一個月了。在這一個月中，除了報紙上的批評或介紹之外，我們還收到了不少愛護風雨談的讀者來函發表意見，加以讚揚和鼓勵。在發行的當天，就有一位讀者寫信來，認為本刊應該自己有一個堅定的文學立場，不要隨流逐波的，迎合低級的趣味和膚淺的讀者。這個意見，我們是很願意接納的。不過我們也有一種看法，就是，現在上海通俗文藝的雜誌太少了。而讀者的脾胃，也因着年來精神食糧的異常缺乏，已變得很壞，多少受到一點通俗性的文藝的影響。這種通俗性的文藝，也要看它的內容性質，才能決定它的是好是劣，本不能一概而論。但是有一點，本刊的態度是相當嚴肅的，正如前人的詩句云：「忽然情緒無從忍，翻要街頭作餅師」，讀者們需要的既是食糧，我們所能夠勸獻的各種供給的，即使不就是米，麥，但是至少也要是雜糧，決不會是石子。

本期內我們有着[illegible]的大作，是在上海從未發表過的。原稿由本社的友人[illegible]給我們發表，我們覺得非常的榮幸。[illegible]自然不凡，何況上海和各地的讀者[illegible]一篇的作品已久了，此文的[illegible]轟動一時，大可一[illegible]的凱渴罷！

吳樹先生是中國有[illegible]記與安先生一文，曾刊於三年前的一個雜誌上刊」，但是作者是[illegible]發表了本刊，施樹先生被兩執筆，洋洋數千言，大家可以想見吳先生深湛的學問和偉大的人格。

實踐一作，本社編輯同人讀過之後，許多位都疑心他是一看不懂的文字，[illegible]這篇題目也和「我的第一次」[illegible]實話先生自是實際，細讀之後，[illegible]路元，南星，何其芳，李道靜，[illegible]先生都在北下[illegible]南星先生現在北京大學[illegible]教，南星先生在民國二十六年以前，[illegible]在各雜誌和「現代」等，早有作品發表。

印度之道，是一篇由日譯轉譯過來的印度名家短篇小說。這篇和一封無法投寄的信，翻譯，殘，都是值得讀的。細細[illegible]的作品，錢公俠先生的[illegible]繁華夢，也是應該特別向讀者推薦的。我們不久還要[illegible]

本期定價每册國幣拾元 十五元

風雨談月刊

第二期 中華民國三十三年五月

發行兼編輯者 風雨談社 代表人 柳雨生

歡迎投稿，參看上期第81頁

印刷 太平出版印刷公司 上海南京路

總經售 商社書報發行所 慈淑大樓五二八號

電話：九二三三四 九八二八〇

分售處

南京 新國民書局　南京 新中國圖書公司

蘇州 中華日報分館　無錫 無錫日報

無錫 日新書店　鎮江 民國日報鎮江分館

鎮江 中國書店　揚州 民國日報揚州分館

蘇州 新中國圖書公司　漢口 漢口圖書文具社

常州 世界文具社　松江 [illegible]新書店

杭州 開[illegible]經堂　嘉興 昌明合記書店　杭州 [illegible]書店

四幕劇

餘生

袁瑞牛 著

太平書局出版

餘生這個劇本，是我國近年戲劇運動荷擔之編劇所寫成之後的一部傑作。在劇情發展的熱烈中，表現出寫劇，他把演出了保守者和改造者的衝突，使進者和反抗者的鬥爭，熱情的戀愛，敵不過冷酸炎涼的世態，經歷的青年從反抗中獲得學習，獲得經驗，瞭解現實的環境，飽嘗了前程的艱難的任務，作者過去曾從事於戲劇研究許多年，本書的出版，可使關着劇本院的者新的劇壇，放一異彩。

癩院受胎及其他

北條民雄短篇小說集　許竹園譯

北條民雄，是日本近代著名的小說家，他的作品富於濃厚的心理描寫，深刻的刻畫出人生的種種色相，非常細膩的變幻，情節緊湊，文章生動，是我國翻譯過來的作品，是已經傳誦，作者是經過可怕的痼疾而傳折下四的人生的生命的，對於著想實切的文字裏，蘊藏着深遠而偉大的生命感，他的能夠獲得偉大的聲譽，從此也可窺見其絕非倖致

上海小沙渡路四八九號
太平出版印刷公司印行

風雨談

專著・評論・小說・散文・詩歌・戲劇

本刊執筆者：

予且 文載道 包天笑 田尾 片岡鐵兵
朱雀 洛沈 沈啓无 沈鳳 李道靜 武者小路實篤
吳易生 周作人 周越然 周黎庵 谷崎潤一郎
阿茨 泥進 林榕 南星 馬博良
紀果庵 陶亢德 胡金人 班公 草野心平

夏季特大號・第三期

秦瘦鷗 柳雨生 康民 陶秦 郭夢鷗
馮和儀 荻崖 莊損衣 華予 路易士
張葉舟 實齋 聞青 楊樺 楊光政
錢公俠 葉夢雨 衛友靜 龍沐勛 羅明
譚正璧 譚惟翰 蘇青 横利光

中華民國三十二年六月出版 風雨談社印行

新書 太平書局 預告

青年

林房雄 著　張庸吾 譯

「青年」這部小說，在日本早已膾炙人口，其所以擁有大量的讀者，乃至出版了六年之後再重新出一次決定版的，是因為它有着永遠留存的價值，而且是讀者和作者都深愛着它的原故。

本書敍述着日本明治維新時的人的事實，作者用他透視到將來的目光，描寫少數人犧牲自己寶貴的生命，而使全國民甦生的故事，從這事實顯示出日本的維新是不同於歐洲底階級鬥爭而是學習的維新，同時更顯出日本能吸取外來思想創造自己的東西的特性，本書已由張庸吾先生全部譯竣，在此時介紹到我國來，該不是沒有意義的事。

全書現已付排不日即可出版。

予且短篇小說集

予且是近代文壇上不可多得的人物。

予且短篇創作小說，也是近代不可多見的傑作。

予且短篇創作小說，曾為沉寂的文藝放一異彩。

予且短篇小說是輕鬆的，細膩的，有入微的穿插，機智的描寫，和動人的故事。

予且短篇小說中，可以使你體到年輕人的許多實惠——精神上的，修養上的。

予且短篇小說集包括有雪茄，君子契約，余，酒，多談，散波，照像，求婚等八個故事，每篇有每篇的含蓄，每段有每段的修構。

予且短篇小說集裡可以使年輕人體味到心與靈的交流，熱情與血的奔放。

予且短篇小說集最近即將問世。

現代日本小說選集

近人名譯　百讀不厭

許竹園思譯

在需要溝通中日文化的今日，介紹日本名作，該是首要的任務，許先生譯作豐富，茲尤將所譯短篇小說選擇優秀者，交本書局出版選集。橫光利一，火野葦平，丹羽文雄，林芙美子，宇野浩二等都是國人熟知的作家，尚有上田廣，舟橋聖一……等佳作多篇。研究日本文學者，不可不讀。

印刷中

上海小沙渡路四八九號 ★ 電話六〇一七〇

風雨談

第三期

細探橫枝綠漸抽，
一淞風雨替伊愁，
怪來小挫干霄氣，
均護深根不自由。

龍沐勛：淞末寓園雜詠

中華民國三十二年六月

風雨談　第三期目次

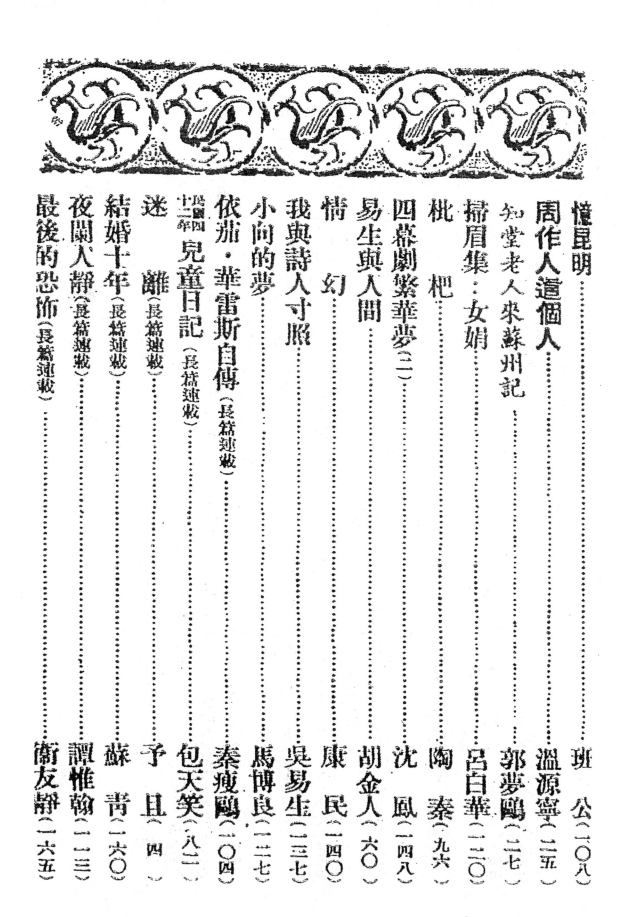

迷離（長篇連載）

予且

五

人們心中的愛慕，是可以由於接觸而生出來的。方盛便是一個例，在先，他不過是激着一點好奇心。由好奇而作初次的會見，他的膽子還是小。如今已是一而再，再而三，他的膽子不但大起來，而且對於倚雲的愛慕更加深刻起來。所以他今天夜裏想的事，不是去割斷這一重愛，乃是怎樣去繼續這一重愛。不是去想收束，乃是去想發展。

他想無論倚雲對又滄怎樣愛慕，又滄卻並不知道，這種單方的愛是不會維持長久的。不過有一個條件，便是永遠不能讓又滄知道。要使又滄不知道，就要倚雲不再寫信來。要倚雲不再寫信，除非是那框中的照片不再變更。

這些都是他原有的思想，他除去原有思想之外，他更沒有其他的新思想。他現在所要做的是怎樣去將這思想實現而已。

他有什麼權力能使又滄不再變更框內的照片？當然是沒有這種權力的。他既不能將玻璃框移去，又不能使又滄不再玩弄照片，更不能將這些意思明說出來，叫又滄把倚雲讓給他。

他想來想去，覺得沒有一點辦法。他的頭腦就越來越遲笨了。他看着那射進窗門，清如水的月光，正射在又滄的書桌上。那隻小小的攝影機仍放在那裏。一種新念走入他的腦內。

「我把那鏡頭給搗碎了，他怎麼會再去照呢！」

這一重愚笨思想，促他躡手躡足的下了牀。當他將鏡箱捏在手中的時候，他就翻然的覺悟了。

「搗碎了他也會再買的。況且他存餘的照相正多着。他如果查問起來，自己更脫不了關係。」

想着他又把鏡箱放到原處，重新回到牀上，冷不防自己一隻脚碰到椅上，又滄便在牀上翻了一個身。

他的心一逕勃勃的跳着。睡在牀上，一動也不敢動。兩眼睜着望到牀前的月光，那放在枕下的倚雲第一封信，已經落在牀前。

他想自己真是慌亂，倘使自己今夜沒有看見，明早被又滄拾著了一番，以往的事不是要完全放棄嗎？

他輕輕的拾起來，拘在手中，心裏一直懸念著：

「放棄！這事遲早總是要放棄的。」

「遲放棄只有比早放棄更壞些。」

「自己跑收發處的次數也太多了。況且……」

他忽然想起昨天到收發處去，並沒有找着收發處的那個校工。問了問說他又請假回去了，要一個月纔得來。接着便有第二個意念走入他的腦內。

「這第一封信，倚雲的名字並沒有寫出來的。我何不把它放在那玻璃框內，讓大家看看。然與使這件事早一點放棄呢？」

他繼續着想，覺得這樣一來有許多利益。第一，是不用搗破鏡頭，也不用取消玻璃框，又滄攝影的興趣必定要消滅的。卽使他的興趣不消滅，則有處也不能讓這框子存在着，倘放在裏面定然有許多人看，許多人說。攝影變成求愛的媒介，陳列攝影的框子命運自然不會長久了。第二，就倚雲方面說，她看見這一封信，決不會挺身出來承認這封信是她寫的，這件事使她羞恥。羞恥可以激起她的惱怒。她惱怒誰，自然是又滄。她一定會想着，你不同我的信也就罷了，爲什麼還要將它公佈出來？如此，她和又滄的情感，必因此而歸於斷絕了。」

他把這事前後想了一次，覺得還是不妥。

「我應該做一個光明正大的人，爲什麼要這樣曲折呢？」

他感覺到剛纔所想所做的都很可恥。他決計明天向倚雲當面說明一切。他覺得事情已經得着適當的解決，便酣然入睡了。

他雖然入睡，那被抑壓的意念在下意識裏是不能久藏的，他做了一個夢，夢見自己和倚雲仍在那一株大的樹下，茅亭的旁邊。他大膽的向倚雲說：

「你寫給又滄的信全是我用非法手段拿的。我爲什麼如此，因爲我愛你。」

說這句話時，只覺得渾身上下的汗，像水一樣的流着，他陡然地驚醒了。他迷迷糊糊地想着倚雲聽見這句話時的面貌，想來想去也想不出，重新將眼睛閉起來溫習，也溫不出一個形象來。可是從此他就翻來覆去的不能再行入睡了。

這是他最難過的一晚，難過一直保持到天明的時節，便起身到廣場的大樹前，那茅亭的旁邊，將身坐了下來，呆望着那出山的紅日。

他一逕坐在那裏，也不知道時間的早遲。直到上課的時節，看見倚雲遠遠地走了來。他越發的感覺到不安了。他想還是走好呢？還是不走好呢？他遙望着倚雲，倚雲堆下了滿臉的

笑。他想：「倒

「說罷！不說，這事是不但解決的。說出來之後，她這多也不過是罵我沒有人格，彼此一刀兩段，我也就死下這條心了。倘使她移轉她的愛……」

「那是決不會有的事！」他自己這樣警告着自己。

倚霞已經婷婷地走來了。

「呀！」倚霞好像是向他這樣的說，究竟說了沒有，他自己也不知道。他即向倚霞說：

「我有幾句話要和你談一談。」

倚霞便和他走進那茅亭了。

方盛雖然想說，但是期期艾艾不能出諸口。倚霞笑說道：

「你有什麼話？」

「我……我是和又滄住在一個房間的。」

倚霞很奇怪，她笑着說：

「這是我知道的事呀！」

「所以他的事我全知道，就是你送他的那本日記……」

「也許你是看見的。」倚霞一邊笑着說。

「不但是日記，還信……」

「倚霞怎麼樣？」她的臉上笑容就突然的收了。

「我也看見的，不但是第一封，還有第二封。」

「是他給你看的？」

「不，是我自己看的。」

「你從他那裏偷了我的信看？」

「不，你的信，全是我私拆的，又滄從來就沒有看見過。」

的

「從來沒有看見過？」

「沒有！」

倚霞想了一刻，就突然的說：

「我不信！我不信你的話。」

「我的話全是眞的。」

「眞的我也不信。」說着她淡然地一笑便走開了。

這眞是增加了方盛無窮的悵惘！

六

說了謊話使人家不相信，固然是難受的。說了眞話使人家不相信，便使人更難受：方盛如今正在這一個難受的情境中。他想現在這件事已經說明，是不能再守秘密了。他獨自坐在亭中，想着最好的辦法，就是讓他們兩個人見見面，自己把這件事說明。他們戀愛不戀愛，不去管他。自己總算脫離關係了。這件事的結果，充其量也不過是和又滄一刀兩段，他總不會根告學校，使學校對我有什麼倒我。

他一點也不遲疑，便回寫了一個字條，叫人遞給倚雲，自己便約又滄在下午四點鐘之後，在校外小館中吃點心，却並沒有告訴又滄他也找了倚雲。

四點鐘之後，事情便開始發展了。方盛約又滄到了小館中的時候，倚雲也到了那裏。在方盛做過了一番介紹之後，便把倚雲對於又滄的愛慕，和盤託了出來，他更不顧他們兩個人的反應如何，便直接了當的說出他私拆了倚雲給又滄的兩封信。

這事對於又滄眞不啻晴天中一個霹靂。倚雲却並不見得有什麼反應。她說：

「信呢？」

方盛只顧約了他們吃點心，却並沒有把信帶來。他說：

「信我沒有帶，等一會兒回到房間裏的時候，我就把信交出來給又滄兄看。」

他這一番話不要緊，倚雲的臉色，立刻就變成十分難看了。她說：

「密斯特方明是和我過不去。即使我寫過兩封信，也不過是表示我一點愛慕之忱。私拆不私拆，都是關係個人的事情。我的信寄出去，究竟有幾個人看，是我所管不了的。今天，用不著在我面前說。」

又滄却急了。他說：

「兩封信我實在沒有看過。」

「沒有看過，不要緊。就算我沒有寄好了。本來我沒有寫信的義務。我很感謝密斯特方約我來的一番盛意，再會！」

說着她點心也沒有吃，便很失意的走了，又滄覺得這一事很怪，他說：

「這到底是一回什麼事？到底是一回什麼事！」

方盛却坦然的說：

「如今，事情已經僵到如此地步，還有什麼說的？她對你的愛慕總是眞的。不信，等一會兒我們回房，我把那信交給你看。」

又滄呆呆地坐在那裏，半晌，說道：

「看什麼？還不是照你說的話一樣？我眞不懂，捕影能捕出這些結果來！」

「就是因為你所捕的對象是雲，她的名字也叫做雲。她第二封信裏面，就有一句話叫：『你為什麼要捕雲？』」

「那原是我所要捕的東西。」

「不幸她就這樣的誤會了。」

「我去，解釋……」

「解釋也不是容易的。解釋還要她相信纔行。今天早上我就向她說我私拆過她給你的兩封信，她就不相信。」

「不相信？」

「原是因為她不相信，我纔找你和她見見面，大家說說明白。說的結果怎樣，你總見的。她說信寄出之後，究竟有幾個人看，她管不了。正和你照片展覽了之後，究竟人對你有什麼樣的解釋，你也管不了一般。」

又治嘆了一口氣說：

「就是她相信，我也沒有那個勇氣去解釋，這種事太難做了！」

他們不再說什麼，只隨便的吃了一些點心，便一同回了校，在半途中，方盛卻被一個同學拉去開會。又治獨自一人走到房中坐着，默默地想。

他想的問題，卻不是方盛的人格問題，更不是倚雲的容貌怎麼樣。他想的是倚雲今天在他們面前說的幾句話。他想：

「信寄出去，究竟有幾個人看，他管不了。」

「誰管得了？自然是我管得了了。」

「沒有看過，不要緊，就算我沒有寄。」

方盛的話，她是不相信的。她相信什麼？相信我看了她的信而不肯承認。

倘使她要是真的這樣疑心，她的刺激受的就很深了。她寫給我的信，被方盛看了。我不但不怒，而且還由着方盛約她到小館中當面說明，這簡直對她是一種侮辱。

他凝呆的想着，天色已經黑下來，方盛還沒有來，校役卻送來了一封信。他趕緊拆開。上面寫着：

又治：

我寫給你的兩封信，你說你沒有看見。在一個極端對你有敬愛之心的人，不應該不相信。我現在是已經相信了。

你對我有什麼印象，我不敢妄測。憑着方盛的話以及你的承認，他私拆我那前兩封信卻是一件事實。……

他不想再看下去，這是一封很長的信，一共有兩三張。他想倚雲的刺激受的並不深，她並沒有覺得剛纔一番光景，對她是一種侮辱。他將信摺起來，裝入信封中，放到口袋裏去。坐在那裏等着方盛來。

方盛直到吃晚飯的時候纔來的。他來的時候便問又治道：

「我因為開會，沒有功夫研究剛纔的經過。你的感想，究竟怎麼樣？要看那兩封信嗎？」

「不看！」

「有什麼感想？」

「沒有什麼，只覺得這件事有點無聊。」

「是嗎？」方菱撫着她的頭答他。

「你仔細想一次，我展覽照片，她根本用不着寫信來給我。她不但寫信，還送一本日記。這簡直是無聊！」方盛道：

「你不這樣說，我也不會告訴你的。說句老實話，我起初祈禱不過是好奇。她第一封信是沒有署名的。因爲研究她到底是誰？這是好奇心促使了我和她熟悉起來，既熟悉之後，我倒有點愛她，但是我卻沒有一點地方會引起她的愛。關於這一點，我原是很煩悶的，不單煩悶，而且對你還有些嫉妒。在先，我還藏了個很笨的思想，想把你的攝影機給敲碎。」

「敲碎？」又滄很有點驚訝。

「還有更笨的思想，就是想把她寫給你的第一封信公布出去。這些愚笨思想，幸而都沒有行出來。我還是走了一條正當的路，向她聲明，那知她還不相信。」又滄道：

「現在你是不愛她的，是不是？」

「不愛！」

「她也不愛，在先，我還怕她的刺激過深，如今想想，她的刺激並不深。在小館中一切，不能表示她對我有什麼不好。」

方盛微笑着說：

「以後我找她，她是不來的。你找她，她一定會來。」

「我想這也許是對的。我們願意找她一次，給她一個刺激，大家了事。不過我不是一個善於說話的人。」方盛道：

「那是不礙事的，你面前不是有她送你的一本日記嗎？她寫給你的第一封信中說：最好的禮物，莫過於日記，日記是朝夕常親的東西，不易使人忘記。日記是常供我們翻閱的東西，在回憶當中，常會得着許多甜蜜。我們何妨寫上一些使她在回憶當中，得着甜蜜的東西呢？」

「我們來想着寫上一些送給她。」

又滄笑着這樣說，隨即將日記本拿出來，那晚飯的鐘聲，已經大鳴了。

七

晚飯後，寢室中燈光是十分明亮的。這一對同房的人，便開始填寫那日記了。

今天，我開始日記。我感到近代的戀愛，是愚笨的，是錯誤的，是可笑的，是幼稚的。

幼稚的人，最喜歡胡猜。人家明明地不愛，偏胡猜着人家愛他。貼一張照片，也是愛。寫一次，也是愛。說一句話也是愛。

因為胡蝶人家是愛她，她便開始亂想了。亂想的結果，是忘卻了自己，看輕了人。她以為人家只要她稍稍假以辭色，就會拜倒在她裙下的。她也沒有用鏡子照照自己是個什麼樣的人，配不配人家對她拜倒。只一味的看輕了人家。以為自己了不得，只要人家一只，就喜歡的不得了。

人家還沒有注意，她自己先開始追求了。禮物的贈與，文書的寄還，都是她追求的方法。一味要使人就她的範。近代的戀愛，真可以說是追求的戀愛，文書的戀愛，和引誘的戀愛！

她究竟愛的什麼？恐怕她自己也說不出的，是財產呢，容貌呢，還是某一種技能，還是某一項特點呢？可憐她只曉得一點，不認識全部。婚姻的主體，她竟弄不清，也就很可哀了！

但是可哀的還不在此，她打探對方的方法，這是以耳代目。耳中聽來所不喜歡的話，還要由自己解說，聊以自慰。所以近代的戀愛，不但是盲目的，而且是自慰的。

他們兩個人你拚我湊說了上面話，再想寫也寫不出了。他們計議好了。明天約倚雲到公園，當面還她這一冊日記。照方旋的推測，倚雲看了這日記會哭起來的。又滄卻不然，他說倚雲看了這日記不會哭，只會一怒而將它撕成粉碎。

果如方旋所料的，又滄約她去，她是去的。他們在公園中遇着了。今天的倚雲，真是胭光粉氣，鮮明撩人。

結果，由方旋的催促，又滄便把那本日記拿出來了。

「寫了什麼沒有？」倚雲這樣的問。

「寫了。現在你就可以看。」他們兩人一同的笑着。倚雲便坐下來，將日記翻開了讀，可是在讀完了之後，真出他們預料之外的，她既未扯破，亦未啼哭，倒反而笑將起來了。她慢慢抱向又滄說：

「是你昨天寫的嗎？」

這一句真使他們驚訝。又滄急急的問：

「你怎麼知道？」她笑道：

「第一層，墨水的顏色可以看出來。第二層，是你沒有看我那封信。」

「那封信？」又滄和方旋都很驚訝。

「我昨天叫人送給你的。」

又滄猛然想起來了昨天那封信，果然是沒有看，還在口袋中放着，忍不住拿了出來，看下去，接着前面的兩段，下面便是：

「方盛為什麼私拆我的信，不過因為那信是女子的筆跡，誤得不着？男人的價值，眞是太低了。他為什麼要拆第二封，顯然是存的壞心，他要看我向你說的什麼話。我不知道以後會不會看見那封信，現在我可以簡單告訴你，就是問你：為什麼要撒謊？

「我知道你是答不出的。然而我不能不寫。愛是由心中生出來的。我在看見你所撒的謊，心中就油然生出愛心。由你的照片就注意到你這個人，我心中的愛，並沒有減，而且還增加，增加的原因，是你一毫也不注意我。愈是不注意，我的愛心就愈濃厚，我常在無人時走向那玻璃框前，希望看見你，而過見的卻是方盛。

「我對你的愛是我心情上的一種變遷。這種心情上的變遷，是人人都有的，尤其在我們女子，所不同者，只是有一種人肯說出來，一種人不肯說出來罷了。

「我就是肯說出來的一種人，希望你不要笑我。更希望你把愛字看的高一點。其一，愛是靈魂的慰安而不是肉體的交付，這一點你得分清楚。其二，愛只是片面的，只有交流，而不是交換。交流是可遇可不遇的，交換就是有價的行為。其三，愛是表示出來的而不是密藏的，密藏的只是情慾，卻不是愛。這三點，是可以由你對照片表示出來的，你的照片是你靈魂上的忠實，是片面的，不希望交換什麼。而且是表示出來的，否則為什麼要雁點？把愛情看作肉體的交付就是幼稚，把表示看作追求就是謊撒。愛是生出來的，是直覺的，用不着打探，用不着研究，雛子可以有愛，聾子也可以有愛，聾而且瞎還是有。只要他有一顆心，有一個表示的機會。……」

又拾着到這張，把自己看着呆了。他不由自主的把這幾張信遞給了方盛。方盛在那裏一行行仔細的讀，讀的非常出神。

風雨談月刊投稿簡則

一　來稿必須謄寫端正，勿草率，勿寫兩面。

二　如係譯作，須附寄原文。

三　來稿須註明作者眞實姓名住址，以便通訊。發表時署名，用筆名者聽。

四　本刊對於來稿，有增刪之權。

五　來稿概不退還。

六　來稿如經刊出，由本刊致送薄酬，版權亦歸本刊所有。

七　來稿請寄上海靜安寺路一六〇三弄四十四號收轉。（此項地址，專為來稿通訊之用，其他槪不接洽。）

八　關於本刊經售事宜接洽，請閱版權頁。

亡國之君

紀果庵

正統派的君法，總是將亡國之君大罵一通，半點出息也沒有。幼時作史論亦舉此法，蓋以成敗論人，乃最通常的方式，雖有識者，起而糾正，終不易改變心理上的習慣。因之感到蓋棺論定的說法也是極不公平的，以其亦成敗論之一端而已。年歲稍長，讀書較多，對於許多亡國的人，頗有同情之思，近閱嚴幾道文，乃亦有相同處，雖未明言，固可揣知本意也。嚴氏致熊純如書云：

「讀過中西歷史，以謂天下最危險者，無過良善闇懦之人，下為一家之長，將不足以庇其家，出為一國之長，必不足以保其國。古之以暴戾豪縱亡國者，桀紂而外，唯楊廣耳。至於其餘，則皆煦煦姝姝，善良謹愨者也。」

我認為這話說得很實在。桀紂的事，也只是看了孟子之類的書而云云，究竟如何，卻是很難說的。楊廣的事不大清楚，但好像只是喜歡玩女人這一點最為史家強化，殺人如麻若漢高劉朱元璋的殘忍倘無有，然則以此例彼，此為罪戾，而彼為功德，固亦甚不平者。嚴氏闢韓一文又云：（此文闢韓氏原道）

「孟子曰，民為貴，社稷次之，君為輕。此古今之通義也。而韓子不云爾者，知有一人而不知有億兆也。書之晉曰，竊鉤者誅，竊國者侯。夫自秦以來，爲中國之君者，皆其尤強梗者也，最能欺奪者也，竊嘗聞道之大原出於天矣，今韓子務尊其尤強梗最能欺奪之一人，使安坐而出其爲所欲爲之令，而使天下無數之民，各出其苦筋力勞神慮者以供其欲，少不如是焉則誅，天之意固如是乎？」

數爾說得頗大胆，殆有莊子胠篋的意味矣。在君主時代，敢說這樣的話，也只有明末的黃梨洲和清末的嚴君了。現在我常想寫一篇文章叫做「流氓與皇帝」，而迄不敢着一字，實因避忌太多，不知怎麼就會發生麻煩，覺得尚不如南明與光緒之季有些自由與把握。古今人度量相去，誠不可思議，而亂亡之世，往往比太平世界更有言論自由者，正足見太平天子之霸道與亡國君主之「闇弱」，亂世之民，憧憬盛世，以爲雞犬不驚，夜不閉戶，實則滋味並不太甜，康雍乾三朝的文人遭遇，不妨時加考查也。

史籍中紀亡國之慘者，莫過於宋之徽欽，南唐後主，明莊烈帝等，諸人都是溫文爾雅，絕不會雄心大略陰險狠毒者，尚乎此更有梁元帝蕭繹，學問文章，一時無兩，偏偏侯景作亂的殘局，被他趕上，再三推戴始允即位；此君本是書呆子，當兵馬紛紛戎裝不能去身之時，還收回金陵文德殿焚餘圖籍十萬卷，且大講老子，周師入郢，聚而焚之，張一卿續史疑乃大發議論云：

魏兵破江陵，孝元帝焚圖書十四萬卷，人問故，曰：讀書萬卷，尚有今日，是以焚之！嗟乎，帝果以讀書亡國耶？總謂帝之亡國損身，在未嘗讀書也。……魏兵壓境，第戎服開講，馬上賦詩，豈所讀者，蓋玄虛聲律之書耶？使所書盡玄虛聲律之書，焚之晚矣。

張君恐尚未諳於讀書多了絕不能作皇帝之理，因而怪他所讀的東西太偏於感情，沒有類似太公陰符，大學，中庸，周官，新論一類的「正書」，這意思也就是說，作皇帝的不要感情，只要權術手段，換言之亦即狠毒存心等是，若然，作皇帝亦太苦矣。周知堂翁對我云，有人曾見溥儀，（即大阿哥，曾爲候補天子者，近則寄居故都，無以爲活云）問他作皇太子的味道如何，他說每天早晨三點鐘就要起床，東拜祖，西拜佛，又是師傅的功課等等，行動一點不得自由，實在沒有意味。識歷代君王，已有覺悟，知道皇帝不宜於有感情，而遂想出種種方法要使太子一在僵化爲偶像與殭王歟。于愼行「讀史漫錄」有同樣議論而更深文周納：

「若江南好文之主，至梁氏極盛，昭明一代才人，不幸早世，簡文孝元二主，博學工文，才情冠世，然皆不保首領以沒，文之無益於君德如此！簡文爲侯景所幽，無復侍中及紙，乃書壁及板障，爲詩文數百篇，辭極悽愴，如此而文，不如無文。魏兵南下，元帝與羣臣戎服講老子，以至於敗，如此而談，不如無談。」

又其論元帝云：

「魏兵入江陵，梁元帝入東閣竹殿，焚古今圖書十四萬卷，又以寶劍砍柱令斷，嘆曰：文武之道，今攻遊矣。嗟夫，以國史爲文，劍戟爲武，所謂識其小者也，志趣如此，安得不亡？或謂湘東何意焚書？曰讀書萬卷，猶有今日！故焚之。其不達人君之道如此！使與魏氏父子橫槊江上，不及遠矣。」

被幽囚的王孫，在板壁上作詩自哀，我們理應寄以無上的憐惘，江陵焚書，似亦一極可痛局面，乃以身爲帝王，千百年後尚不爲史家所諒解，甚而至於說「文」不許與皇帝發生聯係，或云作史論可使人胡說亂道，此或亦一例乎？又魏祖父子之好文，不知與蕭氏兄弟有何本質的差異，在我想來，只是曹氏不及蕭門宅心忠厚罷了，無論如何，想不出多少「不及」的地方！

對於帝王的玩好詩書藝文以及藝術品，又有玩物喪志的看法，這也可以說是文學無用論的擴大，狹義一點說，即是有志派的東西萬要不得。于君同書又云：

「書畫花石之玩，自士人好之，不失爲雅，然有道之士，亦所不屑，若使人主好之，則與聲色貨財，同爲亡國之階，梁元帝，唐後主，宋徽宗是也。使三主上爲貴遊，下爲韋布，高可稱文雅之士，下不失清勝之玩，而竟以玩物喪志，多欲亡國，可見帝王好尚，與士人不同也。」

史評家的評往往是一片刀子兩面切，譬如創業君王，如果是好文章藝術的，那就是文治武功并盛，不必定有微辭。唐太宗好書帖，至將蘭亭序殉昭陵，也沒聽說什麼人罵他荒唐，就連康王構那麼不爭氣，因爲支撐了危局，開創一百多年偏安之局，雖頗好文辭書畫，照樣沒任何批評。于公洩餘卷十五云：

「宋朝每一帝山陵，即率所製文集及典籍圖書并置一閣，設待制學士諸官，此法最善，本朝唯太祖宣宗御集，頗傳於世，諸府文圖書，不知內府所藏何如，而閣部詞林，無從披視。……此一大闕典也。恩登列聖御製詩文，御書墨迹，御刻書籍，御玩圖畫，……皆當裒集尊奉，各置一閣，……使日星之談，永耀中天，聖子神孫，代有瞻仰。……」

這些的瞻仰的文章書籍，自然不是徽宗的瘦金書飛白書，後主的浪淘沙破陣子之類，然吾人於故宮猶見的皇覺寺僧法書以及市上流行的十余老人詩文集等，曾不敢贊一辭，若是瞻仰，亦可逗是後者給人一些悽惘的印象較佳，不過這是感情的事了，對於帝王，原是不可以感情立場說，雖然捧場的心理，也未嘗不出於利己慾的衝動。士人可以有好尚，但已非「有道」，嚴格地說，像王右軍，歐陽詢，褚遂良，吳道子，蘇東坡，倪雲林，李漁，袁中郎，張陶菴，這許多人，皆不足語於道，以所尙離道太遠故。但身爲文人，遂大可以此表暴於天下而不負責任，則文人也就不必褒嘉容貰了。憶昔遜君在離堆雜拾中，已說到亡國之君的宮人后妃，每爲詩人輕薄歌詠的對象，如十國宮詞之類，而馮小憐，張麗華遂漸爲人鄙視矣。離堆再拾又說李後主小周后事，這是很有名的事，但「太宗強幸小周后圖」也曾有人翻印或再仿繪過，我國人從唐往本更屑甚，又有歷史的殘酷滋味在內，詩家吟味殊爲大好題材。吾人於這種地方當另有所悟，李後主之所以聽了小周后的新聲而掩面相避，眞乃「闒弱」二字好寫照，以至不能自死而終至服了牽機藥，皆是弱者無論何事不能下得決心，只是一味對付苟安的表現，老實說，無論婦女之仁也好，志士之仁也好，其不是殘暴則一也，然此照照妹妹遂為「面黯而肥」的宋太宗所乘了，此公原來對於嫡親哥哥也不客氣的，「燭影斧聲」，千古之謎，我覺得「賀后罵殿」這齣戲必有百分之若干的真實性，若李違命侯保管幹不出這種事來，想玩女人，也還是「剗襪步香階嬌波橫欲流」那一套偷情的作風，大有似於西廂記之張珙。張珙之流，又怎麼做得皇帝呢？可是大宋子孫，也依樣湖蘆，論者或以為報應，我們為李後主想，不妨這樣說，但若為徽欽本身想，似又有所不忍，南燼紀聞云：

「十七日，粘罕使騎吏持牌示二帝曰：元帥令遣汝北赴燕京，是夕，宿野寺中，……十八日早，騎吏促行，……其掌行千戶，自言姓幽西名骨祿都，常以言戲朱后，復又無禮，途次，朱后下畦間便溲，骨祿都從後執其手曰：能從我否？朱后泣下，戰慄不能言。隨亦病作，雖以乘騎，骨祿都乃挾后同載馬上而行。至晚，約三十餘里，宿處乃閒寂一室，夜月初上，照見廊廡，骨祿都乃熱火烹食，以哄二帝於他室，二后皆病，不能食。骨祿都乃自煎羊肉粥飼之曰，汝二婦休煩惱，我護你到燕京去。是夕，鄭太后病稍間，而朱后惊悸不已；心腹作痛。骨祿都以手撫其胸，祝曰：病已病已，又曰爾強之，爾強之，非無禮如此。天明言於少帝曰：為我說爾婆，善視我，我當保汝以相報也。」

少帝即欽宗，而朱后即其后也。下文又云：

「十九日，至東明鎮，骨祿都與帝后同早膳，村落荒蕪，兵燹後百里無人烟，時二后疾少愈，少帝泣下不止，不能食。骨祿都怒曰：汝在汴京，妃嬪三千餘口，皆流徙北去，其中美貌女子，爲人取去，亦復不少，何獨惜一朱后，不以結識于我，以作前途之庇乎？……」

受胡奴之辱，似還不如小周后之遭遇。然並不止此而已，請再看：

「二十一日至二十三日，行抵黃河岸，忽見一舟自北而來，上立皂旗，中有紫衣人謂骨祿都曰：北國皇帝傳令，准四月十五日至燕京，今已三月盡，宜速行，毋違限期，骨祿都頻目朱后，且哂之，紫衣人知其情狀，拔劍執而叱之曰，汝本河州一鼠賊，我拔擢用汝至此，安敢與婦人私通，以致緩行程，獲罪不小！遂立斬之投屍於河。顧復問婦人何人，少帝曰此我妻朱氏，骨祿都屢行侵害，哀苦無告，今得將軍誅之，深雪我恥！紫衣人曰：汝識我乎？我乃元帥之弟澤利也。帝感謝而去，后亦拜之。……二十四日入衛城，同坐飲食，澤利已醉，命朱后唱歌勸酒，后辭以不能歌，澤利怒曰：汝四人性命，在我掌握之中，安敢如是不遜！遂執襟欲辱朱后，旁有某知縣勸止之，澤利又起曳后衣與並坐同飲，后怒，欲以手格之，力不能及，反爲澤利所辱及面。……朱后是夜被北淫辱難堪，且泣且厲聲曰：……願速殺我，死而無惧！……是日四人無晚食，澤利使人監視愈緊，執侍愈兇，罵詈百端，凌辱不堪。

南燼紀聞雖傅沅叔先生考證絕對靠不住，然其傳說，必有根據，故也不必全不相信。書中類此之事尚多，少帝終不能一死者，無非開弱耳，側隱之心太重耳，我因之時時感到聖賢的話也靠不住，如「人皆有不忍人之心」一語卽害人不淺，英雄壞於「不忍」二字者甚多，史記鴻門之宴記范增說項王云，「君王爲人不忍」，范被深知項王者，所以項王終於在不忍愛姬受辱的慘狀下自刎了。王曇煙霞萬古樓文集裏項王廟文有「喑嗚雖於軍中不御，釋太公於高俎不烹」的話，雖是牢騷，倒很可以寫出項王的不忍，劉海峯文爲桐城派，宜不可喜，「丁公論」又自幼讀之，昔日提起，便感無謂，然今思之，未嘗不是短小廉悍的好文字，可與荆公「讀孟嘗君傳」幷傳，蓋刻劃成功的帝王刻刻之心，有少許勝多許之妙。像項王這種叱咤風雲的人，只以不勝兒女之私而丟掉宰制天下的機會，徽欽非烈，又何足云！悲烈似已預感到亡國之不堪，才手刃愛女，其慘烈倒也可以給忠厚老實的人生色：甲申傳信錄云：

「上顧事急，將出宮，分遣太子二王出匿。進酒，酌數杯，語周皇后曰：大事去矣，爾宜死！袁妃遽起去，上拔劍追之曰：爾也宜死，刃及肩，未殞，再刃，殞焉，目尚未瞑，皇后急返坤寧宮，自縊；時已二鼓，上巡壽寧宮，長公主年甫十五，上目怒之，曰：胡爲生我家！欲刃之，手不能舉，良久，忽揮劍斷公主右臂而仆，幷刃坤儀公主於昭仁殿，遣宮人諭懿安皇太妃李氏，幷宜自縊；上提劍至坤寧宮，見皇后已絕，呼曰：死的好！」

紀載崇禎等書似有同樣紀事，或比這個尤令人悽愴，不在手頭，不能具引，悲烈大約在亡國君主中是最委曲的，因爲好像一天也沒有享受過，其能自殺與處理宮眷的辦法，但頗有決斷，惟惜太遲，蓋萬分不得已而一爲之，亦懲於前事，不願長期的受罪也。不然對於那些姦險無主張的庸懦大臣以及忘恩負義的太監等，早該有所制裁了。同書記居庸關叛降賊兵的監軍太監杜勛入見云：（「明紀」大體相同。）

賊遣叛監縋城入講和，啓言李闖人馬強衆，議割西北一帶，分國而王。幷犒賞軍銀百萬，退守河南，當局詫然無應。內臣告上，上密見之平台，輔臣魏藻德在焉，勛具以事白上，且言闖旣受封，願爲朝廷內遏羣寇，……因勸上如請爲便。上謂藻德曰：此議何如！今事已急，可一言決之。藻德默然不答，鞠躬俯首而已。上憂惑不能坐，于龍椅後綜立，再四詢藻德定議，藻德終無一辭。上令勛且回話，朕計定，另有旨。復縋勛還營。勛旣出，上以藻德不言，且勢困，推龍椅倒地而入。薄暮，太常卿吳麟徵坐西直門，登城望賊，知勢難支，急馳入朝，欲面陳要事，遇藻德於朝門，語之故，藻德云：皇上煩甚，已休息，不必入也，手挽之出。」

「今事已急，卿可一言決之」，充分擺出一個沒主張的老實人，難得如魏藻德這種東西，還那麼有暇閒去詢問他，且只以推翻龍椅爲處罰也。（此君後來被李自成部下弄死了；但假使生於乾嘉朝，或亦一風流儒臣。）所以我說到最後的自殺與掩面殺自己女兒，皆是萬分不得已，若問本性，固是無此忍心的人物，想不會有人反對吧。於此我又想起近代皇帝愛新覺羅載湉，遭遇皆與崇禎皇帝差不多，只不直接被害於外人，而受制於母后為不同，至立意要做好皇帝而力有不勝，陰詐權謀狠辣不夠，則其稱二世，王小航方家園雜詠紀事詩注頗多佚聞，今不惮抄襲，錄之下面，亦以證明亡國之主多忠厚柔儒焉耳：

「回鑾（庚子）月餘，太后即召外優演劇，外城各班名伶皆與焉，故事，太后觀劇，開場之先，必皇帝排衣先入後台，出自上場門，作優伶式環步一周，以表萊綵娛親之意，其制不知始自何年。至此次入台，上避之，小閹曰：這是何等時光，這叫得什麼戲！小閹怒曰：你說什麼？上急求曰：我胡說，你千萬莫聲張了。……」

「內務府司洗衣之媽姓，一日入上寢殿，領應洗之件，見御榻前架上掛一極破小褂，不在領洗件內，亦不揣洗，問留此何用？上悽然曰：此乃自陝至京，數月不換之小褂，與我患難相依，故留為紀念，不忍棄也。蓋行在各色人等，仰體太后之意，但飾外表，借上作傀儡，而切身之端無人顧及，上亦不求人而心蓄之也。」

「德宗將親祀天壇，問陪祀人員，是日御前大臣趨甚疾，上顧之曰：爾等着好靴可速行，我著破靴，安能及？此蓋光緒三十三年事也。」

至載灃為攝政王時，依然對袁氏不忍，而袁氏却大忍特忍，不但趕走了清廷，且自己作起天王老子來了。我寫此小文動機，蓋即在側重亡國之君並非全是罪大惡極，同時創業之主，也並非全是聖德比天云云，唯對於後者，終不便過分發揮，以免有喧賓奪主之嫌。好好先生，會作文章會作詩，喜好讀書，常和女人調情，這注定了是亡國之君無疑，若我輩者，除以筆桿說空話外，只會看見餓殍或四馬路雉妓拉客而撲簌簌流下不值半文的眼淚者，不作天子便罷；若有機緣，殆即亡國君之一也。

此文寫半，始讀文載道君「知人論世」，頗多同感。對於「蓋棺論定」之不可靠，文君亦言之，雖說法不同，而結論一致。我自己已罵古人寫史論為胡說亂道，生丁亂世，總好以史遣愁，則其不免於蹈古人史論覆轍宜矣，此當「文責自負」者也。

女人三護

藥堂

女人三護

茶香室三鈔卷五女人三護一條云：

「唐沙門義淨譯毗奈耶雜事卷四云：女人志弱，故須三護。幼小父母護，適人夫婿護，老邁兒子護。案儒書所謂三從，佛書謂之三護。」

曲園先生謂三護即三從，形跡雖似，精神卻實甚不同。印度女子的地位在社會上本甚低微，未必能比中國更好，在宗教上被視為穢惡，讀有些佛教經律，幾乎疑心是激烈的憎女家是在這裏了。但是佛教的慈悲的精神有時把她們當做人類來看，對於人或物又總想怎麼去利濟他，那麼其時便很不同，三護可以算做一個例。這裏所謂護正是出於慈悲，是利他的，莊子裏述堯的話，嘉孺子而哀婦人，可說是同一意思，此外我竟有點想不起來了。

中國的三從出於儀禮，本是規定婦人的義務，一面即是男子的權利，所以從男人的立場說這是利己的，與印度的正是對蹠的態度。我常覺得中國的儒家是一種化合物，根本的成分只有道家與法家，二者調合乃成為儒，而這化合往往未能完成，遂多現出本色，以法家為甚，如三從殆其明徵也。借如吾言，則我所佩服的聖人的話大抵當出於道家，而黃老之學乃為中國最古老的傳統，很可尊重。佛道至今稱為二氏，唯其好處則不少，足補正儒家之缺失，識者當不以為妄言也。

落花生

東崖山民著一斑錄雜記卷七云：

「花生亦曰長生果。又名落花生，殆無名也，以其花落於地，一絲繫蒂落實土中，故曰落花生，曰花生，據字呼之，曰長生以形名之。此果初出日本，康熙間有僧應元攜種歸閩，乃散植至今，以取油為大宗之用，以資果餌，亦雜用之一。」

案此說蓋即根據本草綱目拾遺卷七引福清縣志語，其實不甚可憑。下文又引萬曆仙居縣志云，落花生原出福建，近得其種植之，可知始入中國非在康熙矣。

方密之著物理小識有崇禎癸未序。卷六番豆下云：「一名落花生，土露子，二三月種之，一畦不過數子，行枝如蕹菜虎耳藤，橫枝取土壓之，藤上開花，花絲落土成實，冬後掘土取之，殼有紋，豆黃白色，炒熟甘香似松子味。」

此殆即今所謂小花生，其時蓋已普遍，不僅限於閩浙一帶。中國傳說落花生來自扶桑，而日本則俗名南京豆。寺島良安著和漢三才圖會卷九十六落花生下引明周文華致富全書語，又云，按落花生近年來於長崎，書前有正德二年自序，即清康熙五十一年也。此事正有類例，同是一瓜，在中國稱倭瓜，而日本則稱唐茄子，但在中國又通稱為南瓜，日本亦有柬埔寨之別名，可以想見其原產地當在安南方面，先來中國，再轉至日本。花生行程想亦是如此，唯其來路在何處，乃不能如南瓜之易於推測耳。

一

日本國志

二十六年二月我寫小文略談人境廬詩草，附記有云：「去年從天津聽說有我國駐日使館人員在席上辭言，日本國志非黃公度所作，乃是姚棟的原著。友人聞之駭怪，來問姚棟其人的事蹟，不佞愧無以對。假如所說的是姚文棟，那麼我略為知道一點，因為我有他的一部日本地理兵要，但可以斷定他是寫不成日本國志那樣書的。」當時所根據的是作者態度之不同，雖然自己相信不會看錯，總難免稍偏於主觀。近日得到姚文棟的雜文集，可以證明姚黃二家的書名同實異，截不相干。

姚集名曰讀海外奇書室雜著，中一篇則題日東雜著，共文二十四篇，蓋在使館為隨員時所作，有陳元贇先生事略尚可讀，除亦多是照例的應酬時務而已。卷末有日本國志凡例，作於光緒甲申九月，云全書十卷，分記東西兩京，畿內，東海道等七道，每道以國為綱，首疆域，次形勢沿革，以至物產，凡二十四門，蓋是地志體裁，末有未備一條，自言刑法食貨等皆未及記，後之君子尚其補諸。日人岩野川口宮原三人皆有跋，見姚氏輯海外同人集卷上，皆稱讚其熟我華地志書，集其大成，凡例記採用書籍共九十九部，亦均是舊地志也。

由此觀之，二書性質不同顯然可知，姚氏所著固自成一種日本國志，但若與黃著相比，則不可同日而語矣。黃著四十卷，地理才有三卷，刑法食貨共得十一卷，若其最有特色，前無古人者，當推學術禮俗二志，有見識，有風趣，蓋惟思想家與詩人合併，乃能有此耳。若說瑕不掩瑜，則文中惜不注出處，如禮俗志中多用川岡桂亭之萬宜日沙中氏謂識時，寺門靜軒之江戶繁昌記，往往一篇一卷全文錄入，如能隨處註明，體例當更為完善也。

周作人這個人

江源·堃 著
賓齊 譯

周先生的行動靜如處子，說話的聲音低微，從不大聲高談，走路的樣子像是一個老婦人；他有一種超然離羣的神氣——我們說他這種神氣是冷酷好呢，抑還是說他是種彬彬有禮的不屑態度好呢？——他的這種態度使人不敢和他隨便，卻使他本人可以冷眼旁觀他人，心裡暗暗覺得好笑。他與人談話時溫文儒雅，彬彬有禮，而使人不敢和他親密的就是這樣溫文儒雅彬彬有禮的談話。他的臉發生很像是一粒子彈，大笑的時候他的臉發使前俯後仰的移動着——他的所謂大笑實在只是有聲的微笑——客人聽了他的那種笑聲，便知他是個可以信任的人，可以與他說知心話，只是不敢和他隨便關說。人之不致對他傲慢，因爲那簡直是不可能的事。我們初次遇見他的時候，都由發生敬畏之心；在他的仇敵，這種敬畏之心便變成畏懼了；在他的友人，這種敬畏之心不久便變成親愛之情——可是永遠不會變成親密。

周先生工作或接見客人都在他的書房裏；他的書房很足以表顯他的個性。書房裏整潔無塵，一切物件都各有其適當的處所。壁上及地板上都裝飾得像日本式子。房內的一切椅子，桌子，以及裝飾品都很優美悅目，而且看去件件都不是多餘的。地板上還且放着幾個坐墊，那裏放着幾個坐墊，看去令人生舒適之感。現在談到室內的書了！玻璃櫥內的書籍保存得何等當心！門數何等的多！選擇得又何等的精！櫥內有關於性心理的書，有關於希臘宗教的書；有中文書，有日文，有英文書，有希臘文書！房中有很濃厚的書卷氣！主人在這樣的書房裏讀書談天何等的幸福！

周先生的住所離北平熱鬧區很遠，因爲不便，所以去拜訪他的人不怎麽的多，只是那少數去拜訪他的人總之受主人的歡迎的！去拜訪他的客人不是老友，便是熱情仰慕他的人，或者去見他或爲求教他關於寫作方面的意見，或者只是爲想和他小談一下。在多數的情形，說話的是客人，周先生只是靜聽着。雙方談話都顯得很安閒。沒有辯論，所以沒有長高談宏論。雙方只是悠然地一忽談這事一忽談那事——像是飛燕掠水似的，才一談及便又轉談他事了；與周先生談話不可對某事特感興趣以致成爲熱烈討論的題目。熱情並不相宜的；對於萬物都有點好奇心，可是並不十分起勁。

周先生眼中的世界是何等的微小而近情！他於作品中避免談及那種足以使人類分裂爲敵對的黨派的大問題。他喜歡談的是微小的事物那種「難以言說的被人遺忘了的小動作」，使人們覺得這個世界可愛的小動作。是以他要寫小品，他的小品之不是嘩啦嘩啦的體，而是閒適動人的 Elia 體（即 Charles Lamb 派調）。周先生的文章正像富有藝術意味的閒談。人生的瑣事在周先生的筆下便成爲有趣可愛的談話了，這是一種世上稀有的本領。他能於不重要的題材之中寫出重要的事物來。在他很是近情的園地之中叢菜比玫瑰花還要紅豔可愛。我們讀了他的文章便會自然而然地覺得有時叢菜會比天地命運那類大題目爲有趣。

可是我們別忘了周先生還有另外的一面。那便是：他同時也是富有剛勁之氣的。他那緊閉著的嘴唇，上面留着八字鬍鬚，顯出意志堅決。他不願意多事，可是他想多事的時候，反對他的人可就休了！他以迅雷不及掩耳的手段，隆然雷打地向他的敵人襲擊——只是一擊便足夠了。舉例說吧，他的驅逐女子學院院長楊利彬是何等的痛快了當！周先生着手所做的事無不成功；其成功的祕訣也許是因爲他把目的路線佈得很清楚；同時他還知道自身的缺點——後者的一點比前者更爲重要。開會的時候，他很少發言，可是凡有所言總是達到目的的；所以如此者，乃是因爲他對於一切，事前都已計劃好了，臨事便決不猶豫，他老是鎮靜異常，遇事決不會太驚小怪；我們看了他的爲人，便會知道他於逍遙自在的時候固然快樂，即使暴風雨當前的時候他也是同樣快樂的。

暴風雨！這三個字使人聯想到海洋，而海洋使人聯想到船艦。奇怪得極，小品文作家的周先生從前竟是海軍學校的學生呢！可是實則並沒什麼奇怪。一艘全身鋼甲的兵艦乘風破浪地在海洋上駛行着，世上還有什麼景物比這還優美呢？周先生恰似一艘全身鋼甲的兵艦——他有鐵一般的堅質！

知堂老人來蘇州記

郭夢鷗

前言

此次知堂先生趁南來之便專誠趨蘇拜弔章太炎先生之墓，此經過情形，各報章雜誌，頗有記載，同時關於周先生此行文章方面的評述，也相當的熱鬧。南方文化界的紛擾，頓時為之遜色了許多。於此足見周先生在今日的中國文化界裏，仍佔着如何重要的地位了。

我本來就很想寫些，因為知堂先生來蘇時，我曾以記者的資格跟隨在一起跑了兩天的，經過的情形，知道得也許比較詳細而實在一點。可是，想想又錯了，總覺得自己淺薄簡陋，深恐一不當心，有所乖誤，所以腦海裏雖有「寫些」的意思，而終未敢率爾操觚者，職是之故也。

前天編者柳雨生先生來了一封信，說是：「盼能撰寫長文記述周先生在蘇經過。」這又鼓起了我不少勇氣，當然，我這是經過再三的躊躇，怕不能勝也。

現在是決定寫了，於是也就大膽回復了編者一封快信，大意是說：「不寫則已，既寫務必較其他報章雜誌為翔實。」既然允諾了下來，再也不能推辭了，幸而編者只要我撰記「經過」而不必有所批評。這似乎比較容易些吧！而且我也感到，我既然知道得較詳盡切實，那末我是更不能不盡此義務的。

赴站歡迎

周先生南來的消息，我們是早幾日就已經知道的，可是要到蘇州，却是出我們意料之外的。而陶亢德柳雨生兩先生在滬接到電報，也特地由上海連夜趕來蘇州會晤，實在更出我意料之外。可是，在周先生也許並不覺得意外，他是難得南來的，既已南來，趁此來蘇拜弔亡師章太炎先生之墓，却正是人之情，實在不能算意外，而周陶的交誼十餘年來未謀一面，這次有此機會，如何能夠不來一敘呢？而柳先生又是有親切的師友關係，來蘇一行，亦殊不容辭，只有我們外界人却有些納悶，在他們實在都是十分自然的。

話剛開頭，就嘮叨得遠了，廢話言歸正傳。

記得周先生蒞蘇那天，正是四月十日，搭的是中午十二時五十分的「天馬」來，事前知道的人很少，所以到站歡迎的只有我們這班報人，此外就是教育學院的學生和宣傳處代表。

陶柳兩公是九日晚抵蘇的，所以十日晨就先到江蘇日報來和我們一同出發，閒談了一會兒關於蘇州比事變前還要熱鬧一類的公話。看看時間將到，便分乘三輛汽車飛駛到車站，接着教院的學生整隊而入，橫排在月台上，車站上空氣，頓時緊張了起來，乘客們都以好奇的眼光來看我們，以為我們又是來接甚麼要人的出屁了，殊不知我們卻是來歡迎文化人的周作人先生。當然，其中也有的卻是來歡迎國府委員的周作人先生。

在火車站上接人的情緒，是「別是一般滋味在心頭」的，雖然時間不過短短的十幾分鐘，卻不容易耐了過去，心中總是在猜想這樣猜想那樣的胡猜亂想了一陣。

因為南京電報中並未得到周先生是坐那一班來，陶亢德先生就猜度的說：「時間快到了，會不會誤一個空呢？」「會不會臨時有所阻礙而不能來蘇呢？」這種心境我曾體味過的，愈盼望越是殷切的人，越會瞎猜一陣。

知堂老人在蘇蹤小影

自右至左第二人起，周作人（知堂），沈啓无，陶亢德，龍沐勛。

我記得，曾經有一次也是在這樣的焦灼的氣候下，到站來接我的一位愛人，那時心中似有萬千隻螞蟻在爬，瞎猜瞎想，結果車來人未來，又眼巴巴看着火車開走之後，頹然而歸，躺在床上痛哭了一會。

因此我推想，那天周先生如果不能來，陶先生雖不至於痛哭一陣，而失望的很惆悵情緒，倒也是怪難受的吧；幸而站中的鐘聲，嗚嗚而鳴，接着天馬車滾滾而　，終於周先生走下車來了，大家也就一擁　前，雖然不像圍明星一般圍得鐵桶一般緊，卻圍得那末親熱，愉快，在交換名片之下，得以一睹豐采了。

就這樣在月台上停留了好幾分鐘，才由陶亢德先生提醒了一下，想隨合拍一張照片，以留紀念。於是陶先生與周先生並排立着，接着沈啓无柳雨生龍沐勛烈汪正禾諸先生都站上去，一剎那間，留下了永久的紀念了。

當周先生走過教院學生隊伍時，拍的一聲，整齊的行列，向周先生一行人行了注目禮，我們一陣十來人跟在左右背後，實在有些威風凜凜的感覺，儼然若巡官在行檢閱禮，很有些幽默的意味。不知周先生以爲如何也。

此次同行的計有沈啓无先生和他的太太暨公子本子，以及國立北京大學文學院教授王古魯，國立北京師範大學教務課長蘇瑞成，國立北京大學理學院講師周豐一（周先生公子），此外由京特地陪同而來的有龍沐勛楊鴻烈二氏，由上海趕來陪陶柳二氏外，尚有一位中華日報特派記者楊樸兄。

石家飯店

周先生抵蘇的時間，恰好是十二時五十分，正是午餐的時候，我們已經有了預定的計劃，形同綁票的一擁而跳上汽車，不管三七二十一的直駛木瀆。幸而周先生却十分壯健，雖經過了幾百里火車勞頓，又接着來了三四十里長途汽車的顛簸，到了木瀆鎮上，還是闊步而進，毫無疲憊之態，使屏息的我輩十分汗顏。尤齿先生曾以此詢及先生，據說：「老年身體壯健，與少年時吃過點苦彷彿不無關係。」其然豈其然歟？但願先生之自爲經驗之談，亦聊足以慰我輩也。

石家飯店不特爲木瀆鎮上有名的唯一菜館，而蘇州的一般老饕，就常常特地跑到木瀆去飽餐一頓，甚至派車差到該店定菜送到城裏來吃的也大有其人。江蘇日報社長湯子元氏設宴於此，是頗有意思的，一則可以藉吃飯時間休息休息，以順便遊覽，同時也是要知堂老人一嘗該店特殊風味的菜肴也。

果然，我們在這山光明媚的酒樓上，嘗到了鮮美的佳味，席間觥籌交錯，談笑甚歡，其間尤以蝦仁紅燒豆腐一味，既香且嫩，不禁異口同聲的贊美起來，這時石老闆不知從那兒打聽來的消息，便派周先生爲中國有名的小說家，忙着磨墨洗筆，趕購宣紙，預備請先生大筆一揮，以便掛在大堂上，作爲吸引客人的宣傳品。老闆一聽到大家贊美豆腐聲，馬上高聲吩咐夥計再來兩盤，而且特地拉得更高的嗓子說：「這兩盤是不算錢的，不要記賬。」我們也就不客氣的說：「那末，我們吃石老闆的豆腐了。」於是大家又是哄然而笑，周先生亦微頷其首。石老板却供給了周先生題詩的題材了。

酒醉飯飽，賓主盡歡，適于右任先生的一首絕句，也引作談話的資料。其詩云：

「老桂花開天下香，看花走遍太湖旁，歸舟木瀆猶堪記，多謝石家鮑肺湯。」

下有註：十七年十月十五日鄧尉看桂歸，次木瀆酒後書贈石家飯館主人，于右任。字體還是那末古樸中帶清秀，益深得鑑碎之神話者。大家欣賞了一陣，因而問起「鲃肺湯」來，原來此湯須到秋令始行上市，只好悵然嘆無口福了。幸而第二盤的紅燒豆腐絲烘烘的端了上來，加以新開陳酒，飲得彼此都帶了幾分醉意。

飯後，果然周先生不負老圃殷勤之意，即席題詩，第一句就是套于右任的句子：「多謝石家豆腐羹。」接著又書：「得嘗南味慰離情，吾鄉亦有姒家菜，酒闌開時路未成。」懷鄉之情，躍然紙上。此外爲木瀆警署署長屈榮先生及陳君各題一詩。并錄於下：

生小東南解放牛，
水鄉林下任嬉遊。
廿年關在書房裏，
欲看山光不自由。

河水陸塘酒味酸，
鄉居況味不勝言。
閉門偶共閒談話，
窺見廚中黑一團。

言外之意，頗堪尋味，石家飯店這一桌宴，大家都很開心，大約就爲了並不是一般官場中宴會的緣故吧！其間以沈啓光陶先德兩位，興緻最濃，席終猶不肯放鬆，却在隔壁房間中貼酒暢敘。而周先生則靜坐在扶梯邊一個方桌上的一角，一隻手托住茶頭，微閉著兩目，陶然之態，使人想起苦茶庵中煞像的吸茶姿勢來，但眼角上却已微露出一些醉意了。

靈巖山上

大家從石家飯店中出來的時候，都已帶上了幾分醉意，在細雨濛濛中，踏著木瀆鎮上的石子路，飄飄然，更添上了一些詩情，及車抵靈巖山下，一遊不飛，山雨欲滴，而太湖洞庭，則沉浸在迷濛雨霧中，尤具詩意，精神爲之一爽。

由靈巖山脚直達山頂，頗有幾停路程，雖不足以云險阻，步履弱者，固亦不易攀登也。山脚有山轎子專供遊客坐乘，抬轎者均爲女子，斯亦一奇。很多人譏蘇州人弱不禁風，尤其是女子，睹此可知誣人太甚，蓋抬山轎子之少女，無不健步如飛，令人瞠然歎然，安敢生輕視之意耶？同行諸君，亦一致贊許，都覺得很新鮮的樣子。不過，有一點很是討人厭，她們爲了搶生意做，把客人當做攫取的目的物，拉拉扯扯，遊人委實有些吃勿消。

周先生等總算在警士們照顧下，獲免於被圍，其中最有趣的一幕，是中央社蘇州分社高主任，大約爲了個子並不太大，彼因五位女壯士登上了服，一擁上來就擁上擁子了，可是經過幾度爭奪戰，高主任在攏子上欲罷者再，無可奈何，只好步行跳下步行上山，前緣始告平靜無事。

寺前有許多地攤，專門出售木製的小玩具，知堂老人和陶柳二公都蹲在那兒選購，陶先生曾先內行請周先生不用著，他卻用蘇白和販者搭攤，結果買了杯子燭台酒杯各三件，計洋十圓，這是周先生預先請好每種要三件，以便帶回北京分給小孫。柳公卻買了一對圍棋盒子，笑迎迎地捧送給周先生，陶公開玩笑地說：「雨生，周先生是每種要三件，才夠配給。」他竟不問明原委，馬上又跑到攤前添購了一隻，這時周先生微笑着說：「雨生道人，做事十分認真，開不得玩笑。」

在寺前拍了好幾張照，然後入寺由知客引導，遊覽諸勝蹟，周先生在與玉非邊俳徊了半晌，知客則東指西指，念念有詞，使人目不暇給，我猜惟有以笑示意了。當先先生低聲對我說：「我們遊乔山也不自由了。」這是有原因而發的，因爲我們在東閣前面露台上大家正在留連中，知客卻一再催促我們喝茶，盛意雖可感，無奈不自由何！不過，這一天總算很難得的，適値印光大師的無數弟子來寺舉行大法會，集團念經，濟濟一堂，洋洋大觀，喃喃之聲，如雷貫耳。據云這是難逢的大典，我對周先生說：「這也佛家所謂的緣吧。」他啞爾而笑曰：「誠然」。蓋先生五十自壽詩中曾云：「前世出家今在家」，謂前生爲一和尚也。是日逢此盛會，亦不能不說是巧事了。尤其難得是，瞻仰了淨宗祖師印光大師遺像和舍利子，五色舍利花，五色舍利珠，以及舍利塔。參觀時須脫鞋入室，以示清潔莊嚴，大家也都肅然致敬，彼此寂靜無聲，周先生尤爲虔敬，而當先先生卻抄摘了許多題讚之類的文字，大約是預備做甚麼資料用的吧？觀後，最終到東閣前遠眺，山光水色，怡情快性，此卽太湖獅子山均隱約在望，柳雨生先生抱着平子，概歎「高處不勝寒」的詞句，好像有許多詩句要吟出來的樣子。

東閣內布置幽雅淨潔，和尚口中連說了十來遍：「這是主席住過的，這是主席住過的。」平日遊客所不易到的這些地方，是日差不多都遊到了，這不能不說是叨了周先生的光。

離巖歸來，周先生等一行人下榻於樂鄉飯店，時則雨意漸消，霽天轉色矣！

章墓與春在堂

周先生來蘇最主要的原因，就是爲了要拜弔先師章太炎先生之墓。際茲世風日薄，師道淪亡之時，此舉實是令人肅然起敬，且生無限感慨。

是日爲四月十一日，卽先生抵蘇之次日，約八時許，由省立圖書館長徐澂先生（亦太炎先生弟子）發起在吳苑愛竹居品茗，後赴錦帆路四十號半國學大師章太炎先生墓前拜弔。這裏破屋連比，荒草離離，差不多像貧民窟一般的地方，又略帶些鄉間的野趣，太炎先生的墓想不到就在這兒，更想不到章先生的墓前簡陋到僅一坯土堆，使人憮然欲泣。四周種植桑桃等樹，疏落約六七株，墓之四周爲一籬笆圍，傍有矮屋三兩間，頗具田家風味。墓爲長方形，約二丈長，四圍爲破磚所砌，高不及三尺，中間壘土堆積。墓中植一長方木頭，正面書「章太炎先生之墓」七字，背面寫着：「民國二十八年十一月赴部隊建立見將呼書」等十八字。後來問看墓的一位老頭子，才知道章先生靈柩本來是浮厝在這園子中，事變起家人均走散，後經友邦日本的部隊到此，特派兵士數十人來此爲章先生建立墳墓，這塊木頭就是那時立下來的。老頭子據他自己說是章先生的老用人，姓顏色的顏，名字是微游的游，天上雲的雲，跟章先生二十來年了，看下很有些依依之意。章先生一生骨鯁，弟子滿天下，想不到一不識字的老僕，猶能在此守墓，亦可慨歎！

周先生走到墓前時，深深的行了一鞠躬之禮。這一鞠躬和向印光大師像前的一鞠躬是截然不同的吧；那僅不過是表示虔敬之意而已，此一鞠躬，則於虔敬之餘，猶含無限悽愴的情緒。周先生默然者久之，在墓前留影後，即赴明瑞長寓次小憩，臨走還給了顏僕一百圓，囑他好好看守墳墓。從這一點上我們可以看到周先生也是極富情感的，他不願在墓前多所徘徊，大約是怕有所悵觸的緣故。是不是這樣我也不敢斷言，但在旁觀的人看來至少是有此感覺的吧。

旋又赴滄浪亭訪古，繼至護龍街各舊書鋪參觀。終於到馬醫科訪俞曲園先生故居「春在堂」。我想先生之所以訪此，與其說是爲了拜曲園老人之名，無寧說是因太炎的關係而更易聯想到俞太史來得密切些吧？

現在讓我順便把「春在堂」來記述一下吧：原來曲園老人於道光三十年（庚戌），舉禮部試，覆試保和殿，詩題爲：「淡煙疏雨落花天。」老人首句云：「花落春仍在」。爲曾滌生所賞，謂詠落花而無衰颯意，言於同閱卷諸公，置第一，覆試第一俗謂復元。後以春在堂名其全書，志知遇也。當我們走進馬醫科俞宅，前面是兩爿成衣鋪，已不像是讀書之處了。可是抬頭一看，李鴻章所題「德清俞太史著書之廬」橫額，赫然猶懸在那兒，一走進去，許多擱置木板的木架子，黑黝黝的排滿了已刻好的木版。當日曲園老人著書之勤，猶可想見。木架上貼有許多書目，殆爲坊間不易見者。我曾把它鈔了下來，現在就記在這裏，算是存一個「目」吧：其中除諸子平議，春在堂尺牘隨筆，曲園雜纂，較易見外，尚有湖樓筆談詩鈔，賓萌集，茶香室叢鈔，三鈔十九，庚齊錄，寒山草堂集，右台仙館筆記，第一樓叢書，經義模範，經義塾鈔，鈎沉室緒憶，印雪軒文鈔，詩鈔，讀三國志隨筆。我希望平伯先生能夠設法把這些木板保藏起來，否則就當設法捐贈什麼圖書館去，放置在架上，絕非是計。我想周先生此次北返，當亦談及此問題歟。

曲園在屋之第三進，地如曲尺故名，疊石鑿池，雜栽花木，內有回峯閣等勝，惟地太狹，略嫌窄小，周先生略一徘徊即行退出。蓋中午應救濟之宴，並須赴教育學院演講，實無法多所躭擱。我因此想到做一個名人或要人，忙煞吃煞，實在太苦了，未知周先生亦有斯感否。

知識的活用

周先生此次來蘇的本意，原是專誠拜弔太炎先生之喪的，可是一個人出了名，似乎便沒有了自由，教育學院汪院長，當然是不肯放鬆這個機會，極力的邀請先生到院演講。那天該院學生與青少年團，一個個專精注神的聽講，先生即用南方話講「知識的活用」，大部警惕而又帶勉勵的話。開頭就說：「值此時局動盪不定之際，一方面人民固遭遇極大之困難，然亦未始非人民加倍効勞之時。凡我人民，應負担一個半人之責任，以朝挽此危機，渡此難關。」接着就講到本題了。大意謂：

「諸位所學爲教育，負養成下一代中國優良國民之責任，深望諸君切勿推卸此重大責任」。

「自民國二十六年間，社會上之輿論均謂目前之大學畢業生毫無辦事能力，即一般中學生之程度，亦日益低落，不獨北方輿論如此，即南方亦然。此問題表面上觀之似甚重大，實則此即學生不能將學校中所授之學識作實際上之應用而已。祇須學生能活用其所有之學識，則此嚴重之教育問題即已解決。

「健全之國民，必須具有豐富之常識，然學生雖能將教授所授之學識，盡行强記心頭，若不能予以應用，則仍不能算是具有豐富的常識。例如中學生之學數學，並非僅爲學生將來升學時入數學系或理科之準備，其最大之目的，則爲訓練學生腦力之運用，使學生解決任何疑難問題。將來社會上困難之問題甚多，此項問題，雖與數學問題不同，然其解決困難之步驟，則完全相同也。普通之學生，對於數學多無興趣，在本人之心目中，此實一極大之損失耳。又一般人心目中之文法，以爲僅保學習外國語時所用，殊不知學習文法之另一用意，厥在訓練學生，使其一有系統有條理之頭腦，蓋外國語之應用，僅限於都市，而其受訓練之腦力，則隨時隨地均可應用也。至於博物方面，如生物學，植物學，地質學等等，更與吾等之人生觀有密切之關係，人生觀雖似塔尖，人各不同，照其建築之基礎，則同爲博物學耳。

「或有自西洋留學歸者，忽與人協議狐狸作祟之故事，彼固於生物學頗有研究者，然竟出此荒謬之議，豈非咄咄怪事。又有自西洋歸來之留學生，科目作隸升降殺之術，略知生理學者，均已識其荒謬，惟此留學生仍一試施行，不稍中輟，此即新舊學識未經調劑，不能統一之故也。

「國文與歷史，亦同樣如此。文字之相通意見，此爲人類獨能之活用，故對國文當有相當之修養，則斷難立身於社會。歷史則能使人得知過去國家民族發展與興亡之概況，故亦斷乎不可予以忽略也。

「諸君均爲將來之教育家，下一代之中國國民均將由諸君訓練養育，諸君之努力，可以挽回中國過去之失敗。」

我們從這兒可以看到先生是如何的循循善誘。說來句句不實無奇，而又句句深切不離本題。就學科上加以層層解釋，學生聞之尤易入耳，影響必更巨大矣。

是日回時許又遊虎邱，晚七時應中日文化協會蘇州分會之邀，至老義昌福菜館開歡讌會。這一天又是片刻不得休息，先生老而彌健，殆亦平日修養有素，有以致歟。

周先生於四月十日十二時抵蘇，十二日十時二十分離蘇，前後不及三天。在這匆匆之間，臨別的前夜，約八時半，周先生又應江蘇日報社長之邀，在新亞酒樓上喝茶，藉閒談爲設歡送之意。

兩日來是不容易聽到先生的談天說笑，我曾說過，先生對於生疏的人總是沉默寡言笑，可是當晚與二三知友在一道喝茶時却又竊竊而談了。今天似乎是例外，顯得十分酣暢，一些沒有拘束。而且吃了不少點心，一客雞球包，一客叉燒包，此外又來一客春卷，一客蛋糕，胃口實在很不錯，大有每件都要試試看樣子。紀果庵先生在知堂先生南來印象記一文中也曾說到：「先生似不會客氣，我們讓，便吃了。這亦可愛處，遠較岸然道貌爲天眞也。」我却更羨慕先生的健啖。是日先生並抽出爲江蘇日報與中央電訊社蘇分社題陶詩的小中堂。蘇分社的是：「前途當幾許，未知止泊處，古人惜寸陰，念此使人懼。」江蘇日報的是：「道狹草木長，夕露沾我衣，衣沾不足惜，但使願無違。」先生似乎很愛這首詩，去年不是也曾爲中央農場主人陳醉雲先生寫過此詩嗎？

這天先生也提到了自己的性情，說是人家以爲他冲淡閒適，實則脾氣是很燥急的，他又說如果我還是軍人，也許是個最會殺人的軍人。不過這些年來的修養，使自己能夠用理智控既住猜疑而已，然而我知道，我的脾氣還是硬的。

因此却使我想起了本刊創刊號中的「叛徒與隱士」一文，談到魯迅先生於叛徒的態度之外，却也存在隱逸的精神，既知堂老人於思想本身外憂及文章的境地，表面似乎是隱逸，骨子裏仍充溢著叛徒的精神。這批評是很確切的。但是我在這裏却要補充一點意思。我覺得不論叛徒抑隱逸，都是對罪惡的現實不肯妥協的結果。既不能爲叛徒，復不能入於隱逸，勢必至於向現實屈服，爲現實吞噬。惟有叛徒與隱士，一個是憤怒，一個是冷嘲，以不同的手段，對現實作兩面的攻擊與防守。此叛徒之所以常入於隱逸，而隱士之所以仍帶有叛抗精神者，其原因卽在對現實是一致的不妥協。同樣具有頑強之個性也。若論魯迅先生與知堂老人的不同點，我想用沈啓无先生的話就好了：「這一對弟兄，論貌，論文，論飯味，我覺得都眞是同胞手足，卽略有不同之處，如以酒來作譬，也只是魯迅先生是不加其他飲料的原本威士忌，而知堂翁則是攙了點荷蘭水的威士忌而已。」（見藥堂小記）

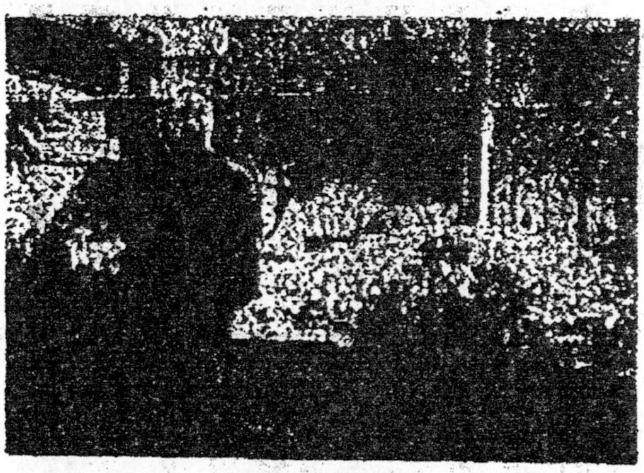

太炎墓前

尾巴

已經寫了不少了，本該就此閣筆；可是一想到陪同來蘇諸君，均爲當今名彥，不可不略有所記，亦仕丹綠裝之意耳。

沈啓无先生已經是一位中年人了，長袍馬褂，很有些生意人的樣子，戴著黑邊眼鏡，兩撇的鬍子，頗具古趣，雖然嘴巴閉了起來，仍是那末笑迷迷的，可是這笑的作風，與周先生却有些不同。周先生的笑，總似帶幾分諷刺的意味，嬌人腼腆，而沈先生則頗有幽默感。個子比周先生還要高些，却比較的瘦削得多。酒量似乎很不差，大有不辭之意。沈先生的爲人如何，初見我是不能輕易下言的，但也許因爲是初見緣故吧，却格外容易體味到他的爲人了。在靈巖下山之時，他偷偷地跟我說：「要弟兄們一百回紗罩，於是翻勢的意思吧！」我所以感動就感動在他的「偷偷的」舉動上，並不像時人用幾塊錢使排在口角上念念不忘者可比也。沈太太是位胖子，而且還是北方很有名的女作家。沈公子才六七歲光景，身體粗健，天眞活潑，滿口清脆的北京話聽來悟耳。我又想起可幾專的北京來，好像一個汚濁的人，到北京住上幾時便可以換上一副清高爽直的骨頭似的，這當然也許是我的偏見。

陶亢德先生，這是大家所知道的編輯專家，主編手創的雜誌刊物，不下十四五種，而且都編得很成功，說句陳舊話，編得有聲有色。事變前我曾以筆名投稿，大都蒙他取用，不意事變後，我的拙作又屢荷青睞。如今看了他「談雜誌」一文後才知道他原來對於取稿的態度，如此誠懇，如此寬容，循循善誘，實在可以我輩效法。可惜時下的編輯先生，大部有偶像崇拜的偏見，所以時下的雜誌能夠獲到「內容並不壞」的批評，實在太少了。我看了他那篇文章，却也覺得洋洋纚纚無地了。

話說得遠了應該扯回來。陶先生實在是我心中久遠的一位文化人，這次於無意中遇到，快慰生平。在來站歡迎周先生的時候，我老纏着他閒談，中間又談到編雜誌刊物的話，我仍提到幽默諷刺一類的話，他却頗感慨的說：「在這時代下，我看還是多選刊與日常生活有關的常識文章，換句話說，比較切實有用的文章，不妨多刊登些，倒可以給讀者一些實益。」這話實是十分肯切而近人情。

胡沐仙先生，近在古今中所刊的「官齋生涯過廿年」，對於自己的解剖，已經是十分詳盡了。但關於他的風度，却未提到。他實在是一個具有學者風度的人，圓子說的與沈先生相若。精神則十分飽滿，每出一言，尖細而銳，精而不散，這一點是比別人較異的地方。此次遊蘇，承贈與遊蘇歸途近作一絕云：「昨來飽喫石家飯，醉上靈巖最上層，擷取江南好山色，吸風扶夢到金陵。」清絕可誦，不愧爲近代吳瞿安後第一詞曲家也。

此外，如柳雨生楊鴻烈諸君，及王古魯周黎庵諸先生，因爲篇幅所限，不及備述了。

贈

雷萊作　心畔譯

當柔和的歌聲消沉，
餘音在記憶裏顫動；
撲鼻的陶香永令人陶醉，
甜蜜的紫羅蘭早已憔悴。

玫瑰謝了，戀人堆積
殘葉作愛者的枕席；
我的愛也將在你思念中
熟睡，雖然我的懷抱已空。

從林庚白想到南社

周越然

不久之前，大兒祉民在朋友家中發現林庚白的著作——詩集一册及日記數册——都是未刻手稿。他借來給我看。我粗粗翻閱，見詩有極雅者，記有極奇者：本擬鈔錄數十行於此，以表現他的文字，後想那兩種稿本，都是他人的「財產」，未得允許，不敢冒昧。庚白的詩，從前常在各雜誌中發表，本刊曾登載，想已見過。他的日記，雖然沒有刊行，然所記的無非會朋友，吃館子，發牢騷，寫情書種種「鬼混」而已（「鬼混」二字是庚白自己的用語）。但幾幾乎每日總有一句妙語，就是「夜渺嬰」三字。她是女性，不知何姓，也不知那一位女士的閨名。……我渴意要曉得庚白一生的事蹟，但眞是難找。「中國人名字典」，專收死人（古人），當然沒有庚白之名，就是「中國新文學大系」的「史料索引」，也沒有的姓氏。後來想到柳亞子的「南社紀略」，果然在二百三十三頁有「林學衡，字浚南，號愚公，別號庚白，福建閩侯人219」一條，又在九十四頁有「林庚白，原名學衡，字浚南，一字衆難，別號愚公，今以庚白行，福建閩侯人，中國同盟會會員，現任立法院立法委員」一條。我甚覺得意……

寫至此，適會親希平兄來訪。我問他，「你知道林庚白一生的事蹟麼？」他立刻答道，「林庚白，名學衡\字衆難，福建省閩侯縣人，一八九六年生。北京大學卒業，中國大學講文學者談論教授，歷任衆議院秘書長。國學造詣極深，後傾向左翼。所著有「庚白詩存」，「走那一條路」，「赤裸裸的我」，「王女士」，「人鑑」等書。一九四一年底死于香港」。

關于庚白的事蹟，恐怕這是最完備的「報道」了。希平兄智識既富，記心又强，眞是國內的學問家呀！

希平兄走後，我又翻閱「南社紀略」，見二百三十二頁有「周越然，原名之彥，字越然，浙江吳興人448」一條，知道我自己也曾做過南社社員。當時南社「……以研究文學，提倡氣節爲宗旨。」文學氣節……我眞慚愧！

南社成立于清宣統元年（公曆一九〇九年），第一次雅集到者十七人，其中有同盟會會員十四人，可見革命空氣的濃厚。南社的「魂靈」是東南大詩人，大文豪柳亞子。亞子先生近來不作詩文，不作文言，改寫白話。他在紀略一百二十三頁上說道：

「新文化運動發現之初，文言和白話的爭論，盛極一時。我最初抱着中國文學界傳統的觀念，對于白話文，也熱烈的反對過；中間抱持放任主義，想置之不論不議之列。最後覺得做白話文的人，所懷抱的主張，都和我相合，而做文言文去攻擊白話文的，却和我主張太遠了。于是我就漸漸地傾向到白話文一方面來。同時我覺得用文言文發表新思想，很感困難；恍然于新工具的必要，我便完全加入新文化運動。」

這是亞子先生改寫白話文的原因，也就是他革命的精神。但他終究是文言專家。我在購得的「南社紀略」中間，發現夾藏著亞子先生遺下的手稿兩紙，都用的文言。

這不是文言麼？亞子先生雖不因書法著名，但他的筆法很好。我把他的原稿影印數行出來罷：

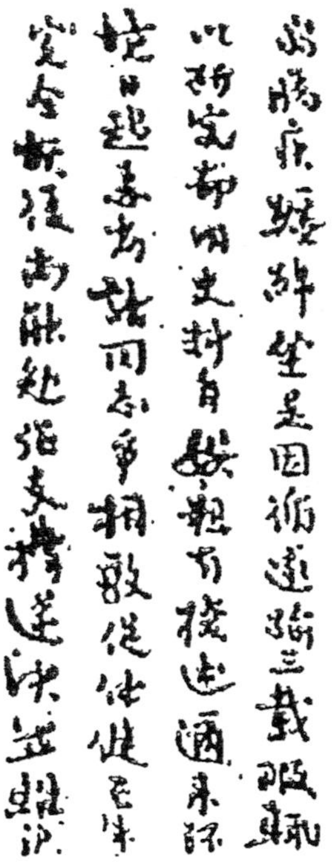

上稿大概寫于他離開上海之前。亞子先生的神經衰弱，從民十六年就開始了。他自己說，「……在短時期中間，神經興奮，像火一般的狂熱，什麼事情都高興做，並且一天能寫幾千言的白話文和幾十首舊體詩。而在長時期中間却神經麻木，像冰一般的冷，甚麼事情都不高興做，並且不論詩和文章一個字都寫不出來。」（見『南社紀略』一八〇頁）。

我談南社，竟把林庚白丟了。然而不丟也不可；除了柳亞子的『南社紀略』和鄭逸梅的『自由談道』外，我全然找不到材料。不過關于庚白的死亡，滬上有一種傳說。讓我把牠寫出來：

庚白精于命理。他推算自己的八字，知道在民國三十年必遭兵災。他又推算他夫人的八字，知道絕無危險。他們當時在重慶，常有被炸之虞。他怕死，所以千方百計地跑到香港。等到十二月八日發生戰爭，他自知必死。然而事實却與相反；他與他的夫人，居然安安穩穩的度過了。他以爲那是夫人命好；他要夫人的福，所以不死。他們在戰爭中，同坐並行，形影不離。

戰爭告一終結之後，他們倆常在近處散步。一日傍晚，夫婦兩人行至街角時，忽聽得『拿買來』的嚴辭。這是停止令。他們不懂；他的夫人先奔了。士兵疑爲奸細，開了一鎗，當場殞命。庚白自己也奔了。士兵又開一鎗；他中鎗而死。

上面的故事，出于滬上某名公之口，想必可靠。

寄別

沈啓无

有口不能言，
有耳不能聽，
我彷彿是一個孤獨的旅人。
然而我眼睛看見的
是你們一腔狂熱的感情，
八百萬人海的市，
滿街遑遑如浮蟻。
你們的精神永久是年青的嗎？
大氣壓之下安放着可愛的幽靜，
花園裏的菊正開，
遠行客偷得片時的休憩。
歸去的詩人若是倦鳥投林，
請為現世歌出一片天籟。
明朝我將會見我所想見的
不相識的朋友，
深夜我寫下我的紀念詩句。

借火

伯羽

因為在路上拾得一些歌，
沉重得不能過河；
所以我才把路途耽誤，
闖進了你的寨。
為夜色已經很厚，
我問你借個燈火；
你遙指東南方的山坡。
說月亮帶着火在走。
但等我走到時候，
月兒早已登上了雲頭；
它在雲背裏開那微笑的口，
告訴我西北的邊際有星斗。

于是我又闖到海口，
但星斗只在那兒顫抖，
說它們的火光被流螢所偷，
所以它們自己都帶着憂愁。
但是，夜色儘管很厚，
終沒有燃出半點螢火；
于是我就在青草岸邊織歌，
揚起了我的音喉！
但是，那只歌叫來了鬼火，
叫我不要在樹下多坐，
它引導我慢慢走，
終於走進了黝黑的墳墓！

唐五代歌詞四論

葉夢雨

（一）

詞興起於唐代，後世談詞之起原者，為說不一。

（甲）詞有長短句之稱（例如宋秦觀詞集名淮海居士長短句），句式長短不齊，論者謂此體始於詩經，乃持詞源出三百篇之說，如蘭閒閒話（據詞苑叢談卷一引）云：

詞果有合于詩乎，曰：按其調而知之也。殷其靁之詩曰．殷其靁，在南山之陽，此三五言調也。魚麗之詩曰，魚麗于罶、鱨鯊，此二四言調也。還之詩曰，遭我乎峱之間兮，並驅從兩肩兮，此六七言調也。江汜之詩曰，不我以，不我以，此疊句調也。東山之詩曰，我來自東，零雨其濛，鸛鳴於垤，婦歎於室，此換韻調也。行露之詩曰，厭浥行露，其二章曰誰謂雀無角，此換頭調也。凡此煩促相宣，短長互用，以啓後人協律之原，豈非三百篇實祖禰說。

此說謬說，不值一駁，詩經與詞，皆屬歌唱之辭，形式相類，原無足異。詩經以後，歷代出現之歌辭，句式長短不一者甚多，豈可謂其皆源出於三百篇而不必深究乎。

（乙）詞有樂府之稱（例如宋賀鑄詞集名東山樂府），為入樂之歌篇，論者依之，謂詞源出於南北朝樂府，例之最顯著者，有梁武帝江南弄鮑照梅花落等篇（注一）：

江南弄七首錄一　　梁武帝

衆花雜色滿上林，舒芳耀綠垂輕陰，連手躞蹀舞春心，舞春心，臨歲腴，中人望，獨踟躕。

梅花落　　鮑照

中庭雜樹多，偏為梅咨嗟，問君何獨然，念其霜中能作花，露中能作實，搖落春風媚春日，念爾零落逐寒風，徒有霜花無霜實。

此類樂府，聲情韻味，與詞固屬相近，然若逕謂詞即濫觴於茲，吾人殊難遽信，原詞之興於晚唐五代，溫庭筠時作者始多，上距陳隋，約二百餘年，中間作者甚少（注二），詞果源起於陳隋以前，何故經二三百年而不為人所注意致令之中斷歟。依此情形，梁武鮑照諸人之作，吾人至多只能認為詞之前身，不得謂係詞之遠祖也。

（丙）詞有詩餘之稱（例如宋張鎡詞集名南湖詩餘），論者因之，謂唐世有唱詩之風，宋爭唱詞，詞實由詩蛻變而成。

（例一）張志和漁歌子即七絕，惟於第三句減一字化作三言二句：

西塞山前白鷺飛，桃花流水鱖魚肥，青箬笠，綠簑衣，斜風細雨不須歸。

（例二）劉禹錫瀟湘神，亦七絕，惟於第一句減一字化作三言二句：

斑竹枝，斑竹枝，淚痕點點寄相思，楚客欲聽瑤瑟怨，瀟湘深夜月明時。

依據此說，破詩為詞，詩詞接軌，詞之興起與唱詩之時代相接（注三）前說之缺點得以彌補焉，惟細按之，亦未當也，請舉晉宮，先說唱詩。

（注一）尚有沈約六憶詩等皆為南北朝時樂府調。又相傳宋齊人作休洗紅二首係出明人楊慎偽託，說明馮舒詩紀匡謬。

（注二）歷代詩餘諸書所錄隋及盛唐人詞如隋煬帝望江南，侯夫人看梅曲，楊太眞阿那曲，唐明皇好時光，李太白桂殿秋，連理枝，清平樂，菩薩蠻，

（注三）胡仔苕溪漁隱叢話曰唐初歌曲，多是五七言詩。

（二）

采詩入樂與唱詩　史稱漢武帝時立樂府，采詩夜誦，有趙代秦楚之謳，以李延年為協律都尉，多舉司馬相如等數十人造為詩賦。自後歷代創製樂章，皆由文人作辭樂師協律，分途進行，歌辭曲折（注一）文士未諳，文辭高下樂師難明，因是文人局辭於先，而後樂師采之入樂。為協律故，有時不得不加以更改，甚至文義舛訛，亦所不計，試取樂府詩集與宋書樂志比勘讀之，此中消息，不難參透。例如——

（甲）曹植箜篌引　樂志作野田黃雀行，字句全同。

（乙）曹操苦寒行　文句雖同，而樂章增添複疊。

（丙）曹植七哀　原作十六句，樂志作明月，增添字句，改為七解廿八句。

（丁）古詩十九首之「生年不滿百」　樂志作西門，增句分解，有複疊，復顛倒原辭。

文人造詩，未必皆作入樂準備，樂師取以協律不得不將上述複疊增句分解顛倒原辭諸公式而加以改動，事至顯也。唐世教坊亦借時人近體詩入樂，近體詩格律僅有數式，豈可協入各體不同之聲調曲調，試一絕句而可以不同曲調唱之，則當協律時實

詩之遭修改，殆為勢所難免。例如王維七絕：

渭城朝雨浥輕塵，客舍青青柳色新，勸君更進一杯酒，西出陽關無故人。

調作陽關三疊，唐人詩有「相逢且莫推辭醉，聽唱陽關第四聲」句，第四聲係指「勸君更進一杯酒」句說，乃王詩之第三句，原詩爲第三句，唱時成第四聲，原詩在唱時之遭更變，抑可知矣。更觀宋人所傳古陽關詞則與原詩更遠：

渭城朝雨，一霎浥輕塵。更灑遍，客舍青青，弄柔凝翠千縷柳色新，更灑遍，客舍青青千縷柳色新。　休煩惱，勸君更進一杯酒。人生會少，自古富貴功名有定分。莫遣容儀瘦損。休煩惱，勸君更進一杯酒，只恐怕西出陽關，舊遊如夢，眼前無故人。只恐怕西出陽關，眼前無故人。

唐世文人作詩，只求「入腔」而已，既無曲調可言，文士於寫詩時，僅按詩之格律為之，求合入腔之音節，初未計及歌唱之曲調，教坊借詩入樂，有時乃不得不打破其五七言之整齊格式。詞則異是，作者首先應知曲調爲何，方可依調爲之。故詩，謳謠之物也，詞，歌唱之詩也，詞入樂而詩未必入樂，采借謳謠之詩，改協曲調，非出於文人寫詩時之計劃，整齊之五七言詩與長短句之詞大別在是。論者謂由詩蛻變而後成詞，是亦疏略二者之音樂關係也已。

綜上三說，曲詞之名稱不同而據皆其淵源所自，雖盡顧名思義之能事，殊難切理饜心，其失皆在重視形式。

倚聲與填詞。　唐世詩盛而詞亦生，惜是時人以爲詞之發生，與詩了無干涉，就形式言，詞句有與詩句相同者偶合之事耳，就寫作態度言，詞實起於作法上之革命，詞乃倚聲而作與寫詩異。是以後世稱寫詞爲倚聲之學，南宋陸游言「唐自大中後有倚聲作詞者」，考唐劉禹錫傳稱謫官朗州，州夷每祠歌竹枝鼓吹，禹錫倚其聲作竹枝詞十餘首，倚聲字始此。且劉禹錫和白居易春詞題序云「和白樂天春詞依憶江南曲拍爲句，」「依曲拍爲句」即倚聲也，所重在聲之曲拍而句法長短依之。唐書稱溫庭筠能「逐絃吹之聲，爲側艷之詞」，倚聲者即逐絃吹之聲，聲爲詞所依據，故宋人工詞曲者稱「聲家」一曰「聲黨」（說見碧雞漫志）。詞乃隨聲寫成，如梁溪漫志載：

李端叔謂東坡在中山，歌者欲試東坡倉卒之才，於其側歌戚氏，坡笑而頷之，邂逅方論穆天子事，頗摘其虛誕，遂資以應之，隨聲隨寫，歌竟，才點定五六字，隨聲擊節，終席不聞他詞。（梁溪漫志錄以爲蘇氏此作殆是教坊倡優所爲。按此作之真僞問題姑置不論，惟此敘述當爲隨聲寫詞情形，似爲當時習見之事。）

隨聲寫詞點定後，即可付之歌喉，與改詩入樂之更動原作，迥不伴奏。

詞初原係依聲而作，同一曲調而句式之長短字數之多少，並無一定，殆因粗略依聲填詞，一聲或填一字或填數字。初無標準，唐五代時詞初流行未有定型，此初期倚聲填詞時不可免避之現象也。如上舉憶江南詞劉禹錫所為：

春去也，多謝洛陽人，弱柳從風疑舉袂，叢蘭浥露似沾巾，獨坐亦含嚬。

為三五七七五句法，而上虞羅氏藏唐寫本春秋後語紙背錄寫此調，則作三六七七五句法：

天上月，遙望似一團銀，夜久更闌風漸緊，以（元注為）奴吹散月邊雲，照見附（元注負）心人。

有時即同一人作同一調，字數亦無定制，如牛希濟生查子二首之下半段起句，一作「語已多，情未了，回首猶重道」為三三五句法，一作「終日劈桃穰，人在心兒裏」為五五句法。又溫庭筠之酒泉子與司空圖所作互異，茲錄原詞並表明其句法之不同如下：

作者	原詞	句法
溫庭筠	日映紗窗金鴨小屏山碧 故鄉春煙靄隔背蘭紅 宿妝惆悵倚高閣千里雲 影薄草初齊花落燕雙飛	46333 75333
韋莊	買得杏花十載歸來方始拆 假山西畔藥闌東滿枝紅 旋開旋落旋成空白髮多情 人更惜黃昏把酒祝東風且 從容	4773 7773

此種未定型詞，字數互異，在敦煌集雜曲子唐五代人詞中，為例甚多。降及北宋，柳永初為長調慢詞，其樂章集中，亦多此種情形，方始倚聲而作，並無準則，有以致之然也。流傳既廣，寫作者多，積習相仍，約定俗成，字句漸趨一致，不得稍事增減，於是由粗略倚聲填詞漸變而為嚴格的按腔填詞，詞乃漸成定型矣。如南宋朱熹稱述填詞為「逐一聲填一實字，」字有定限，此南宋嚴格填詞之現象，非唐五代粗略倚聲之現象也。南宋作樂府指迷之沈伯時亦謂「癸卯識夢窗時，暇日相與倡酬，率多填詞，因講論作詞之法。」南宋以還，每況愈下，進復按譜填詞，詞遂脫離其生命線—音樂，成為目治文學，浸假而為少數文人案頭之專利品，由定型而趨僵化矣。回溯唐五代詞初興時不如是也，流傳於歌兒舞女之口中，為大衆所共賞，原為一種耳治文學（宋初人言有井水處都能唱柳三變詞，此本為詞尚耳治之一說。）職是之故，詞易流傳久遠，或致主名混淆莫辨。

漫叟詩話云：楊元素作本事曲記洞仙歌：冰肌玉骨，自清涼無汗，水殿風來暗香滿。繡簾開，一點明月窺人，人未寢，欹枕釵橫鬢亂。起來攜素手，庭戶無聲，時見疏星渡河漢。試問夜如何，夜已三更，金波淡，玉繩低轉。但屈指西風幾時來，又不道流年暗中偷換。蜀帥有老尼能誦後主詩首章兩句，後人為足其意以填其詞。予嘗見一士人誦全篇云：冰肌玉骨清無汗，水殿風來暗香滿。簾開明月獨窺人，欹枕釵橫雲鬢亂。起來瓊戶悄無聲，時見疏星度河漢。屈指西風幾時來，只恐流年暗中換。東坡序云：僕七歲時，見眉州老尼，姓朱，忘其名，年九十餘，自言嘗隨其師入蜀主孟昶宮中，一日大熱，主與花蕊夫人夜起避暑摩訶池上，朱具能記，今四十年，朱已死矣，人無知此詞者，獨記其首兩句云，冰肌玉骨，自清涼無汗。暇日尋味，豈洞仙歌乎，乃為足之。

又白雨齋詞話卷一云：

蝶戀花四章，古今絕構，詞選本李易安詞序指庭院深深一章為歐陽公作。他本亦多作永叔詞，惟詞綜獨云馮延巳作。

右例皆為說明詞為非治文學遂易失傳誤之佳例也。由倚聲到填詞之轉變，皆為詞成定型之重要關鍵，正可說明詞由非治文學到自治文學之變遷。

（註一）漢書藝文志載有河南周歌詩聲曲折，周謠歌詩聲曲折，蓋指樂師傳習歌詩雜合之樂歌也。

（三）

四詞之普與從如之詞　述詞之風尚，盛行於唐代天寶以後，其前雖已有之，未分治習成風也。其故何歟，此為一亟待解答之問題。

溯自漢武帝創置樂府以還，歷代歌辭之製作，皆由國家設立音樂官署（在漢為樂府，在唐為教坊）專掌之，俾能將事，視等典要，分別自文士造辭樂師協律，不敢輕為妄改，有雅樂存。逮及唐代天寶兵興樂署失職而情形稍異矣。劉賓客蔣氏武陵集紀云：

兵興已還，右武尚功，公卿大夫，以憂濟為任，不暇器人於文什之間，故其風寢息，樂府協律不能足，（元注去聲）新詞以度曲，夜諷之職，寂寥無紀。

況周頤蕙風詞話引此而為之釋曰「夜諷字甚新，殆即新詞度曲之謂，劉川入文必有所本」。按夜諷即漢武立樂府采詩夜誦之義（夜誦可作聞誦解），並不新奇。況疑即係新詞度曲之類詳錄說。劉文原謂「樂府協律不能足」乃「新詞以度曲」，遂致「夜諷之職寂寥無紀」。夜諷為舊制，新詞度曲為新法，劉文原意甚明。殆丁兵興戰亂之會，雅樂失墜，新詞度曲之法方得見重於時，流行朝野蔚成風氣矣。惟新調度曲，原流行民間，未歇閭巷之音，如劉禹錫竹枝序稱見「里中小兒聯歌竹枝，吹短笛，擊鼓以赴節，歌者揚袂睢舞」而仿效作。遷客騷人，失意無俚，每聞閭巷之音，觸景興會，偶爾嘗試，涉筆成趣，出之遊戲態度。

凡此寫作倣傚閭里之音，有一特色，即皆諧隱語是也。如「楊柳青青江水平，聞郎岸上踏歌聲，東邊日出西邊雨，道是無晴還有晴」。如「不是厨中串，爭知炙裏心，井邊銀釧落，展轉恨還深」。「不信長相憶，抬頭問取天，風吹荷葉動，無夜不摇蓮」（注一）「一尺深紅蒙麴塵，舊物天生如此新，合懽桃核終堪恨，裏許元來別有人」。（注二）「新月曲如眉，未有團圓意，紅豆不堪看，滿眼相思淚。終日劈桃穰，人在心兒裏，兩朵隔牆花，早晚成連理」。（注三）皆其例也。情語俚曲本色，魏晉南北朝樂府中亦有之，然在南北朝做俚曲而成小樂府，在唐五代做俚曲而成詞，抑有由焉。晚唐五代教坊官妓盛興，筵席侑酒，多滿清歌，於是伶工娼妓之詞流行一時，而坊曲狎客每喜代製新詞（注四），如溫庭筠好遊狹邪士行塵雜，所作諸詞，以女性之口吻，寫女性之情感，與當時坊雜曲子初無二致，當爲俳優歌唱之作，前人說飛卿詞，不見有飛卿出現，因知溫詞爲歌妓「假手」（注五）代之作詞。花間集序所謂「詩客曲子詞自南朝之宮體扇北里之倡風」者，即指此類坊曲狎客之詞也。而溫飛卿之菩薩蠻多首，竟由令狐綯進呈於唐宣宗。北夢瑣言又稱唐崔昭緯每入朝，弄笏而行，旁若無人。又好唱浣溪沙詞。則是民間新詞已爲中朝人士所愛好，而見重於當時得登大雅之堂矣。

（注一）此爲裴誠南歌子，見雲溪友議。

（注二）此爲溫岐添聲楊柳枝　亦見雲溪友議。

（注三）此爲牛希濟生查子。

（注四）避暑錄話稱柳永「爲舉子時，多遊狹邪，樂工每得新腔必求爲詞。是亦狎客之詞也。

（注五）溫少年時嘗爲舉子假手，以文爲貨，屢黜場屋。

筵席打令與令詞之發生　　詞之盛行，由於歌妓侑酒當筵唱詞，此爲人所共喻之事。惟唐五代人所作率爲短闋令詞，令詞緣何得名而興起於唐代耶。余嘗作唐人打令考一文（注一）對此問題，提供新解，多所闡證，已蒙同治斯學者加以注意矣。蓋唐俗宴會於筵席間常行打令，召倡優歌舞侑酒，如盧氏雜說載：（注二）

洛中舉人某備遇之甚厚，宴飲既頻，與酒糺（注三）諧戲頗洽，一日告辭，備厚以金帛贐行，復開筵送別，因暗留絕句與酒糺曰：少插花枝少下籌，須防女伴妒風流，坐中若打占相令，除却尚書莫點頭。因設舞曲進詩，備取覽之云云。

此詩言飲席打令由歌妓爲之也。又王氏見聞錄云（注四）：

封舜卿至全州，全宗朝致筵于公署，封蒙輕之，（中略）及執斝索令曰麥秀兩岐，伶人愕然相顧，未嘗聞之，且以他曲相同者代之，封擲手曰不可，又曰麥秀兩岐，復無措手，主人恥而復杖其樂將，停盞移時遍邀諸在手，又曰麥秀兩岐，既不獲之，呼伶人前曰，汝雖山民，亦合聞大朝音律乎。（中略）至漢中伶人已知全州事，憂之，及飲會，又曰麥秀兩岐，亦如全之筵，三呼不能應，樂將王新殿前曰，略乞侍郎唱一遍，封唱之未遍，已入樂工之指下矣，由是大喜，吹此曲諸席不易云云。

此係席間索令命優伶爲之。優伶行令手作拋打之勢，故稱爲拋打令，後遂稱拋令，或稱打令（注五）。打令例須作以舞歌，雲謠集雜曲子云「纖手令行勻翠柳，素咽歌發繞雕梁」可證也。據雲溪友議云：

裴諴溫岐，好作歌曲，迄今飲席多是其詞焉。

二人又爲新添聲楊柳枝詞，飲筵競唱其詞而打令也。

是當時筵席打令唱詞，流行甚盛，文士亦常爲賦詞，以爲打令歌唱之用，遂名令詞，是令詞者蓋爲打令而作，衡波樓志詞稱詞曲曰「詞令」也。唐五代時娼妓多詩歌之亦稱「歌令」，蓋雲謠集雜曲子云「善別宮商，能調絲竹，歌令尖新」。北里志稱「天水仙哥，能歌令」。又言「有俞家子，謳陷其中，初教之歌令」。皆是其證。

何光遠鑒誡錄載李宣古詩曰：「爭奈夜深拋耍令，舞來挼去使人勞」，朱子語類亦言「唐人俗舞謂之打令」，則打令時必舞，所歌令詞，實爲舞蹈之詞，證諸今日發現之唐寫本敦煌舞譜（注六）列遐方怨南鄉子南歌子雙燕兒浣溪沙六調，並紀其舞節身段，凡有令送舞挼揖存約頭拽招等語十三目，益明驗矣。打令必舞，如上引李詩所言手拋耍令，殆即用以送拍。輟耕錄市肆記小經紀條，記所賣物品中，有耍令鼓令之目，與諸樂器列爲一類，是耍令確爲樂器無疑，惟其形製如何，此爲吾人急需深切研討者。我拃情詩（注七）載：

唐盧士周斷，與從事歡飲而昧於令章，筵中皆戲之，有賓從嘲詩曰：龍津掉尾十年勢，登價當時門月高，唯有紅粧迴舞手，似持雙刃向猿猴。周答曰：十載文場敢憚勞，朱部迴頭正風高，今朝甘被花枝笑，任道樽前愛縛猴。

打令具有競技，名曰令章（注八），周昧於令章，故筵中戲弄之，賓從嘲周之詩，描述「紅粧」「打舞手」戲周之狀曰「似持雙刃向猿猴」，當謂歌妓打令時手持拋打之耍令，形類刀刃也。（吾人居今，尚見有說大鼓書者，手執鐵板二片，形如月牙，再類刀刃，惡令或亦此類之物歟。）據此詩唐人但以指定惡令爲二片形如刀刃之物，其實爲鐵（宋人曾有及關西大漢執鐵綽板唱大江東去，綽板亦爲鐵質）拋打時撥殼作聲以應節拍。且觀則之答詩「令側背敲花枝笑，怪道尊前愛縛綵」則深一「綵」字，似歌妓打令時手尙撥綵，李古宜鞫鼓詩有「綵纈拋令急」句（注九）即有用綵構拋此帶也。又溫庭筠後池泛舟送王十秀才詩云：「綠日晚悠悠，艷歌八勢遊。夕風翻度曲，嬌鬟繞行舟。間拍疑新令，憐香占綵毬。當筵雖一醉，寧復縷離愁」。據此詩知令與拍有密切關係，打令殆即用以趁拍。且同時偏有綵毬，歌妓手擲之帶成節奏絡此綵毬之帶也。

吾人於令，既知令同爲打令之歌詞，惡令爲打令之樂器，敦煌殘譜爲打令所用之譜，並知略悉唐五代時歌舞令詞之音節身段及所用惡令之形質，淘堪引以爲快之事也。

（注一）唐人打令考由北京大學文科研究所列入北大四十週年紀念論文集刊布之，段作繁徵，茲不具引。

（注二）據太平廣記二七三卷引。

（注三）歌鼓於席間常充濫亂，杜牧有鞫酒亂鼓詩。

（注四）據太平廣記卷二五七引。

（注五）李古宜鞫鼓詩云：「綵纈拋令急，長鞫出歌遲」。醉寫拋令。白居易詩云：「打嫌調笑易」，（亦打頭笑令事其易也），則惟言打。

（注六）敦煌殘譜藏巴黎國家圖書館，劉半農師曾錄歸國，列入敦煌掇瑣中。

（注七）據太平廣記卷二五七引。

（注八）另詳拙作唐人打令考。

（注九）李宜古錄鞫鼓詩，引見雲谿友議，原詩亦載全唐詩。

（四）

舞曲聯歌與詞中之換韻　　唐人歌詞，簡短如竹枝楊柳枝者，亦爲舞曲而非徒歌（注一）。今日殘存之敦煌舞譜，所載皆方盛南歌子南鄉子雙燕兒浣溪沙鳳歸雲，皆爲唐五代時流行之調，皆舞曲也。因此吾人以爲當時通行諸調，當亦類此，同屬舞曲。茲姑就換韻頻數之菩薩蠻及體式參致之河傳，作爲例證一申述之。

菩薩蠻——據唐會要記載，咸通中李可及于國安寺舉行菩薩蠻舞，則菩薩蠻亦爲舞曲。前舞曲如上引劉禹錫竹枝詞序「小兒聯歌竹枝，揚袂睢舞」云云，有由多人聯歌而非一人單唱者，試觀菩薩蠻詞僅八句而四換韻，例如：

小山重疊金明滅，鬢雲欲度香腮雪，懶起畫蛾眉，弄妝梳洗遲。照花前後鏡，花面交相映，新貼繡羅襦，雙雙金鷓鴣。

若菩薩蠻即作菩薩蠻，起首兩句仄韻，換兩句平韻，又轉換兩句仄韻，末換兩句平韻。若由一人單唱，每兩句即轉平仄之韻，勢必「扭折嗓子」，難以諧協，此殆由多人聯歌之耳。詞中之有換韻即聯歌輪唱之遺跡也。

河傳——唐五代人所作此調，體式紛多，茲將溫庭筠作一首，顧敻作二首，韋莊作二首，孫光憲作二首，張泌作二首，列表標舉如下：

作者	起句	句法（與聲韻關係，平仄韻記略去）	
溫庭筠	湖上閑望	2 2 3 6 7 2 5	7 3 5 3 3 2 5
顧敻	燕颺晴景	2 2 4 4 7 2 5	7 3 5 3 3 2 5
	棹舉舟去	2 2 4 4 7 2 5	7 3 5 3 3 2 5
韋莊	去去何處	2 2 4 4 4 6 5	7 3 6 8 5 3
	春晚風暖	2 3 4 4 4 6 5	7 3 5 6 4 3
孫光憲	花落煙薄	2 2 4 4 7 2 5	7 3 5 3 3 2 5
	風颭波斂	2 2 4 4 4 6 5	7 3 5 3 3 2 5
張泌	渺莽雲水	2 2 4 4 4 4 5	7 3 5 6 5
	紅杏交枝	6 4 7 2 3	7 3 5 7 2 5

當時還是寫詞，字句多少，未必一致。然則河傳既出自舞曲，至於新舞，實是甚盛者也。據北夢瑣言記載，知當時有十二人舞河傳一曲之制，是河傳亦爲舞曲，詞中換韻之處，亦爲多人聯歌之痕跡。此曲既由十二人歌舞之，則此曲先後必分多遍，各遍節拍，未必盡同，作詞者各取其中一遍，遂譜寫詞，遂致如是之紛歧糅出也。

（注一）劉禹錫竹枝詞序言竹枝爲舞曲。白居易詩有「兩枝楊柳小樓中，嫋娜多年伴醉翁」之句，乃贈舞楊枝妓之詩也。

和聲與泛聲　唐五代時唱詞有聯歌之法，上文已說明之矣。此外尚有人須注意者，即當時唱詞常有和聲一事也。後世論詞之士，常將和聲與泛聲並舉，以爲詞之形成長短句者，皆由和聲泛聲之故，如全唐詩注曰：「唐人樂府，元是律絕等詩，雜和聲歌之，自截調失傳，遂并和聲亦作實字矣。」苕溪漁隱叢話曰：「唐初歌曲多小詩五言七言絕句，必須雜以散聲乃可歌耳。」但詞句節奏而曲調未必整齊，中間常有餘音，於是唱者歌唱之，將餘音填作泛聲，若再此泛聲皆填作實字，而詞句自長短不齊矣。然和聲實與泛聲有別，當時唱詞既由多人聯歌，或由多人作和聲，和聲非歌者自和，乃他人從旁和之耳，例如孫光憲之竹枝：

門前春水（竹枝）白蘋花（女兒），岸上無人（竹枝）小艇斜（女兒），商女經過（竹枝）江欲暮（女兒），散拋殘食（竹枝）飼神鴉（女兒）。

詞中「竹枝」「女兒」皆和聲，歌者唱此七言四句時，另有人在旁以「竹枝」「女兒」之聲和之。採蓮子之「舉棹」「年少」，與此同例。虛聲卽餘聲或曰散聲或曰泛聲（注一），在古樂府中亦有之，臨高臺之「收中吾」，有所思之「妃呼豨」，與古今樂錄中之「羊無夷」「伊那何」皆此類也。（古樂府常有聲詞雜寫，殊難測釋者）。在唐五代歌詞中，將虛聲塡作實字者，僅為少數之例：（注二）

（例一）楊柳枝原為七言四句，而顧夐之楊柳枝——秋夜香閨思寂寥，漏迢迢，鴛幃羅幌麝煙銷，燭光搖。正憶玉郎遊蕩去，無尋處，更聞簾外雨瀟瀟，滴芭蕉。

每七字句後之虛聲皆塡實以三字句。

（例二）浣溪沙原為七言六句，而南唐嗣主之攤破浣溪沙——菡萏香銷翠葉殘，西風愁起綠波間，還與韶光共憔悴，不堪看。細雨夢回雞塞遠，小樓吹徹玉笙寒，多少淚珠何限恨，倚闌干。

第三句原為七字，後有虛聲，此乃卽將七字增作十字句。

（例三）荷葉盃，溫庭筠韋莊二人所作不同，茲將原詞表明其區別如後：

作者	原詞	句法（平仄韻記略去）
溫庭筠	楚女欲歸南浦，朝雨，濕愁紅。小船搖漾入花裏，波起，隔西風	6 2 3（虛聲）…… 7 2 3（虛聲）
韋莊	記得那年花下，深夜，初識謝娘時。水堂西面畫簾垂，攜手暗相期。惆悵曉鶯殘月，相別，從此隔音塵，如今俱是異鄉人，相見更無因。	6 2 5 7 5 …… 6 2 5 7 5

韋作卽將溫作上下段末之虛字，塡作七言五言二句，如右表所示者也。

更有進者，虛聲可塡實作詞句，而和聲則未必然。宋朱敦儒有楊柳枝詞：

江南岸（柳枝），江北岸（柳枝），折送行人無盡時，恨分離（柳枝），酒一杯（柳枝），淚雙垂（柳枝），君到長安百事違，幾時歸（柳枝）。

楊柳枝原為七言四句，起首七字句，此作三字句二，末綴「柳枝」二字，皆為和聲，與上引竹枝同。第二句仍作七言，末有虛辭，此項當作三字句，直綴來說「神往」二字於後，下段與上段同。此詞既將虛辭填作實字，復將和辭寫入，爲今日少見之創式，吾人幸得觀此，因能推定和辭實與虛辭通貫，虛辭可填而調句由歌者唱之，而和辭乃由他人在旁作和之辭，不得填代以調句而由歌者唱之也。

（注一）朱子語類稱爲泛聲，劉履風雅翼稱爲餘聲。

（注二）此爲步數之例，詞中之「添聲」「攤破」皆屬此類，未必各詞皆然。論者或謂詞之所以形成長短句者，皆由泛聲和聲增填虛聲作實字，有以致之。則大誤也。

雨霞飛路夜步

田尾

今夜是沒有影子的，
除掉街燈底斷續相映，
星和月也遠人了
雨天之太纏綿的眼臉。
霞飛路竟然躺在
無主宰的步伐下；
問一問到何處去呢，因爲
你底眸子裏藏着一個秘密。

美與道德

柳雨生

沒有人知道什麼叫做「美」，
因爲美的思潮並不像化石一般地積壓腦筋，
有時目送大雲在暮靄下仰望清朗的圓月，
冷得把點點凝珠凝住，忘不掉遠道的一顆慈和的心。
在熾烈的寂寞時常想念着温暖，
遙念着天外布滿寧靜安逸透明的燈火——勾起一絲的微笑，
他們的熱情跟好惡更不覺得新鮮。
沒有人知道什麼叫做「道德」，
就這些紛擾碎亂的度過三十年，
歲月的蹉跎幫助不了人性的激發與再現，
再過同樣的時日看你能不能夠偷度同樣的悠閒。
額上的皺紋多了，自己從未覺得，
心頭的煩惱亂了，你更不分省得。
爲什麼擁着一片片的鱗鱗在圓臉，
[illegible]所冊的紅血會給你一刹的眠和寧亂。
三十一年除夕，在存仁堂。

水聲禽語

文載道

雨生兄限期要繳風雨談的稿，但近來苦於文思遲鈍，着筆維艱，正在無可奈何之際，忽然窗外淅淅瀝瀝的下起雨來，接着又聽到黃鶯在鄰家的樹叉上宛轉地叫着，於是猛然的想到已是江南三月，草長鶯飛時節了。由此復聯帶的記起第一期本刊的拙著——知人論世一文中曾引了顧炎武「日知錄」中所載，嘲諷錢庾兄壽昆的詩，其詩曰，劇憐紛紜扶主日，山林寂寞閉門時，水聲禽語皆時事，莫道山翁總不知，覺得這水聲禽語四字倒有意趣，就借來當作現成的題材。

前幾天，從屋角的花瓶裏面看到一枝斷梗的柳條，問了一問家人，才知道清明到了。但在上海，除了祭祀如儀之外，一切的時令節日，大抵也沒有什麼特殊性可說。然而詩人每逢佳節倍思親之詩，不禁復惘然有感：即人雖二老在堂，無親可思，但那清明月，卻也有鄉可憶。例如在鄉間清明的那一天，倘非碰到詩說中的紛紛細雨之天，那末，稍爲「有閑」者大約不免出得郭門去踏青一番，或者趁此祭掃先塋。對着禽語嚶嚶，水聲潺潺，方覺得江村水鄉中自有清新蕭疏與恬淡之趣，再配合着淳樸敦厚的民風，更顯出自然與人生的調和所成的美。如李慈銘越縵堂日記所云：

十三日，丁卯。傍晚，偕彥侗幽步至扁公池，拜倉帝祠及詩巢故址，劫火餘燼，頑礎僅存，池外菜花滿目，春水泛泛，蛙聲閣閣，氣候忽殊，不勝邈闊之感。月出樹杪而歸。

此爲同治六年舊歷二月，江南地氣暖和，故在仲春已感到景物爛漫矣。又翌年四月初八日云：

晡後以新霽可憙，力疾試步，遂至竹樹間小坐，啜茗，看幽花。同過崗如時應以迎牡丹海棠一二本皆已過謝，盆盎間芳卉可掬。東坡詩云，微雨止還作，小窗幽且妍，盆山不見日，草木自蒼然。趙德麟謂非親至吳越四五月間，不知四語之妙，予謂雖生長吳越者不特不能作此等言語，並求領會如德麟者，亦不可得，此自非有雅人深致不能解也。夜飯后，二更歸。

這一段記敘的確極有意味。一切風土人情的描繪和領略，非身親其境者總覺霧裏看花，去「氣」一箭。至於越縵堂的默費寅生的才識，在清末的文苑中，猶可謂獨當一面。豈意越中風具將水府風之勝。自王逸少以來卽爲山靈阿護而生生不息耶？借如趙甌北所云，江山代有才人出，各領風騷數百年，至民國則有周氏昆仲之崛起，在新文學園地中早已不分南北的風光了——。但是倒霉。我這樣說，彷彿天下文風都在浙東一角，而鄙陋則正是「浙東之氓」。豈非有點賣瓜的說瓜甜之嫌嗎？「然而不然」。這其實只是偶然將來湊在一起，並沒有綠葉的畛域之見，對於其他的執筆爲文者在鄙人也同樣的歡喜贊頌，只要其能對人情物理都有一日之長者。如李君自記中所引的東坡先生卽爲一人，而他也有「二浙山風住山水，守官殊可樂」之語。（見東坡尺牘）惟鄙人塵蹤稀疎，卽如吳屬六邑，未到的尚有一二所，故所能到見到的自也離不開蚤年遊釣之地，且又多爲記憶中的資料，雖然不免挾蹊，但一個人對於鄉國有情，有時亦正是無論怎樣也擺不開的苦事。幾年來思想統一之聲不問古或有的方面，都有人在熱心着，而鄙人近來學寫的文章，如能作一二滴苦茶餘酒後的消閒之用，已爲大幸，次則自己平素所關心和識述的，恐怕也惟有自然界的極少一部分，譬如孔丘所云，多識於草木鳥獸之名，似在拙習也所不廢。惟鄙人缺少的是這一類的常識見聞，尚未能做到「多識」的境界，然於此也不敢不勉也。

至此又憶俞理初在「癸巳存稿」卷十二中有云：

蔡觀詞云，醉臥左腋下，了不知南北，王銍「默記」以爲其言如此，必不能至西方淨土。其論甚可惜也……。蓋流連光景，人情所不能無，其託言不知，意本深山耳。

俞君爲有清一代通儒，故所說乃和平正貼當，而「默記」作者的思想，則正足以爲出中國士大夫徹底的頭巾主義的醜氣，心中念念不忘的便是西方淨土或兩廡香煙，這在我們也別無話說，這「一說便俗」，至多，也只能效法劉半農博士的作揖主義：敬謝迴避罷了。

這裏，閒話又拉扯了不少，回頭來還是趕快的對本題，好在爲水爲谷未免非我族類，是非曲直在牠們也不復有所反感吧。

語云，以鳥鳴春，可見要談鳥必須先從春天入手。譬如前通的清明時節郊外時，無論在柳暗花明，山巔水涯，「打鵓鴣」的所得，大半就是這些啁啁唧唧之聲。倘是一個遠客的征人，在萬綠叢中忽聞一聲兩聲杜鵑的悲鳴，對於時序的推移總覺得有點異樣的感受。或者，側耳諦聽在楊柳梢頭的歡呼，又未免想起歐陽修的詩來：

百囀千聲隨意移，　　山花紅紫樹高低。

姑知稍向金籠裏，　不及閒林自在啼。

然後，讓我們舉頭向綠油油的田野望去，布穀也開始在催着耕了，而黃雀則從籬落和林際透出吱吱的密語，白頭翁的歌聲隨着野風飄過天外，至於燕子歸來，在飛向舊巢的旅途中，或者還會投給我們一聲親暱的招呼，而老鴉則一路喚着嬰下的小鴉奔回家去，然而最落寞的是鷺鷥，默然地彩着一脚立在沙灘旁邊，把背向着落日的餘暉，彷彿總是慵倦地瞇着眼珠，像我們執筆籌思那樣的，說不定還在爲悲海鷗的遠走高飛，與聽白山兒！於是海水跟着吹起了喇叭，似憤然而又似憐促，嘩啦嘩啦的不舍晝夜。於是隔開海那面的幾支小河都一同跍嘟嘟地叫喊起來，而打破這惱悄調子的都是一羣羣蕩而來的白鵝，發着紳士般的矜持與從容……。

人類大抵都是不堪寂寞的靈魂吧？因此，也莫不盼望在生活上有一些小小的點染，變化，而來諧是這些「新變」的有時恰是自然界的絢爛幻變的聲色，不論所享受的是怎樣般促短暫，但於凡夫俱是可親可愛，可歌可舞。只是這裏所感到慚愧的，就是我藝術手段的貧弱，不能將它們的聲音狀貌都正確而具象的傳達出來。我覺得我們的文章裏面，對於某些事物的形容或稱呼，都缺少有一個嚴密的毛病：模糊籠統。例如寫鳥吧。什麼活潑呀，輕捷呀，婆娑呀之類的詞彙，其實皆可有可無。用之於鴉固可，用之於鴟也無不可，記得英國的赫斯脫（後在西班牙作戰陣亡），對於「正確地稱呼事物的藝術」一點，有很精闢的意見，並以成龐・阿貝脫描寫林肯夏的一段文章來作例，我以爲這於我們寫散文的人很有參考之益，姑且轉引在後面：

這兒，在這兒我們腳下，我只看到和聽到遙火的四圍雲雀，此外就再沒有別的歌鳥了；就是那種不會唱歌的小鳥，我也只看到一些山鶉，而且它是棲息在介於波斯頓和伯勃逶之間的勳物脫的樹木之上的。啊！那種成千的江雀在附繫沙丘中的一根根樹上競唱的搖擺啊！啊！那種在溝鎮拍夏，巔婆克斯，以及肯脫的叢藪和幽谷中的歡唱！這時候（早上五點鐘）溫憂的森林正在應和着千萬鳥兒的歌聲。鶇鳥先在天空嘗試一試聲，接着是山鳥，再次就是百靈起飛了。其餘的鳥兒，都是和太陽的起身同時歌唱。於是從籬笆上，從灌木叢中，從樹木半腰或者頂尖的枝梢上，送來無限複雜的歌唱，從枯死的蔓長的草叢中，送出白喉雀和踏雪燕的甜蜜而且溫柔的聲音，同時雲雀（這在歌者我們看不見）的響亮而且快樂的歌聲，似乎正在從天而降。」

（見福斯脫著，何家槐譯，小說與民衆一七六頁）

這不但對每一種鳥的特性動態，都予以中肯適確的描寫與稱呼，並且由此而將這種爛漫的，清新的空氣浮現紙上了。其次，如若用翁在「鳥聲」中所說，「我所聽見的鳥聲只有簷頭麻雀的噪喧，以及槐樹上每天早來的啄木的乾笑，——這似乎不能相容，麻雀的太瑣碎了，而啄木又不免多一點乾枯的氣味。」以渠淨簡煉的筆調，寫出這些小動物的語言姿態，看來雖不甚得吃力，但實際卻非庸手所能做到。我覺得麻雀的叫聲固然瑣碎一點，但鄉間的屋下屋角，卻也不可一日無此君，尤以在冬天為落於寂寥。當年在故鄉寒假期間，清晨起來，和家人等坐庭前負暄閒話，只要在這庭園上一些殼粒，這些小動物們就紛紛的從集攏來，用利嘴默默的啄著，有時候還要互相爭啄，將小肚子填得飽飽的，這在牠們或許也是一日之計。人類的生活有幾處正和動物相差無幾，所謂萬物靜觀皆自得，生物的現象頗值得我們深深思索。如用「齊與萬物我也」的態度去瞭解它們，則水聲禽語殊未嘗輸於齊家治國的大題目也。

但雖然這樣，人禽之間究竟還存在着不可踰越的鴻溝，例如一等到我們去走近它時，就要迅速的飛向天外了。不過這也難怪牠們，因為人類總是沒有好手段，好面目待牠們的：不是以網便是損害。記得同鄉中有一位姓王的胖子，他便是以捕捉麻雀見稱於鄉中。其法以一面開殼的竹籮放在曬場上，籮之一端繫以繩，人復執繩之另一端匿在暗地，而場上則放着大堆的穀，靜候牠們的上鉤，如此半日之間往往可捕得數十匹，以「紅燒」法烹之，厥味酥脆而鮮腴，我們也幾次的想效法捕獲，惟祖母為慈悲所不許。語云，鳥為食死，人為財亡。麻雀們以靈活的姿態，喧囂的叫聲博得人們的賞玩悅樂，而其結果卻有身首異處者，吾人雖非放生主義的信徒，也不免有悚然之感了。然則麻雀之不能與人同處，一半還是為了強弱的懸殊；以此推論到人與人之間，其所以發這隔膜也復如此，我們決不幻想強者的回頭，卻頗感弱者之悲憐，這世間雖有不喫雀肉的人，斷無不食弱肉的強者——而且強者之所以為「強」亦正在這裏。此為萬世不易之至理，抑亦放諸四海而皆準也。

不料我的筆鋒忽然又滑到了歧路，而其中又多是殺風景的話。老實的說，我也是贊成文以載道的，換言之，世上決無不載道的文，只是著「道」與同點也的志願是一物，卻並非是那種一道同風的只有自己的話可以作作座「重心」，並且一古腦兒抹煞別人存在的正統派（無論古今中外）胸中的「道」。我所謂「道」，只是平淡的人生，而人生卻是多方面的，「踏上先烈的血跡，向革命的途中邁進」果然是道之一面，可是，朗夜的晦暗，遼擴的雁聲，以及潺潺地終古不停流着的溪水，何莫非道之另一面？論語記孔子在川上曰，逝者如斯夫，不舍晝夜」而宋儒將這一段文字，喚作「道體之本然」，可見「道」是隨時隨地俯拾即是的。莊子云，道在螻蟻，道在矢溺，這更是透識的悟道之言了。但道可載卻不可衞，一衞，就把道的眞相日趨於含混模糊，非人人得而聞得而說了。這裏姑且舉一個現成的例子：毛詩。——它是向來被視爲神聖的經典的。然而開章明義的第一首就是：

關關雎鳩，在河之洲，窈窕淑女，君子好逑。

這可算得是記錄「水邊戀歌」最古的材料了。而且明明白白是一首情歌。情景，韻味，何等美麗逼眞！但衞道者卻偏要用自己的手，築起了一座牆壁，把惡濁與歪曲留在外面，反而將眞正的道堵不見，看不清了。此不惟是道之大厄，似乎連唯編詩者也遭受不白之冤了。但孔子教那些二三子學詩，卻特別的注重爲識草木之名。所謂詩三百，一言以蔽之，曰：思無邪。無邪便是要求眞實，不歪曲。這等地方，半瓶醋的學究冬烘，那裏配稱信徒？清代郝懿行夫人王照圓，著有詩問及詩說，其詩說卷上有云：

「七月」詩中有畫，「東山」亦然。

古人文字不可及處在一眞字，如東山詩言室家情，亦止是眞處不可及耳。

這幾句話拿來批評「詩經」的全部精神，正是一語破的，做人惟眞字不易得，做文也惟眞字爲最難。無論說革命，或流血，只要是眞，在稍有眼珠的讀者也一樣的肅然起敬，否則，如對落日秋山有眞切的體驗和會心而加以流連欣賞，或形諸筆墨者，縱不及革命，流血云云之易於討好，但也同樣可窺到作者的至性至情。感人語正不在多，雄雞一聲對壯夫遂起豪發之感！

然而中國歷來的士大夫，像前面所說的保衞道統的本領，實在「非同小可」，縱使是小如禽鳥，也終是不肯放鬆似的要加上一點五顏六色。如對姑惡卽是一例。東坡詠姑惡云：

姑惡，姑惡，

姑不惡，妾命薄。

君不見，東海孝婦死作三年乾？

不如廣漢龐姑去卻還。

這雖然有點代婆婆際綫立言，但畢竟還有詩人溫柔敦厚之旨，至於後來有一位叫作朱聯璟者的詩，簡直與潑婦相去無幾了：

姑惡姑惡，姑實惡名。誣姑虐婦，自我厥生。

因氏婦聲，我無令人，臣罪當誅，天王聖明。

這里，用不着再加什麽解評，其面目可憎之處已經分明於筆下了。這些人說來不免可憐：表面上儘管裝着一本正經樣子，動輒爲聖賢立言，但骨子裏還是一個奴字，這從最末的兩句話裏可以看到，說得爽快一點，也無非是借這粗題目作敲門磚，為自己的肚皮打算而已，但一面卻隨手抓來一件東西當作廟頭鼓，莫明其妙的敲了幾下。而這又與中國人最要玩的偶像崇拜靈物崇拜有關。此正民族品格最壞的一面，極稍下流與顢頇，完無選擇批判的能力，理性。對於歷史上幾個重要的腳色，非捧的時候捧煞，卸罵的時候罵煞。總而言之，就是沒有定見，自然更談不上信仰。雖口口聲聲的欲正世道勵人心，但結果是適得其反，世道人心便愈弄愈下墮。上有好者下必有甚焉，在下者豈真心悅誠服的要捧你的角色？然舍此亦別無他法耳。其次，自己沒有好的模樣卻偏要別人服從領教，以羞師的一舉一動來定於一律。被統治者則要於本身的利害，雖不開步走自亦未由也已，楚王好細腰，宮中多餓死，這兩句詩移之於中國歷來的思想界，實在確切不移。以在上者一二人的喜怒，便決定人民全體的愛惜。這時候如果有人出來說幾句不正一點，理性一點的話，則其命運就不難想象了。昨天看了故宮博物院印的「名教罪人」，不禁為之撫卷喟然。以幾百個歌詠「社稷之臣」，卻仕著組語專向一個人漫罵叱咒，信口雌黃！實則他們的本心——假定還有本心的話——何嘗要這麼說，只是如李翱所云，倘非說了「天王聖明」，要如何到架於是也只得找一個對象來洩氣了。語曰，事上諂者臨下必驕，這也正是世情的本色，自天子以至於庶人皆是也——。天子也有諂的時候嗎？例如對鬼神是一種，孔子曰，非其鬼而祭之，諂也。人如果一定要「諂」起來，原不限於貧富尊卑的，這樣推論下去，則李翱所云而有這等口吻，倒也不足深怪的了。

不過，一樣是詠物的詩文，像有許多超有神話，童話，或民俗學的趣味的，卻不妨又當別論。如史震林「西青散記」所載，關於姑惡部分者：

段玉函，號恨芳子，自刻小印曰情癡……。玉函自橫山喚渡，過樊川，聞姑惡聲，入破庵，無僧。塵寂坐佛龕前，倚首枕膝睡之，天且晚，題詩龕壁而去。姑惡者，野鳥也，色純黑，似雅而小，長頸短尾，足高，巢水旁密篠間，三月末始自鳴，鳴自呼，淒急。俗言此鳥不孝婦所化，天使乏食，哀鳴見血，乃得曲蟮水虫食之。鳴常徹夜，烟雨中聲尤慘也。

玉函有姊曰瓊娘，每與之倡和，茲將玉函詠姑惡詩及瓊娘和作鈔於後：

樊川塘外一溪烟，姑惡新啼殺可憐。
寂寞任他存自去，陰晴休問落花天。

瓊娘和作云：

池塘春草淡生烟，幽怨如君兩自憐。
殘日半輪回望處，粉紅霞色正[illegible]天。

「放鴿」裏面雖有許多予不錄的東西，但其文筆却很可觀，而此卽是一例。

中國的禽鳥裏面，有好些都被收入神話，故事，寓言和兒歌，其中也有以牠們的啼聲用「擬聲」法來編製的，如姑惡是也。其實，動物或自然的名稱大半就是以其聲調來區別：如江，河，溪之類。至於姑惡的正稱不知是伯勞抑是鷸，迄今尙未有確釋。也有以爲是一族的水鳥，這從前引的西齊放鴿裏，其棲息飲食都與水有關卽可想見了。

劍南詩鈔曾載有陸放翁的姑惡詩，中有不知姑惡何所恨，時時一聲能斷魂之句，我們如能和他的這闋「釵頭鳳」並讀，則就感到放翁這幾首詩恐怕別有寄託，意在言外，因而也就覺得格外的悲涼抑鬱，彷彿唐氏女的影子呼之欲出也。中國女性命運的艱苦固非拙筆所能言傳，至其節烈處眞可稱得上一聲哀絕，而所受於婆婆媽媽的磨折背迫，自「孔雀東南飛」以來也同樣是代有其人，但對這些婆婆們我倒不怎麼覺得「髮指」，實在的，她們也是從這條舊路上走過來，不過鈔三四十年前的舊文章而已。最可惡的還是那般夫爲妻綱的衛道之徒，如前引李騫珍卽是道地的代表。然她們不幸而生爲弱息，死去却還須化作怨禽，「不知姑惡何所恨」，老學庵豈眞昧然不解？特欲揚反抑，無可奈何，正所謂「其託言不知，意本深曲耳」。

說到了怨禽，自然最易想到的是望帝春深的杜鵑，這在中國文人的筆下，尤其是傳說紛紜，千變萬端，所以這里可不必詳說。不過另外在鄉間所聽到別的一種，不妨寫出來作一個結束。

杜鵑的啼聲以夜間聽來特別顯得悽厲刺耳，其實，凡是禽鳥之出現於星月之下的，却總有點「薄命相」。匈牙利詩人彼兌非題B．S．夫人詩云：「聽說你使你的男人很幸福，我希望不至于此，因爲他是苦惱的夜鶯，而今沉默在幸福裏了。嘗待他弱，使他因此常常唱出甜美的歌聲來。」可見出詩人筆下的夜鶯，還是苦惱的象徵。我在少時聽過這種夜鳥的悲啼以後，感情上彷彿陡然的如巨石的重壓，尤其是每當萬籟靜寂的檐頭一角，一面聽門外擊柝之聲篤篤而過，一面忽然又傳來歎聲迫促的哀啼，像幽靈在叢林中的囈語，益發感到空氣的悽切恐懼了。這時節，說不定又颳起大風來，咆哮般的迎擊着梧桐，芭蕉，而落葉也跟着吵吵的在空庭中打滾，眞是令人最難排遣的一刻了！於是只得把頭埋在被窩裏睡去，但却又兀自的不能安睡，或者還有一些惡夢在等着我！鄉人呼此爲九頭鳥：據云原有的這顆頭已被狗咬壞，牠是最怕狗的，重復生長後却變成九顆了。不過因牠的搶口水不會乾盡，所以一年到頭的滴着鮮血，倘一滴一家被牠沾着了，就要遭受大災難，故每必須當一

雲仙普賢

草野心平

我，
站立在雲仙的山嶽。
遠眺，
有明之海，
橘之海。

霧在山間沸騰，日升，繼又落。
一會兒凝結，又散佈到周圍，
站立在狂風的雲仙普賢的山嶽，
瞭望方興波的淺茄色的連峯，
人們說那像是阿蘇火山。
在這兒，
天漸高，地漸深，
全山的樹木像噴了血，
正像饑寒的日本精神。
山嶽也分有人能足，
現在卻還留着我自己，
淚珠不期的滴下了。
啊！
橘之海，
有明之海。（見 原譯）

（續上頁）西鵲使牠遠遊云。凡此皆得於家母口中者，似不失為豆棚瓜架的絕好談助也。然而我想，這恐怕便是鳲鳩——從牠的字義上衍化出來：你看上面一個尸字，下面一個九字，不是它的篆文生發之由來麼？按鳲鳩也即布穀，其流布世界的踪跡甚廣，其別名也最多，計共二十四個。從前宋人嘲笑王荊公解釋字義，有鳲鳩在桑，其子七兮，和爹和娘，恰是九個之說。因荊公好穿鑿附會，時人遂用以子之矛[illegible]法來挖苦他了。

這幾天雨水特別的多，中夜簡直是淨淨淙淙地徹夜不休，想起這時節，於一溪煙雨中，聽着布穀的催耕，斑鳩的喚雨，頗有江山如故之感，然而此時此地，也確是多此一舉了。

卅二年五月十五——十六日，雨聲中。

易生與「人間」

胡金人

去年年底我因事去京，有一天與易生兄從上海寄來一封信，說要與胡蘭兄辦一本刊物叫「天下事」，內容着重在散文方面，要我趕快寫一篇小說給他，他有這樣的興趣，我自然非常興奮，不過覺得「天下事」這個名字以前已有人用過，便寫信要他更改名稱，但我也想不出別的名字。不久在中華副刊旁邊見到徵稿的廣告已易名爲「人間」，當時我同黃覺寺先生都覺得這名字還不錯，後來聽到易生兄說，柳雨生先生也說這兩個字很好，現在想想，覺得這本刊物似乎本應當題這個名字。

當時我不知道他辦「人間」的動機何在，不過據我的揣測，大概是在興趣方面。有人以爲憑一時的興趣和衝動，恐怕不容易辦得好，但我的看法有點兩樣，因爲易生的個性我是知道的，他有熱情，有毅力，做任何事情都非常認眞，有一個時期「上海醫術月刊」許多技術上的事，差不多都是他負責，有時甚至連經費也要他籌墊，他的勇於負責，和對事業的熱忱，我是深切明瞭的，而且他常常說起目前出版的刊物，差强人意的似乎不多，一般的刊物差不多都有門戶派別之見，甚至有其他作用，他覺得這種情形都是文化上的阻礙，常常表示遺憾，這次他毅然與胡蘭兄創辦一個刊物，他的苦心自然我是猜得到的，因此，我相信他這本册子一朝問世，定能得到多數人的同情和擁護的；不過我又不免想到這年頭辦雜誌實在是吃力而不討好，像「上海醫術月刊」雖然銷路很好，却因爲紙張太貴，每期總要虧蝕數千元，這種情形他是知道的，可是他竟然有這種勇氣，却不得不令我驚異了。

我的文章寫好寄出以後，便在盼望「人間」的出版，可是有一個很長的時間，易生不曾和我通信，我寫信去問「人間」的消息，也全無答覆，我因爲對「人間」太關心，竟擔心「人間」或許要流產，許多朋友問我「人間」的消息究竟怎樣，我也無從答覆。

又過了好久，易生來信了，說「人間」自然是要出版的，但困難很多，他煩悶得幾乎要失眠了，我連忙寫信勸他不要灰心，並且說，若有可以分擔他困難的地方，甚願盡力，可是他又沒有覆信。

不久我因事返鄉，同易生談起「人間」，他仍然說困難太多，那天我同他在一個館子裏吃夜飯，我們都喝了一點酒，飯後他忽然哭了起來，我問他是什麼原因，他祇是默不作聲，我心裏非常難過，我想他的苦惱，大半是為了「人間」吧。他是從來不哭的，新近他又訂了婚，自然不是為了男女之間的什麼糾紛了。

那晚他與我同榻，一宿無話——他與我是常常同榻的，有時為了討論一個文藝上的問題，竟談至深夜——第二天早上再問他的原因，他只說了「一言難盡」，便無話了。對于他這種情形，我就摸不着頭緒，更無從說到幫助了，我想如果問題是在經濟方面，則更是力難從心了，我有時尚不免要向他借錢，那裏有力量可以幫助他。他的流淚，使我對「人間」的前途感到非常悲觀，我的心上不覺蒙了一層陰影。

停了幾天，我在南京接到易生的信，他告訴我「人間」不日即可出版，當時我的高興真非筆墨所能形容，易生的開心自然更不必說了，同時想到易生為「人間」所受的艱難，我幾乎感動得落下淚來。

又隔了幾天，「人間」果然寄來了，印刷和編排，都相當令人滿意，至于內容方面，除了我而外，差不多都是名家的手筆，其陣容之堅整，在時下許多雜誌中是不可多得，這種收穫，自然不是偶然佇致的。

隔了兩天我又回到了上海，坐在電車裏看到牆壁上，商店的櫥窗上一路貼着「人間」的廣告，非常新鮮而觸目。那天正是久雨新晴的風和日暖的天氣，因而對于「人間」更感到非常的愉快。

現在許多讀過「人間」的人都在讚美它，第三期不久可以與我們相見了。我想，以後我看到每一本新的「人間」，總不會忘記易生為「人間」所流的眼淚吧。

魯男子

四幕八場

曾樸原著
羅明編劇

人物

魯老太太　魯丞卿　汪寶汀
魯男子　婁蕭　劉氏
崔雲園　張蘭　盧地保
朱小雄　顧氏　癸婆子
洪鏡中　錦纖　翠兒
湯紀軍　阿林　葉哥
魯丞明　俊鳳　客人若干

第一幕

這是魯家花園之一角。左後方有一座大花廳，但是我們只可以看到三分之一。客廳的地基很高，須經過三級台階，方可以入內。四周圍着一圈暗棕色的短欄，臨的四圍又撑着幾根黑色的方柱，裏面都是格局，工程十分考究，並證這是一個知宮大臣至少也是一個道老府上的大花園。其餘右方三分之一的舞台面，後方有一座人工砌成的石山，很高大，上面生着一些綠苔及野草，還有幾棵大樹。舞台的前面，是一條碎石鋪成的走道，走道的後右方，斜放着一張石桌及兩個石櫈。右方臨近走道之台階旁，放着一條長石櫈。

現在正是四月裏的艷陽天氣，滿園裏錦繡般的美景，碧桃吐着禁不住的嬌紅，迎風發笑盈人甚答的芍藥，在托幽靜的含苞迎偷沁出醉人的芬芳，婀娜的垂柳，不自然的抽出緊繞的情絲，化成細弱的霧，盲目的在空中飄蕩，不知飄到何方，翩翩的蝴蝶，婉轉的鶯啼，泥游的水荇，全在這濃春燦爛的展覽反映出來了。這時候正是一般青年男女慢春的時候，大自然並且的給他們溫存，掀起每個青年男女壓不住的情緒。但他並不能滿足每個青年人的需要，這只好由着各人的命運及事實的發展去決定了。

開幕時，有一對鍾情的青年在台上談着戀愛理論。一個是坐在石櫈上，一個站在旁邊。

等燈光由着「地獄」的推動，將舞台全部照明以後，我們看到坐着的大約有二十歲左右，身材高大些，臉色略帶清瘦，可是態度非常文雅，舉止很大方，是一個白面書生，戴着一付不十分深的眼鏡，頭上四周留着寸餘長的頭髮，穿着紫醬色的呢袍，又罩上一件古銅色鑲黑邊的坎肩，腳上蹬着白布襪，配着一雙雙樑緞鞋。另一個姑爺的，年紀似乎較前者稍輕，約十八九歲，身材較為矮小，臉色比白些，舉止輕快，勇敢而躍動的性情裏，流露無限的愉快，口直心快，只要他自以為是對的而應該去做的，他便不顧一切的去實行起來。他的服裝除顏色外，大致與前者相似，最不同的是他的頭髮，又黑又粗又亮又光。前者是本劇的大公子，也就是本劇的主人公吟男子，後者是吟老太太內姪女生的大少爺朱小盛。

吟：…………

朱：大哥，你老是說這套鬼話，我總覺得我們不必把精神愛看得太神聖，也不必把肉體愛看得過分的猥。要是說完全不要肉體的愛，便能滿足我們愛的需要，甚至犧牲了反覺得痛快，我死也不相信。請問你：我們對她們發生戀愛，還不是因為對方面目的美，體態的美，眼裏領略到她們的秀色，耳裏消受着她們的聲音，手裏接觸着她們的溫柔，這不是一步一步的向肉體要求嗎？你剛才說只要精神的愛，可以無需顧到肉慾上的滿足，那你為什麼不去愛上一個奇形怪狀的母夜叉，為什麼不去愛上一個禿頭赤腳的乞丐婆，再不然，你可以去找一個老醜的妓女，去同她實行着靈界的戀愛，為什麼非要一個有彩色的美人呢？………

吟：老弟，你這是從那兒學來的巧辯？你固執着精神愛，非議到肉體愛不能滿足愛的要求，這實在是你的偏見，你的錯誤。我以為精神愛固然希望愛伴着肉體愛的滿足，然而有時也得增加着精神愛的成分，也未嘗不能得到滿足。比如一朵美麗好看的花，與其拿在手中或插在瓶裏，何如讓他很自然的生在樹上，遠遠的鑑賞品味諒厚呢！這就是我對大自然中一切的美景精神上的愛好，那麼我們對於愛人，何不也用這種態度呢？！

朱：大哥，你這些話全是假道學，事實上決不是這樣，我也用不着再跟你辯了。不過我要問你，自從漢江舅父搬到城裏來以後，在還沒有買好新房子，本來是住在你家，你近水樓台，就跟宛中妹發生了愛情，一天深似一天，直到現在還是這樣，我在姊妹中時常打聽你們的消息，婉姊和宛妹最要好，宛妹什麼心腹事都跟婉姊商量，不過婉姐是個直腸子，她全告訴我了。

吟：婉姐告訴你些什麼？

朱：什麼我都曉得……

吟：我們根本就沒有什麼，只不過是兄妹之愛罷了！

朱：總怕不止吧？

靜：不過我們是非常的純深，原先只不過是兄妹之愛，因爲要延長這個愛，所以不知不覺的就轉到情人之愛了。不過總希望這種純深的愛能變成終身的伴侶，這種希望也是雙方的，不過大家都沒有說出口罷了！

朱：我問你，你跟宛妹的愛，是精神的還是肉體的呢？

靜：當然是精神的。

朱：別要假好看了。

靜：你有什麼事實可以證明我不是精神的？

朱：聽姐說，有一天她親眼看見在這假山後面你擁抱着她接吻……………

靜：那是……

朱：從來齊家屋子蓋好了，你總是偷着空朝暮都不忘，跑到齊家去找宛妹，一去起碼還跟宛妹親熱一個半天。像你這樣情竇旺盛的青年，又碰上宛妹如花似玉的美人，你要是不動情，那你眞是個坐懷不亂的柳下惠轉世啦！

靜：啊呀！你完全是誤會了，簡直是胡說八道。我跟宛妹的來往，早就成了一個公開的秘密了，誰都知道，但是我方才不是跟你說過嗎？我們是極純深的，當然不避嫌疑的地方是有的，關於愛情的地方也是有的，有親熱的舉動，本來是在所不免，但是要說到亂字，我敢發誓，皇天在上，不要是說宛妹未必肯，就是她愛我愛昏了竟然肯了，我也不會幹的，這並不是我的假道學，這是眞情實話。

朱：這是爲什麼呢？

靜：當然中間我也動搖過幾次，然而我完全用理智給壓住了，因爲我們既然想做夫婦，永遠做終身的伴侶，人總歸是我的，這個快活也早晚跑不了，我們應該盡力的保持一直到正式的結婚那一天爲止，才能實行我們最高的快活，相戀總是寶貴。

朱：那你們將來一定可以得到美滿的結婚了。

靜：（走過去）照目前情形看起來當然是很可能，然而人事變遷是說不定的，我若是圖一時的快樂，並不是不可能，但是假如萬一我們的婚事不成功，我不是把一朵純潔的鮮花，沾上了地獄的污泥，那不是很可惜的嗎？我既然愛她，又何忍去殘害她呢？她即使是不嫁給我，我還可以永遠的保留着這純潔的愛的靈魂，帶到我的墳墓裏去。

朱：（跟上去）那你也太傻了，我以爲我們得快樂且快樂，你可以拋開一切的觀念，大膽的向宛妹肉體進攻，叫他生米已經做成熟飯，反而可以促成你們的婚事，這便是置之於死地而後生。……

錢：好了，好了，這是你不打自招的供狀。那麼你一定是很過家的對臘族實行過了置之於死地而後生的戰略了？

朱：得了，別來挖苦我了。大哥，那邊有客來了，是三叔叔！陪着誰？

錢：哦，是汪鑄汀，一個老壞蛋。他這個人最卑鄙了，現在拍上了二叔的馬屁，我一見了他就頭痛。

朱：我也看出來他有點老奸巨滑！

錢：我們還是避一避，等他過去了我們再談！

（遠遠的傳來說話聲，不一會走進來三個人，爲首的是一個中等身材，燒餅式的臉盤，糙米色的皮膚，眉粗眼大，鼻鉤嘴翹，頦下沒有鬍鬚，神氣很老練，卻時時顯出些巧滑來，服裝穿得很漂亮，水晶頂，緞帽，紅纓圍帽，月白緞袍，平金雲雁補子，天青寧綢團龍外套，醬色洋本圓壽字簇花外套，下擺縫中還露出些紅緞花佩件——汪鑄汀。

再一個是錢男子的二叔父錢丞孚，年約卅五歲，是個長圓臉，尖下顎，眉目清秀，不肥不瘦，精神活潑，脾氣帶點躁急，喜歡熱鬧，服裝很考究，但性情很忠實，只有這一點與他哥哥正明相同。

另一個是汪鑄汀的跟班、姓蕭，原先是當地保的，約四十餘歲，蒼黑的區臉盤，頰上貼着一個小銅錢較大黑膏，豎起一撮黃毛，眉毛很濃，頭上戴着一頂猪肝色的短纓圓斗式涼帽，兩臂腋裏夾着一個朱紅漆嵌金的拜盒，態度很嚴肅，像很守規矩的樣子。

汪：這次新縣官給鄙人補了一個消灑灑的差扎，全虧二位老哥幫忙！

孚：鑄汀兄，這是那兒的話，以後請你替我們幫忙的事還多得很哩！

汪：哦，我倒給忘了，明天是錦姑娘滿宅之喜，一切儀仗我全部給預備好了！

孚：又要叫鑄汀兄費心了！

汪：那裏，替您效勞還不是應該的嗎？也沒有什麼，只不過是一乘藍呢轎，一頂傘，一匹馬，八名護勇，這點排場總是少不了的！

孚：啊！你真替我想得周到！

汪：哦！還有我特地訂了一個金如意子送給她，表示祝她一對新夫婦能同心偕老，如心如意，討個吉利！

孚：那可不敢！

汪：你如不收，那就是瞧不起我！

孚：好！謝謝，明天請你多喝幾杯，大家來個痛快！

汪：嗯一定是要喝的，不過明天如果新縣官來還得……

寧：哦，我有數了，明天你想叫我引兄指縣官，當然可以，當然可以！

汪：還有滙來……

寧：哦，寶汀兄想包運滙來，當然我也照辦！照辦！

（這時候大廳門開，出來一位五十多歲的老先生，中等身材，圓胖的圓臉，下頦有清疏的鬍鬚，態度很誠懇，溫和，穿的衣服非常隨便，不像公寧步兇，衣帶一長一短的垂在後面，手中捧着一個水烟袋，一望而知是一個有學問有修養的人——符公明）

明：我說是誰，原來是寶汀兄！

寧：大哥，寶汀兄建議開浚汪市河，我便作主在我們經管的地方公款裏撥了兩千串錢，叫他領了先去動工，前天我們不是已經跟指縣官說請他督寶汀兄浦一道經常的委扎嗎？今天已經下來了，寶汀兄今天特地先來謝謝我們替他保荐，再三要我領到大哥跟前，也是他的一片至誠！

汪：特地來給大老爺謝恩！

（說着跪倒就叩頭，公明忙下了台階將他扶起。）

明：寶汀兄眞太多禮了，會弟保荐我兄，全爲地方公益，祗要工程辦得實在，我們保人就增了不少的光彩，原說不到謝，至於兄弟對於此事根本外行，那裏可以受此大禮呢？

汪：應該，應該！

寧：這回寶汀兄來不但爲謝，而且還帶來一件奇怪的古董來，送給大哥！

明：什麼古董？我倒要領教領教！

汪：沒有什麼好東西，只不過是爲着新奇才呈獻給大老爺！

明：是從那得來的？

汪：是開市河時候掘出來的，我想先還得一個多，——蕭升！

蕭：噢。

汪：把盒子打開，東西拿出來！

明：我看還是請寶汀兄到裏邊坐吧！請！

汪：不敢！還是大老爺先請！

寧：寶汀兄，你到這裏來，當然也不必客氣了！

明：請！

汪：那我只有遵命了！

（很侷促的走進去，只有蕭升留在走廊外，一會汪寶汀又喚蕭升，蕭升入內，得男子與小雄又出來。）

朱：眞是一幕活劇，當衆出醜，二表叔怎麼會跟他來往？

符：你不知道二叔性情好色，故近汪寶汀爲討好二叔，在青樓選給二叔介紹一位名妓，叫做錦娟的，聽說明天就要進宅了！

朱：（有所感似的）眞是有情人終成眷屬了！

裕：可是你近來跟雲鳳妹究竟怎樣了？

朱：雲妹人倒是很好，雖然不如宛妹清秀，但品貌還過得去，人是好動不好靜，性情急燥，口直心快，說到那裏便做到那裏，這幾點都跟我脾氣差不多，所以我們見面不到一個月就互相愛上了，可是現在……

裕：怎麼樣？

朱：就是缺少機會，你知道我爸爸是個老古板人，保守着男女授受不親的古訓，老把我關在書房裏，我的後母雖然是雲妹的親姑母，但是我究竟不是他親生的兒子，她老人家回娘家時很少帶我同去，在雲妹方面也不很自由，因為她姐姐們管很兇，天天管着她一步也不許走動。

裕：那麼怎麼辦呢？

朱：大哥你是一位智多星，可以替我們想個辦法，眞是功德無量！

裕：你的希望是怎麼樣的？

朱：希望並不大，只要能把雲妹引出來，找一個僻靜地方面對面的自由自在的談一會就夠了！

裕：辦法倒有！

朱：什麼辦法？

裕：正好是一個機會！

朱：什麼時候？

裕：我給你辦了，我雖然不要你謝，可是你也不能只顧兩個人要好，把我忘掉！

朱：那是當然，我們一定要重重的謝你，可是請你快點說，不然要把我急死了！

裕：後天南門外不是划龍船嗎？

朱：這與我有什麼相干？

裕：我問你，你們去不去看龍船？

朱：當然去，我母親最愛看熱鬧！

裕：那你可以請她老人家約雲妹一同去，不就得了嗎？

朱：不，我想跟雲妹私會！

裕：那也有辦法！

朱：什麼辦法？

裕：龍船不是從南門外大堤邊划到嗎？

朱：是的。

裕：那你可以先僱一隻小船，在大堤邊等着，等她家的大船一到，你就可以派一個人去把雲妹給叫出來，那你們就可以一直搖到了山下飛巖泉去幽會，有什麼話都能說！

朱：好是好，可是叫誰去招呼雲妹呢？

務：這個得考慮一下。

朱：要是一個不當心給別人看出來，反而弄出是非來，豈不是太對不起宛妹了嗎？

務：有了，可以叫阿林去！

朱：誰？

務：宛妹的丫頭，叫她去坐在你的小船上，等一看到宛妹，就叫她去找她，就說宛妹派來的請過小姐過去玩玩！

朱：但是阿林肯不肯呢？

務：你不要問，到時我自有辦法，不過你得嚴守秘密！（玉蘭上）

玉：（對務）少爺要奶奶跟齊小姐都來了，找了你好半天，她還在這兒！

朱：我要走了！可是後天的事？

務：叫你不要多問，你就少問，到時候自有辦法，齊小姐呢？

玉：在那邊一會就過來！

朱：那邊宛妹來了！我不當阻你的事，我先走了，後天見啊！

（小鍾匆匆的跑下，這時傳來一陣笑聲，務男子的祖母齊氏已經是年近七十的老太太了，還有他的母親劉氏，再有丞半的女兒嬰霧，及宛中，跟她的母親顧氏，一齊上來。齊氏持一根手杖，顧前，劉氏顧氏隨侍，嬰霧攙著宛中隨後，宛中手中持一把鮮花，阿林亦隨上。）

齊：我可累了，就在這兒歇一會兒吧？

務：奶奶，姑媽，媽，嬰姐！

嬰：唉、弟弟還有一個人呐！

務：宛妹。（玉蘭替齊氏點烟後，由走廊下。）

顧：宛實，你怎麼也不叫大哥！

宛：大哥！

嬰：他們倆個人就好笑，小的時候每天在一起，一時也離不開，倒不覺得，就跟一對小夫妻似的，現在兩人都大了，倒變羞成情起來了！

宛：嬰姐你又來了！

劉：宛實過來！你嬰姐頂不好了！也不怕叫人家難爲情！

齊：你可好！婆婆還沒有做成，倒先疼起兒媳婦來了！（大家一齊笑，宛中伏到顧氏懷裏。）

務：今天我們怎麼想到這兒來？

顧：是你宛妹要來採花的！

嬰：弟弟，你別裝傻了，宛妹是特地來看你的，你現在大了，能離開她，她可不能離開你啊！

宛：嬰姊，你再取笑我，我要惱了！

嬰：對不起，你可不要來惱來嚇我，你還是真的惱了，那你

大哥還要我我算題呢。（大家又笑）

齊：阿瑛的嘴眞能說！

劉：阿瑛你不要再說了，你看你宛妹的臉都紅了。

瑛：連弟弟也紅着頸子！（汪蘭由走廊上）。

汪：大少爺！我聽老爺在叫您！

齊：我就去！淡蘅坐一會兒！（匆匆跑下）

瑛：弟弟可得放生了。

齊：公明在家嗎？

劉：出去又回來了。

王：大老爺，二老爺都在客廳裏，還有汪議事！

齊：誰？

瑛：奶奶眞會忘事，就是汪蘭汀，跟阿林媽作對，說阿林念頭
的那個人！

齊：哦！我還是過年見過他的，叫我從那裏想起呢！

劉：那次眞虧到爸呐！

瑛：汪蘭汀本來是個地痞，想討阿林做小，去欺侮孩子，要
不是你老人家做主，把阿林留下來交給宛妹使喚，那件事
無論怎樣也不能了的，（對阿林）阿林，我看你還是到後
面去吧！別再給他瞧見！

林：是。（走下）

齊：既然有客，我們就到後面去吧！我們來一次紙牌！

顧：姑太太的興緻眞好！（大家起身要走）

瑛：宛妹，我今天委曲你了，不要生我的氣，我回頭給你賠禮
，走！我們到桃園去玩吧！

顧：去！跟瑛姐去吧，我陪你姑奶奶去打紙牌！

劉：你們好好玩啊！

（於是大家都去了，花廳裏傳來一陣笑聲，公明公寧偕舅
子，送汪蘭汀上，蕭地保隨在後面。）

汪：大老爺！請留步，請留步！

明：蘭汀兄請！

汪：實在可以不送！

明：那裏今天又承送來這件奇怪的古物！（邊說邊走過去），
我也見過數尊佛，但都是極兇惡的佛像，沒有這樣的和善
，不過就是從前是否有十七年却是一個問題！

寧：大哥不是已經叫阿男去查考嗎？這只有看查出來怎麼說？

汪：令郎年齡雖不大，却能博古通今，眞是虎門出將子：難得
難得！

寧：令姪什麼都懂，詩詞，詞曲，考據，八股，樣樣都來。

汪：眞是了不起了不起！

明：還有後天看祖墳的事實在用不着客氣，這是由着我們自己

保的好！

汪：那大老爺太小看我了，我實在是出於方便，無論如何請閣府光臨，因為我已預備好了兩隻大號的無錫快船了！

明：你真是太客氣了！

汪：那麼明天再來請安，請留步！

明寧俊：再見！（汪下，隨地保請安下）。

明：（對俊男子）你先去看看書看！

俊：是（下）

明：想不到汪縣官也能混到這樣？

寧：現在這山這般小人當道的好，我們也可以利用利用！

明：我看我們還是自己隱蔽的好，何必又受汪縣官的人情呢？

寧：大哥！讓你說錯了，河工上汪縣官的油水並不小，我們就受他點也不為罪過！而且他既然已經預備好兩隻，正夠我們用！並且……並且我還想帶錦娘去！

明：錦娘的事你不能放棄嗎？

寧：她立志從良，又非我不嫁，這也叫沒辦法，母親那裏還得請大哥多多替我幫忙！

明：我倒並不反對，母親跟前也好說，祇有弟媳那邊你自己要安排安排！你是一個有子女的人，免得叫人說閒話！

寧：這一點我自有辦法！

（二人說着下，這時俊男子持一精製的小匣及一部古書上，走到石桌旁坐下，細細的研究，一會又去翻翻書，這時宛小姐暗暗的走上，先去矇住他的眼睛，然後俊男子追她徬了一圈，追着了，宛小忽然生氣的站住。）

宛：人家來了半天，理也不理人家！

俊：不！我正預備去找你！我怎麼能不理妹妹哪！

宛：我問你！這幾天為什麼不去看我！

俊：妹妹，你就錯了，我昨天早上還在你家的，跟你好難了半天！

宛：（笑着說）我就給忘了！哥哥你不知道我，一時看不見你，就好像隔了好幾天似的！

俊：那就是因為你太愛我了！

宛：愛姐老喜歡拿我們開玩笑！

俊：管她哪！她是我們老大姐！反正都是自己人！

宛：你不怕難為情，我還怕呢！

俊：難道你對我，想永遠的不公開，永遠的怕難為情嗎？

宛：（推着他）好了，不要說了！

俊：真的，我也是跟你一樣，需要時時刻刻的在一起，纔開一時就跟幾年不見似的，並且想把你永遠的抓在手中，存在此處，不要什麼他人家把你搶搶了去哪！

宛：那麼你把我這個包裹好了，隨身隨地都可以拿出來看看！

玲：妹妹你看這個玩意兒，真有點古怪！

宛：這是那來的？

玲：汪羅汀送給爸爸的！

宛：剛才尖叔叫你就是為了這個事？

玲：對啦，這是在汪市河裏掘出來的！

宛：這個盒子做的真精巧！

玲：這個盒子裏還有一個銀盒子，銀盒子裏還有一個金盒子，裏面睡着男女一對金佛像，你看！

宛：喲！還有字哩！「歡喜歡喜，女神過體，萬物懽心，出生到底，不是死別，便是生離」，字句好悽慘呀！

玲：反面還有字！

宛：「崇禎十七年八月二十三日進士男劉道貞謹恭錄重伸友形」。

玲：不過我想起來，崇禎並沒有十七年，這也許是明朝遺老在崇禎帝煤山殉國的時候，有意隱記着歡喜佛的名字，就當他是崇禎帝后，悠久的佛門天子之詩！

宛：這真是件怪事！

玲：怪事你還不曉得哩！這裏邊還有一段神話，先一天汪羅汀做了一個夢，夢見在做工的地方，忽然起了一道冲天的白光，在白光裏現出一對仙佛般的男女跳舞，唱歌，正在歡樂時忽然又衝進一團青氣，把白光隔開，這對男女就給分開了，一個在青氣東，一個在青氣西，各人都在掩面哭泣。

宛：這一對男女真可憐！

玲：後來他就醒了，恰巧工頭來報告說，河底下有一塊硬土，掘不開來，汪羅汀說隨他去吧！

宛：那麼這個盒子怎麼掘出來的！

玲：你聽我說呀，等到第二天晚上他又做了一個夢，又見原地方忽然起了一道紅光，在紅光裏又現出一男一女在裏面跳舞歌唱，正在歡樂時又突然衝進來一道黑氣，又把這對男女隔開，一個在東一個在西，都倒下來死在地上！

宛：真可怕！

玲：他醒了，就吩咐掘了一丈多深，才把這個盒子找出來。

宛：唉，埋得這樣深的愛情都被汪羅汀給掘出來了！

玲：你說怪不怪！

宛：（半天地）奇奇！

玲：妹妹！

宛：我有點害怕！

玲：怕什麼？

宛：我怕我們倆將來也許有一道青氣，或是一道黑氣，把我們分開了，一個在東，一個在西，我們只有掩面哭泣！（流淚）

羚：妹妹怎麼啦！

宛：喲！（大叫一聲）

羚：妹妹！（她伏在羚男子的懷裏）

宛：哥哥，我好像也看見了，也是一男一女，一個像是你，一個像是我！

羚：妹妹！那是你看花了眼，決不會有這種事，這明明是一件古物上的神話，你却若把他當做真事，那你也未免太傻了

宛：哥哥！

羚：妹妹！

宛：我不要看這個東西，我也不許你玩！

羚：好，我馬上送給爸爸去。（阿林上）

林：小姐，我一猜就猜着你在這跟羚少爺講話了！要小姐在找您吃點心呐！

宛：哥哥你也來。（阿林下）

羚：我把書送進去馬上就來！

（看見阿林走遠，她又回來了）

宛：再不然我吃過點心在小河邊那兒等你！

羚：好！等會兒見！（宛中又轉過來，給羚男子一個甜蜜的微笑，方轉身而去，羚男子呆了半天。）

羚：這太可怕了……（又看匣子上的字）「萬物惟心，說離到底，不是死別，便是生離」，不是死別，便是生離！（他搖搖頭，笑着向石階上走去。）

——幕——

（第一幕完）

宦門子弟錯立身所述宋元戲文二十九種考（上）

譚正璧

中國的戲劇，發軔於宋金，而盛行於元明時代。當時南北戲並時而起，南戲以戲文為代表，創于南宋之初，而盛行于元代，北戲以雜劇為代表，創于金代，至元代而大盛。明代則併合南北戲而成傳奇，尤見風行，造成中國戲劇史上最燦爛的一頁。

戲劇在當時既這樣盛行，那戲劇本的創作，當然也必盛極一時。但不幸的是：金元雜劇，明人傳奇，至今傳世很多，而戲文的連知道有這種體裁的人也很少，不用說劇本的流傳了。

到了近代，考古學術漸漸風行，許多有價值的被掩埋了的學術，陸續的在被發掘或發現，已經被掩埋了將近六七百年的宋元戲文，於是也得重新顯現於世。關于這，永樂大典，南詞敍錄，宦門子弟錯立身，以及各種曲選曲譜，却給予發掘者以不少的幫助，使得不少的已沒有人知道的戲文名字得以重見天日。

宦門子弟錯立身，他本身便是一本戲文，被收于永樂大典卷一萬三千九百九十。永樂大典全書本已在清季陸續散失，庚子之役，尤大批地被劫到海外去。這本戲文本來也已傳到海外，某次葉恭綽在英國倫敦書鋪中發現永樂大典一册，即為卷一萬三千九百九十，中收戲文三種，為小孫屠，張協狀元與宦門子弟錯立身，除張協狀元曾見錄于傳奇品且有殘曲外，其餘兩種皆為明清以來學者所從未提過。葉氏遂把牠買下。後來携回本國，除借人傳鈔外，又經北平古今小品書籍刊行會排印發行，遂得復傳于世。

宦門子弟錯立身的女主角是個行院的女戲子，以演戲為職業，所以在戲中唱出她和他們常演的戲名，於是有許多失傳了的戲文名字都靠着他流傳下來。現在把曲辭鈔在下面，然後再把所含各戲名分排出來研究：

（排歌）聽說因依，其中就裏。一個負心王魁；孟姜女千里送寒衣；脫像雲卿鬼做媒。鴛鴦會卓氏女；郭華因為買胭脂；瓊蓮女船浪舉，臨江驛內互相會。

（那吒令）這一本傳奇周孛太尉；這一本傳奇是崔護覓水；這一本傳奇是秋胡戲妻；這一本是關大王獨赴單刀會；這一

本是馬踐楊妃。

（排歌）柳耆卿欒城驛；張珙西廂記；殺狗勸夫婿；京娘四不知。張協斬貧女；樂昌公主；牆頭馬上擲青梅；錦香亭上賦新詩，契合皆因手帕兒。洪和尚錯下書；呂蒙正風雪破窯記；楊實遇韓瓊兒；冤冤相報趙氏孤兒。

（鵲踏枝）劉先主跳檀溪；雷轟了薦福碑；丙吉殺子立起宦帝。老萊子斑衣；包待制上陳州糶米；這一本是孟母三移。

上引曲辭中，共含有下列二十九種戲文名字：

王魁負桂英　孟姜女送寒衣
詐雲卿鬼做媒　卓氏女鴛鴦會
郭華買胭脂　臨江驛父女再會
周孛太尉　崔護覓水
秋胡戲妻　關大王獨赴單刀會
馬踐楊妃　柳耆卿欒城驛
張珙西廂記　殺狗勸夫
京娘四不知　張協狀元
樂昌公主破鏡重圓　裴少俊牆頭馬上
流月梅寫恨錦香亭　洪和尚錯下書
呂蒙正風雪破窯記　楊實錦香亭
趙氏孤兒報冤記　劉先主跳檀溪
雷轟薦福碑　丙吉殺子立起宦帝
老萊子斑衣　包待制陳州糶米
孟母三遷

下面再把各戲的存佚及內容加以考證：

王魁負桂英

永樂大典卷一萬三千九百七十三有王俊民休書記，南詞敘錄既錄王魁負桂英，又錄王俊民休書記，不知究竟是一是二？相傳此戲爲南宋時人所作，姓名不傳；明葉子奇草木子云：「俳優戲文，始于王魁，永嘉人作。」可見此戲爲戲文的第一部創作，而作者爲永嘉人。原書已佚，南九宮十三調曲譜，南詞定律，九宮正始及九宮大成南北詞宮譜諸書中有殘曲。王俊民實有其人，中狀元亦實有其事，但戲文等裏面所寫當出民間傳說。宋人著作中記及其事的極多，就現在所見，有李獻民的雲齋廣錄，張邦幾的侍兒小名錄拾遺，羅燁的醉翁談錄等。元柳貫且有王魁傳，文字十九同醉翁談錄，且不載本事，當出妄托。宋官本雜劇有王魁三鄉題（見武林舊事），話本有王魁負心（見醉翁談錄），元雜劇有尚仲賢海神廟王魁負桂英（見錄鬼簿），皆與戲文同題材，惜亦皆佚失。本事大意敘王魁下第後，妓女桂英資助攻讀，上京再試時，共誓於海神廟，願偕白首。後王魁中第得官，竟別娶；桂英派人送書往，又遭拒絕。桂英送自殺，自盡現形見王，使王受應得之報。

孟姜女送寒衣

此戲亦曾見收于永樂大典卷一萬三千九百六十六；南詞敘錄亦著錄。寶文堂書目有孟姜女死哭長城，孟姜女貞烈戲文，未知是一是二？原書已佚亡，殘曲存舊編南九宮譜，南九宮十三調曲譜，九宮正始及九宮譜定諸書中。作者不詳。本事出春秋左氏傳，禮記檀弓，說苑，古列女傳，郡國志及古今注諸書，但頗多歧說。唐人寫本琱玉集引同賢記所載，則全同民間傳說。同時與戲文同題材的作品，尚有院本孟姜女（見輟耕錄），宋有話本孟姜女（見醉翁談錄），元有雜劇鄭廷玉孟姜女送寒衣（見錄鬼簿），惜皆佚失。敘杞良因避秦始皇築長城苦役出亡，逃匿孟氏園中，值孟女在池中沐浴，以肉體爲所見，稟於親而嫁之。婚後良往作所，官怒其逃亡，打殺之，築其屍于城內。孟女聞訊往哭，城爲之崩，乃得屍歸葬。

薛雲卿鬼做媒

此戲南詞敘錄亦著錄；永樂大典卷一萬三千九百八十六亦曾見收，作薛雲卿鬼作媒，惜已佚亡。南九宮十三調曲譜及九宮正始中尚存殘曲。作者無考。本事來源亦不詳。與之同題材的其他作品亦未見。今人趙景深嘗就殘曲鉤稽此戲的本事如下：薛雲卿與張員外指腹爲婚。薛生一女，名勝仙；張生一子，名文桂。將近二十年後，文桂于赴京途中落魄，恰巧在雲卿家乞求佈施，雲卿知係故人之子，便收留了他。勝仙不知他是未婚夫，見他可憐，就命婢女贈衣服給他。終於勝仙私奔文桂；文桂始而拒納。最後，有情人成了眷屬。但南九宮十三調曲譜載逍遙賺散曲集六十二家戲文名有云：「鬼媒人是薛雲卿。」可見必爲張父先有恩于雲卿，雲卿才於死後爲媒以報，這說未必全合。

卓氏女鴛鴦會

此戲疑即南詞敘錄及寶文堂書目所載司馬相如題橋記。錢南揚宋元南戲百一錄即據宦門子弟錯立身所引，別立此一目，注云：「此戲與題橋稍異。」但此戲不獨不見他書提及，亦無殘曲可見，疑別無其書。題橋記雖亦佚亡，但南九宮十三調曲譜，南九宮譜大全及九宮正始等書中尚存殘曲。作者不詳。本事出史記本傳，華陽國志及西京雜記諸書。與之同題材的有宋官本雜劇相如文君（見武林舊事），話本卓文君（見醉翁談錄），當即清平山堂所刊風月瑞仙亭），元雜劇關漢卿與屈恭之的昇仙橋相如題柱，范居中等合作的鷫鸘裘，孫仲章的卓文君白頭吟，湯式的風月瑞仙亭，佚名的司馬相如題橋記及卓文君駕車等（皆見正續錄鬼簿）。敘司馬相如以琴心挑新寡女卓文君，文君果夜奔。後相如奉召入京，過昇仙橋，題其柱云：「不乘駟馬高車，不復過此橋。」後果如志。久之，相如欲娶茂陵女爲妾，文君作白頭吟示絕，相如乃止。

郭華買胭脂

此戲當即南詞敘錄所錄王月英月下留鞋。宋元南戲百一錄爲另立一目，疑即敘情史引陸林續紀張資事，實不確。戲文已不傳，殘曲亦未見。作者無考。本事出劉義慶幽明錄。與之同題材的，金院本有憨郭郎（見輟耕錄），宋話本有粉合兒（見醉翁談錄），元雜劇有曾瑞的王月英月下留鞋記（有元曲選本）。敘洛陽郭華戀賣胭脂女王月英，約月英夜赴其家。月英至而華已醉臥，因以帕裹繡鞋置其懷中而去。華醒而大悔恨，因吞帕氣塞而死。郭家訴之官，拘月英得其始末。月英從指中覓帕，見華口外露帕角，曳出之而華復甦。官因斷成夫婦。

臨江驛父女再會

此戲不見他書引述，僅九宮正始有張瑱迷一曲，中有「瀟湘夜雨瀟瀟」句，當即此戲的殘曲。作者無考。本事來源亦不詳。同題材的有元楊顯之瀟湘夜雨雜劇，有元曲選本。敘宋張天覺被謫江州，與女同行，遇風覆舟。女爲漁翁所救，父亦得救赴任，但父女從此失散。漁翁以女妻其姪甸士。甸士中第別娶主考之女，女往尋，誣爲逃婢，刺配遠方。時天覺已復官進京，路過臨江驛，與女相遇，悉其顛末。天覺於是參究主考，並罰其女爲婢，崔與女仍爲夫婦。女名雜劇作翠鸞，與戲文不同。

周孛太尉

此戲亦不見他書引述。原書已佚。且無殘曲可見。作者不詳。周孛當作周勃，本事當出正史。元關漢卿有薄太后走馬救周勃雜劇（見錄鬼簿），當與之同題材。周勃爲漢高祖時名將，呂太后專政時有誅諸呂救劉氏諸王的大功，史記漢書皆有傳。戲文所敘，不知爲何事。

崔護覓水

此戲亦不見他書引述。原書亦已佚亡，僅南九宮十三調曲譜，九宮正始及九宮大成南北詞宮譜中有殘曲。作者無考。本事出唐人孟棨本事詩。與之同題材的，宋官本雜劇有崔護六么及崔護逍遙樂（皆見武林舊事），話本有崔護覓水（見醉翁談錄），諸宮調有崔護謁漿（見西廂記諸宮調引），元雜劇有白樸與尚仲賢的十六曲崔護謁漿，亦皆失傳。敘崔護因覓水遇女子謝蓁英。明年復往尋訪，未遇，題「去年今日此門中」一絕於其門而去。女歸見之，相思成病而死。適崔又往，就屍痛哭，女忽復活，遂成夫婦。此事與六朝樂府「華山畿」故事似出一型，疑本事詩亦採自民間傳說。

秋胡戲妻

此戲亦不見他書引述。原書已佚，殘曲亦未見。作者無考。本事出劉向古列女傳，漢魏樂府有秋胡行，亦詠此事。與之同題材的，有元石君寶秋胡戲妻雜劇，存元曲選中。敍魯人秋胡，娶妻五日而出為陳大夫。五年後始歸，於道上見採桑婦甚美，愛而挑之，誘以金，不從。及抵家，妻適出外，迨歸，即採桑婦也。妻見胡，大憤，欲投河。因他人之勸，夫婦復歸和好。但列女傳則云惡其丈夫行為失德，投河以死，無從和之事。

關大王獨赴單刀會

此戲亦不見他書引述。原書已亡，殘曲亦未見。作者無考。本事出陳壽三國志本傳；同書魯肅傳云：「肅邀羽相見，各駐兵馬百步上，但諸將軍單刀俱會。」明言單刀赴會的為諸將軍，非羽一人，與戲文不同。與之同題材的有元關漢卿關大王單刀會雜劇（有古今雜劇三十種及脈望館本元明雜劇本）；元人三國志平話及羅本三國志通俗演義中亦皆寫及。敍三國鼎立後，孫權欲向劉備索回荊州，喬國老諫之不從，遂設單刀會，命魯肅過江請荊州守將關羽赴會。關羽果單刀渡江而往，孫權無如之何，仍放之歸去。

喝茶

予且

「碧雲引風推不斷，白花浮光凝碗面。一碗喉吻潤。兩碗破孤悶，三碗搜枯腸，惟有文字五千卷，四碗發輕汗，平生不平事，盡向毛孔散，五碗肌骨清，六碗通仙靈，七碗吃不得也，惟覺兩腋習習清風生。……」這是盧仝詠茶的詩（見四部叢刊玉川子集）。不管茶的效果是不是這樣，然經他這首詩一鼓吹，陡然多了許多論茶喝茶的人，茶的價值，逐漸地高起來，無論如何，要算茶之幸運的。

做一個中國人，沒有不飲茶的。所謂飲茶者殆四百兆：而知茶者，我們只曉得盧仝，這未免是茶之厄運了。

細玩盧仝這首詩，茶的價值：祗有七種，分析的說就是生理的，心理的，文學的，倫理的，藝術的，哲學的，和玄的。「喉吻潤」當然是生理的。「破孤悶」當然是心理的。「搜枯腸，惟有文字五千卷」，不用說是文學的。「平生不平的事，因為飲茶而生的一陣汗，都向毛孔中發出去，不再擾之心神，又當然是倫理的。至於「肌骨清」，我們須得解釋一下。肌骨清，是指臉上神氣，虛然有神仙之概，溫然有君子之風，中國相書稱之為有骨氣，外國人就要說他臉上有 Expression 了。這是他道藝術氣味的面孔，所以我說他是藝術的。「通仙靈」當然是哲學，不單是哲學，而且還帶一些玄學，靈學，催眠的意味，這是好的。至於第七碗，那裡神妙的不可言狀。那「吃不得也，惟有兩腋習習清風生」，我們直說無可說，只好說他「美」了。

我不是文學家，否則我定要送盧仝一個什麼感覺派的雅號。但是我卻學過兩年醫，自己又害過病的。所以又深深地覺得盧仝是個醫生。他這首詩，好像說人吃藥一樣。藥之入口，一陣苦味，恐擾心腸一切門閉都散了，然後「搜枯腸」，由血管達於全身，藥性發作，毛孔盡開，通體透汗，頓然覺得肌骨輕鬆，人也軟得很，懶洋洋睡下去，就預備入夢，便是「通仙靈」了。人已經睡著了，自然是「吃不得也，惟變爲脫脂衛生』，是描寫大病脫體，夢境甜美的。

我想，這個解釋，也不覺得錯。恐怕他是用茶來象徵因病瘤服藥。可惜我不是文學家，否則我又要送他一個象徵派的稱號了。

不是文學家而談盧仝的雅號，是恐怕辱没了盧仝。但是我始終的想着，這雅號是不用花錢的。盧仝也死了，這術了說是侮辱了也不負什麽責任。況且我還可以借盧仝二字的力，可以扶搖直上九萬里。我雖沒有這，仍是耿耿於心的。以上兩種解釋，似乎也含了幸運厄運的意義在內的。不過這幸運和厄運還是茶的還是詩的，是有待於研究罷了。

最好的茶，自然是產於三月的時候。茶葉店告訴我們什麼雨前明前。然而這只是指時間，而忘卻空間。所謂空間，並非是指地點。譬如我們說明前鶴峯，是可以代表茶的產地好，採葉的時間好，却不能指明採茶的方法好。

最好的採茶的方法，據人言是由十五六歲的小姑娘入山去摘野茶，摘之，以細紙包起，納於衣內兩乳之間。歸來則葉已乾，或未乾而略焙之，其味道異尋常。而我聽此言，並不想着飲茶的人，却想味茶的幸運。十五六歲小姑娘兩乳之間是好的，溫香柔滑，却被茶葉享受去了，可惜！

茶也有採來之後，以人脚揉之而曬乾的，那是紅葉。據說這種紅葉，西洋人最嗜之。我聽此言，也不想着西人飲茶時能沾我國人脚汗之餘，却細味茶之厄運了。脚下的踐踏，是一件不堪的事，茶葉當之，亦何可憐！

與茶發生最密切之關係者是水。茶味不佳，我們就抱怨水。固然有理，不過也有時是冤枉的。蒸溜水泡出來的茶不見得比普通水好些。西湖的虎跑水，泡出來的水，有時竟發出綠味。惠泉被人弄污了，茶味也就差了。一個百年的宜興壺，普通水放進去，就有茶味。

我曾見過一個五十年的宜興壺，據說水放進去，就會變成茶。我揭開蓋着，仔細研究，只見裏面有一層綠色的，像石上的青苔差不多，不過不如青苔那樣光澤罷了。

我又喝了那壺中的水，起初倒不大注意，後來朋友說這是水變成的茶，接着又說他這壺是一寶貝，又說值幾千幾百兩，外國人要買他不賣，外國人又讚過他很。我滿心的驚奇，又喝了一口，覺得好像是茶。他於是又接着說了一陣怎樣閉目凝神的細味，怎樣用滴水，多少時間，多少溫度。又說三不飲，人多不飲，心亂不飲，醉倒不飲，說的眞是天花亂墜，我又喝了一口，覺得簡直是在喝茶，不在飲水了。

這或者就是茶的幸運。

我們安徽六安，是產茶之地。不知誰想出一個法子來，將茶葉和莖扎在一起，成一菊花的形狀，這是預備人用蓋碗泡茶用的。一個菊餅，泡一蓋碗茶，分量既勻，茶葉又不至於浮在水面。第一次水是取葉之味，第二次水是取莖之味。用意不可謂不善，不過卻難爲了茶！

他如：將茶製爲鈎形，片形，磚形，都是取悅於目的，總要算茶之厄運。

再如老太太喝茶放西洋參。有火的人放菊花，麥冬。還有的放茉莉花，玫瑰花等等於茶葉中的，都是茶的仇敵，殊屬雙藏重疊，更是茶之厄運。

仔細一想，茶之厄運還不止此，已泡用去的茶葉，竟有人拾取之曬乾，夾在茶葉中賣，這經兩次蒸曬煎熬的茶葉，厄運當然可以想見！

這還不算厄運。最可惡的，便是賣五香茶葉蛋的人，茶葉到了他那個鍋中，就是粉身碎骨連渣滓都熬化了。我們知道，茶和鹽是兩不相容的，用鹽水泡茶，茶葉都泡不開。如今偏把他倆放在一起，用文火煎熬着，使他們融和，正如詩人所嘆的：「床與天下鹽」了，豈不罪過！

以上所說，是茶的厄運，也就是茶葉所受的刑罰。這刑罰包含着生命刑，自由刑，財產刑的。此還不足盡茶之厄運，她還有名譽刑和權利刑的。猶如「吃講茶」「端茶送客」「茶舞會」「茶話會」等等，都是假借名義。有茶之名，而無茶之實享用。茶之名義被侮辱了，茶之權利被剝奪了，社會如此，夫復何言。

我寫到此處，便擱了筆，到一個朋友處去談天。走進了便看一副珂羅版製的鄧石如的篆字聯對。那聯句是：

「客去茶香留舌本，睡餘書味在胸中。」

鄧石如是我死去的同鄉。他的字倒不引起我的讚美。聯句卻是好的，尤其是「客去茶香留舌本。」

這眞太好了。我說不出，我想我們只能意會。這也算茶之幸運，有了這種好句來讚美她！

我坐了一刻，便到第二個朋友房中去。這位朋友是一個生物學者。他房中有一架複式顯微鏡。他還有大玻璃罩子，罩在顯微鏡上面的。這是我看慣了，一點也不稀奇。不過今晚是令我稀奇的。便是那大玻璃罩，並沒有罩顯微鏡，乃是罩在一個茶盅之上。盅小罩大，盅內是剛泡的茶，熱氣噴滿了一玻璃罩。

我很奇怪的問他這是什麼意思。他笑着說：

「一會兒你自然知道的。」

他一手捏着表，那秒針走動的不息。他一面看表，一面注意玻璃罩。

過了一刻，他叫我到他身邊。他一人扣着罩頂，帶笑着，口中說：

「一，二，三，」

陡然將罩子一揭，那一陣茶香，眞是令人欲醉。他一面聞，一面說：

「聞啦！聞啦！」

過了一刻，他很滿意的坐下來，對我說：

「你喝麼？」

我說：

「你這樣費心泡出來的這一小盅，我怎好分肥呢？」

他笑起來了。

「你以爲茶泡出來，是喝的麼？這就錯了。我只要聞，不要喝，一喝，聞的滋味就完全消失了！」

他仍在笑。

我總想着，這就是茶的幸運了。這一分精神的安慰，到什麼地方能求得着。茶若有知，定然會背謝這位生物學者執着，留戀的。

我眞不敢再寫下去了。我佩服盧仝，佩服邵石如，更佩服這位生物學家。

民國四十二年兒童日記

包天笑

第三章　五月

五月三日，是星期五，天氣暄熱，庭前薔薇盛開，蛺蝶紛紛亂飛。

今天下午四點鐘，放學以後，我們去參觀了一個兒童圖書館。現在市中有不少兒童圖書館，這一個是距離學校與吾家都近的。我的弟弟與妹妹，他們是常去的，我卻是難得去的。今天有兩位同學到吾家來，一名趙元禮，一名周學詩，因說起一同去參觀第十四兒童圖書館。這個兒童圖書館，除星期日全日開放外，平常日子，只下午三點鐘到五點鐘開放。其餘的時間，都是兒童就學的時間，他們也沒有功夫來看書呀。

我教我的弟弟，引了我們去，他比較熟悉一點。這個兒童圖書館不大，共有兩間屋子，排列着幾行長的桌子；長的椅子。那種桌子椅子，也專門是供給兒童們閱覽書報之用，所以都是很矮小的。他們分爲兩組，十歲以上的兒童爲一組，十歲以下的兒童爲一組，另外有幾個女先生管理的。

在十歲以下的兒童，都喜歡看圖畫的，我問我的弟弟：

「你也喜歡看圖畫嗎？」

「不！」弟弟說：「我是喜歡看又有圖畫，又有說明的書。不比我們妹妹，來到這裏，專喜歡看圖畫。她總是要我講給她聽，她說：「小哥哥！小哥哥！這是什麼故事呀？」我們妹妹是專喜歡聽講故事的，每天晚上，要媽媽講一個故事給她聽了，然後肯睡。」

趙元禮聽我們兄弟倆談話，便也說道：

「是的！我們家裏有個小妹妹，也喜歡看圖畫，也喜歡聽故事，對於彩印的故事書，她是最高興看了。」

「那種故事書，這裏也不少呀！」我的弟弟這樣說，他還指着兒童圖書館所陳列的。

閒學得半晌不說話，此刻也發言了。他道：

「聽我們爸爸說：從前有一種連環圖畫，是專門畫一椿故事兒的。不過他們選取的故事不純正，都是那些牛鬼蛇神，飛仙劍俠的事，畫又畫的拙劣得很。可是兒童們還喜歡看那種圖畫書，當時稱之為小人書。街頭巷口，都擺了那種書攤，人家有的去租來看，有的就在攤邊翻閱。曾有人說：那種書，我們兒童看不得，但是兒童們喜歡看故事圖畫，出於天性。除非你有比這個還好的故事圖畫書，方可以代替了那個。後來有幾位熱心教育的出版家，編了幾種新的，很有意義的，富有教育意味的故事畫。畫又畫的好，還有五彩的，方纔設法把那種粗劣的小人書，移轉過來。因此從前那種街頭巷口的不良連環圖畫小人書，如今也絕跡了。兒童們要看書的，都可以到兒童圖書館來，而兒童圖書館，也普遍設立了。」

我們巡閱了一周，也不曾看什麼書，却見近來的兒童書籍，以及兒童畫報，實在出的不少。要看什麼書，都由圖書館裏女先生指導，有的還給他們講解。然而我不愛看那些簡單的圖畫，我喜歡看淺近的科學書，或者那種勵志小說等等。

五月十一日，星期六，天氣更暖；我們可穿單衣。

今天下午，吾妹妹的小學校裏，由教師引了他們出來到馬路上巡行一周。這是他們每個月裏，必有一次的。他們小學生們，稱之為「學走路」。

因為人生世上，衣食住行四個字中，那個行字，也是生活所必需，不可忽略的呀！教育要重實驗，一切要從做小學生的時代便做起，這便叫做「學而習之」了。實在小學生不宜把他們死關在課堂裏，他們尤不宜於遠足旅行，領他們出來路上走走，隨時加以指點，小學生們便說是「學走路」了。

何況現在這個大都市中，道路既縱橫繁密，車輛又雜遝奔馳，都市中的小學生，走路確有學習之必要。不但是在行，右行，紅燈，綠燈，那些路上的指示，與走路的常識，都要明白。遇有兒童在路上的各樣遊戲，都要加以警戒與糾正。譬如看了斜眼，與人相撞，或者人家來撞你，你正看了別處，沒有注意。或者在路上狂奔，不是自己跌交，便是衝撞了別人。更有在路上吃東西，有失禮儀，果子皮殼，隨手亂棄。還有不顧危險，橫穿馬路，以及一切不守秩序之處，都要加以指示的。此刻這「學走路」一課，凡是都市間的初等小學，都曾設有這一個課目了。

雖然說是無目的的走路，大概都是走到最近的一個公園裏。近來凡是稱為公園的，從來沒有什麼營業制度，因為公園既是公家設立的，那裏還可以收費呢？到了公園裏，大家都團坐在草地上，或者喝點開水，吃兩塊餅乾，遊戲一回，唱歌一回。到了這時候，教師也許發問了：

「小朋友！今天路上見了點什麼新奇事物嗎？」

「我看見一個一條腿的人。」一個小妹妹說：「先生！怎麼那個一條腿的人，大家對他都要敬禮呀。」

「噯！他是一個傷兵。」教師說：「從前他是為國家打仗，拼出死力，因此受了傷，鋸去了一條腿。這是一位忠勇可敬的人物，我們當然要向他致敬呀。」

「我看見一個孩子在做小販。」一個小弟弟說：「怎麼他不到學校裏去讀書呀。」

「噯！他們家裏窮困，只好自食其力，我們應得想法子幫助他，使他也可以讀書呀。」教師說。

「那末，先生！我去給他說，教他明天就到我們學校裏來讀書，不是很好嗎？」小弟弟非常熱心。

「慢一點！我們先要調查他為什麼不讀書，從前在那裏讀過書，然後再想法子。」教師說。

「我看見一個人，丟下一件東西，一個人趕忙去拾了還他。」一個小弟弟與一個小妹妹同聲地說。

「這是對的。」教師說：「在路上見他人丟了東西，應該拾起來恭恭敬敬的還給人家。因為他人的東西，是他人的，不可因為偶然拾得，便據為己有呀。」

諸如此類：不可攀折。到了公園裏，先生又告訴他們：公園裏的花，不可亂採，因為那是供大家賞玩的，不是你一人所私有的，你倘然攀折了，就沒有公德心了。況且一叢花好好兒的開在那裏，正在欣欣向榮的當兒，搖搖被你折了下來，花的生命就減短了，這是個殘忍之道，也是不應該的。再有公園裏的椅子，供遊人大家坐的，不可讓你肆意占據。倘遇到年老的人來，便應站起來讓坐。所以雖說是「學走路」，也足以使兒童們增長不少知識。

五月二十日，星期一，上午微雨，下午天氣作晴，在我們江南，正是黃梅天氣也。

今日下午五點鐘，我們學校裏的國文教師周先生，帶着我們幾個學生，去參觀一個補習學校。這個補習學校，又名為夜學校。近來我們中國，各地設立得很多，尤其是在都市間。我們去參觀的，也是一個補習夜學校，因為我們這位周先生，就在這個夜學校裏擔任教課呀。

這個夜學校中，都是一班勞工，從前為了失學，而此刻到這裏來補習的。這是歸公家的教育機關裏辦的。不收學費，每晚補習兩個鐘頭。冬天自七點鐘到九點鐘，夏天自五點鐘到七點鐘，好教夜裏可以乘涼，早眠。

現在我們中國，自從戰後復興以來，各地都設有無從數的補習學校，以救濟一般失學者。自都市以至鄉村，而補習學校的方式，也各各不同。鄉村有鄉村的補習學校，都市有都市的補習學校，有半日的，有數小時的，而夜校尤為相宜。在都市間，到夜校來補習的，十之七八都是職工。他們白天有工作，不能來此補習，到了晚間放工以後，方能抽出兩點鐘的時間，來此補習。

補習學校裏，當然有男女兩部份。女子比男子失學更多，尤其應當補習。不過我們此刻去參觀的，女子部份僅有男子五分之一。而且男女是分開課堂補習的。好在此刻女子補習學校，已經設立了很多。也有專屬於女子的，要看種種的需要。

我們在這補習夜學校裏，見年紀的不過二十多歲，年老的五十多歲的也有，甚而至於有六十多歲的。他們都很勤懇．

，他們一心不亂的坐在位子上，眼睛望着教師，聽他講解。有的還用鉛筆，在筆記簿上記出來。更有向先生問長問短的，那種熱心，眞使人佩服。

在從前，我們看見那些留有鬍子的老年人，還在當學生，不是要笑他們嗎？可是現在我們明白了，不但不該笑他，而且還的向他們致敬。以前他們的失學，都是被環境所迫，或是無力求學，以至蹉跎到如今。此刻趕緊來補習，雖然年紀大一點，然而仍舊勉力向學。況且他們白天還要做勞工，辛苦了一整天，晚上卻還來求學，不該使我們更加勉勵嗎？

這種來學的職工裏，有各商店的老司務，麵店裏的堂倌，有各公司的送貨人，旅館裏的茶房，造房子的泥水匠，賣水果的小販，修鞋子的皮匠，以及各種各色人等，眞可說濟濟一堂。而且所穿的衣服也不一：麵館裏的堂倌，還束着圍身。旅館裏的茶房，還穿了他的白長衫。漆匠的身上，還有五六色的漆斑，而賣魚的魚販身上，卻有了一陣陣的腥氣。

據周先生說：近來鄉村間，也開辦了不少的補習學校。尤其是在冬天，一年的農事，將告一個段落的時候。不要看輕那班農婦，她們一樣要讀書識字，她們也不願做文盲。鄉村間也有夜學校，他們有的還提着燈籠，不遠二三里路來上課。因爲現在鄉下的路燈，還未能普遍呀。

回到了家裏，我把今天所見的情形，告訴了母親。

「孩子！」母親道：「中國人有句老話，叫做『學到老，學不了』，又道是『學無止境』。不用說他們那班從前失學的人了，此刻要補自不足的補償從前所失。就是以前受過教育，很有知識的人，他們有一天生命，還是要學一天。告訴你吧！我們銀行裏的總經理，他從前是個西洋留學生，經濟科畢業，年紀也五十多了。但他今年，在某大學校裏，聽講半年。據他說：「世界在進步，各種學問，也隨着進步。因此以前所學的往往與現代不適用的很多。譬如今日的經濟，不復是前日的經濟了，怎能還墨守舊法呢？」這話很有理，你要謹記此言。」

附註：我母親現在一家銀行裏當職員。

蝴蝶花和蒲公英

片岡鐵兵
萩崖譯

一

千枝(Chi-e)不能到女學校去了。

千枝到村裏去學過三年裁縫的工作。在這三年之間，中地主的家庭更形衰微了，終於到了差不多不能再在故鄉的土地上居住下去的狀態。

春天到了，父親和母親在暗暗的商量。說是——要把全家搬到東京(Tokio)去，或者做些擺攤子的生意。

外面明亮的溫照着日光。千枝穿了鞋子走到堤上去了。固然並不是爲了要摘花。可是，空手的到野原上去閒遊，或許會給村裏的見笑的。

坐在草地上時，感覺到全身像是被舒服的刷在撫摸那樣的心情。蒲公英發亮着光線，也完全注射在她底身上了。

有了走路的腳音。

「對不起請問一下。」

因爲是年青的男子底聲音，不覺吃了一驚而回過頭去，是一個在這附近沒有見到過的、穿了時髦的大衣的青年，站立在堤上。

在偶然的容貌之中隱隱的帶着可愛的影子，彷彿在電影裏或是什麼地方看到過的臉龐，不覺突地紅起臉來，就這樣側面的低下眼臉，等候他下面的話聲。

「叫做林田(Hayashi-Da)底家是在什麼地方啊?」

千枝含羞地站起來，指着平野隔開了的村落說：

「就是那一幢很大的白牆壁的——」

說了以後，用一種毫不經意的態度；而青年又說：

「那林田家不是有一位叫做登美子(Tomiko)的小姐嗎?」

「是，有的。」

登美是千枝底表姊。

「你，不是她底朋友嗎?」

青年，像要看透千枝似地注視着。

「登美小姐是認識的。」

在小學校裏，登美子高了一級。村裏的學校畢業以後，現在正忙碌着要嫁給誰的準備。

青年在短時間裏，眺望了一下周圍，一會兒，好像下了決心似地，從堤上下來，走到千枝的傍邊。

「真的，你是登美小姐底朋友嗎？」

他在旁邊喃喃地說：千枝感覺到身體裏面像在緊縮。

「朋友——如果不能這樣說，那末也可以說是表妹啊。」

她努力地，差不多是反抗的，有意用快活的語調回答。

「我，以爲你就是登美小姐呢。」

青年認真地說：

「請你別和我開玩笑，老實告訴我吧。現在是每天看看你的照片度光陰的我呢。決不會看錯的啊。」

千枝覺得這真是個說妙話的男子，有點感到唐突，但也感到奇怪，而微笑的說：

「你看錯了人了。我是登美小姐底表妹，而並不是登美小姐。」

「真的嗎？」

這樣的追問，千枝格外感覺到奇怪：

「你，是誰啊？」

「我是赤木，赤木八郎。（Akagi-Hachiro）」

赤木八郎？這是從來沒有聽到過的名字。想把疑惑不決的青年，稍微開一下玩笑的意思，使千枝回復到本來快活的心境裏。

「是登美小姐底愛人嗎？」

「固然還沒有到這程度，但她寄信給我的啊。而且還送照片給我。我們通了三個月以上的信，然後——終於說是大家會一會面。」

這男子，說不定還是一個電影明星呢，千枝突然這樣地想到。這是因爲：登美喜歡看電影，這裏到東京祇要三小時，她每月總有一次到那兒去看電影的。不單是這樣，她還有隨便給男明星寫信的脾氣。所謂赤木八郎這並不熟知的名字，也許正是什麼電影公司裏的三等明星也未可知。不是三等明星的話，對於登美底信，是不會有這樣的反應的——她一邊這樣想，一邊說：

「因爲要想會一會面，而特意從東京趕到這裏來的嗎？」

「是的。」

「你真熱心呢。登美小姐，她一定很高興的。」

「她信裏說：今天到這村子裏來時，堤上開着蝴蝶花和蒲公英。我就在這裏等你——」

赤木八郎突然用充滿了確信般的聲音說：

「啊呀，請你不要再瞞我了。你就是登美小姐。嗳：是不是？這開着蝴蝶花和蒲公英的堤上，不是沒有一個旁的人了嗎？嗳，請你別打趣我罷。你不是照着信裏所寫的，在這裏等我——」

「請你等一等。」

千枝用雙手把對方的肩膀推了開去。

「弄錯了人，會對不起登美小姐的。」

「你還是說這種話。我是從東京坐了三個鐘頭搖晃的火車到這兒來的啊。趁着拍電影煩忙的空閒——」

果然是個電影明星，千枝更加高興起來。

「我，叫登美小姐和你會面就是了。請你在這兒等一等吧。」

說着立了起來。青年用失望的聲音說：

「眞的，你不是登美小姐嗎？」

「不消三十分鐘光景，眞的登美小姐會來的呢。我替你去喊她來罷，請你等一等。」

「我等着就是了。」

很然的，眺望着草地的青年，突然變得很是可憐，千枝由了一種感動而很快的走了過去。

二

林田家中，不知怎的很是煩雜。千枝在外邊的走廊上碰見了登美，就告訴她赤木八郎的話，登美說：

「我，眞為難得很呢。」

現着眞的非常為難的面色。

「他，是一個近來剛被人捧起來，而又像倒了下去的新的電影明星啊。因為這樣，所以對於影迷的信很是珍奇吧。那倒沒有什麼關係，可是我，為難得很啊。」

實際上呢，昨天忽然和一家縣裏納稅很多的富農兒子，訂定了婚約了。因此，現在縣會議員的媒人正在家裏。在這種時候，到原野去和毫不出名的電影明星相會，被世間的謠言上既不好聽，第一，對於自己底良心也說不過去——登美這樣地說：

「這倒很為難啊。」

千枝也迷惑起來了，但毫無辦法。突然地她想到了一個方法，就說：

「好的，我想一個方法，叫他回東京去。你放心就好了。」

」但登美不安似地說：

「拜託你啦。勸慰他一下罷。可是，假使他是一個流氓的話，怎麼辦呢？」

「也許他會借一個口實，阻礙你的結婚也說不定的呀。」

「怎麼辦，我，怎麼辦？」

「我想辦法罷。」

千枝重又回到堤旁邊來了，赤木八郎立刻像回生過來似的抬起頭來問：

「登美小姐呢？」

「對不起。我已經下了決心了，剛才因為我很害怕，所以逃開了你——現在，我已經安心了。就是我，登美就是我呀！」

「嗯，你瞧！」

在沒有聲音的陽光照射之下，千枝突然被緊緊地抱在男子的胸中了。

三

三天以後，千枝的一家，和趁夜逃亡似地，搬出了故鄉，但這三天之內，千枝每天獨自一個人，跑到堤邊去。

在被他抱過的草地上——蝴蝶花和蒲公英都被亂七八糟地壓碎了，她坐在那愛情暴露的痕跡上，想起第二次不見得再能碰面的男子底面影，哭泣起來了。

到了東京，整整一年的春天，在千枝是異常悲傷的。現在的千枝，在某百貨公司的餐室裏做工作了，而她天天在默祈赤木八郎能夠成功一位非常有名的電影明星。

百貨公司的餐室，雖然有各種各樣的客人，但赤木八郎卻沒有來過一次。這種餐室裏的東西，當然是不會有可口的食品的；對所謂赤木八郎之類的人：就沒有配第一流明星底口味的食品了。她是這樣地堅持着。何況她明白，就算是碰見了吧，現在自己不過是一個貧窮的女招待，當然赤木八郎連看都不會看一下的，但命運是多麼不可思議呀。現在，餐室因了賞花時節的熱鬧，人都非常嘈雜。

「啊！」當她向一張桌子上去問要什麼的當兒，發現了赤木八郎的姿體。

「豆餡兒湯！」

他像生氣似地說：

「赤木先生，請……」

想不到千枝一說，赤木八郎就討厭地說：

「簽字嗎？」

說着看了一下千枝底臉，吃驚似的

「你？」

而睜開了很大的眼睛。

「是豆腐兒湯嗎？」

千枝低下了眼瞼，想要去拿赤木手裏的食券。（譯者註：日本百貨公司餐廳，先在食券處買好所需要的食品券，再進裏面交給女招待取食品。）

「你，什麼時候到東京來的？」

「那以後不多久。」

「你說了謊啦。」

赤木開始笑了。

千枝通紅了臉，從這裏跑開了。然後，拿了豆腐兒湯的碟，放在盤裏再托到赤木底桌子上去。

「今天晚上七點鐘，請在京橋（Kiobasi）等我呀？」

赤木低低的說：

「對說謊的人，還有話說嗎？」

「是呀。不，就是對說謊的人，也不能不道謝呀。」

「因為我的說謊，你是得到了好處的，是不是呀？」

「總而言之，七點鐘，請你在京橋的旁邊等我。」

男的嘻嘻的笑着說：

七點鐘，千枝照了所約，在京橋的旁邊碰到了赤木。

「首先送謝禮給你。」

赤木說了就在前面行走，到那街角的花店裏面去了。

「把伽蘭莩（Carnation）和麝香連理草（Sweet pea）紮一個花束。」

他對花店的人吩咐。

當走到外面，赤木八郎把千枝拉到暗黑的橫路上去。

「好啦，請你把這花束，好好的捧在胸前，聽我說話罷。」

赤木八郎底聲音，突然變成愚傻的了。

「這該說是怎樣的不同呢？你把故鄉的蝴蝶花和蒲公英，和這花比較一下看：鄉間的花和都會的花——」

「那，當然是都會的花來得美麗呀。」

「這樣想麼？現在你已經成功了這樣會說謊的人啦，歪曲了自然的花，還說是美麗的！」

「不過，無論蝴蝶花和蒲公英怎樣的美麗，我是不行了。我在去年的春天裏，那蝴蝶花和蒲公英的上面，不知道滴過多少眼淚呢。」

「因為想起了說謊而受到的擁抱嗎？」

「但是——你，為什麼知道我不是登美小姐呢？」

「那以後到你的村子裏去時，弄得很不好意思呢。那種事情且別去管它。結婚了罷。」

「結婚？」

「是的。和我結婚罷。可是，你的乳名叫什麼呢？」

「你，真的肯和我結婚嗎？」

她無論如何想不到能夠成為日本女性所羨望的目標，赤木八郎底夫人！

千枝因為過於幸福，甚至想大聲的喊叫起來：啊啊，自己是日本唯一幸福的女子啦！

該不是做夢吧？

也許是——她底心被洋溢着的歡喜所填滿，靜靜地說：

「從前我曾經對你說過謊，所以，你現在想要報復嗎？」

「傻瓜。要教人家報復的，倒是我呢。」

「哎，為什麼？」

「總之，肯和我結婚嗎？」

「嗳，好的。」

「那末，我老實告訴你罷。」

這時，赤木八郎在像要把臉埋沒在花束裏的千枝底耳朵邊，說出了可驚的話來：

「我呢，實在說，並不是赤木八郎啊。是赤木八郎底表弟呢。是代理攝影場裏梳假髮頭的床山(Tokoyama)啊。」

清末的翻譯界

楊之華

新文學運動的起來，雖然說是始於五四的「文學革命」，但倘沒有清末各家的源源介紹（在今日我只能用「介紹」二字了，因為那時林琴南的翻譯還不能說是翻譯呢）外洋的思想學術，那末新文學運動也不會於五四運動中長成的；所以今日一般研究新文學運動的史家，都常常把新文學運動的起因說是由於清末翻譯界的影響。這個看法我認為是很對的。但清末的翻譯界的情況怎樣呢？也許為研究新文學史的讀者所樂聞的吧。

清末第一個從事翻譯的人，我想便要首推林紓（自然，在林氏之前梁亞發早就翻譯過「聖經」刊於察世俗每月統紀傳，但這個刊物，雖為中文，但並非在中國境內出版，而是馬六甲Malacca的宣傳耶穌教的刊物）了吧？他的第一本外國文學名著「茶花女遺事」，便是在一八九三年（光緒十九年）翻譯的。在當時，人們對於這樣的翻譯，雖然是見所未見聞所未聞，但出版之後並不以為怪，倒「不脛而走」。這是什麼緣故呢？一句話說了：還是為了梁啓超氏對於「新小說」的提倡。

梁任公的「論小說與羣治之關係」一文，我想讀者之中，看過這篇文章的人一定不少。在梁氏眼中的「新小說」，就是成了一味「萬應靈藥」。他說：「欲新一國之民，不可不先新一國之小說。故欲新道德，必新小說；欲新宗教，必新小說；欲新政治，必新小說；欲新風俗，必新小說；欲新學藝，必新小說；乃至欲新人心，欲新人格，必新小說。」（詳飲冰室文集）梁氏作此文的用意，雖在乎求新政治，但當時在「維新」思潮洗禮下的一般知識階級，倒欲「通達時務」；因此，凡是外洋的學術，他們都急欲知道，以作「中學為體西學為用」的準備。而當時的滿清政府，也有選用「通達時務」之士以改新政治的想法，於是一般夢想着「學而優則仕」的知識階級，更加拚命吸引外洋的學術了。所以林譯的「茶花女遺事」之「不脛而走」乃是必然的。

林氏自此「茶花女遺事」一書出版後，因為銷路甚佳，便接二連三的「翻譯」（？）了更多的外洋傳奇，小說，遊記，戲曲……之類，如「黑奴籲天錄」，「戰血餘腥記」，「十字軍英雄記」，「撒克遜劫後英雄略」，「魯濱遜飄流記」，「

拊掌錄」，「滑稽外史」……等。其譯書之數，據近人鄭振鐸的統計，云有一百五十六種；其譯述的範圍，計有日、英、美、法、俄、希臘、挪威、比利時、瑞士、西班牙等十國的作品。這在今日看來，似乎實在不可能，那裏能找得到一位精通十國文字的人呢？然而說穿西洋鏡，林紓連一種外國文也不懂，更何論精通。說到他的翻譯，則完全是靠了精通外國文的朋友的口述，就以友人口述作爲根據，他只求達意不管忠實地翻譯起來，而且常常使用司馬遷作史記或班固撰漢書的筆法，以示其文辭的古美。

稍後於林氏的譯者，又有伍蠡甫的父親伍光建，和曾孟樸、，薛瑩珠，奚若，周氏（樹人作人）兄弟等。中文最初的天方夜譚便是奚若所譯的，至今還聞名的科學小說：「月界旅行」及「地底旅行」，魯迅也於一九〇三年把它翻譯出來了。曾孟樸翻過雨果的小說，薛瑩珠翻過拜倫的抒情詩集。周作人也翻譯了清末小說：「紅星佚史」及「匈奴奇士錄」。至此，清末的翻譯界，幾乎達到飽和點了。但在這裏値得大書特書的，便是周氏兄弟（魯迅和周作人）合譯的「或（域）外小說集」，這個翻譯的集子，不單開導清末翻譯界忠實於原著的先河，而且還作爲民國以後從事外國文學翻譯的楷本，所以「域外小說集」一書就是我國翻譯界的一座開前啓後的紀念碑。就是時至今日，人們也不能把這部譯本輕易忘掉。

當時的翻譯界，名人雖然以古文（卽文言）來翻譯，但他們翻譯的方法卻不同，倘如歸納起來，便是所謂「直譯」與「意譯」。林紓的翻譯方法，大多是「意譯」，而且他的「意譯」並非是忠實於原文的意思，而是隨「意」譯述，因此「闊袍大袖」之類也常常出現於其翻譯中。魯迅等人，則大多是「直譯」，只求保存原意，不管「順」耳與否，也不隨意加以潤飾，這是忠實於原著的表示。到得後來，人們都注意於這種手法了。但在當時，不論「意譯」或「直譯」，都爲一般學者所抨擊。例如梁啓超在「論譯書」一文裏說：「譯書有二蔽：一曰徇華文而失西義，二曰徇西文而梗華讀。」前者是抨擊「意譯」有失原義之不妥，後者則抨擊「直譯」雖能保持原義而讀來並不「順」耳。在梁氏理想中的翻譯，便是二者均能兼而有之，讀來既「順」耳而又不失原義。其方法則云：「苟其意靡失，雖取其文而删增之，顚倒之，未爲害也。」

但當時一般學者對於翻譯的見解，卻並不一致。嚴復便是反對梁任公所主張的翻譯方法的一個有力者。他在「與新民叢報論所譯原富書」一文中有這幾句：「竊以謂文辭者載理想之羽翼而以達情感之音聲也。是故理之精者不能載以粗獷之詞，而情之正者不可達以鄙倍之氣。中國文之美者莫若司馬遷，韓念。而還之言曰：其志將以其稱物芳；故之言曰：文無難易惟其是。使之於文，非務淵雅也，務其是耳。」「新民叢報」是梁任公主其事，這文分明就是不滿於梁氏所主張的譯法而發的。嚴復對於翻譯的主張，常云信，達，雅三者，如今為了要駁梁任公，竟只了其「雅」而不談，單主張「是」了。

然而我真正正能給予一代翻譯界以正確的指示的，既非梁啓超的主張，也不是嚴復的理論，而倒是在當時沉默不言，只管埋頭翻譯的魯迅和周作人二氏。周氏兄弟在當時雖不曾發表過翻譯的意見，但其忠實於原作的譯文卻爲具體而更有力的理論。因爲「域外小說集」不僅是清末翻譯界中的「奇跡」，而且還為後人開了一條翻譯的大路。（一九四三年五月一日寫畢。）

附記　這篇文章本來是想寫給「大衆生活」的，但還在未截稿之前，該刊編者周人兄來信邀我先寫一篇關於知堂先生的文章，以資應時（其時恰爲知堂先生抵京講學）。於是此文便暫且擱下。日前遇見本刊編者雨生兄，亦命爲文。本來我已有另一長篇的論文是答應送交本刊發表的，不料此文已爲何若先生取去，以作某月刊「復刊號」之用。這麼一來，便弄到無以應命了。而本刊第三期又即將發稿，急不及待，草此雜文，用報編者雅命云爾。五月十二日，之華附記於海上菲紫斗室。

枇杷

陶秦

如果你住在我的附近，你一定知道那條路上有一所紅色的西洋房。如果你知道那所紅洋房，你準知道這洋房的近邊，有一片很小很小的烟紙店，你當然還知道那位徐娘半老，裝飾猶存的老闆娘。你也許還曾經看見過她一個人坐在店堂裏，用一只小小的粉紅杯子在喝酒；你也許曾經和她攀談幾句話，她的談吐常常會使你感到一種愉快的感覺。

我早就認識她了，那是遠在好幾年前的事。那時候我還沒有搬到這兒來住，我也不知道她在這裏開一片烟紙店，或者甚至她還沒有開這片烟紙店。

好幾年前，姊姊在一家女中裏教書，病了。那時候正是四月底，學期終結大概還有五星期光景。姊姊擔任的是初中三的英文，她恐怕就誤了那羣將畢業的初中學生，要我代她去上兩個星期課。

這時候我正是大學二年級，下午很少有課，湊巧她的課又都在下午，我似乎找不出不去代她的理由。可是一則為了自己有些怕羞，和一羣女孩子們同處一室，怕弄出笑話來，所以再三在姊姊前面推辭。可是姊姊不依，把我所感到困難的兩種理由，毫不留情地在母親面前推翻。於是我祗好硬着頭皮去做。我還在同學面前保守着秘密，因為我怕他們會取笑我。

第一天，在教務主任馮先生的領導下，踏上了講台。頑皮的學生都在竊竊私議着我，我低下了頭避開了那九十多只眼睛的逼視。自己的聲音聽在自己的耳朵裏變了音，自己的手軟軟地，拿着一枝鉛粉還有些嫌重，停在黑板上不能夠一揮而就。幸而這家女中訓育很好，所以學生的秩序還好，除了私議之外，並沒有什麼捉弄新先生的把戲。過去了二十分鐘，我漸漸地恢復了常態。我的手有了力，我的嗓子走入了正軌，我的行動得到了自由。

我的頭擧起來了，我開始見到了和我相處同窗的四十幾個小姑娘。我記得那時候我在講一件自己粗心的經驗給她們聽，所以每一個人都很注意地聽着。

我的前面，第二排上坐着一個很文靜的學生，天藍色的校服，配着她那蘋果似的小臉，梳着一頭蓬松的烏髮，色彩就引起人一種美感，還有兩顆黑漆似的眸子，靜靜地望着我出神。從她的臉上，我就斷定她是一個聰明的孩子。果然，在記分簿內我找到了她的號碼，因之，我又知道了她的名字——張潔影，所記的分數都在九十以上，我暗暗地記下了她的名字。不過，我常常見到她是孤獨的一個人，從沒有和別人在一起的時候。

過了一星期，我已經和她們混得很熟，她們對於我的教授法，似乎也很高興接受，每一個學生好像並不討厭我這個初出茅蘆的教師，我也暗暗地感到高興。

前面說過，這家女中的訓育非常嚴格；全體的學生都是寄宿的，除了兩三個例外，其餘的都得住在學校裏，過着有規律的生活。在禮拜天，才許回家一次。

是禮拜日的下午，為了要油印月考試題，我找了自己的稿子到學校裏來。學校裏冷清清地很靜，教場上有幾只鳥兒在那裏閒步。

等我把考卷印好，加封，鎖進抽屜以後，大概已經快五點鐘的光景了。我從教室內出來。迎面我就看見張潔影低着頭很快地向宿舍奔去。她看見我，可是她沒有招呼我，也沒有像平時這樣對我一笑。臉上好像很不高興似地。我心裏有一點奇怪，為什麼禮拜日她會在校裏，不出去。同時也有些生氣，覺得那姑娘有些不懂禮貌。我這樣想着，我慢慢地走出了走廊。

一陣嚶泣聲傳入我的耳際，我隨着那泣聲找去，看見會客室裏正有一個婦人哭泣着從裏面出來，她的手裏拿了一只紙盒和一籃枇杷，她抬頭看見是我，怔了一怔。用手指抹去了眼淚。

「太太，您找誰？」我的好奇心驅使着我問她。

「您是這兒的教師？」她的聲音很清越，在本地音中帶上了一點蘇州語調。她望着我，好像有點恐懼。

「是的，您是學生的家長？」我問，很謹慎地問。

「我是張潔影的媽！」

「那麼，你找到了她沒有？我剛才看見她向裏面走！」

」我一面說，一面想找一個工役。

「我見到她了！謝謝您。」她說着，低下頭向門外走。

途將近走廊上沒人，我的好奇心纔又起來，我喚住了她，我問她為什麼哭泣。

她經我一問，似乎更傷心了，她沒有出聲，不過眼淚從頰上流了下來。我請她在會客室坐下，她開始說話了。

「萍影是我的唯一的孩子，她的父親早死了。好容易把她養得這樣大，先生，你知道，我喜歡她比喜歡什麼都厲害，可是……」說到這兒，她停了半晌，像是在回憶些什麼。又像是在預備說些什麼。我靜靜地等着，我等着她的下文。她又說了。

「她沒有愛我，她而且恨我。她不要看見我，禮拜天，她也不肯來看我。可是我卻不成，我整天地想看見她，又怕她不高興，所以也一直沒有來。先生，告訴你不肯相信，我已經有二個半月沒看見萍影了，我一定要來看看她。可是她還是不要見我。」

「那是為什麼呢？」我對于萍影反常的行動也起了反感。

她沒有回答我的話，她繼續她自己的談話。

「我知道她愛吃枇杷，我託人從蘇州去買了來，挑了一籃最好的給她。我知道女孩子們愛好看，就買了一件最時式的短大衣給她。可是她都拒絕了。她說除了學校裏的膳宿學費之外，她不要化我的錢。先生，我盼望着要看見她，可是她卻這樣待我。」她似乎不能再說下去了。

「可是這是為什麼呢？」一個字也沒改，我重複地把前面的疑問再提出。

她對我一看，望了一下籃子和紙盒，說不出來。一粒一粒像黃豆般大的眼淚落在紙盒上發響。

我明白這婦人一定有什麼不可告人的事，我當然也不繼續問下去，這時候我祗有對張萍影起着一種惡感。

「這東西交給我吧！我差人替你送去！」我一面說，一面檢出一張紙，在紙上我寫了幾行字：——

「萍影，衣匣上的水跡不是污垢，是你媽的眼淚。枇杷中的酸味，不是生果，是你媽的苦心。收下吧！好孩子。」

我把字條摺好，走到會客室口，叫了一個工役，派他立刻送到張萍影那裏去。

「她會退回來的！」那婦人等工役走了以後，很肯定地說，我知道她這時候的一顆破碎的心漸漸地在凝結起來。

工役回去了，空手的。那婦人笑了，我勸許她隨着她出了校門。可是我敢很誠實地向你自首，我所勸她的話都是敷衍的，沒有一句是誠懇的。因爲這時候我正在懷疑着她們母女倆爲什麼要鬧這樣決裂？

在校門口，我和婦人同時回頭向宿舍看去。從窗口上望過去，很清楚地萍影正在房裏試着鏡大哭。我心裏一陣悵，我覺得那女孩子的可憐，可是我再看一下那婦人的臉，她正在那兒發笑。

我茫然了！我感到這事情太奇怪了。

回到家裏，我把這一切告訴了姊姊。這時候，姊姊已經痊癒，精神很好，她沒有等我說完，就叫我不必往下說，因爲她比我知道得更清楚。同時，她還替我解決了疑問。

這是萍影自己告訴姊姊的：——

萍影的母親，是個私娼。究竟她的父親有否死去，究竟她有沒有父親，或者甚至究竟那婦人是不是她母親，都是不能知道的事。

萍影在小的時候，當然不會知道她母親所做的事。還是在前一年，萍影跟着她母親到公司裏去買東西，碰見了一個同學，那同學的父親曾經在一個地方見過萍影的母親，就不許她女兒和萍影在一起，並且告訴他女兒說萍影的母親是一個無恥的女人。

女孩子們最喜歡講人家的閑話，於是這消息就傳遍了整個學校。萍影陷入了孤獨的地位，她失去了一切的朋友。除了教師們給她無限的同情之外，不能找到一個同情她的人。當然，她也知道了這些事。所以她很恨她的母親來了。她不要她母親再來看她，她自己也不要見她的母親。去年寒假，她也住在學校裏不回家。她宣言說完了高中，她就要尋找自立的職業，她要和她的母親脫離。現在的膳宿學費，將來是要歸還她母親的。

「那末，她沒有爲她的母親想一想？」我聽完了姊姊告訴我的話之後，我對於萍影還是不能予以同情，我的腦際深深地印上了那婦人的可憐的情形，我還是爲那婦人說話。

「一個十五六歲的女孩子是不會知道母親的苦心的。」姊姊老氣橫秋地下了這句評語。

在以後的一星期中，我對淙影更加注意了。我常常覺得奇怪，一個像她這樣聰明的女孩子會一點兒也沒有情感。我很想找一個機會和她談談，我要她明白她母親的行業不是女人情願做的，我要她給一點感情給她的母親。可是我始終也沒找到這個機會。

代課的時期過去了，我的腦際也把這事情淡淡忘去。依稀，在秋季開學之後，姊姊曾經和我提起過一句關於淙影的事，說是已經脫離了學校，脫離了母親：在自己找職業了。要記得我曾經嘆過一口氣，我也記得，我曾經暗暗地為我這位兩星期的桃李祝福！

到前年秋天，我們搬到這兒來住。第一天傍晚，我和姊姊巡視街頭，就在那紅色的西洋房旁，見到了那片烟紙店，更在那烟紙店裏見到了淙影的母親。

「這位先生面善得很！我們好像在那兒見過？」當她給我一包香烟的時候，她很有感情地問我。

「您姓張？」我說：「是張淙影的母親？」

「對了！先生！」她的聲音充滿了熱情，涼涼的秋天黃昏，也會被她的聲音烘暖。

「淙影呢？」我問得很平淡。

「別提吧！先生！她早就離開我了！」婦人的聲音有些顫抖。

姊姊在旁邊看，看見這婦人的眼角上有些淚水，她就用別的話混過去了。姊姊告訴她：我們今天才搬到這兒，有許多事要來問她。她很熱心地答應了。她告訴我們。在前兩年，就開了這一片小烟紙店，什麼事都由自己照料。她的談話中絕口不再提起淙影。我覺察到她內心的痛苦，我恐怕多談了，會引起她更多的痛苦，我們就和她說別。

以後，我每逢烟紙店，常常去跟她談談，常常看見她一個人拿着一只粉紅色的杯子在飲酒。在我們談話中，曾經有過一次完全談到淙影的事，可是她似乎已經把她淡淡忘去，祇是站在一個旁觀的地位，批評着淙影怎麼樣對不起她母親。

是初夏時節，天氣非常的悶熱。在一個朋友的邀請下，參加了一個小小的宴會。在那裏我見到了一位很有錢的商人，他那粗俗的談吐，以及那不堪入目的行動，處處地方都顯得令人惱厭，我起初並沒有十二分注意他。一直等到他約好的一位小姐來到的時候，這才引起了我的注意。因爲那位小姐就是在我那裏忘過兩星期前的張萍影。

她今晚上穿了一件淡藍的英國綢的旗袍，披了一件淺黑的薄大衣。脂粉施得很調勻，並不嫌多，也不嫌少。烏黑的頭髮，很巧妙地蟠在額前，足上是淡白的兩色皮鞋。她有一點像法國電影裏的瑪麗兒杜麗絲，尤其是那雙眸子在燈光下顯得更嫵媚，更引人，甚至可以說「誘人」！

我起初絕對認不出她就是萍影，因爲她的名字已經改了，她換了一個極誘人的名字，有一些西洋味，現在我記不起來了。她一見席子，就用很靈活的眸子在席中掃視了一下。她一看見我，就怔了一怔，很巧妙地把目光避開了我。帶着輕笑走到那位富商的身邊坐下了。

在這個時候，我才認出她是從前的萍影，現在是一個紅紅的舞女。

我莫明其妙地好半天，我猜不到爲什麼一個這樣驕傲的少女會走到她所厭恨的一條路。

就在這些猜想中，吃完了晚飯。在席間，好幾個同席都向她調笑着，尤其是那個粗俗的商人更是動手動足地叫人看了生氣。她含着笑對付着。偶而她的目光和我的目光接觸，她的頭就很快地低了下去，像是怕羞，像是窘。我爲了不要使她這樣，我就儘可能地把自己目光移到別處去，避免和她的接觸。

吃完布丁，侍役們送上茶。那位粗俗的商人提議買水菓吃，掏出了兩張百元鈔，自願作東，問同席的人愛什麼吃。我們都回答了，最後就問到了萍影，這時候，我正在回憶着萍影的一切，不明而然地代她答了一聲「枇杷！」

她很敏捷地向我望了一下，她的臉色很是緊張，可是立刻，她就用微笑把這些掩飾過去。也說了聲「枇杷！」

席中的人都有些奇怪，那商人很妒忌地對我一望。

「枇杷不知道有沒有上市呢？」他抓着頭皮在訓，很想推翻這個建議。

「有一位朋友從蘇州帶來過枇杷，我已經吃過了。」

我好像存心和他作對，很自然地說了這兩句。商人對我很根他一番，叫侍役去買了。事後，我有些懊悔。

晚飯後，大家都到森彩所做的舞場去，我本來想不去，可是主人說：「你不去，是看不起陸先生！」陸先生就是這位富商。這樣，我祇好答應了。

舞場裏是一片綠場的風景，這含糊的描寫正代表了我心裏對它的感覺，正像叫人去畫一個猙獰可怖的魔鬼，他不能，他用粗野的筆寫了「魔鬼」兩個字，這給予人的恐怖感覺比較畫更來得深刻一樣。

同席的都紛紛起舞，有的另找舞伴，有的徵得了商人的同意，和森彩同舞一番。我很少跳舞，就按兵不動，喝著前面放著的汽水。

桌上只剩了四個人，富商和朋友在談「買進，賣出。」此外就是伴坐在側的森彩和我，我覺得她太冷靜，也就激起了富商的同意，和森彩走入了舞池。

這時候，她開始說話了：——

「先生！我們好久不見了。」她輕輕地說。

「好久了，變化很多是不是？」我說。

「太多了。」

我們跳到了池角，轉了一個灣。

「你和你媽？」我問。

「也有好久不見了，快三年了！」

「她在我們附近開一片烟紙店。」

「呀！她倒很適當了，而我……」語氣老練得叫人奇怪。

「你不想見見你媽？」

她搖搖頭。半晌她對我說：「你曾經給過我一張字條，我記得，你好像這樣寫：……枕頭上的水跡是你媽的淚跡，枇杷中的酸味是你媽的苦心。現在我要對你說，臉上的歡笑是我的商品，枇杷裏的苦味是我的感情。」她的聲音倏然而止。她好像很難過的樣子。

我雖然覺得她的話有些勉強，可是情緒是很真實的。

「以前，我認為媽是可恥的，甘心被人玩弄。現在，我覺得自己更可恥，我，我智識程度還夠不上我的人戲弄。」這兩句話聲音比較激昂，我沒有見到她的臉，可是我想像得到她的表情。

「這是生活……這是生活。」很慚愧；我又在重施故談，把不誠實的話在勸她了。

第二天，我走過刊紙店，我告深深的媽帶了一個消息，她祇淡淡地一笑，沒有說什麼。

再過三天，我重把深深的事對她提起。她正在喝酒，放下酒杯，那只粉紅色的杯。很正經地對我說：「我早說過，一個女人想在都市上找生活是很容易走到這樣一條路上去的。」

在我回家的道上，我細細地辨味着她的話。

姊姊撕給我一條枇杷，我慢慢地剝着吃，可是這裏面都是些酸味，都是些苦味。甜味不知道上那兒去了。

歐洲近代名小說家

依茄華雷斯自傳（三）

秦瘦鷗 譯

二 從學校到街頭

關於平民教育的問題，專家們是常在那裏討論的，我實在不想再發表什麼意見，不過我對於這一個問題，當然也可以從另一個角度上去觀察：假使公立平民學校裏的學生，每一個是預先擇定下一種職業的話，那末勞苦的教師們似乎還不難把他們逐個訓練到完美的境界。但事實上，公立平民學校的學生之中，至少有百分之八十是在畢業以後被驅使到社會中去做各種他們所毫不熟諳底工作的；在他們七年或八年的辛勤的學習中，僅僅學會了怎樣讀書怎樣寫字和怎樣計算數目，所以即使是一個普通高等學校的畢業生，也不容易在離校後的一年中間，做某種不太重要的工作而獲得顧主的滿意，這樣我們就可以想見要一個從公立平民學校裏出來的學生充分利用他在七八年中間所受到的知識自然是更困難了！在那種學校裏，所留下的無非是許多不愉快的回憶。孩子們一點一點一點的很困苦地學習着，而學到的卻只是英國的海峽和海灣一類的知識；——及至他毅然和學校告別之後，這些知識便從他的腦子裏像電光石火一樣的消散了。

我小時候的確還可以算是一個相當聰明的孩子，現在不妨就讓我想想看，當時我學到了些什麼呢：在地理方面，第一是英國的地形的大概。可是美國就沒有注意過，歐洲的鐵道制度也絕無所聞。我知道中國有兩條大河，一是長江，一是黃河，但究竟那一條是長江，那一條是黃河，便記不得了。我還看到過非洲的地形，那是一張比較容易畫的地圖；我知道義大利的地形很像一條穿着長統靴的腿；印度像一個圓錐；但除了那邊曾有一次變亂之外，印度對於我簡直是非常的生疏。

在歷史方面，我所記得的就是古代的英國人慣用一種常綠樹的藍汁來塗抹他們的身子，戰爭的時候用的是一種籃形的木船；而威廉大帝則是在一〇六六年來征服英國的；亨利八世有七個妻子，好像是八個；卻爾斯皇帝是為了某種不甚清楚的原因而被送上斷頭台的；此外，我還知道在某一個時期裏，英國的歷史上，有過一次「薔薇戰爭。」（註一）

化學方面：假使把一段燒熱的金屬線放在養氣中去，——也許是氫氣吧？——就會變得非常的光亮；如果用一根麥桿插在石灰水裏吹，那末水就會變得很混濁了。

英國文學方面：有三個莎士比亞的劇本，使我特別的感到興趣，這一點知識，對於我後來的生活上倒有極大的幫助；此外又讀到了「天方夜譚」和二三篇古詩。

宗教方面：並不比我在星期日學校裏所學到的多。

圖畫方面：費了許多的工夫，苦苦地學習一種我所不感興趣的藝術。

數學方面：到小數為止。在那個時候，學校裏是從來不教論記的。你可以說我在數學這一種功課上所學到的知識，使僅能夠使我把一行行的數字很迅速地加起來而已。

我想我可以在一個月的工夫中間，教學生們得到比我自己在六年內所得到的更多的地理知識，這並不是說，我必須趕快聲明，我們那時候的先生不甚不誥，記得我們的校長還是當時教育界裏最出色的一位教師呢！所以當時的情形是完全由於制度的太不良，一小時一小時的工夫，完全浪費在勉強把一種多數學生所不感興趣的知識，灌輸進孩子們的頭腦中去。

除掉學生以外，你必須還得注意到他們底家長對於學校的態度，就在一般窮苦的父母們，學校只是一處可以消磨孩子們底時間的所在，免得他們留在家裏討厭；可是待到孩子稍稍長大了，學校便成了干涉人民自由的東西，孩子們本來可以出去謀生了，卻硬生生地給學校逗留着。

在一般的孩子的心目中，念書是比什麼都可怕的事，假使有一個孩子在星期一早上醒來的時候，對於又一星期的功課的開始，不覺得厭煩或憂悶的話，那他就是一位例外的超人了。一星期二十七小時又半的功課，比較普通高等學校的學生在學校裏所化的時間，委實太多了一些。當我在念書的時候，遊戲是不大許可的，甚至連體操也少得好像沒有一樣。在上午的幾小時裏，簡直不讓學生有一分鐘的休息，每班的功課大部份是同一位先生教授的，難得換一張生面孔。

公立平民學校裏最困難的一點是沒有規定的辦法可以強迫孩子們繼續求學，譬如說。在他不曾把各種近代語言中的一種學習純熟以前，不發修業證書給他，這就是很好的強迫方法了。可是直到目前，一個孩子從學校裏走出來，多少總是一個文盲，他的資格僅僅是夠做一名車僮或小使。依我看，這個制度中間的最不良的一點是不教孩子們怎樣說話，我自己對於街上那些孩子們的特殊的發音，總得已經相當熟悉，但有時候卻也聽不出他們說的是什麼；這種情形不但在倫敦如此，便是在外省也是這樣。我可以斷然的說，一般公立平民學校學生的發音拙劣，實在是他們一生的障礙，說成話，普通高等學校學生和公立義務學校學生間的區別，也就在他們說話的發音上面，後者往往濫用殘音。然而一個孩子為什麼要讓他在這種不利的情況下走進社會去呢？這眞是全無理由的事！

× × × × × ×

我居然也生活了十一個年頭了，那幾年裏，我的生活始終是離不掉六辨士的肉骨頭，充滿着烏煙氣的小咖啡店，莎士比亞的詩劇和一次次坐在用馬車拖駛的貨車中上等特等遊去的短途旅行。

爸爸那疆門的間歇性的態度失常我是記得比較清楚的，而且每次的情形往往相同，第一個變化是他從魚市場回來的時候，精神特別愉快而興奮，接着便是出去喝一頓小酒，放下酒杯，就上郵政儲蓄銀行去提款，提的數目總是很大的，然後再去租一匹馬和一個車子，由他自已駕駛着趕往賽特芬遊去：在那裏，人可以坐在檢樹底下喝茶。幾天之後，便另外進入了一個非常沉鬱又極度使術的階段，脾氣是極端粗暴了，接後才依然回復到桑子上架着眼鏡，不斷地默誦「新約」的正常狀態。

在他大喝大鬧的時間裏，對於我有快樂也有不幸，我是最多的，只須我開口，要幾個辨士就有幾個辨士，但有時候我就得坐在門前的石階上，苦苦地等候着，直到酒店打烊，才可以瞧見他回來，使我總很得不由不咒起那些累我不能安睡的酒鬼來。他這樣的態度失常，每次總是不到一星期的，——實際上他終究是一個又謹慎又節儉的人。在他的背心口袋裏，常常帶着一根捲詳余上溴下來的有鈎的鋼針，因為他游嗎都是鐵的假齒，萬一脫下來的時候，他就可以用這一根東西把它們鈎好。

的在十一歲的時候，我就進了街上一家小鋪中的一名司賬，他們那是一家鐵字店裏寫這外字，領導的人是一個比我大幾個月的小頭領，大家都聽着他的命令去下手；我自己卻從不曾直接參加過，僅僅在他們得手以後，被分派到很少的一部份，同時還覺得這種贓物簡直是無用處。

我又曾碰到過一個人，幾次教我去代替他買香煙，雖然每次的價格總是一鎊士，但他付給我的卻老是一枚嶄新的佛羅倫，(註二)由我買好了烟，連找頭一起還給他；這樣經過了五次以後，我心裏已經明白了。第六次，我便拿著這金幣去找站在最近的一個警察，向他說：

「對不起，先生，請看一看這金幣是假的嗎？」

他用幾個手指一捺，那金幣便斷了，於是利用我的人便立刻被送進了警察局去；到審判的時候，法官讚我是一個聰明的小孩子，這件事「世界新聞」上曾經登載過，我把它剪了下來，保存了許多時候。——這是我的名字被排印出來的第一次。

註一：Wars of the Roses 亦稱玫瑰戰爭。公元一四五五年至一四八五年的中間，英國的約克（York）族和蘭克斯脫（Lancaster）族爲了互爭王位發生戰爭；約克族人用白薔薇做徽章，蘭克斯脫族用紅薔薇做徽章，因此歷史家稱之爲「薔薇戰爭」。

註二：Florin 一八四九年以來英國適用的金幣，值二先令。

憶昆明

班　公

昆明實在是美極了。若僅以山明水秀，景色宜人而論，那麼江南水鄉或者未必輸於這個高原的山城，可是江南卻決沒有這樣四季如春的好天氣。香港的天氣是好了，可是香港卻又有一股近代都市的俗氣，煩囂喧雜，不可久居，而且市招佈告之類，動輒文理不通，看見了刺眼得很！總之，我不喜歡香港。昆明像寧靜的北京，明朗，靜穆，處處看得到絢爛的鮮花，卻又沒有那一陣陣滿載着黃土的風。昆明是 Unique 的，

最令人戀戀的，當然是那一片永遠是綠油油的翠湖了。翠湖就勉強是一個公園罷，但是它有一種天然的秀麗。一條狹長的土堤通到湖心，堤邊栽滿了青蔥的樹，樹蔭下排列着朱漆的小半桌，泡一壺茶，抽一枝烟，也很可以和可談的朋友們消磨半日了。湖中有兩三尺長的五色魚，問小販買幾個炒米團，向堤傍遠的湖水中擲去，便見鮮豔奪目的五色魚追上去，喋喋的聲音無殊盛夏的陣雨。到了夏天，便滿湖都是紅荷了，這一陣陣清香真叫人心曠神怡，寵辱都忘。到了夜深，樹影深處便傳出清越的愛情的歌聲來，閃爍的螢火飛舞着。一切都不像是現實的。雲南人愛唱那種愛情的山歌，歌聲是很清的，很高亢，充滿了熱烈的愛，但是一點也不淫猥，可說是一種健康的歌聲；回到了上海之後，更懷念那種天籟了。

翠湖邊上有不少精緻的別墅，但是在這些漂亮的洋房之間卻有一家很特別的小酒店。店門首有一只風爐，很像蘇州做斗糕的人所用的那種。風爐之上，有好幾疊小小的蒸籠，大概每一只蒸籠的直徑才兩寸長吧，而其中就蒸着一小塊一

小塊的拌了米粉的牛肉。牛肉是先用醬油浸過了的，等到火候差不多，第一批的粉蒸牛肉已經發出香味的時候，店裏四五只桌子上等候着的客人一定也很多了。于是那位長得非常之像莎士比亞的店主人便虔敬地把蒸籠送到了客人的面前文雅地問：

「先生，你家可要幾兩酒？」

這家小酒店的生意是很好的，但店主人不知怎麼不到黃昏總不開門。黃黃的燈光下，我常在小蒸籠裏加一撮紅辣椒末，一撮鹽，慢慢地喝着一杯杯醇烈的酒：

酒店旁，有條窄極陡的幾十級石級，可達昆明城內的五華山。石級腳下是一塊低矮古舊的石碑，碑上還看得出字：「明永曆帝殉國處」，是吳三桂當道逼迫永曆到此，永曆力竭被縊的地方。到現在還是叫作「逼死坡」的。

在昆明，像那家小酒店一樣只在晚上營業的店鋪極多，幾家最大的酒館根本中午不做買賣，因之，一到晚上，就格外來得熱鬧了。最興盛的正義路上肩摩踵接，竟日不斷絡。但是，我認為最有意思的卻是那近鐵路馬路上的黑市。這時候，馬路兩邊正式的店舖倒有些已經休息了，特別是那些從上海搬來的新式商行。于是無數的擺攤便擺放起攤子來，地攤也不少。在北平喜歡逛市場的人，大概是不會不喜歡這些小攤的，五花八門，很有些叫人心愛的東西。自然，大部是「贓貨」，跟北平的黑市一樣，但是新東西也很不少，攤子上往往用很亮的電燈照着，所以實際上是不能算「黑」的。有幾個朋友簡直每天必去，說是上了癮了。

攤頭貨物，象牙製品最多，假貨自然也不少，但是如果真有鑑賞的眼光，倒也能找到一些有趣的東西。書攤也極多，除掉「寡婦不求人」之類以外，最多的是小本的「經典小說」，價以磅論。原版西書差不多絕跡，而常常有講金石的書本，我曾見「十鐘山房」一部，可惜論價未妥，沒有買成，至今還覺得耿耿得很。

大理石倒是雲南名產，可是絕少刻手，因之至多不過是花紋稍美的杯盤之類，論琢磨論雕刻，總覺得極少當意。據說有一位上海來滇的青年，父親是抽大烟的，總盼得一點真正的雲土而無法攜帶。某晚上，那位青年在熱市購得大理石盤一只，花紋之美，頗不易得。那知回家仔細把玩，却發現原來這只盤竟是有夾底的，結果當然是正中下懷，很成功地透過了海關關員的銳眼，做了一次私運烟土的孝子。

雲土的確是香！但抽大烟當然是要不得，毫無疑義，禁運是理所當然，那位孝子如果被捕也是活該。至于雲南的酒也不准多帶那麼兩瓶三瓶出來，可實在是一種苛政。開遠的雜菓酒，芳香甘冽，世無其匹，法國西班牙的葡萄酒都得好好的讓它幾分。到昆明之前，我還是一個涓滴不入的人，到了昆明之後，先是嘗到了昆明的土製葡萄酒「登納酒」，已經覺得在飯館的混合中，有極醇極爽之味，等到後來，開遠的「雜菓」，貴州的「茅台」，四川的「大麯」，居然都有新嘗到，才深深悟到原來酒是不可不飲的！及與英國詩人 Wm. Empson 先生遊，于是 Rum, Whiskey……等等也漸漸熟悉起來，但我總覺得飲某一種酒時，必須合乎某一種 mood，祇有雜菓却是隨處不妨，無時不宜的。記得北京大學化學系的曾昭掄教授從湖南步行到昆明，稍休息必飲酒，結果寫成了一本「中國的酒」，據說是極有價值的著作。曾先生的學問自然是本來已經有國際盛譽的，可是到了出產真正好酒的地方而不繫一醉，我覺得也實在是有些暴殄天物了。

昆明天氣和煦，土壤肥沃，農產物極為豐美，無怪要出產好酒。我的身裁不能算矮，但在昆明的圓通公園附近，竟有和我差不多高的仙人掌！我把頭稍低，便可對面不相見。到年底時，鄉下人挑進城來的担子中，我曾發現長一尺左右的大佛手，像排球一樣大的香櫞！據雲南人告訴我，那種佛手是預備切了片做菜的，不想江浙一帶視為商品的東西，在昆明却與蔬菜遭到了相同的命運。

看看上海水菓攤上擺出來的那些先天不足的水菓，真要想起昆明來！桃子快上市了，昆明郊外的桃林上一定已經結滿了又大又甜的桃子了罷？可是再要這樣一搭一搭的說下去，你也許要疑心昆明的月亮也比上海的大了。其實我卽使真的這樣說也不見得能算錯，昆明拔海一千八百九十二公尺，比上海離開月亮近得多呢！

關於母親

武者小路實篤

說起母親，我便會想起我們自己的母親來。我三歲的時候，就失掉了父親。因此我完全不懂得父親底愛，可是對於母親底愛却是很明白的。回憶童年的時候，母親老在我的身傍而沒有離開過。我離開母親往別處過宿，這祇非情一年中恐怕還不到一次，但我已感到寂寞得沒有辦法，而在令人不發覺的情況中哭了一場，我後悔以後決不再離開母親了。母親自三十七歲那年喪偶後，是爲了她的孩子而生存着的。母親不單爲了憐愛她底孩子，同時也很嚴厲的。我是愛哭的，並且一哭起來，就非常執拗而哭個不止。因此母親時常對我這事說：「這個孩子是會變瘋的」而替我的脾氣担心。所以當我發脾氣的當兒，爲了要懲戒我，對於我這樣的哭泣，她老是絕不逢迎我。祇有姊姊居間的安慰我，和撫慰母親。我父親的頭腦是相當的好的，因爲脾氣甚壞，所以一生吃虧不少。母親爲了改善我的壞脾氣費了很大的心血，當然，我從父親傳得了壞脾氣的性質外，又從母親傳到了極有忍耐的性質，故雖不能說是得了母親的教育而改善了，但母親的苦心，卻收了很大的功勞，也是事實。此外，我又是一個極懶惰的人，時受母親的責叱，因而又大哭了。給母親責叱哭後，卻立刻用起功來，但不久又回復故態了，所以母親的苦心有點白費。但母親爲了孩子的教育，祇是勞苦功高，我是非常明白的。

我的哥哥在學習院是第一個「秀才」，成績也相當的優越，雖然這是因爲他的頭腦好的關係，但也是母親的教導有方。母親在哥哥怕雷響的當兒，時常帶他到園裏佇立着。

我也時常讓母親說：「倘若你肯用功，也是有用的。」但我回答：「當然啊！倘若能夠用功，一定是有用，可是我是無法用功的，所以也沒辦法呀！」母親又替我的身體很担心。從學校放學回家稍稍遲的時候，就佇候於門前。穿了薄衣服出門時，母親照樣也穿了薄衣服在門外佇候我的歸來。初戀的時候，我才眞的明白母親的心思。

我的哥哥現在任着瑞典的公使，但當他前任羅馬尼亞的公使而出門時，身體已衰弱得很利害，要時常躺在牀上有時起立的母親，以爲在此生此世不能再見哥哥了。哥哥也這樣的想。所以分袂時，哥哥淌了眼淚而哭了出來。但母親沒有流一滴的眼淚，那天早上，爲了撫慰哥哥的心情，她很坦然如沒事的一般，踏出庭院裏。母親伶仃孤獨，在無人窺見時，她不知哭了多少次了。但和哥哥分袂時而不淌一滴眼淚，在傍的人們看到都驚愕了。那時我因爲在九州而不在她身旁。我是與哥哥相逢於京都而送他的行到神戶的，誰看不見那時母親的情況，但是嫂嫂也曾很感動的灑了淚珠，把當時母親的光景說出來。

以前我是曾親眼看見哥哥闊別多年由外國歸來，母親走到門前迎迓的事。因爲這是大地震的翌年的緣故吧，兩個人一相逢便哭起來。因爲我忍不住直視他們，便離開了。但相逢時哭泣的光景給孩子看見，和分別時的悲痛的流淚而不給孩子看見，我以爲是母性的。母親在自己能夠忍耐的地方，她都忍耐了。

自從那次分別了後，母親結果沒有再逢到哥哥而長逝了。我把母親的事寫出來，雖然有點不妥，但我們兄弟却是很尊敬母親的。我們全靠了母親的生存，我們才順利的長大，無論那時，若思起母親，勇氣便會沸騰而覺得這眞是使我們感謝的。

母親自三十七歲起，便守了貞節的事實是當然的，所以這倒不敢發要特別誇張。

（賓原譯）

夜闌人靜（長篇連載）

譚惟翰

七

一個四十多歲的老婦人走了來，稀少的頭髮在月影裏愈加顯得灰白，額上的皺紋是她多年辛勞刻留的痕跡。她走路不怎麼快，細長的身影在長道上搖晃得厲害。一邊走一邊用極親熱而帶有希望的口吻呼喚着她女兒的名字。

女兒忙迎上去：

「媽，你來了。」

老婦拖住女兒的手臂：

「闌姑！可憐……你這兩天越發瘦了。」

女兒把手縮回去，頭略微搖了一下。像是在叫她的母親別惦念着這些，也好像是嘆惜自己的身體實在越來越瘦弱了。

「時候不早，你還是早點兒回去休息吧……」老婦說。

「媽，你先回去……外面風大，當心那老毛病又要發作了。」

「好孩子，媽那天不都是陪你一同回去的麼？」

闌姑遲鈍地：

「今天……我，我打算多……多登一會兒。」

「生意不怎麼好嗎？」老婦担心地問。

搖搖頭。

「做了多少錢？」

不做聲。

「媽對你說話，你爲什麼老是不開口？是不是又受了什麼人的委屈？」帶着兇怨地，「那些客人都不是他媽的好東西……」摸摸闌姑的頭髮，「我的好孩子，告訴你媽：究竟做了多少錢的生意？」

「媽……我……我……」

闌姑的目光跟着憂傷，她怕這位年老的母親經受不起更多的刺激……

「闌姑，瞧你的神氣，好像——哦，你的錢夾呢？」

「錢夾？」她兩手把錢夾按住。

「拿給我看。」母親說。

她祇好遞給她。

打開錢夾瞧了一瞧：

「怎麼？」老婦詫異地問，「你一個大錢都沒弄到手？」

「媽，請你，請你不要難過。」

「孩子，你出來這麼大半天，一個錢也沒弄到，叫媽怎不痛心？唉，這也是你媽的命太苦了……」

「別傷心！你先回去吧。」

「你呢？」

「我……」她安慰她的母親說，「我再等一會兒……等戲散場之後，也許會有點兒生意——我想總可以弄幾個錢回家的。」

「好吧，那我就先回去……」

老婦望望女兒憔悴的臉，深長地嘆了一口氣。她正打算走，忽然瞧見也在旁邊的一位青年站起來向南姑說：

「南、南姑。你的錢……還是你拿回去吧。」

他心裏難過地將鈔票退還給她。

「不，不，」南姑堅決地說，「你拿去用好了！」

老婦人莫明其妙。

「你們這是——是什麼意思？」

「媽，我……」

「你快說！」

無可奈何地，南姑告訴她的媽：

「我今天賺來的錢全都給了他！」指着閆楓。

「什麼都給了他！」老婦朝閆楓看，致感地呼着「天哪！原來我的女兒瞞住我，私自把錢贈給——」

不等媽說完，南姑情急地說：

「媽，請你別誤會我的意思，我和這位先生原先並不認識。」

老婦懷疑地問：

「你拿錢送給了你素不相識的人？」

「是的，」她向媽解釋，「我看這位先生是個正派人，因了沒錢用，急得那麼瘋狂的樣子，真是可憐，所以我……我就救了他這一回忙。」

「孩子，你瘋了嗎？」老婦大叫起來，「你忘了你自己的錢是怎樣來的！這時候有錢的都不肯拿點兒錢出來救濟窮人，憑咱們什麼要你發慈悲？你趕快跟我把錢討回來！」

「媽，我不能。」

「快去，不然，媽就——」

「我的好媽媽……」

南姑見媽要朝閆楓那邊跑過去，便阻止她。閆楓立在一旁老爺被她們母女兩人的話語弄得發呆了。他祇顧向蘭姑說：

「我給你！我還給你……」

可是老婦已摔開蘭姑的手，奔到呂楓的面前，指著他的臉

「不許你多說！你不是個好東西！你是騙子，你有意來騙我女兒的錢……」她抓住呂楓的衣衫，「我一定要和你拚，拚……！」

蘭姑跑上前，一把拉住母親的手，「媽，你別這樣生氣，他不是個壞人！他……」

老婦在這時突然鬆了自己的手，這倒不是出於女兒的一句話發生了効力，實在是——

「你，你不是楓，楓少爺嗎？」

呂楓也驚異地注視著老婦：

「你是　你是……啊，徐媽……」

呂楓抱住了這老婦，如同倒在自己的母親懷裏一般。

這就使蘭姑弄不明白了！

「媽，你認識這位先生？」她把嘴湊在母親的耳邊，悄悄地問。

老婦慢慢地從呂楓肩上抬起掛下兩行熱淚的臉說：

「他就是……我們以前東家的大少爺。」

蘭姑驚悟地望著天空　隨著她親母的話喊：

「哦，大少爺！」

八

呂楓是大清早跑出去的，傍晚還沒回來，害得他的未婚妻薛竹貞同竹貞的父親等待了好久，大家都顯得有些兒焦急了！

「天都黑了，他怎麼還不回來啊？」薛老先生煩悶地在屋子裏兜著圈子，「貞兒，他究竟跟你說是上那兒去的？」

「他沒有和我說起，」竹貞回答她的父親，「恐怕又是設法弄錢去了。」

「嗯？你說什麼？」薛老先生的耳朵很欠靈敏，他沒有完全聽見女兒的話，於是嘆息了一聲，「唉！這真是要把人急壞的啊！」

「…………」

竹貞望見老父撫著自己的白鬚，她再也說不出什麼話來了。

牀上起了母親痛苦的呻吟。

「真是活受罪啊！」薛老太翻了一個身，「為什麼不早點兒疼死呢？……這病人的……」

她想說「這病人的胃病」，然而，與其這樣說：那是絕對

不正確的。近幾年來，自從她的一點私蓄，我是說，她的存款慢慢兒地被丈夫從銀行裏提消了的時候，便換來了一堆貴重的毛病積藏在她的身內。甲醫生說她患的是胃病，乙醫生說她的腦子不健全，丙醫生說她肺病已到了第三期，丁醫生又說她完全是血虧……其實醫生所說的這幾種病她都有，可是她所有的病醫生都不曾全部指出來，而且，能說出一種毛病的却是並不能就把這一種毛病照他所理想的治好，因此薛老太日夜裏便和病體在那兒掙扎了！

薛老太的心是苦痛的，她呻吟，氣喘着，這聲音傳到竹貞的耳鼓裏，她的心自然也是苦痛的。

「媽，你靜心地睡一會兒吧。」竹貞到牀邊去安慰她的母親。

「叫我怎麽能靜得下來呀！」老太用一隻乾瘦的小拳頭打自己的胸口，「閻都要給她鬧死了！」

老太這句話明明是指的半個鐘點以前的事。

半個鐘點以前——正如老太所說的「閻都要給她鬧死了」她——她是誰？就是額頭撑得一條條紅印，綽號「朱砂頸」的房東太太。

這位房東太太眞是兇惡，生着豬一樣的身體，狼一樣的大嘴，如果她眞是一隻野獸的話，那與她的價值倒是極相合的，但是不知怎樣一來，上帝讓她生就了一副人的面孔，於是她彷彿抱怨誰給她投錯了胎似的，終日裏張着嘴向別人不住地咆哮了！

「你們的房錢到底想拖到幾時呀？」把門打開，像野豬衝取食料一般地直撞進來，也不管房裏有沒有病人就大聲地吼。連帶點兒聾的老頭兒也知道她是來討房錢的了。

「房東太太，房錢我們不是不給，實在……」

「實在你們有很多很多的現款存在銀行裏，一時提不出來不是？」這句話像一把利刀，將老頭兒的話一下子割斷了。

「朱太太，對你不要生這樣大的氣……」竹貞走上前去說。

「小姐，你可別見怪，我們不是讀書人，火氣向來是大的。——可是，我不會跟你說漂亮話，乾脆地回答我：今天究竟有沒有錢？」

「今天？」

「……」「今天沒有，要等明天才能付」，對不對？小姐，這話一遍，兩遍，三遍我全都聽厭了！要是你們的每一次所說的話都能兌現，那至少今年一年的房租早就付清了。」朱砂頸怒吼着，假如不是嫌房裏的三個人太缺乏脂肪和血液的話，她眞恨不得活生生地吞他們一口吞下去。

「做做好事，不要吵啦！」老太費勁地說，「貞兒，我實在受不了，你請她快出去吧！」

「哼！」朱砂顏用鼻子說話，「今天若再拿不出錢來，怕眞要請出！」

她的口涎隨着話後的一個字噴在竹貞的臉上，竹貞怨怨地望着面前這個肥大的身體，這肥大的身體好容易移出門外，把房門砰地一聲帶上，然後蹬蹬蹬地跑下了樓梯。

九

天已烏黑，屋子裏上了燈了。

他們從出殯，出殯直到現在還沒回家。

忽然，門板響了好幾聲。老太的心隨着這門聲亂跳着：

「莫不會又是她……」

竹貞遲疑了一會，把門打開，還好，進來的不是房東太太，是房東太太的女傭阿銀。

「孔少爺請你馬上下樓去一次，他有話和你講。」阿銀對竹貞說。

「好，你先下去，我就來。」

阿銀便先下樓去了。

「貞兒，什麼事呀？」老頭兒關懷地問。

「孔……孔家叔叔叫我下去談幾句話！」她走到父親身邊附着他的耳朵說。

「那麼，你快去吧！」

竹貞慢慢兒地出了房門，踏着樓梯，心是紊亂的。——他找她幹什麼呢？那張油腔滑調的笑面虎！要是父親的耳朵稍微靈便一點，她甚寧願待在房裏，讓父親下樓去和他談話的，然而如今父親的耳朵幾乎全部失聰，母親不能起床，出殯又不在家，她不下樓去，叫誰下去呢？

到了客堂裏，阿銀指着右面的廂房說：

「孔少爺在房間裏。」

門沒門上，竹貞想推門進去，但他又有些不敢。她知道朱砂顏也是住在這房裏的，碰到她少不了又要聽幾句刺耳的話。何苦呢？正在這時，孔玉山已經聽到了阿銀的聲音，他連忙從朱砂顏的木床上爬下來把門拉開了。

「竹小姐，請進坐。」孔玉山擡開一隻右手，做着歡迎的姿勢。

竹貞仍舊立在門口。

「您有什麼話，就在這兒說好了。」

「我有一點兒小事要跟你商量，這事完全是對你有益處的一孔玉山是個幾乎的、，他從竹貞的眉宇間看出她是怕只失的訪殊，便指着另處說。——……她出外打擾去了，你還較為。沒關係。」

聽了他的話，竹貞有點兒遲疑。什麼事是對自己有益處的呢？她不自禁地走到了前房裏。

「隨便坐，」孔玉山說，「我們都不是外人——您的老太爺跟我是多年的同事，而且我們又是同鄉！」

竹貞坐着，垂眼，笑着，紅潤色的嬌唇從他貴牙微露處以到竹貞的鼻孔裏，什麼聲音嘈雜，弟弟在園外邊一只在街上坐下了。

孔玉山也隨身坐在她的對面，開了頂的那一塊頭皮，在電燈下發亮。他咳嗽一聲，吐了一口濃痰在地板上：

「薛小姐，我請你來，第一是想和你談談關於房錢的問題。本來我不應當跟你談這些，可是你知道：你們搬到這兒住是由我介紹的。那和你們房錢，欠就是好幾個月，別說你們離房的，就是我在這兒說話也有些不好意思。雖說這位房東太太是我的——去和她都是多年的知己朋友，但交情是交情，事理是事理。你們的房錢不付，大房東每個月可還是照樣地要向她討呀！你們也該替她想一想，是不是？……」

竹貞不做聲。

「……第二，我想到你談談你們的生活問題。你的老太爺上了年紀不能做事，你的那位未婚夫一走到這兒便絕了個跡兒的蹤影，然後接下去，「……他總說找事做，找事做，可是至今也仍舊和你一樣地坐在家裏，加上你的老太太的病又非常沉重，甚而吃飯，吃藥，都需要錢，你們人口四個，可以說沒有一個能進錢。俗話說得好：坐吃山空，如今你們已是到了絕的地步，再下去，連山都要塌下來了！我真替你們的生命感到危險！」

竹貞不做聲。

「薛小姐你是聰明人，難道你對於這些……真的就毫無打算麼？」

「我……」竹貞實在不知怎麼說。

「我常覺得奇怪：像你這樣一位好好的小姐，爲什麼要嫁給那樣一個無父無母，無依靠又無職業的太窮鬼？」

「他是一個負得上稱爲正直的青年，而且他有很好的學識。」竹貞說。

「學識？這個世界是不靠學識來換飯吃的。啊！小姐，你最好勸他不要做往常那樣的書呆子，應該設法找點兒事做才行。」

「他又何嘗不想找點兒事做呢？可是到處找不着，又有什麼辦法！」竹貞代呂撫辯護，「——孔先生能替他設法謀個事麼？」

「我……」孔玉山微微笑笑，臉上的幾條皺紋洩出了他內心的驕傲，「我本來是想幫你們的忙，好人總該做到底——既跟你們找到了這所房子，還該爲你們謀個把事。」

「眞是再好也沒有了。……這些時呂撫的身體和生活都折磨壞了……」

孔玉山斜着眼睛對竹貞看看：

「不過……天下的事是常常令人猜不透：有的人終日東奔西走總找不着一個事。也有好些事放在那裏，無論怎樣總尋不着一個適當的人……」孔玉山把話停了停，又用目光在竹貞的臉上描了一個橢圓形，然後笑着說，「張小姐，不是我恭維你，論謀事，你比你的未婚夫有希望得多！」

「啊！……」

這個年輕女子的心立刻給這句話燃亮了。

春末寓園雜詠

龍沐勛

蠶豆花光豌豆開，
菜花別蝶忽飛來，
翩然莫辨花和蝶，
只盼蓓蝶只未堆。

掃眉集

呂白華

女娟

滄河從長子應谷蜿蜒而來，流對着西面的常山，做了這因的屏障。

早晨，朝陽初照着滄河，河底水微微的泛起漣漪，像一個含笑的美人。黃昏了，滄河洶動夜潮，挾着颶風，吞吐那無涯的波浪，含笑的美人變了躍馬的英雄。女娟就跟隨她父親在滄河上度過了悠長的朝朝暮暮。

但是無論朝或暮，女娟對於滄河永遠維持着好感。也可以說滄河的水波是女娟的浮雕，因為朝朝暮暮，那水波從美麗而化為浩瀚，再從浩瀚而化為美麗，無形中養成了女娟的特性。早晨，女娟臨流顧影，梳着兩髻的烏絲髮，會凝神起來，黃昏了，聽奔騰的怒吼，這聲音激發了她，於是，叩楫而歌，頓然充滿出偉丈夫的氣概。一種環境陶冶成的特性是必然的趨勢，誰能說女娟是弱女子呢！

是的，滄河的水波是女娟的浮雕，滄河的水波為女娟寫照。女娟的父親，做滄河的津吏很久了，寂寞的官舍，只有他們父女兩個。

夕陽還沒有銜着河面，女娟同她父親划着一葉小舟，銜着波，向河心搖去，有不少小船都繫着岸旁了，有些則正在靠攏岸，只有女娟這一葉，悠閒地，輕輕蕩着；女娟兩手划着槳，順波流的勢，並不用力，讓自在地緩緩行進。一回，她索性把槳收起了，擱着一旁，彎下腰去舀起一手掌水來，還沒有送飲，却流去一半，惹得兀自蹺曲兩腿坐着艙內的老父哈哈大笑。

「娟，你年齡也不小了，還那麼孩皮態！」

「水可以鑒心的，傷心有如此水。」

「唉！娟，為父的調到這兒來，風濤飄透了半生，自己也沒有什麼大才能，在抱關擊柝之列，當然無所謂怨尤，到這兒許多年，朝伴着滄河，暮伴着滄河，風濤中過去了多少朝朝暮暮。這樣，我漸漸老了，自從你母親離開這滄河，離開這世界，我覺得在天地間成了贅疣，成了多餘。那時剩下你一塊肉，好容易把你養到這模樣。而我是迫近桑榆的人咧！」津吏不勝遜悅地說。

「父親，爲什麼終拋不掉那一盃米釀酒！」

「我既無所謂煩尤，也無所謂米釀。」津吏停了一秒，「唉！有如此水，娟，你愛此水，我也愛此水，我愛它像醉酒般甘旨。」

女娟看父親說了這話，透起眼，搖搖着頭似乎有醉意了。

「父親，酒是可愛的，它可消遣你晚年，一醉散千愁，固然也是好的事。不過，父親往往喝得過度，喝了就酩酊般連什麼事都不知，何況多少妨礙健康。」

「我說了水像醉酒般甘旨，你又來了，老來光景，太平淡了，不沒得沒有一些滋味，我就喝上了酒，實在是不得已呢！娟，你知道嗎？」津吏說到這裏，面容嚴肅起來，接着，默默地一會，看了看女娟，又說：

「娟，你純粹的風姿，正像你死去的母親，而銳利的詞鋒，比你母親是強多了。你倒稱得上巾幗中的丈夫，可惜你終究是巾幗，更可惜你碰着這個窮命。」

「父親，好像大風要起了！」女娟聽了老父的話，來不及回答，水面的風忽兒襲住她，她連忙搖盪雙槳來划着。

「那麼，我們回去吧！」津吏也覺察到快有大風要來。

「不，我們衝波濤一次吧！」女娟忽然勇敢起來。

津吏只有不住搖着頷下那一撮花白鬚，沒有話，但知道自己女兒的脾氣，在平時，每遇大風浪的時候，她終喜歡划起了船去衝，何況今天已經划到河中央。

「當心些！」

風兒已經掠向船邊，把津吏的話音壓低得幾乎聽不見，同時，這裏鼓動了浪濤，這浪濤，由微盪着的水面湧起，越湧越高，也越湧越近，挾着大風的嘯聲，把女娟的船拋出了丈把遠。女娟本來等待着的，一把緊那柄槳，箭也似的隨着前駛，浪濤一起一伏，女娟兩手揮使雙槳，跑了幾個圈兒。

「眞的可以回去了！」津吏催促着。

女娟才一聲銀鈴似的唱起歌來，乘勢起蹤，乘風破浪地折回原路。圓月代替夕陽升高在上空，照着津吏的花白鬚，照着女娟這時的動態，窈窕，婀娜，活潑。

一夜過去了。

女娟起來，推開橫窗，望見河面仍然回復到微微的漣漪，回憶昨夜泛舟，猶有餘興，出神了好久，津吏也起來了，過來拍一下她的肩膀。

「娟，出入波濤，終要當心爲是！」

「女兒曉得，波濤萬變，我以靜，靜而制變，那決不會失的！」女娟侃侃地說。

「難得你心細如髮，我老了，不爲護河僧所笑，你可以承得我這責任吧！然而，你是巾幗。」

「父親，又是牢騷，女兒不想做什麼官，不過津河的朝暮，適合我的個性而已。」

「父親，你瞧，那邊塵頭發動，似乎有快馬到來！」果然是女娟年少心細，她指着西北角，津吏順手指處看去，隱現着一騎穿官服的，揚鞭而來。

「是那邊來的，大概又有渡河差事來了吧！」津吏喃喃念着，忙轉身下去，吩咐侍卒開門迎接，果然，是命令，立着：「着渡河津吏三日內備船若干隻，候命！」來官交了令，返身上馬又去了。

「父親，渡河什麼事？」女娟翩然地過來問。

「渡濟河而南，船隻是那麼多，一定目標在楚國。」津吏捻一下他頷下花白鬚。

「你去通知他們，預備三日內排列岸旁！」他叫侍卒去傳命令，又回頭對娟說：「娟，你去辦俎豆，我得祭祀河神一番。」

第三日時，津吏先禱告了河神，禱告以後，他們照例分享神前的祭菜。

「弟兄們，飽餐一頓，我們等主上來，就要渡河啊！」津吏本來愛酒的，他早擎起了一大杯。

在歡笑聲中，一大杯，一大杯，津吏醺醺地了。

「父親，你還有職守呢！再不能喝下去！」女娟看老父醉意已有七八分，想勸止他，那裏勸得住。

「不打緊，人生能有幾回醉，如我暮年，不醉何待？你不知道醉了更可以破萬里浪嗎？」津吏說着，又倒了一大杯，不自禁斜倒身去。

「你們去整理船隻吧！我扶父親睡一回，好在兵馬最早近午始趕得到河邊。」女娟代傳了話，同侍卒扶着津吏入內。

不到兩個鐘頭，雜沓的馬蹄聲夾着一片紫霧，在津吏門外簇起了。女娟這一驚，非同小可，她知道簡子的兵馬已到了河邊，爲什麼這麼快，她沒有心思去求這個解答，她父親還是泥塑一般的，搖撼他，動也不動。

「這怎麼好？」女娟芳心跳個不住。

「我去迎接！」侍卒說，女娟點點頭。

紛亂的聲浪忽然平靜下來，女娟理一下烏絲髮，悄悄走向堂前偷覷着，看見四五個武官雄立在兩旁，當中坐了一個威儀岸然的人，黑鬚豎豎，正發着大怒，侍卒俯伏在前面，索索的抖，一句話也不敢說。

「中坐的一定是主君趙簡子了！看樣子是逃不了呢。」女紹蠶其消，沉着的芳心翻變了鎮靜，到沒有辦法的時候纔決定自己挺身去抵一下了。

「豈有此理，」簡子一聲呼叱：「這樣的醉漢，還成什麼事，藐視上司，貽誤軍機，兩罪並發，左右來，把津吏捆去砍了。」

女娟這時不得不冒萬險了，床上的老父，還紅着臉，還醉着，怎能眼看被他們拖出去殺了呢。她挺身出去，明知是萬險，也許有一分希冀。代父死是孝道，這是應該的事。不等簡子的左右動手，急忙忙她拔開簾幙，疾走上階沿，這使要動手去捆津吏的左右都呆住了，連簡子也瞪目起來。

「你這小女子疾走幹什麼？」

「在不穀（諸侯自謙之稱）座前，何得如此？」簡子的面孔又回復莊嚴。

「主君息怒，容妾奔來！」女娟上了階沿，跪倒了：「妾名娟，是津吏的女兒，妾父奉了上命，主君三日內渡河，渡河是朝朝暮暮泛動着洪波的，尤其黃昏了，大風吞吐那無邊涯的浪濤，妾父怕汪洋一片，風波的中起戲動玉體，所以，今天一早，先在九江三淮的水神廟前，很虔誠的禱祀，備了一些俎豆，一盞清酒，代表主君的意思，祝求馬平安渡河。為了妾父向愛杯中物的，禱祀完了，覺得很愉快，召同舟的分享祭者，妾父年老了，禁不起幾杯酒，竟然大醉，以至誤了行軍的時刻，實在不敢藐視上命的。妾願意以賤軀代父一死。」女娟邊揩淚邊說。

「不行，這不是你的罪啊！」

「但是主君，在妾父大醉的時候，殺了他，那妾父身心被酒麻木了，身不知痛，心也不知罪，死了會不知道是怎樣死去的。殺了一個自己不知自己罪的人，等於殺了無辜。主君不如姿代死，那麼，妾請求主君待家父醒了再殺，使知罪而死，死亦瞑目。」女娟第一番話還不過，她很聰敏而機警，這樣一來，知道多少緩和了簡子的怒意，便接着又編好了第二番話，她很早聽說簡子是英明之主，也許經她的侃侃陳詞，會感動起來。

「孝哉女娟！」簡子這麼長嘆了。

簡子的怒意果然給這兩番話一來，消退了大半，只奇怪着一個醉漢的津吏，怎麼會生下這麼的女子。不由得仔細去看女娟。見她淚人兒般，但一點不抖顫，跪伏在離座前半丈的地方。的確，生長得不錯，是那麼英而秀，又那麼有膽量。

「下吏中會生了這麼的女子，也許是趙國社稷之福！」簡子想到這上面，怒氣全消了。

「左右不用去捆津吏了，有這樣的女子，應該閔恕她的父親。」

女媧拜謝了退出，走進內室，她老父還是不醒，這一大杯一大杯的酒，太醉了他了，沒有辦法，她出來又俯伏階沿。

「妾父還沒有醒，妾代老父謝不殺之恩，並代老父聽候使喚！」

「沒有什麼，你站在一邊吧！」簡子傳命：「着渠官代津吏管領船戶，去檢點多少船隻，多少棹夫，不穀卽刻渡河。」

渠官奉命出去，不多時，回來報告：

「報告主上，用楫者少一人！」

「少一人，那末馬不能全數渡河！」簡子躊躇了。

站在一邊的女媧，聽了要笑出口來，少一人，操楫的事這樣平常會沒有人做嗎？忍着笑，她捲起了長袖，到左廊下拿了一根楫，像前次一樣又挨走上階沿：

「渡河是妾的家，朝朝暮暮，伴着水波，關於舟楫的事情，認爲很平常的，願補少一人的缺！」

「不穀將行的時候，同來士大夫都經過齋戒，經過沐浴的。」簡子也深知女子的口才，是不容易和她對話的，所以，簡子這樣說，這是一個暗示，表示行軍是怎樣重大，雖然操楫是平常的事，但三軍出發，士大夫也非經齋戒沐浴不可，何況一個女子豈可隨着軍隊行走。

女媧發笑，這一發笑，使簡子既又担心起來，不知她再耐發怎樣的玲瓏舌，女媧說了：

「妾聞從前湯伐夏，左右兩匹馬是左雌右雄的，就放逐了桀。武王伐殷，左右兩匹馬都是牝的，也就克了紂。男女同舟，有什麼關係！主君不渡河也罷，如渡河，與妾同舟，又有什麼妨礙！」

「好，就着女媧補缺，我們渡河吧！」簡子沒有話說，下令三軍，準備渡河了。

女媧叫侍卒好好的照顧津吏，醒了問起，只說她就回來的。於是，女媧隨着簡子動身，外面戈矛林立，旌旗招展着，三軍已開拔了，肅然地，萬步一致，向河邊行進。

「簡子到底是個英明之主，如此軍威，可以擊敗楚國了。」女媧私自唸誦着。

上了船，女媧擊楫一聲：

「父老們把握着楫兒，鎮靜向前！」許多棹夫看見女媧也出來操楫，他們平時都敬畏她的，有她領導着，大家放寬了心，任風波的激起，也不怕了。女媧擊楫當先前駛，舉楫跟着前駛，那代津吏來監守的渠官，却背起了手，沒有事。

到中流了，女媧又是擊楫一聲，清脆的歌聲接楫聲而起。

「渡河本來分淸濁，

我們面前的水波是澄淸，

秋風沒有說，
這千頃的答覆。
× × ×
老艾翁告著水神，
可憐一瞬不醒，
總認是主上的殊恩，
願漳河的水波永遠清。
× × ×
搖出是不當的事，
我冲須要出前奔！
好像有鼓龍啼吟，
願主上凱旋回庭。」
窈窕，嬌膩，清澀，搖著渾厚的歌聲，使箭子悠悠然起來，他對左右說：
「幾天前，我做了一個怪夢，像娶了一位夫人進來。我納罕著，難道這次出去會有婚姻的朕兆？現在，這個夢，許就應著女娟身上，你去問她，她唱的歌，我都聽見了，但不知道歌的名字叫什麼？」
左右退去問女娟，唱的什麼歌？
「這歌自己揮灑出來的，無所謂名字，因爲船抵中流，三水波紋，妾不禁有感，平日妾常常借波濤放歌的。」女娟過了一會。
左右照樣去回報。
「有歌必有名，一定叫她說出歌名來！」箭子故意要難她，看她的內才又怎樣？左右又勞了一趟腿，向女娟問：
「就叫它河激之辭吧！」女娟說。
箭子聽了歌聲，是那麼抑揚中充滿著英邁，聽了「河激之辭」四字的歌名，忽然起立，望著混茫的水波。
「好個女娟，好個河激之辭！」
「婚姻的朕兆，洽應著她身上！」箭子又自語著，一縷情苗，生長出春秋之末戰國之始初圖強超進不可一世的英雄心底。
「某大夫，你去問問女娟的意思，並告訴我的夢，現在，即納爲夫人。」箭子喚某大夫過來，附耳說了這幾句。
某大夫徐徐出了船，那女娟嫵媚的風姿掠上眼。
「確是一位巾幗英雄，如果我的話說去是順利的，也是晉趙國之福。」大夫邊想邊長揖：
「女娟謝了！」
「大夫有何事見教？」女娟停了棹，大夫說得很委婉，他也知道女娟是英雄，是才女。
「婦人之禮，非媒不嫁，嚴親在內，不敢聞命！」

大夫報告了箭子。

「對，很對！等我們尋她回來，這事就由你去辦，納幣到他家，就是那郊吏，正式迎聘，立爲夫人。了這一段涉姻緣。」箭子並不責怪，對大夫說：「請她再唱一支『河激之謳』，這是可以排憂心的，我們快近那灘岸了！」

女娟的歌聲又迴盪着灘河的水波，箭子三乘快近岸了，陸陸續續地上去，女娟和同舟的棹夫，伏送着箭子上馬，覺箭子含情脈脈的對自己望了一望，換轉身上了馬，三乘已經遠遠地前進，一行上大夫，簇擁着這英明的趙國元首絕塵而去。

女娟和同舟的棹夫都重復跳下船，各各守着自己的船，掉轉頭，女娟劃了一下水波，很快的穿出了重圍。

「父老們不妨慢慢打棹，妾有老父在家，不知醒了沒有，先走一步了。」

女娟迅速地向着中流，向着風來的河涯，一個威儀岸然的英明的姿態映現着腦際，一時波動起芳心來，像河面的漣漪。

小向的夢

馬博良

——平淡的故事

五歲的孩子向哥兒，今年已經是初小三年級生了。

圓圓的小頭顱，披着微鬈的柔髮；在紅紅的雙頰上的眼珠，黑黑的，毫不攙雜半點雜色，大大的，骨碌骨碌的轉來轉去，向哥兒的眼睛透著叫人羨慕的，有神氣還不算，前會兒學校裏衛生檢查時，頭寶醫師說全級小朋友只有向哥兒不但沒有砂眼，目力也推第一，鼻樑高高的耳朵大大的；小小嘴巴張開來，叫人眼睛一亮的是排白玉似的牙齒，那是注重清潔的母親的工作成績，她要向哥兒每天刷牙兩趟，向哥兒刷時也很仔細，從不留半點污垢剩在齒上；由於有這樣一位注重清潔的母親，向哥兒的爸雖然不圖貨賺大錢，他卻永遠穿着乾淨的衣衫，手足也不像一班孩子們那些假撿過煤炭般髒，終年打扮總是整整齊齊。肥白的身子，臉蛋有兩個酷肖笑窩的母親所有的酒渦，一看見人笑容便顯出來了。

學校裏他也是最獲師長們寵愛的好學生，爸媽只有他這麼一個孩子，媽媽是大學畢業的，閒下來每晚必在燈下認真地教孩子溫習功課，所以級任老師稱贊向哥兒的作文好英語發音準確之後，往往以為他實在無妨讀四年級。向哥兒的舉止頗合大家風範，人倘活潑但不頑皮，脾氣尤其好，老老實實的不說半句謊話，因此以凡屬女性不論老少對向哥兒都表十分的歡迎。弄堂裏的鄰居爭着認他做乾兒子，要自己的孩子模仿他。學校裏的女教員歡喜在假日帶着向哥兒上戲院子，上公園；女孩子們呢，不管向哥兒屢次的拒絕，常常把袋裏的糖果餅餌當禮物，求他和自己好，求他向素來欺負女生的男生加以說項，隨便在那裏向哥兒都成了衆人的中心，縱然已經會敏捷地獨跑了，依然還是常常被人當不會走路的小孩抱着。

有時年青的母親看了，便笑着說：「阿，這麼大了，向哥兒，你坐在 Aunt 身上不害臊嗎？這麼重，把 Aunt 的手壓酸，衣服弄縐了，還不快下來。」

這樣說着的時候，做母親的肚子裏可充滿高興，向哥兒聽了，便向抱着自己的太太笑了一下跳了下來，那些太太拉也拉不及，便無可奈何地猶如掉了甚麼寶物，想起自己那個淘氣得像非洲黑猩猩般調模樣回家的兒子，忍不住又翻出了老話，欣羨地朝向哥兒的母親說：

「你這個母親可有福氣啦！有了這樣一個乖孩子，簡直像外國畫報裏的小天使似的，你這一輩子總算有了個着落了。」

說完，笑嘻嘻地望住向哥兒，向他招招手，向哥兒卻羞澀着母親，笑着搖頭了。做母親的聽了這番話心裏固然愉快，伸手撫着向哥兒的頭，嘴裏卻說：

「您客氣啦！小向也很淘氣，只是您瞧不見罷了，您家那個哥兒不也聰明麼，不像小向甚麼都要我照應，真夠忙的」，說到這裏，便朝依着母親的孩子說道：「小向，聽見嗎？ Aunt 這樣希望你，你要更學好些呢！知道嗎？」

四月裏是小向的生日，對於這，只有這麼一個孩子的爸媽早就打算着了。爸爸的意思，主張帶小向出去逛公園看電影，媽媽卻有了個新鮮意見。

「孩子雖然小，可倒是頂聰的，我們與他舉行一次宴會不好嗎？」

「這不又化一筆錢嗎？現在這樣的時候，我看還是免了吧！」

「不，我算過，請幾個孩子的小友，點五支蠟燭，點些餅乾果子，也用不了多少錢，而這個小茶會可叫孩子樂極了，你相信嗎？」

然則向哥兒是不是快樂着呢？這會兒他正坐在門口石階上想心事。黑黑的眼睛朝望的天際望着，兩隻肥軟的小白手撫着膝頭。一些小小的問題忽然先注在他幼稚的心靈，使他的活力不知不覺消滅了許多。

「為甚麼會跑得像飛一般快呢？是不直像王大媽她們那樣說是附了神，要不附了神可怎麼能奔得飛一般呢！」向哥兒心裏想。

「媽，我今天跟先生上車站接先生的朋友，先生的朋友趁着一種很怪的快車，比馬車快得多呢，一下子就衝來了，先生說叫做「汽車」。」

「傻孩子，你小時候住在上海不見慣了嗎？怎麼在這鄉下城鎮住上一年就不懂甚麼叫汽車了，外婆知道你這回事，一定連現在剩着的那一些牙齒都得笑掉啦！你就是鄉下孩子，少見多怪，趕明兒搬回上海，滿街滿着的汽車，準教壞你這個傻孩子了。」

「媽，汽車不像火車，火車前頭有東西拖，汽車是自己跑的，那才怪呢！」

做媽媽的是讀文科的，吃力地把汽車的構造解釋了一通，孩子對於那一連串小小英夾難的名詞依然茫然不知所云，瞪大雙眼呆呆地望着母親。母親不曾做過教員，知道想叫五歲的孩子明瞭汽車的構造原理是很難的，便拐開了這難題把孩子從地上一把摟起來，親着向哥兒的面頰笑着說：

「傻孩子別想了，你又不做工程師，

理它作甚？反正你大了，總有一天明白的，現在你還小哩！你歡喜知道就去問老師吧！問得有結果，你也得到些見識了，小向，你聽我說，你的生辰差不多要來了，你想邀那位小朋友來玩呢？」

小向暫時丟開了心事，胡亂答道：「媽，我要請小菊，她送給我這隻小貓，還有小金，他請我吃過餅乾，我不要李敏正，他歡喜打哈巴狗兒……」

說了半天，逗得媽媽笑起來了：「夠了，夠了，我們的屋子要給擠爆了，那裏請得這許多小朋友，我看老師們也得請來喝杯茶的。」

「媽，我不要老師，他們老不許我們鬧，老師來了，我們就不好玩了，老師要罵的，要拿簿子記名字的。」

「誰叫你們拆屋般的鬧，是我，想想也得皺眉心呢！」

「媽媽不會，媽媽不會，媽媽不捨得打向哥兒，媽媽不兇。」

小向在媽媽懷裏亂跳，小嘴巴親着媽媽撲敷過粉的臉，弄得嘴巴也白了，媽媽看得好笑，便使勁將小向納入懷裏。臉偎着他的輕柔的短髮。

「向哥兒乖，媽媽不死，老師也不打。要是不乖——」

向哥兒嘴快，趕忙搶上去說：「要是不乖更不打。」

媽媽撲嗤一聲笑出來了，正在那時候爸爸由書房走入來說道：

「媽媽帶向哥兒去睡吧，敲過八點了呢！」

向哥兒一聽這句話，掙扎着從母親懷抱裏跳下來一溜煙鑽進臥房裏，小貓似的爬上了自己：張小白鐵床。媽媽跟着走入來，替他理好床被，脫衣蓋了被。然後走過去將窗子打開一半，清瑩的月華便打枝頭滾入房來，媽媽扭滅了燈，走回去在小向的額上親了一下，拍拍他的肩膀，低聲說：

「孩子，小寶貝，好好的睡吧，一覺到天亮。明天還要做夢去呢！」

說完之後，做母親的就輕輕地出房去了一會，丁丁冬冬的琴聲響起來。媽媽以爲照往例小向一定早入睡鄉，這天卻出其意外，躺在床上，看着月色，看着房角落的黑暗，四圍很靜，他的心事澎湃翻騰在幼稚的心坎若海洋的狂潮。他想着那奇怪的「汽車」，他睡不着，他聽見爸爸在前房客廳裏對彈着琴的媽媽說着話。

「二妹，今天行裏傳說經理要調我到上海升任分行協理，如果是真的，倒是個好消息了。二妹，你嫁我這許多年，都是不幸的日子多，打仗送盡了我的家資，不打仗以前有點錢的時候，你又要照顧孩子，直夠你捱了。巴望這回事成就，以後你也可以享點福。寬心樣樣移，不要擔憂了。」

「假使你真是高升了，我們要到上海去啦！那地方太複雜，我們喜歡這裏。雖然是窮鄉僻壤，其實非常安靜清幽。不過這是你出頭的日子啦。啊，說起上海，我倒有一件笑話告訴你。向兒剛才問我甚麼叫汽車，他覺得汽車很神怪，要是到了上海，看見那末多的汽車才嚇壞呢！」

小向想爬起來說自己不怕，後來一想，空睡覺要遭媽媽斥責的，只得閉聲不響，縮在被裏靜聽爸爸回答。

「呀，你不知道，時世變遷，上海的情形早不同了。汽車沒有汽油，早沒有從前多了。我們這個鄉下孩子看到也許用不着嚇壞呢！」

小向聽見爸媽笑起來了，他沒有聽下去，他的眼皮慢慢閉下來，閉下來。代替爸媽輕下去的語聲的是一陣陣隆隆隆隆的巨雜的聲音，像遠雷一般響着。他用力睜眼一看，原來到了一個新奇的地方，一街都是飛般快的「汽車」，螞蟻似地闖來闖去，嗚嗚的不停的叫着。車子裏面載着許多西裝客人，也有像媽媽一樣樸素的。可是不等他瞧清楚，那汽車早把他們帶到無形無蹤。小向想走過這條街，但車子實在太多了，來了又去，去了又有來的，弄得小向眼花目眩，腳不知插向何處是好。他正想找媽媽，媽媽卻笑嘻嘻地來了，他連忙迎上去，媽媽很聰明，無怪他說早已瞭如指掌，她微微一笑便攙起向哥兒的手走前兩步叫了幾聲。一架飛馳來的汽車忽然停在面前，車夫打開門，向哥兒非常高興地一步兩步跳進了車廂，車夫隨手把門帶上，他聽見媽媽在外面高呼喚他下來，他方才注意到媽媽沒有進來，他急得熱鍋上的螞蟻般地要出去，但門已關上，汽車已飛般地跑起來了。他拉着車夫懇求他停車開門讓他走出去。車夫回轉臉來，哎喲！是一隻凶猛可怖的老虎，向哥兒駭得魂飛，牙齒兒也捉對兒打起來，那個虎兒卻吼了一聲推開門，老虎抓小雞似地將他提起來就摔出去。向哥兒覺得天暈地暗，全世界都在旋轉着，拍！摔在街心，他正要叫媽媽，幾萬輛汽車一下子朝他衝過來，這一剎那間，他渾身發軟，麻辣辣的；屁滾尿流，不知所措……

「汽車，媽……媽，汽……車，媽……」

「孩子，孩子，好好的睡，媽在這兒，不要想汽車，乖乖的睡吧！」媽媽溫暖的手撫着小向的額角，拍着他，低聲喚着。

「媽媽——，媽媽，汽車——」

「向哥兒乖，媽在這兒，不要胡想，別管甚麼汽車吧！好好的睡，媽愛你。」

「孩子做惡夢了罷？不是日間火燥東西吃得多了吧！」爸爸也進房來了。

「不，我照顧他沒能睡，小向想汽車想瘋了。」

床上，向哥兒咕嚕了一聲，翻過個又睡着了。柔髮披下來遮住前額，嘴鼓着彷彿在賭氣，眼睫毛垂着，臉上透出一種安慰的笑容。父親憐愛地撫摸了一下，望望他親，笑一笑。

「笑甚麼？」

「孩子越長越俊，眞像你做媽媽的，又聰明。」

「小向很可愛，大家都說大起來一定是中國第一好公民。」

「至少不至於囤貨居奇。」

在黑暗裏兩個人對望着笑起來了，孩子是父母心裏最燦爛的花呵！那時，做母親的沉默着想起過去，在大學裏怎樣結識了小向的父親，廝混日久，情苗滋長，經過幾番波折，她才得到常有的家庭的同意與這個除開才幹一無所有的男子結婚，婚後，伉儷情深，但小家庭的命運似乎不怎麼好，先是他唯一的慈母的病亡，其次是鄉下族人打官司爭村界的一笨攤派向巨款，生產小向時不幸又是難產，這一切都叫做丈夫的嚇了好幾回牙捉。醫生宣佈她從此沒有再產的希望，夫婦倆便含辛茹苦把幼小微弱的孩子培養起來，好容易兩人相輔相愛苦苦撐門，近來總算慢慢地轉來了。做母親的婉媚地一笑，以指眼瞪指了做父親的一下。

「我們也苦了多少年了！」豎豎地拔上的月色，做母親的吐出口氣。

「總算天賜給一個小安琪兒給我們，可以聊作慰藉了吧！」

第二天，常鐵課完結的時候，小向在位子上立起來。

「老師，昨天，看見的那種汽車，我覺得很奇怪。老師可以講些汽車的故事給我們聽嗎？」

「阿，汽車嗎？汽車是福特發明的……」常鐵老師解釋了一遍，向孩兒們說明白了一點。他開始對牠有了一種愁煩，如果趁着汽車飛奔在街上，仔細看着車中內部的構造，那眞快慰極了。

「我想去坐汽車，去玩汽車好比神怪的飛虎一樣呢！」小向對同學這樣說，對爸媽這樣說，對[illegible]們也這樣說。

爸爸慈了，笑道：「小向，你想得可巧，早不早遲不遲，註定你有福氣，爸爸要帶你和媽媽同上海去了，你還記得上海嗎？有很多的汽車呢！」

「可以坐上去嗎？」小向忽然記起昨晚的夢，便問道：「車子是不是飛一般的快，滿街都是。噢！車夫是不是老虎一般的，車子是不是都是黑色的，像皮車輪甚麼時候會歷福？……」

媽媽說：「怨甚麼，到時你自己看去，小向，你要在上海過生日了，歡喜嗎？」

「小荷不能同我一起在生日那天玩了。」小向有點黯似。

這一夜向哥兒又做了一遍奇怪的夢。

過了幾天，爸爸賣了房子，和媽媽整天擴收行裝，小向也不用掛着書包上學去，在屋子裏跑來跑去，因爲知道就要離境，仙去，家裏的客人也日漸增多起來，小向在這個膝頭上坐過，又被抱到另一個膝頭上。嘴巴也要回答好多問題，甚至有些富感情的女太太們，抱着小向的時候，想起就要與小向離別，不禁滴下幾滴淚來。

他們動身的那天，陰黯無光，風捲着車上的落葉，叫送行及被送行者都與起了更濃的悵惘。小向起初不解隔離的悲哀，帶着一顆好奇的心在火車上奔來奔去，一臉堆滿笑。後來車開動以後，細雨漸瀝瀝地飄下來，倚在車窗上看那自己住過一段長時間的城池漸漸遠去，不過一刻，車站上的送行者已完全模糊在遠處的細雨裏了。

「向哥兒，到上海去，看不見這裏的姨和朋友了。」母親低低的說。

「不回來了嗎？」

說完這句話，小向也染上幾分悃悵了，伏在車上半響沒有說話，他小小的心裏似乎感到沒有重返的機會了，小荷，小金，還有送給人的小貓，想着，想着，他覺得毫不高興去上海了。

「想甚麼呢？上海好玩呀，我們去坐汽車遊街。」

聽見這句話，小向的精神才稍為提高了一點，坐汽車的滋味新佔據了他的腦海，他看一看爸爸，心想只要爸爸在旁邊，況頭車夫一定不敢兇，這回上車他一定拉緊媽媽的手，免得把媽留在車外剩下自己孤獨一個。想想飛似的車子，他有點害怕，但也有點喜悅，漸漸他覺得車行的遲緩，他希望馬上就到上海，馬上就坐汽車，馬上就看看那洸頭車夫，馬上看清楚汽車怎麼樣會動，橡皮車輪何時才壓扁。

到了上海，高樓大廈絲毫沒有引住小向的注意力，不像爸媽那樣讚頭着地方的變遷，爸爸說那間大屋從前是他常常泡水洗浴的泡水館，媽媽說那片空地從前是一間是她常光顧的時裝店，小向的頭頸如鴨子般左張右顧想看看汽車流淋的市街，結果映入眼簾的却儘是直擁的人羣和北他普通車輪，他感到幾分失望，便拉着媽媽殷切的詢問道：

「媽，汽車呢？我們坐的汽車呢？」

媽媽搖搖頭說：「小向，不坐汽車了，剛才我在火車上問過人，說是汽車現在要一百幾十塊錢一點鐘呢！我們還是坐三輪客車罷，那種車你也沒有坐過的，汽車，過後再說吧，坐會兒化百來塊錢有甚麼值得，太貴了。」

「二妹，好在你從前做小姐時，家裏有自備汽車，你也坐夠了，只是小向這群下孩子運氣不濟，沒有福氣坐汽車，不過來日方長，甚麼事辦不到，向哥兒，你將來還要坐汽車人樣統術哩！」

希望的破滅嚴重地刺傷了孩子的心，小向當時不說甚麼，在三輪車上迎着風，黑黑的眼珠含住一顆閃亮的淚珠，快樂的夢一下子碎光了。

半月的新居生活一點引不起小向的興趣，由於人地生疏，母親總把他禁錮在家裏，唯一的消遣，就是憑窗望着下面悠長的里弄，媽媽因爲忙着佈置家庭，久也無暇彈琴陪孩子哼兩支歌兒，小向的寂寞又豈是外人能知道的呢！爸爸看不見那對於「汽車」的慾望在心中的萌長。

爸媽發覺孩子歡喜汽車還是後來一件事情的啓發。

那天，小向聽了鄰居一個孩子的話，蹲在門口等一架汽車駛過來看看車夫究竟是怎麼一副模樣，候了半天，大房子裏的汽車還不出來，門口倒來了一個穿長衫的客人，笑嘻嘻地望着小向。

「好孩子，幾歲了？」手摸摸小向的頭。

「五歲。」向哥兒立起來倚着門邊很有禮貌地說。

「姓名叫甚麼呢？」

「陳向高，我讀三年級，人家都喚我向哥兒。」

「啊，你就是陳向高嗎？你爸爸在家裏？」客人走上階石來了。

「爸爸辦公去了，媽媽在家，我去叫媽媽出來見你。」說完，小向就要跑。

「我不認得你的媽，你不要去叫了。我只認得你爸爸，他不在家，我改天來吧！向哥兒，家裏的人都這樣叫的，是嗎？你怎麼不上學去啊！」

「我剛從鄉下出來，還找不到學校呢！」

弄裏正巧有一個捏麵粉假偶的販子走來了，客人替小向買了一個，向哥兒接在手裏很歡喜，道謝不迭。

「向哥兒乖，我頂歡喜你，向哥兒，我帶你聽戲去，走！」

「我不喜歡聽戲。」

「那麼你歡喜吃糖了，帶你到街口去買，我喜歡向哥兒，向哥兒乖。」

「不，我不要吃，糖吃多了會壞牙齒的。」

客人回頭一想，半響帶着的說：「那麼你歡喜甚麼呢？」

「媽媽知道我歡喜甚麼？你去問媽去。」

「向哥兒自己告訴我，乖的孩子應該說實。」

「好，告訴你，你可不許笑呀，我頂愛爸和媽。」

「噢！」客人急了，說道：「你不歡喜漂亮的衣裳嗎？你不歡喜洋囡囡嗎？……」

「我不歡喜甚麼東西。」

「一樣也沒有？」

「有一樣，可是不能告訴你。」向哥兒笑了一笑。

客人無可奈何地靜了半響，轉過一種腔調問道：「你蹲在這兒半天幹嗎？」

「等汽車。」

「汽車有甚麼好看，你歡喜看嗎？我家裏也有一輛呢！有甚麼希奇。」

「你也有嗎？」孩子睜大了眼睛。

「呀，很漂亮的呢！一小時可以走」

百頁！」

「阿！」孩子的眼睛睜得更大了。「聽起來是不是像飛一般的快？」

「比飛還快，奔起來像陣風，坐在裏面才適意呢！」

「眞的嗎？」

「自然啦，不相信你跟我去看。」

「讓我先去告訴媽。」

客人把小向拉住，笑咪咪地說：「不要去告訴媽媽，媽媽不會放你去看的，跟我去不要緊，媽媽不罵的，偷偷地去好了，媽媽那會知道呢！」

「你的家在那兒？」

「弄口轉灣就是，去一去只一會兒，媽媽不會知道的。」

強烈的誘惑鼓動着幼小的孩子，略一躊躇，小向便由着客人攙着手走下階石，走到弄口，爸爸迎面來了，小向低聲地呼了一聲便呆呆地立着，那個客人卻神色倉皇一溜煙跑了。

回到家裏聽了孩子敘述的報告，爸爸才知道孩子的心中事，便趕出去買了幾艘玩具汽車回來。但說也不如孩子所料那樣施以責備，僅僅很熱誠地對孩子解釋了一番，說明剛才被目為客人的竟是專事拐賣孩子的壞人。

玩具汽車究竟是假的，挑引起小向不過當時的欲望，物久生厭，向哥兒對汽車又重燃起激烈的慾望。

向哥兒的生日到了。

穿了一套新衣裳，媽媽領他上街去玩，尤其使向哥兒興奮的是媽媽宣佈要帶他到法租界去趁通行未久的公共汽車。一路上，他有說有笑，跳來跳去活像一隻小猴。

「媽媽，就是那種紅色的公共汽車嗎？」

「唔，」媽媽望望孩子的笑臉也感到特別快樂，覺得孩子似乎分外可愛。

「媽媽，還有多少路才可以去趁呀？」

「哪！對面馬路的電線木桿下立着許多人的地方就是了。」

三腳兩步向哥兒就跳過去了，過馬路的時候，因為性急幾乎碰着黃包車，叫媽媽嚇得一身汗，然而，起初恢復通行的車子，乘客多得不亦樂乎，母子倆簡直就沒有辦法跳上去，等了半天依然擠不上，媽媽知道即使擠上去說不定也會軋傷了嬌弱的孩子，便做好做歹把孩子哄走了。

失望使小向的頭又垂下來了。

被母親牽着不高興地踱着馬路，心早飛到汽車身上去了，對於母親的閒話一味唯唯的應允着。

「你瞧，這房子有十八層高呢！」

「唔！」

「你瞧這印度女子多麼滑稽，女神似的披搭紗。」

「唔！」

「向哥兒，生氣了嗎？不應該啊！」

「呀！」

「向哥兒！」母親高呼着孩子，孩子一驚，把注意力扯回來了。「生氣了？」

「沒有，媽，我只是想爲甚麽我老是不着汽車。」

「不要想它吧！你要是眞的歡喜，等爸爸有了錢替你買一輛好嗎？」小向望望媽媽，點點頭。「那麽，向哥兒，答應媽媽，不要想汽車了。」

孩子又點點頭。

——但是不是就能從心裏把這一份慾望撤出去呢？在幼小孩子心目中成爲最神奇的東西，奔起來像風，坐起來頂適意，魚一樣的車身，老虎眼睛似的電燈，尤其是轆轆的奇異，輪船有水浮，不希奇，火車有車頭拉，不希奇，飛機有翼膀才能飛，汽車有甚麽呀？沒有像鴨子，誰知奔起來這樣快。再說電車有軌道，火車有軌道，汽車卻又沒有。

走着，媽媽忽然停住腳了，小向轉頭去看，是一間食物店。

「我要去買些山芋，今晚煮些羅宋湯讓你吃吃。」

走到店門口，小向聽見身後嘟的一聲！原來是一架汽車停下來了。

向哥兒樂得直跳，掙開媽媽的手，指着汽車說道：「媽媽，汽車，媽媽，汽車！」

媽媽一笑，摸摸孩子的頭說道：「你就立着看着吧！」

等媽媽走入店裏揀山芋，小向狂似的跑到汽車旁，摸着光滑的車身的鐵，他彎下身四面張望，奇怪的琢磨着，他忽然記起鄰下王大媽說有神藏在車的前頭裏的話，便走到車前爬下來對車肚看，可是車肚黑黑的，看不出甚麽來，他又伸手指去撥撥像皮車輪，接着又爬起來用耳朵貼着車廂傾聽裏面發出的斷斷的怪聲。

正在那時候，車身裏面格格的響了幾下，忽然開動，一下子就把向哥兒撞翻在地上，還不曾等小向發出最後一下的絕望的呼喊，車輪子剎那間滾過來，輾上了那玲瓏的孩子，那聰明的腦袋，烏油油的辮子再提不起來向呆在食品店門口的母親看了，那小小的嘴唇再不會笑了，鮮紅的血從輪下的肉漿迸流開來，濺到一地。

母親手裏拿着一袋山芋本來是備煮湯給孩子喫的，她今跌在地上，凄涼地嘶喊了一聲，踏步蹣跚的年輕的母親衝過去伏倒在那團肉漿上，孩子，唯一的孩子是母親心裏的一朵奇花阿！

等到醒過來，母親的臉上沾滿了孩子的血肉，像瘋獅子般跳起來衝過去拖着車夫，罵着，車裏的太太出來一看，立刻被那團肉漿嚇倒了，這一來，保鏢發起脾氣，跳下來一把拖住可憐的母親。

「他媽媽的，兒子被軋死了怎麽樣？吵他媽的，驚壞俺們局長太太……」

「拉她上局裏去！」

「孩子阿！……小向阿！……」

警察來了，開始進行看護，救護車也來了，媽媽瘋狂的吧咤有力地掙扎着。十分鐘後救護車開走了。救護車把再次暈去的心臟衰弱的母親拉去了，地上的肉塊被拾去了，血還從路邊陰溝淌着。

警察們奉局長大人的命令嚴查「肇禍者」的父親。

而那個殺人狼狽着的父親呢，卻正在疑惑地從銀行門口踏下階石，不曉得手提着錢袋的顫動，計劃怎樣報答給孩子呢：由於行長太太要把小狗做為房兒子，所以請小狗吃飽後封賞租一架汽車來給小狗玩個痛快。

——小狗一定歡迎這個消息吧！

父親的面前不知不覺浮起了那張可愛的臉，紅紅的雙頰，黑黑的大眼睛，白白的牙齒，茁壯的身子。他笑着，走過通衢繁鬧的街道、那時從淌道的血還在流動着。

（完畢於五月十一日黃昏）

印度夜曲

雪萊

董宋 譯

我從夢你的夢醒來
在初次甜蜜的夜眠，
當夜風輕輕的呼吸，
天空的星星正燦爛；——
我從夢你的夢醒來，
我腳邊的一個精靈
引着我——誰知怎樣的！
來到你的窗前，愛人！

那黑暗，安靜的小河，
夜風在它的上面消失，——
金香木的濃香溶化
像夢裏甜蜜的相思；
那夜鶯悲痛的哀訴，
在她自己心上死去；——
我也要死在你心上，
啊！你是如此的姿麗！

把我從草上扶起來！
我死去！無力！我昏暈！
讓你的愛從吻雨裏
灑上我蒼白的眼，唇。
我的臉，冰冷，蒼白，唉！
我的心跳，狂促，激烈；——
用你的心貼緊我的，
在那裏它將會碎裂。

我與詩人寸照

吳易生

「人間」在我和胡明兄的動機上誕生以後，當時草草的議好一個徵稿廣告，第三天便在報紙上登出了，到第四天早晨，便有陸續的稿件寄來，以後逐日增加，每天幾乎都有十件以上。但却選不出滿意的來，大部是青年或學生的作品，且十九是詩稿。我很奇怪現在的文藝青年們何以都有興致寫詩，詩實在不是容易寫的東西，而他們的愛好，是否是因錯視了它的形式的便當，認爲隨便寫兩三句有「啊！」「呵！」的長短句，也就算是詩歌了？

沒有幾天，有一位洪君來找我，說是謝正漫先生介紹來的，帶著兩篇小說及一詩稿給我，小說寫得不壞，詩我則是外行，但覺得似乎比以前的投稿小編高明得多；便寄南京去給路易士兄看，他來信說詩的才氣倘有，惟從段的兩小節稍嫌俗氣，已刪去了。這樣，我才決定將它採用下來。但不久忽又接到一個投稿者一次寄來六首小詩，後二日，又連續寄了兩首短詩及兩篇詩論來，看後覺得都很清新明朗。詩論則是談「含蓄與暗混」，「字面的泛濫」等，好像都是在向易士兄挑戰似的，我一起將他寄給易士兄去看了，問他意見如何，他來信說：「此公之才氣似較上次那位尤爲旺盛，弟所愛者爲「夏丘之後」「黑夜」「歸回」等首，至其詩論，則似對弟之某一篇論文而發，然亦不要緊的，我很喜歡有機會和他討論討論。」來後又說：「倘此公與兄見面時，可告以弟並非如他所說的「天使」那樣的人，決不會對「年青的苗」加以「摧力」的，而且，相反的，正是一個願意和比自己年青的寫詩的朋友們談談的可親近的人呢。……」現在刊於「人間」創刊號裏的「詩論首題」，即爲其一部份，作者即寸照，亦即本文所要談的「此公」。

我和寸照的關係，完全是從這次投稿開始的。不久，他托人轉言要來見見我，也並沒有事先約好時間，他就和轉言的人一道來了，我覺得很意外，也很高興，就同他在我的編輯室內坐下來（關於我的編輯室，以後打算再另外寫一篇東西），他不十分像詩人，他的詩也不像他的人，舉動和談吐都嫌遲鈍，也不大會說客套話、祇問問我對他的作品的意見，我把路易士的話都告訴他後，我說：中國好多時沒有詩壇了，現在能重新的創的路，將來一定又可繁榮，惟當盛之時，則宜選先，最好使方面關係說見，以後相見，這樣，對於中國新詩的前途，到不是無從的。我還是老實話，所以他也不覺得我是老氣橫秋，我們的談話備足更親切。後後他要我介紹路易士，我說這要您他來過才行，但易士終於沒有來，現在又遠到婆羅去了，他們相見的機會當然更難。

以後我和他常有信札往還，他又陸續寄過很多詩來，前前後後不下數十首了，詩論也寄過不少，亦已在二十四以上，他說將來要出一本單行本，我覺得這種詩論，在中國尚不多見，他有意將他出版。當然很好，但中國能懂得新詩的能有幾人，高興來看他的詩論的又能有幾人。路易士的詩，已經受過不少不能懂得的人的攻擊了。陳仙帆見有衛向我歎息：在中國做詩真難，詩人不獨要創造詩人，並且還要創造讀詩的「羣衆」。不然，他們永遠是觀衆羣，你的詩，也就永遠被他們罵，中國也就永遠出不出偉大的詩人來。寸照的詩論，不知是否是因為創造「羣衆」而寫，但我料想它的銷路一定不會很好。

有一次我同他談到這件事，我把意見告訴他，他也覺得很對，他說現在姑且寫下去，以後有機會再說吧。這次會面，大概是我們第三次的相見吧，那時「人間」的創刊號已出版了，他批評「人間」說我寫了一點，但對於這部大文的話了一評。

我當時就把帶在身邊的稿費交給他，他推辭不肯受，我強他要，他也就接下了，並說：「也好，就去做做稿費吧。」

寸照的詩，以前我從來沒有說過。我的朋友中，如路易士，韓羽生，楊樺，陳仙帆，希夷，田尾諾兒，都是會寫詩的，也都時常可在刊物報紙上看到，獨有寸照，能寫得這一手好詩，而仍默默無聞，真是很奇怪的事。

寸照好像已是三十以外的人，比我大數歲，但他說我的文章寫得比他老，他自己的詩比我年青得多。我不否認他的話，但也無法改正了。

茲錄寸照近作數首，以饗讀者。

寒夜

寒夜的靜室，
透出一枝蕭瑟的燈。
那是——
匠羅，逛蛾睡，
帶着悵想的殘尾。
連結的偶然之盼陽。

散落到退湛的酒盞了。
蕩漾酒在杯內的
月影之上頭！
我要今晚之我，
且忘擾你。

三十一，十二，五。

夢回

那夢碎了的
映落的窗台：
朦朧看星星落落星，
天上的使者，
漏進來一些消息：
我不復夢回。

三十一，十二，十一。

重見

瑤瑤，對那邊的森林，
激成了淺綠的顏色。
沒有堤防着小河之月
也悄悄地隨我到彼岸。
昔日的泛舟遊嬉，
誰又將存在心靈……
彷彿也不易認識了，
你消逝的面容。

三十二，二。

孤行

讓我想去洞悉着誰，
回憶中的你們！
如今是——
提着自己的影子，
悄悄地孤行。

三十二，二，二。

有除「冬夜」一首已於「人間」與發表外，除三首均係初稿。我的抽屜裏存着他的詩稿甚多，除已介紹過幾首到「中華副刊」和「上海藝術月刊」上外，也想再介紹一點到「風雨談」來。

情幻

獨幕劇

康民

時：現代。

地：上海。

景：一間簡陋的畫室。

　　幕啓，畫師方湘齊正在用心作寫生畫。模特兒倒不是一位美麗的花瓶也不是慣例地一個淫俗的裸體女人；意外地是一個可憐的老乞丐，破舊的帽子下面露出滿額的皺紋，穿的自然不是整齊的，就是一件衣或則一條褲，嚴格的說也是稱不起的，祇是幾塊破布。一隻撕毀了的洋畫袋以及一些畫具併攏起來的零碎物件作遮掩物。他正擺好了一個在大街上乞討的老樣子，哭喪的臉，凋了腰，伸着手；就差的不會嘮嘮叨叨地嚷着，雖然；正因為是默默地，倒並不顯得悲哀。然而這位畫師對於他的姿態似乎還沒有滿意。

方：你的頭低下一些……那要討飯的手再伸出一點兒，要像三天沒有吃過東西那樣的軟弱——好，好！就這樣。別動——一動也不能動啊！

老：嘴也不能動嗎？

方：嘴可以動的。（打趣地）老朋友！——個要飯的嘴巴原是張開的好。

老：你倒似乎很內行的樣子。

方：這不過是我平時對於每一種人，每一樣東西都看得很透澈罷了。尤其注意的是那種人，每樣東西的特點，換句話說，就是最能引人注意或則使人看了不會忘記的幾根線條。譬方說那老先生臉上的皺紋，印度人濃黑的鬍子，西洋人的高鼻子，還有那美貌姑娘最動人的眼的嘴角——

老：先生！你說的有勁，我這樣呆站着可乏累。你畫好了再說不成嗎？

（方湘齊的女友陳美瑛在敲門。）

方：誰？

女：大命！我。（她不等主人說請進已自走了進來。）

方：美瑛！你怎麼來了？我不是告訴你，我要忙一天嗎？

女：我想你在忙什麼呀，原來還是畫圖。

方：是的。我在畫一個最窮苦最可憐的老乞丐。

女：哎呀！為什麼要畫這樣骯髒的老頭子？

方：你不懂得。這張畫將是我一生最得意的傑作了。

女：這張畫無論你畫得怎樣好，我總不喜

款。

方：爲什麼？

女：拿出來總覺得寒傖。

方：反正我要賣掉它的。

女：怕也沒有人要吧。

方：（得意狀）這一張我畫成以後，可以得到一筆很大的款子。喲！也許你要不信，可是真的呀！整整的一萬元，那正是我們需要的數目呢！

女：哼！又要吹了，那一次你不是說「這一張畫好了，可以賣個三千塊或是五千塊。」可是事實上就從來沒有一張畫賣到過五十塊的呢。

方：（并不發怒，仍是得意地笑。）可是這一次，你瞧着！準讓你喜出望外。

老：（發出悲哀的乞憐聲。）小姐！可憐可憐我吧！

女：你做了模特兒，人家自然會打發你的。

老：小姐！你不能行個好嗎？

方：別動！我請求你一點也別動。

老：眼睛也不能動嗎？唉！小姐！漂亮的小姐！眞眞漂亮的小姐！

（這時這位小姐笑了起來，她這一樂，就豪爽地打開皮夾子，從各色的化妝品堆裏揀出一張帶點油膩的然而又是帶着一陣脂粉香氣的一元鈔丟在老乞丐那只伸出的手心上。）

老：多謝你！（他帶笑地嗅嗅那張一元鈔。）可愛的小姐！

女：什麼？

老：我說謝謝你！

女：哼！

老：傲慢的小姐！

女：嗯？

老：多情的小姐！

女：啊？

老：可愛的小姐！

女：你發昏了！這個老混蛋，湘青！怎麼？你還不叫他滾出去！

老：（他站直了身子，脫去頭上的破帽，露出烏黑的頭髮。）小姐！你真的生了氣嗎？那麼我想不是我的這幾句話得罪了你，而是我這套破爛的衣服，我滿臉的皺紋和鬍子使你發脾氣的。

方：好了，好了，水如！別開玩笑了。讓我來介紹——

老：不！現在我還不配。（他走到內室門口，然後回過身來說）。可是小姐，請你等我十分鐘，我還有幾句使你聽了決不會生氣的話。（他走進內室。）

女：（驚異）他不是個要飯的？

方：（忍不住要笑）你猜不出來？

女：他的衣服？哦！我的頭都弄昏了。倒底是怎麼回事？

方：你來的時候在大門口沒見一輛棗紅色新汽車？喲！你瞧瞧！（指衣架上的大衣和帽子。）這件大衣，這頂帽子是什麼貨色？要不是這屋子裏有貴奇是哪兒來的呢？還有—（拿起小桌子上一隻金烟盒。）你沒見這個？

女：烟盒子。

方：金的，我告訴你，全是金的！（扳動烟盒子頭的打火機。）唔！還有這玩意兒。嗯！人家是剛從北方開到了金礦發了大財回來的，正打算獨資開一家比大新公司還要大，包羅萬象的百貨大商店和大遊戲場哪！你怎麼把人家真當作是要飯的呢！

女：那麼他爲什麼打—打扮成這樣啊？

無疑的，我們這位流浪的小姐已經是給得楞住了。）

方：（這位多情的藝術家看見他的愛人兒刺激得如此，倒反而顯得不忍似的。）都是我不好，一直瞞了你；因爲我想等事成以後再告訴你，好讓你高興得一下子跳了起來。

女：可是你怎麼會認識？

方：怎麼會認識—這位財主的，是不是？像我這樣一個窮人—

女：當然我不是這個意思。

方：倒不是我去認識他，是他來認識我的。就在上禮拜天下午我剛走過國際飯店門口，一輛汽車停下來，就是他跨下來，我一瞧好像眼熟得很，不過他是闊人，我沒敢招呼。倒是他先問我說請問你姓是方嗎？我回說「正是。」他馬上一把握住我的手說「啊呀！湘濤兒！你真不認識我了嗎？」美瑛！這一下我才認出他就是我小時候最好的朋友錢水如。

女：錢水如？你不是常說你小時候有一個最好的朋友叫錢大木的嗎？

方：錢水如就是錢大木。美瑛！你想想，從小每天在一塊兒的好朋友分別了十六年重新會面是多麼的有趣啊！

女：怪不得上禮拜天的晚上你沒有到我家來。

方：是的，那天下午我們一直談到了深夜。哦！美瑛！他真是我的好朋友，現在該說是我們倆的好朋友；他替我們解決了困難。

女：你把我們的事情全告訴了他？

方：當我們很自然地談到了婚姻問題的時候，他問我爲什麼還沒有結婚？我就老實告訴他說：萬事俱全，只欠東風。

女：你跟老錢借的？

方：不要緊，我全跟他說明白的，你是不成問題，就是你父親固執一點兒，他老人家非要我手頭有一萬元的現款才答應我們結婚。他不等我的話說完就準備簽支票給我。可是，美瑛！你知道我的脾氣，我是不願意接受借款的，儘管我們是最好的朋友，然而事實上我又真需要這筆錢。後來還是他想出來請我替他畫一張化裝的像，一萬元就作爲我的酬勞。美瑛！現在你明白了嗎？

女：二強貴就值一萬元？還有，我聽你說起過他從小家境不好的，是嗎——？

方：正因爲他從小就過着窮困的生活，小學也不曾唸完，所以他能創造時勢。他是十六歲那一年離開學校考進了銀行做練習生，一年以後被派到遙遠的地方去。他一面工作，一面自修。他因爲從小受到了金錢的磨折，他立志學習開礦。他的口號是不要給金錢支配，要支配金錢。經過了十五年不斷的努力，克服了無數次的危險和失敗，他得到了最後的成功，現在他有的是享用不盡的金錢，可是他更懂得進一步怎樣利用他的金錢累增生產的事業。

女：眞是個了不起的人物。但是，湘青！十分鐘以前我還把他當作一個要飯的，賞了他一塊錢哪！

方：那麼了不起的人物竟是你呀！一位舉世聞名的財主接受了你的賞錢啦！

女：別說了，多難爲情啊！

方：現在我們談正經的，美瑛！你父親的條件是不成問題了，我們可以決定一個日期了。就是明年元旦日結婚，好嗎？美瑛！我們得趕緊一點兒，你知道我已經三十二歲了。許多朋友都笑我這個獨身漢一輩子就別想結婚了。哼！聽着吧！我要——哼？美瑛！你在想什麼？

女：我在想——哦！湘青！他常愛開玩笑嗎？

方：你說水如？

女：嗯。

方：讓我想一想，他小時候——嗯，不常開玩笑的；不過偶然開起玩笑來倒是很厲害的，往往使人哭笑不得。

女：那麼他方才——

方：噢！他方才惹你生氣了，是不是？那不過是逢場作戲罷了。

女：可是我發了那麼大脾氣，他不會怪我嗎？哎，他來了！

（錢水如洗淨了臉，穿一套華麗的衣服從內室出來。除了聲音，簡直不知道剛才那可憐的老乞丐就是他。）

方：水如！你化裝得眞好！眞好！

錢：可是我很後悔，既然扮成那樣就不該多說話了，是不是？現在，湘青兒，我大膽地請你介紹——

方：還要介紹嗎？美瑛！你瞧今天水如是存心要和你開玩笑了。

（美瑛想到方才大發脾氣，眞不好意思，低頭嬌羞着。）

錢：眞是位漂亮的小姐！

女：錢先生！請你原諒我冒犯了您。

錢：哪兒話？是我不識時務，惹你生了氣。

女：錢先生！眞對不起！

錢：最使我忘不了的是承你賞了我一塊錢。

女：我有眼不識泰山，請錢先生千萬別見

怪。

錢：我怎麼會見怪？我應該向你道謝。我準備把這塊錢安置在我的第一號保管箱裏作爲永久的紀念。我總忘不了慷慨的小姐。

女：眞慚愧死我了。

錢：美麗的小姐！

女：錢先生誇獎我了。

錢：多情的小姐！

女：呀！（她發出一聲半推半就的嬌音。）

錢：可愛的小姐！

女：呀！（前腔，更有勁。）

方：夠了！夠了！水如！別開玩笑了。

錢：說正經話，我是該向她道謝。十六年前我是一個窮苦的孩子，所有的親戚朋友，湘濟，祇有你是例外，他們都討厭我，冷淡我，我感不到一點人世間的溫情。如今我發了財回來，那些當時的親友對待我是那麼地親熱，使我懷疑究竟是我小時候的記憶錯誤了，還是近來的人心都變好了？今天無意之間却得到了說明。原來我依然是討厭的，受歡迎的是我的——

方：水如！你的結論也許太過火了一些。

錢：事實是如此，一樣的幾句話，拿這個花瓶做譬喻，在你們裝飾來下是個美麗的花瓶；像我這樣不會裝的說出來也許就成了最醜的瓦插了。

方：哈哈哈……

錢：湘濟！你先別笑，我還要做一個實驗呢。

方：實驗？

錢：（突然轉向美瑛）美瑛小姐！你瞧我們兩個老朋友碰了面總是沒頭沒腦的說笑話。

女：是要這樣才顯得知己。

錢：那麼陳小姐不厭煩開玩笑的話，我希望能充分地顯出很知己的樣子，當然，我是最希望能和陳小姐做一個知己的朋友。

方：（不安地）水如！

女：那我眞是高興極了。

錢：陳小姐！我在北滿待了十六年，發了這麼大財回來，祇聽得人家都說我好運氣，說是我祖上積的功德；不錯，我得感謝我的祖上沒有留下一畝地，一條錢子；要不然，也許倒磨折了我的志願。一般的人祇看見我現在的財富，可沒知道我找那金礦時在冰天雪地裏忍着饑餓，冒着危險走了多少荒路，開礦的時候又受了多少次的挫折。別的不說，我這十六年的光陰就整個的交代了，我連找一個女朋友的時間都沒有呢。

方：對了！美瑛！這倒是眞的，水如一直是專心在事業上，到現在還沒有結過婚，而且不曾找到對象哪。美瑛，你趕緊想法替他介紹一位吧！

女：我不信，像錢先生這樣，會沒有女朋

友？

錢：眞的沒有啊！這許多年我在北方整天整夜爲着礦務操心着；對女人們哪，我就缺少這個「閒」字。再說，我從來不曾遇見像陳小姐這麼美麗——陳小姐，希望你不要生氣；我要是早遇見了你一般美貌的小姐啊，那我早就落魄着兩手捧着我的金礦跪倒在她的面前（他的兩眼緊瞅着美瑛，差一點兒沒有眞的跪了下去。）——

方：水如！水如！你怎麼啦？

女：（本能地發出一串嬌人的嬌笑。）錢先生眞會說笑話。

錢：可我說的全是眞心話哪！

（湘濤把水如拉到屋的一角輕聲的向他警告。）

方：水如！別忘了你如今是大財主，說出的話是有力量的，開玩笑得有個分寸！你可對不起你的老朋友啊！

錢：你放心！我的朋友！我決不讓你吃虧。

女：你們兩人嘰嘰咕咕的做什麼？

錢：哦，沒什麼，湘濤兒想問我借一點兒錢。

女：湘濤！你怎麼啦？

方：我？我沒有啊！

錢：沒關係！咱們是多年的老朋友了。這點兒數目算不了什麼！

方：什麼？水如！你今天說話怎麼像是沒頭沒腦的？美瑛！你別信他！美瑛！

錢：美瑛！哦，對不起，我也順口這麼叫了。

女：錢先生不見外，我眞是高興極了。請你不要客氣，錢先生！

錢：那麼錢先生似乎也得改叫水如才對。

女：對呀！（接着又是一串嬌笑，媚人的嬌笑；湘濤背轉身去。）水如眞有趣，眞大方。

錢：而且眞坦白！

女：是的！又有趣，又大方，又坦白！

方：（生氣地）又有錢！

錢：（裝作全不知道似的。）湘濤！我眞是又驚又喜！美瑛說我又有趣，又大方，又坦白。我交女朋友，今兒才是平生第一次，想不到我是那麼的討歡喜。眞是初出茅廬第一功。

方：（再也忍耐不住。）神經病！（然而又悵惘地。）想不到十六年的功夫把我的朋友全改變了。美瑛！我們看電影去，剛好趕上五點半的一場。

錢：生了氣啦？湘濤！你錯了！你不應該生我的氣。

方：不生你的氣，生誰的氣？

錢：我的本意是想證明——

方：證明什麼？

女：證明什麼？

錢：（略一思索）我想證明方才我的話全是眞的。今兒晚上我在國際飯店請客，客人們都是帶着太太們一塊兒來的。可是我這主人呢，偏偏錯過了！美方：美璞！我想請你來看看，就因爲我沒打電話，別說太太，女朋友也沒趕上有一個。美璞！如果你肯賞光，讓我替你招待女太太們——

方：辦不到！

錢：請你不要打岔！咱們在談正經的。

方：你在談正經的？告訴你！我站在美璞的未婚夫的地位——

錢：（惶惑）未婚夫？美璞！眞的嗎？

女：別聽他胡說。

方：美璞！難道你——

錢：別急得這般模樣，瞧你的臉都漲紅了。就說是你的太太，還要她自己願意，你也不能禁止她參加一個朋友的宴會啊。像你如此專制，這輩子就休想娶一位摩登的小姐了。

方：好！美璞！你自己說願意同我看電影還是跟他去吃晚飯？

女：水如！你邀客人幾點鐘去？

錢：六點。最好現在我們就去佈置一下。

方：美璞！你……你——

錢：朋友！我勸你看開一點兒。

方：呸！誰是你的朋友！（遏不住怒火，把那張未完成的畫像一陣撕成粉碎。這當兒水如却在一旁簌簌發抖。）

錢：你把我的畫像撕了。可是我因此得到一位美麗的女朋友。這一萬元的債務倒似乎不能減少。

方：（瘋狂地搶過支票，走到美璞面前。）現在我手上拿着一萬元，那就是我們倆夢想了那麼久的一筆款子。我得到了！我得到了。可是你……你……告訴我！哦，告訴我！美璞！你不是在和我開玩笑？

錢：別忘了開玩笑的是我！

女：水如！我們走，別睬他，他簡直像瘋了。

方：瘋了？我瘋了？（他把支票又撕成片片。）

錢：這可對我沒有損失。朋友，請你把頭腦放冷靜了想一想。再見！（穿他上大衣，拿了帽子和美璞一同走出去。）

方：去！（把水如化裝老乞丐的破衣襖，舊帽子扔過去。）把你的影形也帶了去！

（如今舞台上冷寂寂的祇剩下我們這位多情的畫師，就像一隻摘去了頭的蒼蠅，在室內亂撞。）

方：怎麼樣？現在叫我怎麼樣？活下去爲了什麼？我要死！我要死！哦，美璞！你爽快一刀刺死了我！一刀刺死了我！

（是水如又悄悄地溜了進來。）

錢：（正色地）湘清！

方：你？你回來幹什麼？

錢：湘清！你眞的這樣糊塗？我們是從小在一塊兒長大的，連這點兒義氣都沒有？美璞在你的眼裏自然是天仙美人，只此一家。我究竟在外面見得多了，總不成面遇見面，就進會了。況且我不知道是你的愛人？

方：那麼你為什麼要玩這一套？

錢：上次我騙你談到婚姻，你說她的丈夫要一萬元的保證金，我就疑惑她是否眞心愛你？你從小就是死心眼兒，情感上就沒一點兒理智。我呢？我是商人。女人在我眼裏同商品就差不了什麼？講到朋友，我就祇有你一個是從小在一起長大的。你有正用，不用說一萬，再多些也隨要隨有。可是我得看一看這個女人值不值我化一萬元。一萬元在我是小事，往後你受罪可就大了。

方：然而你把我害苦了。我把全部希望，整個兒靈魂都寄託在她的身上。如今你把它打得粉碎。剩下我這麼一個軀殼，空蕩蕩的叫我怎麼活下去？儘管她不眞心愛我，也別讓我知道好了。我情願往後受罪，為了心愛的受罪是一種幸福，你不懂得的。我祇要保全我理想的愛，祇要她接受我的愛。可是現在完了，完了！嗚！嗚嗚！

（她竟然傷心地痛哭了。）

錢：別傷心！你要錢用祇管問我拿好了。

方：天下許多事情都不是金錢可以彌補的。

錢：可是有了錢，你就可以有女人。

方：然而千千萬萬的女人，我單愛上了她一個。

錢：但是她不愛你！

方：誰叫你來這個鬼試驗！

錢：我這實驗還沒有終了，也許——

方：如果她回心轉意，再能接受我的愛——

錢：唉！想不到你還是老脾氣。記得小時候有一次在新年裏，你在一副泥娃娃的擔子上挑中了一個寶貝，是我告訴你在另外一副擔子上有同樣的一個泥娃娃，價錢可比這個便宜，我把你拉了去。可是另一副擔子上的一個等我們跑去已經賣掉了；再弄回來，這副擔子又挑走了。累你大哭一場說你情願出大價錢買你心愛的。

方：是的。江山易改，本性難移。

（英瑛出現在門口。）

女：大令！（甜甜的，長長的，這一聲。）

方：（本能地答應着。）嗯！英瑛！

女：（臉一沈）對不起！我沒有叫你！（然後又嬌笑地向着永如說。）大令！我在你汽車裏等了好半天，怎麼你！烟盒子還沒有找到嗎？

錢：（拿起桌上的金烟盒。）在這兒呢！

（女的一隻手插進了男的臂彎裏，他倆偎着走出去。蕙節掩着臉倒跌在椅子裏。幕閉。）

四幕劇 繁華夢（二）

沈鳳

第二幕——一年後某日正午

人物：

范湘

老張（昔日醫院裏的雜役，現在是范湘的診所內的掛號員）

病人甲

孫主任

高素珍

殷麗華

病人乙

病人丙（不上場）

地點：范湘私人診所的診斷室。

幕開時范湘站在門口，向門外一個病人揮手送別。他身上穿着像第一幕裏一樣的白色的工作服。時隔年餘，他似乎老了一些，瘦了一些，但精神却比第一幕還好。

他的診斷室很簡單，清潔，陽光充足。中間一張寫桌，他的坐位是一張轉椅，旁邊一張圓櫈是供病人用的。他的坐位後面，一張小几上是一隻消毒精燈和沸水消毒具。門一共兩扇，一扇通候診室（左），一扇通內室（右）。

他送病人便是通候診室的門口。

湘：（回到他的坐位上，拿起一張掛號單來看）上午的病人總算要完了。（按着桌上的呼人鈴）（老張現在做了掛號員，從左門進。）

張：現在叫幾號了？

湘：你怎麼又忘記了，剛才二十九號，現在不是三十號嗎？

張：不錯，三十號。（向門外）三十號。

（病人甲進，把一張掛號收據授與老張，老張把他放在寫桌上，下。范湘招呼病人坐在圓櫈上。）

湘：怎麼？王先生，好一些了罷？（隨手拿起診查器，在甲正要說話時，放在甲的胸部，然後，按甲的脈搏，沉靜。）

（老張進，手上拿了一張名片。）

張：昨天來過的孫先生又來了。（看見范正在診脈，侍立不語。）

湘：（放下手，在桌上的紙上記了一筆，抬頭）誰？（向張接名片。）

張：（遞名片給湘）孫先生。

湘：不是告訴過你了嗎，我在診病的時候是不會客的。

張：我早和他說了，但他一定要見你。

湘：你回他說，我現在不見客。

張：是。（下）

湘：（取下甲口裏的檢溫器）沒有多少熱度。

甲：到了下午就有很高的熱度。

湘：我想不見得很高吧，你大概不肯安靜的休息。你應該多休息。

甲：（咳嗽了半天）我老是咳嗽。

湘：我知道。旁的沒有什麼變化嗎？

甲：沒有，但是也沒有什麼地方好起來。

湘：王先生，這是不能過分急的，最重要的是靜養和營養，……

張：（突然入內）他已經在診斷室門口，他說非見你一面不可。（孫主任已進門）他自己進來了。

湘：（抬頭向孫）呵，孫主任，好久不見，我現在正忙着，你請坐一會兒吧。

（老張看見如此，下。）

孫：你現在是名醫了，真不容易見着。

湘：不敢，不敢，但我的確是忙着。

孫：我知道，但我總算見着你了。

湘：但是你要知道，一個醫生在診病的時候是最神聖的，誰也不可侵犯的。你不經允許進來，未免有點……

孫：我知道，因為我也是一個醫生，我知道這時間是神聖的，但是……

湘：你既然知道，那是最好了，那末請你靜靜的坐一會兒，等我診完了病人，才可以接待你——請不必着急，這一位是今天上午最後一個了。（說完向甲。）你必須要靜養，營養當然是要緊的，但你只知道營養而一點不靜養，便等於沒有營養。

甲：我是依了你的話做的，但是一點也沒有好。咳嗽老是這樣利害。

湘：跟你說，你不能急。但假如你要馬上見好一點，下次我可以給你打針。

甲：我覺這打針。（高興的）

湘：好，下次我給你打針好了。現在，——阿，你的體重增加了一點沒有。

甲：這一個證明加了兩磅。

湘：那很好，那就是好起來的現象。你不是要打針嗎？我給你開藥方。（迅速的寫了一張撕下來）這是打針的藥名。

甲：好，好。

湘：（又寫了一張）這是我給你特別配的藥，這裏面有魚肝油，吃了這一瓶，我想咳嗽可以好些，以後再繼續吃我以前寫的你吃的成藥好了。（說完他站起來，送甲至門口。）

湘：（回到原坐位）孫主任，從我離職以後，我們從來沒有看見過，難得你還記得我。

孫：你已經忘記我們了嗎？我們是老朽了，當然馬上便被人忘記了，但你正是一天比一天走紅。

湘：走紅。你笑我吧。孫主任，今天什麼風吹來的？

孫：我來了好幾次了，電話也來了許多。但總是會不着你。

湘：我這幾天忙，對不起啊，孫主任，我的老師！那末你一定有什麼事來找我了，我想不出有什麼事啊？

孫：無事不登三寶殿，我的確是麻煩你來的。

（外面一陣爭吵聲。）

湘：咭，什麼事？我這裏從來沒有人吵嘴的（起身，開門。老張走在進來。）什麼事？老張。

張：這一位病人，（病人乙進來）他的掛號是三十一號，但他硬要上午看了走。

乙：我為什麼一定要等到下午看呢，我從早上十點等到現在了。

張：你沒有看見外面掛號處貼着一張字條兒嗎？上面明明白白的寫着三十號以前上午，三十一號至六十號下午嗎？醫生看完了三十號便要吃飯了，吃完飯一點鐘起再看病。

乙：醫生肚子餓要吃飯，我等了一上半天，肚子不餓嗎？

湘：（和顏悅色）怎麼一會事？

乙：我十點鐘就來掛號，掛完了號一直等着。——你看，我頭上那麼熱，坐着等了兩個鐘點。——等到了卅一號，他說要下午了。這算什麼呢？

湘：我們這裏的規矩是如此，三十號以後是下午診的，你可以不可以先吃了飯再來，你一來我就給你看。

乙：不行，我上那裏去吃飯？我要回家去吃飯，那太遠了，我已經等了兩點鐘了。

湘：假如你要現在看，那我先給你看吧。來請坐在這兒。（伸手示意乙坐，乙隨意坐。從抽屜裏抽出一張表格來，一面隨乙，一面填表）你幾歲了？

乙：三十八歲。

湘：結了婚沒有？

乙：結過了。

湘：那兒人？

乙：江蘇人。

湘：職業？

乙：這又不是過案，爲什麼什麼都要問。旁的醫生不是那末樣的。

湘：但我一定要問，因爲這一些事和病都有關係的。

乙：唔。

湘：請問你的職業。

乙：職業？我現在沒有事做。

湘：以前呢？

乙：你眞的什麼都要問到底嗎？

湘：與病有關係的我都要問，請你實實在在的告訴我。

乙：我以前是一個百貨店裏的店員。

湘：現在沒有事？失業？

乙：失業。境況很不好。

湘：夠了。你什麼地方不舒服？

乙：頭，你看我頭上用布包着。

湘：頭破了嗎？

乙：不是，是頭痛。痛得一夜沒睡，我的女人嚇壞了，所以要我今天一定來看醫生。

湘：唔（把檢溫器放在乙的嘴裏，按脈搏，一分鐘後，放手，又用筆在紙上記一下。）孫主任，你說來過好幾次了嗎？

孫：是啊，昨天就來了兩次，上星期六來了一次。上星期六是下午來的，說你出診去了，昨天上下午都來過，說你忙得了不得，不知要到什麼時候才能會客，我給你留了一張名片，你看到了吧。

湘：（點點頭，把檢溫器取下來。看看乙的口腔。）沒有什麼病，（一面說，一面開藥方）我給你開一張藥方，吃二服就好了。（藥方開好授給乙。）這藥不貴，但你也用不着時時吃，只要在頭痛起來的時候吃好了。用滾開水送下去，每次一包。（乙起身要走）不過我要告訴你，你得少生氣少發愁。（乙莫明其妙的點點頭，湘送他到門口，慢拔的。回到坐位上。）那你一定有什麼重要的事和我談了。

孫：對了，有點事情。

湘：請說吧。

孫：（送藥的）現在，上面決定成立一個市立第二醫院，我總算被任命為醫務主任。事情就是這樣，我明天就要到任去，這半個月裏面得要準備就緒，下月一號就要開始。事情就是這樣……

湘：那與我沒有什麼關係呀！

孫：事情就是這樣，我是醫務主任，那末聘請醫生的責任我就須負起一部份來。大體是都有了，只有一個內科主任的位置還沒有，唉，現在內科人才一天比一天不夠用，花柳皮膚科和五官科是一天多似一天，這種避重就輕的現象總不是好現象。

湘：花柳皮膚科現在流行呀。你不需要一個花柳皮膚科主任的人才嗎？

孫：找到了，我現在只需要一個內科主任。我們考慮了好久，最後決定這位置應該請你來擔任。

湘：請我那是不行的，這位置應該讓一個柏林大學醫學博士，或者是東京帝國大學醫學博士去坐的，我沒有資格，我只是一個本國醫科大學畢業生而已。

孫：老湘——我又叫你老湘了，以前的習慣總改不掉，叫你老湘不生氣嗎？

湘：我歡喜你這樣叫我。

孫：那我就叫你老湘了。——你怎麼說那樣的話呢，沒有人看輕你，每一個人都器重你的，普通人知道你是一個有名的年青的肺病專家，我們知道你是一個的確有眞實學問有眞實本領的醫學家。我是很誠懇的來聘請你，請你去幫助我。

湘：但我的資歷確太淺了。

孫：不說這一些，沒有人會不服的，我們已經討論過了，每一個人都是心悅誠服的。

湘：我感謝你們的好意，但是我不能分身。我的診所很忙。

孫：那也不妨，你每天只須到院二小時就夠了，內科主任並不要一天忙到晚，你負的責任是指導和審檢的工作。

湘：我連兩分鐘都分不出來，市立二院聽說又是那末遠。

孫：醫院裏有汽車，每天可以接送。

湘：那何必，我還有許多其他的問題呢。

孫：沒有什麼問題呢，什麼問題我都可以担保給你解決的。

湘：那不是你可以解決的。我下個月裏要結婚了。

孫：結婚？那我們就可以吃喜酒了。不錯，我聽說你的高素珍回來了。

湘：什麼？

孫：我說高素珍，你的未婚妻。

湘：不，我是和另外一個女人結婚，她，（指著桌上一張照片）我看你還記得的。

孫：阿，她，她，我好像看見過她的。你并不是和高菜珍結婚啊？

湘：不是高菜珍。自從我離開了你們，從來也沒有見過她。她不在你們那裏當看護長了嗎？

孫：早就不幹了，你走後不久，她也走了，以後你們沒有見過啊？她是上天津去當特別看護去的，她也沒有給你來信啊？

湘：沒有，我們從來沒有碰過面，也沒有通過信息，我不知道她在那裏，她恐怕也不知道我的情形。

孫：老范，這是怎麼的呢？你們不是已經訂過婚了嗎？

湘：僅只是口頭的，訂婚，年青人的胡鬧而已，後來我們感情不合，還不是算了。

孫：我聽說高小姐最近又回來了，她沒有來看你嗎？

湘：她不會來的。

孫：那你現在要結婚了。（突然轉回本題。）結婚和你的職業發生什麼關係呢？爲什麼不能上二院去工作呢？

湘：二院剛開辦，事情一定很忙，而我要結婚，也一定很忙，兩頭都忙，不是把二面都弄糟了嗎？——而我，我把我的結婚看得很重要，婚後我還要上青島去度蜜月，你看怎麼行呢？

孫：老范，我要向你說一句體己的話，你要知道，這位置是很有前途的，你去幹不上幾年，便有出國的希望。至於你的婚姻，我想能將就就將就些，不必過事鋪張。結婚并不一定與你就這位置有衝突。

湘：（搖頭）我知道，假如我要出國，我自己會出國的，我現在每天掛五六十號，晚上出診要忙到十點鐘以後回家，三四年後我怕沒有出國的錢。

孫：我知道，但是……

湘：對不起，我的主意已經定了，我不願就這位置，現在有衛生署長的缺給我我也不幹。

孫：我想你能考慮一下。

張：（由右門進來）午飯預備好了。

湘：用了便飯去吧。

孫：不必了。

湘：何必客氣，便飯。

孫：也好，我還可以和你多談談。（二人同下）

（老張在這裏收拾，把桌上剛剛才移動過的相片放端正，又拿起來看看。）

張：漂亮，真的漂亮，誰都說漂亮，但是誰能想到他會變這麼一個漂亮的姑娘呢？想不到，做夢也想不到的。他眞是走運，以前誰都想不到的。

（左門口突然出現了高素珍，她老多了，但是精神是很好的，不過在眉宇間隱的多了一陣鬱抑之味。）

張：呵！

高：范醫生不在嗎？呵，你是老張。

張：你不是高小姐嗎？范醫生此刻在樓上吃飯，他剛上去，不過他很快就會下來的，他每天吃午飯至多十五分鐘。你坐一會兒好了。你好嗎？好久沒見着了。

高：我很好，你呢，你什麼時候上這兒來的？

張：這醫所成立了不久，我就被范先生叫出來了，我在這兒也幹了不少時候了啦。

高：范先生好嗎？

張：怎麼不好，他一天比一天忙，一天比一天有名望。來看病的，沒有一個人不稱讚范先生的。高小姐，你知道嗎，他下個月就要結婚了。

高：結婚？

張：是的，娶太太。就是這位小姐。你看，漂亮不漂亮？（把照片授給高。）

高：啊，她。

張：你認識她嗎？

高：我見過她。老張，你聽誰說的，范先生下個月就要和她結婚了。

張：范先生自己告訴我的，他什麼事都不瞞我。

高：（失神）眞的嗎？

張：當然眞的。

高：那太奇怪了。

張：怎麼不奇怪？我連做夢都做不到。啊，高小姐，我忘了，你吃過飯了沒有？

高：剛吃過。

張：那末我給你去倒一杯茶來，你坐坐。（由左門下）

高：（站起，拿起相片來看）想不到，誰都想不到的。（悲痛狀）算了，人活在世界上眞奇怪，太奇怪了。（兩手抬起，用左手將下右手上的一只戒指，用右手捉着細看，念上面的字。）「願生生世世為夫妻。」哎，什麼都不足憑的，什麼都不可信的。（忿忿抽開書桌的抽屜，輕輕的放下去。）還你吧，這不算什麼。（回了原位。）

張：（捧了茶杯進來）高小姐，請喝一點茶，（看見高小姐不快的神色。）怎樣，你不舒服嗎？

高：（掩飾）沒有什麼。我問你，他們眞的要結婚了嗎？

張：真的，我為什麼要騙你呢。高小姐，我有一點不懂，為什麼這麼久不見你，你也沒有信給范先生，以前你們不是挺要好的嗎？我記得在醫院里的時候，你們二個總是在一塊兒的，後來范先生出來了，怎麼你就不見了呢？我出來以後就沒有看見過你，也沒有聽見范先生提起過你，我問范先生，他總說不知道。

高：他是不知道。

張：那末你在那兒呢？

高：我在北方做事。

張：那兒？

高：天津。

張：天津是很遠的，但為什麼也沒有來信呢？

高：我不知道范先生的地址。

張：范先生也沒有告訴你？

高：沒有。

張：他怎麼能不告訴你呢？

高：以前的事不要問他了，連我自己也不知是怎麼會來。

張：那末今天你怎麼找來的？

高：到了這里還怕找不到，他在這兒的名氣那麼大，只要在醫界里一問，誰都知道的。

張：那你在天津的時候，為什麼不來信問一問這兒醫界里的人呢？

高：我去問誰呢？唉，不談過去的事吧。

張：談現在，好，我們談現在，現在你回南方來，預備仍在此地做事了？

高：不，我馬上又要離開此地的，要上更遠的地方去。

張：上更遠的地方去？

高：是的，上更遠的地方。我今天是來看看范先生，向他告別的。

張：你在此地做事不是很好嗎？為什麼要跑得遠遠的？

高：我是到處一樣的，反正我只有一個人，無牽無掛。

張：不是那末說，高小姐，這里你雖然也沒有親人，但是熟人總很多。不比外省，一個熟人也沒有。

高：隨便什麼地方住上一兩個月就可以有許多熟人的，不是嗎？（苦笑）熟人有什麼用，人人都是只顧自己的，你有許多熟人有什麼用處，倒不如住在生人中間，反而乾脆得多。

張：熟的究竟好些。

高：我看也不見得。

（湘和話同上，纖手上夾了一枝香菸。）

孫：（看見高）啊，高小姐！說到曹操，曹操就到。高小姐，你怎麼來的，我們剛在談起你呢。

湘：素珍，想不到，你怎麼來的？

高：我前天剛到，特地來看看范醫生的。

孫：大概不回天津去了吧，我們成立了市立第二醫院，你還是回來當看護長吧。

高：對不起，我不能。……

孫：呵，我忘記了，你要在范湘醫師診所裏面當助手的，我忘了，對不起。（突然，若有所悟）此刻我要走了。（拿起帽子。）

高：孫主任，請　不要誤會，我已經答應別人上廣東去，所以不能回到你手下去做事。

湘：（向峙立若似乎想得些新消　似的老張）你怎麼不到外面去看看？

張：是。（下）

高：我在等船，上廣東一個天主教院裏去當護士長。

孫：幾時動身？

高：快了吧，一有船就走，也許今晚上走。

孫：我要走了，希望你走之前來看我一次，我給你餞行。

高：當然我要來看你們的。

孫：老范，我已經向你說了太多的話了，再多你要討厭的，我想你有點討厭我了。那末我不多說了，我今天在家等你的回音。

湘：（點頭）好，你要等你就等吧，但那一定會使你失望的。

孫：不一定，我希望你和你的未來的夫人商量一下，我想她一定喜歡你做內科主任的。（突然向高）老范快結婚了。你知道了？再見。

（台上只剩湘和高二人，有少頃不語。）

湘：你怎麼會上廣東去的？

高：我要走得遠遠的，廣東很遠了吧，所以我一聽說那裏也需要人，我就答應去了。

湘：你已答應了，但是決定了嗎？

高：決定嗎？（想一想）決定了，我未進門之前我還沒有決定，但是現在我完全決定了。

湘：為什麼？

高：因為我只有這一條路可走了。（淚欲流出）。

湘：素珍，別傷心，別傷心。

高：假如我必不傷心，你何必叫我別傷心，假如我傷心，你叫我別傷心，又有什麼用呢？

湘：那麼怎樣呢？你原諒我好吧。

高：我不怪你。（黯然）人這動物太奇怪了，人生太不可捉摸了，幸福太飄渺了。幾年前我總以爲我已經把握住幸福了，我已經得到幸福了；但後來不知爲了一些什麼，不知是什麼地方弄錯了，幸福突然就不見了。

湘：別再說了，素珍，只要你了解我，你就會原諒我的。

高：我了解你，我記得你說過的一句話我要做一個成功的人，各方面都成功的人。我了解你，完全了解你。

湘：只要你了解我，任你怎麼罵我好了。

高：我不罵你，我爲什麼要罵你呢？我只覺得人這動物太奇怪，人生太不可捉摸，幸福太飄渺。

張：（由左門入）殷小姐來了，你在那一間房裏見她。

湘：這裏好了。（張下）

高：她來了，那末我走吧。

湘：你走，你眞的上廣東去嗎？

高：去，並且永遠不回來了。

湘：素珍，你不能恨我啊。

高：我不恨你。好，分別了！（伸手給湘握別）我祝你成功，成功一個最成功的人。

湘：（握高的手，摸着它）戒指，那只戒指呢？

高：那是一件孩子氣的玩兒罷了，那已不在我身邊了。

（殷麗華入，盛裝，和從前一樣年青，並且更成爲鮮豔了。）

高：（急急縮回她的手）好，分別了，分別了，祝你平安！（下）

殷：這不是從前醫院裏的看護長嗎？

湘：是的，你還記得她。

殷：怎麼不記得，我還問過你好幾次呢？你不是說不知道她上那兒去了嗎？今天她怎麼會來的？

湘：以前我眞的不知道，今天也不知怎麼她突然來看我。

殷：我知道，你們有過很深的關係。

湘：以前很熟，因爲我們從小在一起長大，但從我離開了醫院以後，她上天津去了——這是她今天告訴我的——我們一直不通信息。這次她從天津上廣東去，經過上海，所以來看看我。

殷：你們以前爲什麼不通信息呢？

湘：不知爲什麼，我好像想不到她。

殷：以後呢，她上廣東去了以後呢？

湘：也不會通什麼信息，我們各人走各人的路。

殷：爲什麼呢？你們以前不是很有一段歷史嗎？

湘：麗華，別談她了，我們談旁的事情不好嗎？

殷：不，我要試她。

湘：爲什麽，這你是爲什麽呢？

殷：因爲這是重要的。

湘：我認爲這是一點也不重要的，我和她以前固然很要好，但現在我們各人走各人的，她還有什麽地方值得你這樣來注意呢。

殷：你誤會了我的意思。

湘：怎麽？

殷：我試驗她并不是要想破壞她，要你向我證明你不再和她有關係。你們這一年多完全沒有通信息，這已不是給了我很好證明了嗎？我今天要試她，而是爲了成全你，成全她，成全你們兩個人的幸福。主要的也可以說是完全爲了你。

湘：麗玢，你今天眞不知在說什麽，你從來不是這樣的，你的話使我痛苦。

殷：湘，我的話一點也沒有錯，我知道得很清楚，一點都沒有錯。

湘：你不應該妒忌，我們之間已沒有地方可以容納妒忌的了。

殷：我不妒忌，我知道你愛我，而我也愛你，并且我還知道，她愛你，而你并不愛她。我有什麽可妒忌的，我應該只感到勝利，只感到高興。然而，我們雖然相愛，我認爲是無益的。我覺得，你應該去愛她才對。

湘：胡說，我不准你再胡說下去。

殷：我一句也沒有胡說。我希望你能愛她，能愛她！

湘：什麽，你說什麽？

殷：我希望你愛她，把她留下來，不要她上廣東去。

湘：你要我愛她，這不就是表示拒絕我愛你嗎？

殷：正是這樣。……

湘：這是爲什麽？麗玢，無緣無故的，僅只是因爲看見了她。

殷：不看見她，我今天也是來向你說明我們不能結婚的原因的，我今天的來，本來是爲了毀約來的。

湘：眞的？

殷：當然眞的，我的父母反對我嫁你。

湘：你也就聽從了他們了？

殷：我依了他們，所以我不能嫁你了。但是我還是愛你的，我知道你也愛我。我覺得婚姻實在是一個很小的問題，我們不能結婚有什麽關係，我們只要互相愛着不就夠了嗎？他們可以反對我們結婚，他們不能反對我愛你，是不是？湘，你說對不對？

湘：對的，但我要知道，他們有什麽理由要反對你嫁我？

殷：這我那兒知道，世界上有許多事情都沒有足夠的理由。」

兩人不喜歡吃魚，喜歡吃肉，你能叫他說出理由來嗎？

湘：不，他們一定有什麼理由的，至少，在他們向你非說反對我們結婚的時候，他們總有一篇大道理說出來的。

殷：他們當然有他們的理由，但那只是他們自己的理由，你何必知道呢？

湘：告訴我，我要知道，因為這並不只是他們的道理，而是這個社會上某一羣人共同相信的道理。

殷：你一定要我說？

湘：你說，我一定要你說，我一定要知道。

殷：那我就說吧，他們反對我嫁你，因為你還不是他們理想中的女婿。你的地位還不夠高，你的財產還不夠多。………

湘：夠了，夠了，殷珊，但是你，你竟服從他們了嗎？

殷：這不能算服從，我只是對他們讓了一步。我認為婚姻不是頂要的，愛情才是重要的，只要我愛你，我不嫁你有什麼關係呢？

湘：但這愛情是不完全了，被傷害了，被侮辱了。

（左門外老張和病人丙在爭吵）

丙：（不上場）時間還沒有到嗎，不行，我是一個病人，不能等得太久的。

張：（不上場）但面有客呢，我和你說過，客人一走馬上就給你看病，你別鬧，這裏不是你鬧的地方。

殷：阿，你的工作時間到了。

湘：你再坐一會兒。

殷：我不坐了，聽我說，不要傷心，你還是應該好好的工作。真的，你和那位蕭小姐，蕭新莉好吧，她是一個很好的女人——老張告訴過我的。我，明天便離開上海了。我要你，我永遠愛你，那你還有什麼遺憾呢？（走向門去。）

湘：你真要走了嗎，我們不能再見了嗎？

殷：不一定，但我們見不見不都是一樣的嗎？

湘：好，祝你永遠快樂。

殷：（向他拋吻）你和蕭小姐結婚吧。我走了。（下）

湘：（獨白）我，要洗盪這一次的恥辱。看，看我成功最有名的人，看我成功最有錢的人。（突然拿起電話筒，撥號碼）喂，是掛主任嗎……阿，我是范湘，……范湘……我決定了，……決定上三院……我決定來的……明天你派車子來接我好了。……喂，蕭紫珍呢？……她去了嗎？……你怎麼知道的？……她剛才打電話給你說是已經上船了嗎？……什麼船……你不知道……好，再會，再會，明天見。（掛斷。開開抽屜，預備工作。看見抽屜裏的戒指，他拿了起來注視。）「願生生世世為夫婦！」

張：（由左門入）開始看病吧？

湘：（怒目視。）等一等，你叫他們再等一等！（張下）

湘：（獨白）然而我要洗盪這一次的恥辱的，看，你們看着吧。（幕閉）

結婚十年（長篇連載）

蘇青

三 風流寡婦

我病了，在結婚後的第二天。

患的是傷風，鼻塞頭重。但是沉重的頭上還得加上頂沉重的珠冠，因為新娘裝束須待三天後始除去，那時賓客們可以散了。

於是我打扮齊整，清早在公婆及各長輩親戚跟前捧過茶，略吃些點心，便遙遙端坐在新房裏，以供衆人的鑑賞及開玩笑。

崇賢是新郎，照例不得久留在房內，否則便要被人譏笑，就是他父母知道了，也要不開心的。新房裏黑壓壓地擠滿了人，男男女女，老老幼幼，一齊擠上來把我圍在中心。我孤另另地坐著，鼻子塞塞的，祇想打噴嚏。我想讓噴嚏打出來可有些不好意思，還是拿手帕用力撳住鼻孔吧，一面眼淚汪汪的幾乎要哭出來了。

擦乾眼淚，我偷眼向四週望望，心裏很難過。他，崇賢，害我受了涼，自己都不知溜到那兒去了。

怕什麼人家譏笑？難道做新郎的便不敢陪陪病着的新娘？所有看見過的人幾乎都圍在這裏了，祇有公婆當然不肯輕易進新媳婦房間，還有她，那個銀色衣裳的少婦——瑞仙，也不肯見個影兒。

「她敢是在外邊同崇賢鬼混罷。」我不知怎的忽然會想到這上頭去，心裏像中了一刺。

「不會的，她是個寡婦，所以得避開些。」自己解釋著，拔去心中的刺。

可是到了晚上，這枚刺總老直穿我的胸膛，再也拔不出來了。事情是這樣的：我剛從公婆房裏請過晚安回來，捧住沉重的頭，拖着疲倦的腳腿，一步一步走近房門的時候，忽然聽見裏面有男女夾雜的笑語聲，一個說：「看你對我們這樣，昨夜同着你的新娘，又不知怎的……呢？」

「別瞎說，」是崇賢的回答聲音，「昨天夜裏，我真的同她一些關係都沒有。好嫂子……」

「我哩我哩，」瑞仙的嬌聲又接上來了，「你同她有沒有關係于我屁事！雖，人家今天彷彿已經連眼圈都有些黑了，脖子紅紅的，都是你太狂，才害得她出風！」接着，便是吃吃的嬉笑了一陣。

我從子氣憤過去，兩腿軟軟的，頭更加沉重起來了。心裏想：好一對無恥的男女，深更半夜，在拿我做談話取笑的資料。想到這裏，忽然聽見另一個女人聲音講話了，謝謝天，有第三者在內總還不打緊吧？

於是我聽第三者究竟怎樣說法，她說：「哥哥，你得保重身子，同她避開些，傷風頂容易傳染……」

訇然一聲，我推進門去，站在這個蛮頭額姑娘的面前。賢走近來，怪不好意思地瞧我一眼，柔聲說道：「你來了嗎？我們正在等你呢！」

我冷笑了一聲，半響，才把臉仰起來對着他的臉，大聲吼：「請你快些避開些吧，當心也風傳染給你。反正，……」說到這裏，我的聲音顫抖起來了，再也說不下去。但是我的脾氣卻是話不說完不痛快的，於是低下頭拼命忍住眼淚，半響，才迸出一句：「我與你又是什麽關係也沒有的……」

賢的臉紅了起來，他無可奈何地望了瑞仙一眼，然後對着自己的妹妹央求道：「杏英，你們早些去睡吧，明天見！」

瑞仙的臉色馬上鐵青起來，猛地站直身子，指着這位蛮頭額姑娘，一面走出去一面冷笑道：「新郎下逐客令了，快些走罷！」說着，用力把門一拉，訇然響了起來。

隨着關門的響聲，我沉重地倒在床上，額角像火燒一般。

但是第三天，我又强戴上沉重的珠冠，在衆目睽睽中「入廚房」去了。廚房裏什麽都是現成的，我伴娘告訴我要過去拔開鍋蓋，手拿鍋鏟把燒着的菜湯攪動幾下，入廚房大禮便算完成了。我想，這個容易，於是依着右手揭起鍋蓋，左手拿起鍋鏟來要去攪時，只聽得這邊一陣哈哈，那面夾着瑞仙的尖銳聲音說道：「你們快瞧新娘子的外國派頭呀，左手拿鍋鏟！」接着，衆人都嘰嘰私語起來，有的伸長頸子朝我瞧：我的左手正擎着鍋鏟，覺得放下又不是，不放下又不是。

我無何奈何地向後望了一眼，意在求伴娘們替我解圍。不料纔回頭，瞥見遠處瑞仙的臉正對着，蒼白的下巴尖端，一些紅蕊似的嘴角上正掛着一小縷笑。於是我惱怒了，索性左手握緊鍋鏟，在鍋裏速攪幾下，然後撲的一聲，把鍋鏟直丟進鍋中央。沸着的菜湯飛濺起來了，濺在各人的衣上，於是一陣騷動，孩子們鼓叫着，女人們咕嚕着，大家紛紛退了出去。我筆直站在灶前，額上如火燒般，耳中嗡嗡作響。但還聽見瑞仙的聲音似乎在門口冷笑：「好大脾氣的新娘子，賢叔叔，你可得小心侍候哪！」

賢的侍候功夫的確是不錯，我病倒在床上，他總是小心地坐在床沿上照料着。過了三朝，賓客們都散了，我因爲臥病在房裏，沒有一一送他們的行。賢說：「你靜靜地將息着吧，這裏再沒有客人了。」我心裏暗暗歡喜：沒有客人，當然沒有瑞仙了！

賢陪着我，無事便談談上海大學裏情形。那時他正在上海S大學唸書，離他的外婆家裏不遠。

「你到外婆家裏去，常常碰着瑞仙的吧！」我把眼睛睜大了，急切地問。

他點點頭；瞧我一眼，又搖搖頭。

漸漸的，我也知道瑞仙的簡單歷史了。她的娘家姓白，嫁到盧家，給賢的外婆做長孫媳婦，還不到兩年，她的丈夫便害癆瘵而死亡了。「所以在我們結婚那天，外婆不許她進新房呢。」賢說了又向我解釋。

我點點頭，大家沒有話說，靜默了一會，我便朦朧入睡了。

等我一覺醒來的時候，只見床沿上坐的是王媽，賢卻不在房內。我心想問她，又不好意思，祇得忍住了。後來次數一多，我便覺得詫異起來，於是故意裝睡，瞧他怎樣。他見我睡了，果然輕輕喊聲「青妹」，我不應，他便悄悄地溜出房門。一會兒，王媽就躡手躡腳的走進來了，

我閉着眼睛靜靜睡，屋子很大，全進都悄悄地。忽然，對面街房間裏似乎有男女二人低低合唱着歌，女的聲音像瑞仙，男的當然是[illegible]賢，他們唱的是「風流寡婦」。

我張開眼睛猝然問：「王媽，盧家少奶奶沒回去吧。」

王媽說：是的，她跟老太太兩個還宿在這裏，因爲再半個月便是這裏太太的四十九歲生日了，她們要等過生日才回呢。「也許，」王媽笑着對我瞧瞧：「那時候你少奶奶大好了，少爺也跟她們一齊動身回上海去唸書呢。」

「那時候我也許就死了呢。——王媽，你去休息休息吧，這裏用不着你侍候。」我說完了就閉上眼睛；王媽出去後，我的心裏更空洞起來，愛與恨，妒忌與氣惱，統統消失了，我祇靜靜地聽她們合唱「風流寡婦」。

從此我的病一天天好起來了，但是我仍裝着，不肯起來。賢每次坐在床沿上，我總是對他說道：「出去玩玩吧，你累夠了。」他笑着搖頭，說是願意陪我，但臉上卻又不免訕訕的。我也不去管他，只自閉目裝出睡覺的樣子。

在夜裏，我堅持不肯同他並頭睡，說是怕病菌傳染給他。他也不勉強，而且每次在腳後睡下的時候，總是靜靜的，連動都不動一下。「他並不需要我哩！」我心中想，眼望着淡綠色紙頂。「他的心目中原來祇有一個瑞仙呀！」我覺得自己彷彿

混身在茫茫無邊的大海中央，漂流着，一些沒有歸宿的地方。

也許他們倆要好在我們結婚之前吧！是她在事實上占奪了我的丈夫呢？還是我名義上攫取了她的情人？

但是要說是奪取，決不是占奪或攫取呀，我要回到南京去！我要回到C大去！於是我決定等過汶婆婆的生日，便要動身了。

婆婆的生日在十一月三日，那天清晨，我很早便下床打扮起來。我穿的紫紅薄呢夾旗袍，紫紅呢製高跟鞋，在長的捲髮上面，打着個紫紅呢帶的小蝴蝶結兒。於是我薄薄的敷上層脂花粉，什多天臥在床上竟得我皮膚也白皙了，淡淡搽些胭脂口紅便得。我是美麗的嗎？然不，但是我總年青呀！

伴着茶，我走到婆婆房間裏，瑞仙已先坐在那邊了。她的臉孔搽得太白，嘴唇塗得太紅，眉毛畫太濃，太細，太長，我覺得她一些都沒有自然之美。但是我却不能不承認她的人工之美呀，穿着的黑綢旗袍，配着大紅裹子，穿在她的苗條身子上面，我真想不出有「太」什麼不好的字眼可批評；若是一定要批評的話，那祇有說她是「太好看」了。

晚上，大廳中張燈結采，一家人團團圍坐着。上首是盧老太太，我的公婆分坐在兩旁，瑞仙的位子在我婆婆旁邊，我與賢兩個則並坐在下面斟酒。賢的樣子似乎很快活，他一面替眾人斟酒，一面勸我也喝，仙說：「多吃一些吧，你到這裏以後，一直病着，還沒有好好的吃過什麼東西呢！」

我暗中想：「好吧，我明天動身赴校以後，恐怕此生再也不會回來了，今夜你們就替我餞行。」想着，酒便一杯杯倒下去。

酒是什麼滋味的，我不知道；人們怎樣在看着我，我也不知道了。我祇覺得眼前模糊得很，心中模糊得很，似乎胸口在卜卜跳，似乎身子捉着一片落葉在大海中飄蕩着，海面起波瀾，澎湃着，一會兒洶湧起來了。海風怒吼着，我祇覺得整個宇宙在動搖，頭痛得很。慢慢的，慢慢的，波瀾靜止下來，週圍悄無聲息，我覺得自己軀殼給攝去了，剩下一顆空空洞洞的心，沒處安放。

我不禁流下淚來，但馬上有人給拭乾了，我就昇地睜開眼睛仔細瞧：那是賢，正與我並頭睡着，在一個枕頭上。

第二夜，我們便上了輪船。與我同行的除賢外尚有盧老太太同瑞仙二個，但是她們都是到上海，不去南京。

第三夜，賢送我上火車了；瑞仙一定要與他同送，我也欣然答應下來。車行時，午夜的風，吹得人涼颼颼地。賢拉着我的手，悄聲說：「保重身體呀！」我點點頭，但馬上抽出手來，用指尖輕輕將她們的手一拉，務必使她瞧不着我的結婚戒子，於是低低向她說道：「請你原諒我吧，好妹子！」

火車開動了，我還自伏在窗口上，痴痴地向他們站的地方望：在深夜裏，微弱的燈下，他們還似乎站着沒有動，讓兩條長長的影子並臥在地上。漸漸的，車開遠了，影子看不見了，我才慢慢地伸出剛才與他們握過的手，將結婚戒子用力捋下，趁人不注意便塞在皮袋底裏。

「是深秋了呀！」我輕輕呼一口氣，在二等車上暗暗打起瞌睡來了。

最後的恐怖

柯爾德著
衛友靜譯

結爾瑪得意地展現了一下他的身體上的異點，繼續說下去。

三 一羣魔鬼

「我們又進行身體上的交換。博士將那人的白皮膚一塊塊移植在我的身上，又把黑皮膚移換到兇手身上去。可是那個人的身材比我小得多，而且因爲祇有某幾部分的皮膚可以移換，結果那人所能供給的皮膚還不到我所需要的一半。那時候我因着移換的成功，愉快得幾乎發狂，施諾勞博士也非常地高興。我們祇要再找些白皮膚，我們的願望便可以完全實現了。

「我差我的手下們派出去捉人或婦人。這種被捉的人，以那些遊手好閒的無業流氓爲限。祇要年輕力壯，便合我的條件；因爲那時他們既不是社會的重要人物，失踪了也不會引起人家的猜疑。我對他們的勸導工作也不怎樣費力。因爲大多數人，即使怎樣無知，都懂得身體上換幾塊黑皮而依舊能夠活着，總比把他們去充約的食品要强得多。那時我覺得我的願望既有徹底實現的可能，便認爲無論什麼都不能使我中途停止。從另一方面看，即使犧牲幾個社會上的廢物，卻可實現我這個值得永久紀念的計劃，那價值不是相差很遠嗎？所以如果有人不瞭解我的意思而拒絕我，那又怎能不使我感到憤怒呢？

「好罷，讓我快些兒講完了罷。我剛才說過的，這樣經過了六個年頭。我的身體，從頭頸以下，都已變換了白色，這也已經說過了。我故意讓我的面孔留在最後變換。我已經六年不曾用鏡子，等我看鏡子時，我要看見一個白的臉！我常常整夜不眠地想望這一個日子快會到來。你們瞧，我現在所缺少的祇是一小部分罷了！」

結爾瑪拉去了他頭頸間圍着的那條絲巾，從耳朵背後髮根以下，他的皮膚果真已完全是白色的；祇有耳朵前面鬢髮以下的整個臉兒是黑色的了。他的模樣兒很像一個白人帶着一個黑色的面具。他看見了我們臉上的表情，稍微地露出笑容。

他說下去。「現在我們可以談到本題了。我先後一共找來了五個人，他們都不怎樣依順我的話。內中兩個人患了熱病死了。一個人自殺了。還有兩個，我為著自身的安全，不得不把他們解決掉。這班人當然與你們三位是不同的——他們都是無知的盜流。所以我知道我跟你們三位是不用費什麼唇舌的。我猜想你們總不會容惜大腿上的一點子皮跟我拚一拚罷？等我們的計劃完成以後，我將把這個所在炸成齏粉，不讓它留一毫痕迹。有三百磅炸藥存儲在一個安全的地點，以便隨時應用。眼前的問題，就是你們三位之中，那一位最適合最適我的計劃。我急於要完成我的志願而早一天離開這裏。喂，先生們，你們那一位願意幫我的忙呀？」

「沒有一個人願意！」白明登吼了一聲。白亞克和我也緊張地從椅子上坐直了。「你別做夢！我們決不聽從你這惡鬼！我們會想法子從這裏出去，然後將你交給——」

紐爾瑪仍用溫和的語聲插口說：「對不起，請不要發火。我告訴你們，你們是沒有方法離開這裏的。我再給你們一個最後的警告，要是你們還想活著出去的話，最好不要拒絕我。密司脫白明登，你是一個很能美觀的標本，可惜太黑了一點。密司脫葛力凱又是太老一些。我看白亞克的皮色最潔白，最合我的理想。他不會受什麼痛苦，你們兩位也不用驚慌，祗須安心地在這裏住幾天，等這件換皮的事情完成為止。我希望你們還是識趣些，好好地接受我的請求，反正你們是不能不接受的。」

白亞克的臉上彷彿罩上了一張白紙，我也咬緊了牙齒，祗有白明登還保持他的常態，連肌肉都絕不牽動。他旋轉頭去直瞧著白亞克。

「白亞克，振作些。我們現在已經落進了陷阱，但我們還可利用我們的智力。我們決不屈伏於這個紐爾瑪的要求，直到我們沒有任何方法對抗或逃走為止。」他把頭旋過來，又讓身子挺直了些，面向著那個黑人。「紐爾瑪，你聽著。我們決不會滿足你的妄想。我們將盡我們的全力，想一種方法跟你對抗。我們與你有同樣的智力。無論如何，總有一個方法——一條路。你得記著這句話。」

紐爾瑪仍安閒地說：「可是在這件事上是沒有第二條路的。你們也得明白，我的耐性已經到達了最後五分鐘，我決不肯就此罷休的。」他站了起來，搖著頭露出一種冷笑。「剛才我的手下們站在你們背後的時候，我已給他們一個暗號，叫他們把上層大門上的電鈕和開閉的機關都拆毀掉，連那撥動機關的少數發電機也一起拆毀了。因為我不再需要它了。現在我們誰也不能再從上面的大門裏出去，連我自己也不能。祗有唯一個經過地道的出口，可是那是秘密的，除了施齊爾博士和我，祗有兩個我最親信的手下人知道。所以你們是絕對不能逃出去的，也沒有什麼方法可以拒絕我。密司脫白亞克，我們走罷。請跟我來，好不好？」

白里克跳起來，咆哮地說：「不，我決不答應！我身上的任何一寸皮膚，決不會換到你這魔鬼的臉上去！」他說着把扭了粗重的直背椅子，準備撞門。呂明登和我也都忿忿地站起來，做一種一致攻擊的姿勢。

但納爾瑪依舊毫不介意的樣子，臉上帶着微笑。他摸出了他的手槍，走到鋼鐵邊去。施德勢始終不聲不動，好像這回對於他毫不相關。納爾瑪在鐵上敲了三下，那五個壯健的黑人便衝進來。

納爾瑪用手向白里克指了一指命令說：「孩子們，把這位密司脫白里克送到手術室去。讓另外兩位留在這裏，伺候着，別讓他們走動。」他又回過臉來。「先生們，我很抱歉，不能不採取這種不大客氣的方式。不過這是你們自己逼着我如此的。」

這一羣黑人排列着衝過來。我們雖都用盡了渾身的力氣——那力氣也許可以抵住一個火車——可是終於敵不過他們。在一兩分鐘以後，我們都給打倒了！三個黑人把白里克從地上拖起來，抬着他走出這一室。白里克的掙扎，呼叫，咒詛，一切都歸無效。其餘兩個黑人將呂明登和我捉住了用強有力的手把我們的手反絞在我們的背後。

納爾瑪向施德勢招招手。「博士，來。」

那醫士立起身來，連頭都不回，跟着納爾瑪走出室去。這時我們才見那一方大幕的後面還有一扇鋼門。因爲納爾瑪走到了那裏，又站住了旋轉身來。等施德勢進門以後，把這門關上，才消滅他的形態。

一個黑人說：「朋友，你還是安靜些的好。」他的手離開了呂明登的手腕，站過一旁。他又暗示他的同伴釋放我。「祇要你們知趣些，你們不會吃什麽苦。要不然，那祇有讓你們自作自受了。勃爾司，我們去吃夜飯。」

兩個黑人走向另一個幕裏去，那就是施德勢進入的所在。一等那幕的動搖剛才停止，呂明登和我都奔向這出口處去。這一方幕的後面並沒有門，却是一條寬而長的甬道。我們便沿着這甬道前進，但甬道的盡端却有一扇鋼門。我們還聽得那黑人勃爾司在門的那面的笑聲。我們雖明明知道這門也一定是下鎖的，但我們還是盡力地用手在門上推了幾下。

我們旋轉來察驗這條甬道。甬道中另外有兩個門：一個門裏面是一間陳設精緻的浴室；另扇門通入一間臥室，安排着兩張大床。除此以外，甬道的兩面完全是堅實的石壁，並無別室或出口。呂明登和我相覷了一下，彼此搖搖頭，暫時放棄了脫逃的意念，回到了納爾瑪起先引入我們的那一室。我們坐定下來，企圖寧靜地思索一下。

呂明登把身子靠着椅背，兩隻手交抱在頭顱後面，眼睛瞧着承塵，冷靜地說：「葛力凱，拚鬥是沒有用處了。我們應得沉靜下來，用我們的頭腦。我們已沒有方法挽救白里克，但我們終有方法脫離這裏。老友，我告訴你，無論什麼事，總是有一條出路的。如果我們能夠保持我們的定力，運用我們的腦子，我相信終可以找得一條出路。」

我沒有回答。我的意識所能指示我的，我委實覺得已走出窮水盡，至少在那個時候，我總覺到前途的漆黑。我的想像幻現出可憐的白里克所遭受的那種慘景。他被縛在手術抬上，從大腿上割下了一塊塊的皮，接換到那黑人的臉上去。我對於移植皮膚的一回事完全沒有經驗，不知道這手術需要多少時間，也不知道白里克會感受怎樣的痛楚，但我一幻想到這一點，我的渾身都起了粟粒！

呂明登和我毫無希望地坐着，大家都憂默無言。我也曾努力思想，可是正像任何人一般，越是需要思想的時候，越覺得思想機能的呆滯不靈。一回兒那個叫做勃雷司的黑人拿了一盤豐美的飯食走進來。但呂明登和我碰都不碰它，那黑人就重新拿了食盤退出去。在他走到入口的時候，呂明登喚住他。

「喂，勃雷司，那些人在外面做什麼事？」

「他們在施手術。」勃雷司簡短地回答了一句，就帶着食盤，匆匆跑進了那些小的入口，那扇有自動鐵樞的門便在後面關上了。

這樣的悲慘悄恐的禁錮生活足足延長了六個星期。在最初幾天，我們的憤激和焦灼幾乎忍耐不住，可是過了不久，我們在無可如何中也慢慢地習慣了這等待生活，恐怖心也同時減沒下來。我們的行動限制於這一間客室和那浴間與臥房，連上層的「方盒」都不能再上去。我們天天談着，想着，企圖構成一個脫逃的方案，往往到頭昏眼花為止。呂明登雖依舊抱着「終有出路」的信念，可是我們到底找不出來。在這個時期中，我們並沒碰見白里克，綺爾瑪，和施德芬；那唯一和我們接觸的人，就是那黑人勃雷司。他每天送飯食給我們，又供給我們更換的襯衣和其他日常的必需品。呂明登曾兩三次勾引勃雷司作密切的談話，但這黑人始終不理會，不肯上呂明登的鈎。我們在悄然無知的狀態中，渺渺無期地等待着，幾乎挨不過去。更難堪的，外界的任何聲響都不能透進這一間山腹中的密室。我們簡直要發瘋了！

在六個星期終了的那天，綺爾瑪走進我們拘禁的客室中來。他顯出隆重的禮貌，向我們深深地鞠了一個躬。呂明登和我都不能相信地注視他。他的臉兒已經完全潔白了，祇有幾個行將滑稽的小小的斑痕。那接種改造的工作的確是驚人的。他的五官本來是很端正的，此刻換上了白色的皮膚，的確顯得非常優秀。

因明登忍不住地驚歎着。「好上帝！我不能不承認這個可憐的施德勞眞有着驚人的本領！」

鮑爾瑪和悅地附和說：「對，他眞有天才。密司脫白里克和博士馬上就要來了。我們就可以把這回事大家談一談。不過眼前我還有一件要緊的事必須馬上處理，等一回再跟你們再談。……唉，施德勞博士！密司脫白里克，請進來。」

我的眼睛一瞧見白里克，立卽跳起身來，把我的兩隻手反縛在背後。但因明登仍冷靜地坐在椅子上。他的一雙黑眼注視在這個被強迫分裂了六個星期的老友的臉上。他嘴裏還在輕輕地咒詛，但我的舌子卻像凝結了地一般。白里克進了門口，慢慢地向着我們走過來。他的臉色慘白得像一個鬼；他的凹洞的眼睛裏迸射出他所親身經歷的恐怖；他的素來挺直的身體彎曲了，他的素來輕鬆的步子遲滯了。他走到因明登前面兩尺光景的距離站住了。他用手揭起了他身上穿着的那件寬大的長袍，露出他的赤裸腿。

他粗暴地說：「瞧！這班魔鬼幹了些什麼事！你們必須想些方法處置他們。你們必須這樣幹！我是不能做什麼了。我已經完了！」

他的兩條大腿的全部都已換上了一塊塊恐怖的黑皮。因爲黑人面皮的不足彌補割去的部分，故而黑皮的邊緣上都留着深紅的瘢痕。我的身體突然發抖，重新倒在我的椅子上，有一股冷氣直透我的脊骨。

因明登側過了頭，說：「把腿蓋起來。你坐下，讓我來處置他。」他的語聲並不故意放低。但鮑爾瑪仍若無其事。他向施德勞點了一點，把他的寬大的肩膀聳一聳。

鮑爾瑪帶着微笑說：「先生們，我也不怪你們，你們對於這件事當然會有些兒不高興。現在博士和我要去料理一件重要的事情，不能不失陪一下。醫士，來。」

白里克坐在一隻椅子邊上。他的充滿了仇恨和恐怖的眼睛送着鮑爾瑪和施德勞，從鐵門裏走出去。

「這班魔鬼！」白里克咒了一聲，減低了聲浪，傾着身子接近些因明登和我。「他們眞是萬惡的魔鬼！因明登，你可知道他所說的重要事情是什麼？唉，你們當然不會知道！你們在這裏，什麼都聽不到。但我是知道的。我所聽得的種種聲浪足夠使我發狂，因爲那間手術室，就在樓後那一頭豹的一間的下面。」

「唔，你的話什麼意思？」因明登的黑眼變成兩條狹縫了。

自里克答道：「紐爾瑪把他手下的黑人一個個地餵給那豹吃！他先用藥雜放在黑人們的食物中。在他們身體抽搐將死未死的時候，就悄悄地拖出去丟給豹吃。有幾個從死的黑人開始覺醒了。他就採用毀滅的法子，把他們一下子都解決了。勃雷司是最後活着的一個。他不大和其餘的黑人接觸，也不知道他們都充了那豹的食品。但在一個鐘頭以前，他剛才伺候你們的早餐完畢，他的身子也開始抽搐，顯然也已中了紐爾瑪的毒。現在他們的要緊事情，就是去把勃雷司丟到豹籠裏去。天啊！——我們得過這惡獸的吼叫和嚼嚼人骨的聲音——」

呂明登揮揮手阻止他。「別再說！振作些。我已告訴你，我準備毀滅他。我相信我可以成功。我相信我的眼睛看得透他的心！」

他的表示有着充分的自信心，好像有堅強的把握做這表示的後盾。自里克和我都驚異地瞧着他。我得承認，任何希望，我早已都放棄了。

我開始默想：呂明登雖是我的朋友，我實在還不能瞭解他。因着他的確定的表示，使我記得他真是我們同儕中最富智力的一個。他能透視人們的心理，又能分析得一絲一毫沒有錯誤。他能推斷一個人在某種局勢下會產生某種反應。

我的頹絕的希望又死灰復燃地活躍起來了。我熱切地問道：「你打算用什麼方法處置他？」

呂明登的眼睛在自里克和我的臉上來回地溜了一溜，那兩粒眼珠像兩顆黑的鑽石。「當然我有辦法。自里克，在已往的六個星期中，我早早夜夜地思索着。我已經發見了一個打擊他的方法。我已得到一種他承受不住的武器——一種他所不能逃避的武器！你們兩個祗要鎮靜些瞧着。我要打擊他，像上帝創造一隻小蘋果那麼容易和準確。」

呂明登的興奮的宣言還沒有終了，那屏後面的鋼門又開了。施德勞和紐爾瑪踏着大步子走過來。我覺得施德勞的臉上第一次顯示了些活氣。紐爾瑪也像很高興。他向施德勞揮揮手，暗示他坐在一隻椅子上。他自己也面向着我們坐下來。

編後小記

本期本刊的篇幅，較前幾期略有增加，在這物力維艱的時候，我們不敢自己誇炫，不過想使愛護本刊的人們，心頭增添一點歡喜，同時，承作家和讀者們的扶持，佳作紛紛惠投，也是使我們發刊此次夏季特大號的另一原因。

編完這期之後，看到內容相當的精彩，希望讀者們也有同樣的喜悅。長篇小說之外，鄭然，紀果庵，周越然，沈啓无，予且，文載道，譚正璧諸先生的文章，本刊讀者早已熟悉，不必介紹了。羅明先生是著名的劇作家和導演，努力子於本年春季在滬上演，曾獲得很大的成功。章恕雨先生從前在北大研究院，所著唐人打令考一文（刊北京大學四十周年紀念刊），轟動整個學術界。近年則在暨南，光華各大學授課。班公先生過去在清華大學研治西洋文學，所譯劇本發表於昔日的西洋文學月刊的很多。陶秦先生是我國有名的電影編劇作者，而短篇創作也有驚人的成就。企人和易生兩位先生，凡讀上海藝術月刊者總忘不掉他們美妙的辭藻和意境。白華先生的故事新編，之華先生的文學介紹，傅良先生的短評，卻也都值得我們一讀再讀。

文人三題是樂常排錄的一部分，另外附錄關於周先生的文字，一係評品，一係通訊，都可互相參閱。周先生最近有信給本刊，新作不久即可寄下。這想來不僅是風雨談之幸，也是我們的千萬讀者們的眼福罷！

南民先生的名字在上海話劇界，知道的人想已不少罷！情幻夢是獨幕劇，卻有以少許勝人多許之妙。

關於醉說，曲嬢花和湖公案，宗仙的賢三篇，雖有散文小說詩歌之別，但是作者俱是名家，譯述又出名手，很能保持原作的優美作風。

准於下期刊載

龔持平：創造社的幾個人物

本期定價每册國幣拾貳圓

風雨談月刊

第三期 中華民國三十二年六月

編輯兼發行者　風雨談社　代表人 柳雨生

印刷　太平出版印刷公司　上海南京路

總經售　商社書報發行所　慈淑大樓五二八號

電話：九一三三四　九八二八〇

外埠經售處

杭州 西泠書店
南京 聚珍書局
南京 建國書店
南京 問經家書店
蘇州 中大日報館
蘇州 世界文具社
無錫 新錫日報館
揚州 民國日報分館
鎮江 中國書店
鎮江 民國日報館
蘇州 中國鋼筆公司
蘇州 新國民書店
蘇州 新鍾書局
蘇州 中華日報館
漢口 東亞書局

松江 標新書店
南京 中心書店
南京 金門書局
南京 新中國圖書公司
蘇州 信古齋文玩號
無錫 日新書社
揚州 世界書局
蕪湖 福新書店
鎮江 華林書局
鎮江 開通書局
蘇州 新光文具商店
蘇州 新興書社
蘇州 廣州國貨文具社
徐州 新中國圖書公司
蚌埠 新新書局

公共租界警務處登記證C字第一一三四號
法租界政治處。郵政管理局登記證請中

上海小沙渡路四八九號
太平出版印刷公司印行

每期每冊定價國幣拾貳圓

《風雨談》二十一期總目錄

第一期目次（中華民國三十二年四月）

第二期目次（中華民國三十二年五月）

第三期目次（中華民國三十二年六月夏季特大號）

第四期目次（中華民國三十二年七月二十五日）

第五期目次（中華民國三十二年八月二十五日）

第六期目次（中華民國三十二年十月號）

第七期目次（中華民國三十二年十一月）

第八期目次（中華民國三十二年十二月二十五日，新年特大號）

第九期目次（中華民國三十三年一二月號合刊，春季特大號）

第十期目次（中華民國三十三年三月）

第十一期目次（中華民國三十三年四月）

第十二期目次（周年紀念號）

第十三期目次（中華民國三十三年七月）

第十四期目次（中華民國三十三年八月九日）

第十五期目次（中華民國三十三年十月）

第十六期目次（中華民國三十三年十二・一月　小說狂大號）

第十七期目次（中華民國三十四年四月）

第十八期目次（中華民國三十四年五月）

第十九期目次（中華民國三十四年六月）

第二十期目次（中華民國三十四年七月）

第二十一期目次（中華民國三十四年八月）

秀威經典

人文史地類　PC0575

風雨談（一）

原發行者 / 上海風雨談月刊
主　　編 / 蔡登山

數位重製・印刷 / 秀威經典
http://www.showwe.com.tw
114台北市內湖區瑞光路76巷65號1樓
電話：+886-2-2796-3638
傳真：+886-2-2796-1377
劃撥帳號 / 19563868　戶名：秀威資訊科技股份有限公司
讀者服務信箱：service@showwe.com.tw
網路訂購 / 秀威網路書店：https://store.showwe.tw
網路訂購：order@showwe.com.tw

2016年12月
精裝印製工本費：15000元（全套六冊不分售）

Printed in Taiwan

國家圖書館出版品預行編目

風雨談 / 蔡登山主編. -- 一版. -- 臺北市 : 秀
威經典, 2016.12
冊； 公分. -- (人文史地類 ;
PC0575-PC0580)
BOD版
ISBN 978-986-93753-1-3(第1冊 : 精裝). --
ISBN 978-986-93753-2-0(第2冊 : 精裝). --
ISBN 978-986-93753-3-7(第3冊 : 精裝). --
ISBN 978-986-93753-4-4(第4冊 : 精裝). --
ISBN 978-986-93753-5-1(第5冊 : 精裝). --
ISBN 978-986-93753-6-8(第6冊 : 精裝). --
ISBN 978-986-93753-7-5(全套 : 精裝)

1.中國文學 2.期刊

820.5 105018595

讀者回函卡

感謝您購買本書，為提升服務品質，請填妥以下資料，將讀者回函卡直接寄回或傳真本公司，收到您的寶貴意見後，我們會收藏記錄及檢討，謝謝！

如您需要了解本公司最新出版書目、購書優惠或企劃活動，歡迎您上網查詢或下載相關資料：http:// www.showwe.com.tw

您購買的書名：________________________________

出生日期：________年________月________日

學歷：□高中（含）以下　□大專　□研究所（含）以上

職業：□製造業　□金融業　□資訊業　□軍警　□傳播業　□自由業

□服務業　□公務員　□教職　□學生　□家管　□其它______

購書地點：□網路書店　□實體書店　□書展　□郵購　□贈閱　□其他

您從何得知本書的消息？

□網路書店　□實體書店　□網路搜尋　□電子報　□書訊　□雜誌

□傳播媒體　□親友推薦　□網站推薦　□部落格　□其他__________

您對本書的評價：（請填代號　1.非常滿意　2.滿意　3.尚可　4.再改進）

封面設計____　版面編排____　內容____　文／譯筆____　價格____

讀完書後您覺得：

□很有收穫　□有收穫　□收穫不多　□沒收穫

對我們的建議：________________________________

____

____

____

請貼
郵票

11466
台北市内湖區瑞光路 76 巷 65 號 1 樓

秀威資訊科技股份有限公司 收

BOD 數位出版事業部

....

（請沿線對折寄回，謝謝！）

姓　名：＿＿＿＿＿＿＿＿　年齡：＿＿＿＿　性別：□女　□男

郵遞區號：□□□□□

地　址：＿＿＿＿＿＿＿＿＿＿＿＿＿＿＿＿＿＿＿＿

聯絡電話：(日)＿＿＿＿＿＿＿＿＿＿(夜)＿＿＿＿＿＿＿＿＿＿

E-mail：＿＿＿＿＿＿＿＿＿＿＿＿＿＿＿＿＿＿＿＿